愛蔵版

征途

SEITO
DAISUKE
SATO

佐藤大輔

中央公論新社

征途　愛蔵版

目次

征途

装幀　山影麻奈

征途

I　衰亡の国

「諸君は、私が今まで述べた所には、〈もし〉と〈しかし〉が余りに多すぎると言われるかもしれない
……だが、戦争の実際問題を解く場合には、この二つが大きな役割を果たすのだ」
——アルフレッド・セイヤー・マハン（合衆国海軍少将　戦略家　1840〜1914）

プロローグ——一九九五年八月一五日

発射準備手順

嘉手納《かでな》宇宙港・沖縄県
一九九五年八月一五日

宇宙往還機の機長席についた彼は、公園のベンチに置き忘れられた玩具の熊の様だった。自分を抱き上げてくれる幼女がいなければ何の意味もない微笑みを浮かべ、夕日を浴びているテディ・ベア。黒い瞳はいつも優しげで、まさにセオドア《テディ》・ローズヴェルトが好んだ子熊そのもの――そんな印象を人に与える男だった。

実際、大抵の友人は彼のことを「クマさん」と呼ぶ。本人もそのあだ名がかなり気に入っているらしい。それが証拠に、現役の戦闘機《ファイター》パイロットとしてＦ14ＪやＦＶ１Ｊを飛ばしていた頃、彼のＴＡＣネーム《コールサイン》は〝テディ・ベア〟だった。

もっとも、そう呼ばれた時期の彼が「テディ」だったのは、地上にいる場合だけだ。コクピットにおさまった〝テディ・ベア〟は、中東と樺太《からふと》でロシア人の造った航空機を一〇機も撃墜した正真正銘の野獣だった。

彼、海上自衛隊《ＪＭＳＤＦ》二等海佐・藤堂輝男《とうどうあきお》は、ジェット時代初のダブル・エース・パイロットとして、空戦史にその名と功績が刻まれている男だったのである。同時に、戦場を飛ばぬ時期は実験航空団で無数の試作機を飛ばしてきたヴェテラン・テスト・パイロットでもある。

そう、藤堂輝男がＮＡＳＤＡ――宇宙開発事業団の建造した宇宙往還機第一号機の指揮官に任じられた理由は、彼が世界で最も優秀なパイロットの一人であるからだった。

宇宙往還機。彼が指揮を任されたこの機体は、これまでの宇宙機――ことにスペースシャトルとは全く違う性質の〝宇宙船〟と言える。

経済性を念頭において計画されたにもかかわらず、合衆国のスペースシャトルはロケット並の運営経費を必要とする欠陥商品だった。費を必要とする欠陥商品だった。飛行の度に、使い捨てにされる部分が多すぎたからだ。それに、信頼性も低すぎた。

これに対し、宇宙往還機は、機体の完全再使用が可能だ。彼女は、かき氷《スラッシュ》のようになるまで冷やされた水素を推進材として、滑走路から通常の飛行機のように離陸。マッハ二五で大気圏外へ駆けあがる。もちろん、地球への帰還、着陸も独力で可能。四千メートル級の滑走路さえあるなら、どんな空港からも離発着できる。使い捨てにされる部分は一切存在しない。

要するに宇宙往還機とは、通常の旅客・輸送機と同じ感覚で軌道飛行が可能な、全く新しい世代の輸送システムなのだった。言うまでもないことだが、軍用機としても使用できる。この機体は、積載されるパッケージと通信システムを変更するだけで宇宙戦闘・爆撃機に変身する。

藤堂輝男は、間延びして聞こえる声で言った。

「補助ターボ・ジェット、チェック」

「チェック、一番、グリーン」

「二番、グリーン。プリ・ランチング・チェック全項目終了。オール・グリーン」

「終了を確認。オール・グリーン」

彼は目を細めて、副操縦士と機関士に頷いた。

「さて諸君、いよいよ本番だね。まったく、緊張しちゃうな」

だが、言葉とは裏腹に、その顔には緊張のかけらも浮かんではいない。目と口元は、どこまでもクールだ。

航空自衛隊の攻撃機乗りだった副操縦士とＮＡＳＤＡ飛行試験センター出身の航法機関士は、そんな指揮官の様子を見て、精神を縛り付けていた糸の緩む感覚を味わった。

若い乗員二人――とはいっても、自分自身と五歳も離れていない――がリラックスする様子を確認して安心した輝男は、中央管制センターとの直通回線に報告した。

「コントロール、こっちは準備完了だ」


一九八〇年代を迎えて、合衆国に次ぐ宇宙大国として浮上した日本にとって最も困った問題は、国内に（彼等にとっての）ケープ・ジャクリーン《カナヴェラル》が存在しないことだった。

五〇年代以来、日本の宇宙開発――ことにその最終的局面であるロケット発射と衛星の制御――は航空宇宙研究所系の場合は、大隅《おおすみ》半島、NASDA系の場合は、種子島《たねがしま》で行われてきた。

しかし、八〇年代中盤になると、宇宙開発がNASDAに統合されて大規模化した結果、その運用面で難しい問題がでてきた。これまで使用されてきた九州南端の発射地ではスケール的・社会的に今後の需要を満たせないことが明らかになったのだ（種子島に至っては、漁業権問題のおかげで発射時期が制約される始末だった）。

現状のままでは、新生NASDAの抱える巨大プロジェクト――軌道実験施設計画、発電衛星計画《ソネッタ》、宇宙往還機計画――を実施する過程で、困難な事態が発生することは確実だった。来たる二一世紀のナショナル・プロジェクトとして急速に具体化されつつある軌道植民地計画《プロジェクト・ライジング・サン》に至っては、実験を行うことすら難しい。

NASDAは躍起になって代替地を捜し求めた。だが、日本国内でロケット発射に向いた土地がそう簡単に見つかるはずもない。

九〇年代に入ると、合衆国から返還されたカデナ基地とその周辺施設群にNASDAが飛びついた理由は、それだった。彼らは、日本国内でこれほどの規模を持った施設が手にはいる機会は、二度とないことを知っていたのだ。

ＮＡＳＤＡは、ありとあらゆる抵抗を押し退けてカデナ取得に邁進《まいしん》し、それに成功した。

そして、膨大な予算を投入し、この軍事基地を徹底的に改造し、拡大していった。七〇年代後半、偵察衛星Ｊバード《りゅうせい》・シリーズが打ち上げられて以来、野党勢力御得意の貧乏臭い主導権争いの下で展開されていた〝宇宙の軍事利用反対〟といった類いの市民運動を押さえ込み、同時にカデナの基地機能を欲しがった防衛庁の横槍をかわしながら――。

努力は報われた。驚くべき事に、冷戦時代、極東最大の軍事基地といわれたカデナは、わずか四年で完全な宇宙開発施設につくりかえられてしまったのだ。

一九九五年のこの日、カデナ――いや、嘉手納宇宙港から世界初の実用宇宙往還機が飛び立とうとしている理由は、以上のようなものだった。藤堂輝男二佐は、日本がこうした紆余《うよ》曲折を経て結実した事態の最前列に立つ、もっとも新しい輝ける存在だったのである。


輝男の乗る宇宙往還機（古い呼称では、スペース・プレーン）は、〝宇宙港〟にある元の主滑走路上でゼロ・アワーに備えていた。機体は滑走路から旧弾薬庫地区にかけて設置された全長六キロの超電導発射《SEMLS》システム、マスコミのいう超電導カタパルトの始点で待機している。宇宙往還機は自力で離陸できることが建て前だが、燃料を使わずに初期加速できるに越したことはないと考えられたのだ。

当然のことながら、この飛行は、世界から注目されている。各国の報道陣は、一週間ほど前から基地の周辺をうろつき、取材合戦を繰り広げていた。発射当日の今日は……もちろん、プレス席の端から端まで、カメラの砲列で埋め尽くされている。そして、多種多様な言語による衛星中継放送は、宇宙港周辺に祭のような雰囲気を醸し出していた。

この祭に参加しているのは彼らだけではなかった。総計数千にも及ぶマスコミ関係者に加えて、世界中から集まった三〇万を越える見物客が、この新世代宇宙機の初飛行を一目見ようと、宇宙港周辺へ押し寄せ、全国から結集した警備の機動隊に給料以上の仕事をさせていた。

巨大な映画館の様な超大型ディスプレイが設置された宇宙港の中央管制センターでは、見物客の公的代表団と操縦士たちの親族が招待されていた。

代表団のいる場所は、巨大なスクリーン型ディスプレイがいちばんよく見える貴賓席だった。透明の強化プラスチックで四囲を囲まれた席で、映画館で言えば特別指定席の位置に設けられていた。座席の数は二〇ほどだ。これに対し、管制官たちが実務を行う三〇近いＣＲＴディスプレイ付き制御卓《コンソール》は、一階普通座席の位置にある。

「確かに、Ｘ30は大変な悲劇でした」

ＮＡＳＤＡの広報担当官は貴賓席に座る人々に言った。丸々とした顔に（広報担当者特有の）信用のできない笑みを浮かべている。

広報担当官の横にある四〇インチ・ハイビジョン・ディスプレイには、空中で突如コントロールを失って横転する機体が映っていた。画面にＣＮＮやＮＡＳＡのロゴが見えないところをみると、ＮＡＳＤＡが独自に撮影したものらしい。

広報担当官は画面を指さし、悲しげに言った。

「アメリカの宇宙計画に与えた影響からすると、シャトル・コロンビア以上です――なにしろこいつは、都市部におっこちましたからね」

ディスプレイに映された機体は、空中で激しくのたうち、細かな部品をばらまきつつ落下していた。鮫の胴体後ろ半分を切り落とした様な印象を受けるスタイルだ。いや、カヌーを中央から断ち切ったスタイルに近いというべきかもしれない。

「まぁ、宇宙計画反対論者の方には意外かもしれませんけども……現在では、X30の機体設計に誤りは無かったと考えられています。リフティング・ボディはずいぶん以前からある概念ですからね。問題はどうも……工作段階にあったようだ、というのが向こうでの見方です」

広報担当官はそう言うと、ディスプレイを切った。その時、貴賓席から反論が投げつけられた。

「カンサス・シティじゃそうは思ってないわよ」

反論の主は、三〇代らしい、美人だが余裕のない顔つきをした女性だった。胸につけた訪問者用のプレートに、宇宙軍事利用阻止国民同盟と記されている。見物客の公的代表の一人だ。

「確かにそうです」

広報担当官は頷いた。彼は、ここで反宇宙開発論者から文句をつけられることを最初から予想していた。合衆国の宇宙往還機――X30のカンサス墜落は、それほど大きな事故だったのだ。

彼は茶化すような口ぶりで言った。

「カンサスじゃ何千人も亡くなったし、現在もアメリカの宇宙計画――特にX30関連は停止状態です。いくら、お家が一番でも、赤い靴のかかとを合わせる時に、力を入れすぎたんですな」

「だからこそ、我々は――」

彼のひどい冗談の意味がわからなかった女性は、発言の前半に対して反論をしかけた。

広報担当官は彼女の発言を軽く手で遮り、

「ああ、後にしてください」

と言った。内心では、こういう連中は何かを言うときどうして、私は、でなく、我々は、になるんだろう、そう考えている。

「そちらの、ああ……なんとか国民同盟の女性《かた》が言われる通り、確かに事故の危険はゼロじゃありません。しかし、あの――」

広報担当官は、超大型ディスプレイに映し出された鶴のように優美な宇宙往還機を指さした。

「機体は、エイト・ナインズの安全率で設計され、テストされてきました。つまり九九・九九九九九パーセントの安全性ですな。これは無茶なスケジュールで運航してる航空会社の旅客機より一桁安全なことを示してます。我らが宇宙往還機は、世界一事故率の低い飛行機なんです」

そこまで言うと、自分の言葉を全員が理解できるよう、故意に言葉を止めた。聴衆に、宇宙往還機がロケット的な（そして危険な）イメージの強い〝宇宙船〟ではなく、日常的な安心感のある響きを持った〝飛行機〟であることを理解させようとして。

実際、この点については、広報担当官の言葉に嘘はなかった。宇宙往還機は藤堂輝男の指揮によって、プロトタイプの0号機を含めば、過去三〇回以上の大気圏内飛行テストを行っている。その間、マッハ二〇を越えた時でさえ深刻な問題は発生していない。

もちろん、新しい技術を実地に運用する場合の常として、無数の不備は見つかっていた。しかし致命的なものは存在しておらず、現時点までにそのすべてが改修されている。大気圏外では別の問題が出てくるかもしれないが、これればかりは実際に飛び出てみないとわからない。いまのところ、隕石の衝突か異星人の攻撃でもない限り確実に帰還できる――そう予測したＮＡＳＤＡ飛行試験センターのコンピュータ・シミュレーションを信頼するしかない。

聴衆の表情を冷静に観察していた広報担当官は、頃合を見計らって、再び口を開いた。彼が言ったのは宇宙往還機についてＮＡＳＤＡが人々にアピールしたがっている殺し文句だった。

「以上のようなマン・マシン・ファクターを結実させ、今日、彼女は宇宙へと旅立つわけです。ちょっとばかり下品なセリフでいわせてもらえば……二一世紀日本の夢を乗せて離界するのです！」

広報担当官の言葉はお世辞にも感動的とは言えなかった。だが、彼らのいる場所は世界で唯一の宇宙港だった。ディスプレイにはペンシル・シリーズ以来、営々と築き上げられてきた夢の実体が映し出されていた。

自然発生的な拍手が湧き起こった。そのとき、
反宇宙開発論者の女性が、叫んだ。

「夢？　いったいどんな夢なの？　アメリカのかわりにＳＤＩ計画を進めるためなのに！」

彼女は眉をつり上げて叫んだ。政党に主導された〝市民運動〟の過程で、宇宙という言葉を耳にするだけで血圧があがるように条件づけされてしまった彼女にとって、拍手は激怒の原因以外の何物でもなかったのだ。

「ＳＤＩ？」

広報担当官は心底不思議そうな顔をした。

「とぼけないで！　あなたたちの企みはわかってるんだから！」

「どういうことでしょうか？」

「あなたたちは宇宙に軍人を送ろうとしている。彼らは人殺しよ！　機長は戦争で一〇人以上も殺しているわ！　副操縦士だって！」

その叫び声は、彼女が尋常ならざる精神状態にあることを明らかにしていた。

「おっしゃっている意味がよくわかりませんが……」

広報担当官は給料によって支えられた職業意識で冷静さを保ちつつ続けた。

「宇宙計画に自衛隊のパイロットが参加していることをご指摘なら、お答えします。彼らが選ばれたのは厳しい訓練や任務に耐え得る体力と知力を備えた人材だからです。軍人がダメだということなら、ガーリンや〝フレンドシップ・セヴン〟はどうです？　彼等がいなければ、人類は未だに地球上だけをうろついていたことでしょう。それに――これは断言できますが、先陣が軍人であったとしても、商業飛行が可能になった暁には、星の世界は人類共有の財産になります。アメリカのスペースシャトルがそ

れを証明しています」

彼は微笑むと、これは私事ですがとことわって、つづけた。

「それに〝軍人〟は往還機のクルーだけではありません。私も同じです。これでも、陸自の予備役一尉でしてね。湾岸戦争と統一戦争の時は大砲射ってました。たぶん、藤堂機長より私の方が殺した人間の数は多いんじゃないかな。確かに楽しい思い出ではありませんが、私は自分を〝人殺し〟とは思いませんよ」

それを聞いて、女性運動家はますます怒り狂った。どうにも手の付けようがない。

怒りを正面から浴びせかけられ、広報担当官は〝万策尽きた〟という言葉の意味を実感していた。彼は思った。反対派の幼稚な反論を利用して、ニュートラルな連中に宇宙往還機の安全性を納得させるってのは、悪くないアイデアだったのに。

彼が警備員を呼ぶことを決断しかけたその時、落ち着いた声が響いた。

「お嬢さん」

とりたてて特徴のある声ではなかった。だが、この声の底には明確な何か——他者に自分の意志を伝え、それを確実に実行させ続けてきた者だけが持つ力が存在していた。

「？」

〝お嬢さん〟と呼びかけられた女性は眉を吊り上げたまま、声のした方向を振り向いた。

口を開いたのは、貴賓室の隅にある席に座っていた初老の男だった。見事な銀髪を辛うじて七三にわけられる程度にのばし、背は高くないが、がっしりした印象を与える体格の持ち主だ。やや丸みを帯びた顔が、どこか他者に微笑みを浮かべさせたくなるのは、その目鼻の配置のせいだろう。膝には、三歳ばかりの幼女が行儀よく座っている。両隣には、妻と思われる初老の女性と、幼女とよく似た顔立ちの中年女性が座っていた。要するに、周囲には何の印象も与えない、好々爺直前の年金生活者のように見える男だった。

　声だけが、その印象を裏切っている。

「少し落ち着かれてはどうかな。あなたがここで何を叫ぼうと、あれはもうすぐ飛び上がってしまうのだからね」

「私は主張すべきことを主張して――」

「それは大変結構！　だが、ここは政治討論を行う場所ではない。あなたが今為すべきことは、より適確な意見を述べるために、この打ち上げの一部始終を見ておくことではないかね？　お願いだから今は口を閉じ、腰を降ろしなさい」

　言葉や顔つきは穏やかだったが、それは紛れもない命令だった。

　女性は凍りついたような顔になって黙りこみ、周囲から痛いほどの視線を浴びているのを自覚した。唇をきつく結んだ彼女は、何度か男の方に視線を向けたが、その度に、彼から発散している空気――経験によって形作られた人格的迫力――を浴びせられ、結局、何も言わぬまま肩を落とした。

　室内に安堵の空気が満ちた。

　この数分間、事態の傍観者となっていた広報担当官は、初老の男の視線を感じて、職務を思い出し、口を開いた。内心の動揺を隠すためだろう、不必要なまでに明るい口調だ。

「それでは、発進《テイク・オフ》――我々は往還機の場合、発射《リフト・オフ》とは言いません――まであと三〇分となりましたので、御希望の方を屋上の観覧席まで御案内したいと思います。もちろん、こちらで見学なさっても結構です」

　そう言われても、最初は誰もが決めかねている様子だったが、

「では、お願いします」

と、先ほどの男性が立ち上がると、それにつられて一〇人ほどが立ち上がった。反対派の女性は座り

込んだままだ。

広報担当官は入り口近くで待機していた部下に後を任せると、中央管制センターが入っている宇宙港中央ビルの屋上へ希望者を引率した。

屋上に向かう途中で、彼は、先ほど事態を丸く収めてくれた男の横に並んだ。そして、小さな緊張した口調で感謝の言葉を伝えた。

「有り難う御座いました、提督」

「気にしなくていい。私は、昔からああいう手合いの扱いには慣れている。あのような人間になったのは本人の責任ではない。精神の自立以前に、知識だけが詰め込まれたことが原因だ」

提督と呼ばれた人物は、かすかに聞き取れる程度の声で答えた。彼の口調には僧侶にも似た柔らかな響きがあった。

広報担当官は全身に冷や汗が吹き出していた。統一戦争の際、大きなミスを犯した自分を叱責した上官も同じ口ぶりだったことを思い出したのだった。

その上官は、彼のミスを洗いざらい指摘した。しかし、戦争が終わって、そのミスの責任を被ったのは、彼を叱責した上官だった。その結果、確実視されていた陸将補への昇進を諦めねばならなくなっても、責任はＮＡＳＤＡ職員のパートタイムオフィサーにあるとは言わなかった。数年前に一佐で退役せざるをえなくなったその人物の事を、彼は忘れてはいない。いや、忘れられるわけがなかった。

いま、彼はかつての上官に対して抱いている感情と同質のそれを提督と呼んだ男に感じていた。〝本物〟のオフィサーに対する、尊敬とも羨望ともつかない感情だ。

同時に、内心の対極には、だからこそ俺はＮＡＳＤＡの広報担当官になれたんだという開き直りに近い自覚があった。いつも陽気な笑みを浮かべ、ちょっとした冗談で周囲を笑わせるのが好きな自分。そんな自分が、本業の士官に向いているはずがない、そう思っている。

大体、と彼は思った。

陸自の予備役幹部を志願した理由は、サボり倒していた大学の単位不足を埋めるためだった。あの頃、ただの戦争ごっこのように思えた予備役幹部養成コース《ROTC》。それを受講するだけで貰える単位はおそろしく魅力的だった。予備役三等陸尉としての宣誓を唱えた理由はそれだけ。まさか、大学卒業の数年後、本物の戦争が起こるなんて思いもしなかった。オフィサーとしての心構えなどカケラも持っていなかった。

それに対して、統一戦争の時の大隊長、そしていま俺の隣にいる提督のような、実戦でその能力を示した職業軍人（ああ、この言葉こそ彼等には似つかわしい）には、俺の様なアマチュアでは絶対に持てない何かがある。カリスマと呼ばれるヤツだろうか？

微かに首を振った広報担当官は、〝提督〟に失礼しますと小さく言い、仕事に戻った。人々を屋上に向かうエレベーターへと導かねばならない。彼の表情と態度はどこまでも朗らかだった。かつて彼はミスを犯した。だがそのミスを自分の本業で繰り返すつもりはなかった。


宇宙港は、原色の中にあった。

空は完全に澄み渡り、太陽は天頂から強烈な熱線を放射していた。気温は三〇度を軽く越えている。額に吹き出た汗を右手の甲で拭い、左手にとことこと歩く幼女の右手を握った初老の男性は、席につく前にどこか習慣性を感じさせる動作で、周囲を見渡した。

緊急事態に備える艦艇や見物のボートが浮かぶ西方の海面は、陽光をまぶしいまでに反射していた。北には長大な滑走路と、ゆるやかな昇り坂を描いて空に伸びる超電導レールの上に乗った優美な機体が据えられていた。他の方角には、金網ごしにびっしりと見物客が張り付いている。過激派の嫌がらせだろうか、ゴムタイヤを焼いたものらしい黒煙が何本か立ち昇っていた。

「綺麗な飛行機だ」

観覧席に座った初老の〝提督〟——海上自衛隊退役海将補・藤堂進《すすむ》は、そう呟いた。広報担当官が気を利かせてくれたおかげで、取材に当たっているマスコミは近寄ってこない。その広報担当官は、科学者風の太った老人の遺影らしい写真を胸に抱いた品のよい老婆を席に案内していた。

進は、もう一度言った。

「本当に綺麗だ」

彼の妻と息子の嫁はそれに答えず、心配そうに宇宙往還機を見つめている。それを操るのは、彼女たちの息子であり夫なのだ。

（無理もない）

進は思った。最愛の者が非日常的な行為に臨もうとしている時、超然としていられる女はいない。進自身も完全に冷静とは言えなかった。内心では、他者に悟られたくない感情が渦巻いている。

進は手をかざし、自分の次男が乗った優美な機体をみつめた。純白のボディが陽光を鮮やかに反射し、周囲には陽炎《かげろう》が立っていた。そのため、緩いカーヴをえがく曲線で構成され、胴体と三角の翼が一体となった彼女の姿は、北帰行を控えた鶴が翼を大きく広げているように見られた。自分自身でも月並みな表現だと思ったが、やはり、そう喩えるしかない。

（アメリカが鮫のようなX30で、日本が鶴か）

民族性の違いというものなのかな——と愚にもつかぬ事を考え、彼は微かな笑いを浮かべた。

その時、左隣の席にちょこんと座り、愛らしい仕草でサービスのジュースを飲んでいた幼女が、

「爺ちゃんのおふね」

と、海を指した。

「え？」

進は軽いショックを受け、孫娘の示す方角を見た。

海上には、数え切れないほどの艦船がいた。示威のためだ。宇宙往還機の大気圏外初飛行は、日本が真の宇宙大国となった証であり、それを世界に知らしめる政治ショーとしての役割を担っているのだ。

だからこそ、海上自衛隊と海上保安庁は、彼らが保有している大型艦の少なからぬ数を沖縄近海に集中させている。日本には、派手な宇宙開発と金のかかる大艦隊を同時に持つ余裕があることを世界に伝えるためだ。非常の場合、救助にあたるため——というのは、付け足しに過ぎない。本当に事故へ備えるのなら（往還機の大気圏内速度から考えて）、最低でも沖縄から数百キロ離れた海上に待機させるはずだからだ。

進は目尻の皺を深め、海面を見つめ慣れた顔つきで沖合いの艦艇群を眺めた。見物用にチャーターされた定期航路客船、純白の船体に深いブルーの斜線を描いた優美な巡視船、明るいグレイの施されたミサイル護衛艦、飛行甲板にヘリと戦闘機を待機させた大型空母。そして、戦艦。

「爺ちゃんのおふね」

孫娘は、再び得意そうに言った。

「ホントだねぇ」

進は笑みを浮かべて、彼女の頭を撫でた。

彼は、自分の乗っていた艦について孫娘に教えた覚えはなかった。彼女の父親である次男がいらぬ知恵をつけたらしかった。

そう言えば、と進は思った。輝男は子供のころ軍艦が大好きだった。父さんの軍艦を見に連れてってよ、と彼にせがんだものだった。そうした時期は言葉を憶えてから第二反抗期を迎えるまでの、ほんの一〇年ほどだったが、大人に——父親になった後も、軍艦好きが変わることはなかったらしい。

（ま、俺も同じ様なものだったけれど）

と、進は思った。自分にも、息子の願いを叶えることを一番の喜びとしていた父親がいた。散々駄々をこねたあげく、軍艦を見せてもらった覚えもある。輝男と自分の違いはひとつだけ。彼の父親はここにこうしているが、自分の父親は、息子が本当に甘ったれることを覚える前に死んでしまったことだ。以来半世紀、彼は、ここからほど遠からぬ海底で眠り続けている。いや、もしかしたら、今日だけは目を覚ましているかも。ああ、父だけではない。兄貴や、自分の長男。そして、

（母も、姉も――）

不意に過去の思い出にとらわれた進は、それを振り払うために軽く頭を振った。人前で情けない真似はしたくなかった。

だが、想いはとめどなく溢れ出してくる。無理もなかった。藤堂家の人間にとって、過去半世紀が今ここに凝縮されているようなものだったからだ。

沖合いの戦艦と、滑走路上の宇宙機の間に。

第一章　防人《さきもり》と軍艦

「艦隊戦闘とは、最大限の注意を払ったうえで慎重に決行されるものであらねばならぬ。決して、偶然の結果に大きな期待をかけ、敢えて危険を冒して実施されるものであってはならない」

――J・R・ジェリコー（英国海軍元帥、ジュトランド海戦時の英国大艦隊司令長官）

「天佑ヲ確信シ全軍突撃セヨ」

――聯合艦隊司令部より第一遊撃部隊への電報命令（一九四四年一〇月二四日）

1　最初の死

シブヤン海
一九四四年一〇月二四日

レイテに向かう進撃の途中で、藤堂明《あきら》中佐は三つの死に接した。

最初の死は、艦隊がシブヤン海で合衆国海軍機と熾烈な対空戦闘を展開していた一〇月二四日午後に訪れた。レイテ泊地に向け、勇敢な――合衆国海軍側から見ると、その精神構造を理解しかねる――進撃を強行していた栗田艦隊。彼らが、ウィリアム《ビル》・F・ハルゼー大将率いる史上最大の空母機動部隊、第3艦隊第38任務部隊による連続した空襲を浴びていた時である。

ハルゼーの攻撃は、帝国海軍最後の戦艦群、大和《やまと》・武蔵《むさし》・長門《ながと》・金剛《こんごう》・榛名《はるな》に集中していた。当然だ。合衆国軍によるフィリピン奪還作戦の第一段階、レイテ島上陸が開始された直後に、聯合艦隊《GF》が泊地をカラにして出撃してくれれば、その目的が何か、誰にもわかる。上陸船団の攻撃だ。

ハルゼーは、彼が「陽動部隊」と判断した栗田艦隊の戦艦群をこの日のうちに叩き潰そうとしていた。明日は、敵「主力」の空母機動部隊、小沢艦隊に決戦を挑まねばならないからだ。しかし、彼は気付いていなかった。事実はその逆であり、聯合艦隊が空母を「陽動部隊」として、「主力」の戦艦をレイテ泊地に突入させようとしていることを。

陽動、主力の取り違えはともかく、ハルゼーは指揮下にある四個の空母任務群にルソン島及びサンベルナルディノ海峡（ルソン、サマール両島の間にある）付近への集結を命じていた。今日のところは、とりあえず戦艦を叩いてしまわねばならなかった。

この日、ハルゼーが隷下の空母任務群に発した命令の要旨は、単純そのものだった。日本艦隊が攻撃圏内に入り次第、全力で攻撃を開始し、

「叩き潰せ」

――〝猛牛《ブル》〟のニックネームを奉《たてまつ》られたハルゼーが、発するにふさわしい命令だった。ただ、彼にとって残念なことに、実際に攻撃を開始できた任務群は二つに過ぎなかった。残り二つは、彼自身の判断ミスにより、補給を受けるため戦場を遠く離れているか、逆に戦場へ近づきすぎて、日本軍航空機の五月雨《さみだれ》的な攻撃を受けるかし

ており、日本艦隊への攻撃を行うどころではなかった。

右の意味において、日本側は幸運であった。すなわち、ハルゼーは日本軍の主力を小沢機動部隊だと信じ込んでいた。恐るべき第38任務部隊も、その全力を発揮しているわけではなかった。

だが、気楽であったわけではない。

藤堂中佐の所属する栗田艦隊——本当の捷一号《しょういちごう》作戦主力、第一遊撃部隊の浴びていた空襲は、〝幸運〟な現状においてさえ、十分以上に破滅的な打撃を航空支援のない艦隊に加えつつあったのだから。


この日、四度目の空襲は、次のような情景から始まった。

「左五〇《ゴーマル》度、敵編隊急降下、来ます!」

煙突と後部副砲(四番砲)に挟まれた位置にある戦艦大和の後檣《こうしょう》(後部艦橋)。その両脇に設けられた後部見張所から、見張員の報告が響いた。同時に、見張員の背後に控えた電話員——耳にレシーバー、胸に電話機というスタイルの少年兵たちが、見張員の叫びを防空指揮所へと伝達する。

防空指揮所でも同じ敵機を見つけていたらしい。すぐさまスピーカーから命令が響いた。

「左砲戦、向かってくる敵艦載機。射《テ》ぇッ!」

コンマ数秒のち、周囲の空間に轟音と閃光が充満した。大和に装備された一〇〇基以上の対空火器のうち、敵機をその射界におさめているものが一斉に射撃を開始したのだ。

大和の甲板からは、弾幕を突破して急速に接近してくる空中の黒点——SB2Cヘルダイバー急降下爆撃機の編隊が、爆撃態勢に入る様子をはっきりと視認できた。ヘルダイバー編隊には、高角砲弾の爆発や火矢にも似た機銃弾の射撃が集中されていた。上空からだと、大和は全艦火の玉——に見えるに違いない弾幕射撃だ。大和に乗り組んだ三五〇〇名以上の乗員、その大部分が、神経を張りつめてこの一瞬と対決していた。

後部主砲射撃指揮所だけが、例外だった。

この部署は、対空戦闘の場合、後部主砲の対空砲弾——三式弾による遠距離対空射撃を管制する任務が与えられている。しかし、現状は近距離対空戦そのもの。敵機が内懐に入り込み、防空の主力が高角砲と機銃に切り替えられたために、取りあえず仕事がない。

仕方のないことだった。機銃員が甲板の部署で発射ぺダルを踏み、弾薬を装塡している今は、主砲を使うことができない。まかり間違って主砲射撃など行おうものなら、増設機銃――爆風よけのカバーを取り付けられてない機銃の兵員を吹き飛ばしてしまう。四六サンチ砲の猛烈な爆風は、下手をするとボルトで固定された機銃さえ甲板から引き剝しかねないエネルギーを持っているからだ。

「畜生、あんだけ射って、カスリもせん」

視察口から妙な恰好で外を見ていた松田特務少尉は呟いた。佐世保《させぼ》海兵団、昭和三年入隊というヴェテランの方位盤射手だけあって、いかにも水兵からの叩き上げらしい、楔《くさび》のような肉体を持っている。

彼は肩を軽く震わせて言った。

「だが、向こうも下手だな。こりゃ当たらん」

松田が震えているのは、恐怖のためではなかった。どう見ても命中しそうにない爆撃を行いつつある敵機への嘲笑――それが肩の震えた理由だった。

しかし、戦《いくさ》慣れした古兵は、どんな場合でも用心を怠らなかった。松田は、カン高い急降下音が聞こえると同時に視察口から離れ、身体を低くした。破片が防弾ガラスを突き抜ける可能性だってないとは言えない。

松田が姿勢を変えると同時に、大和の艦体が左に傾斜した。編隊降下してくる敵機の爆弾を避けるため、強引に舵が切られたのだ。

ますます大きくなってくる降下音に、松田の新たな呟きが重なった。

「はは、こりゃますますもって……」

彼の言った通りだった。絶妙のタイミングで行われた回避運動によって、四機編隊で突っ込んできた敵機から投下された爆弾は、右に大きくそれた。着弾したのは、大和から一キロ以上離れた海面だった。派手な水柱を立てたことが唯一の戦果、というわけだ。無論、大和に被害はない。

弾薬を節約するためだろう、水柱がおさまった時、対空射撃は中止されていた。

「御見事」

一部始終を松田の隣で見ていた藤堂明中佐は、笑いを含んだ声で賛嘆の念を漏らした。中肉中背の身体の上にのった丸い頭。貴族的な雰囲気の細目の眉と瞳、ローマ人のような鼻――その下にある薄い唇が、何か面白い冗談でも聞いた時のような形に歪められている。実際、藤堂は今の出来事を軍事技術者として面白がっていたのだった。

彼は、敵機の攻撃に対する基本的な対抗手段は回避しかない、と考えていた。森下艦長の指揮によって行われた先の回避運動は、藤堂がソロモンでの苦痛と興奮に満ちた体験から導きだした――〝回避こそすべて〟という持論を証明するものに他ならなかった。とりあえず手持ち無沙汰な現状では、ただ単純に面白がってしまうのは無理もなかった。

藤堂は、満足気にうなずきながら視察口を離れ、指揮所の中心に据えられた方位盤照準装置に取り付けられている砲術長席へ戻った。草色の第三種軍装のポケットから薄汚れたハンカチを取り出し、目尻を刺激する汗の塩分を拭う。

彼の丸顔には、連日の疲労が浮き出ていた。にもかかわらず、他者へ爽やかな印象を与える雰囲気は失われていない。

藤堂に続いて持ち場に戻った松田が、四角い顔を歪めて、

「砲術長《ホーチ》、なんとかなりませんかね」

現状に対するぼやきを漏らせたのは、その雰囲気ゆえだった。

彼は言った。

「自分が砲術学校で習った頃は、対空射撃なんて刺身のツマみたいなもんでした。それが――」

彼は、自分が鍛え上げた旋回手や射手を指さした。

「こいつらが教わる頃にゃあ、そっちが表看板になる始末。おまけに対空射撃の命中率は四千発に一発だっていうんですから……」

藤堂は、

（本当は、それより手荒く悪いぜ）

と、喉まででかかった言葉を飲み込み、

「我慢しとれ。大和は沈みゃあしない。沈まなければ、俺たちの出番がくる」

そう言った。松田が対空射撃について不平を言っているのではなく、やるべきことが何もない現状に焦《じ》れているのがわかっていたからだ。彼自身も同じ思いだったのである。

藤堂は（書類上は）戦艦大和砲術長だった。

しかし、着任したのが捷一号作戦の直前であったために、前檣楼トップ《マスト》の主砲射撃指揮所は任されず、後部射撃指揮所へ配された。実際の主砲指揮は、大和副長――

これまで砲術長も兼務していた能村《のむら》次郎中佐が、前檣楼の主砲射撃指揮所でとっている。つまり、藤堂は、前檣楼が破壊され、能村中佐が戦死しない限り、砲術長らしい仕事のまわってこない「スペアのスペア」という立場だったのである。彼が焦れるのも当然だった。

おまけに栗田艦隊は出撃以来、敵に叩かれる一方。一矢も報いることができないまま、三隻の重巡を戦列から失っている。任務中は極端に冷静な態度をとるという評判のある藤堂でも、多少の不平を感じるのは仕方のないことだった。

藤堂は、部下に気付かれぬよう努力して、抑えたため息をついた。

その時、見張員からの報告が、彼のため息を嘲るようなタイミングで飛び込んできた。

「左七〇《ナナマル》度、雷爆連合、接近中！」

同時に大和は、先ほど中止した作業を反射的とも言える素早さで再開した。

藤堂は視察口から周囲の状況を確認した。右舷側に同型艦の武蔵、左舷側に長門が見えた。

その光景に彼は、違和感をおぼえた。

（どうしてだろう？）

彼は思った。そういえば……。

（オイ、事前の計画と並びが違うじゃないか？）

シブヤン海が大艦隊の行動に向かない場所であることは、作戦当初から十分予想されていた。ルソン、ミンドロ、パナイ、サマールといったフィリピンの島々に挟まれたこの海には、空襲の際に有効な対空用の円陣、防空輪型陣を組んだまま回避運動を行えるだけの広がりがない。総数三〇隻以上にもなる戦闘艦隊が通過するには、幅が狭すぎるのだ。

よって進撃の際、艦隊は非常な危険に直面することになる。回避運動に必要な海域の幅が足りぬため、航空攻撃を避けきるだけの派手な盆踊り――転舵は不可能だ。

だからといって、戦闘機による上空掩護は考えられない。全滅に等しい状態の味方航空部隊に艦隊支援などという贅沢な真似ができるはずがない。となれば、最後の頼みは対空砲火だが、日本製対空火器の威力が低いことは周知の事実で、対空砲火だけでは敵機の攻撃を阻止することは望めない。

要するに、下手をするとシブヤン海で艦隊全滅ということにもなりかねない危険が、作戦前から十分に予想されていたのである。

栗田艦隊において、「被害担任艦」という発想が出てきた原因は、右の様な現実と推定を踏まえた結果だった。

この、

「敵の目を引く大きな艦を、わざと攻撃されやすい位置に置き、その艦に敵機の攻撃を誘引する」

という戦術は、制空権を失った聯合艦隊ならではの、悲惨な——、しかし、最低限度の合理性を保った発想の産物だった。戦術とは、人道と無縁の場所に存在している純粋思考であるから、任務さえ達成できるなら、異常という他ない被害担任艦戦術さえ正当化してしまう。

藤堂が現実の光景との間に違和感をおぼえた〝事前の計画〟とは、この被害担任艦についてだ。

当初計画において、被害担任艦に指定されていたのは武蔵だった。栗田艦隊は、左から順に武蔵、大和、長門を横一線に並べ、左——フィリピン海方面から予想される敵機の空襲を武蔵に引きつける計画を立てていたのである。

だが、その位置には長門がいる。長門、大和、武蔵という並びになっている。計画とは逆の配置になっている。


「敵機左一五〇《ヒトゴーマル》度、旋回運動！」

「本艦の中心線上に占位しつつあり！」

長門の防空指揮所には、ヴェテランの見張員による報告が次々と伝達されていた。前檣楼《トップ・マスト》頂部に設けられた指揮所は露天であり、敵機からの攻撃を隔てるものは、大気以外何もなく、安全な部署とは言い難い。

だが、不必要な部署ではない。露天であるがゆえに、周囲の状況を最も素早く、的確に把握できる場所でもある。大抵の艦長が空襲を受ける際、防空指揮所で操艦指揮を執る理由はそれだ。命中弾を浴びないためには、身の安全になどかかずらってはいられない。

「取舵一〇《ヒトマル》」

去る一五日、少将に昇進したばかりの戦艦長門艦長・兄部勇次《こうべゆうじ》は、温和な表情のまま〝盆踊り〟の第一段階命令を下し、空をにらんだ。彼の居場所は、——言うまでもない。防空指揮所だ。

この周防《すおう》豪族の子孫は、先祖と同じ様に、戦場における筋金入りの現実主義者だった。当たらない高角砲や機銃に頼るより、回避の方が確実に敵弾を外せると確信していた。彼もまた様々な経験から海軍兵学校《えたじま》の後輩である藤堂と同じ判断を下していたのである。

その理由は――

たとえば急降下爆撃ならば、攻撃をかけてくる敵機は大抵、艦の中心線に沿って艦首《おもて》あるいは艦尾《とも》から突っ込んでくる点にある。

このうち本当に危険な攻撃は、艦首方向の中心線から突っ込んでくる爆撃だ。相対速度の効果で（艦にとっては）回避を行う時間的余裕が、極端に制限されるからだ。

だが、救いがないわけではない。艦首方向からの攻撃は、それを行うパイロットに最高の技量と度胸を要求するのである。

巨大な敵艦、そして無数の対空砲弾が自分に向けて突進してくる光景に耐えつつ突撃を続ける。

非常に大きなものとなる敵艦との相対速度を見切り、的確なタイミングで投下スイッチを押す。

いまや練度で完全に日本軍を上回った合衆国海軍航空隊にも、この様な行為をやってのけられるパイロットは少数派だ。

したがって、大抵の急降下爆撃機は、艦にとって比較的回避し易い後方から攻撃してくることになる。その方が彼等《パイロット》にとっては心理的な圧迫が少なく、照準を行いやすいからだ。

当然、この多数派に属するパイロットによって放たれた爆弾は、目標とされた艦にとって比較的楽な相手となる。後ろから追いかけてくる爆弾は、先を見越して小気味のいい回避さえ行えば、図体のでかい戦艦でさえ軽くかわせる。

兄部艦長が藤堂と同じ見解を抱いていたのは、このような理由からだった。

――見張員が叫んだ。

「敵機急降下！」

「取舵一杯！」

間髪を入れずに、兄部は叫んだ。

彼が命じた運動は、先に述べた心理的、物理的エレメントから導き出されている。敵が中心線に乗った時点で、軽く舵をあてて艦に舳先の向きを変えやすいよう行き脚をつけておく。そして、敵機が本格的な急降下を始めた時点で、思いきり舵を切る。

こうした動作を行うと、舵が利くまで時間のかかる戦艦でも、驚くほど短い時間で進行方向を変えられる。あらかじめ、向かうべき方向へ勢いがついているからだ。

長門は大きく右にかしぎながら進行方向を変えた。長門の防空指揮所では、右舷側海面が（感覚的には）手の届きそうな距離に感じられたほどだ。

兄部少将は背筋にひやりとするものを感じながら、恨めしげに避退して行く敵機へ視線を向けた。背後からは、命中することのなかった爆弾が海面で立てる爆発音が聞こえてきた。

「兄部さん、うまいなぁ」

長門の見事な回避運動を目撃した藤堂は感嘆した。先を見越して舵を切る――それ自体は簡単な行為に過ぎないが、適当なタイミングを計るのはおそろしく難しい。長門はそれを実行していた。実際、彼女は艦長の神経と直接つながれたように思える機敏な動きを見せている。とても、四万トンもある戦艦の回避運動とは思えない。

なぜ長門が左にいるのか――最初は疑問に感じた藤堂だったが、長門の見事な回避運動を目撃した今では、その理由が了解できていた。

(兄部さんは、大和と武蔵を守ろうとしている)

藤堂はそう理解していた。

「本艦に向かってくる敵機なし！　敵の攻撃は長門に集中！」

「応急作業急げ」

戦艦武蔵艦長、猪口敏平《いのぐちとしへい》少将は穏やかな声で命じた。彼は、軍人らしい細身の身体の周囲に、不可思議な力を持った空気を漂わせていることで知られている。聯合艦隊有数の砲術士官としての実績と、以前から余暇のほとんどを割いて修行してきた禅宗の教えが、彼にその特別な空気を与えていた。

猪口の指揮するこの巨大戦艦は、三〇分前の攻撃の際、艦首に近い前甲板と主砲一番砲塔天蓋《てんがい》上に一〇〇〇ポンド(約四五三キロ)爆弾を浴びていた。

二七〇ミリVH表面硬化鋼を張った砲塔天蓋は、それを簡単に弾き飛ばした。だが、主要防御区画から外れている前甲板は駄目だった。

前甲板には最大でも五〇ミリ厚の鋼板しか張られていない。その部分が耐えられる攻撃は、二〇〇キロ爆弾が限界なのである。

結果、前甲板には直径二メートルほどもある穴が開き、真下にある兵員室が全壊、一五名の死者が出ていた。

だが猪口は、悲嘆してはいない。

(この程度の損害で済んでいるのは、兄部のおかげだ。幸運に思わねば)

と、現状を半ば肯定さえしていた。猪口は帝国海軍でも一、二をあらそう砲術の大家であったが、操艦術の方はそれほどでもない。彼はそれを事実として受け入れている。

猪口は、右に左に奮戦を続ける長門の姿から、そうした判断を導き出したのだった。自分が計画どおりいたら、とても敵の攻撃はかわせなかったであろうことを了解していた。操艦のうまい兄部少将が、事前計画を無視して被害担任艦を引き受けてくれたおかげで、武蔵の損害が現状程度のものにとどまっていることが分かっていた。

兄部少将は、猪口の海兵同期生だった。

戦闘中の応急（被害）対策にあたる内務長からの報告を伝令兵が伝えた。

「損害軽微、本艦戦闘航海支障無し！」

その五分後、敵の第四次攻撃隊は去った。

確かに、兄部は猪口と同期だった。が、彼が事前計画を独断で変更して現在位置にある理由は、それ故ではない。大言壮語などしない兄部は誰にも言わなかったが

――

「猪口には敵機を避けきれまい」

と判断した彼は、この海で自分と長門をスケープ・ゴートにしようと決意していたのだった。

それは、かつて世界のビッグ・セヴンとうたわれた戦艦の艦長として、悲壮という他ない決意だった。しかし、四〇サンチ砲戦艦一隻の犠牲で四六サンチ砲戦艦二隻が決戦場へ到達できるなら、進んでそうしなければならない――兄部は自分の合理的な思考を恨みつつ、そう判断していた。

「艦長」

短期現役士官の主計中尉が報告した。鼻が高く、妙に構えた表情をしている。

「現在までのところ、本艦が回避した爆弾、二一八発。魚雷、三四本。撃墜した敵機、一五」

主計課は港に入れば忙しい。しかし、戦闘中はヒマだ。よって、こうした戦闘状況の記録係を命じられることが多い。

それはともかく、驚くべきは長門が回避した爆弾・魚雷の数である。ほとんど攻撃隊二波ぶんに匹敵している。戦術的に見るなら、長門は回避運動だけで、二波ぶんの敵機を撃墜したのと同じ戦果をあげたといってよかった。

この記録は、兄部艦長による的確な回避運動のみが為し得た快挙だった。至近弾の破片を別にすると、この戦

いで長門はいまだ一弾も浴びていないのだ。

「よぉし、中曽根君、御苦労さん」

兄部艦長は疲労の濃い顔に笑みを浮かべて、主計中尉を下がらせると、艦の指揮に意識を集中した。航海時計を見る。

午後一時一五分。

日が暮れるまでの時間を考えると、敵はあと一波の攻撃が限界だ。それだけをなんとかかわせばいい。

何事も楽天的に考えることにしている兄部は、この時、（まだ長門が沈むと決まったわけじゃない）と、思っていた。ただし、彼の一部に存在する冷静な戦術家としての視点は別の主張をもっていたが。


あと一波しか来ない。

この点について、兄部の判断は正しかった。

ハルゼーの四個空母群は、栗田艦隊だけでなく、小沢艦隊をも相手にしなければならない。そのためには、早期に北上する必要がある。

ハルゼーは、小沢の空母群が自分を釣るためにかけられた疑似餌《ルアー》だということに気づいていなかった。

見た目には無視できない航空戦力、空母四隻・航空戦艦二隻を主力とした小沢艦隊の格納庫が（台湾沖航空戦の損害により）カラになっていることを知らなかった。

空母の敵は空母。よって、最も早期に潰すべきは北方の機動部隊。ハルゼーは、そう信じた。

右の様な判断の結果（兄部の予想通り）、二四日午後の時点で、ハルゼーが栗田に向けられる攻撃隊は、午後一時三〇分に目標上空へ到着する予定の第五波で終わりだった。その理由は、ハルゼーが小沢艦隊の追撃についてだけではなく、純粋な技術的制約を与えられていたからである。

ハルゼーの艦隊は（彼が望みさえするなら）、第六波以降の攻撃隊を出すことも不可能ではなかった。だが、そうした攻撃隊は帰還が夜になる可能性が高かった。事故の発生し易い夜間着艦の危険はおかせない。合衆国海軍航空隊の平均練度は、日本軍を上回ってはいるが、夜間着艦を自由に行えるレベルではなかった。

ハルゼーは予定通りの時刻に、北上を開始することを決断した。彼は、第五波の攻撃によって、最低でも一隻の戦艦を沈めることを絶対命令として発令していた。まともな指揮官ならば、航空攻撃によって戦艦を失えば、作戦を中止し、撤退を開始するはずであるから。

午後一時三〇分。栗田艦隊へ殺到した攻撃隊の第五波が、この日合衆国軍が放った中で最も強力な編成であったのは、ハルゼーのこうした戦術判断が原因となっていた。

攻撃隊の内訳は、戦闘機一六、急降下爆撃機二〇、雷撃機三二、の計六八機である。

「何度攻撃したら気が済むんだ！」

藤堂は眉をしかめた。我慢仕切れなくなった伝令が叫んだのだ。

「いらん時に口を開くな」

藤堂の表情に気づいた松田特務少尉が、野太い声で叱った。同時に彼は、藤堂の方にうかがうような視線を向けた。怒鳴ってはみたものの、自分も同じ思いなのだ。彼は問いかけていた。いったいいつまで、こんなことが続くのか。

藤堂は軽く眉をあげて無言の問いに答えた。俺にだってわからんよ。

彼の神経が一瞬現実から離れかけたその時、彼の怠慢を責めるかのように見張員の報告が響いた。

「左九〇《キュウマル》度、雷爆連合大編隊……」

と、そこまで言って突然途切れる。

（どうした？）

後部主砲射撃指揮所の全員が不審げな表情を浮かべた。松田が呻く。

「オイ、いったい——」

「敵編隊全機、長門に向かう！　長門が危ない！」

藤堂は腰を浮かし、左側の視察口から外を見た。

長門の周囲に無数の敵機が乱舞していた。彼女は全身から火山弾のように対空砲火をまき散らしながら、黒煙と水柱の中を突進している。

ハルゼーの絶対命令は、小憎らしいまでに攻撃をかわす長門への集中攻撃を命じていたのである。

「左九〇《キュウマル》度、雷撃機多数接近！」

「正艦尾、急降下爆撃機多数突っ込んで来る！」

景気のいいことだ——兄部艦長は正直敵を羨みながら、取舵一杯を命じた。

彼は思った。今度は数が多いから、一発か二発はあたるかもしれんな。うん、世の中そうそう気楽に渡れはしないものな。

だが、絶望はしていない。なんといっても、長門は戦艦だ。一発や二発の爆弾くらいでは沈まない。戦艦とはそういうものなのだ。爆弾がよほど運の悪い場所に当たるか、魚雷を連続して喰らわない限り、滅多に沈まないように造られている。

栗田艦隊上空到達より数分後、

「小憎らしいニップ《ジャップ》の戦艦」

に集中攻撃を命じられた第五波のほぼ半分が、激しい対空砲火をついて長門へ突っ込んだ。同時に投下された爆弾は八発。放たれた魚雷は一六本。

各機は、長門を後ろから包み込むように搭載兵器を投下した。


「三番、右から来る敵機、急げ！　一番、二番、同じ！」

長門艦尾に増設された三基の二五ミリ三連装機銃群。指揮官の木村中尉は、細い眼を思いきり開いて、部下を叱咤激励していた。

連続した戦闘のために、普段はぽっちゃりして見える頬はそげ落ちていた。木村は休む暇がなかった。彼の指揮する銃座は、射撃管制装置によって統一指揮されていない。迎え射つべき目標は、木村自身が指示し続けなければならなかった。

だが、今の彼には、疲労を自覚している余裕さえなかった。生き残るため、敵機を肉眼でおいかけ、指揮杖を振って射撃指示を行い続ける。

木村の命令と同時に、機銃弾が放たれた。

銃口を出た瞬間は青く、その一瞬後にはオレンジ色に輝く曳光弾。三本の銃身は激しく前後し、薬室からは空になった薬莢が止めどなく吐き出される。排出された薬莢は、そのまま砂の撒かれた甲板に落下、神経に障る乾いた金属音を立てる。

（畜生、今度は手荒くやられるかもしれん）

大声を張り上げながら、指揮杖を振り回す木村は思った。

世田谷にある大学から、

「動員で陸式に引っ張られるよりは」

と考えて海軍短期現役士官に志願した彼は、一年半前まで、悪友どもと駄弁《だべ》ることの好きな学生に過ぎなかった。剣付鉄砲を抱えて走り回る陸軍の泥臭さにどうにもなじめなかった彼にとって、海軍への志願は国内亡命のようなものだった。子供の頃に憧れた、純白の第二種軍装を着込んだ海軍士官のスマートなイメージの影響が、どこかに残っていたのかもしれない。

その彼が、今、汗と硝煙の染みこんだ草色の第三種軍装を身に着けている。戦闘を経験する度に、若さのそげおちてゆくことを自覚しながら、二〇《はたち》に満たぬ者も多い機銃員たちの生命を左右している。

木村は叫んだ。

「どうした！　集弾悪いぞ！」

彼は気付いていなかった。射距離一五〇〇メートル以下でなければ、直撃時でさえ敵機に致命傷を与えられない二五ミリ機銃。その銃身が今日一日の酷使によって歪んでしまっていることに。


木村が目標に定めたSB2Cの四機編隊は、子供のような年齢の機銃手たちの放つ火線をかいくぐって、爆撃態勢に入った。数秒の間隔を開けて、四つの白い指が、投下スイッチに触れた。

今の木村には何の意味もないことだったが、SB2Cの搭乗員たちも、彼と似た様な境遇の者ばかりだった。彼等は皆、中西部にある大学出身の予備将校パイロットだったのである。


敵機の投下する爆弾が自分の方へ落ちてくるかどうか。それを判別する一番簡単な方法は、落下してくる爆弾の輪郭を確かめることである。

爆弾の輪郭が楕円、あるいはもっといびつな形であれば、当面の危険ではない。

だが、正円である場合は――

木村は敵機の投弾した爆弾のうち一発が、完全な円を描いていることに気付いた。艦は旋回を続けているが、爆弾の輪郭は変わらない。どうすべきか。彼は即座に判断した。

「待避！　待避！」

木村は叫んだ。

だが、部下達は持ち場を離れようとしない。射撃の轟音で何も聞こえないのだ。

木村は金縛りにあったように立ちすくみ、思った。これからは増設機関砲座にも、レシーバーでの命令伝達をやるようにしなきゃ駄目だな。

彼の精神は、爆弾が中華鍋のような大きさに見えた時点でも、妙に平静だった。


藤堂は長門艦尾に黒い塊が落下してゆくのを見た。

「いかん！」

一瞬後、艦尾に閃光と黒煙が起こり、機銃座と人間が吹き飛ばされる様子が見えた。艦尾の防空バリアーに穴が開いたのだ。

藤堂は細い眉を微かにしかめた。艦尾から黒煙を吹いている長門を観察する。長門を艦尾方向から狙っている敵は、さきほどの編隊だけではなかった。

放っておくわけにはいかない。

藤堂は叫んだ。

「三番砲塔対空射撃準備を為せ！　右一五〇、高角九。弱装、信管秒時〇・二！」

震動と衝撃波は、ほぼ同時にやってきた。

長門の巨体が揺れ、全身を叩くような爆発音が襲ってくる。

兄部艦長は手近なものにつかまって衝撃をやり過ごすと、

「被害報告！」

と叫んだ。

すぐに応答があった。

「艦尾に五〇《500キロ》番一発命中！　艦尾機銃座全滅！」

一〇〇〇ポンド爆弾の炸裂により、三〇名近い乗員が、死ぬか、負傷した。彼らに守られていた長門の尻は丸裸になったということだ。

兄部は呻いた。

「畜生め」

敵は、そんな彼に思考する隙さえ与えなかった。

「左後方雷跡四！」

「左一七〇《ヒトナナマル》度、敵爆撃機、突っ込んでくる！」

「取舵一杯！」

上官の許可を取っている暇はなかった。

藤堂は独断で三番主砲の射撃準備を行いつつ、機銃員の待避ブザーを鳴らした。断続音三回、一拍おいて長音一回。長音が終わった直後に主砲が発射されることになっている。

ブザーが鳴り終わるまでに、射手が剝きだしにされている機銃座の者達は、持ち場を離れねばならない。照準装置を外し、手近な待避所へ逃げ込む必要がある。そうしなければ、衝撃に弱い照準装置が主砲射撃の爆風で狂ってしまう。機銃員たちも、海上に弾き飛ばされてしまう。

今のところ、長門に命中した爆弾は艦尾の一発だけだった。魚雷は、すべてが外れた。兄部艦長の回避運動は、まだ魔力を発揮していた。


　長門を狙う二番手の編隊は、一番手の与えた被害が爆弾一発に過ぎないことへ各機好き勝手な感想を漏らしつつ、目標へと突進した。彼らは、SB2C八機と、TBFアヴェンジャー雷撃機八機で臨時のチームを編成していた。

　敵艦への接近経路は、防空バリアーに大穴の開いている艦尾方向からだ。

　藤堂はブザーが鳴り終わると同時に、方位盤照準器の接眼部に眼を押しあてたまま叫んだ。

「射《テ》ェッ！」

　大和の後部に嵐が発生し、艦体が震動した。

三連装の九四式四〇サンチ砲――四六サンチ砲が対空用三式弾を発射したのだ。

　三発の巨弾はほぼ瞬時にして長門後方五〇〇メートル、高度一五〇〇メートルに到達、時限信管を作動させ、炸裂した。

　一発あたり危害直径ほぼ五〇〇メートルの三式弾は、周囲に合計六〇〇〇個もの子弾（焼夷弾も含まれる）と破片をまき散らし、敵編隊を鉄と火のシャワーで包み込んだ。


　艦尾から轟音が聞こえた。

（またか？）

　兄部艦長は思った。後部防空指揮所からの報告はその予想を裏切った。

「大和三番主砲よりの三式弾、敵編隊中央にて炸裂！敵機多数撃墜と認む」

「やってくれるね」

　兄部は微苦笑を浮かべ、呻いた。大和の三番砲？　そうか。俺が一水戦司令の時に砲術参謀だった藤堂が、大和で砲術長を――

　藤堂は汗を拭った。

松田へにこやかにうなずいて高声電話を取り上げ、三番砲へ「タダ今ノ射撃見事ナリ」と伝える。

　彼は思った。うまくいったから、独断射撃でも大した叱責は受けないだろう。これでなんとか今日は大丈夫……

見張員が叫んだ。

「長門前方に敵機多数！」

「なんだって？」

それは、合衆国海軍航空隊が後々まで語り草にした攻撃であった。

第五次攻撃隊の三番手、四機のＳＢ２Ｃと八機のＴＢＦが、長門の艦尾と艦首に対し、数分の時間差をおいて攻撃をかけてきたのである。

艦尾方向の編隊全滅。

この小さな勝利のために一瞬だけ気を緩めた兄部艦長は、艦首からの攻撃に対応できなかった。

この情景を目撃した者は、たとえ日本人であっても、ヤンキーたちの戦術が優れていたことを認めないわけにはいかなかった。

「なんてこった」

顔面蒼白となった藤堂は立ち上がった。全身が熱病にかかったように震えていた。

長門は、完全に不意を衝かれた。

長門に対し、一〇〇〇ポンド爆弾二発、Ｍｋ13魚雷一本が命中した。

最初の爆弾は、一番主砲直前に命中。中甲板にめり込んで炸裂し、兵員室と倉庫を全壊。同時に上甲板を裂き、機銃座一つを破壊した。

致命的だったのは、二番砲塔右側面の甲板に命中した二発目の爆弾だった。その一〇〇〇ポンド爆弾は、副砲一門を破壊すると同時に、爆炎と破片をその後方の副砲弾庫に侵入させたのである。

後部防空指揮所を駆け出た藤堂は、長門の前檣楼側面に閃光が走る瞬間を目撃した。

猛烈な閃光。被弾部分の周囲にあった施設や高角砲、機銃座が吹き飛び、巨大な破孔が生じた。後を追うようにして、そこから黒煙と炎が噴き出す。砲術士官である藤堂は、それが何を意味するか直感できた。副砲弾庫が誘爆したのだ。〝よほど運の悪い場所〟に命中弾を浴びてしまったのである。

数秒後、破孔の少し前方、二番主砲付近の舷側に、巨大な水柱が発生した。魚雷だ。

長門は、みるみるうちに艦首を海中へ下げていった。

魚雷の開けた穴から大量の海水が流れ込み、艦首部の浮力を奪ったのだ。

藤堂は立ち尽くしていた。急速な沈没こそしないだろうが、長門がレイテ湾に突入することは、およそありそうになかった。

2 ブルズ・ラン

一九四四年一〇月二四日深夜　エンガノ岬沖東方

通信連絡の不備、指揮官同士の反目。およそ戦争において、これほど恐ろしいことはない。だが、太平洋における最後の洋上決戦が進行しつつあるこの海上で、それが発生していた。

日本軍にではない。合衆国軍に、である。

第38任務部隊《タスクフォース》。実質的にハルゼーが直率《ちょくそつ》していると言っていい正規空母群の旗艦・レキシントン。名は同じでも珊瑚海《さんごかい》海戦で、日本空母部隊の攻撃を受けて沈んだあのレディ・レックスを引き揚げたわけではない。

この艦は、ペンキの香りも新しい新型正規空母、エセックス級の一艦である。巡洋戦艦として生まれ、珊瑚海海戦で誘爆を起こして沈んだ悲運の空母を記念して、その名を復活させたのだ。

午後一一時。

レキシントンは、ハルゼーの命令を受け北方へ進撃中だった。他の空母や護衛の戦艦群も、共に防空輪型陣を組んで、夜空の下を高速航行している。栗田艦隊ではなく小沢艦隊を主力と判断したハルゼーは、任務部隊の全艦艇を翌日の攻撃に備えて、北上させている。

彼は、新型戦艦ニュージャージーに司令部を置いた。その戦艦から、彼は史上最大の攻撃力を有する無敵艦隊——隷下に第38任務部隊を含めた、合衆国第3艦隊《USサード・フリート》を指揮していた。

やはり司令官に進言しなければ、とアーレイ・A・バーク大佐は思った。彼は長身で筋肉質の肉体を常に躍動させているのが似合う男で、猛禽《もうきん》類を思わせる高い鼻もそのイメージを強めている。加えて、青い瞳と高い額からは、誰もが認めざるをえない知性がにじみでていた。全くのところ、バークは合衆国海軍士官のユニフォームを着るために生まれてきたような男なのだった。

司令官のキャビンに向かう途中、バークは、いつもは二段とばしで昇るラッタルを一段ずつ、丁寧に昇った。

彼は疲労を自覚していた。第五波攻撃隊が全機帰投した午後四時以来、レーダー・ディスプレイやチャートで埋まったレキシントンの戦闘指揮所《CIC》に詰め通しだった。ある目的をもって、攻撃隊のパイロットによる敵情報告や、ここ数日間の偵察機による索敵結果、自軍に加えられた敵の航空攻撃の記録を再構成していたのである。

そう。彼の足運びが普段と違っていたのは、疲労によるものだけではなかった。自ら望んで行った作業の結果到達した確信の持つ重みに耐える為でもあった。


「バーク、つまり、あれか?」

彼の上官は、疲れた、ささやく様な声で言った。

「君は、ハルゼーが判断を誤っているというのか?」

「そうです、ピート」

バーク大佐は精悍な顔をうなずかせ、元駆逐艦艦長らしい張りのある声で答えた。

藤堂明がソロモンにいた同じ時期、彼もまた、あの地獄の海で戦っていた。そこで、〝三一《サーティワン》ノット〟バークなどというニックネームまで頂戴している。

バークは言った。

「自分は、北方の敵機動部隊は囮《おとり》であると考えます。敵主力は、中央部隊――我々が今日叩いた戦艦部隊です。なにしろ、この部隊の日本軍指揮官は、以前、ヘンダーソンをコンゴウ・クラスで艦砲射撃したクリタ提督ですから」

戦争の状況如何にかかわらず、軍人は階級が上の人間、実績のある軍人に対し尊敬を示さねばならない――と信じているバークは、栗田に対して、自分の上官でもあるかのような口ぶりで表現している（もっとも、栗田への評価は過剰である）。ジャップやニップという言葉も使わない。

「ナガト・クラス一隻沈めただけじゃ、駄目だというのか」

バークの自信に満ちた答を聞いて、彼の上司、第38任務部隊指揮官マーク・A・ミッチャー中将は呻いた。

「はい。一隻沈んでも、彼らにはあのミステリアスなヤマト・クラスとコンゴウ・クラスが各二隻、計四隻の戦艦が残っていますから」

私が栗田なら突っ込みますよ、といわんばかりの口ぶりでバークは答えた。ガダルカナルで、恐怖の的だった日本水雷戦隊を叩き潰した経験を持つ、彼らしい態度だった。

ミッチャーは顔をしかめた。

彼の、欧州神話の小人《ノーム》を思わせる皺だらけの顔と痩せた小柄な身体は、水兵たちに親しみを持って受け入れられていた。彼が、

「獰猛《フェリシアス》なノーム」

などという愛称で呼ばれているのは、そのためだ。なぜ「獰猛」が付くかと言えば、その肉体と較べて、不釣り合いなまでに華麗な空母戦指揮官としての実績も、大きな要素となっていたからだった。バークは、この〝獰猛な〟ヴェテラン空母部隊指揮官の参謀長という地位にある。

「ふむ」

健康を害しているという噂のあるミッチャーは、血色の悪い顔に思案の色を浮かべ、信頼すべき参謀長の見解について、上級指揮官だけが知り得る情報を参考にして思考を巡らせた。

迫り来る栗田艦隊こそ日本軍主力であるとの判断は、ここ数日、合衆国海軍部隊指揮官の間で（ミッチャーも含め）根強く囁かれてきた見解であった。

ミッチャーたちの予想は（後世の人間は知っているように）事実だった。ハワイの太平洋艦隊司令部にいるニミッツも同意見である。

ハルゼーだけがそれを否定している。

ニミッツは、ハルゼーが栗田艦隊についてどのような見解をもっているのか知らなかったが、

「後方の司令部が、前線の指揮官に対してあれこれ口を出すべきではない」

という、聯合艦隊司令部からの〝口出し〟に悩んでいた栗田が聞いたら泣き出しそうな名文句を吐いてハルゼーを助けていた。

自分が率いている第38任務部隊をほとんどハルゼーに奪われた形のミッチャーもまた、ニミッツと同じ態度だった。ただし、彼の立場は部下であるから、

「部下が上官へあれこれうるさく言うべきではない」

という理由からだった。

そのうえ、ミッチャーは自分を無視し、ニュージャージーから作戦指導を行うハルゼーにあまり良い感情を持っていない。そんなにやりたきゃ勝手にやれよ、という想いを胸中のどこかに抱いている。

つまり、ハルゼーに真実を教えられたかもしれない二人の提督――ニミッツとミッチャーは、共にハルゼーへ連絡を取ろうとはしなかったのである。

しかし、レイテ侵攻船団の直接護衛と支援を引き受ける第7艦隊の指揮官二人――キンケイドとオルデンドルフは違った。

第7艦隊は、上陸支援及び西村艦隊との戦闘によって消耗し尽くしていた。彼らとしては、栗田がレイテ泊地に突入してくる可能性が微かでもある間は、ハルゼーに遠くへ行ってもらいたくなかった。

彼等はハルゼーに、

「クリタがレイテ湾へ来るためには、絶対突破せねばならないサンベルナルディノ海峡へ高速戦艦群を派遣してくれ」

と、要請していた。妥当な判断だった。ルソン島とサマール島に挟まれた狭い水道であるサンベルナルディノ海峡へ、アイオワ級を主力とする高速戦艦群を派遣しておけば、日本軍のレイテ泊地突入は完全に不可能となるからだ。無理に進めば、泊地到着以前に大損害を受ける公算が高い。まともな指揮官なら、それを予測して作戦を中止するはずである。

ところが、この戦場において最強の艦隊を率いる指揮官――ハルゼーにとっては、第7艦隊から発せられたこの支援要請は藪蛇だった。性根がひねくれているハルゼーは、第7艦隊が支援を請う度に、北方の空母機動部隊、小沢艦隊が主力だとの信念を深めていったからだ。

軍隊の高級指揮官にはありがちなことだが、ハルゼーにもある種の幼児的な部分があったのである。

いまやハルゼーは、栗田艦隊こそ、

「囮」

だと無理矢理に思いこんでいた。現実よりも、自分のイメージを重視している。空母こそが主力であるという普段なら妥当という他ないイメージを。

ハルゼーは、栗田艦隊が戦艦一隻を失った結果、撤退を開始したと信じていた。栗田艦隊は、最後の攻撃を受けた直後、陣型を再編するため、一時的に北方へ針路を変更した――それを本格的な撤退だと解釈したことから生じた誤断であった。

この誤断に伴い、ハルゼーは、キンケイドから送られていた高速戦艦部隊の支援要請を握りつぶした。日本軍の、

「主力」

小沢艦隊を叩くため、全艦艇を北方に向けて突進させたのである。

事態をさらに危険なものとしたのは、彼がニミッツから口出しされることを恐れて、自らの現時点における行動とその意図を明確に真珠湾へ報告しなかったことだった。

この結果、ほとんどの者が気づかぬ内に、混乱が拡大しつつあった。

キンケイドは、ハルゼーがサンベルナルディノ海峡付近で警戒に当たっているものと信じていた。栗田艦隊と主に戦うのは、今後もハルゼーであると――思い、多少の安堵を得ていた。

ハルゼーの状況判断を知らぬニミッツも、当然、現状を把握してはいない。常識的判断から、一個空母群と戦艦戦隊ぐらいはレイテの近くへ残しているものと信じていた。

だが、事実は全く逆だった。ハルゼーは全艦隊を率いて急速にレイテから離れつつある。

バークは断言した。

「我々の置かれた状況は極めて危険です。クリタ提督が突っ込んできたら、大変なことになります」

「確かにな。儂も君と同意見だ」

ミッチャーは答えた。バークに言われるまでもない。現状でもし日本軍が進撃を続けたら――明日は、地獄の釜が一斉に蓋を開けたような騒ぎになるだろう。彼も個人的にはそう思っている。しかし、指揮官としての判断は別だった。

「だが、我々の判断が正しいとは限らない。ハルゼー長官も君の言う問題については十分考え抜いたはずだ。儂は、余計な意見具申をして彼の脳血管を痛めつけるより黙っていた方がいいと思う」

ミッチャーは、疲れた表情でそう言った。

疲労による精神の衰え。肉体のどこかで進行しつつある病。ハルゼーへの悪感情。空母指揮官としての、空母が主力であるとの常識。

さまざまな要素が複雑にからみあい、互いに影響しあって、ミッチャーに上官への意見具申を手控えさせた。

「だから君も、今日のところは休み給え」

「畜生め」

ミッチャーのキャビンを出たバークは毒づいた。

司令官連中は、いったい何を考えているのだ。俺は、マリアナ海戦のデータまで調べて、この推測を引きだしたのに。このままでは――

「合衆国海軍は、歴史家に物笑いの種をプレゼントすることになっちまうぞ」

彼は通路の隔壁を叩いて呻いた。レイテ湾の第7艦隊は、俺たちが戦場から急速に離れていることを知らない。こちらから連絡がなければ日本軍はいない、キンケイド中将はそう思いこんでいるはずだ。


バークがレキシントンの通路で、怒りと共にそう感じた瞬間、合衆国軍から自らおかしつつあるミスを修正する機会は失われた。後に、

「ブルズ・ラン」

と呼ばれ、合衆国海軍史上最大の汚点となるハルゼーの進撃は継続されていたのだ。もちろん、バークの乗るレキシントンもそれに加わったままで、誰にもハルゼーの暴走を止めることはできない。

この現状は、栗田艦隊がレイテ湾への進撃を再開した場合、これを阻止できる合衆国指揮官が誰一人として存在しないことを予測させるものだった。合衆国軍に――いや、いまの場合、バークに――残された手だては、栗田艦隊が怖じ気づき、逃げ出すことを神に祈る以外にない。

3 搏撃《はくげき》

サマール島東方
一〇月二五日午前六時五九分

藤堂明が第二の死に接したのは、レイテ湾まであと四時間の地点――サマール島東方海上においてだった。


昨日夕刻、浸水に耐えかねた長門が艦首から沈んで以来、六角形の外観を持つ後部主砲射撃指揮所内の空気は沈滞していた。

藤堂の指揮によって、熟練の技量を発揮した見事な主砲対空射撃が、長門を救うことができなかったからである。

責任をとって、長門と運命を共にした兄部艦長から最後に送られた信号が、

「貴艦ノ絶妙ナル支援射撃ニヨリ、被害ヲ局限シ、残存乗員全テヲ退艦サセル事ヲ得タリ。之ニ深ク感謝シ、以後ノ武運ヲ祈ル。サラバ」

という行き届いたものであっただけに、なおさら重苦

しさが積った。

兄部艦長は、藤堂の射撃があったからこそ長門の被害は前部だけに留まった。後部にあれ以上の被弾があったら、部下全員を退艦させる暇がなかったろう、と言ってくれたのだ。

死に行く武人からそのような心遣いを受けた後では、彼らが乗る大和の森下艦長や第一戦隊司令部、はては栗田長官自身からまで、

「臨機応変ナル射撃ノ判断見事ナリ」

と誉められても、気は晴れない。彼らが気落ちしてしまったのも無理もないことだった。


ブルネイ出撃以来、戦闘配置に付き通しで疲労しきった七人の兵員たちは、指揮所の外壁沿いの持ち場――メーターやボタンが並ぶ計器盤の前で、座席に座ったまま舟を漕いでいた。

指揮所中央の照準器の接眼レンズに顔を押しつけている藤堂たちも気が抜けていた。

照準器の対物レンズを常に回転させていなければならない旋回手だけは、仕事をサボるわけにはいかなかった。レーダーが遠距離に敵機を探知していたからである。

スピーカーから、

「方位左六〇度、マスト四、敵駆逐艦らしい」

という声が響いたのは――まだ太陽の昇り切らない六時三七分のことだった。

指揮所の空気は、一瞬にして緊張した。

兵員たちは背筋をのばしてメーターを睨んだ。接眼レンズを覗く藤堂や松田たちも、しょぼつかせていた眼を大きく見開く。

旋回手は、これまでとうってかわって急速度で照準器を回し、伝えられた方位へと向けた。これは、射撃指揮所及びそれと一体化されている下部の測距所（左右に大きく測距儀が突き出している）も同時に回転していることを意味する。

もちろん、前檣楼トップの前部主砲射撃指揮所内でも同じ行動が取られている。

その光景は、大和を護衛している重巡や駆逐艦から見ると、早朝の海上にそびえる二つの山――前檣楼と後檣の頂上に立った巨人が、拳を握った腕を左右水平に延ばし、身体をゆっくり回転させている様に見えた。

一〇秒後。藤堂は、熟練した眼で目標を捉えた。

彼はレンズに映し出されたものを見て呻いた。

「駆逐艦じゃないぜ、ありゃ」

　彼は滅多に顔色を変えない男だが、その時ばかりは違った。

「目標は敵空母！　空母四、重巡二、駆逐艦三。距離、三二〇〇〇！」

　武蔵の昼戦艦橋（第一艦橋）に立ち尽くしていた猪口艦長は、報告を聞いて軽くうなずき、

「主砲水上戦に備え」

　よく通る声で命じた。禅道に通じているだけあって、戦艦が空母と出くわすという異常な状況にも動揺を見せない。

　続いて報告が入る。

「敵空母は艦載機発艦中。駆逐艦群急速回頭、こちらに向かってくる！」

「最大戦速即時待機、右砲戦用意。風向確認、展開方面――空母の頭を抑えられる針路を出せ」

　さすが砲術の天才、猪口艦長の命令は立て板に水だ。

　旗艦大和から指示がなくても、次々と準備を整えてゆく。

　合衆国海軍太平洋艦隊第77・4任務群《タスクグループ》――第7艦隊護衛空母部隊の指揮官、トーマス・L・スプレイグ少将は、相手が遠方のため受信状態の悪い戦術放送《TBS》システムの受話器を握ったまま、

「ジャップの水上部隊だって？」

と訊ね返した。

　彼の護衛空母部隊は三つのグループに分かれ、ミンダナオ島からサマール島にかけての海域に南北へ延びた状態で展開している。

　彼自身は、タフィー1――第77・4・1任務隊《タスクユニット》を直率して最も南方のミンダナオ沖で作戦している。TBSの相手は、最も北のタフィー3、77・4・3任務隊指揮官で彼と同姓のクリフトン・A・F・スプレイグ少将だ。

　クリフトン・スプレイグは悲鳴をあげていた。

「とにかく、早く助けに来てくれ！　バカでかい戦艦が水平線上に見える。パゴダ・マストだ」

「パゴダか、ニップに間違いないな。了解、タフィー3。クリフ、もう少しだけ頑張ってくれ。とにかく南へ逃げろ」

「頼むぞ、急いでくれんと水泳の教練《アナポリス》を受け直すハメになりそうだ！」

　トーマス・スプレイグは思った。

信じられん。いったいどうして、ニップの戦艦とクリフの空母が大砲を撃ち合って……じゃない、一方的に射たれているんだ？　あいつの任務群には商船改造の護衛空母《CVE》六隻と対潜警戒用の駆逐艦《DDE》七隻しかないんだぞ。その点は、俺のタフィー1だって似たようなものだが。

トーマス・スプレイグは、唇をきつく噛んだ。

畜生、ハルゼーの糞野郎、いったいどこに行きやがった。この戦から生きて帰れたら、神掛けて、野郎を地獄に叩き込んでやる。

彼は周辺の全艦艇あてに無電を発すると同時に、通常の飛行作業をすべて停止するように命じた。護衛空母の全艦載機に敵戦艦部隊を攻撃させるためだ。

と言っても、彼らの航空機は対地攻撃装備しか持っていない。徹甲爆弾や航空魚雷は、彼の部隊に一本もない。クリフトン・スプレイグのタフィー3も、その点は同じだ。

彼は思った。さらに間の悪いことには、空母搭載機の大半が、対地支援に出撃中だ。使える飛行機は、定数の三割もない。まさに、絶体絶命の危機ってやつだな。絶体絶命。

そこまで思って、彼は突然、辺りはばからぬ怒声を放った。

「冗談じゃない《ゴッズ・ネイブル》。そんな文字の綴りなど、アナポリスじゃ教えてくれなかったぞ！」

大和の昼戦艦橋は大騒ぎだった。栗田長官をはじめとして、参謀連中が歓喜の呻きをもらしたり命令を下したり、とにかく騒がしい。

森下艦長が噛み付くような口調で報告した。

「展開方面は一一〇度が最適です。抑えられます。空母を叩けます！」

「長官！」

瞳に異常な輝きを浮かべた小柳参謀長が、栗田の方を向いた。

小柳は出撃前に、作戦の説明に来た聯合艦隊の神重徳《かみしげのり》参謀に楯突いて、敵主力を発見した場合には、それを先に叩いてよいとの一札を取り付けている。それが役に立つ時が来たのだ。

栗田中将は小柳の顔を見返した。彼が答える前に報告が入った。

「武蔵より信号。我レ射撃準備完成。射撃命令未ダナリヤ」

栗田は大きくうなずいた。

小柳は、こんな騒ぎの中でも超然としている宇垣第一戦隊司令官に叫んだ。

「第一戦隊射撃始め！」

矢継ぎ早に下される命令に従い、大和は急速に主砲射撃準備を整えていった。艦隊戦闘では、旗艦の主砲射撃開始が戦闘開始命令となるから、急がねばならない。すべての乗員が、電撃で弾かれたような勢いで動きまわる。射撃準備は、小柳が叫んでからわずか二〇秒後には完成していた。

「射撃準備完成！」

その報告が飛び込むと同時に、主砲射撃指揮所で配置についていた能村中佐は発射を命じた。

大和は、その生涯で初めて、敵艦艇に向けて主砲を放った。ほぼ同時に、後方の武蔵からも主砲第一斉射の轟音が響く。合計一八門の四六サンチ砲弾が大気を切り裂く。サマール沖海戦が始まった。

藤堂は歯ぎしりするような思いで、レンズの映像を見つめていた。いつもは笑っている様に見える口元が、醜く歪んでいる。


藤堂は思った。

——戦艦が空母を射撃している。

以前、ドイツ海軍が一度やらかした事があるというが、帝国海軍の戦艦がこんな好機を摑むことは二度とあるまい。

というより、航空主兵があきらかな現在、これは人類の歴史で絶後の戦いに違いない。ええい、こんな時に、俺は見物していることしかできないなんて。これまで、いつも戦いに加わってきたというのに。

本当だった。実際、藤堂明中佐は、開戦以来、常に戦い続けてきた男だった。

初の実戦は少佐。兵学校五〇期卒としては悪くない配置の妙高《みょうこう》級重巡・副長として経験したオランダ海軍との戦闘だった。

この戦いは帝国海軍の大勝利と報じられたが、その実際はひどいものだった。

なにしろ、劣勢を承知で突進し、近接戦闘を挑んだオランダ海軍の勇気ある提督、ドールマン少将に対して、圧倒的な戦力を有していた日本側の高木少将は、逃げ腰の遠距離砲戦ばかりをやっていたという体たらくだったのである。

藤堂は自軍の勇気の無さに呆れ果て、しまいには怒りさえ感じて、艦長に表情を変える事なく噛み付いた。彼と同意見の艦長は理解を示してくれたが、横にいた高木少将の反応は違っていた。

藤堂がつとめて表情を変えずに言った、

「艦長、遠くから射っても当たりゃしません」

という言葉は、遠距離砲戦を指示した高木に対して、あんたは臆病者だ、と面罵したのと同じことだったからだ。

藤堂にとって不幸だったのは、彼の表情が、高木の怒りをより強めてしまったことだ。藤堂が怒りを抑えている表情は、その目鼻立ちのために他人を冷笑している風に見えるのである。

海戦後、藤堂は高木から二度と主力艦《せんかん》や重巡に乗れると思うな、と言われ、艦を追い出された。

「敵空母に初弾命中！」

歓喜に震える声で報告が入った。武蔵の艦橋は一斉にどよめく。戦艦乗員、特に砲術科員にとって、射撃した主砲弾が最初から命中するのは、それほどの意味があった。

基本的に、射撃とは、放った弾丸の弾着（落下地点）を観測して段階的に射撃データを修正、確率的に直撃弾を出そうとする軍事技術である。

そうならば、当然、最初の射撃——第一斉射《サルヴォー》は、データ的に最も不正確な射撃であることになる。

その第一斉射が命中した。これは、射撃データを算出し、砲弾を放った人々の技量が恐ろしく高いものであることを意味している。

自らの技量が、敵を第一撃で破壊することによって証明される。平時、最も実戦から縁遠い環境で訓練を行わねばならない砲術科員にとって、初弾命中は人生最大の快事と言っても過言ではない。

この瞬間、武蔵の砲術科員はそれを実現した。

彼らは喜び勇んでいた。

捷一号作戦開始以来、追われ、叩かれ続けてきた自分たちが、昨日まで猟師だった空母を狩っている。感極まって泣き出す者、腹の底から湧き出る衝動を抑えかねて万歳を唱えるものが続出した。

正直なところ、砲術科出身である猪口艦長の内心も彼らと同じだった。しかし、猪口はプロの士官であり、艦長だった。

武蔵の戦果を確認した猪口の口から放たれた言葉は、感情の存在を疑いたくなるほど抑制の利いたものだった。

「大和の射撃と敵の被害状況はどうか」

「二隻に黒煙。大和の初弾も命中した模様」

艦橋はさらにどよめいた。しかし、猪口の表情はこれまでよりさらに冷静で、猟師というより学者のそれに近かった。

彼は、現状を砲術士官の視点で分析しはじめた。

装甲無しの空母に向けて四六サンチ砲。それで黒煙程度の損害。

（待てよ）

四六サンチを喰って黒煙しか出さないだって？　ということは。

彼は叫んだ。

「第三斉射より弾種変更」

艦橋が静まり返った。徹甲弾をやめる？

艦長は何を考えているんだ？

重巡を追い出された藤堂に与えられた任務は、砲術学校の教官だった。家族と暮らせるという点で悪い仕事ではなかった。あいつ、くさっているんじゃないかネ……海兵同期の中に心配する者があったらしく、彼が教官をしている間、同期生の何人かが、

「たまたま近所まで公務で来て、貴様がここにいることを思い出してネ」

などと、白々しい理由をつけて訪ねてきた。当時は、まだ戦況が味方優勢で、そうした暢気な真似も可能だった。彼らは、独特な顔つきのため、おっとりした性格と思われやすい藤堂が、実は恐ろしく戦闘的な人間であることをよく知っていた。

訪問された藤堂にとっては、久方ぶりの同期生との対面は楽しくもあったが、一面、ありがた迷惑でもあった。

確かに彼は戦闘的な人間だったが、一方では、異常なまでに家庭好きな面も持ち合わせていた。妻や子供と共に過ごせる毎日に、それなりの満足を得ていたのである。

もっとも、そうした時期はあまり長くは続かなかった。ミッドウェイの敗北後、艦隊付き砲術指導士官という妙な辞令をもらい、ラバウルへの赴任を命じられたからだ。当時、ソロモン海での戦いは激化の一途をたどっており、現地の第八艦隊はヴェテランの砲術士官をいくらでも必

要としていたのである。

ラバウルに着任してみると、司令部には兵学校で親しかった先輩の神重徳がおり、第八艦隊参謀長を務めていた。どうやら、彼が藤堂を前線に呼んでくれたものらしかった。

ラバウルの水交社で、オーストラリア軍から捕獲したビールを飲みながら、神は訊ねた。

「おう。おはん、どんなフネば乗りたい？」

藤堂は、笑いが張り付いた様な口元を少し歪めて、

「高木さんに、でかいフネに二度と乗れると思うなって言われましたがね」

と、答えた。

本当は前線に戻れて躍り上がりたい気持ちだったが、彼はこういう場合の感情表現が不得手だった。そのために兵学校の頃は、誤解した神に殴られたこともある。

ナチス心酔者で戦前は対米強硬論者だった神は、ヒトラーそっくりの口髭についた泡をぬぐうと、

「高木なんぞ、気にせんでよか。ありゃ、珊瑚海で手荒くしくじりよって、もう仕舞よ」

と、笑った。彼は、

「マラリヤで砲術長が抜けた重巡がある。副長も梅毒《ブラム》で入院中じゃ。とりあえず、そのフネに副長兼砲術長で乗れ」

そう言い放つと、いい目バ見させてやる、と笑った。

藤堂はナチスの硬直性が嫌いで、対米開戦反対論者だったが、神のこういう部分を決して嫌いではなかった。


大和の初弾を喰らった瞬間、護衛空母セント・ローの艦体に猛烈な震動が走った。

その時、セント・ローに乗り組みの技術兵曹、ジョン・サザードは、空母の飛行甲板にいた。

彼は、上空から何かカン高い音が聞こえた次の瞬間、発艦しようとしていた最後のＦ４Ｕコルセア戦闘機が、妙な音を立てて海面へ吹き飛び、空母の薄い飛行甲板に直径二メートル以上の大穴が開く一部始終を目撃した。

その直後、発生した震動によって彼は甲板に叩き付けられたが、意識は失わず、数分してからその穴を覗き込むことができた。

敵の砲弾は全く装甲のないセント・ローの全デッキを貫通して、艦底に穴を開けたことがわかった。

破壊された蒸気パイプから吹き出す湯気の下から、波の音が聞こえてきた。

大和の徹甲弾は、護衛空母の鉄板が余りに薄いため、そのすべてを貫いた後も信管が作動していなかった。

「バカな！　司令部はどういうつもりだ！」

大和の前衛で、輪型陣の一環を構成する重巡利根《とね》の艦長、黛《まゆずみ》治夫《はるお》大佐はわめいた。

「防空輪型陣を組んだまま追撃するなんて、みすみす取り逃がすようなもんだ」

黛は、栗田という人間を信用していない。シブヤン海での腰の定まらない行動で苦労させられた結果、栗田という提督は、訓練の勇将・実戦の弱将という類だと確信していた。

いま、栗田から、彼の確信をさらに深めるような命令が来ている。

「1YB各艦ハ、現隊形ヲ崩ス事ナク敵艦隊ノ追撃ニ当タレ」

理解できない。相手は正規空母なのだ（これは誤認である）。であるなら、最大速度は軽く三五ノットは出るはずだ。

現隊形を守る——つまり、大和・武蔵の最大戦速二七ノットに合わせていては、絶対に逃げられてしまう。

馬鹿野郎。

「最大戦速即時待機、雷撃戦用意、主砲発射準備！」

黛は吠《ほ》える様に命令を下した。こうなったら、臆病者の親睦会みたいな司令部など無視して、独断で突撃してやる。

その時、黛の内心を見て取った航海長が、

「艦長！　いけません！」

と、叫んだ。黛もまた、

「なぜだ！」

と、叫び返す。航海長は言葉に詰まった。彼の内心も艦長と全く同じだった。だが、軍人は上官の命令を無視することはできない。状況により拡大解釈は許される場合もあるが、明確な命令を無視するのは不可能だ。無視した瞬間から、それは軍隊ではなくなる。

黛と航海長は押し黙ったまま、にらみ合った。

二人の視線が過剰な熱量を蓄えた瞬間、見張員の報告が沈黙を破った。

「武蔵より信号！　各艦、我ガ砲撃ノ成果ヲ見ヤレ」

大和艦橋の栗田は、

「猪口君が言ってきたから全軍突撃は止めたが、どういうことか?」

と、口に出した。小柳参謀長が首を振る。

「わかりません。とにかく、もう少し待ってみるしかないですな」

栗田はそれでも納得できないらしく、大和に乗り移って以来、全く口を利いたことのない、第一戦隊司令官の宇垣中将にまで、

「宇垣君、わかるか?」

と、訊ねた。故・山本元帥の参謀長だった宇垣にならば多少は想像力の幅も広いかと思ったからだろう。

だが、宇垣はいつもの人を小馬鹿にしたような顔を栗田に向けると、冷たい声で、

「わかりませんな」

とだけ答え、再び右舷に視線を向けた。

合衆国軍と同様に、日本軍の指揮官もうまくいっているわけではなかった。

軍人としてはともかく、人間として了見の狭い宇垣は、以前から栗田のことが嫌いだった。

その点は、栗田も似たようなものだった。

彼は宇垣が右舷に顔を向けた後、口の中で何かもごもごと呟いた。宇垣に対する好意的な言葉でないことだけは確かだった。

武蔵の発した信号は、全艦隊に伝達されていた。いまだに「スペアのスペア」である藤堂も、照準器のレンズ内に捉えられた敵空母の姿を注視し続けていた。彼は、砲術学校の高等科学生だった頃、猪口に指導され、

「うむ。藤堂学生。まぁ、よろしい。臨機応変の判断を忘れるな」

という、猪口流の誉め言葉を貰ったことがあった。その猪口が射撃を行おうとしている。全艦隊へ自分の砲撃に注目しろと宣言している。

「さて、教官、お手並みを拝見」

藤堂はレンズを覗きこんだままそう言うと、来たるべきその時を待った。

武蔵砲術長・越野《こしの》大佐は、大和とまったく同じ造りの前檣楼トップ・主砲射撃指揮所で配置についていた。越野は、接眼レンズに眼を押し当てて、指揮所の上部中央を貫いて外に頭を出している対物レンズの捉えた敵空母を睨み付けていた。

越野の覗いている筒型の九八式方位盤照準器は、指揮

所の中心に据えられていた。その周囲には、砲術長用、旋回手用、水平手用、射手用座席に、それぞれ専用の接眼レンズが九〇度おきに取り付けられている。もちろん、彼らの座席には、艦内の防御区画に据えられた射撃盤――機械式砲撃用コンピュータ《アナログ》とデータをやりとりするためのスイッチ等が備えられていた。

射撃盤に送られた生のデータは、そこに配置された二〇〇人の手がハンドルを回し、グラフを読みとる過程を経て、様々な修正――方位、弾薬の種類、弾薬の製造時期による質的な変化、地球の自転速度等々――が加えられる。それだけ煩雑な加工を加えられて初めて、四六サンチ砲にとり信頼するに足る射撃データが生み出され、各部署へと伝達される。

もちろん、方位盤と射撃盤だけですべての射撃データを得られるわけではない。ことに、重要な距離を計測できない。測距用のメカニズムは、別にある。

主砲射撃指揮所の直下、左右に延ばした「腕」の両端にレンズを取り付け、その視差で距離測定を行う、世界最大の一五メーター測距儀を備えた測距所がそれだ。

測距儀は、外部からは一つに見えるが、実態は外見どおりではない。左右に延ばされた「腕」の中には、実に三組の測距儀が組み込まれている。三組ある測距儀の出した値が合致して初めて、主砲発射に必要な距離として認められるのだ。

――越野大佐の手元に、少なからぬマンパワーと、巨大な測距システムの算出した成果が伝達された。

データを確認した方位盤射手は、

「距離三〇〇二〇、主砲射撃準備よし！」

と、叫んだ。データに自信があるのだろう、いつでも来い、といった調子だ。

越野は口元を歪めた。すでに猪口艦長からの発射許可は出ている。よし、見てろよアメ公。

彼は叫んだ。

「主砲発射！」

方位盤射手がトリガーを絞った。発砲電路に電流が流れ、火管（装薬を発火させるための信管）が熱量を放出した。

一瞬後、二三・二度の仰角をかけた九つの砲身から、それぞれ一・五トンの砲弾が、毎秒四七五メートルの速度で飛び出した。およそ六〇秒で目標へ到達するはずだ。

「敵戦艦、主砲発射！」

タフィー3の護衛艦、駆逐艦ジョンストンの艦橋に見張員の報告が響いた。艦長のエヴァンズ中佐は、チェロキー族の血筋を明瞭に残した東洋的な顔に苦いものを浮かべながら、

「あれがモンスターか」

と、呻いた。

小山のように見える戦艦二隻のうち、遠方にいる一隻が、砲口から煙を吐き出していた。エヴァンズはあの戦艦の妨害を命じられていた。

彼は思った。ええい。指示された目標は遠すぎる。同じモンスターなら、手前の奴にしよう。

「最大戦速、煙幕展張! 主砲発射始め、雷撃用意! 突撃だ!」

自分の遺伝的なルーツを周囲に思い起こさせる声で彼は、命令を放った。野生馬のように船体を震わせたジョンストンは、艦首部の五インチ砲から射撃をおこないつつ、敵艦隊に向けて、艦長と共に突っ込んだ。僚艦六隻もジョンストンに遅れじとその後を追った。

七隻の駆逐艦は本隊掩護のために、燃料をわざと不完全燃焼させて、煙突から真っ黒な煙を吐きだしていた。

タフィー3の旗艦、ファンショウ・ベイのアイランドにいたクリフトン・スプレイグ少将は、

「神様、また射ちやがった」

と、呻いた。だが、徹甲弾なら穴が開くだけだ。機関やアイランドが壊れなければなんとか泳がずにすむかも……

それがただの願望に過ぎないことを、彼は誰よりもよく理解していた。

レンズの中に、敵空母の上空で花火が炸裂する様子が見えた。

「なに?」

藤堂は声をあげた。

武蔵の砲弾は、もちろん、花火などではない。

「ふふふ」

猪口少将は、初めて満足気な声を漏らした。

この時期、マリアナで沈んだ大鳳《たいほう》級を唯一の例外として、日米両国の空母には(たとえ正規空母であっても)甲板装甲が張られていない。

第一斉射を実施した後、猪口少将が気付いたのはこの

点だった。

甲板に装甲が無ければ、数百ミリの鉄板を貫いた後に信管が作動するようになっている徹甲弾は、役に立たない。特に、大和級の強力な九一式徹甲弾では、通り抜けるだけで沈めることはできない。

であるならば、この場合、ライフル弾より散弾の方が役に立つ。猪口はそう考えた。

彼が使用した砲弾は、四六サンチ砲にとっての散弾、対空用の三式弾だった。


クリフトン・スプレイグの人生は、瞬時にして終了した。

武蔵の発射した三式弾のうち、護衛空母を直撃したものは一発だけだった。だが、危害直径五〇〇メートルの砲弾に、直撃の必要はなかった。

越野大佐は、三式弾すべてを海面一〇メートルで炸裂するように、時限信管を設定していた。

結果、ファンショウ・ベイは、直撃しなかった三式弾の破片子弾によってズタズタに切り裂かれたのである。

三式弾の弾片と子弾は、安普請のアイランドも穴だらけにして、飛行甲板の三分の二を木片に変えた。

クリフトン・スプレイグが、驚愕の叫びをあげる間もなく、意志の無い肉片に変化したのはこの時である。

一瞬遅れて、艦内にめり込んだ一発が炸裂、焼夷子弾が艦内に飛び散った時、航空燃料と陸用爆弾が誘爆を起こした。

誘爆の結果、内部の圧力が異常に高まった護衛空母は、金属的な轟音を立てて内側から膨らんだ。

次の瞬間、そのエネルギーは、最も抵抗の少ない部分――エレベーターや格納庫甲板を通って外界に噴出した。

その衝撃によって、護衛空母の飛行甲板とアイランドは、艦体から引き剝がされ、空中高く放りあげられた。

タフィー3の指揮官は、泳ぐことすらできなかった。


「三式弾か！」

利根の艦橋で、黛艦長が声をあげた。

そうか。考えてみれば当然だよな。

装甲を張っていない空母に徹甲弾を射っても突き抜けるだけなら、広範囲を破壊し、火災を起こさせるには、三式弾が最高の武器だ。それにしても、大して射程の長くない三式弾を、どうやってあの距離まで飛ばせたんだ？　きっと、装薬を加減したんだろうな。

黛は、航海長に言った。

「確かに、こいつは見物だな」

彼の声は、さきほどとは較べものにならないほど穏やかなものだった。

見張員が、敵駆逐艦と航空機の接近を報じた。

利根は、対空・対艦戦闘態勢に入った。二大戦艦が安心して射撃を行えるように。


「タフィー3、クリフ、どうした！」

トーマス・スプレイグはＴＢＳにわめいた。だが、かえってくるのは空電だけだ。

「ニップめ、やりやがった」


武蔵の射撃を見て、大和も三式弾による対艦射撃を開始した数分後、金剛と榛名もそれに加わった。

ファンショウ・ベイ被弾から一〇分後。タフィー3の主力である六隻の護衛空母は、その全艦が炎上あるいは沈没していたのである。

「臨機応変か」

藤堂は、我知らず呟いていた。

そうなんだ。俺も気付いてしかるべきだった。以前、ソロモンでたっぷりと実例を見てきたじゃないか。

藤堂が重巡の副長兼砲術長を務めているうちに、戦闘の焦点は、ポート・モレスビーからガダルカナルという名の島に変わった。海軍設営隊が飛行場を建設しかけていたそこに、合衆国海兵隊《U・Sマリンコ》が上陸したのである。

ガダルカナルは、それを求める日米両軍に対し、貪欲に血と鉄を要求した。

島を巡る死闘が最高潮に達した一九四二年一一月、藤堂が副長を務めていた高雄《たかお》級重巡は、敵の手によって完成された飛行場を砲撃すべく、戦艦霧島《きりしま》を主力とする艦隊の一艦として出撃した。各艦は艦砲射撃用の三式弾を大量に搭載していた。

日本の暗号を解読していた合衆国軍は、この艦隊を、戦艦部隊で待ち伏せていた。

当時、夜戦の技量は日本側が圧倒的に優勢だった。このため彼等の待ち伏せは失敗した。日本側に先手をうたれてしまったのである。熟練した技量の夜間見張員による索敵が、レーダーより先に敵を発見したのだ。日本側は集中射撃を加え、駆逐艦三隻を戦闘に何の関与もさせずに沈没させた（うち一隻は藤堂の射撃によるものである）。霧島の砲撃を喰らった敵戦艦――サウスダコタは、前檣楼基部に命中弾を受け大破、指揮官の戦傷死により戦闘不能となった。

三式弾は戦艦を殺さなかったかもしれないが、人間は殺しえたのである。

藤堂はこの戦いで負傷し、内地に帰ることとなった。傷が癒えた後、再び砲術学校の教官に戻され、その職をしばらく務めた後、今の任務である大和砲術長を拝命した。


藤堂は感嘆の呻きをもらし続けていた。

「畜生、大したもんだ」

俺はあの戦いから何も学ばなかったが、猪口少将は違っていたわけだ。

あの海戦は、残った敵戦艦による反撃で敗北に終わった――だが、使いどころさえ押さえておけば、三式弾が戦艦さえ叩ける武器であることを教えている。猪口さんは、あのころ内地にいたにもかかわらず、戦訓を臨機応変に応用し、近代海軍史上希有な勝利を帝国海軍へもたらしたんだ。

周囲の松田たちが、呆れた様子で自分を見ているのにも気づかず、藤堂は、凄い、大したもんだと呟き続けていた。

だが、藤堂の理解は完全に正しかったわけではない。三式弾を用いた対艦射撃を行うにあたって、猪口少将が思い浮かべた戦訓は、ガダルカナルではなく、日本海海戦のそれだった。

あの大海戦において、聯合艦隊に勝利をもたらした砲弾は、装甲貫通力は低いが破片・焼夷効果は高い徹甲榴弾だった。徹甲榴弾がロシア艦を焼きつくした結果、日本は勝利をおさめた。猪口は、その偉大な歴史的先例を応用したのだった。


サマール沖海戦が始まって以来、大和の昼戦艦橋はどこか浮ついた空気に包まれていた。戦場にはあってはならないはずのこの空気は、敵の全空母が炎上横転した結果、頂点に達した。

洋上では、来襲してくる敵機との戦闘や駆逐艦への砲撃が継続されていた。だが、栗田たちはそれを忘れたように浮かれ騒いでいる。普段は無口な栗田も、

「いける、いけるぞ」

と、呟き続けていた。

少し離れた場所では、（驚くべきことに）偏屈で鳴る宇垣が表情を変えていた。はたから見た限り、怒っているようにしか思えないが、どうやら本人は笑っているつもりらしい。

彼らは、自分たちの名が戦史に刻まれるであろうことを、全身で感じとっていた。

戦艦が、空母機動部隊を全滅させたのだ。偉業に間違いなかった。この海戦で、撃沈した空母が護衛空母であったことを日本人が知るのは戦後になってからの事だが、彼らの行為自体が持つ軍事史的価値は、全く変わりがない。戦史に特筆すべき成果といってよかった。

眼前に展開された現実は右の様であったから大和艦橋の人々が大戦果に沸きかえり、我を忘れていたのも、理解できないことではない。だが、彼等は気を引き締め続けるべきであった。タフィー3は未だ、全滅してはいなかった。七隻の護衛駆逐艦が、空母の仇を討つべく接近中だったのである。

僚艦と共に突進してきた駆逐艦ジョンストン。彼女は孤立無援だった。

僚艦は一隻を除いて日本艦艇と交戦中であり、その全艦が無数の命中弾を受け、ほとんどスクラップと化していた。

ジョンストンもその例外ではない。

艦橋・機銃座・煙突・アンテナすべてが、破壊されていた。残された武器で威力のあるものは、艦首の五インチ砲しかない。

エヴァンズ艦長も傷ついている。

日本の駆逐艦から放たれた砲弾が、マストを吹き飛ばした時に艦橋も被害を受け、その際、肩に破片を受けていた。死んでいてもおかしくない傷だ。

だが、いかなる力の働きによるものか、全身血まみれの彼は、全速で突進する艦が生みだした合成風力、そして戦場の現実と真正面から向かい合っている。もはや艦橋とはいえない状態のそこで、馬上の戦士にも似た姿勢を保っていた。背筋を延ばして、満身創痍となったジョンストンの指揮を執り続けていたのである。

周囲はひどい有り様だった。

天蓋は吹き飛び、背後のレーダー・マストも消失。指揮装置は伝声管一本を除いて破壊し尽くされ、使用不能。人血が凝固している床には、ＴＢＳの受話器が、先任将校の右腕と共に転がっている。彼は砲弾を受けた時、それで僚艦と連絡をとっていたのだ。

エヴァンズは右舷を同航する最後の僚艦、サミュエル・B・ロバーツを見やった。彼女もジョンストンと似たような状況にあるらしかった。


主砲の第四斉射が、敵駆逐艦に命中した。

敵艦は、左舷側から利根の放った二〇サンチ砲弾の直撃を受け、中央部を吹き飛ばされ、そのまま右舷側へ横転した。

戦果を確認した黛艦長は、

「只今の砲撃見事なり」

機嫌のいい声で言った後、

「敵機はどうか？」

と見張長に訊ねた。ただちに、

「敵機、南方に避退中。新たな探知なし」

という報告が返ってきた。見張員だけではなく、電探も敵の新手を探知していないということだ。

黛は周囲の海面に注意深く視線を走らせた。海面は燃える敵艦のあげる黒煙、煙幕などでかなり視界が悪くなっている。

彼は思った。


南に逃げたか。敵はそちらにも空母を置いてあるということなのだな。対水上用の二二号電探でも探知できないのだから、かなり遠くだ。電探の探知能力から考えると、最低でも二〇浬《カイリ》以上は離れているはずだから、追撃には手間がかかりすぎる距離だ。

それに、南方に敵空母群が存在したとしても、連中は我々にとって、当面の脅威とはならない。この海域で我々に空襲をかけるのは、しばらくの間、不可能だろう。敵は、自分達の手で展張した煙幕により洋上の視界を極端に悪化させてしまったのだから。

黛は頭をあげた。

闘志溢れる野獣の様な艦長として知られている彼は、同時に海戦史の（多少バイアスのかかった）熱心な研究者でもあった。

黛は、次のように考えていた。

これから別の敵空母群を追っても逃げられる公算――こちらが一方的に攻撃を受ける可能性が高い。ならば、これ以上空母を追撃しても得る所は少ない。こちらの現状は、羽黒《はぐろ》と熊野《くまの》が爆弾一発を受けただけ。潮時だ。無謀な追撃は、戦史がつとにいましめるところだ。よって我々は――

黛は命じた。

「旗艦に発信！　追撃戦ヲ中止、早期ニレイテ泊地突入ヲ策スベシト愚考ス。第一次ソロモン海戦ノ轍ヲ踏ムベカラズ」

黛は、敵艦への攻撃だけで満足し、重要な輸送船団を攻撃しなかった第一次ソロモン海戦の事例を言っていた。本来の任務——敵侵攻船団の攻撃に向かおうと言っていた。

周辺海域の視界が悪い今が、追撃中止のチャンスだ。敵機に邪魔されることなく、艦隊陣型を組み直し、針路を変更することができるのだから。

信号員からの報告が入った。

「旗艦より返信！　利根艦長ノ——」

なんと言ってくるかな。

黛がそう思った時、別の報告が彼の脳裏を占領した。

「右四〇度方向、煙幕内より駆逐艦二！　距離、目測八〇〇〇！　敵らしい」

「取舵一杯！　照尺次第、主砲発射始め！」

黛はそう叫びながら伝えられた方向を見た。

ボロボロになった駆逐艦二隻が、高い艦首波を立てながら突進してくる。

利根から敵までの距離は八〇〇〇だが、駆逐艦の向かっている方向にいる味方——大和とは五〇〇〇もない。

「奴ら、大和にぶつける気だ」

黛は敵の戦意に感嘆しつつそう思った。

うん、あの連中なら俺達の水雷戦隊でもやっていけるぞ。

だがその二隻は、彼の仲間ではない。

黛は、賛嘆すべき二隻の駆逐艦をすみやかに抹殺せねばならないのだった。

大和の方は、敵の度胸に感心しているどころではなかった。

距離が近すぎるため、統一指揮で対応していたら死角に入り込まれてしまう。

このため、自由射撃命令が出た。

「右砲戦、敵駆逐艦、各個に射て！」

前部主砲射撃指揮所は反応しなかった。照準器を別の方角に向けていたのである。

これに対し、藤堂の反応は迅速だった。暇に任せて照準器を回し、周囲の情景を見物していただけだから、気分に余裕があったためだ。

自由射撃命令を聞いた途端、体内から、軍事技術者としての腕をようやくふるえる歓喜が湧きあがってくる。

藤堂は叫んだ。ほとんど山勘でデータを指示する。命中しなくともよい。とにかく、敵の前に水柱を立てて、突進を妨害するのだ。

「主砲咄嗟射撃。右六〇度、距離目測四〇〇〇。仰角なし。射《テ》ッ！」

彼は自分で自分に命令をかけると、砲術長用の射撃ボタンを押した。


敵艦から閃光が走り、エヴァンズの目がくらんだ。

前方のモンスターが、後部の主砲を発射したのだ。

閃光、轟音、衝撃、再び轟音、最後に激痛。

血で滑り易くなった艦橋で転びそうになったエヴァンズは、至近弾となった砲弾の巻き上げた水柱から降り注ぐ海水を浴びながら、右舷を進んでいたサミュエル・B・ロバーツが一撃で艦首から艦尾まで打ち砕かれる情景を目撃した。

だが、彼のジョンストンは進んでいる。

もう数分で、あのモンスターの横腹にめり込める。

エヴァンズは、原型をとどめぬまで破壊し尽くされて海中に消える僚艦に、完璧なアナポリス式の敬礼を送った。

彼の敬礼は、僚艦に対し、彼自身にしか理解し得ない決意を伝えている様にも見えた。


大和の砲撃により、敵駆逐艦一隻が轟沈した。

だが、最後の一隻はまだ突進してくる。

黛は叫んだ。

「主砲、どうした！」

「いま射てば、大和に当たります！」

「構わん、向こうは戦艦だ！　射て！」

利根の艦首に据えられた四基の主砲が火を吐いた。放たれた二〇サンチ砲弾は八発。

その中に含まれていた一発が、藤堂明を第二の死と直面させ、彼の運命を大きく変えてしまう原因になった。

その二〇サンチ砲弾は、一九四三年一〇月、熟練工員の不足から動員学徒を使った海軍工廠で生産されたもので、砲弾としては、基本的には何の問題も発見されないまま検査をパスした。視力の低いある動員学徒によって先端がいささか歪んだ形に仕上げられていた以外は。

歪みの影響は、発射された後に発生した。

飛翔経路は他の砲弾と余り変わらなかった。変化が起こったのは、水面に接触した瞬間である。

ジョンストン後部に命中した四発は、機関室を完全に破壊し、竜骨をへし折った。残りの三発は海面に落下し、水中へ突進した。

だが、視力の低い動員学徒が仕上げ工程を受け持った最後の一発は、海面に接触すると同時に小石のように跳ね、三七度の角度をとって上昇したのである。

エヴァンズは、艦尾に恐ろしい震動が走ると同時に、艦首がもの凄い勢いで首をもたげ、艦首5インチ砲が最後の一発を放つのを見た。

次の瞬間、彼の身体は空中に放り出されていた。

チェロキー族の血をひく艦長は、自分の意識が途切れる前に、モンスターの前檣楼と後檣付近に閃光がきらめく様子を目撃した。彼は、

(俺の突撃は無駄ではなかったんだ)

と感じながら、勇敢だった祖先の伝統を汚さなかったこと、合衆国海軍軍人として最後の瞬間まで義務を果たし続けたことに大きな満足をおぼえ、死んだ。


大和の前檣楼と後檣に命中弾があったのは、ほぼ同時だった。

藤堂は、背骨を巨人に揺さぶられたような衝撃を受けて床にたたきつけられた。一瞬、轟音と悲鳴が聞こえた様な気がしたが、次の瞬間、前方からもっと大きな音が聞こえた。

前檣楼に、利根の二〇サンチ砲弾が命中したのである。

海面で跳ねた二〇サンチ砲弾は、そのまま直線に近い放物線を描いて上昇、大和前檣楼の測距所に飛び込んだ。先端が歪んでいたために信管の作動しなかった砲弾は、内部を跳ねまわってその内部にいた人々を殺傷。つづいて床にめりこみ、床に張られたリノリウムと薄い甲板を貫通、昼戦艦橋へ飛び出した。

歪んだ砲弾が本来の機能を発揮したのは、その瞬間だった。

藤堂は、奇妙な動物の鳴き声を聞いて眼をさました。

それは、母を呼ぶ子犬のようであり、沖縄にある妻の実家で暮らしているはずの家族――まだ幼い、次男の進

が彼を呼んでいるようにも思えた。

自宅の居間で昼寝をしていた時のように、彼は口を開こうとした。おやおやどうした、母さんはどこだい、おーい礼子、進が泣いてるよ。

（そんなはずはない）

藤堂は眼を開いた。一瞬にして意識が冴え、射撃指揮所の天井が眼に入った。背中が何か温かいもので濡れていた。

（血かな）

と、彼は思った。息を止めて力んでみる。身体のどこにも痛みはなかったが、股間がひんやりとして気持ち悪かった。

「うわっ」

藤堂はあわてて上半身を起こした。

頭はまだぼんやりしているが、自分が着弾の衝撃で小便を漏らしたことはわかっていた。

彼は思った。笑いがこみあげてくる。負傷よりも小便で目が醒めるなんて。

彼は周囲を見回した。

皆倒れているが、身動きはしている。額を切った水兵が泣いていた。さきほど聞こえた鳴き声はそれだったのか。どうやら砲弾が近くに当たったらしいが、直撃ではなかったようだ。

気がつくとスピーカーが呼んでいた。電話の呼出も鳴っている。

「後部指揮所！　砲術長《ホーチ》！」

藤堂は立ち上がり、高声電話を取った。

「砲術長だ。こっちは無傷。状況を知らせ」

安堵したような太い声が聞こえた。

「ああ良かった。そちらにも一発当たったみたいなんで心配――」

「そ、そ、そちらにも？　他にどこへ当たった？」

藤堂は電話の相手が内務長であることにようやく気づいた。彼の任務は、艦が損傷を受けた場合、応急修理を行うことにある。大和は何か重大な損害を受けたのか。

内務長は言った。

「あんたの所に一発と、前檣楼《マスト》に一発だ」

聞き取りにくい高声電話でも心無しか、声が震えているように感じられた。

「被害は？」

「昼戦艦橋と前部測距所《トップ》は全滅だ。そっちは大丈夫なんだな？」

「ああ。駆逐艦のタマだからな――昼戦艦橋全滅だって？」

「司令部も艦長もみんな殺《や》られた」

藤堂は全身から血が引いてゆくのを感じた。

全滅？　艦隊司令部まで全滅したのか？

「指揮所は？　射撃指揮所は無事なんだろう？　副長は確かあっちに」

「駄目だ。能村中佐も昼戦艦橋に降りてたらしい」

「なんてこった」

藤堂は呻いた。思わず、相手に訊ねる。

「どうすりゃいい？」

「何言ってやがんだ！」

内務長は怒鳴った。

「？」

藤堂はわけがわからなかった。

内務長は噛んで含めるように言った。

「俺が聞きたいのはそれだよ、藤堂中佐」

内務長は一度言葉を止め、一拍おいてから一気に言い放った。

「いいか？　いま現在、本艦の兵科将校の中ではあんたが最上級者だ。つまり、あんたがこの大和の指揮をとらなきゃならんのだよ」

第二章　第三の死

「1YBハ之ヨリレイテ泊地ニ突入、敵攻略船団ヲ撃滅、
爾後《じご》スリガオ海峡ヲ突破セントス　一二三六」

——第一遊撃部隊より聯合艦隊司令部への突入電報（一九四四年一〇月二五日）

1　海の家系

藤堂家の歴史
一五〇〇年〜一九四四年

藤堂家は、その確実な家系を戦国時代にまで溯ることができる古い家柄である。もっとも、戦国以前の時代に関する系図の信憑性は（他の旧家と同様に）定かではない。

だが、藤堂明が小学生の頃、悪童仲間から、
「タカトラ」
というアダ名をつけられた点については、全く理由がないわけではなかった。

彼の実家は、芸術的な裏切りの才能で知られる戦国武将藤堂高虎と同じ近江《おうみ》の出であり、秀吉と家康の両方に仕えたという点で、希代の政治的サヴァイヴァリストとして知られる彼と共通項を有していたからである。

もっとも、明の実家と藤堂高虎との類似は、出身地と主家という程度である。

コウモリのごとく戦国を飛びまわった藤堂高虎とは異なり、明を生んだ藤堂家は、関ヶ原より一〇年以上前に徳川家臣団へ加わっている。その傍証が神道の宗家、吉田兼見《かねみ》の記した「兼見卿記《きょうき》」にある。その記述から藤堂家は陪臣《またもの》ではなく、当初から家康の直臣であったらしいことが読み取れる。

これは、当時まだ頑迷な田舎大名に過ぎなかった徳川家としては非常に珍しいことだ。何か、家康によほどの利用価値を見いだされたとも思われる。藤堂家の人間が徳川家の家臣として京・堺の茶席に招かれているという「兼見卿記」の記述から類推して、どうやら朝廷に対する周辺工作を行っていたのかもしれない。

だが、直臣となった真の理由は謎のままだ。藤堂家が家康直臣となるに至った明確な経過はいかなる史料にも登場しないからだ。

この謎を解くカギは、江戸期に入ったころ、藤堂家が一千石の堂々たる旗本身分であった点に隠されていそうである。江戸期初めの藤堂家について史料が存在しないためはっきりしたことは言えないが、藤堂家の者が、幕府創業期及びそれ以前に何らかの働きを為したであろうことは間違いない。でなければ、三河累代の家臣でもない者が、一千石取り旗本になれるはずがない。

右のような判断を示されると、人は、藤堂家が何か特別な技能集団でもあったかのように考えがちである（実

際、研究者の一部には、そう結論づけた者もいる)。が、たとえ藤堂家が特異な技能(あるいは朝廷工作)をもって仕えていたとしても、それを用いて徳川家に奉仕したのは、幕府創業期までであっただろう。

なぜならば、江戸期にほとんど社会的な業績を残していないからだ。

ごくわずかな例外として、田沼意次《おきつぐ》が失脚しようとしていた一七八六年(天明六年)、蝦夷地《えぞち》調査に関連して分家の次男が顔を出す程度なのである。

要するに、江戸期の泰平の世にあって、藤堂家は並みの幕臣として無為徒食していたに過ぎないらしい。

藤堂家の男が歴史に再び登場するのは、一八六四年(元治元年)のことだ。

この年、明の祖父、藤堂初之介盛隆が神戸海軍操練所へ入所、以後、信頼すべき史料に顔を出すようになるからである。

当時、藤堂家は無役であり、生活が楽とはいえなかった。すでに世は商品経済へと移行しており、たとえ千石とりの旗本といえども、役料を与えられねば、家格に見合った生活など不可能になっていた。

だが、この時期の幕臣としては珍しいことに、藤堂家は子供の教育には熱心であった。

その裏付けとしては、長男である盛隆のすぐ下の弟も長崎海軍伝習所に入所している事があげられる(頭脳の点では、この弟の方が優秀だったらしい)。藤堂家にとって残念なことは、彼は勉学の無理がたたって肺炎を患い、伝習所に入った年にこの世を去ったことだったろう。

一方、盛隆は強運であった。

神戸海軍操練所は彼が入所した翌年に廃止されたが、盛隆自身はそのまま幕府軍艦方に連なることを命じられた。彼が一千石取りの跡継ぎであったためだけでなく、その才能を見込んだ勝安房守《あわのかみ》が各所で運動してくれたためだ。

疑問を持つ向きもあるかもしれないが、勝安房云々についてはまず間違いのない事実である。勝安房が、維新後世に出した回顧談「氷川清話」の一節で、

「藤堂ハ、アリャ、船頭ノ上手サァ」

と、盛隆が若年の頃から海軍軍人としての才能を示していた点を手放しで誉めちぎっているからだ。彼は、自身がひどく船に酔いやすい体質であることを苦にしていたから、教え子といっていい盛隆が見せた海軍軍人とし

ての素質が何よりも嬉しかったのだろう。

事実、盛隆は海軍向きの男であった。

軍艦方に配された後も、彼は、顧問のオランダ海軍士官から海軍の技術を学び続けるなどして、勉学を怠らなかった。

彼の努力は報われた。

戊辰《ぼしん》戦争の起こった一八六八年（明治元年）、盛隆は、当時アジア最強の軍艦、開陽で大砲方（砲術士官）を任じられるまでになっていた。

彼の身に付けた技術は直ちに実戦で成果を上げた。榎《えの》本武揚《もとたけあき》に従って蝦夷地に渡った盛隆は、日本史上初の近代軍艦による戦闘、宮古湾海戦でヨーロッパ流の一斉射撃と速射を行い、官軍の輸送艦を爆沈させたのである。

しかし、彼の修得した技術は榎本軍の陸上における敗北、開陽の遭難沈没によって、以後は用無しとなった。

一八六九年（明治二年）五月一八日、榎本軍は官軍に降伏し、盛隆もまた他の人々と共に捕虜となった。

普通なら、幕臣海軍士官の軍事的な栄光はここで終わりである。だが、盛隆の強運はここからさらに輝きを増した。

戊辰戦争終結後、前年江戸から改名された東京で捕虜となっていた彼は、たまたま視察に訪れた大山巌の知遇を得、再び海軍士官としての経歴を歩み出す機会を与えられたのである。

盛隆がつかんだ最初の仕事は、東京に設置された海軍兵学寮（後の兵学校）の補助教官であった。これは当時、「薩《さつ》の海軍」と呼ばれ、イギリス式海軍を建設しようとしていた帝国海軍において、全く異例のことと言っていい。

盛隆の明治海軍における異例の経歴は、これのみにとどまらなかった。創業期の帝国海軍と共に、日清戦争まで続いてゆく（この間に、明の父・勝《まさる》が生まれている）。

盛隆の経歴が絶頂に達したのは、一八九四年（明治二七年）の日清戦争においてだった。

この年七月、盛隆は、実戦部隊参謀の地位を手にいれたのである。従来の常備艦隊と西海艦隊を再編して編成された、帝国海軍初の聯合艦隊に、伊東祐亨《すけゆき》司令長官の参謀（大佐）として参加したのだ（一部には彼を参謀長とすべきだという意見もあったが、薩長閥でないことから見送られたらしい）。

この戦争で、聯合艦隊は清国北洋艦隊を撃破した。これは、よく知られているように、単縦陣を組んだ艦隊による速射砲の使用が威力を発揮した結果である。戦術的には百点満点ではないが、帝国海軍は、その最初の決戦に勝利を収めたことに間違いはなかった。

砲術士官であった盛隆は、この戦術の立案と訓練で活躍した。宮古湾海戦より二五年、彼は、世界レベルで通用する海軍戦術の専門家となっていた。

だが、海軍士官としての経歴が絶頂に達したことは、その裏で、海軍における彼の強運が終わりを告げた事を意味していた。

戦勝に功があったにもかかわらず、薩摩閥に属さない彼は戦後の綬勲・昇進に漏れた。そして明治二九年、予備役に編入され、海軍を追い出されてしまう。

これは悲劇という他ないが、それでも、盛隆の海に対する愛着は消えなかったらしい。

翌明治三〇年には幕臣時代の伝《つて》を頼って、日本郵船へ役員待遇で入社しているからだ。この世渡りのうまいあたり、彼も「タカトラ」だったようだ。

こうして盛隆は民間に去ったが、藤堂家と帝国海軍の縁が切れたわけではなかった。

日露戦争開戦の一九〇四年（明治三七年）、盛隆の息子・勝が、下級士官のレベルから、

「薩の海軍」

が崩れつつある中で、中尉として軍務についたからだ。

彼は山本五十六《いそろく》より二期上の、兵学校三〇期だった。

父親ほど頭は良くなかったらしく、

「恩賜組」

つまり、海兵の上位成績卒業者ではない。士官として進んだ道も砲術ではなく航海であった。

しかし、その選択は戦時において、彼に活躍の機会を与えることになる。

開戦当初、勝は、上村彦之丞《かみむらひこのじょう》中将率いる第二艦隊に配属され、ロシア帝国海軍ヴラディバストーク戦隊の追撃戦に参加した。その頃の彼は、元気者という評判だけが取り柄の少尉に過ぎなかった。

勝に転機が訪れたのは、水雷艇隊指揮官の戦意不足に業を煮やした聯合艦隊司令長官・東郷平八郎が、指揮官の総入れ替えを行った時だった。中尉に昇進後、水雷艇の先任将校として第一艦隊第一四水雷艇隊に配属されたのである。陣容を一新した水雷艇隊には、元気のいい若手の航海長が必要だったのである。

勝は、自分が役に立つ士官であることを黄海で度々行

われた小規模な襲撃作戦で証明した。着任からわずか二ヶ月ほどで、

「無鉄砲だが、信用できるネイヴィー・オフィサー」

という評価を上官から得た。日本海海戦の直前、病気の艇長にかわって、中尉のままで艇長に任じられたのだから、（盛隆の海兵における教え子が引き立てたという噂もあるにせよ）よほど実戦向きのひとであったらしい。

理由はともかく、勝は小艇ながら指揮官の一人として日本海海戦に参加した。

彼は後の首相・鈴木貫太郎大尉の指揮下でバルチック艦隊との第二会戦に参加。後に帝国海軍の御家芸となる夜間雷撃戦を戦い、不確実ながら敵巡洋艦に魚雷一発を命中させる戦果を挙げた。この功により休戦直後、大尉へと昇進する。

しかしながら、平時の海軍における以後の経歴は不遇だった。昇進規定が兵学校での席次《ハンモックナンバー》順に戻ったからである。

それでも、彼を評価する人々が海軍の要職についたことから、人並みの昇進だけはできた。一九二一年（大正一〇年）、中佐に昇進していたのである。

この時期になると、予想される将来も以前ほど暗いものではなかった。当時、帝国海軍は対米戦争を想定した海軍拡張に狂奔していた。勝には、拡張された将来の海軍における地位が約束されていた。帝国海軍最大の建艦計画——戦艦八隻・巡洋艦八隻の建造を始めとする大建艦計画「八八艦隊計画」が完成した時、彼には、大佐昇進・軽巡艦長の地位が与えられる予定だった。将来の水雷戦隊司令（少将）候補というわけである。

しかし——その年締結されたワシントン海軍軍縮条約の結果、八八艦隊計画は消滅、勝の海軍における未来は消えた。

翌年、勝は予備役に編入された。人員の余った海軍に彼の居場所は無かったのである。

勝は、盛隆（一九〇四年に死去）の日本郵船における同僚が役員を務めていた師範学校に、歴史講師の職を得て、海軍を去った。

しかし、藤堂家における海の家系はこれで途切れたわけではなかった。この時、彼の一粒種である藤堂明（シブヤン海における戦艦大和砲術長）が、海兵二号生徒として厳しい教練に明け暮れていたからである。

日本が暗い波濤へと乗り出しつつあるこの時代、明は、

栄光と不遇を二代にわたって味わってきた海の家系の三代目としての準備を整えていた。

＊〔福田定一《ふくだていいち》著『海の家系』（東京広告技術社刊）第三版より引用〕

2　家庭

那覇《なは》港　沖縄
一九四四年一〇月二五日

この年、四〇歳になる藤堂礼子は、那覇郊外にある旧家の生まれだった。彼女の実家は、百年ものの泡盛などで、懐に余裕のある酒呑みには有名な家である。

彼女が、それまで、

「藤堂のお兄ちゃま」

と呼んでいた明と結婚したのは一九歳のとき、那覇高等女学校を卒業した翌年だった。

二人がなぜ結ばれたかについて、特別の理由はない。よくある話だった。

彼女の実家は、本土から越してきた藤堂家と隣合うほどの近所で、年一回、夏に帰省してくる海兵生徒が身近な憧れの対象だったからである。

やがてその生徒は、純白の制服を着た少尉になって帰省するようになった。その頃には、礼子は少し地黒だけれど眼のぱっちりとした美少女に成長していた。

当然、息子の嫁に、と言ってくる家は多かった。しかし彼女の両親は首を縦には振らなかった。愛娘が、

「藤堂の少尉さん」

を見かける度に、（いつもより入念に鏡の前で過ごした後）可愛らしいセーラー服姿で石垣越しに挨拶するようになったことに気付いていたからだ。

その「少尉さん」つまり明が、彼女の態度をどう受け取っていたかはよくわからない。ある日、双方の両親が話し合った後に、父の勝から、

「泡盛屋のお嬢さん」

との結婚話があるがという手紙に対して、

「異論ナシ。前動続行サレタシ」

海軍用語で返答してきたところを見ると、まあ、何をかいわんや――であったのだろう。

一方の礼子は、こうした話のなりゆきに全く疑問を持たなかった。彼女自身が筋書きを書いたようなものだったからだ。

結婚してみると、「少尉さん」はとんでもない水虫の持ち主で、横須賀や呉の待合にツケのたまっていること

がわかったが、大して気にもならなかった。

姑から海軍さんとはそうしたものだと聞かされていたし、彼女と一緒になってから、明は夜遊びをしなくなった（らしい）からである。

それで婚礼の後、東京に構えた新居に帰ってくる夫は、多少面白くないことがあった時でも、彼女の前では不機嫌な顔を見せた事がなかった。礼子の見る所、彼が家庭での自分はそうあるべきだと決めているためらしかった。

礼子が家庭で夫が見せた別の面を記憶していたのは、それが理由だった。

最初は、少尉の俸給があまりに低いことを見るにみかねた礼子の実家が、援助を申し出たとき、

「本当に大変かい？」

と、彼女に尋ねて、悲しそうな顔をした時。

二度目は、海軍士官の手でおこなわれたテロ、五・一五事件の報を聞いた彼が、

「馬鹿野郎どもが」

と、小さな声で呟いた時。それ以外、寝起きが多少悪いことを除けば、明は礼子にとって申し分のない夫だった。

藤堂礼子の夫とはそうした人柄であったから、二〇年以上にもなる彼女の結婚生活はおおむね満足のゆくものだった（実家からの援助を断ってから数年、金銭の苦労をしたことは確かだが）。

結婚した年に生まれた長男の守《まもる》、育つほど母親に似てきた貴子《たかこ》、明が南遣艦隊に赴任する直前に生まれることとなった今年四歳の進——と、子供の面でもまずまずの幸せに恵まれた。

彼女は幸せだった。そう、一九四四年、一〇月二四日までは。


埠頭は、疎開者とその見送りの人々でごったがえしていた。岸壁には、軍需輸送後の空船を有効利用するため、疎開民輸送に急遽徴用された貨物船のくたびれた巨体がある。

「本当に大丈夫？」

礼子は娘に訊ねた。

「おまえも一緒に来た方がいいんじゃないの？」

「ううん」

今年一四歳になる貴子は答えた。かつての母親を思い出させる、セーラー服のよく似合うおさげ髪の少女だ（もっとも礼子の娘時分はモンペなどはかなかったけれ

ども)。

「ううん」

貴子は母親の心配を消すためにもう一度答え、

「大丈夫。あたしも、みんなと次の船で内地にいくんだから」

と、可愛い声で言った。

埠頭の人混みと、乗り込む貨物船と護衛の駆逐艦を見て興奮していた進は、いまは母の背で眠っている。それまで、軍艦から父親を連想したらしく、

「父ちゃんとこ、父ちゃんとこ」

と、駆逐艦の方へ行きたがって仕方なかった。

礼子は娘の顔を見て諦めきれぬように言った。

「でもねえ」

東京に一〇年以上も住んでいた礼子が沖縄に戻ったのは、開戦翌年のことだった。明は前線に出たままで、時たま、

「礼子殿、御機嫌イカガ。コチラハ元気横溢。○○方面ニテ粉骨砕身中。守君、貴チャン、進坊ニ父チャンハ御国ノタメニ働イテイルト伝エテ下サイ」

という、おせん泣かすな馬肥やせ式の手紙を寄越すだけ。要するに寂しくなっていたのだ(姑——明の母は、前年に他界していた)。それに、年老いた実家の母が彼女や孫にしきりと会いたがっていると、家業を継いだ兄からも連絡をよこしていた。

彼女は明にその旨を連絡した後で、貴子と進の二人を連れて実家へ戻ることにした。長男の守はすでに大学生であったため、東京に残った。

年老いた彼女の母は、愛娘と二人の孫——まだ赤子だった進を見て大喜びしたが、それに満足したかのように、翌年、この世を去った。

礼子は東京の家には戻らなかった。日本が戦争に勝つ日まで故郷ですごすつもりだった。夫が戻ってこなければ、東京に戻っても仕方なかった。長男の守は、すでに母親との同居を楽しまぬ年齢であったから、なおさらだった。

しかし、現実がそれを許さなかった。

戦況は祖国に有利なはずなのに、戦場は日本へと近づきつつあった。

今年に入って、ついに比島《フィリピン》が戦場になり、次は硫黄島、台湾、沖縄のどれかだ、という噂がささやかれ出した。

ことに五〇万人もの民間人を抱えた沖縄での戦闘は、軍も国家も予想だにしない事態である。日本の戦略構想

では、そうした事態が発生する前にカタがつくはずだったのだ。

軍は作戦上の困難をなくすために住民の疎開を指示した。戦争の現状をいくらかは摑んでいた県庁も、県民を極力戦闘に巻き込まないように、内地への疎開作業を推し進めた。

礼子は、東京へ帰るかどうか迷っていた。

なんといってもこの島は故郷だったし、軍に泡盛を納入しているおかげで、徴用を免れている兄は、内地では食い物が足りない、大丈夫なのかと言っていたからだ。

「沖縄？　沖縄は大丈夫だ。必ず皇軍が守ってくれるよ」

内地の大学を卒業した兄は、常日頃からそう断言していた。彼の言葉は、当時の沖縄県民にとって一般的なものだった、軍への信仰にも似た信頼をその根拠としていた。

彼女に出発の決意をさせたのは、新たな任務に付く前に沖縄に立ち寄った明が、

「呉に家を借りた。向こうで一緒に暮らせるから、帰ってきなさい」

と、珍しく命令口調で言ったからだった。正直言って、帝国軍人である明は、沖縄を守る〝皇軍〟の実力を余り信用していなかったのである。彼は自分が戦場で倒れるのは仕方がないと割り切っていたが、家族がそれに巻き込まれることは、どんな手段を使っても避けようとしていた。沖縄が一年以内に戦場となることを、明は、軍人としての常識的な感覚で予測していた。そして、その際に多数の民間人が巻き込まれるであろうことも。

船縁から、メガホンを構えた中年の水兵が、

「疎開者はァ、直ちにィ乗船して下さァい」

と、呼びかけた。言葉が丁寧なのは、もともと客船か何かの乗員であったからだろう。

銅鑼《どら》が鳴らされ、人の波がタラップへと動き始めた。あちこちで泣き声が起こった。

貴子は気丈な笑みを浮かべて、

「さ、母さん。乗らなきゃ」

と、言った。

貴子は、通っている高等学校の生徒全員が、次の船便で集団疎開する予定なので、その船で内地へ渡ることになっている。

本当は、郵船役員・海軍軍人といった藤堂家のコネで、

礼子と同じこの船に乗る事もできた。礼子もそれを勧めた。だが、貴子は、

「特別扱いはイヤ。友達と一緒がいい」

と、誰に似たのか、強情を張った。

「じゃあ……ちゃんと次の船に」

と、礼子が立ち去りかねる様子でいうと、

「さ、早く乗って。またね！」

貴子は母に笑いかけ、母の背中で眠っている進の頭を軽く撫でた。

礼子はようやく船へ歩き出し、それでも立ち去り難い様子で、

「忘れるんじゃないよ、呉の――」

と、呉での住所を告げた。

「大丈夫、大丈夫」

貴子は笑って、手を振った。


一時間後――護衛の駆逐艦に針路を守られながら、之《の》の字《じ》運動を始めた貨物船のデッキで、礼子が進に海を見せていると、

「失礼します――藤堂中佐の奥様ですか？」

背後から声をかけられた。

振り返ると、そこには右腕を肩から吊った見覚えのある海軍大尉が立っていた。戦前、夫が砲術学校教官だった頃、何度か家へ遊びに来たことがある男だった。前線で苦労したらしく、以前会ったときの印象とはずいぶん変わっていた。

彼は、これから呉へ、そりゃいいですな。沖縄はもういけませんからね、などと礼子の背筋を凍らせるようなことを言った後で、

「自分は腕がこうですから」

と、錨のマークが入った救命胴衣を差しだした。胴衣を押しつけられた礼子が、いけません、と言おうとした時には、

「中佐に、自分がよろしく言っていたとお伝えください」

そういうと、左手で見事な海軍式敬礼をして、足早に歩み去った。まるで、最初からそこにいなかったかのようだった。その大尉の名前が何だったか、礼子は、全く思いだせなかった。

彼女はしばらく呆然としていた。が、周囲の疎開者がその救命胴衣へ視線を向けていることに気づき、慌てて進に着せた。

しばらくして、前方を進んでいた駆逐艦が、何か発光信号を出し、急に速度を上げた。

いったいどうしたのかしら、彼女はそう思った。

救命胴衣に「着られた」ように見える進は、船に酔った素振りもなく、父親とそっくりな、いつも微笑んでいるような表情で海を見つめていた。

3　セント・クリスピンの虐殺

ルソン島・エンガノ岬東方
一〇月二五日午前八時二五分

ブルズ・ランは継続されていた。

ウィリアム・F・ハルゼー大将は合衆国が建造した最新型のアイオワ級戦艦、ニュージャージーの戦闘指揮所《CIC》にいた。

彼は追撃中の日本空母部隊（小沢艦隊）の全空母を航空攻撃で撃沈するつもりだった。

日本空母の護衛に付いている二隻の戦艦を、フラナガン式水上戦闘、つまり戦艦同士の殴りあいで沈めてやろうとも考えていた。

だからこそ、ニュージャージーに将旗を立てて、ウィリス・A・リー中将率いる高速戦艦群、第34任務部隊の先頭に立っていたのである。

本来なら、空母の直接護衛が任務の高速戦艦群は、空母群前方の海面を二〇ノットで北進している。

六隻の戦艦を主力とする高速戦艦群は、日本軍の航空攻撃など毛ほども恐れていなかった。日本空母機の攻撃力は哀れなほど衰えているし、たとえやってきたとしても濃密なVT信管付き対空砲火が彼らをよせつけない。アイオワ級を主力とするこの部隊はすべて開戦後完成した新型艦ばかりで編成されており、防空能力でも、砲戦能力でも、日本軍に負けるわけがなかった。

ハルゼーには自信があった。自分が、合衆国海軍史上最大の勝利を得るという自信が。

だが、後方を進む空母群には、ハルゼーほどの自信を抱く高級将校はいなかった。彼らは小沢艦隊を激しい航空攻撃で歴史上の存在に変えつつあったが、不安は消えない。前夜来、敗北の予感にひとり苛《さいな》まれていたアーレイ・バーク大佐は、その代表格である。

レキシントンのCICで彼は言った。

「戦艦は我々が握っておくべきでした」

それを聞いたミッチャーは、全く疲れのとれていない、大儀そうな声で答えた。

「握っているじゃないか。彼らは我々の前衛を務めている」

ミッチャーは、指揮官用の座席に身を投げ出すような恰好で座っていた。

バークは周囲に聞こえないよう、小さな声で、

「第38任務部隊は、あなたの部隊です。あなたが戦術指揮をとることになっています」

と、いった。言外に、別の意味を匂わせている。

「その通りだ」

ミッチャーはしまりのない表情で答えた。

「あれは、儂の空母群を守るためにいる。よって儂が戦術指揮をとるときは、いつも、そうさせている」

自分に納得させる様な口調だ。

バーク大佐は、苦悩を露《あらわ》にしていった。

「ですが、現在はハルゼー大将が指揮をとっています。大将の指揮権は、艦隊の全体を戦略的に運用するためのもので、戦艦を自分で突っ走らせるレベルのものではないはずです」

「指揮権問題か。古典的だな。そんなことはアナポリスで講義したらどうだい？　教官の職なら世話するぜ。君に教わる学生は、きっと、私のような目にあわんで済むことだろうよ」

「提督」

バークは普段、氷のように冷静な態度で任務を遂行できる男という評判を取っていた。が、この瞬間、彼は興奮をむき出しにした。

「クリタが引き返さなかったらどうします？　キンケイド中将の戦艦は、ニシムラ艦隊を全滅させましたが、そのおかげで徹甲弾がほとんど残っていません。もしクリタが突っ込んだら——あなたが戦艦群を握り、いつでも引き返せるようにすべきです。どうか、ピート、お願いです」

「それは昨日も聞いた。同意見だよ、儂も」

「あなたが指揮権を取り戻すべきです」

バークは感情の無い声で言った。

「いつも、そうしているさ。私は、空母と戦艦の戦術指揮官だ」

バークは沈黙した。

そこに座っている疲れ果て、病んだ老人は、彼の知っているミッチャーではなかった。本来なら、世界最強の攻撃力を有する空母群の指揮官。世界最強の高速戦艦群

を護衛駆逐艦並みに使えるはずの男。だが、そのすべてを上官、ブル・ハルゼーに奪われた男。

護衛空母群からの悲鳴が平文で届いたのは、その五分後だった。

「敵中央部隊の接触を受け、タフィー3は全滅した模様。我れ戦場より避退中。敵航空機の自殺攻撃《スウィーサイド・アタック》を受けつつあり。高速戦艦群何処《いずこ》にありや。至急、支援乞う」

バーク大佐は呆然となった。ついに、最も恐れていた事態が現実のものとなったのだ。

惚《ほう》けたままのミッチャーに許可をとると、彼はこの事実をハルゼーへと伝えた。急遽、作戦を変更するなら、いまからでも事態を収拾できるのではないか……諦めを知らぬバークはそう考えていた。

だが、ニュージャージーから返ってきた答えは、

「知っている。マッケーン空母群を派遣。敵艦隊は彼とキンケイドの戦艦に任せるべし。貴隊は現目標への攻撃を続行せよ」

というものだった。

バークは、座席に力無く座り込んだ。

どうにもならない。キンケイドには弾がない。マッケーンの空母群はレイテから三八〇マイルも離れた場所で補給を受けていたから、クリタへの攻撃などできるはずもない。

我々は戦場から三〇〇マイル以上離れた海域にいる。それどころか、毎時三〇マイル近い割合で、そこからますます離れつつある。ハルゼーは事の重大さに全く気づいておらず、状況を変えられるはずのミッチャーは、何も考えられない状態だ。

(歴史家は――)

今日のこの事態をどう評するだろうか。アナポリス卒業後はじめての絶望を味わったバークは、自嘲的に思った。彼は軍事史に詳しく、そこから教訓を引き出しては、自分の戦術能力を鍛錬する習慣があった。絶望の中にあっても、それは変わらなかった。

バークは思った。今日は一〇月二五日。アジャンクール会戦があった日だ。それに、バラクラバ会戦も。

彼は、他人にはその意味が理解できない笑いの発作に襲われた。

なんというアイロニーだ！　今日、セント・クリスピンの日は、ヘンリー五世がノルマンディ「上陸」に成功し、バラクラバでイギリス軽旅団が「自殺的突撃《スウィーサイド・アタック》」を実施し、「全滅」した日だ！

それが——以後の歴史では、我々がレイテへの上陸を成功させ、クリタ艦隊の自殺的突撃を全滅という結果で終わらせることができる——可能性を自ら捨て去った日になる。合衆国史上、最悪の敗北を喫した日になる。

バークは、人目も構わずに何かを呟き始めた。それは、バラクラバの突撃をうたい上げたテニスンの詩だった。もっとも、その内容は、彼が抱く現在の心境により、多少変化していたが。

「彼らの栄光、消える日はなし
おそるべきかな、その突撃!
世界は之を知らんと欲す
彼らの突撃に勝る栄光やあらん!」

——全くその通りだ、とバークは思った。

偉大なる日本帝国海軍は、我々がドジったおかげで、不滅の栄光を手にいれることになるのだ。

おお、聯合艦隊に栄光あれ!

——そして神よ、我らを救い給え

4　指揮権掌握

ホモンホン島東方、レイテ湾口
一〇月二五日午前一一時二五分

司令部の全滅は、艦隊の運営に困難な問題を発生させていた。指揮順位の順に述べると、次のようなものになる。

第一遊撃部隊指揮官(全艦隊の指揮官)

第二艦隊司令部及び第一戦隊司令部の全滅により、最上級・最先任の第二部隊司令官——金剛に乗る鈴木義尾中将が受け継ぐことになった。

しかし彼は、水上戦になった場合、真っ先切って突撃すべき高速戦艦・重巡部隊の指揮官でもある。果たしてそのような立場にあるものが、艦隊全部の統一指揮をとれるものか?

第一部隊司令官(大和・武蔵を含む部隊の指揮官)

同様の順位からするなら羽黒に乗る第五戦隊司令官・橋本信太郎少将。しかし彼もまた突撃部隊の指揮を行わねばならない。

第一戦隊司令官(大和・武蔵の指揮官)

これは文句無しで武蔵の猪口少将。この人選だけは問題がなかった。

大和艦長
艦内生き残り士官の階級から、砲術長・藤堂明中佐。

「昼戦艦橋は、なんとかならんか?」

藤堂は内務長に訊ねた。相手は駄目だ、という仕草をして、

「指揮装置からなにから手荒くぶっ壊れてます。使いもんにならんです。ここか司令塔を使うしかありません」

と口を歪めた。彼の口調は、藤堂が正式に大和の指揮権を継承してから、丁寧になっていた。

藤堂は、周囲を見回した。

彼がいる場所は、前檣楼《マスト》の夜戦艦橋(第二艦橋)だった。指揮に必要なものは全て揃っている。だが……前檣楼には違いないが、昼戦艦橋よりずいぶんと低い位置にある。周囲の状況が掴みにくく、昼戦の指揮に適した場所とは言えない。

藤堂は顔面神経を意識的に殺して、最も気がかりな問題を訊ねた。

「射撃指揮所は?」

「見た目はなんともありません。ただし、下の測距所は駄目です。後檣の一〇メーターを使うか、砲塔についてるものを使うか、どっちかです」

藤堂はうなずいた。内務長は忘れているが、もう一つ問題があった。命中の震動により、主砲射撃指揮所の方位盤照準器が狂っている可能性がある。この上にあるそれはもちろん、先ほどまで彼がいた後部の方位盤照準器も、役立たずになっている確率が高い。駆逐艦の砲弾が外側をかすったためだ。どんな時代でも、精密機械は衝撃に弱いものだ。

だが、本当に狂っているかどうかはわからない。

それこそ、実弾射撃を実施、弾着点を観測してみないとわからない。

いかな藤堂でも、戦場でそれをやろうとは思わなかった。結局のところ、敵艦相手に試してみるしかないようだった。

藤堂は訊ねた。

「射撃指揮所との連絡は?」

「今、応急班が」

内務長が言いかけた時、高声電話が乾いた音を立てて復旧を知らせた。これで、前檣楼トップとの連絡がようやく回復されたわけだ。

藤堂は受話器を取ろうとした伝令にいいよ、いいよと手を振ってそれを取り、

「夜戦艦橋、藤堂中佐」

と、答えた。実際この戦艦の指揮をとっているのに「砲術長」と名乗るのはおかしい気がしたのだ。

「指揮所、奥田少佐」

電話の相手も同じように答えた。

二番主砲長、奥田特務少佐。四等水兵からたたきあげで少佐にまでなったという、帝国海軍の生ける伝説のような男だ。

奥田は、この艦隊で最も長い軍歴を誇る人物だった。なにしろ、初陣が戦艦朝日乗り組みの少年水兵として参加した日本海海戦だ。戦死した山本元帥と同じぐらい海軍の飯を喰っている勘定になる。戦前、陸奥《むつ》が聯合艦隊旗艦だったころ、特務大尉として乗り組んでいた奥田と甲板で出くわした当時の聯合艦隊参謀長が、思わず先に敬礼してしまったという有名な話があるくらいだ。

もちろん奥田は、ただ飯を食い散らかしてきただけの古兵ではない。技量の方も軍歴の長さに比例している。

藤堂は、以前からこの老少佐の噂と実力を聞いており、おそらく奥田の方が自分より射撃指揮はうまいだろう、と思っていた。だからこそ、彼を上にあげたのだ。人並外れた技量が無ければ、いかに軍歴が長いとはいえ、最下級の（現在はもう存在しない）四等水兵から、「水兵の元帥」とでもいうべき特務少佐にまで出世できるわけがない。

藤堂は訊ねた。

「やれそうか？」

超ヴェテラン砲術士官のしわがれた声が返ってきた。

「射撃始め、さえ言って貰えば。多少の問題が出ても儂がなんとかします」

さすが砲術界の鬼瓦《おにがわら》、何も言わなくても藤堂の聞きたいことはわかっている。

藤堂は安堵のため息が出そうになるのを懸命に抑え、つとめて軽い、鼻歌をうたう様な声で、

「よし。君が手荒く射ち易いようにするから楽しみにしてくれ」

と、答えた。すると、電話の向こうから空気の抜けるような笑い声が聞こえ、

「手荒く楽しみです。よろしく願います。以上」

と言って受話器を戻す音がした。本来なら上官が以上というまで、切ってはいけないのだけれども、さすがの

奥田老少佐も、大和の主砲射撃指揮が行えるこの機会に興奮しているらしかった。

藤堂は内務長の脇に控えていた主計将校に命じた。

「よし、死傷者報告」


――藤堂が後部主砲射撃指揮所を出て最初に見たものは、血の海と化した後部見張所だった。

つい先ほどまで元気な声で報告を行っていた右舷側見張員たちは、そのほとんどが駆逐艦の砲弾によって命を奪われていた。

死体の傷はどれもひどいものばかりだった。腕が無い者、下半身が消えた者、脇腹が裂け、内臓のほとんどが体外に出てしまった者。

「おッ」

一人だけ、ただ仰向けに倒れているものがいた。

眼は眠っているように閉じられている。藤堂はその見張員に駆け寄った。

確か、一度話をした覚えがある。今年二一歳で、自分の長男――短期現役士官から飛行将校になった守と似たような年かさなので近しく思えたのだ。北海道の農家の三男で、口べらしのため、一六歳で海軍を志願したと言っていた。

六人兄弟のうち、長兄は北支で戦死、次兄もアッツで玉砕した。下の三人は二人が女。末は弟だが、まだ五つにしかならない。

「生きて帰りたいです。親父も年ですし。自分が田畑をみなきゃなりません」

彼はそう言っていた。

海軍に志願して六年。水兵服に善行章をつけ、兵長になって故郷へ凱旋したいとも言った。貧乏人だからって、馬鹿にした連中を見返してやりたいべさ……もとい、やりたいです、と。

藤堂は見張員を抱え起こした。

「おい、起きろ」

身体をゆすった途端、柔らかいものが落下し、潰れる音がした。見張員の頭が妙な方向を向いた。よく見ると、鉄帽に小さな穴が開いていた。機銃弾の射入口だ。彼の後頭部には大きな穴が開いているだけで、頭の中は、ただの赤黒い空洞だった。

藤堂は甲板を見た。ぶよぶよした、白いものがそこにあった。見張員の脳髄だった。

彼はそれを感情の消えた眼で見おろした。この若者の夢も、希望も、甲板に落ちている。滅茶苦茶になった塊の中で死んでいる。

藤堂は見張員の上半身を甲板に横たえ、冷たくなりかけた両手を胸の上で組ませた。藤堂の顔には何の感情も浮かんではいない。だが内心では、自分が死体を見るのは、これが最初でも最後でもない――そう唱え続けることで、精神の平衡をとろうと努めていた。

藤堂はひたすら感情を押し殺し、前檣楼へ向かった。どこから聞こえるのか、軍医に除倦覚醒剤《ヒロポン》でも貰えという声が、彼に呼びかけていた。

「死者・行方不明八九名か。意外に少なかったな。戦闘には支障無いね」

「はい」

艦橋に立つ藤堂には、死者ひとり一人の情景は浮かんでこない。浮かんで来たら、戦闘指揮をとる海軍士官ではいられなくなる。

藤堂は自分がここに立つまでに見たものを意志力で黙殺した。やはり覚醒剤を貰おうか。

いや、駄目だ。以前、覚醒剤を貰って戦闘中におかしくなった奴を見たことがある。それまで元気に水兵の指揮をしていた兵長が、急に笑いだし、甲板に落ちていた死者の手を拾ってしゃぶりはじめたのだ。ああはなりたくない。

藤堂は内務長と主計士官に頷いた。

「御苦労さん。部署に戻ってくれ。俺は戦隊司令部に状況を報告する」

藤堂はそう言うと、通信文の内容を考えはじめた。

――覚醒剤など、絶対に使うものか。

5　艦隊参謀

タクロバン沖、レイテ湾内
同時刻

日本側が艦隊運営の問題に直面していた頃、それを迎え撃つべき合衆国第7艦隊にも深刻な事態が発生していた。

彼らは、既にハルゼーの部隊が妙な方向を走っていることを知っていた。その事実に激怒していた。第7艦隊――レイテ侵攻船団は孤立したのだ。

だが、逃げるのは論外だった。レイテでは、すでに上陸部隊が侵攻を開始しており、いまさら撤退させるわけにはいかない。かといって、まだ物資・兵員を揚陸していない一〇〇隻近くの大型輸送船が揚陸を終えるまで、ジャップが攻撃を控えてくれるとは思えなかった。

　合計二〇万の兵員を上陸させる大作戦だけに、一度この種の危険が発生すると、どうにも身動きがとれなかった。もともと、大上陸作戦とは、味方が圧倒的な制海権を獲得して初めて実行されるものだからである。敵戦艦群が殴り込んでくる事態など、事前計画には想定されていないのだ。

　問題は、制海権だけではなかった。

「航空支援ができない？」

　第7艦隊司令長官トーマス・C・キンケイド中将は、彼の旗艦ワサッチのCICで真っ青になっていた。ワサッチは戦闘艦ではなく、強力な指揮通信機能を備えた上陸作戦支援艦だった。その外観は——商船にやたらとアンテナが立っているところを想像するとよいだろう。

　彼の参謀は、知性的な広い額に汗をうかべて、報告した。

「タフィー1と2は敵機の攻撃を受け、護衛空母二隻が大破しています。スプレイグ少将は、一度攻撃圏内から出て、態勢を立て直すと言ってます」

　キンケイドは眉をしかめて、参謀に問うた。

「ボブ、どういうことだ。なぜ損害が出ている。いまどきニップの航空機が攻撃をかけてきても、ヘルキャットとコルセアを上げておけば恐くはないだろう」

　彼の言には一理あった。事実、日本軍パイロットの平均的技量は水平飛行が難しい段階にまで落ち込んでいる。

「いったい奴ら、どんな攻撃をかけている？」

「それが……」

　と、誰にでも遠慮無くものを言う男にしては珍しく、参謀は口ごもった。

　キンケイドはいらいらした様子で促した。

「早く言い給え」

「信じ難いことですが……敵機は……」

　参謀は半ば口ごもりつつ、答えた。

「敵機は、爆弾を抱いたまま突っ込んでくるそうです」

　キンケイドは相手の精神を疑う目付きになって訊ねた。

「馬鹿な。ターキー《へたくそ》な奴がしくじっているだけじゃないのか？」

　だが、参謀は首を振って、間違いありません。連中は故意に突っ込んでいますと答えた。

　事実だった。この決戦において日本軍は、今後一年にわたり合衆国軍を震撼させ続ける神風攻撃を開始していた（ただ、この時点ではまだ組織的自殺強要にはなっていない）。

さらに参謀は、

「爆装した四機のジークがタフィー1に突っ込んだことは事実です。うち二機がサンティとスワニーにヒットしました。二隻とも格納庫と飛行甲板をやられましたから、助かるかどうかわかりません。少なくとも、しばらくは支援を期待できません」

と、元空母副長だった彼らしい、正確な推測を加えた。

「神様。ニップはそこまでクレージーになったのか。まったく。なにもかもハルゼーの糞野郎が勝手に突っ走ったおかげだ」

キンケイドは毒づいた。

彼は、レイテ戦域を担当する陸軍航空隊、ケニー少将の第5航空群には何の期待もかけていなかった。ケニーはマッカーサーに気にいられただけの軍人で、筋金入りの無能――過去の経験から、そう確信していた。奴には艦隊や船団の護衛など危なくて頼めない――敵艦隊の攻撃などもっての外だ。下手をすると、航法ミスで味方に絨毯爆撃をかけてきかねない。

陸海軍共同の大作戦でありながら、第7艦隊と陸軍航空隊の関係はかくの如しで、ハルゼーのいないいま、キンケイドの〝最後の藁《わら》〟はスプレイグの護衛空母しかなかった。

ところが、その藁も流れ去ってしまったという。

キンケイドは思った。

このレイテ侵攻は、合衆国陸海軍間にある亀裂を浮き彫りにした作戦だった。その影響が、周辺海域での海上戦闘を統括できる指揮官がいない、という驚くべき現実にはっきりとあらわれている。

フィリピン周辺に展開する二つの艦隊――その指揮系統は統一されていなかった。ハルゼーの第3艦隊（第38任務部隊）は、ハワイのニミッツの指揮下にあり、キンケイドの第7艦隊はマッカーサーの指揮下にあった。ニミッツとマッカーサーは太平洋版アイゼンハワーの地位を争っているライヴァル同士だ。

彼らの戦略方針は、その目標を全く異にしていた。マッカーサーはフィリピン奪回を第一義とし、ニミッツは中部太平洋進撃が主眼だった。

皮肉なのは、二人の戦略方針が、同じ幹からのびた別々の枝であることだった。その幹は、本土及びハワイからの侵攻を開始し、最終的には日本本土まで攻め寄せるという合衆国の伝統的な対日戦争計画、オレンジ・プランだ。

同じ幹に触れたマッカーサーとニミッツに相違を生じさせた原因は、このオレンジ・プランにある。確かに彼らは、オレンジ・プランという同じ名前の計画に接して、軍人としての重要な一時期を過ごした。しかし彼らはその時期が年代的に大きく異なっていた。

大恐慌時代、陸軍の参謀総長だったマッカーサーが知るオレンジ・プランとは、フィリピン防衛が中心となった作戦計画であった。合衆国全陸海軍は、フィリピンを日本軍の攻撃から防衛しきった後に反撃へ転じ、日本を打倒することになっていた。

これに対し、マッカーサーより一世代後の人間であるニミッツが研究した時代のオレンジ・プランは、フィリピンなど放っておき、中部太平洋を進撃しつつ、直接日本本土を目指すものだったのである。

もちろん、その後も対日戦争計画には変更が加えられ続けた。しかし、
フィリピンを極端に重視するマッカーサー
中部太平洋侵攻に全兵力を使うニミッツ
――という現状認識の差には、埋めがたいものがあった。

しかも今は、二人とも、太平洋戦域全体の指揮権を持っていない。ライヴァル同士が、相手の戦略方針に疑念を抱きながら、自分の戦争を戦っている。太平洋戦域における陸海軍最高指揮官の間にこうした問題が横たわっていては現実の作戦に何も影響が出ない方がおかしい。

要するに、現在キンケイドが直面している危機は、マッカーサーとニミッツの対立が原因となっているのだった。

現に、海軍軍人でありながら、〝マッカーサーの戦争〟に参加しているキンケイドは、三〇〇〇マイルの距離にいるハルゼーへ、五〇〇〇マイル彼方のハワイにいるニミッツを通してで無ければ、効力のある支援要求（命令に近いもの）を出すこともできない。

かたやニミッツは、日本艦隊のレイテ突入が確実となった現状においてさえ、作戦指導の原則を守るために、ハルゼーへ強い調子の命令を出そうとはしていなかった。レイテの戦いは、彼の戦争ではないからである。

キンケイドは、背筋を走る悪寒を止めることができなかった。いま、亀裂は大きな音を立てて広がり、底無し

の谷になって、第7艦隊を引きずりこもうとしている。

キンケイドはハルゼーに対し直接の命令系統でつながっていないために、事態を簡単に好転できたであろう「命令」を発することができない。出せるのは強制力のない「要請」でしかない。そして、ハルゼーが「要請」ごときで動く男でないことは、合衆国海軍なら誰もが知っている。

「こうなったら、仕方ありません」

キンケイドの参謀――第7艦隊情報参謀、ロバート・A・ハインライン中佐は、突然、容赦の無い口調で口を開いた。事態はそれほどまでに切迫していた。

「とにかく、手持ちの戦闘艦艇をかき集めて湾口で迎撃させなければなりません。彼らに、いかなる損害を受けてもそこを死守するように命じなければ」

決断を促され、キンケイドは頷いた。

すでに、その準備命令は発動してある。悲鳴のような電文を発信すると同時に、オルデンドルフの戦艦隊へ可能な限り速やかに補給を行う様、指示を出してあった。

だが、補給艦の弾薬は地上目標への艦砲射撃を予想して用意されていたために、徹甲弾はいくらも補充できない。オルデンドルフ隊は貫通力のない榴弾で敵戦艦と戦うしかなかった。キンケイドが、このぎりぎりの段階までオルデンドルフ隊へ出撃命令を出さずにいたのは、その点に大きな不安を憶えていたからだった。

彼の参謀長は、現状がその〝不安〟すら抱くことを許さないと言っている。

「オーケー。オルデンドルフに迎撃命令を出そう」

「電文は起草してあります」

打てば響くような調子でハインラインは答えると、小脇に挟んだクリップボードを差しだした。

キンケイドは参謀の方を見て、

(こいつ、拾いものだったな)

と、思った。その通りかもしれなかった。

ハインライン中佐がこの戦場にいるのは偶然の結果といって良かった。病気のために大尉で予備役となっていた彼は、戦争の拡大に伴って召集され、サンディエゴ海軍工廠で監督の任に当たっていた。

たまたま損傷艦の修理で本土に戻ったキンケイドが、この男の仕事の早さに眼をつけ、第7艦隊司令部へとスカウトしたのだった。

キンケイドは、戦争が終わるまでに、自分の情報参謀を正規階級の大佐にしようと思っていた。予備役編入後、さまざまな職業を転々とし、召集された頃は、サイエンス・フィクションのライターをしていたという妙な男だが、大佐に昇進させるだけの能力は十分に持っている。スカウトした後に分かったことだが、彼はアナポリスの卒業席次もトップ・クラスの範疇だった。大佐に昇進し、正規階級が同期生に追いつけば、後は自分の力で階段を昇れるだろう。この男なら、それができるはずだ、キンケイドはそう信じていた。

この最悪の戦場で、ハインラインは、直属上官のそうした信頼にこたえつつある。確かに拾いものだった。

キンケイドは、文案に目を通し、命じた。

「よし、このまま発信しろ」

それは、オルデンドルフの第77・2任務群に、

「いかなる犠牲を払っても」

日本艦隊のレイテ突入を許してはならない、と命じた（おそらく、合衆国海軍史上初の）死守命令だった。

この命令を受けたオルデンドルフ艦隊は、戦艦六隻、重巡三隻、軽巡二隻、駆逐艦一六隻を保有している。

この部隊を派遣してしまうと、キンケイドの手元に残る水上戦闘兵力は、重巡一隻、軽巡二隻、駆逐艦一三隻だけだ。しかもこの部隊は、上陸した侵攻部隊の支援に必要とされている。他に打つべき手がないとはいえ、危険な賭であることは間違いなかった。キンケイドには、もう後がないのだ。

6　出会い

レイテ湾口付近
一〇分後

第一遊撃部隊の指揮を継承した鈴木中将は決断を下した。彼の直率する第二部隊は突撃隊として作戦を遂行。第一部隊は基本的に大和・武蔵の掩護部隊として行動するが、可能な場合、突撃隊としての戦闘を行ってもよい――と。

要するに、何も言っていないのと同じだった。見敵必戦、それ以外の何も命じていない。

しかし、仮に栗田司令部が残っていたとしても、これ以上の方針が決定できたかどうかは疑わしかった。状況が流動的でありすぎる。

（もしかしたら）

栗田中将が残っていた場合よりもマシかもな、大和・夜戦艦橋で藤堂は思った。なにしろ実戦での臆病さについて、とかくの噂があった人だからな。

見張員が叫んだ。

「旗艦より信号！　突撃隊形ツクレ！」

（いよいよか）

藤堂は思い、口元に本物の笑みが浮かぶのを感じた。

ついにこの大和で、戦えるのだ。

彼は数年前のある情景をある種の感情と共に思い出していた。

――濃灰色の巨体は、周囲のすべてをうち従えるような威厳に満ちていた。

艦首の御紋章から艦尾の水上偵察機収容具取付部《ハインン・マット》に至る優美なライン。一基で駆逐艦一隻並みの重量を持つ、前部二基、後部一基に振り分けられた三連装四六サンチ主砲。史上最強の艦載砲であるそれらは、前後、左右に各一基ずつ配された副砲を、豆鉄砲のように感じさせている。

「あれでも、軽巡に載せたら立派な主砲なんだぜ」

同じ内火艇に乗っていた黛中佐は言った。彼は、就役間近であるあの世界最強の戦艦――大和の、初代砲術長に任じられる予定だった。

黛は藤堂を見て、心底気の毒そうに言った。

「藤堂、貴様も運が悪いな。艤装《ぎそう》委員で頑張ってきたのに。あれが出来上がる今になって南方か」

「こればっかりは、身から出た錆でしてね」

藤堂はそう言って笑った。

「そりゃな、七九八号艦の検討会で軍令部と艦政本部両方にタテつきゃあ、報復人事も喰らうだろうさ」

黛は努めて明るい声で言った。彼は艤装委員の一員として苦労し、あと半月で大和が就役するという段階で、南遣艦隊へ転属になった藤堂を不憫《ふびん》に思っているのだ。

通常、新艦の艤装委員を命じられた者は、横滑りでその艦へ配属されることになっている。

「ははは」

藤堂は曖昧に笑うと、内火艇が接近しつつある巨大な軍艦を見つめた。

海面高度六〇メートルに達する塔型前檣楼。力強さを感じさせる太い煙突。くろがねの城とは、まさに彼女のことだ。基準排水量六万五〇〇〇トン、全長二六三メートル、全幅三九メートル、最大速度二七ノット。帝国海軍が建造した世界最新鋭の戦艦。

俺だって、あれに乗れるはずだった……

藤堂は我慢できなくなって呻いた。

「畜生」

――あの検討会から何年もたった今頃になって報復人事を喰らうなんて。それも、帝国が存亡を賭けた大戦に突入しつつあるこの時期に。

彼の呻きに気づいた黛は、意図して別の話を持ち出した。

「そう言えば、貴様、息子が生まれるんだって？」

上官の心配りに感謝して藤堂は答えた。

「ええ、来月の予定です。次男ですよ。恥子みたいなもんです」

「いっそ、どうだ」

黛はいたずらっぽい笑いを浮かべて言った。迫ってくる灰色の戦艦を差し示す。

「あれと同じ名前にするのは？」

「やめてくださいよ」

藤堂は吹き出した。

「威勢がよすぎて名前負けしちまいます。それに……」

黛もつられ、吹き出した。

「ガキの名前が軍機《トップ・シークレット》に引っかかって、出生届が〝男児〇〇《マルマル》〟じゃ困るもんな」

二人は、海軍士官としての威厳も忘れ、内火艇の上でどこかのネジが外れた様に笑い出した。

その戦艦と、彼の次男が出生（就役）した日は、記録の上では同じ日になった。転任の準備を整える彼の家へ、黛がそれとない言い方で知らせてくれたのだった。

藤堂明の次男は、進と名付けられた。


第一遊撃部隊――戦艦四・重巡六・軽巡二・駆逐艦一一の計二三隻――は、防空輪型陣を解き、単縦陣を三叉鈷《トライデント》のように段差を置いて並べた陣型を形成した。

レイテ湾口まで、速力二五ノットであと四〇分。もはや潜水艦も、航空機も気にしてはいられない。

艦隊の誰もが、この戦いは祖国の実質的な敗北を引き延ばすカンフル剤に過ぎないことを、敗れつつある国の軍人特有の感覚で本能的に感じとっていた。自分達が、帝国最後の日々に刹那的な栄光を加えるためだけに死ぬ事を知っていた。

それでも良かった。

彼らは、良くも悪くも日本人であった。

帝国と、それが営々と築き上げてきた海軍へ美的敗北をもたらすために死ぬ事を、少なくともこの瞬間だけは納得していた。それが、度重なる過失によって祖国を敗亡の道へ追い込んだ帝国海軍に可能な唯一の存在証明であり、故郷たる弧状列島へ示す、最期の忠誠の誓いであるからだった。

7　最期の死

USSキラー・ホエール、沖縄沖

藤堂明の接すべき第三の死は、遠く離れた場所で、僅かな時間差を置いて発生した。

合衆国海軍のガトー級潜水艦《SS》、キラー・ホエールは、東シナ海における最後の戦闘航海《コンバット・クルーズ》を行っていた。

彼女の猟場は、沖縄本島・本部《もとぶ》半島とその西南西にある伊江島を隔てる浅海面である。この辺りは、水深がもっとも深いところでもせいぜい二〇〇メートルで、潜水艦の行動には不適とされている。しかし、キラー・ホエール艦長ロディ・ブレイン少佐は、こういう海だからこそ獲物がいると確信していた。対潜作戦が未だに下手なニップは、その単純な頭の造りからして、この海域なら安全だと考えているはずだからだ。

ブレイン少佐のキラー・ホエールはベスト・コンディションとは言えない。スクリュー付近のパッキングからは、機関長がどう手当しても海水が入り込み続けてくる。艦体もかなりガタがきて、急速潜航を行うと背筋がひんやりするほどの異音をたてる。

ほぼ三年間にわたって酷使され、何度も爆雷攻撃にさらされてきたこの艦は、寿命が尽きかけているのだ。

キラー・ホエールにとり、これが最後の戦闘航海だという理由はそれだった。ブレイン少佐は、彼女に素敵な花道を飾らせてやるつもりだった。だからこそ、彼は、パッシヴ・ソナーの探知した、那覇方面から向かってくる数隻の航走音を執拗に追尾し続けていた。絶対に、キラー・ホエールの撃沈トン数をもう一万トンほど上乗せしてやりたかった。

USSウェスト・ヴァージニア、レイテ湾口

レイテ湾口では、双方とも敵に自らの意図を隠す必要は全くなかった。互いに対水上レーダーから遠慮無く電磁波を放っていた。彼等の目的は、敵味方の相違を別にすれば、全く同一のものだった。

敵を全滅させるか、自分達が全滅するか、である。

最初に相手を探知したのは、合衆国側、オルデンドルフ艦隊であった。彼らは昨日、すでに〝全滅するか、させるか〟式の戦闘を経験していた。夜陰に乗じてスリ

ガオ海峡を突破し、レイテ湾に突入しようとしたニシムラ艦隊をレーダー射撃で殲滅していたのだ。

オルデンドルフ中将は、その将旗を戦艦ウェスト・ヴァージニアに掲げていた。彼の艦隊では、このウェスト・ヴァージニアとメリーランドのコロラド級戦艦だけが16インチ（四〇サンチ）砲を装備している。他の四隻、ミシシッピー、テネシー、カリフォルニア、ペンシルヴェニヤはすべて14インチ（三六サンチ）砲装備艦だった。

迫り来る日本艦隊を発見したのは、最新型のSC‐2Cレーダーを装備したウェスト・ヴァージニアだった。彼女はパールハーバーで日本軍の攻撃により大破着底、その浮揚・修理・改装に今年の九月までかかった手間のかかる艦だ。しかし、修理が遅れただけあって、一九二三年製の船体には、一九四四年製の最新装備を搭載でき、その結果、敵を最初に発見する幸運を与えられたのだった。

ウェスト・ヴァージニアが、ほぼ二五マイル（四〇キロ）の距離で敵艦隊を探知したのは、一〇月二五日午前一一時四五分だった。

しかし、16インチ砲 Mark8/0 でも最大射程は三二〇〇〇メートル。弾の届く距離ではない。

オルデンドルフは慌てなかった。彼は、敵艦隊の砲力が自分の艦隊と似たようなものだと〝知って〟いた。昨日の空襲時に行われた報告によれば、敵戦艦四隻のうち二隻は14インチ砲八門装備の旧式艦コンゴウ・クラス。残る二隻――正体不明のヤマト・クラスにしても、諜報報告によれば、コロラド級と同じ16インチ砲しか装備していない。日本艦隊が優位に立っているのは、速度だけのはずなのである。

オルデンドルフは自分の戦艦群が出せる艦隊速力が最大でも二〇ノットである不利を考えて、巡洋艦と駆逐艦の大部分を分派した背景には、このような判断があった。

死守命令を受けた提督は、巡洋・駆逐戦隊に牽制攻撃を実施させることで、敵を混乱させ、艦隊速力という唯一の不利を打ち消そうとしていた。戦艦より一〇ノット以上速い彼女達は全速で、左舷前方のホモンホン島南側へ回り込み、決定的な瞬間に、敵艦隊の背後へと出現する予定になっていた。

ＥＳＭ（逆探）が、日本艦隊のレーダー波を探知したのは、オルデンドルフが巡洋・駆逐戦隊を分派したその時だった。相手が手ごわいことは彼も覚悟していたが、どうやら、クリタ艦隊はニシムラ艦隊とは相当に格が違うらしかった。

疎開船団、沖縄沖

之の字運動はさらに激しくなった。護衛についている二隻の駆逐艦は、機敏な運動で前方海面を捜索してゆく。

（潜水艦かしら）

礼子は思った。対馬《つしま》丸以来、敵は疎開船を攻撃してこないって言われたけど。

突然、進が、

「かっこい！」

と声をあげた。礼子は舷側《げんそく》から落ちそうなほど身をのりだす息子を抑えながら、そうよね、と思った。

そうよね、あの人と同じ海軍さんが守ってくれてるのだもの。

きっと、私たち、無事に呉へ着けるわ。

彼女の予想は、部分的に正しかった。

HIJMS大和、レイテ湾口

第一遊撃部隊は、艦隊最大速力の二七ノットで西進していた。三列に並んだ艦隊は、右の列に金剛・榛名を主力とする第二部隊。左の列に第四・第五戦隊の重巡と第二水雷戦隊（彼らの任務は大和、武蔵の掩護）。そして、真ん中の——やや引っこんだ列が武蔵、大和。第一戦隊の指揮を猪口少将が引き継いだために、武蔵が先に進んでいる。

すでに敵影は二二号電探に探知されていた。日本製の、性能の悪い八インチ・ブラウン管でも、二二浬で敵を映し出せる。そのかわり、西の方に少しスコールらしきものがあり、方位盤照準器では観測できなかった。

しかし、電探による測定ですでに敵の概略データは摑んでいる。距離、四一四〇〇メートル。方位、真方位二九〇度。敵の針路、真方位八〇度。速力、二〇ノット。

これが、大和の電探がもたらした、現在のところ日本側で最も精密なデータだった。

彼女は測距儀こそ失ったけれど、電探のアンテナは無事で、前檣楼基部にある主電探室も無傷だったのである。

大和の電探がこれほど精密なデータを測定できた理由は、彼らが二二号電探だけでなく、対空用の二一号電探も作動させていた点にあった。

一年ほど前、理由は不明ながら、二一号電探に、二〇浬以上の距離でも水上目標を探知できる能力のあることが偶然判明した。これを受けて、大和の二一号レーダーは、内地での試験段階で、水上目標の精密測定も可能なように、読み取り精度を切り替えるセレクターが、取り付けられていたのである。無論、これは正式な許可を受けたものではない。現場が独断で行った改造だ。本来なら厳重処分ものの行為である。

しかし、この無許可改造には、それを行うだけの価値があった。セレクターの取り付けられた二一号電探の能力は、一九四〇年代の日本製電子製品としては十分以上の精度と信頼性を持っていた。藤堂のような砲術屋たちは、

「二二号より、二一号で電探射撃をした方が当たる」

とまで言い切っていたほどだった。

なんとか復旧された大和の前部主砲射撃指揮所で配置についた奥田特務少佐は、方位盤射手として松田特務少尉を後部から引き抜いていた。

奥田は、同郷の出身であり、気心が知れ、砲術科員として水準以上の技能を持つ松田がいてくれたなら、生まれて初めての砲術長の仕事も気楽にこなせるのではないか、そう考えたのだ。

二人は他の志願兵と同様に、貧しい農村の出身者だった。

彼らの故郷は、生の大根をかじって甘味を感じられれば大贅沢、といわれた新潟の寒村だった。

一〇人兄弟の八番目だった奥田は、海軍に入って初めて、自分が人間らしい扱いを受けたと感じた。初年兵の頃は、陰湿な制裁《バッタ》をさんざん経験したが、あの、暗く、何の希望もない村へ帰るよりはずっとマシだった。

下士官になった年、彼は初めて、故郷へ帰った。人々の自分を見る目が変化していた。自分が貧乏人のこせがれから、村一番の出世頭に変わっている事を知った。彼は数日間をそこで過ごした後、適当な言いわけをして帰艦した。まだ休暇は残っていたが、これ以上、故郷で日を送ることに耐えられなかった。

自分の生まれ育った土地が、たかが下士官の制服ぐらいで、一八〇度態度を変えてしまう浅ましい土地だった――その現実に我慢がならなかったのである。

以来、奥田は一度も故郷に戻っていない。海軍と、呉に住まわせている家族と、特務少尉に任官した時に一念発起して始めた書道だけが彼の世界だった。松田は、故郷に複雑な思いを抱く彼にとって、唯一の貴重な例外だった。

なぜ貴重な例外になったのか――松田が故郷から飛び

出して来た理由に、奥田自身関わっていたからだ。

松田は、帰省で数日滞在した奥田を見て、別世界から来た人間のように感じたのだった。その瞬間から、自分もまた、奥田と同じ世界——別世界の人間になりたいと思い、海軍へ志願したのだ。そして、それを成し遂げた。貴重な例外とすべき十分な理由であった。

いま、彼らは二人揃って別世界にいる。故郷の風景を思えば、周囲を鉄板で囲われ、内部を精密機械部品で埋め尽くされた射撃指揮所は、どちらかと言えば、地獄の方に近い世界ではあったが。

艦橋から電話連絡が来た。

「射撃準備はいいか?」

「左砲戦、電探射撃準備よし。いけます」

「よし」

電話の相手は感情のない声で言った。

「武蔵から指示あり次第発射を始める。俺は司令塔に入る——この戦の最後までは生きていたいからな」

奥田は微笑を浮かべた。藤堂中佐は、松田から聞いていた通りの人物らしい。戦の時は、嫌になるほど論理的になるんですよ、あの人は——

奥田は答えた。

「宜候《ヨーソロ》。どうか、こっちは最後まで鉄砲に専念させてください」

なにか、ひくついたような音が聞こえ、

「宜候《ヨーソロ》。以上」

と電話は切れた。

この会話が聞こえていたのか、松田が言った。

「笑ったんですよ、今のは。よほど御機嫌らしいですね」

「御機嫌にもなるわい」

奥田は答えた。なにしろ、この大和を指揮して敵陣に殴り込むんだからな。

USSキラー・ホエール、沖縄沖

敵船団との距離は刻一刻と狭まっていた。キラー・ホエールは既に戦闘準備を完了している。

ソナー員が報告した。

「敵先頭艦との距離、一・五マイル。後方、大型艦との距離、三マイル」

一・五マイルか。ブレイン艦長は笑みを浮かべた。豊後水道なら沈められちまってるところだな。ま、ニップの駆逐艦乗りのみんながみんな豊後ピートのような手練《てだれ》だったら困るだろうが(豊後ピートとは、合衆国軍が豊後水道にいると信じていた――実在しない日本の優秀な潜水艦ハンターのニックネームだった）。

ブレインは微速前進を命じた。日本のソナーは性能が低い。派手に動かない限り、滅多なことではこちらを聴音探知《パッシヴ・コンタクト》できないことがわかっている。

しかし、最適雷撃距離に敵を入れるまではどれほど慎重であっても悪いことはない。およそ潜水艦にとって、慎重という言葉ほど強力な兵器はないからだ。ブレインは、勇敢だが慎重さに欠ける友人たちが、日本の対潜艦艇に手もなく殺《や》られてしまった多くの例から、この教訓を導き出したのだった。

ブレインは、敵の大型艦が最適雷撃距離に入るまで、聴音探知だけで情報を集め、最後の瞬間だけ潜望鏡で目視観測してデータを修正、雷撃を実施するつもりだった。

HIJMS大和、レイテ湾口

鈴木中将は、敵の数が何度レーダーで調べても六隻であることを確認した。納得すると彼は直ちに発光信号で、「全軍突撃セヨ」を発信。これを受け、金剛を含む第二部隊は編隊速度を三〇ノットへ上げた。ただし、マリアナ沖海戦の傷が癒えていない榛名は、少し遅れている。


スピーカーから報告が響いた。

「武蔵より信号！　第一戦隊射撃始め！」

藤堂は無意識のうちに拳を握っていた。よーし、いよいよ開幕だ。

一瞬後、武蔵の大きく仰角をかけていた四六サンチ砲が火を吐いた。

肉眼で確認することは不可能だが、飛行中の砲弾同士が及ぼしあうエネルギー干渉によって散布界――砲弾の、目標地点でのまとまり具合――が悪化することを避けるために、各砲の発射には、千分の五秒程度の時間差が付けられている。射距離は約四〇〇〇〇だから、砲の仰角は四〇度のはずだ。

藤堂は受話器を摑むと、叫んだ。

「発射始め！」

藤堂の号令一下、大和は戦闘に突入した。

彼の目に、分厚い装甲に覆われた司令塔のスリットを通して、一番、二番主砲が発砲した閃光が飛び込んできた。続いて、轟音と震動が生じ、大和の船体は軽く右舷に傾いた。電気も通わない寒村に生まれた砲術将校二人が、電探を用いて計測したデータを使用して発射した砲弾が、成層圏へと駆け昇っていったのだ。

藤堂は、凄みのある笑みを浮かべた。

これだよ。これなんだ。砲弾は、九〇秒後に奴らを吹き飛ばす。俺の息子に似ていた水兵を殺した奴らの仲間を。

USSキラー・ホエール、沖縄沖

敵大型艦までの距離は二マイルに迫っていた。キラー・ホエールを潜望鏡深度まで浮上させたブレイン艦長は、発令所の直上にある司令塔へ上がると、

「潜望鏡上げ」

を命じた。船務長が偵察用潜望鏡とコードで繋がれたコントロール・パッドのボタンを押す。偵察用潜望鏡は、油圧の力で数秒のうちに一〇メートル上の海面へ先端を突きだした。

ブレインはすぐさま潜望鏡に取り付き、アイピースに顔を押し当て、両手に力を込めて三六〇度回転させた。

偵察用潜望鏡は、周囲の状況を短い時間で把握するために使うものだから、視界が広い。右四〇度方向に敵駆逐艦がいること、左一五度に「兵員を満載した」大型輸送艦のいるのが、すぐに分かった。もう一隻の駆逐艦はずいぶん離れた位置にいる。当面は攻撃目標にも、脅威にもならないだろう。

ブレインは潜望鏡の握りを上にあげて閉じると、

「潜望鏡下げ、攻撃用潜望鏡上げ」

と、命じた。素早く後方の攻撃用潜望鏡へ身体を向ける。その間に、船務長はパッドを操作し、攻撃用潜望鏡を水面に出していた。

ブレインはさきほどと同じ要領で攻撃用潜望鏡を旋回させた。今度は敵艦の位置がつかめているから、ほんの数秒で敵大型輸送艦を視界内に捉えることに成功した。潜望鏡に切られた距離目盛りで、その敵艦との距離を計測する。一万メートルだった。

ブレインは、魚雷を発射すべき未来位置を瞬時にして暗算した。ヴェテラン艦長である彼は、雷撃用データ・コンピュータよりよほど正確で素早い攻撃指示が可能だった。

「取舵五〇！」

「取舵五〇。アイ」

二年間の戦闘航海ですっかり気心も知れ、艦の癖も飲み込んでいる操舵員は、キラー・ホエールを指示された方角へ的確に指向した。

「目標敵駆逐艦、一番、二番発射」

USSウェスト・ヴァージニア、レイテ湾口

ウェスト・ヴァージニアは、日本艦隊を再び罠にはめるべく、サマール島方面へ全速で航行していた。他の五隻も後に続いている。すでに八門の主砲は右舷に指向されており、敵艦隊が主砲戦距離内に侵入してくる瞬間を待ち受けていた。

まもなく、右舷遠方で何か閃光がきらめいた。

スピーカーが喚いた。

「敵大型艦発砲。コンゴウ・クラス二隻を含む単縦陣、急速に接近中」

ウェスト・ヴァージニアの司令塔にいたオルデンドルフは笑った。

(よし、ジャップは引っかかった)

コンゴウ・クラスがこっちの射程距離に入った時、分派した重巡と駆逐艦が奴らの後方から殴りかかる。

(それにしても)

と、彼は思った。ずいぶん遠くから射ったもんだな。

たぶん、ヤマト・クラスだろう。しかし、向こうもこっちと同じ16インチのはずだ。多少口径は大きいかもしれないが、それほど攻撃力に違いはない。そうに決まっている。

16インチ砲に対抗する装甲を張ったこのウェスト・ヴァージニアと、同型艦のメリーランドは簡単にはやられはしない。

オルデンドルフが自分を納得させて頷いた時、武蔵が発砲してから九〇秒の時間が経っていた。

武蔵の第一斉射は、三番艦のミシシッピーに狙いを定めていた。本来は先頭艦のウェスト・ヴァージニアを狙うのが帝国海軍の伝統的戦術だが、位置関係と射程の問題で、ミシシッピーを射たざるを得なかった。

だが、砲術の天才が放った砲弾だけあって、弾着の方は見事だった。日本の技術力では、肉眼と方位盤を使用した場合より精度の落ちる電探射撃でもバラつきが全くなかった。

命中の模様は、まさに芸術的と呼んでもよかった。

九発のうち六発は遠弾となって効果がなかったが、残りの三発は、ミシシッピーの艦首・中央・艦尾へほぼ均等な間隔をおき、千分の五秒の時間差で次々と命中した。

艦首部に降った一発はミシシッピーのA砲塔（一番主

砲）直前の甲板にめり込んだ。

その、九一式徹甲弾《AP》は、八九ミリの甲板装甲を突破し、さらに二層の甲板を貫いた時点で弾底の遅動信管が作動。三三・八五キロの炸薬と弾片で地獄をまき散らした。この被害により、A砲塔のターレット・リングが歪み、砲塔は旋回不能になった。

中央部に当たった一発は、前檣楼の直後にある煙突基部に突入。主甲板の一層下で爆発し、その上にあった煙突と高角砲座を海上へ吹き飛ばした。

最後の一発は、Y砲塔（四番主砲）の直後に命中。甲板から直線に駆け降り、艦底に命中して炸裂。そこに直径三メートルの大穴を開けると同時に、四本ある推進軸《シャフト》のうち中央の二本を撓《たわ》ませた。高速回転している時にそのような力をかけられた推進軸はこれに耐えられず、不気味な轟音をたてて折れ、その破片が周囲に飛び散った。

こうなっては、ミシシッピーの一二門ある主砲はすべて生きて、司令塔が無事であろうと何の意味もなかった。

最後の一発が、艦底に開けた穴から海水を轟音とともに彼女の体内へ流し込み、艦尾から急速に沈ませていったからである。

ミシシッピー艦長は、総員退艦を命じる前に主砲斉射を命じた。

しかし、その射撃は敵に全く被害を与えず、かえってミシシッピーの浸水量を増大させ、沈没を早めるだけの結果に終わった。


「クソッ、奴ら、腕がいい」

オルデンドルフは呻いた。

彼は直ちに射撃開始を命じた。

この調子でやられていたら、巡洋艦と駆逐艦が回り込んだ頃には全滅させられている——そう予想できたからだ。彼は爪を噛んで思った。奴等、本当にニシムラ艦隊とは格が違うようだな。

命令を受けた各艦は、最も手近な目標、突進してくる二隻のコンゴウ・クラスに向けて火蓋を切った。

第一斉射を終えた時、大和の主砲が発射されてから、ちょうど九〇秒が過ぎていた。

ある意味で、藤堂が生涯で最初に命じた四六サンチ砲の戦艦に対する射撃は、猪口のそれと較べ、ひどく見劣りのするものだった。

大和が放った九発の砲弾は、すべて近弾となり、目標の手前海面に水柱を立てたからである。普通の砲弾ならそれで終わりだ。弾着修正のデータとなるにすぎない。

だが、大和が放った砲弾は、水中弾道にまで気を配って設計された九一式徹甲弾だった。

大和の砲弾は、ほぼ一七度の角度で海面に接触すると、先端の尖った風帽が着水のショックで脱落した。海中で魚雷に似た頭部を剝きだしにした九発の砲弾は、そのまま水中で直進を開始したのである。

彼らの突進した先は、オルデンドルフの足元、ウェスト・ヴァージニアの右舷水中部分だった。

長門と同時期に建造されたこの戦艦には、強力な舷側（垂直）装甲が施されていた。しかしその装甲は、舷側の上部にしか張られていない。当時は、ウォーターラインより下部に命中弾などあるはずがない――そう考えられていたからだ。

大和の砲弾が命中したのは、その部分だった。具体的に言うなら、垂直装甲のさらに下――他と較べれば、無防御と言える艦底近くの舷側だった。

徹甲弾は、そこを易々と突破して艦内に躍り込んだ。

彼らは運動エネルギーによって水密区画を次々と突破、破壊して、舷側から一〇メートルほど艦内に入り込んだ辺りで遅動信管を作動、炸薬に猛烈な化学反応を起こさせた。

舷側に、魚雷が命中した様な水柱が次々と発生した。

これこそ帝国海軍が最高の軍機事項に指定していた水中弾効果であった。九一式徹甲弾はこの効果を強めるために開発された砲弾だったのである。

過去において、この水中弾効果を、四六サンチ砲で発揮させた者はほとんど存在しなかった。実戦で、しかも戦艦相手ともなれば、この瞬間が史上最初だった。

藤堂は、史上初の四六サンチ水中弾実戦使用者となったのである。同時に、大和の長い生涯において、最初に戦艦を撃沈した指揮官――そう戦史に記録されることになった。

なぜならば、九発の水中弾によって舷側下部に巨大な、連続した大穴を開けられたウェスト・ヴァージニアは、一挙に流入した一万トン近い海水のために回復不可能なまでにバランスが崩れ、そのまま右舷側に横転――装塡中の主砲弾薬が誘爆、オルデンドルフを道連れにして爆沈してしまったからである。

USSキラー・ホエール、沖縄沖

「取舵《ポート》三〇！」

「取舵三〇、アイ」

キラー・ホエールは艦首を大きく左に切った。駆逐艦の次は、兵員輸送艦の雷撃だ。

「いいぞ、三番、四番発射」

「三番発射《ファイア・スリー》」

「四番発射《ファイア・フォー》」

艦首から連続して水洗トイレを流したような音が響いた。魚雷を発射管から押しだした圧搾空気の音だ。

発令所に戻っていたブレイン少佐はにやりと笑い、

「急速潜航、ダウントリム四〇」

と、手慣れた声音で命じた。彼の命令は的確に実行され、キラー・ホエールは、安全な海中へと可能な限りの早さで逃げ込んでいった。

手近な突起物につかまりながらブレインは思った。

見てろよニップ、これは、ガダルカナルで死んだ弟の復讐だ。

ストップウォッチで時間を計っていた先任将校が報告した。

「一番、二番、目標到達《オン・ターゲット》」

それほど遠くない場所から、腹の底に響くような轟音が聞こえてきた。


へへ、駆逐艦一隻撃沈。三番・四番ももうすぐだぜ。スニーキーなイエロー・モンキー。

疎開船団、沖縄沖

前方の海面を進んでいた駆逐艦が、突然、海面から跳ねあがった。同時に黒煙と水柱が発生。次の瞬間、駆逐艦は船体の半分を失っていた。

甲板に衝撃を受けた人々のどよめきが走った。スピーカーが喚きたてる。

「総員上甲板！　総員上甲板！　雷跡接近中！」

だが、藪から棒に上甲板へと命じられても、何の訓練も受けたことのない女子供が、機敏に行動できようはずもない。さらに、疎開者の大部分は、貨物船の倉庫へ臨時に造られた、蚕棚《かいこだな》のような寝床で船酔いに苦しんでおり、立つことすらできない状態にあった。

結果、キラー・ホエールの放った魚雷が貨物船に命中したその時、乗船していた疎開者一九一二名のほとんどが、船倉の中にいた。

HIJMS金剛、レイテ湾口

武蔵、大和の砲撃により一方的な戦果を上げた日本側だったが、ここにきて、本格的な敵の反撃にさらされている。

　突撃部隊の先頭を突進していたのは、金剛だった。

　鈴木中将は、金剛の三六サンチ砲が十分効果を発揮する三〇〇〇〇メートルまで接近すると、榛名と共に隊列を組み、統制射撃を開始した。西方にあったスコールは過ぎ去りつつあり、その距離ならば、通常の方位盤射撃でも確実に目標を捕捉できた。

　第一斉射。金剛・榛名の放った一六発の三六サンチ砲弾は、戦艦ペンシルヴェニヤを襲った。日本戦艦の色着き水柱《テクニカラー》が、もと太平洋艦隊旗艦の周囲に林立した。水柱に色が着くのは、砲弾に各艦ごと固有の染料が含まれているためだ。弾着修正を行ないやすくする工夫である。

　水柱を立てた砲弾のうち、命中したのは四発だった。うち一発は艦中央の5インチ両用砲を破壊。弾薬を誘爆させ、火災を発生させた。さらに二発がB砲塔（二番主砲）基部に命中してその装甲に亀裂を入れ、砲塔を台座から外した。最後の一発は舷側の垂直装甲へまともにぶつかり、空中へ弾き飛ばされて破裂、ペンシルヴェニヤの甲板に無数の傷と小さな火災を生じさせた。

　一方、指揮官を失ったオルデンドルフ艦隊は混乱に陥りつつもどうにか陣型を保ち、日本艦隊へ猛射を開始していた。

　ことに同型艦を失ったメリーランドの砲撃はすさまじかった。彼女の艦長は、温存していた徹甲弾をやられる前に使い切るつもりだった。八門の主砲が三〇秒間隔でうなり、弾着が観測され、射撃データが修正された。そして、徹甲弾による第五斉射で、遂に確率論を満たした。第五斉射八発のうち、六発が金剛に命中したのである。

　金剛は基本的に三六サンチ砲弾に対する防御を考えて建造された巡洋戦艦である。そこに四〇サンチ砲弾六発の打撃が加えられた。彼女に耐えられるはずがなかった。

　金剛は最初の三発が命中する間に前檣楼と前部煙突が消失し、次の三発が命中した時には後檣と三番主砲が屑鉄になっていた。鈴木中将は最初に被弾した時点で行方不明《MIA》——生きているはずがなかった。

　第一遊撃部隊は再び指揮官を失ったのだ。

USSワサッチ、レイテ湾内

　レイテ湾、タクロバン海岸付近にはパニックが発生していた。日本海軍が反撃に成功、まもなくここへ殴り込んでくるという話が、さまざまな尾鰭《おひれ》をつけて伝わっていたのである。

　キンケイドは、事態を収拾するために必死であった。特攻《カミカゼ》に怖じ気づいていたスプレイグの護衛空母《CVE》をなんとか反転させ、ハルゼーへありとあらゆる種類の罵倒を送り付けて呼び返そうとしていた。しかし、その努力は、すぐに実を結ぶ類のものではない。両者とも、レイテ湾から離れすぎている。

　時間が経つにつれて、キンケイドの表情には絶望の色が濃くなっていった。

　オルデンドルフとは戦闘開始直後に通信が途絶していた。切れ切れに入ってくる平文の通信を傍受する限り、どうみても味方が勝っているようには思えない。彼には状況がさっぱり摑めず、魔女の大釜とはこのことかと納得する始末だった。

　ことここに至って、撤退は論外と考えていたキンケイドも、

「ある程度の損害には目をつぶり、撤退を開始すべきだろうか」

　と、考え始めた。一度思い始めると、その誘惑はますます強くなってきた。撤退。撤退。

　彼はハインライン中佐に意見を求めた。

「すでに揚陸した部隊を撤退させる必要はありません」

　明快な論理の持ち主であるハインラインは快活な声で答えた。逆に、敵が突入してくるまでに可能な限り物資揚陸を行うべきです、と言った。

「なぜだ」

「日本軍は、二度とここへやってきません」

　ハインラインは微笑を浮かべて続けた。

「連中の艦隊はこれが最後です。度重なる戦闘で燃料・弾薬も消耗しているはずですから、レイテにそう長居はできません。せいぜい一時間か二時間が限度、です」

「しかし、輸送船は叩かれるし、陸上も砲撃される。ジャップの陸軍だって反撃にでてくるだろう」

　と、キンケイドは反問した。

　ハインラインは、ええ、とでも言うように頷いてから、冷徹な何かを響かせ、答えた。

「しかし、レイテに我々の足場は残ります」

　この島から全員ケツをまくることに決めても、同じ程度の損害がでます。敵の陸軍がバンザイ・アタックをかけてくるでしょうし、どのみち、上陸した連中を拾いきらないうちに例のモンスター二隻が突っ込んできます。

キンケイドは決断できなかった。上官の弱りきった様子を見ていたハインラインは、突然、

「提督」

と、呼びかけ、平静を保った声で言った。

「我々には、船団が無傷で済む選択肢など残されていないのです。今日、苦しみを受けねばならないのなら、明日、よりよいものを得られるための苦しみを選ぶべきです。今日より明日は絶対に良くしなけりゃなりません。それが我々の仕事です」

キンケイドはがっくり肩を落とした。

「君のいう通りかもしれんな。ジェネラル・マックに話してみよう」

HIJMS利根、レイテ湾口

ウェスト・ヴァージニアと共にポセイドンの神殿へ去ったオルデンドルフの罠。それがようやく閉じた。分派された重巡・駆逐艦群（包囲部隊）が、ホモンホン島をまわり込み、日本艦隊の後方にあらわれたのだ。彼の計画は成功した。

ただし、彼らが後方へ回り込んだ敵艦隊は第二部隊だった。大和・武蔵を主力とする第一部隊は、彼らの右舷側にいた。合衆国軍包囲部隊もまた、日本艦隊に挟まれたのだ。彼らは、第一戦隊（大和・武蔵）の護衛についていた帝国海軍最強の魚雷戦部隊・第二《に》水《す》雷《い》戦《せん》隊の前へ飛び出してしまったのである。

隊内電話に、第五戦隊司令官、橋本少将からの命令が響いた。二水戦突撃セヨ。第五戦隊、統制砲雷撃戦ニ備へ。

二水戦は、くさりきっていた。護衛任務に付かされたばかりに敵戦艦へ突撃できなかったからだ。しかし、その鎖は断ち切られた。狼は野に放たれたのだ。

二水戦の駆逐艦九隻は、軽巡・能代《のしろ》を先頭に突撃を開始した。その中には、強力な雷装と四〇ノットの快速を誇る帝国海軍最後の航洋駆逐艦・島風も含まれている。

この時戦闘に突入した両軍艦艇は、合衆国側が、
重巡ルイヴィル、ポートランド、ミネアポリス、軽巡デンバー、コロラド、駆逐艦一六隻。

日本側が、
重巡羽黒、利根、鳥海《ちょうかい》、軽巡能代、駆逐艦九隻。で、ほぼ同等。ただし、砲雷撃戦能力では、日本側が圧倒的に優勢だった。

利根の黛艦長は、この機会を逃すような男ではなかっ

た。ちなみに彼は、自分の射撃が大和の前檣楼に飛び込んだことに、全く気づいていない。戦場にありがちな偶然の敵弾命中だと思っていた（実際、藤堂もそう思っていた）。当然、彼の闘志には一点の曇りもない。

利根の艦底からは、全速運転する機関の震動と轟音が響いてくる。黛は前方を睨んだ。同時に前方を進む羽黒が、

「第五戦隊統制魚雷戦ニ備へ。射撃開始」

と、橋本少将の命令を出し、主砲を発射した。黛艦長はそれを見てすかさず、

「射撃始め！」

と叫んだ。一瞬のち、利根艦首部に集中された四基八門の二〇サンチ砲が火を吐いた。後方からも砲声の響いたところをみると、同じ戦隊の他の艦が戦列を離れたため、第五戦隊へ臨時に編入された鳥海も射撃を開始したようだ。

黛艦長は口元を逆Vの字に歪め、左舷側に見える敵艦隊をみつめた。二〇隻以上いる。敵戦艦群と殴り合っている第二部隊の背後に入り込むため、重巡を先頭に高速で北へ、つまり、こちらの舳先《あたま》を横切るように動いている。ムッ、着弾の水柱。敵先頭艦に閃光が走った。当ったな。

砲術長から報告が入る。

「先頭重巡に初弾命中！　続けてうちます」

乗員たちが歓声を上げた。

「やってみせい！」

黛は太い声で答えた。すかさず主砲第二斉射。

黛は艦橋左舷に張り付き、敵艦隊の動きを観察した。敵は第二部隊を包囲する位置につこうとしているが、かなり混乱している。頭を我々第五戦隊に抑えられ、後方からは二水戦が連射を加えながら急速に迫りつつあるからだ。

やがて、敵艦からも砲撃の閃光がきらめき、利根の周囲にも水柱が立つようになった。

黛は思った。包囲をあきらめ、こちらを叩くことに決めたか。だが、遅い。決断が遅すぎる。なぜならば――

報告が入った。

「羽黒より信号！　魚雷発射始め！」

この命令により、かつて世界最強をうたわれた帝国海軍水雷戦隊は、敵戦闘艦に対する最後の統制魚雷戦を開始した。

USSワサッチ、レイテ湾内

マッカーサーはすでにタクロバンへ上陸し、

「私は帰ってきた」

という、後に歴史的ジョークとなる放送を行った後だった。

その彼に対し、キンケイドは、

――日本艦隊の突入は阻止できない。だが可能な限り兵力の揚陸は続ける。揚陸に手間のかかる物資を積んだ輸送船、そして空船は、最後の護衛部隊であるバーケーの第77・3任務群から駆逐艦を割いて護衛につけ、レイテ島北方を迂回させてスリガオ海方面へ避退させる。もちろん、バーケーの任務群主力は突破してくる敵艦隊を迎え討ち、最後まで戦闘を行う。

――というハインラインの案を示した。

マッカーサーはそれを直ちに承認した。

通信に出た彼は、

「犠牲が多いが、非常に良い案だ」

と答えた。キンケイドは、それじゃあ陸で明日まで我慢していてください、と言いかけたが、マッカーサーは、

「私も旗艦ナッシュヴィルに戻り、君達の戦いぶりを観戦することにしよう」

と答えた。キンケイドは言葉につまり、あなたの重巡ナッシュヴィルも防御に使いたいのです、と言おうとした。が、マッカーサーにつきまとう臆病者という噂を思いだすと、これ以上、何も言えなくなってしまった。

おそらく、いざという時に高速で逃げられる軍艦に乗っていたいのだろう、キンケイドはそう思った。

マッカーサーとの通信を終えた時、水平線の向こうにパゴダ・マストが見えると報告が入った。

彼らは来たのだ。

HIJMS大和、レイテ湾口

後に戦史が、ホモンホン沖海戦と呼んだ戦いにおいて、日本側は決定的な勝利をおさめた。

前日、西村艦隊をほぼ全滅させたオルデンドルフ艦隊は、レイテ湾口において壊滅しつつあった。

藤堂は、二水戦の突撃を目撃した。スマートな能代を先頭に突撃する水雷戦隊。彼らは、敵の射撃を無視してその隊列へ突進。主力の重巡群まで七〇〇〇ほどの距離に肉薄した。水雷戦隊らしい荒業だった。

損害がないわけではない。能代は二番主砲を破壊されていた。雷撃位置に進出するまでに駆逐艦秋霜《あきしも》が大破炎

上し、戦闘不能となって洋上に浮かんでいる。他の艦も、損害を受けていないものは無いといってよい状態だ。

だが、彼らは突進をやめなかった。それが水雷戦隊というものだった。水雷戦隊には、藤堂がソロモン海で彼らと共に戦っていた時と同じ気質が脈うち続けていた。彼らの本質はレイテ湾口でも変化することはなかった。

第五戦隊以下による雷撃が行われたのは、午後一二時〇三分のことだった。藤堂は、美しい駆逐艦の中でも特に目だつ——力強い均整美を持つ島風が、発射管を敵に向け、一五本の魚雷を次々に放つ光景を見た。

五分後、敵艦隊に無数の水柱が立った。誰の魚雷がどの艦に当たったのかわからないほど命中したのだ。

水柱が消えた時、敵巡洋艦のすべてが傾き、火を吹いていた。十数隻いたはずの駆逐艦も、その数を半分に減らしている。その彼らに第五戦隊重巡群の砲撃と雷撃が襲いかかった。

その間にも、武蔵と大和は敵戦艦群に接近しつつある。すでに距離は三万を切った。

藤堂は見張員の報告から、敵に残されている戦艦がすでに二隻しかないことを摑んでいた。メリーランドとカリフォルニアである。

USSメリーランド、レイテ湾口

メリーランドは、すでに徹甲弾を使い果たしていた。残った砲弾は地上支援用の榴弾しかない。だが、榴弾ではどう考えても、敵の巨大戦艦に勝てそうもなかった。

しかし、たとえ勝てなくても、逃げるわけにはいかない。日本戦艦の方が足は早いため、どの道逃げ切れないからだ。それに、ここで下がれば、日本艦隊は確実にレイテ湾へ突入してしまう。

無益と知りつつ、メリーランドは射った。艦長はカリフォルニアに通信を送り、あのモンスターのうち、後ろの傷ついている奴を一緒に叩こう、と言った。あるいはそちらなら、戦闘能力を奪えるかもしれない。

二隻の戦艦は大和に向けて射撃を開始した。八門の16インチ砲と、一二門の14インチ砲が連続して火を吐いた。

HIJMS大和、レイテ湾口

メリーランドが大和に向けて放った斉射弾は、命中こそしなかった。が、周囲に吹き上げた水柱は、六万五〇〇〇トンの巨体を揺らすには十分な水中衝撃波を叩きつけてきた。

水柱への恐怖を、藤堂は感じなかった。水柱や、それが降り注いでくる硝煙の溶け込んだ海水など、ソロモンで何度も浴びている。水柱が藤堂に与えた影響は、彼に砲術士官としての職業意識を研ぎ澄まさせただけだった。

「近弾だな」

司令塔の藤堂は、素早く状況を確認した。次の射弾は修正してくるはずだ。彼は高声（艦内）電話をとりあげ、

「次は当たるぞ！　各部被弾に備え！　主砲、今のうちに射て！」

と、命じた。正規の艦橋要員が死んだために、直接指示を出さねばならないことが結構多い。もっとも、今の場合は自分で何かしてみたくなったから、高声電話をみずから握ったのだが。

四六サンチ砲戦艦を操る中佐は、乗ってる艦が立派だと、戦闘中でも意外と冷静さを保っていられるものなのだな、と思った。重巡に乗っていた頃は、もう少し興奮して任務を果たしていた記憶があった。大和のような艦に乗っていると、現実感が過剰すぎて逆に周囲の情景が持つ真実味が薄らいでしまうものなのかもしれない。

無意味なことを考えていた藤堂は突然、何の脈絡もなく、妻や子供たちはどうしているのだろう、と思った。すぐに、戦艦と殴りあいを演じている真最中に、そんなことを考えた自分に嫌気がさして苦笑がもれたが、身体のどこかに、奇妙な感覚をおぼえていることに気付き、軽く頭を振った。

その時。藤堂の指示を受けた奥田少佐が、敵二番艦カリフォルニアに向けて主砲を放った。

同時に、敵艦二隻も再び射撃を行った。

大和に敵弾が集中したのは、四〇秒後だった。

敵艦に発生した発砲の閃光を見届けた藤堂は、それきり身体に感じた奇妙な感覚のことは忘れてしまい、ずいぶん後までその事を思いださなかった。

疎開船団、沖縄沖

礼子は、足元に地震のような揺れが走ったと感ずる間もなく、甲板から海上へ放り出された。

それでも、進の身体は反射的に思いきり強く抱きしめていた。

明るい色の海面が、もの凄い勢いで迫ってきた。礼子は無意識のうちに息子の身体をかばい、自分のからだで海面にぶつかる衝撃を受けとめようとした。

数秒後、海面から十数メートルの高さにある舷側から

放り出された彼女と進は海面へ叩き付けられた。

二人が海面に水柱を上げて海中に潜り込んだ時、彼らが乗っていた貨物船は二つに折れ、急速に沈もうとしていた。

HIJMS大和、レイテ湾口

水柱が立ち、大和の巨体に震動が走った。藤堂明は一瞬倒れそうになったが、脚にかける体重を素早く変えて、かろうじて身体のバランスを保つことに成功した。敵弾の吹き上げた水柱が甲板に落下し、大和をスコールでも浴びたかのように濡らす。

藤堂は命じた。

「各部被害報告。応急修理いそげ。主砲次発いそげ」

意識的に冷静さを保った声だ。さきほどとは違い、その伝達を他の部署から回された伝令に任せる。こういう状態において、艦の指揮官は態度に動揺を示してはいけない。直接電話で話すと、どうしても声に感情が出てしまう。

やがて、伝令の復唱とそれに対する報告が次々と聞こえてきた。

「各部被害報告！」

「敵弾一、第三主砲天蓋命中、損害なし」

「敵弾一、煙突中部命中。左舷二番高角砲損壊、砲員全滅」

「敵弾一、艦尾レセス直撃、航空機格納庫炎上、消火中」

「応急いそげ！」

「航空機格納庫鎮火。他の損壊部分、問題なし。主砲、機関、全力発揮可能」

「主砲発射まだか！」

奥田少佐はそれに答えるかわり、四六サンチ砲を発射した。

藤堂は、口元に本物の笑みを浮かべ、思った。大した戦艦だ。敵戦艦の主砲弾三発喰らっても全力発揮が可能だなんて。本当に凄い。

その時、敵弾が再び落下、左舷高角砲群を再び破壊、同時にアンテナを吹き飛ばした。

しかし、戦闘には支障はない。

藤堂は猛烈に腹が立ってきた。畜生、四六サンチの威力がどんなものか、奴らに教育してやる。

彼は命じた。

「武蔵に通信。ワレ、敵一番艦ニ対シ貴艦ト統制砲撃戦ヲ希望ス、以上だ」

「武蔵より返信！　了解。敵一番艦ニ照尺セヨ。我ラ共ニ海軍砲術ノ誉《ほま》レヲ見セン！」

漂流者、沖縄沖

礼子と進が海面に浮かび上がったのは、貨物船がその船体を大きく右に傾けたころだった。

そうすると、魚雷が当たったのね。礼子は混乱した頭でそう考えた。浮いている何かにつかまり、飲み込んだ海水を吐く。鼻の奥が痛い。ああ、こんなことになるなんて。

一瞬後、自分がつかまっているものが何か思いだした。進の着ている救命胴衣だ。真っ青になった礼子が見ると、進は半分海水に浸かっている以外にどうということもなく、少し驚いた様な顔で母親を見ていた。

母親は聞いた。

「進ちゃん、大丈夫」

進はにこりとして、うん、と言った。それから、

「これからずっと泳ぐの」

と、訊ねた。

礼子は首を振った。大丈夫よ、きっと、軍艦がすぐに助けにきてくれるわよ。

USSキラー・ホエール、沖縄沖

ブレイン少佐にかわって潜望鏡をのぞいた副長が、

「艦長、ありゃ民間人です！」

声を震わせた。

「なんだって？」

ブレインは副長を押し退け、潜望鏡をのぞき込んだ。貨物船は船体をほとんど海中に没しようとしており、その周辺には救命胴衣もつけていない女子供が無数に浮かんでいる。兵隊は一人もいない。救命ボートもない。浮かんでいる大半の者が泳げないらしく、ただ手を大きく振って海に抵抗している。

「神様」

ブレインは呻いた。彼は日本人に対する敵愾心《てきがいしん》に燃えていた。この時期の合衆国国民に染み込んでいる人種差別的な日本人蔑視の感覚も有り余るほど持ち合わせていた。早くに亡くなった父に代わって、海軍の俸給で大学に通わせていた弟をこの戦争で失ったという個人的な恨みもあった。

しかし、ロディ・ブレイン少佐は、戦争についてどちらかというと古いタイプの考え方をする海軍軍人だった。

同じ軍人なら、容赦無く片づけることに何の疑問も感じないが、民間人を戦争に巻き込むことについては、絶対に許容できない――そう考える人間だったのである。ブレインは、軍人とは、戦争とはそうあらねばならぬと信じている士官なのだった。その点において、彼は合衆国の善き部分を体現している人間なのかもしれなかった。

　ブレインは、潜望鏡から力無く離れた。

　神様。私は女子供だけが乗った船を沈めてしまいました。いかな戦争であるとはいえ、このようなことが。ああ。彼らはただ、戦争から逃れようとしていただけなのに。

　ブレインは、日本全土の都市を無差別に焼き払い、何万という女子供を虐殺する計画が、自分と同じ合衆国軍人によって、ワシントンで立案されつつあることを知らない。

HIJMS大和、レイテ湾口

　大和と武蔵は、こしゃくな敵先頭艦メリーランドに照準を付けた。

　二隻あわせて合計一八門の長大な四六サンチ砲が敵艦を指向した。距離は二七〇〇〇にまで狭まっており、敵の射弾はますます大和に集中している。

　また一発、命中した。今度は前部甲板だ。甲板に木片が飛び散り、被弾によって開けられた穴から炎と煙が噴き出る。

　指揮所の奥田少佐から報告が入った。

「照尺よし」

　藤堂は言った。

「武蔵に伝えろ。本艦発射準備よし」

「武蔵より信号、一〇秒後に発射」

　藤堂はうなずき、時計を見た。

「射《テ》ェッ！」

　閃光が走り、海が鳴動した。大和と武蔵は、ほぼ同時に一八門の四六サンチ砲を放った。合計二七トンの鉄量が、毎秒七八〇メートルの速度でメリーランドに向かった。

　メリーランドには放たれた砲弾の約半数が命中した。旧式戦艦に対し、過剰という他のない破壊力であった。

　何発命中したか、正確なところは誰にもわからなかった。だが藤堂は、九一式徹甲弾が命中すると同時に、敵艦が二つに折れるところをはっきりと見た。轟沈である。

　これが、大和だった。これこそ、彼女が戦うべき戦場であり、彼女にもっともふさわしい戦い方だった。

五分後——大和と武蔵が再び火を吐いた時、ホモンホン島沖海戦は終了した。最後の戦艦カリフォルニアが轟沈し、オルデンドルフ艦隊は文字通り全滅したのである。もはや、第一遊撃部隊の進路を阻むものは存在しなかった。彼らは、この海戦で駆逐艦四隻を失っていたが、大型艦は全艦が戦闘可能だった。前檣楼を吹き飛ばされた金剛でさえ、残り三基の主砲は健在であり、速度も二九ノットまで発揮可能だった。

一〇月二五日午後一二時三六分。

「ワレ、指揮ヲトル」

の信号旗を上げた羽黒の橋本少将は、日吉の聯合艦隊司令部に向けて通信を発した。

「1YBハ之ヨリレイテ泊地ニ突入、敵攻略船団ヲ撃滅、爾後スリガオ海峡ヲ突破セントス。一二三六」

USSワサッチ、レイテ湾内

オルデンドルフ艦隊の全滅は確認された。索敵に送りだした駆逐艦が、敵巡洋艦の追撃を受けているという通信を最後に連絡を絶ったのだ。

キンケイドは命じた。

「全作業中止。湾内の全輸送船は直ちに出航せよ。海軍艦艇はレイテ湾口へ向かえ」

ハインラインには、上官が何を考えているのかすぐにわかった。残りの艦艇——バーケーの小規模な部隊と、駆逐艦改造の輸送艦や掃海艇ぐらいしかいない艦隊で、日本艦隊を最後まで押し止めようというのだ。

ハインラインは訊ねた。

「本艦はどうします」

このワサッチには機関砲程度しか搭載されていない。その割には、図体が大きい。つまり、敵艦が目を付ける最初の獲物になる確率は高い。

キンケイドは妙に平静な表情で答えた。

「無論、一緒にゆく。我々は第7艦隊だ。第7艦隊の任務は上陸作戦の支援だ。我々は、任務を果たさねばならない」

何分とめられるかな、とハインラインは思った。湾内には、いまだ出航準備も整えていない輸送船が山のようにいる。兵士を積んだままの船もある。重装備を積んだ船はすでに脱出しつつあるが、他の船は、無理かもしれない。

HIJMS大和、レイテ湾内

「右一〇度敵船団、湾内を埋めています！」

見張員の声は半分裏がえっていた。艦内のあちこちでどよめきが起こる。

第一遊撃部隊は、ついに作戦目標へ到達したのだ。

藤堂は声をあげなかった。涙もみせなかった。

そのかわり、祖国と家族、そして海軍のために、これから行われる虐殺が最良の結果をもたらしますように、と何かに祈った。

「指揮所、これ以上戦艦でも見つけない限り、射撃は三式弾だぞ。相手は輸送船だ」

「宜候《ヨーソロ》！　見せ場ですな」

「武蔵から信号あり次第伝える。奴らを火の海へ叩き込んでやれ」

「宜候！」

この瞬間、第一遊撃部隊に所属するすべての人々が忘我の境地にあった。

聯合艦隊の艦艇すべてをすりつぶしつつ継続されてきた捷《しょう》一号作戦は、この情景をつくり出すために立案された。自らを襲う死と破壊に耐え、敵からその精神の構造を疑われつつ突進してきたのは、この時間を歴史へ永遠に刻み込むためだった。

いま、彼らの前にそれが横たわっている。

二度にわたる指揮官戦死により、ついに第一遊撃部隊の指揮官となった橋本少将は命じた。

「全周波数帯に発信。第一遊撃部隊より各位、我ラハ来タリ、ソシテ見タリ、誓ッテ共ニ勝タン。全軍突撃セヨ！」

漂流、沖縄沖

時間がたつにつれ、漂流者は一人、また一人と減っていった。気力を失って眠り込み、そのまま沈んでしまうのだった。

礼子も疲労と戦っていた。何度か気力を失いそうになったけれども、その度に進が、母ちゃん母ちゃんと呼ぶので、どうにか沈まずに済んでいたのだった。

やがて、礼子と同じような母子が二人の方へ流れてきた。

意図的に泳いできたのかもしれない。

その母親も疲れきっており、子供もぐったりしていた。

礼子の目には、長持ちしそうにないことは明らかに思われた。

どうしてかしら、と礼子は思った。あんなに疲れているようなのに、こっちへわざわざ泳いでくるなんて。

ぐったりした子供を背負った母親は、礼子のそばまで来ると、平板な口調で、救命胴衣を貸してください、と言った。うちの子疲れてしまって。しばらく貸して下さるだけでいいんです。

礼子は目を剝いた。冗談ではない。そんなことをしたら、進は溺れ死んでしまう。彼女は断った。

すると母親は、無言のまま、進の救命胴衣を摑んで、奪い取ろうとした。

「何をするの！」

礼子は悲鳴をあげ、疲れた脚で海水を蹴って彼女に摑みかかった。自分の子どもを助けること以外、眼中にない二人の母親は、海流に流されて沖縄から急速に離れつつあることも知らずに、手足を使って戦い続けた。〝敵〟の隙を見つけては、相手を溺死させようとした。

この戦いによって、彼女たちの体力は急速に消耗していった。

軍人として、そして、敬虔《けいけん》なクリスチャンとして、女と子供を無数に殺した精神の呵責《かしゃく》に耐えられなくなったブレイン少佐――彼が溺者救助のために艦を浮上させた時、海上に浮いていたのが、救命胴衣をつけた藤堂進だけであった理由は、そういう事だった。

夫が祖国に最後の勝利をもたらすべくレイテ湾へ突入したその時、藤堂礼子は息子を救うために戦い、海に沈んでいった。呉の新たな家をみることもないままに。

USSキラー・ホエール、沖縄近海

「あの子供を収容しろ！」

ブレイン艦長は叫んだ。それを聞いた先任将校は一瞬、耳を疑った。

「しかし、本艦はこれから日本本土の南端へ」

彼は、ジャップの子供より、艦長の精神がどこかおかしな具合になってしまったように感じられる方が心配だった。キラー・ホエールは、これから対潜警戒の厳しい、日本本土周辺での偵察行動を行わねばならない。それが終わって初めて、祖国へ帰投できるのだ。

「子供などを乗せていては、無音態勢がとれません。ジャップのパッシヴ・ソナーに発見されてしまいます」

「いいんだ」

ブレイン艦長は泣きそうな声で答えた。

副長はなんとか気を変えさせようとして、子供をあやすような口調で言った。

「艦長、お願いです。貴方の任務は、本艦の安全を第一に考えることで……」

「俺の任務は」

ブレインは殺意すら感じられる声で、叫んだ。

「まず第一に、合衆国軍人であることだ！」

――女子供を殺すことではない、そう言いたいらしかった。

ブレインは思っていた。あの子供は日本本土へ向かう船に乗っていた。だから、日本本土へ届けてやろう。夜間にでも、キュウシュウのどこか人家がある海岸にボートで送ってやればいい。俺は、贖罪のため、あの子供のために、そうしなければならない。

この程度の戦場の善行で神の許しを得られるとは、とても思えないけれど。

USSナッシュヴィル、レイテ湾内

ダグラス・マッカーサー元帥にとって、事態の推移は全く彼の期待を裏切るものであった。

彼は、この戦争においてアイゼンハワーと国民の人気を争ってきた（彼はニミッツなど、歯牙にもかけていない）。フィリピンへの帰還は、人気競争における彼の勝利を確実なものにするはずだった。

ところが、海軍は自分を守りきれないという。

「私は帰ってきた」

と、自分が世界に向けて宣言した後で！

マッカーサーは、司令部でスケールの大きな軍事的思考を巡らせることに関しては誰にも負けなかったが、実際の戦場では全く駄目な男だった。

銃弾の音が聞こえてきただけで何も考えられなくなってしまう。マッカーサーが、一度上陸しておきながら、ナッシュヴィルに戻ってきた真の理由はそれだった。たとえ一日でも、味方が完全に確保していない海岸で過ごすことが耐えられなかったのである。

マッカーサーは重巡ナッシュヴィルの専用室に座り、コーンパイプをいじりまわしていた。火もつけずに、くわえたり、吸ったり。

足元に震動が感じられた。自分を乗せた重巡が外海へ逃げだそうとしている――彼にはそれがわかった。兵士を置いて逃げ出す偉大な司令官、ダグラス・マッカーサー。

「駄目だ」

彼は呻き、副官のウェストモランド大尉を呼んだ、彼は元帥お気に入りの若手将校《アス・キッサー》である。

「ウェス、艦長に伝えてくれ給え。すぐに艦を止め、私を海岸に戻すのだ」

「イエス・サー」

ウェストモランドは、野太い眉毛を僅かに上げて答えた。いったい、うちの御大将は何を考えているのだろう。しかしマッカーサーに心酔する彼にとっては、元帥の言葉は絶対だった。彼は艦橋に向かった。

HIJMS大和、レイテ湾内

藤堂は叫んだ。

「全艦発射始め！」

四六サンチ砲がほとんど水平弾道で三式弾を放った。大和に搭載された他の兵器——副砲や高角砲も射撃を開始。爆風よけをつけている機銃も発砲していた。

大和は、艦体のすべてから火線を放ちつつ、敵船団に向けて突入した。それは、これまで帝国海軍が受けてきた恥辱をこの海上ですべてぬぐいさろうとしている——見る者をしてそう思わせるほど、暴力的な攻撃だった。

主砲弾が敵輸送船の直上で炸裂した。

輸送船の艦橋は一瞬にして吹き飛ばされ、続いて搭載されていた弾薬が誘爆した。大爆発——周囲の船までそれに巻き込む大爆発。海面にタンカーからもれたガソリンが広がり、引火、炎上。海へ飛び込んだ兵士たちを焼き殺してゆく。

そうした情景は他の海上でも展開されている。帝国海軍最後の艦隊は、全艦死の火炎を吐く竜のようになって敵船団へ砲弾を叩き込み続けた。武蔵が、利根が、そしてほとんど原形をとどめていない金剛が吼える度、地獄がひろがった。

見張員が叫んだ。

「左三〇度、敵艦、重巡らしい！」

藤堂はそちらを見た。確かにそうだ。あれは重巡だ。でも、重巡の癖に戦闘する意志を見せていない。速度を落とし、ボートを降ろす準備をしている。

なぜだ？

藤堂がその理由を考える前に、その重巡に向け、奥田少佐が主砲を放った。

USSナッシュヴィル、レイテ湾内

マッカーサーは短艇に乗り移ろうとしていた。

「さ、閣下、早く」

やっかいばらいができた、という表情のナッシュヴィル艦長が、彼を急がせた。

信じられない光景が広がっていた。それを見たマッカーサーは、呼吸を忘れるほどの衝撃を受けた。

海が燃えていた。その中を、灰色の塗装をした日本の軍艦が走り回り、彼の兵士を殺戮している。今日まで、日本人をギョクサイさせ続けてきた白人兵士たちを。

その時、ナッシュヴィルに、遠方を駆け抜けていった敵駆逐艦の機関砲弾が飛び込んできた。マッカーサーはあやうくそれを避けた。だが、ナッシュヴィルの艦長は胴体を切断されて吹き飛んだ。

顔面蒼白となったマッカーサーは、足早にデッキを進んだ。早く海岸へ戻らねば。ここは、危険だ。

ラッタルに足をかけて、彼はもう一度、周囲を見渡した。数キロ向こうにいる戦艦がこちらに巨大な主砲を向けるのが見え、砲口から閃光が走った。

数秒後、ダグラス・マッカーサー元帥の身体は、粉々になってレイテ湾へ沈んだ。

ＨＩＪＭＳ大和、レイテ湾内

「集マレ、集マレ」

羽黒から信号が出されたのは、全艦隊が血に酔ったような攻撃を始めてから二時間後のことだった。

この戦闘で、第一遊撃部隊は敵船団の大型艦ほとんどを撃沈・炎上させていたが、最後まで反撃をやめなかった敵護衛部隊によって、駆逐艦野分《のわけ》、藤波を失った。弾薬も、重巡や駆逐艦はほとんど射ち尽くしている。確かに潮時であった。このままレイテを脱出し、夜陰に乗じてブルネイへ戻るのだ。

だが、戦艦にはまだ砲弾がある。

藤堂は海上を見回した。何か攻撃するものはないか。陸地が目に入った。

「そうか」

藤堂は呟き、奥田に伝えた。

「指揮所、艦砲射撃だ。海岸から五キロ以内にあるものをすべて砲撃しろ。敵の上陸した部隊、補給品を全部吹き飛ばせ」

「宜候」

主砲が鎌首をもたげ、火を吐いた。大和の砲撃を見て、武蔵、金剛、榛名もそれに続く。

「戦艦一隻は七個師団の攻撃力に相当する」

とは、艦砲射撃を経験したある軍人の言葉である。

これが正しいとするなら、彼らは海岸に向け、二八個師団の攻撃力をたたきつけたことになる。大和と武蔵が加わっているから、軽く三〇個師団をこえているかも知れない。

着弾と同時に、海岸もまた地獄となった。

合衆国軍は揚陸したばかりの物資を燃やされ、集結したままの部隊を中隊単位で吹き飛ばされていった。大和の放ったある一斉射は、日本軍を苦しめていたM４戦車大隊をそっくり壊滅させたほどだ。

レイテ侵攻部隊は、一時間後、日本艦隊が引き揚げるまでの間に、ほぼ一〇万トンの物資と、四万名以上の兵員を失っていた。それでも海岸を守る程度の兵力は残っていたが、内陸への侵攻は不可能となってしまった。

漂流、レイテ湾内

利根の雷撃を受けて沈んだワサッチから放り出されたハインライン中佐は、木箱につかまりながら漂流を続けていた。周囲は、彼と同じ運命に見舞われた男達で一杯だ。キンケイドはいない。彼はワサッチから降りなかったのだ。


ハインラインは思った。

（我が軍は、この戦いで、おそらく）

——彼は計算した。艦艇は輸送船を含めて八〇万トン以上を喪失。人員は、考えるのも嫌だけれど、たぶん、一五万以上を失っている。

（しかし、日本軍も三〇万トンの艦艇を失っている）

彼は思った。希望的観測かもしれなかったが、そう外れてはいまいという気がした。

——だとすると、俺の判断は正しかったのだ。日本は二度と、このような作戦を行えまい。

彼は考え続けた。居心地のいい南洋の海水で意識を失うことを避けるためには、そうするしかなかった。

——この戦いで、合衆国の対日戦スケジュールは大きく遅れるだろう。戦争に負けることなど有り得ないが、予定がひどく遅れるのは確かだ。たぶんこの先、世界が歩むべき筋道が大きく変貌することになるだろうな。

遠くの海上に、陣型を整えて去って行く敵艦隊の姿が見えた。

ハインラインは呻いた。あの戦艦が、この破局をもたらしたのだ。いったい、どんな野郎が乗っているのだろう？

向こうから、漂流者の救助にやってくる掃海艇が見えた。ハインラインは声をふりしぼり、拳を振りあげて助けを呼んだ。

掃海艇に助け上げられた彼は、面倒見のいい下士官に毛布とブランディを貰うと、デッキの隅に座り込んだ。温かい海だったにもかかわらず、身体が芯から冷えきっていることに驚きを感じた。

びしょ濡れで隣に座っていた中尉が場所を開けてくれて、大変なことになっちまいましたね、サーと言った。ハインラインは、ああ、と頷くしかなかった。しかし、本当に大変なことになったのはどっちだろうかと、訝っていた。

藤堂明にとって、彼が接した第三の死は以上の様なものであった。

防人《さきもり》は軍艦に乗って戦い、空前絶後の勝利を得た。だが、自身のあずかり知らぬ場所で、もっとも大切なものを失っていた。

そして、彼が大切なものを失うのは、これが最後ではなかった。

ドキュメント——一九四五年春

＊以下の内容は関係者のみ閲覧のこと。

SWNCC/SFE/150　国家機密
一九四五年四月一日　5部中の第3部

文書一五〇・日本占領基本政策の変更

1　概要

以下のレポートは、我々、国務・陸・海三省調整委員会極東小委員会（SWNCC《スウィンク》/SFE）による、対日戦争・占領計画の戦略的修正案の概要である。本格的な提案は、本レポートに対する各担当部門の意見・提案が明らかになった後、提出されるであろう。

2　戦況に対する認識

我々は、合衆国の置かれた対日戦の戦況について、いかなる不安も感じていない。

言い換えるならば、先年一〇月のレイテにおける悲劇的敗北の後も、戦争は合衆国の圧倒的優位下で継続されている、と判断している。

よって我々は、現段階で日本と講和を結ぶべきであると主張する一部議員団の提案を否定的に受け取っている。合衆国は、少なくとも一度、カルタゴを滅ぼさねばならない。それなくして、合衆国の主導すべき新たな世界《ニュー・ワールド・》秩序《オーダー》の建設は有り得ない。

3　日本帝国の現状に関する認識

日本人はレイテにおいて合衆国に信じ難いほどの損害を与えた。現段階の調査によれば、合衆国はあの海域において、戦艦六・重巡五・軽巡四・護衛空母六・軽空母一、そして多数の駆逐艦、輸送船を失っている。この損失は合計すると八二万二〇〇〇トンとなる。兵員の損害は陸海軍合計で一七万三〇〇〇名（概算）であり、これは日本帝国がガダルカナル周辺の無益な戦いで失ったそれより多いか、少なくとも同等であるだろう。要するに合衆国は、レイテにおいて、まごうことなき大敗北を喫したのである。

しかしながら（ワシントンの一部識者間で論じられている）、日本帝国にもう一度このような作戦を実施する能力があった場合云々……という議論に対して、我々は批判的である。我々は、日本帝国は二度と再び、合衆国に対して積極的海上反撃を行うことができないと判断している。

確かに、彼らはあの海域において史上未曽有の勝利をおさめた。しかしながら、同時に二〇万トンの艦艇、五万の兵員を失った。この損害は（特に海軍戦闘艦艇のそれは）日本帝国にとり、ほとんど回復不能の損害と言ってよい。彼らは可動正規空母のほとんどすべてを失った。最盛時、一二隻の勢力を保有、合衆国に脅威を与えていた戦艦群も、現状は生き残っている全艦が大小の損傷を受け、戦闘能力を喪失している（巡洋艦以下の補助艦艇については言うまでもない）。日本帝国海軍は、レイテの勝利と引換えに、壊滅したのだ。

これに対し、合衆国は比較的容易にその損害を回復することができる。特に、最近ますますその必要性を減じている対ソ援助用の船舶・艦艇・人員を転用することにより、大量の新規輸送部隊とその護衛兵力を手にいれ、攻勢を再興することが可能である。

これに対し、日本帝国はほとんど抵抗することができないだろう。彼らの輸送船が合衆国潜水艦隊によって大量に撃沈され続けた結果、日本本土には戦争遂行に必要な燃料・資材がほぼ完全に搬入されなくなっているからだ。彼らに、レイテの戦いで辛うじて生き残った艦艇群を再び行動させるだけの燃料は残されていない。また、B29による戦略爆撃と機雷封鎖が、彼らの正常な戦争経済の運営を不可能にしている。この傾向は、（戦略爆撃ではなく）機雷封鎖――「飢餓作戦」が拡大されてゆくことにより、さらに顕著なものとなってゆくだろう。

我々は、日本帝国の現状は破滅的なものであり、

●日本帝国海軍による積極的海上反撃は二度と有り得ない

●年内に日本帝国の戦争経済は破綻、国家の崩壊が始まる

――と考えている。これはとりもなおさず、いわゆる第二次世界大戦が年内に終結することも意味するのである。

4　戦争計画の修正について

ここで述べる戦争計画とは、戦略的な判断という意味あいのものであって、それ以下の、作戦レベルへの政治的な口出しのことではない。

昨年まで、対日戦争は二人の個性ある指揮官、ニミッツとマッカーサーによって運営されてきた。彼らはそれぞれに有能で、その攻撃は日本帝国にとり大きな痛手だった。しかしながら、その戦略方針の相違により、しばしば合衆国軍事力のムダ遣いという場面が発生したのも事実であった。

しかし、いまや太平洋における作戦指導は、マッカーサーの戦死により、ニミッツの下に統一された。もはや意見の相違による作戦指導の混乱は有り得ないし、合衆国国民《タックス・ペイヤー》もまた、それを望まぬであろう。ありていに言えば、レイテの悲劇はこの作戦指導の混乱がもたらしたと結論づけられるからだ。

こうして、作戦指導機構の一元化された合衆国太平洋軍は、日本帝国にさらなる打撃を加えるべく、本年七月にオキナワ侵攻――アイスバーグ作戦を実施する予定である。この作戦のため太平洋軍は、

●上陸予定日の三ヶ月先延べ
●レイテ以外のフィリピンに対する侵攻中止

――等の作戦変更をおこなったから、オキナワの占領に必要な兵力を充分に準備できるであろう。我々は、オキナワを戦争計画上の問題として捉えてはいない。問題なのは、占領しうることがわかっているオキナワではない。オキナワ以後の問題――どうやって日本本土を掌握するか、だ。

この問題については多種多様な主張がある。一部では、未だに（オリンピック並びにコロネットとして知られる）日本本土侵攻計画《オペレーション・ダウンフォール》を主張する人々も存在する。だが、彼らの主張はまったく現実的な意見ではない。日本本土侵攻作戦で予想される一〇〇万人以上の死傷者は、到底、合衆国国民の許容するところではないからだ。

よって我々は、海軍が以前から主張している機雷封鎖のみで日本を降伏に追い込む計画に対し、全面的な賛意を示すものである。

ただし、機雷封鎖だけでは、日本降伏後、合衆国を支配者として受け入れさせることは難しいと我々は考えている。日本人は誇り高き民族であり、機雷という、目に見えぬ脅威だけで勝利した外国勢力を容易に認めることはない、そう予想されるからだ。

よって合衆国は、日本帝国の降伏及び占領に当たって、連合国（ことに合衆国）の圧倒的な地上戦力をサムライの子孫へ見せつけねばならない。

このことは、先ほどの日本本土侵攻作戦案への批判と必ずしも矛盾しない。地上戦力による示威は、日本人が我々を尊敬するような手法をとる必要があるからだ。本土武力占領は、日本人に合衆国への敗北感を与えはするが、決して尊敬を抱かせることにはならないからである。以上の観点から、我々は、対日戦争計画には次のような修正が行われねばならない、と提案するものである。

A　まず力を見せつけるため、ソヴィエトに日本の北部（サハリン《からふと》、クリル諸島北部、ホッカイドウの北部）へ侵攻することを許す。彼らの最大進出線は、スターリンが合衆国大統領に要求したクシロ——ルモイ線の北側とすればよい。

B　ソヴィエト軍の侵攻が本格化した段階で、日本人は連合国の軍事力に対し、抵抗は不可能だとの認識を持つであろう。合衆国はこの段階で登場する。日本に政治的な呼びかけを行い、降伏を受け入れれば、ソヴィエトから守ってやると（公開しない条項で）約束してやるのだ。

C　危機にある日本側はこれを受け入れざるをえない。結果、合衆国は、平和裡に日本本土への占領部隊進駐を行える。これ以上の血を流すことなく、日本人から支配者としての地位を獲得できるのだ。同時に彼らからの尊敬を、合衆国軍がソヴィエトとの境界線にまで進出し、そこで彼らの進撃を止めてみせることによって獲得できる（これは、必ずしもロシア人との戦闘を意味しない）。

以上の提案を実行に移した場合、歴史的に反露感情の強い日本人は、ソヴィエトの南下を止めた我々を尊敬し、その後に必然的な同盟者・庇護者であると感じるだろう。我々は最も経済的な方法でこの戦争に勝利できるのだ。

5　占領計画の修正並びに日本再統一

この点については、以前の提案とさほどの違いはない。合衆国は、日本占領に必要なだけの戦闘部隊を派遣する。なお、ソヴィエトに占領させるホッカイドウ以北については、彼らに管理させざるをえないだろう。

これにより日本は二つに分かれることになる。だが、米ソ政府がオーストリアと同様の合意を締結できれば、日本は必ずや（我々がその成立を援助する）民主的政府によって再統一されるであろう。

その民主的政府が我々に従順なことは、言うまでもない。彼らは、合衆国の力が無ければ、自国をソヴィエトの脅威から防衛できないのだから。

我々の提案を採用した場合、憎むべき敵国である日本は、合衆国にとって最も忠実な同盟国へと生まれ変わるのだ。

6　追加

ここで、我々は重要な提案を行いたい。合衆国はその戦争計画をある程度日本側に漏らすべきだ、という提案である。

バカげたことと思われるかもしれないが、これは合衆国にとり、非常に有益な選択である。

その理由は次のようなものだ。

A　合衆国の修正された戦争計画を知れば、日本は、ホッカイドウに第一線兵力を集中する。これは、日本降伏後、日本の主要域における合衆国軍の占領業務を円滑にすることになる。
一度海を越えさせてしまえば、政府の指示に従わず降伏しないエリート部隊があっても、彼らの東京への進撃は容易ではないからだ。

B　ソヴィエト軍に大きな損害を与えられる。彼らに対し日本の精鋭部隊が激しい抵抗を行えば、ロシア人は日本を占領し続けることに大きな困難を感ずるようになる。
これは、日本を合衆国のイニシアティヴによって再建する際、非常に有効な政治的ファクターとなるであろう。

要するに合衆国は、
●我々は日本本土に上陸作戦を行わない
●ロシア人がホッカイドウへやってくる
という二点を日本人に伝えるだけで、
●ソヴィエト政府の政治的譲歩を引き出し、彼らに力の限界を思い知らせられる
●日本を早期に同盟国化できる
という巨大な政治的利益を手に入れることができるのである。

異論の多いアイデアだとは思う。だが、国民がこれ以上の死傷者を受け入れそうにもない現状での最高の選択肢は、意図的な戦争計画漏洩ではないか――我々はそう判断している。いかがなものであろうか。

＊蛇足だが、我々の提案が実行された場合、日本軍事力のホッカイドウに対する移動は阻止しない方がよいだろう。日本に、ソヴィエトへ痛手を与える程度の軍事力を残しておかねばならないからだ。

　このため、我々は当面、日本北部へのあらゆる攻撃を停止すべきかもしれない。

＊＊日本が我々の提案を受け入れない場合、政治的メッセージとして大威力の戦略的兵器を使用する選択肢も想定しておくべきである。またこのメッセージは、ソヴィエトに対して非常に有効な政治的影響力を発揮するであろう。

　なぜならば、我々はそれを持っているが、彼らは持っていないからだ。

SWNCC/SFE/150　国家機密

＊以上の内容は関係者のみ閲覧を許される。

第三章　落日

「地ノ固メ無ク、城郭悪シク、蓄積ナク、財物少ク、守備ノ備ヘ無クシテ軽々シク攻伐スル者ハ、亡ブベキ為」

——韓非子第一五、亡徴編ノ三

1　赤の城

クレムリン、モスクワ
一九四五年七月一四日

モスクワは夏である。

意外なようだが、モスクワの夏は素晴らしい。乾いた風と、大地に暖かみを与える太陽。冬が辛く厳しいだけに、ロシア人は心の底からこの季節を愛している。その証拠に、一年を表す単語《リエータ》と、夏を表す単語《リエータ》が同じであるほどだ。

この年、夏はいつにもまして素晴らしかった。ロシア全土を焦土と化し、それ以前の「粛清」よりも多くの人々を死に追いやったドイツとの戦争が終結したからだった。

確かに、ヤルタでの取り決めによって対日戦への参戦が決定したために、シベリアと極東地域における兵士の復員は行われていない。

だが、母なるロシアを焼き尽くした対独戦は終わった。過去、ロシアを常に苦しめてきた邪悪なドイツ人は、二度とこの国の土を踏めないだろう。

なぜならば、ヒトラーは死に、ドイツ陸軍参謀本部《オーベルコマンドデスヒーレス》は消滅し、恐るべきファシスト職業軍人を生み出し続けてきたプロイセンは、ソヴィエト軍の占領下にあるからだ！

ようやく、灯火管制や外出禁止といった戦時の厄介ごとから解放された人々は、久々の平和な夏を楽しんでいた。しかし、厄介ごとが全く無くなったわけではない。食料も住居も不足している。内務人民委員ラヴレンティ・パヴロヴィッチ・ベリヤによる秘密警察支配に至っては、厄介どころではない問題だった。

だが、いまは、いい。ツァーリの陸軍はヒンデンブルグに負けたが、革命的大衆の陸軍《クラスナヤ・アルミヤー》はマンシュタインに勝ったのだから。

公園には半裸になって日光浴をする人々が溢れていた。街路には、ドイツから休暇で戻った兵士達が、平和に戸惑ったようにきょろきょろしながら歩き回る光景が、微笑を誘った。

モスクワの夏は、平和であった。

ただ一ヶ所を除いては。

クレムリン——ロシア語で城塞を意味するこの複雑な構成の建造物の起源は、キエフの支配からこの地域を独立させた、ドルゴルーキーという名の田舎豪族が、モスクワ河岸をのぞむ高台に木造の砦を建設したことに始まる。日本で言えば、源氏と平家が未だ手を組んでいた時代のことだ。

ドルゴルーキー自身はこの小要塞を建設した翌年に死んでしまったが、要塞自体は残った。そして、モスクワ大公国の中心となった。大公国がロシアを支配するにつれて、ロシアの政治的中心ともなった。モンゴル人たちがこの地域から追い出される頃には、その外観も、赤煉瓦づくりのいびつな五角形へと変わり、内部にはロシアの中心にふさわしい、豪華な宮殿が建設されるようになった。その地位は、ピョートルという名の変わり者とその子孫が海を眺めたがるようになるまで、不動のものであった。

クレムリンがロシアの中心として返り咲くのは、二〇世紀のことだ。後に、世界で初めて異星人襲来の物語を書いた作家から、「クレムリンの夢想者」と呼ばれる男が、この城塞に新たな専制支配政権の中枢を置いたのである。彼は、ロシア全土に送電線を敷設することを願い、そのためならば、ためらいもなく銃殺を命じることのできる男だった。

ドイツに勝利した夏、城塞の主人は、その夢想者の権力を簒奪した肉の厚い顔立ちのグルジア男に変わっていた。

彼は、本名をヨーシフ・ヴィサリオノヴィッチ・ジュガシュヴィリといった。必要に応じて（郷土の英雄から名を借りた）コバ、あるいは、ステフィン、ソーリン、サーリンという偽名を使っていた時期もあった。最終的に考えついた、最も人に知られるようになった偽名を、ヨーシフ・スターリンという。

スターリンが革命的大衆から与えられた役職は、現在のところ、人民委員会議長、ソヴィエト軍総司令官、国家国防委員会議長等々。これだけの役職を兼ねているのだから、恐ろしく多忙である。

だが、いまのところ、彼を激務から解放しようとする革命的大衆はいない。そんなことを申し出たら、スターリン氏に、じゃあ私の代理としてシベリアで木の数でも数えてくれ給え、と頼まれかねないからだ。

スターリンは、クレムリンでの本拠をアレクサンドロフスキー公園に面し、カール・マルクス通りを眺めることのできるポテシュヌイ宮殿に置いていた。より正確を期すなら、ドイツ軍の攻撃を恐れた時期に建設された、ポテシュヌイ宮殿地下の防空壕に、である。

従って、過去数年、ソヴィエト政府最高幹部の会合は、この防空壕で開かれることになっていた。少なくとも、スターリンが誰かに話をしたいと言った時は、会議室として使用された。もっとも近頃は、戦前と同じくモスクワ西方の保養地クンツェヴォにある、スターリンの豪華な別荘が〝会議室〟となることが多くなりつつある。

この日、ソヴィエト・ロシアの支配者たちは会議室の長細いスウェーデン製の机を囲み、日本問題を討議していた。

「同志スターリン。ヤンキーはあなたの要求を飲みました。日本は我々のものとなるでしょう」

モロトフ外務人民委員がことさら嬉しそうな顔をつくって言った。彼は手元の書類をめくり、

「彼らはルモイ―クシロ線よりも北の占領を認めています。サハリンやクリルはもちろんです」

彼は言うと、額の汗をぬぐった。暑いからではない。会議室の空気は、石造りの分厚い壁から放たれる冷気により、ひんやりとしている。

モロトフが汗をかく原因となっている支配者は、

「ルモイ―クシロより北だって?」

と、口を開いた。冷たいレモネードを一口、飲み込む。眉をしかめて続けた。

「同志モロトフ。ソヴィエトの要求は、ルモイ―クシロ以北の占領だったはずだ。〝より北〟ではない」

「は、はい。ですが」

「同志モロトフ!」

それまでなりゆきを眺めていた内務人民委員のベリヤが、スターリンの隣の席で大声を上げた。

「〝以北〟と〝より北〟では、まったく意味が違うではないか! ヤンキーの提案を認めた場合、我々は日本の都市を二つ、失うことになる! 都市二つと言えば、一〇万の赤軍兵士を犠牲にせねば占領できぬものですぞ。その責任を貴方はどう取るつもりなのか?」

ベリヤは喚いた。彼の丸い顔には、ハイエナのような飢えが浮かんでいる。政敵の失脚する機会を逃すものか、という飢えだ。さすが、ロシア版ゲシュタポのＮＫＶＤ――内務人民委員部を切り回す卑劣漢だけはある。

モロトフは、助けをもとめて周囲を見回した。

しかし、誰も彼と眼を合わせない。皆、とばっちりを恐れ、あさっての方向を向いている。シベリアの木の数をかぞえたくないのだ。あるいは、その木の下に埋めら

れたくない、というべきか。

「まぁ、いいだろう」

モロトフの困り果てた様子を見ていたスターリンが言った。ベリヤは一瞬、落胆を露骨に示す顔をしたが、すぐにそれまでの態度を忘れたような声音で言った。

「まったくそうです。同志モロトフの功績は大したものです。あの狡猾なローズヴェルトと、その後継者のトルーマンから日本の北半分をもぎ取ったのですから」

スターリンが恐い顔をしてベリヤを睨んだ。

「日本の北半分ではない。ラペルーザ海峡の向こうにある島の北半分だぞ」

「そ、その通りです」

ベリヤは顔面に汗を吹きださせ、カッコウのようなスピードで何度も頷いた。

「勉強不足でした。覚えておきます、親方」

ベリヤは、グルジアで最高の尊敬を受ける実力者に使う尊称で答えると、あたふたとノートにメモをとった。

「ふむ。ラヴレンティ・パヴロヴィッチ、おまえは最近、少女と遊び過ぎているのではないか？　記憶力が減退しているようだぞ」

ベリヤは汗を拭きふき弁解を始めた。彼が性生活での異常者――少女愛好者であることは、知らぬ者のいない事実だった。

「ところで」

ベリヤの弁解を無視してスターリンは言った。

「作戦準備は整っているのだろうな？」

「同志スターリンもよく御存知のとおり、同志ヴァシレフスキー元帥は手堅い性格の人物です」

と、シテメンコ参謀本部作戦局長が答えた。

「彼は、あと一〇日で完全に準備が整うと報告しております」

「よろしい」

スターリンは満足気に頷いた。

「同志ヴァシレフスキーには、あと一〇日の時間を与えよう。そのかわり」

彼はコップに半分ほど入っていたレモネードを飲み干した。

「そのかわりに、ツァーリの軍隊が被った汚名を、一週間で雪辱するのだ」

彼は日露戦争のことを言っているのだった。ロシア人――特に、この国の政治家や軍人にとって、黄色人種《マカーキ》に敗北した日露戦争は、歴史上最大の恥辱となっている。

「よろしいな?」

「はい、同志人民委員会議長」

スターリンはにこりとすると、空になったコップを、音をたてて会議卓においた。会議終了の合図だった。

2 北方展開

苫小牧《とまこまい》港、北海道
一九四五年七月一六日

帝国陸軍・戦車第五連隊の福田定一少尉は、埠頭にたって大きく伸びをした。彼は輸送船を降りたことでホッとしていた。船に乗せられている間、

(自分はやはり海には向かない)

ことを、食事の度に、徹底的に考えさせられたし、潜水艦や飛行機が恐くて仕方なかった。彼は学徒出身将校としては珍しく、海で溺れ死ぬのはたまらんなぁ、という考えで陸軍に志願したのだった。将校になるまでの教育過程でずいぶんと嫌な思いもさせられたが、実戦部隊の戦車将校となったいまは、それも気にならなくなっている。彼は将校であり、兵隊ではない。

彼の所属する戦車第五連隊は、いわゆる陸軍的な環境とは、少し違っていた。ヴェテランの下士官が多いためか、悪名高い内務班的な陰湿さが他の部隊にくらべて少なかった。軍曹や曹長たちは、戦車という〝工業製品〟を扱うためか、発想が合理的で、部下を無意味に制裁はしない。

そのかわりに、生まれてきたことを後悔するほど訓練をさせる。その方が本人のため、部隊のためになるからだ。福田少尉は軍隊にあれこれ思うことが多かったけれども、下士官たちのこの方針については素直に感心していた。

「小隊長殿! 点呼終わり、員数・装備とも紛失ありません」

彼より年かさの小隊軍曹が報告した。田舎の農夫のような顔だが、ノモンハンでロシアの戦車を撃破し、ビルマでＭ４シャーマンを喰らったことのある大ヴェテランなのだ。この男を見る度に、軍曹は軍隊の背骨、という外国の格言は本当なのだな、と、福田は思う。

もう一つ彼が考えさせられることは、小隊軍曹が、ノモンハンとビルマから生きて帰った数少ない戦車隊員の一人である点だ。しかも彼は、自分の乗車を敵に撃破されずに帰ってきた。彼の乗車は、砲身が短く、従って初速の遅い、五七ミリの豆鉄砲が主砲の九七式だった。

福田は軍曹にうなずき、

「よろしい。小隊の装備揚陸開始まで、小休止。地方人《シビリアン》からの徴発はあかんよ」

と、下がり気味の目尻に笑みを込めて答えた。軍曹は、そんなこと分かってますよといいたげな顔をして戻っていった。

一人になった福田は、再び伸びをして思った。まさか、こんなところで戦争することになるとはなぁ。

帝国陸軍装甲部隊の歴史は、浅い。

始まりは悪くなかった。陸軍が初めて戦車を買い込んだのは大正七年（一九一八年）のことで、第一次大戦に「タンク」が出現してから二年後のことだった。列強とは一歩差がついているが、決定的な遅れではなかった。

だが、その後が遅々としている。

その理由は、海軍予算に金をとられ、陸軍へまとまった予算がまわってこなかったこと、途中で軍縮の時代が挟まっていたことなども大きな原因だが、もう一つ、帝国陸軍自体の体質的な問題もあった。

帝国陸軍は日露戦争の経験によって造り上げられた軍隊だった。その時点で、思考が硬直化して歩兵重視主義のまま一九三〇年代を迎えてしまったという化石のような武装集団であった。ノモンハンを経験しながら、いかなる戦術の改変も行わず、マレーで勝っても、その原因が何であるかを理解しようとしなかった。

そして、ビルマでＭ４を見た時にはどうにもならなくなっていた。

ただし、彼らはドイツびいきであったから、グデーリアンの電撃戦を知った後は、なにかにつけ戦車、戦車と言うようになり、その数だけは増やし続けていた。

だが、戦訓と技術の研究——軍隊にとってもっとも重要な二つに手を抜いていたツケが積もりにつもっていた。

帝国陸軍は、開戦後急速に発展してゆく列強の戦車とその戦術についてゆくことができなかった。

戦術に限れば、熱心な若手将校の研究によって見るべき点もないではなかった。

だが、肝心の戦車が駄目だった。まともなものを開発できなかった。これについては陸軍だけに非があるわけではないが、責任を逃れるわけにはいかなかった。

歴史が浅いという言葉には、そういう意味も含まれている。

北海道の夏空は、信じられないほどの水色だった。煙草をくわえたまま、福田は輸送船の横付けされている岸壁を眺めた。

クレーンで、戦車が揚陸されていた。別の大隊が装備しているチヘ車――一式中戦車だ。

あんなんでどうにかなるんかいな。

可愛らしいという表現の似合う一式を見ながら、福田は思った。

教育終了後も、ずっと満洲にいた彼に実戦体験はない。だが、前線帰りの連中から、アメリカのM４シャーマンに関する話は聞いていた。部隊教育の講習で写真を見せられ、ここを攻撃しろと教えられたこともあった。もちろん、ずっと恐ろしげなソヴィエトのT34やKVの写真も。そうした戦車の中で最も弱いのはM４だが、その弱い方にさえ、帝国陸軍はまともに勝ったことがない。

（なのに、強いほうが攻めてくるなんて）

福田はそう思った。

最初、彼の部隊は満洲の公主嶺《こうしゅれい》で対ソ戦に備えていたが、やがて、本土決戦だということになり、千葉へ移動した。

ところが、六月の下旬になって、はっきりとした理由は知らないが、突然、帝都は大丈夫ということになった。彼の所属部隊は、続いて届けられた命令で、北海道への移動を命じられたのだった。

福田にはそうした事情が今一つ飲み込めなかった。最初はロシア人相手だったのだから、ぐるりと回って元に戻ったと思えばいいのだが、腑に落ちない。

彼には、どう考えてもロシア人が北海道に来るよりも、アメリカ人が九州か、あるいは九十九里浜へ上陸する可能性のほうが高いように思えた。

だが、大本営は本土決戦部隊を可能な限り転用し、樺太、北海道などの守りを固めている。もっとも、輸送機関や燃料の不足でなかなかうまく進まないようだが。

その時、

「福田さん」

と、声をかけられた。福田は、相手が誰だかすぐにわかった。さん づけで呼ばれるのは、地方人だった頃のようで慣れんなぁ、と思いながら、

「ああ、藤堂少尉」

と、海軍の第三種軍装を着た若者にうなずいた。

「いよいよ、ですか」

「ええ」

若者は答えた。

藤堂少尉と呼ばれた若者の身長は、六尺近くはあった。眼は女性的と言えるほどぱっちりとして、口元はいつも微笑しているように見える。

彼は千歳《ちとせ》へ転任するとかで、福田と同じ輸送船に便乗していたのだった。千歳には、松山から移駐した海軍の三四三空が展開していたから、

（腕のいい操縦士なのかもしれない）

福田はそう想像していた。三四三空は、陸軍でも知らぬ者はいないほど武名の高い航空隊。以前に、ヴェテランパイロットと新鋭決戦機《しでんかい》を組み合わせた大編隊迎撃で、敵艦載機をさんざんに打ち破った帝国海軍最強の戦闘機隊だ。

「寂しくなるなぁ」

と、福田は言った。

二人が知り合ったきっかけは、まわりじゅう陸軍ばかりで寂しそうにしている藤堂を見て、福田が気の毒になり、

「よう、海軍サン」

と声をかけてからだった。話しているうちに同じ短期現役士官ということで妙にウマが合った。だが、藤堂守は福田とはずいぶん育ちが違っていた。

福田は山陽の出で、彼の家系で将校になった人間は初めて、という旧士族の出身である。

これに対し、藤堂守の家は幕府海軍以来の海軍士官一家だった。福田が作家であれば、十分に歴史小説のテーマにできるほどの特異な家系だ。

どうしても海が好きになれない福田は、夜の甲板で最初その話を聞いた時、

「あんた、そら物好きな家柄やな」

と、なかば呆れた。

守も、

「ええ、本当に」

と心底から笑った。

僕ぐらいは海軍に入らないでいいだろうと親父に言って、普通の大学に入ったんですけどね。そのうち戦争がこんな調子になって、徴兵よりマシと思って亡命するつもりで短現を志願して……結局、海軍を選んじまいました。

「そら、血やね」

福田は笑って見せた。しかし内心では、これが海軍の

造り上げる人間なのかという驚きを感じてた。

守の話ぶりはキレがよく、聞いていて心地よかった。同じ短期現役出身でありながら、まるで生まれた時から士官だったような雰囲気を持っていた。おそらくそこには、海軍のあの独特な教育と、ほぼ一世紀にわたって海軍士官だったという家庭の空気が影響を与えているのだろう――福田はそう思った。

輸送船に乗って三日目の晩、福田は自分が蒙古について興味を持っているという話をした後、

「で、御家族は？」

と訊ねてみた。職業軍人の家庭が、この負け戦《いくさ》をどう過ごしているのか、興味があった。

「さて」

家庭といってもね、守は寂しげに答えた。

父は戦艦に乗ってるようです。母は沖縄から引き揚げる貨物船が沈められて、駄目でした。妹は、まだ沖縄にいます。

「それは」

福田は口ごもった。六月末以来、沖縄は戦場になっている。現地の第三二軍は、女子供まで前線に駆り出しているという噂だった。

この噂を耳にした時、福田はその内容が奇異に感じられてならなかった。彼も、どんな時代の若者にも共通する言葉にならない愛国心を持っている。しかしそれは、彼の場合、故郷の山河を、罪のない女子供を兵火から守るという一点に立脚していた。もちろん死ぬことは恐い。だが、現実にそうなった時、この気持ちさえ抱いていれば、納得して死ねるだろうと思っていた。

なのに、第三二軍は守るべきその人々をも戦わせている。

自分の所属する陸軍が当然のように行っているその行為を、彼は理解できなかった。守るべき人々まで戦わせてなんのための軍人なのか。軍人たるべきものの存在意義を自ら否定しているではないか。

だが、現実では、沖縄の婦女子は玉砕するまで戦わされるであろうし、いまも戦い続けている。福田もその点は、現状認識として納得ではなく――理解していた。

つまり、藤堂の妹が仮に生きていたとしても、それは、まだ死んではいない、というだけのことなのだ。

「どうも、それは」

謝ろうとした福田に守はいやいやと言い、

「でもね、弟は大丈夫だったんですよ」

と、嬉しそうに言った。

「あいつ、母親と一緒の船に乗ってたのに、一人だけ助かったんですよ。

　理由はよくわからないんですが、救命胴衣とハーシーのチョコレート持って鹿児島の海岸に一人で立ってたそうです。それを知った時、親父の奴、大変な喜びようでした。

　私もまぁ、ね。年の離れた兄弟ですから、自分の子供みたいな気がして。前の任地で金平糖なんかが手に入ると、送ってやってました。その度に、親父があて先を書いた葉書が届きましてね。にいちゃんありがとう、とか、下手な軍艦や飛行機の絵が書いてありましたよ。はは、あいつ、大きくなったら海軍に入るかもしれませんね」

　そこまで言って、守は言葉を切った。福田も黙った。藤堂守の弟が大きくなるころには、帝国海軍が――いや、それどころか、帝国そのものが無くなっているだろうことを二人が実感していたからだった。

「寂しくなるなぁ」と福田が言った後、しばらく二人は黙ったままでいた。互いに別れにふさわしい言葉が見つからなかったのだ。結局、型通りのやりとりをするしかなかった。

「今生の別れ、やね」

「そうですね。色々とお世話になりました」

　守は軽い笑いを浮かべてそう答えた。

　福田はうなずいて言った。

「どうです？　記念品の交換でもしますか」

　言われて、守も、

「ああ、いいですね」

　と答えたが、二人ともはたと考え込んだ。彼らは大した私物を持っているわけでもなく、交換できるような品もほとんど持っていなかった。

「なんか、共通のものがええね」

　福田は何の気なしにそう言った。藤堂は一瞬はっとした表情になって、じゃあ、軍刀でも交換しますか、と、さらりと答えた。

「そら悪いわ」

　福田はあわてて手を振った。彼の軍刀は軍が支給した粗製濫造品だが、藤堂のものは、備前物を軍刀拵《こしら》えにした逸品だったからだ。

「いいんですよ」

藤堂家四代目の海軍士官は、そう言った。

私は軍刀など持っていても何の役にもたちません。でもあなたは陸サンだから、イザという時、斬れるやつの方がいいでしょう。

福田が困ったなと思ったその時、

「小隊長殿」

軍曹の呼ぶ声がした。彼の小隊が装備する戦車の陸揚げが始まったのだ。

その隙に守は、勝手に軍刀を取り替ると、じゃあ、これで。生き残るのは難しいけれど、せめて、最後まで諦めずに御奉公しましょうや。そう言って埠頭を足早に去っていった。

まともに挨拶をする間もないうちに相手に去られ、福田は少しとまどったが、

「小隊長」

と再び呼ぶ声が聞こえたので、あわてて部下のところへ駆け出した。

埠頭では、彼の小隊が装備する三式中戦車が一両陸揚げされていた。三式は、帝国陸軍が装備する最初の対装甲戦闘用戦車だ。それ故彼の部隊は、これから道北の音《おと》威子府《いねっぷ》まで移動しなければならないのだった。

北海道にT34がやって来た時、日本でそれに辛うじて対抗できそうな量産型戦車は、三式だけだからである。

3　軍港

呉市、広島県
一九四五年七月一七日

不思議なことに、呉への爆撃は滅多になかった。大規模なものを一度受け、市街の四〇パーセントを焼かれたが、二度目はなかった。

第一遊撃部隊は、ブルネイに戻ってきた時点で解隊し、通常の編成、第二艦隊に戻された。

その直後から、感状、勲章、昇進を知らせる電文が続々と届きだした。帝国海軍は、艦隊に十分な航空支援を与えなかったかわりに、そうしたくだらないもので埋め合わせをしようとしているかのようだった。捷《しょう》一号作戦が戦術的大勝利に終わったことは事実であるから、まったく理由のないことではなかったけれども。

藤堂明は大佐に昇進した。彼には、大和の艦長代理という仮の資格も与えられた。

昇進はともかく、後者は、藤堂が抜擢されたという意

味ではなかった。無数の被弾により中破以上の損害を受けている大和を修理するためには、日本に帰らせるほかに方法がないからだった。ブルネイには、そういう資格のある士官は藤堂しかいなかった。

彼が、ブルネイでタンク一杯に重油を飲み込んだ大和を指揮し、瀬戸内海に入ったのは、翌月のことだった。

日本に帰り着くまでの間に、大損害を受けていた金剛が失われていた。レイテであれほどの打撃に耐え、生き残ったにもかかわらず、敵潜水艦の放った、たった一本の魚雷によって簡単に沈んでしまった。

その情景を大和から見ていた藤堂は、金剛の最期が、帝国海軍の何ごとかを象徴しているかのように思えた。

呉軍港に入った大和は、修理を行うために、かつて自らが建造された海軍工廠の第四船渠《せんきょ》に入った。彼女は、文字通り故郷へ帰ったのだ。

藤堂は大和の修理監督を命ぜられ、以前に借りてあった呉の借家で生活を始めた。礼子はいなかった。九死に一生を得た進だけが、近所に住む藤堂の友人宅で、父親の帰還を待っていた。

段々と自分に似てくる末子との再会は、藤堂に大きな喜びをもたらした。同時に、あの礼子がこの世のものでなくなったことを嫌というほど実感させられた。

礼子の死を知らされて半年以上たっても、彼は未だにその現実に慣れることができない。

午後の町並みに、玩具の太鼓を叩く音と、子どもが騒いでいる声が一緒に響いていた。

また、隣で遊んでいるな。

ゆるやかな坂道を登ってきた藤堂明は思った。ここのところ生活は不規則で、進の相手をしてやる時間があまりなかった。

そろそろ第一反抗期に入っている息子と、あまり一緒にいてやれないのが、彼には気がかりだった。大抵の人間は、進の年頃に親からどんな扱いを受けたかによって将来の人格が決定されてしまう。おまけに、戦争がこの調子では、自分がいつまで生きていられるのかわからない。

藤堂は、末子と一分一秒でも多く共に過ごしたかった。今日、彼が逃げるようにして工廠を抜け出してきたのは、そのためだった。

本当は、息子に会うことだけが理由ではなかったのだが、少なくとも、坂を登ってきた彼の気持の上では、そうだった。

藤堂は坂の途中にある自分の借家に入らず、道路の向かい側、垣根のある家の庭をのぞき込んだ。


進はそこで遊んでいた。

隣家の、自分より一年ほど年長の女の子にゴザの上で太鼓を叩かせ、困ったような顔をして歩く老犬をひっぱりまわしている。まるで、上野にある西郷南洲《なんしゅう》の銅像みたいだ。

いや、どうやら本人もそのつもりらしい。

「進ちゃん」

藤堂は呼びかけた。

「あっ、おかえんなさい」

進は、父親に飛びついてきた。解放された老犬はどっこいしょとばかりに腰を降ろした。食糧不足の昨今、この犬にどうやってエサを与えているのか、藤堂はいつも不思議に思っている。

「よーし」

息子を軽く片手で抱き上げ、ポケットから豆菓子の小袋をふたつ、取り出した。物資の欠乏しているこの時期では、贅沢品である。


ひとつを進に、もう一つを恥ずかしそうにしているおかっぱ髪の女の子に渡した。

「はい、雪子ちゃん。いつも進が迷惑かけて御免ね」

「ううん。有り難うございます」

色白で大人しい顔つきの女の子は、そう言ってうれしそうに袋を受け取ると、

「パパを起こしてきます」

というと、さっと立ち上がって、

「パパ、藤堂のおじさん、いらしたよ」

奥の部屋にいる父親に、それだけで海軍士官の娘と察しがつく呼び声をかけた。最近では、父親のことをパパと呼べる子供は、海軍士官の息子か娘——と相場が決まっている。

澄んだ元気のいい声だ。

友人の娘の声を聞いて藤堂は思った。もしかしたら、内弁慶な性格なのかもしれないな。小さかった頃の貴子に少し似ている。貴子は、あの礼子にそっくりな娘はいまどうしているだろうか？

可愛らしい少女はもう一度呼びかけた。

「パパ！」

父親より早く、娘とそっくりな顔立ちの母親が出てき

て、まぁ、藤堂さんいつもすいません。雪ちゃん、御礼は言ったの？　主人はいますぐ参ります。どうぞこちらへ、と縁側に座布団を置いた。

「冷たいものを持って参りますから。雪ちゃんと進ちゃんはさっき飲んだばかりだから我慢なさいね」

進にも母親のような物言いをして奥へ入っていった。

彼女は、この春の空襲で市内の実家に預けていた幼い息子を両親と共に失っていた。彼女にとって、進は息子の生まれ変わりのようなものだった。母親を失った進がこの家の人々になつくのはそうした理由もあった。子供には母親が必要だった。

藤堂は進を地面に降ろし、出された座布団に腰を落ちつけた。坂を登る途中でぐずぐずになってしまったハンカチで額の汗を拭う。

進は再び、雪子となにやら言いあって遊び始めた。雪子の方も進と遊ぶのが嫌ではないらしい。藤堂の娘と息子たちは、そうした、誰もが心を許すような雰囲気があった。本人は気付いていないが、藤堂自身もそうだった。人から恨まれたり嫌われたりすることはもちろんあるが、藤堂自身がそれを望まぬ限り、相手のその種の感情は長続きした例《ため》しがない。


「ああ、いらっしゃい」

この家の主人、堀井正夫技術中佐が袢纏《はんてん》姿で出てきた。疲れた顔をしている。

「工事に遅れはでてませんか」

今日は公休なのに、ドックに入っている大和のことが心配で仕方がないらしい。

「今のところはね」

と、藤堂は答えた。

堀井は軽くうなずくと、『さくら』を——士官用の配給煙草を取り出した。いまでは貴重品だ。

彼は、藤堂に一本渡してから煙草をくわえ、マッチを擦った。藤堂の煙草にも火をつける。夏の日差しを浴びた庭に、紫煙がブラウン運動を行いながらゆっくりとたちのぼってゆく。

堀井がぽつりと言った。

「長一〇サンチ、なんとかなりそうですよ」

「へぇ」

藤堂は嬉しそうな顔をした。

大和が第四船渠に入り、工廠の技官による調査を受けたのは一一月一八日だった。

この作業を主に行ったのは、大和型戦艦の設計補佐だった松本喜太郎技術大佐の愛弟子である、堀井だった。

彼の見るところ、大和の損傷はなま易しいものではなかった。敵の大口径弾を受けなかった右舷側《うげんそく》は綺麗なものだったが、左舷が滅茶苦茶になっていた。

この戦艦は、高角砲等が集中配備されている艦の中央部に、少なくとも六発、敵戦艦の主砲弾を喰らっていた。主要防御区画内だけあって、そうした砲弾による被害が艦の中枢機能へ達していないのは大したものだったが、左舷側の防空機能はほぼ壊滅していた。艦首と艦尾の損傷とあわせて考えるなら、大破していると言っていい。

「こりゃ、手荒いなぁ」

原形をとどめぬほど破壊された高角砲座の前で堀井は呟いた。そこはどこか、底冷えのする空気の漂っている印象があった。彼は思った。おい、なんか化けて出そうな雰囲気だな。

もちろんそれは気分的なものにすぎなかった。ブルネイで遺体の回収を十分に行った後だから、周囲に残骸以外のものがあるはずもない。だが、破壊された通路や砲座の陰に入れば、無惨な傷を受けた遺体が転がっていそうな感じがして仕方なかった。

その時、突然足音が聞こえた。周囲に誰もいないと思いこんでいた堀井は、思わず背筋を震わせて、音の方へ振り向いた。

数年ぶりに彼が藤堂明と再会したのは、そうしたしまらない状況においてだった。

堀井がはじめて藤堂の存在を知ったのは、戦前のことだ。場所は結局は建造中止になった超大和型戦艦に関する予備的な会議の席上だった。

この会議に、藤堂は用兵者側の若手として、堀井はもちろん設計側――艦政本部の若手造船官として参加していた。

会議の議題である超大和型戦艦二隻とは――完成の暁には紀伊・尾張と命名されるであろう七九八号艦と七九九号艦のことで、ともに、大和型を上回る主砲が装備されることが決定されていた。主砲口径は五一サンチ、いわゆる20インチ砲である。

席上、最大の問題とされたのは、その五一サンチ砲についてだった。

軍令部の中佐が断固たる色を浮かべて、口を開いた。

「実際にフネを使う者としては、主砲は最低でも連装四基八門、可能ならば三連装三基九門は欲しい。この線は絶対に守って頂きたい」

　すると、この時期、技術中佐として艦政本部にいた松本が困った顔をして、

「そりゃまぁ、やれと言われれば三連装三基でも三連装四基一二門でも造ってみせますよ。しかしねぇ、我々としては連装三基六門に抑えたいと思っています」

　と、おっとりとした口調ながら、自分の意見だけは明確に述べた。いらん口出しはやめてくれとでもいわんばかりの口ぶりだった。

　それを聞いた堀井は、

（さすが、日本の艦艇建造技術を世界レベルにまで到達させた平賀《ひらが》譲《ゆずる》技術中将の直弟子だけはある――）

　そう感じた。

　軍令部側がそれで納得するはずはない。彼らには彼らなりの理屈がある。

「結局、戦艦の砲戦とは一定時間内に目標へ送り込む弾丸の数です。タマ数が多いほど命中する確率は高くなりますからな」

　砲術について一家言あるらしい中佐が言って咳払いし、続けて、

「もちろん、七九八号艦用の試製甲砲、四五口径五一サンチ砲の弾重量は約二トン。威力そのものは十分すぎるほどです。しかし、連装三基六門ではいかにも少ない」

　と言った。堀井にも彼の論旨は納得できた。

　帝国海軍の大艦巨砲主義は、合衆国に対する数的劣勢を前提としている。

　砲術上の現実的問題から言えば、どんな戦艦でも主たる砲戦距離は二〇〇〇〇から三〇〇〇〇メートル程度となる（いくら精密な光学装置を仲介するとはいえ、基本的には目視照準だからだ）。

　だが、数で敵に劣る帝国海軍は、その前に一発でも多く発射して、主砲戦距離における不利を解消しなければならない。ほとんど垂直に近い角度で落下・命中する砲弾によって敵艦の比較的薄い水平装甲（戦車で言う上部装甲）を破壊、一撃で爆沈させてしまうのである。

　無論、主砲戦距離を越える大遠距離で弾を当てるには大変な努力が必要だが、そうでもして敵の数を減らさなければ、聯合艦隊は絶対に優位を獲得できない。四六サンチ砲搭載だの五一サンチ砲搭載だのという巨砲戦艦は、そのために建造あるいは計画されている。

　そして、その点から考えると、連装三基六門という主

砲の数は確かに少なすぎる。軍令部の中佐が言っているとおり、期待できる命中弾数が余りにも低すぎる。せめて、連装四基八門は欲しいという要望は確かに理屈であった。

しかし、艦政本部にも言い分はあった。

「艦政本部でも、兵術上は三連装三基九門等の装備方式が望ましいことは承知しております」

松本中佐は相手の言い分を認めた。だが彼は、しかし、と前置きして続けた。

「その様な艦艇についての、運用上の問題を考えていただきたい。主砲連装三基以上の装備方式では、一号艦（大和）と同様の集中防御構造を採用しても、排水量は優に九万トンを越えます。これは常備状態における試算でありますから、出撃時、満載排水量が一一万トン近くになることはあきらかです」

一一万トンの戦艦。

堀井はもちろん素人ではなかったが、その言葉が意味するところに呆然とした。本当の化け物だ。そんなものに実用性があるのか。

しかし、彼の心のどこかに、そんな艦を設計してみたい、という気持ちがあることも否定できなかった。堀井は、理性では反駁《はんばく》を述べている松本中佐も、感情では自分と同じに違いないことが分かっていた。それが彼の仕事なのだ。

「この数字から、すでに皆さん、御想像はついておられると思います」

松本中佐は――三菱長崎のドックは二号艦（武蔵）で建造能力は限界、いや、限界を超えているといってよい。呉については、一号艦は建造ドック方式を採用したおかげでずいぶんと楽だが、それでも大規模な拡張工事を行わねばならない。ちなみにこれは、連装三基六門案、満載排水量八五〇〇〇トンでの話である、と述べて、

「つまり、大分の大神《おおが》に建設予定の新工廠が完成しないかぎり、七九八号艦クラスが建造できるのは呉と横須賀のみ。横須賀は一一〇号艦の建造予定が入っておりますから――呉だけということになります。当然艦艇には修理が必要となりますから、修理が可能なのも当分は呉のみということです。これでは運営上実用性のあるフネとは言えません」

と、続けた。

港もそうだ、と堀井は思った。

化け物じみた戦艦であればあるほど、喫水が深くなる。喫水が深くなれば、入港できる港は限定されるようになる。現実に呉では、七九八号艦にあわせて、ドック付近の浚渫《しゅんせつ》を行う計画が持ち上がっている。

「よって艦政本部としては、七九八号艦には一号艦と類似した艦型を採用し、四五口径五一サンチ砲連装三基六門とする以外、建造は不可能と考えております」

松本はそれだけ言うと黙った。軍令部側も面白くなさそうな顔をして黙り込んでいる。

その時、

「よろしいですか?」

と、隅の方で声をあげたものがいた。階級は少佐だ。まだ昇進したばかりなのだろう、階級章が真新しい。その割に老けた顔立ちだ。

「言ってみろ、藤堂君」

軍令部の中佐がうなずいた。彼は面白そうな顔をしているが、軍令部から来た他の連中の中には、呆れたような、バカにしたような表情の者もいる。どうやら、人によって好みが様々な人物らしい。

堀井は微笑んだ。彼は、この時期の海軍にまだ残っていた、そんな人物にも発言を許すような空気が大好きだった。

藤堂は顔をしかめて言った。

「その、どうしても四五口径五一サンチでなきゃならんのでしょうか?」

それを聞いて、艦政本部側から、

「六門だから砲身を五〇口径にしろとでも? 君、それは駄目だよ。砲の重量が全く違ったものになるし、大体、命数が少なくなる」

という声があがった。だから素人は困ると言わんばかりの声音だ。

しかし、堀井はそう思わなかった。彼は、藤堂少佐の言いたい所は別にあると感じていた。

案の定、藤堂はとんでもないことを言い出した。

「いや、自分も、艦政本部側の御意見はもっともだと考えております。一号艦の艤装委員を拝命しております関係で、限界云々の問題は痛感しております。確かに、一号艦以上の艦型を扱うには多大な困難が伴うでしょう」

今度は軍令部側がざわつく番だった。身内から裏切り者が出たのだ。

藤堂は、それを無視して続けた。

「自分が言いたいのは、七九八号クラスに必ずしも五一サンチを採用する必要はないのではないか、そういうことです。もちろん砲術上の要求として最低九門という点は（私も鉄砲屋ですから）、絶対条件と考えております。つまり——」

この時、堀井が口出しした理由は、藤堂に何か共通するものを感じたからだった。

堀井は細面を軽く傾げて言った。

「四六サンチ長砲身ですね」

「そう。その通りです」

我が意を得たり、という表情で藤堂が答えた。

それは、合衆国海軍が行っている手法だった。彼らは戦艦の横幅をパナマ運河の幅で制限されている。四〇サンチ以上の主砲はなかなか採用しにくい。艦の横幅が増大し、運河が使えなくなってしまうからだ。運河が使えない場合、地形的要素から大西洋・太平洋の二つに艦隊を分断されている合衆国にとっては、費用対効果の非常に悪い艦ということになる。戦時はどうかわからないが、平時にはとてもそのような艦は建造できない。

結果、合衆国では四〇サンチ砲を長砲身化することでその威力を他国の新戦艦に対抗させている。

藤堂は、堀井の目には冷笑に見えるものを浮かべて続けた。

「砲弾の炸薬量に関しては五一サンチに劣りますが、砲戦距離は大差ないでしょう。威力についてもそうです。大体、最大砲戦距離で真上から降ってくる四六サンチ弾に耐えられる装甲など、そうあるものじゃないんですから」

一般的に言って、長砲身にした場合、砲弾の初速（砲口を出た時の速度）は大きくなる。当然、最大射程も延びる。

藤堂が言っているのは、こういうことだった。

通常の砲戦距離、あるいは近距離では、初速のおかげで砲弾の威力は大したものになる。遠距離では、砲弾自体の落下速度が威力の減少を補ってくれる。彼はそう言っていた。

「ですから、七九八号艦クラスの主砲は四六サンチ五〇口径、あるいは五五口径の三連装三基九門が適当だと思います。九門あれば、五〇サンチと同等の砲戦距離で連装三基六門以上の効果があがります」

一座はざわついた。藤堂のこの言葉は事実であった。だが、帝国海軍の伝統的思想からは外れていた。

艦政本部の少佐が言った。

「しかし、砲身命数が低下――」

堀井は我慢できなくなった。

「いいじゃないですか、低下しても」

「何？」

「長砲身化した場合の命数は一五〇発程度になるはずです。一号艦の例から考えて、斉射時の発射間隔は四〇秒程度。一門あたり一五〇発をのべつまくなしに射ち続けても、一時間四〇分は保《も》ちます。我が海軍は一回こっきりの決戦で敵を撃滅しようと考えているんですから、それだけ保《も》ちゃ充分じゃありませんか」

妙な話になった。軍令部側の人間が軍令部の要求――五一サンチ砲を批判し、艦政本部側の人間が、艦政本部の大好きな四五口径主砲を批判している。

さきほどの少佐がもう一度言った。

「だが、艦砲射撃の場合も考えておかんと」

堀井は答えた。

「その時は、それ用の砲弾を使用したらよろしい。砲身を傷つけないよう、外側を軟鋼か何かで巻いた砲弾をね。徹甲弾で陸上目標を射つなんて、贅沢すぎますよ」

室内はさらにざわついた。結局、話がつかずに、その日の会合はそれでお開きになった。

機嫌の悪そうな者、何かをぶつぶつ言っている者が退室してゆく中で、堀井に藤堂が近づいてきた。

藤堂は右手の親指と人差指でつくった小さな輪を口元でかたむけて、言った。

「どうです、今日は暇かい？」

「ああ、いいですな」

こうして、彼等は友達になったのだった。


その後、二人は、畑が違うために、頻繁に会うというわけにはいかなかった。けれども、連絡だけは取り合ってきた。

堀井が藤堂との再会を（しまらない状況であったにもかかわらず）大いに喜んだのは、こうした理由であった。


藤堂は二本目の煙草を吸い終えると、堀井の妻が持ってきた麦茶を一口含みうまそうに飲み下した。麦茶はよく冷えていた。庭の井戸につけてあったのだろう。

茶碗を口から離した藤堂は、済まなそうな口調で、

「でもなぁ、去年の一一月にドック入りしてから半年以上にもなるのに、まだ修理が終わらないのは参るよね」

と、言った。

「工業力がいかれてるんですよ」

堀井は頭を少し傾げながら同意した。

もともと基盤工業力が弱いところに、物資不足に爆撃、熟練工の徴兵ですからね。もちろん、工廠の技手も同じです。大和みたいな大物があれだけ壊れると、そう滅多なことじゃ、直せないんですよ。

堀井の声があまりに暗かったためか、最初に文句を言った藤堂の方が、慰める口調になった。

「ま、長一〇サンチってのはいい話だよ。それに三二号も付いたし」

長一〇サンチ――九八式六五口径一〇サンチ高角砲。秋月級防空駆逐艦の主砲に採用された口径一〇センチの対空砲で、砲弾の初速が速く、これまで大和が使用してきた一二・七サンチ――八九式一二・七サンチ高角砲より格段に効果がある。それは、秋月級があげている戦果によって証明されている。大和にはその長一〇サンチ砲が装備されることになったのだ。一方の三二号とは、三号二型電波探知機――日本がようやく実用の域に到達させた水上射撃用レーダーだ。これまでは二二号（あるいは二一号の無許可改造型）で行われてきたが、それは、技量の高い、熟練した操作員を必要とするものだった。三二号電探の場合（程度問題にすぎないことは確かだが）、日本的職人芸を必要としないレーダー射撃が行える――部内ではそう言われていた。

「三二号は武蔵にも付きました」

救われたような表情になった堀井は言った。本当は、武蔵にも長一〇サンチを付けたかったんですが、数が足りなくて、無理でした。

「その、武蔵なんだが」

藤堂は複雑な内心を感じさせる声で言った。喜んでいるような、悲しんでいるような、希望を抱いているような、絶望しているような……とにかく、判断のつきかねる声だ。その複雑な声に含まれていた唯一の名詞、武蔵は、呉にほど近い柱島泊地にあって、帝国海軍最後の水上艦隊、第二艦隊の旗艦を務めている。

「実は、今度、武蔵の乗り組みを命じられたんだ。艦長だ。俺の後任――というより、レイテで亡くなった森下艦長の後任だな――は黛大佐だ」

彼は続けて、

「こんなこと、頼めた義理じゃないんだが」

と、困ったような顔で前置きし、彼にしては珍しくまとまりの無い言葉を紡《つむ》いだ。俺の家は女房がああなったし、長男は北海道だし、娘は沖縄だし——。

その時、突然背後から、

「藤堂さん、御安心なさいな。お宅の進ちゃんはあたくしがきちんとお預かりします」

と、女性の声がした。

「え?」

藤堂は振り向いた。いつのまにやって来たのか、堀井の妻が気丈な面もちで膝を付いていた。

藤堂は自分の言いたかったことを先に言われ、余計に困った表情になって、

「いや、その、奥さん、私の今度の任務は——」

と言いかけた。すると、暗い顔をしていた堀井が、

「私が生きている限り、責任を持ちますよ」

と言った。

堀井には、藤堂がそう遠くない将来、確実に戦死するだろうことが、わかっていた。武蔵を主力とする第二艦隊は、最後の艦隊特攻——沖縄救援——に出撃するという噂が囁かれていたのである。

堀井は、知りたかった。藤堂のような任務に対する合理主義者が、おそらく無意味であろう沖縄水上特攻をどう考えているのか。妻のそばで死にたいからだろうか。それとも、娘のいる場所へ行きたいからか。

むろん、堀井にそのようなことが聞けるはずもない。

「ありがとう」

藤堂はそれだけ言うと黙り込んだ。庭では、進が再び西郷南洲の真似を始めていた。

堀井が訊ねた。

「着任はいつです」

「明日なんだ」

藤堂は答えた。それを聞いて、あらあらそれじゃ、何か御馳走つくらなきゃいけませんね、と堀井の妻が立ち上がった。彼女には、とぼしい配給品と値の張る闇物資だけで子どもにひもじい思いをさせない、不思議な才覚があった。

その晩、親子は同じ布団で眠った。


翌朝、藤堂明は武蔵艦長として着任すべく家を出た。その日に限って、いつもは寝坊助の進が早くに目覚めると、父ちゃん今日は何時に帰ってくるの、と訊ねた。

「今日は帰れないんだ。だから、帰ってくるまで堀井のおじさんとこで、いい子にして待っておいで」

何かを感じたのだろうか、進は父の言葉に納得せず、帰ってこなきゃ嫌だと泣きだした。弱り果てた藤堂は、今度帰ってきたら、また軍艦に連れていってあげるよ、と言った。藤堂はこの春、この末の息子に大和を見せてやったことがあり、彼はそれを非常に喜んでいたのである。

「本当？　戦艦も？　空母も？」

泣きべそをかきながら進は言った。藤堂は、ああ、ああ、なんでも見せてやる。約束だ。いい子にしてたらなんでもさ、と笑った。帝国には、その二種類の軍艦がほとんど残されていないことなど、彼には言えなかった。

藤堂進にとって、父に関する記憶はこの朝が最後のものとなった。白い軍装を着た父は妙に寂しげな表情をしており、それが彼の不安を誘った。いつもは明るく微笑んでいる堀井のおじさん、おばさんも悲しそうな顔をしていた。雪子も不安そうに自分の手を摑んでいる。

大人達の気分を敏感に察した彼が、

「父ちゃん」

と叫んで父の後を追おうとすると、それを雪子の手が押しとどめた。彼がそれを振り払おうとすると、父親は、

「約束だよ、約束」

そう言って笑い、彼に見事な海軍式敬礼をして見せた。父親は続いて彼の頭をひと撫ですると、

「それじゃあ」

と皆に言い、霧が出はじめた軍港に続く坂道を足早に降っていった。

進は、この時の父の後ろ姿を終生忘れることがなかった。

4　サーティワンノット・バーク

摩文仁《まぶに》沖の海上、沖縄

一九四五年七月二一日

16インチ砲が火を吐いた。

その轟音を背骨と奥歯で感じながら、アーレイ・バーク少将は思った。誰のオフィスだって時間が経てば広くなるもんさ、と。

日本帝国本土より三五〇マイルの距離にあるオキナワ。合衆国軍がこの南北に細長い島へ上陸したのは、先月初めのことだった。

上陸から一ヶ月後の現在、日本帝国陸軍は島の南部に

追いつめられていた。合衆国軍は、敵の洞窟陣地や重砲に悩まされつつ、それでも、一歩、一歩前進し、土地を稼いでいる。

（御苦労なこった）

バークは思った。彼の乗る戦艦ノースカロライナは、オキナワの南端に近いマブニの沖合いを一五ノットで航行中。地上部隊や観測機から指示のある地点に向け、16インチ砲の巨弾を叩きつけている。

結局、フィリピンなどどうでもよかったのだ。

陸と海を隔てる断崖付近に発生する爆煙を見ながら、バークは思った。

確かに、合衆国軍がレイテで受けた大損害は、敗北と称すべきものだった。二〇万近い兵員をわずか一日で失うなど、南北戦争においてさえ発生しなかった事態だ。八〇万トンにのぼる艦船の損失については海軍軍人として、思い出すのも嫌な事実だった。

もしこのような事態が開戦当初に発生していたら、すぐさま合衆国の敗北につながっていただろう。

だが、それが発生したのは、巨大な合衆国の工業力が、軍需生産に全力を投入している一九四四年のできごとだ。欧州に展開されていた陸海軍力が、それほど忙しくなくなった時期のことだ。マッカーサーとキンケイドは死に、ハルゼーとミッチャーは予備役に編入されたが、彼らの後を継ぐべき若手指揮官が、すでに十分に育った後の敗北だ。

結果、サミュエル・エリオット・モリソンの命名により「セント・クリスピンの虐殺」と呼ばれることになったレイテの悲劇は、合衆国の戦略的敗北とはならなかった。合衆国は巨大な生産力と豊富な予備兵力を結集し、敗北からわずか半年で侵攻部隊を再編し、オキナワへ押し寄せた。事実、レイテ湾であれほどの損害を受けても、合衆国軍の対日侵攻スケジュールは二ヶ月の遅れしか出していない。敗北直後は、どう急いでもオキナワ侵攻は七月になると言われていた予定を一ヶ月も短縮している。

まぁそれは、ニミッツ長官が――

太平洋戦域内の全部隊に対する指揮権を握ったせいもあるが、とバークは思った。

日本本土に迫る根拠地として、ウルシー環礁以外は必要ないと考えていたニミッツは、レイテ以外のフィリピンに対する侵攻を中止した。もともとフィリピン奪還は、マッカーサーの個人的な戦争だったのだ。ニミッツのプランは、ウルシー・イオージマ・オキナワという中部太平洋ラインでの対日侵攻を考えていたのである。

（カラー《オレンジ》・プランの現代版ってわけだ）

バークは心の中で笑った。

大昔に策定された対外防衛戦争計画――確か、若い頃、ニミッツ長官はあれをずいぶん研究していたはずだ。

案の定、現実の作戦は、戦艦が空母に変わり、フィリピンがウルシーにずれただけで、あのカビの生えた計画と大して変わっちゃいない。

今の戦いは飛び石作戦だなんていう奴もいるが、それは違う。マーシャル諸島やカロリン群島という「石」は、航空機と大量の兵站《へいたん》補給品輸送という問題が発生したために登場したものだ。基本的には、我々がウルシーに設けたような移動基地を展開させて進撃するカラー・プラン、オレンジ計画と理念的には何の違いもない。

そうは言っても、ニミッツが現代版カラー・プランを行っていることに、バークは不満や疑問を持っていなかった。基本的な発想の正しさは戦況が証明しているし、

（俺は少将で、戦艦戦隊の指揮官だ）

という満足もあったからだ。

バークが、議会の承認が必要な、正規階級の少将になれた理由は、実戦慣れした戦術指揮官の不足が最大の原因だった。実際の話、「セント・クリスピンの虐殺」は、兵力より戦術指揮官のレベルで〝虐殺〟を巻き起こしていたのである。

ハルゼーと彼の取り巻きの主な連中は全員罷免《ひめん》され、また、キンケイドの第7艦隊は、司令官及び彼に連なる将校のほとんどを失っていた。

合衆国海軍は、新たな指揮官を必要としていた。バークはその時流にうまくのることができた――そういうわけだった。

彼は、ニミッツに機敏な前線指揮官として記憶されていた。また、ミッチャーは、退役させられる前に（いかなる信条からか）、あちこちで自身の参謀長に、関する弁護を展開し、重要な人々にバークの名と才能を広めていた。ミッチャーは会う人ごとに、こう説いた。バークは、軍の規定した駆逐艦の編隊速力が三〇ノットだった時分にいつでも、三一ノットで急行中、などと通信してきた根性曲がりですが、海軍の将来を担う人物である点では疑問がありません……

ソロモンで駆逐艦群を率いて名を売った三一ノット・バークが、少将に昇進し、第5艦隊第54・3任務群指揮官に任命された事情は右のようなものだった。彼に、現

状に対する不満や疑問が無いのは当然だった。

ただし、ちょっとした退屈はある。

バークの任務群はノースカロライナ、ワシントンの戦艦二隻を主力とし、艦隊速力として最大二五ノットの発揮が可能である。以前の〝三一ノット〟には及ばないけれども、それなりの高速攻撃部隊ではあった。

だが、現状はレイテで壊滅した低速戦艦群の代役ばかりで、せいぜい一五ノットで動きまわり、オキナワのあちこちに艦砲射撃をして歩くだけ。艦隊を痛めつけているカミカゼへの防御でさえ主たる任務ではない。

自分の置かれた現状を水兵たちが〝一五ノット・バーク〟と噂していることを知って、我ながら無理もないなと受けとめていた。艦砲射撃というものは、慣れてしまえば単調極まりない任務なのである。

主砲が火を吐き、船体が揺れた。このコースでの最後の射撃だ。艦長が報告する。

「射撃終了、サー」

「オーケー、ケラマの泊地へ向かえ。砲弾と燃料の補給だ」

「アイ・サー。針路二七〇に変針。ケラマ泊地に向かう」

背後から参謀長が声をかけてきた。

「アーレイ、まずいことになりそうです」

「どうした、ボブ」

「タイワンの南からハリケーンが接近しています。艦隊気象官の予報では、オキナワは数日で暴風圏に入ります。気象官はこのハリケーンをアリスと名付けました」

「畜生。ボブ、艦隊が待避する必要はありそうなのか？この間の奴は大したことはなかったが」

「待避の必要ありです。間違いなく」

参謀長のハインライン大佐は答えた。バーク少将は、参謀長を信用していた。多少、原則論にこだわりがちな所はあるが、無原則な人間よりよほど使いものになる。

「たぶん、明後日の午後あたりから母艦の飛行作業が難しくなってくるでしょう」

「航空支援《エア・サポート》なしか。上陸した部隊はひどい目にあいそうだな」

バークは呟いた。

もともとこのオキナワ上陸作戦――アイスバーグ作戦は、四月に実施される予定だった。その時期には、この地域を襲うハリケーン――台風がないからだ。だが、スケジュールはずれ、合衆国軍は嵐の到来しやすい時期にこの島へきた。いつかはこうした事態が発生することは予測されていたが、ついにそれが来た。これまで大した影響を受けずにやってこれたのが幸運だったのだ――そう思うしかなかった。

「オーケー。とにかく我々は全速力でケラマに向かい、可能な限りの物資を搭載する。待避はその後だ。スプールアンス長官の決定を待たなきゃならん」

「アイ・サー。ただし、いい面もあります。敵もカミカゼ・アタックができません」

ハインラインはバークを安心させるように言った、彼はこの上官を尊敬していた。

なんといっても、バークは彼を評価してくれている。彼は、レイテでハインラインのとった選択が正しかったと主張してくれた唯一の指揮官だった。

ハインラインの言葉に一度は軽く同意を示したバークだったが、すぐに、

「確かに、日本からやってくるカミカゼは止まるだろうな」

と、複雑な表情をした。

「すると、日本以外からカミカゼが？　タイワンですか」

ハインラインは納得できない面もちで訊ねた。

「違うよ」

バークはいたずらっぽい笑いを浮かべて、彼の豊富な戦史の知識から掘り起こしたデータを示した。

「一三世紀、チンギス・ハーンの子孫たちが、モンゴル帝国が日本に攻め寄せたことがあった。彼らの艦隊はキュウシュウへ二度来襲したが、二度とも嵐で全滅した」

「ハリケーンでですか？」

「そうだ」

バークは奇妙な笑いを浮かべて続けた。

「それ以来、日本人たちは敵を全滅させた嵐のことをカミカゼと言っている。奇妙な符合じゃないか？」

ハインラインは妙な顔をして、指揮官を見た。

そんな彼らの上空を、空母から発艦し、地上支援に向かうTBFアヴェンジャー雷撃機の編隊が低空で通過《フライ・パス》した。

5　グラマラス・バーバラⅡ

一五五高地上空、与那原《よなばる》、沖縄

五分後

アヴェンジャー編隊は総勢四機で編成されていた。彼らはオキナワでもっとも南の湾、ナカグスク湾西方に展

開するシャーマン中将の第58任務部隊から出撃した。四機のアヴェンジャーが所属する第51飛行隊は軽空母サン・ファシントを乗艦とし、その巡洋艦改造の空母を根城にして日本軍と戦い続けてきた。機体を操っているのは、適当に場数を踏んだ、まあまあのヴェテランと見なされている乗員たちだった。

だが、この日の爆撃はさんざんな展開になっている。ヨナバルの南1クリック《キロ》にある一五五高地付近に造られた日本軍の洞窟陣地が、どういうコースで爆弾を落としても被害を受けない位置に配置されていたからだ。ジャップはイオージマと同様に、またしても陣地構築の才を見せつけていたのである（これは合衆国海兵隊が渋々ながら認めざるを得ない事実だった）。

ついに、前線航空統制官《フォワード・エア・コントローラー》から目標変更の指示が入った。彼は地上の海兵隊と一緒に行動し、近接航空支援の指示を与えるのが仕事だ。

「バウンティ・フライト、こちらはオネスティ・エイブル。言っちゃあ悪いが、君達は何をやってるんだ？　下のレザーネック連中は、俺達を吹き飛ばす前に爆撃を止めてくれと言ってる。

それはともかく、スリックはまだ残ってるか？」

「こちらバウンティ・リード。各機二発残っているよ、エイブル」

バウンティ・フライトの指揮官《リード》は喉当て式マイクのスイッチを押して答えた。操縦席におさまった育ちの良さそうな面長の顔には、不快そうな色が浮かんでいた。当然だった。彼の編隊は、面と向かって、

「この下手クソ、あっちへいけ」

と、言われているのである。

「ラージャー、バウンティ。いいぞ、そいつを〇・五クリック南のストロング・ポイントに落としてくれ。敵のマリーンか根拠地隊の水兵《セイラー》がいるらしい」

指揮官は聞き返した。

「水兵《セイラー》？　ニップの海軍は全部オロクの要塞にいるんじゃないのか？」

オロクの——国場《こくば》川を挟んだ那覇の対岸、小禄《おろく》半島に展開している海軍太田部隊——沖縄方面根拠地隊は、この時期、合衆国軍においても尊敬の念をもって語られるようになっていた。

彼らは陸戦隊《NLF》ではなかった。にもかかわらず、粘り強い防御戦闘を行うことに成功していた。海軍独自の高角砲等の重装備が（一度は命令誤認で撤退しかけるという

危機はあったが）、陸戦で効果を発揮したこと、指揮官太田少将の戦術的才能が存分に発揮されたことが、その理由になっている。太田少将は、海軍陸戦隊の最も有能な指揮官として部内で知られた人物だった。彼は、有能な、あきらめることを知らぬ指揮官によって、どれほどの軍事的奇跡が成し遂げられるものか、歴史に対して証明し続けていた。なにしろ、まともな陸戦訓練も受けていない沖縄根拠地隊の相手は合衆国海兵隊《USMC》なのである。

「そんなこと知るか」

前線航空統制官は答えた。

「とにかく、レコンが見たんだ。君達は海兵偵察隊《レコン》の言うことを疑うまい？　とにかく、連中を見つけて吹き飛ばしてくれ。こっちの洞窟陣地は、火炎放射機《フレーム》でカタをつける。アタック・コントロールはレコンに引き継ぐぞ。向こうのコール・サインはパリス・ベーカー・スリーだ。オネスティ・エイブル、オーヴァー」

「バウンティ・リード、ラジャー。アウト」

指揮官は、かなり頭に血が昇っている様子の統制官の通信を切った。続いて、編隊各機に呼びかける。だが、指揮官には（自分も腹を立てているためか）、統制官の気持ちが良く分かっていた。彼の周囲では、老人や婦女子まで駆り出して抵抗するニップのために、アメリカ人が倒れているのだ。

やはり奴等は蛮人なのだ、と指揮官は思った。

以前、彼は南洋の孤島へ出撃し、対空砲火を浴び、撃墜されたことがあった。

洋上にパラシュート降下した彼は潜水艦に拾われて助かった。が、島に降りた後席の戦友は行方不明《MIA》になってしまった。

生き残った彼は、深い自責の念と悲嘆で、日本人に対する激しい憎しみをつのらせた。そうした感情を決定づけたのは、後に海軍情報部から知らされた戦友の末路に関する情報だった。

記録上は戦闘中行方不明《ミッシング・イン・アクション》とされている彼の戦友は、食糧不足のニップに喰われてしまったらしい——情報部は、そう伝えてきたのである。

以来、バウンティ・フライト指揮官の心中には、日本人に対する激しい憎しみと、恐怖の念が同居している。だからこそ、前線航空統制官の心情も我が事のように理解できたのだった。

「リードより各機、聞いての通りだ。ジャップの同業を吹き飛ばすぞ」

指揮官はスロットルを開き、操縦桿を右に捻った。ライトR二六〇〇‐八エンジンは彼の操作に小気味よいレスポンスを示し、二五〇キロ爆弾二発を抱えた機体を新たな爆撃針路《ボムロード》に乗せた。機体の機首に近い部分には、きちょうめんな文字で〝グラマラス・バーバラII〟と記されている。

指揮官は思った。俺の機体はいつでも調子がいい、こいつはやっぱり、テキサスで待ってる婚約者の名前を付けてるせいだろうか。ああ、美しく、優しく、気高いバーバラ。早く君のそばへ帰りたいよ。いくら愛国心があっても、こんな地の果ての地獄にはもう飽き飽きだ。

6 貴子

同じ場所
同時刻

この年、一二歳になる国場康明と四歳の妹の美奈子が与那原《よなばる》にまで逃げてこられたのは、あえて言えば、もはや誰一人として生き残っていない国場家の大人達が、自分の命を捨てて彼らを守ってくれたからだろう。

だが、この時、ふたりの幸運は尽きかけているように思われた。

海兵隊上陸から、ほぼ一ヶ月。現在、日本軍が組織的抵抗を行っている地域は二ヶ所しかなかった。小禄地区の太田部隊と島尻地区で辛うじて軍隊組織を維持している第三二軍の残存部隊——その程度だった。

これらの部隊の中で（ことに帝国陸軍の部隊で）、現在もなお厳正な士気と果敢な戦意を保っている部隊は、沖縄の郷土部隊とも言える第九歩兵師団（大本営により、一度台湾へ引き抜かれかけた部隊である）だけだった。彼らは沖縄県民との関係もよく、沖縄を守るということは県民を守るということだ、という点が、兵のレベルに至るまで徹底されていた。

だが、他の部隊は違った。第三二軍司令部から明確な命令が出ている間はまだよかったが、司令部が摩文仁にこもりきりとなってからはいけなかった。統制を失った彼らは、ただ武器を持った普通の人間と化し、自分達が生き残るためなら手段をえらばなくなった。

国場家の兄妹——康明と美奈子がそれまで隠れていた洞窟から追い出されたのは、それが原因だった。追いつめられた「元」兵士たちは、洞窟の中に隠れていた人々を銃剣で追い出し、自分たちがそこに隠れたのである。

追い出された人々の大半は、洞窟から半径数百メートル以内の円内で肉片と化している。合衆国の戦艦がその付近一帯へ猛烈な艦砲射撃をかけたからだ。

康明と美奈子は、その唯一の生存者であった。

その彼らの上空に、四機のアヴェンジャーが旋回している。


藤堂貴子は、母を失った悲しみから抜け出していた。というより、現実に母が死ぬところを見ていないためか、母親と弟の乗った船が沈んだ、と教えられても、悲しみの実感を抱きようがなかった。

だが、あのまま母と一緒に行ったほうがよかったと思わぬわけではない。貴子が残された沖縄の現状は、それほど苛酷だった。

県民は、帝国とその陸軍を信頼していた。であるからこそ、彼らは軍の無理な要求にも従った。男は根こそぎ徴用され、女学生に至るまで看護婦として使役されても、耐え続けた。敵が、いつかは撃退されると信じたからである。確かに、祖国が勝利しさえすれば、どんな苦しみも、いつかは癒える日がきただろう。だが、彼らの信じていた帝国と軍は、滅亡しようとしていた。正直なところ沖縄は、その滅亡を引き延ばすための前哨地点に過ぎなかった——帝国にとっては。

壕の中にいた誰かが呟いた。あ、あんなところに子どもが二人。

薄汚れたセーラー服の上着をまとった貴子は、顔をあげた。疲れ、少女らしさを失った表情には、これまで目撃したすべての情景が刻まれている。補助看護婦として級友たちと共に徴用された彼女は生きているが、家に残っていた母の実家の者は——少なくとも、家に残された者は——誰一人、生き残っていない。そう聞かされている。

「あんなところに二人だけ」

その呟きは、爆撃で級友が飛散する光景を目撃して以来、眼だけが澄んでしまった貴子の親友が、唄うように漏らしていたのだった。彼女は洞窟の入り口近くに座り込み、ひとり外界を眺めていた。どこからか上の方からは虫の鳴き声——いや、飛行機のエンジン音が響いていた。

貴子は、小さな丘の中腹に掘られた壕の中を見回した。そこには湿気を含んだ熱い空気と、すえた臭いが充満していた。

（また誰か）

死んだのね、貴子はそう思った。

この洞窟にまともな戦闘員はいなかった。疎開することもできなくなって、補助看護婦として徴用された貴子と級友（そのほんのわずか生き残り）たちと口を開くこともできないほど衰弱した負傷兵たちだけだった。

「ほら、貴ちゃん」

級友が貴子の手を引っ張った。彼女はそれに逆らわず、級友の示す方に視線を向けた。こういう場合、この級友に逆らわない方がいいことを貴子は――過去数日間の経験で――理解していた。

貴子は洞窟の外に向けた眼を外の明るさに慣らすために一、二度しばたいた。そして、見た。男の子と小さな女の子が樹木の焼け落ちてしまった大地を歩いている。上空からはまた、空飛ぶ鉄の虫が鳴く音。それがますます大きくなってくる。

貴子は叫んだ。

「おいで！　こっちよ！」

兄と妹は立ち止まった。迷うような素振りでこちらを見ている。

貴子は、もう一度叫んだ。

「ほら、早く！　ここなら大丈夫！」

それでも、二人はまだ迷っている。上空からの音はますます大きくなってくる。

「もう！」

貴子は洞窟を駆け出した。この瞬間、彼女は自分が藤堂家の血を受け継いだ人間であることを、自身に証明していた。

洞窟から、誰かが走りだしてきた。二人を呼んでいる。

「おいで、早くおいで」

だが、康明はそれに答えなかった。上空に敵機がいたし、走ってくる女性の服の色に気付いたからだ。

わけもわからず、美奈子が泣きだした。それに構わず、妹の手を引いた康明は逃げだす。彼はこれまでの経験から十分に理解していた。白いセーラー服が、上空からはっきりと識別できる色であることを。

そんな服のそばにいるなんて、御免だった。

声が再び聞こえた。

「待ちなさい。ほら、こっちにおいで！」

康明は妹を連れて走り続けた。空から聞こえる音が、段々とカン高くなってきた。

7　交信記録

一五五高地南方
七月二一日午後三時一五分

＊以下の内容は合衆国海軍公式通信記録45/715/OK/155S2E-768DELTAよりの抜粋である。

この記録は一九五九年六月二八日に機密指定解除となった。なお、文中にある「ＰＢ３」とは、この当時一五五高地南方にいた第六海兵偵察中隊附の前線航空統制官を表す略語。同様に、「ＢＬ」とはバウンティ編隊指揮《リー》官機《ド》、「Ｂ１～３」は、バウンティ編隊所属各機をあらわす略語である。

ＢＬ：パリス・ベイカー・スリー（ＰＢ３）、こちらバウンティ・リード。
ＰＢ３：バウンティ・リード、ラジャー。待ってたぜ。時間はあるか？
ＢＬ：バウンティ・フライトの戦闘時間は10分。西風が強くなってるから早く戻りたい。悪いが、正味5分と考えてくれないか？
ＰＢ３：ＯＫ、時は金なり、てな。目標のブリーフィングをする。メモの用意は？
ＢＬ：ＰＢ３、ＯＫだ。
ＰＢ３：おたくの目標は洞窟陣地だ。そこに小隊規模のジャップがいる。そいつを叩いて欲しい。攻撃方位は、東西。東から西だ。南北は斜面が張り出てるから無理だと思う。高度は、規定だと六〇〇だが、こっちはもっと低くやって欲しい。ま、そこはそっちで判断してくれ。東から西でやると斜面に真正面だから引き起こしに気をつけてくれよ。そっちの御道具はどんな按配だ？
ＢＬ：ラジャー。各機、五〇〇ポンド・スリック二発だ。半分は先に使っちまった。
ＰＢ３：それだと、合計八発だな。うん、一撃全弾投下でやってくれ。期待してるぜ。
ＢＬ：ラジャー。バウンティ・リードより各機、一撃全弾投下だ。突撃はリードよりナンバー順に行う。了解したか？
（各機了解の応答）
ＰＢ３：バウンティ・リード、やってくれ。風は多少北寄りに押してる。
ＢＬ：ラジャー。突撃開始する。いいか？

PB3：ああ、クリアード・ホット（爆撃許可）だ。突撃せよ。
BL：突撃……一五〇〇、九〇〇、六五〇、五〇〇……投下！
PB3：凄い！　一発直撃だ。もう一発はちょい近弾だったな。後の三機も同じコースでやってくれると有り難い。
（各機の爆撃）
PB3：いいぞ、バウンティ・フライト。教科書通りの爆撃だぜ。一五五高地の時は調子が悪かったようだな。
BL：サンキュー、パリス。
B2：バウンティ・リード、三時方向下方にジャップの水兵、走ってます。掃射していいですか？
BL：どうかな……構わんか、PB3？
PB3：やってくれ、やってくれ。諸君の仕事はエクセレントだった。それぐらいのボーナスは喜んで支払うよ。
B2：バウンティ2、掃射（射撃音）……やったぜ、吹っ飛んだ。ジャップのセイラーはちぎれたぞ。
BL：OK、帰投しよう。

それは軽空母サン・ファシントから出撃したバウンティ編隊にとっては、まったく通常の近接航空支援《クロース・エア・サポート》任務だった。

もちろん、編隊指揮官のジョージ・ハーヴェット・ウォーカー・ブッシュ中尉にとっても、通常の任務以外の何物でもなかった。

8　海上護衛総司令部

海軍省、東京
一九四五年七月二二日

ニミッツによる太平洋方面戦域の指揮権掌握後、合衆国軍の戦略爆撃部隊が用いる戦術は、質的に大きな変化をみせていた。

これまで、遥かなる高高度から精密爆撃を行うか、夜間高高度で焼夷弾による無差別爆撃を行うかしていたB29の群れ。彼らは、ゲームのルールを変えた。無意味な焼き討ちをやめ、機雷投下を主任務とするようになった。ニミッツは一般市民から家を奪うような戦いを嫌っていたから、当然の作戦変更ではあった。

だが、東京はその恩恵を受け損ねた。

ニミッツが完全に指揮権を掌握した一九四五年四月。マーシャル諸島と硫黄島に展開する第20爆撃兵団は、ニミッツの命令が届く前に日本各地へ数度の低高度夜間焼夷弾爆撃《ボミング》を実施していた。

自分がヨーロッパで実施した戦術が停止されることを見越した爆撃兵団《カーペット》司令官カーティス・ルメー少将が、焼夷弾爆撃が禁止される以前に「無差別都市爆撃こそ勝利への近道」という持論を強引に証明しようとしたのだった。その最大の目標となった都市が、東京であった。

こうして、帝都の四〇パーセント以上が焼け野原となり、都民八万人以上が死亡した。

被害を受けなかったのは、首都機能のある皇居周辺だ。この一帯は、政治的配慮により爆撃対象から外されていた。そしてもう一ヶ所、比較的都心部なのに爆撃の被害を受けなかった地域は神田一帯だった。その理由は、救世軍日本本部があるからだろうと言われていた。

虎ノ門と桜田門を結ぶ電車通り南側にある海軍省は、政治的配慮によって焼失をまぬがれた地域の一角にあった。その外見は、明治という時代を感じさせる赤煉瓦づくりの重厚な建物だ。帝国海軍の中枢機能を担うにふさわしい造りである。

ただし帝国海軍の現状勢力は、開戦前、世界第三位の海軍であったことが信じられぬまでに低下していたから、この建物は以前ほど重要な機能を担っているわけではなかった。

にもかかわらず、この建物の重要性を今なお主張する者がいたとしたら、彼は、赤煉瓦づくりの建物で、帝国海軍の中で唯一活発な活動を行っている司令部が、敷地内に置かれていることをその論拠としただろう。

敵潜水艦と機雷によって消滅しようとしている日本商船団の守護者――海上護衛総司令部である。この司令部が入っている建物は、明治以来衆議院議長官舎として使用されてきたものだった。司令部を置くには十分な広さとは言えなかった。しかし、日本に残された護衛艦艇と商船の数から考えると――多少広かろうが狭かろうが、どうという違いはないかもしれない。

大井篤《あつし》大佐は、この総司令部の護衛参謀だった。

彼は常に、商船護衛の重要性――というより、海軍が商船を護衛するために存在することを説き続けてきた。その努力が報われたかどうかは、夏の日差しが差し込む総司令部の一室にいる彼の表情が、何よりも雄弁に物語っていた。

大井は、暗く沈んだ表情で、何もない机の上をみつめていた。彼は思っていた。

(結局、誰にもわかっちゃいなかったんだ)

日本商船隊は壊滅していた。ここ半年ほどで、本土への海上輸送実績は月間八〇~五〇万トンの下降グラフをえがいている。二度と上昇することのないグラフだ。戦争を継続するために必要な物資は、月間最低三〇〇万トンだというのに。

要するに、帝国は重度の栄養失調に陥っているのだった。その死――戦争経済の崩壊がそこまで迫っている。現状で帝国が辛くも戦争を遂行できている唯一の理由は、レイテ後のドサクサを利用して、ありったけの船で、南方からの物資を運び込んだからだった。

大井大佐は嘆息した。聯合艦隊は未だにそれを認識していない。敵主力艦隊との決戦主義だけを目的に育てられてきた帝国海軍は、作戦レベル以下の商船護衛しか考えていない。国家が生き残るためには商船護衛が必要であるとは、思ってみたこともないのだ。

彼は机の上に置かれた電話を見つめていた。さきほど伝えられた言葉。もともと不足している護衛艦艇への燃料割当を一〇〇〇〇トンから四〇〇〇〇トンに減らすという。その理由は、「海軍の伝統を守るため」の海上特攻部隊に燃料が必要だから!

(何と愚かな! 海軍は、祖国から最後の輸血用血液まで奪ってしまった)

彼は拳を握りしめ、唇を血の味がするほど嚙んだ。

この国は、滅ぶ。最後の水上艦隊が貴重な重油を使いつくし、北海道へ転用された部隊に作戦用の燃料が必要とされる状況では。

もう、駄目だ。海上護衛部隊に燃料がまわってくることは有り得ない。海軍には、輸送船を守ることはできない。四〇〇〇トンでは、数隻の駆逐艦を内海で行動させるのが限界だ。

大井大佐は、窓の外を見つめた。きつい陽光のためだろうか、海軍省を形作っている赤煉瓦が鮮烈な色合いに感じられた。

大井の見つめている赤煉瓦は、帝国が産声をあげて間もない頃、英帝国から輸入されたものだ。一個一個包装され、船で運ばれてきたのだ。当時、日本では質のいい煉瓦を生産できなかったからだ。

大井は思った。

帝国は煉瓦を造れるようにはなった。だが、すべてを船で運ばねば何も造れない点はいまも（そして未来も）、同じだ。資源を持たない海洋国家とは、そうしたものなのだ。商船が物資を運びこみ、海軍が商船を護衛しなければ滅びてしまう、脆弱な国なのだ。

（海軍は、商船を守るために存在するのだ！）

他の作戦——艦隊決戦も機動部隊決戦も、戦略物資を祖国に運び込むという手段に過ぎない。腹が減っては戦《いくさ》は出来ぬ——帝国海軍は、こんな簡単な理屈を、どうして理解できなかったのか。

大井は、何か耐えられないような思いがこみ上げてくるのを感じ、両手で顔をおさえた。帝国の存続なくして、何の伝統か！

9　総特攻

徳山沖、日本
一九四五年七月二二日

艦隊は、瀬戸内の穏やかな海面に集結を終えていた。帝国海軍最後の水上戦闘部隊、第二艦隊だ。主力は第一戦隊の武蔵、第五戦隊の重巡利根・鳥海。その護衛にあたる第二水雷戦隊の軽巡矢矧《やはぎ》と駆逐艦一〇隻。彼女たちは、夏の日差しを浴びながら、その時を待っている。すでに、弾薬や貴重な燃料の搭載は済んでいる。

第二艦隊司令長官、伊藤整一《せいいち》中将は、旗艦・武蔵の前甲板を一人で歩きながら、周囲の風景を眺めた。

瀬戸内の陽光は、うららかと言ってよかった。暑いことは暑いが、不快ではない。ねっとりしているはずの風も、どこか乾いているように感じられる。

「状況始め！」

伊藤の場所からほど遠からぬ位置にある機銃座から、ドスの利いた声が響いた。長年、海で鍛えられた男だけが持っている声。潮風で潰れた海軍軍人の声だ。

伊藤の仏像のような顔に微かな笑みが浮かび、声の響いた方向をみやった。赤鬼のような顔をした古参の兵曹長が、子供のような年かさの水兵たちを訓練している。

水兵たちは待機所から駆け出し、機銃に駆けよった。射手は右端の射手席に。旋回手は左側の旋回手席に。土嚢を積んだ背後には、三本の銃身に対して間断無く砲弾を装填する役目の装填手が三名。近くには、大きなゴム製のレシーバーを着け、胸に電話機をぶらさげた伝令。彼らは命令から三〇秒以内で配置についた。銃長（射手）が叫ぶ。

「配置よし」

「よし、高角四、的速二六、向かってくる敵機、射《テ》ーッ！」

乾いた金属的な音が響き、装塡手たちが同じ動作を繰り返した。機銃は射手の操作で銃身を上下動させた。旋回手がハンドル操作を行い銃座そのものが指示された方位に旋回された。

「遅い！　もう一度待機室より状況再開、戻れ！」

何か不満を感じたらしい兵曹長が叫び、部下と共に待機室へ駆けていった。

するど、艦長の方針は全員に伝わっているのか。

伊藤は思った。

新任の艦長、藤堂大佐はかなりひねくれた男だが、職務を完璧に果たそうとする点では、何の疑問もない。彼は武蔵を扱うのは初めてだが、同型艦の大和で充分な経験を積んでいる。もともと鉄砲屋だが、操艦指揮も下手ではない。泥臭いところはあるが、それは、実戦の経験を持った人間の合理的な泥臭さだ。

伊藤は思った。あの男が着任して以来、武蔵の空気は変わった。

新艦長はいかなる私的制裁も許さなかった。かわりに、制裁したくなったら直属の下士官あるいは分隊士（少尉）参加のもとで、持ち場における訓練を行えと通達した。彼は、乗員の大半を集めた前甲板で、一番主砲塔の上に立って、言った。帝国海軍には、諸君を私的制裁にかまけさせる時間はもうないのだ、と。

伊藤がここまで見ている限り、レイテで敵戦艦を轟沈させた新艦長の方針は全員に納得されたらしい。いまこの瞬間、彼から見える上甲板に限っても、十数ヶ所で訓練が行われている。おそらく艦内でも無数の訓練が行われているだろう。レイテの勝利は帝国の興廃に無意味な栄光を加えただけだが、少なくとも、艦隊乗員の士気を天を衝くほど高めた点だけは評価できる。そして、その空気を未だに維持させている艦長も。

その艦の雰囲気は艦長の雰囲気なのだ、と伊藤は思った。伊藤は、彼の旗艦艦長が聯合艦隊の命令を受け、どういう反応を示したかを思い出していた。

言うまでもなく、聯合艦隊《GF》司令部の伝えてきた菊水《きくすい》一号作戦命令、沖縄への艦隊特攻に伊藤は反対していた。しかし、辛辣な批評家ではあるが、常識人でもある彼は、反対意見をはっきりとは口に出せなかった。

しかし、藤堂明は違った。

「正気の沙汰じゃない」

命令について、こう言い捨てた。ほとんど無表情で、顔面に出る感情を極力抑える性格だけに、迫力があった。

彼は続けた。

「いったいGFは何を考えているんです？　沖縄救援、それはよろしい。敵船団に突っ込む、それも大変結構！　しかし、どうやって沖縄まで行くんです？　あのまわりには、レイテで我々を沈めそこなった敵空母が群れているんですよ」

武蔵と同じ大和級の戦艦が五、六隻あるなら別ですが——と藤堂は続けて呟いた。彼は、レイテでの戦訓から、正規空母十数隻の敵機動部隊でさえ、戦艦を沈めることが容易でないことに、気づいていた。

確かに、大和級が五、六隻一緒に突っ込めば、最悪でもその半分は沖縄へたどり着くだろう。戦艦とは、それほど頑丈にできているものなのだ。

「しかし、実働可能な戦艦が本艦一隻だけじゃ駄目です。半分もいかないうちに沈められちまいます。そんな与太話には付き合いきれませんな」

彼は艦隊司令部の前でも全く遠慮する様子を見せずに言い放つと、失礼しますと断って長官公室を出ていった。

（あれは、面白い男だ）

武蔵の前甲板を歩きながら、伊藤は思っていた。

藤堂のような男は、戦争になると必ず登場するタイプだ。戦いの中で祖国への何事かをなし、それが終わると共に報われることもなく消えて行く歴史の端役。勝利できる戦争でさえそうだ。ましてや、この戦いのような、どうみても——。

彼がそこまで考えた時、パイプの音が聞こえ、武蔵に来艦者が訪れたことを知らせた。

菊水一号作戦について第二艦隊へ最後の説得を行うべく、GFから使者がやってきたのだ。談判は、前檣楼《マスト》の昼戦艦橋直下にある作戦室で行われることになっていた。

「沖縄は海軍を待っているのだ」

GFからの使者、神重徳大佐は燃えるような眼でいい放った。秀でた額には汗が吹き出している。彼の雰囲気は参謀のものではなく、宗教者に近かった。伊藤という上級者を前にしているにもかかわらず、命令口調で話しているところにそれが出ている。

その名の通り神がかった彼に対して、

「辿り着けぬのでは、意味がない」

と、伊藤は答えた。武蔵の広い作戦室には、神と伊藤の他に、第二艦隊司令部参謀と艦隊各艦の艦長が集められている。

「着ける、着けないではありまっしぇん！　我々は帝国海軍。であるならば、結果はどうじゃろうと進まねばなりまっしぇん。そいが我々の伝統です」

神は論理を無視し、感情だけで叫んだ。第八艦隊参謀としてソロモンで戦果をあげ、大成功したレイテ突入の原案をGF司令部でつくった彼にとって、人に話す理由はそれだけでいいらしい。この男は異常に頭の回転が速く、自分の思考過程を示さずに結論だけを話す癖がある。結論から理由を想像できないバカは、黙っていろというわけだ。

「君の考えがどうかは知らないが」

伊藤の声は珍しく、厳しかった。

「第二艦隊としては、無謀な作戦を受け入れることはできない。もちろん、GFの指示に従い、すでに艦隊各艦の出撃準備は完了している。しかし、納得はできない。帝国海軍は祖国に勝利をもたらすために存在してきたのであって、後世から批判されるために血税を濫費してきたわけではない」

「しかし――」

神大佐は反論したが、口調は礼儀正しくなっていた。

「これは、GF司令部の決定でごわす。是が非でン、出撃してもらいます」

突然、それまで黙っていた藤堂が口を開いた。

「明確な理由を示してください」

「何？」

「自分はじめ、ここにおられる艦長職の者は、帝国と陛下から艦と赤子《せきし》を御預かりしております。それを傷つけ、失うには、それ相応の理由がなければ承伏しかねます」

「藤堂！」

思わず海兵の頃の気分で神は、彼の方を振り向くと大声を張り上げた。

「貴様、臆したか？　忠節はどうした？」

――その時、藤堂を知る者は、初めて彼が感情を激発させる光景に接した。普段は無表情か、人を小馬鹿にしたように見える笑いをうかべるだけの彼が、顔面を朱に染めていた。

「なんですと！」

藤堂は嚙みついた。内心で荒れ狂った何かを、どうしても抑えることができなかった。

「自分の忠節を疑うのですか？　御維新以来、藤堂家は帝国と海軍へ常に忠誠を尽くし、戦い続けてきました！　貴官は何をもってそれを疑われるか？　根拠無くして侮辱したのなら、ただおきませんぞ！」

藤堂の語調は激しかった。この戦争に対して抱いていた感情が、一瞬にして吹きだしたのだった。

それがどれほどのものだったかは、藤堂を慌てて抑えた駆逐艦雪風《ゆきかぜ》艦長、寺内大佐による、

「殺気というものは、ああいうものかと思った」

という戦後の述懐からも想像できる。寺内自身も、周囲からは火の玉のような海軍軍人だと評された男だからだ。藤堂の勢いは、その寺内をも顔色なからしめるものだったのである。

藤堂が取り押さえられる様子を見た伊藤は、

「とにかく、はっきりとした理由を教えてくれ」

神大佐に迫った。

「そいは……」

神は口ごもった。彼は迷った。彼は追いつめられた。口に出してしまうべきだろうか。しかし、それでは。高圧的な態度をとった理由は、ひとつには彼の性格のためだったが、もうひとつ、できることなら、持ち出したくない話を腹の底におさめていたからでもあった。

「教えてくれ」

伊藤がもう一度言った。不思議なことに、彼の表情は、救いを求めているようだった。どうせ死なねばならないのなら、せめてその前に、納得のいく嘘を聞かせてくれ、そう言わんばかりの色があった。

神は決意した。

「過日、鈴木首相と及川軍令部総長が参内、沖縄決戦に対する海軍の方針を奉上しもした。航空総特攻で行く、とです。そん時、陛下から御下問ばお有りになり……」

彼は息を吸い込んだ。作戦内容の討議に菊の御紋章を持ち出すことになるなんて。これじゃあ、陸式と同じだぜ。ネィヴィーの名折れだ。

神は一気に言った。

「海軍は飛行機だけか、沖縄は助けられんのか、もう艦艇はないのか、との悲痛な仰せでありました」

石のような沈黙がおちた。神は続けた。

「首相と総長は、いいえ、海軍は全力をもって沖縄を救援し、一億特攻の先駆けば致しますともうしあげもした」

神もまた、沈黙に加わった。これだけは言いたく無か

った——そんな後悔がこみあげている顔つきだった。

しばらくは、誰も発言しなかった。が、突然、

「承りました」

と、伊藤が答えた。

「作戦としては承伏できませんが、一億総特攻の先駆けとして行けとのお言葉なら、喜んで行かせてもらいましょう」

「おお」

神大佐は顔をあげ、大きく呻いた。彼は伊藤の顔を見た。

第二艦隊司令長官の口元には、微笑が浮かんでいた。

10　巨頭たち

ポツダム、ドイツ
一九四五年七月二三日夜

合衆国大統領、ハリー・S・トルーマン閣下は極端に社交的な性格というわけではない。わけても、嫌味を言う以外に能はないのかと思われるウィンストン・チャーチル、ジャップと大して変わらない蛮人に思われるヨーシフ・スターリンと一緒では、立食パーティを楽しむという気分には絶対になれない。

だが、現実にパーティは開かれている。いまや完全に連合軍の占領下にあるドイツのポツダムで。パーティ会場以外のドイツは戦争がもたらした破壊と貧困にあえいでいるが、ここだけは違う。酒と食い物も掃いて捨てるほどある。望めば他の物も何とかなるだろう。物欲しげな風情の女性将校が辺りを何人もうろついている。彼女たちは、自分が第二のケイ・サマーズビーとなる可能性を求めて、この会場を泳ぎまわっている。

向こうの方から談笑と野太い声が響いてきた。それに重なるように通訳の声も聞こえる。

「……という次第ですから、私はジューコフ元帥に言ってやったのです。ゲオルギー、君は何も心配する必要はない。合衆国からのレンドリースは必ずやスターリングラードの勝利をもたらすだろうってね。ナリヴァイ！」

賛同の声があがり、スターリンを囲んでいた連合国の高官や将校団が乾杯《ナリヴァイ》を交わした。

トルーマンは不機嫌そうに呻いた。

「アーノルド、なんて野郎だ、あいつは」

「思ってもいないことを言えるのは、ロシア人とイギリス人の特技ですからな」

合衆国陸軍のアーノルド航空軍総司令官が答えた。す

ると背後から、ひねくれた声が聞こえた。

「いや、政治家共通の特技ですな」

トルーマンは形ばかりの笑いをつくって振り向いた。

「多少の失言は勘弁してくださいよ、チャーチル閣下」

「我らがジョー《スターリン》は、なかなかパーティを楽しんでくれているじゃないですか」

チャーチルはハヴァナの煙を吐き出しながらそう言った。トルーマンが副大統領だった頃とは違い、その顔には老いの陰が濃い。

「ま、ここに出ているキャビアは彼らが持ち込んだものだから、その権利はあるが」

それを聞いて、イギリス的な物言いが大嫌いなトルーマンは露骨に顔をしかめながら、

「選挙の方はいかがですかな」

と言った。もっとも聞いてみただけのことで、トルーマンはチャーチルが政権を失うことは知っている。要するに、嫌味だ。

「アトリー君は、内政家として活躍することになるでしょうな」

チャーチルは答えた。それは彼らしい表現だった。英国が大国の地位を失うであろう未来を、後継者への皮肉と共に断言していた。戦勝国であるはずの英国は、今後数年間、食料・燃料の配給制を続けねばならないほど疲弊しているのだった。

チャーチルは軽く咳払いして、

「しかし、物が手にはいるからといって、やたらと安売りするのは感心しません」

と、冷笑を浮かべた。

一瞬理解しかねる表情をトルーマンは浮かべたが、彼が日本のことを指していることに気づくと、

「合衆国の納税者は、若者があれ以上ジャップに殺されることを望まんのです」

と答え、笑った。

「大して資源もない北の島――ホッカイドウとかいいましたかな――の半分をやるだけで、アメリカン・ボーイズが怪我をしないで済むのなら、私はそうすべきだと思っています」

「ははん、貴方はあの地域の重要性を――ま、よろしい」

チャーチルは再びハヴァナを吹かし、声を落とした。

「そう言えば、ニュー・メキシコで何か興味深い事件が起こったとか？　プラトンがかの大陸の沈没を記して以来の事件だそうですな」

「その事件については、貴方にも御相談しようと思っていました」

背中に冷たいものが走るのを感じながら、トルーマンは答えた。畜生、英国情報部の外套と短剣を操る長い腕はどこまで延びているんだ？

彼はチャーチルに訊ねた。

「はたして私は、あれをジャップに対して使うべきでしょうか？」

「お使いなさい。なるべく派手に」

チャーチルは、小さいが、断固たる声で答えた。

「ただし、使うのは日本人の上でもいいが、見せつけるのはロシア人に対してでなければなりませんぞ、ミスター・プレジデント」

「同意見です」

トルーマンは答えた。彼は、チャーチルのような戦略的判断からではなかったが、ロシア人が大嫌いだった。生理的嫌悪感を抱いていると言ってよかった。

「なるべく北で使うことです」

チャーチルはくりかえした。

「よろしいか、北ですよ。当面、日本の南で嵐が気になるかも知れないが、本当の嵐は北からやってきます。その嵐を食い止めるために、なるべくロシア人に近い場所でお使いなさい」

チャーチルはそれだけ言うと、周囲を見回し、

「やあやあ、君は、冷酷なるモロトフ君ではないか、リトアニア国民は今でも君のことを愛しているかね」

大声をあげると、歴史と戦争から歩み去っていった。

第四章　最後の嵐

良き羊飼いは羊の為に死す

――新約聖書

1　流星

石狩湾、北海道
一九四五年七月二四日

　空には陽光が溢れていた。それは遥か彼方において海面と入り混じって、水平線と呼ばれる視認の限界線をかたちづくっている。しばらく前まで、後方には石狩湾の平坦な海岸線が見えていたが、いまはよほど眼を凝らさない限り、ぼんやりとした影しか見えない。

　航空チャートを睨んでいた後席員が報告した。

「そろそろ変針点です」

　操縦席の藤堂守少尉は、

「宜候《ようそろ》」

　と、答えると、片手をスロットルにおいたまま、乗機の操縦桿を軽く左に倒した。同時に、機体は軽く左に傾斜し、半径の大きな旋回を開始した。魚雷を搭載しているとは思えない軽快な動きだ。

　海面の方を確認してみると、主翼中央から翼端の部分だけが水平飛行しているように見えた。守の乗機が逆ガル式の――ちょうど、カモメの羽を上下逆にして取り付けたような――中央から上方にはね上がった形態の主翼を持つ機体であるからだった。

　彼のソフトな旋回動作を体感した後席員は、

「分隊士、まだ不安ですか」

　と、笑いを含んだ声で訊ねてきた。ハワイ奇襲生き残りの彼は、守がそうした操縦を行う理由に気づいていた。

「はは、まあな」

　内心を見すかされ、少し赤面した守は、曖昧な返答をした。彼はまだこの機体に習熟しているとはいえなかった。いや、海軍航空隊じゅう捜しても、この機体に習熟している者は誰一人として存在しないだろう。

　藤堂守は、海軍短期現役士官出身のパイロットとして、まともな飛行将校になれた最後のクラスの出身者だった。彼は幸運だった。今こうして、帝国海軍の最新鋭「攻撃機」を飛ばしていられるのだ。幸運以外の何だと言えるだろう。この機体が、「特攻機」ではないことの幸運。

　もっとも、守はそのことについて人に話したことはなかった。自分の後のクラスで飛行将校になった者達は、半ば強制的に特攻隊へ志願させられているからだ。

　確かに、彼のクラスからも少なからぬ数の戦死者が出ている。台湾での訓練中に親しくなった同期生で、特攻に出た者もいた。だが、通常の戦闘飛行で死んだ者の方が圧倒的に多い。

守は、特攻と、通常の戦闘飛行での死――その違いについて、余り考えないことにしていた。

なぜならば、彼は、かつて父親の権威に多少の反抗を示したにもかかわらず、結局は父に似た人間に育っていたからだ。任務に対しては徹底して合理的判断を行える海軍士官に、である。

正直な話、守は、特攻作戦にはまったく批判的だった。父や祖父があれほど愛した海軍はどこにあるのか、と何度か自問したことさえある。戦術的にみても、パイロットが絶対に帰ってこない特攻より、いくらかは帰ってこられる通常攻撃が正しいと信じている。突っ込むつもりで攻撃しろ、という「命令」には頷けても、突っ込んでこいという「強制」は軍隊の出す「命令」ではないと思っている。

だが、口に出さなかった。おそらく敵艦へ到達する前に撃墜されたであろう大部分の特攻隊員、彼らの真情を思うと何も言えない。大体、今の海軍はそういう批判を軽々と口に出せる場所ではなくなっている。たとえ、守の所属する七五三航空隊が、通常雷爆撃を主とする部隊であっても、だ。


守としては、台湾沖航空戦の数少ない生き残りである自分が、少なくとも納得できる任務で死ぬであろうことを密かに感謝する他はなかった。彼はそういう点で、父親と異なっていた。いい意味でも悪い意味でも、人間が丸いのかもしれなかった。

「標的まで後一五分」

台湾沖以来のペアである後席員が言った。

守はニヤリと笑って、答えた。

「宜候、先任、今日は当てような」

「昨日はさんざんでしたからね」

後席員はそう言って笑った。彼らは昨日もこの機体で雷撃訓練に出ていた。だが、昨日はいくらも飛ばないうちに魚雷を投棄して緊急着陸するハメになっていた。

「今日は発動機も快調、油圧も問題なかったですから、もう大丈夫でしょう」

「オゥ」

と、守は答え、自分がこの機体――B7A3流星改一型に初めて触れた時の感動を思い起こしていた。

藤堂守は、爆撃と地震の被害があちこちに残る愛知航空機の工場で、それと出会った。彼は、上官の代理として機体の領収に赴いていたのだった。守にパイロットとして天与の才能を認めた飛行長が、好きな機体を貰ってこいと命じたからだった。守は、日本がボロ負けした台湾沖の戦いで、敵巡洋艦に魚雷を命中させる戦果を挙げていたのである。

　流星改一型は、それまでの守の乗機であった流星改と、基本的には同一の機体だった。

　日本機とは思えぬほどの重厚さを持ちながら、全体として優美にまとまったフォルム。攻撃的にはね上がった主翼。力強い印象を与える四翅《し》プロペラ。主翼に二〇ミリ機関砲、後席に一三ミリ機関銃を装備し、胴体下に魚雷を吊り下げるか、胴体内に爆弾を搭載するかの選択が可能という強大な攻撃力。

　だが、どこかが少し違っている。

　工場で見た時、守はその違いにすぐ気づいた。彼は機体を愛撫するような視線で見ながら、エンジン・カウルに手をあて、

「普通の流星じゃありませんね」

　と、愛知航空機の技師に話しかけた。

　技師は、

「分かりましたか？」

　と、いたずらのバレた子供のような表情で言った。まだ若く、守より年下かもしれなかった。昨今の食料事情では奇跡的としか思えないが、かなり太っている。

「こいつの発動機は、これまでの誉じゃありません。ＭＫ９Ａです」

　技師は丸メガネを光らせ、ニヤニヤしながら答えた。本当に嬉しそうに説明している。

「ＭＫ９Ａ？　すると」

　そう言いかけると、技師はさらに笑いをひろげて答えた。

「ハ43-11。Ａ７Ｍ2用の強力な発動機です。離昇馬力は二二〇〇。五〇〇〇メートルでのテストだと、最高速度三一八ノットです。荷物がなけりゃ、三三五ノットはいきます」

（こいつ、隠れんぼした時、自分から笑い出して鬼に見つかる類の子供だったな）

　と、守は思ったが、すぐに彼の言っている意味に気づき、

「え、じゃあ」

　と、驚きを浮かべた。技師の説明は、この機体が、零戦後継機の烈風（Ａ７Ｍ２）と同じエンジンを搭載して、

時速六〇〇キロ前後の速度で飛べることを教えていたからだ。

守の顔を見て満足した技師は、脂の浮いた顔で、

「でも、表向きは普通のB7A2ってことにしといてください よ」

と笑った。守がどうしてだいと尋ねかえすと、少し悲しそうな表情で、

「こいつは制式の機体じゃありません。海軍さんの計画にはB7A3として載ってますが、正式の部品で造ったもんじゃないんです。おたくの航空隊に一機でも多く流星を渡すため、三菱に嘘ついて発動機を手にいれたんです。帳簿では、存在しない機体なんです」

と、答えた。

守は、普段であれば不快感さえ憶えるだろう彼の顔を感謝の面もちで見つめた。

すると技師は、感情をおさえかねた表情になって、

「おねがいします。海軍さん。こいつを使ってください。この機は恐らく、愛知航空機が造る最後の機体です。僕の発想が盛り込まれた唯一の機体なんです。発動機も仲間と一緒にいじって出力をあげてあります。どうか、こいつで戦果をあげてください。僕も陸軍から召集令状《アカガミ》が来てますから、これ以上は……」

涙すら浮かべながら訴えてきた。

あいつ、どうしたかな。

愛機を雷撃標的に向けて飛行させせつつ守は思った。

空襲から実家が助かったことより、倉に入れてあった、「少年倶楽部」や「海と空」、中立国経由で取り寄せ続けていた「サイエンティフィック・アメリカン」が大丈夫だったことを喜んでいた変な奴。飛行機は好きだが運動神経が無く、予科練の面接で歩兵にでもなれと言われた男。毎日死ぬほど勉強してようやく地方の帝大に入り、航空工学を学んだ苦労人。大学を卒業しても、傍流の愛知航空機にしか入れず、それでも喜々として飛行機をいじっていた妙な技師。あいつは、ドイツに負けないガスタービン機――ジェット機を造りたいと言っていた。本当の夢は、いつの日か、月まで届くロケットを造ることだと笑っていた。

この国はそんな男までを歩兵にし、無駄死にさせようとしている。

航路を計算していた後席員が叫んだ。

「目標まで二〇浬！」

「宜候」

守は応えた。すでに、彼の視界にも目標となるブイの姿が入っている。よっしゃ、あいつのためにも、この機体に慣れなきゃな。

守はスロットルを開け、低空で目標へ接近すべく操縦桿を操作した。反応が速い。あの技術者、整備がうまくいった時は素晴らしい性能をみせる機体を造ったのだ。

いま、その機体には、実弾頭の九一式航空魚雷が吊り下げられている。今日は、流星改一型が本当に使えるかを確かめる訓練飛行なのだ。

その時、後席員が突然叫んだ。

「本部より入電、直チニ訓練中止」


札幌から六〇キロほど離れた千歳――ここには、海軍が北海道に設けた最大の航空基地がある。アジア最長の滑走路を持つ千歳飛行場だ。

この飛行場には、海軍が対ソ戦に備えてかき集めた全ての航空部隊が集結していた。おそらく今の帝国で最強の航空戦力だろう。その航空部隊は千歳航空隊と呼ばれている。航空隊の中枢は、滑走路の端に設けられたコンクリート製の指揮所だ。

指揮所では、緊張した会話が交わされていた。

「領海内に侵入したのか?」

源田実《げんだみのる》大佐は、カン高い声で訊ねた。

「哨戒一番の報告じゃそうですね」

副長が答えた。

源田は指揮所の椅子に座り込んだ。壁に張ってある地図を睨む。どうすべきか。

編隊迎撃と無電による空中指揮を唱えた源田が、新鋭機紫電改とヴェテラン・パイロットを組み合わせた第三四三航空隊の司令になったのは、去年の末のことだった。彼の部隊は、今年三月、来襲した敵艦載機を瀬戸内上空で散々の目にあわせた。電探と哨戒機による索敵、味方誘導を行い、大編隊で奇襲したのである。

しかし、源田は中央からその性格を嫌われていた。彼が対ソ戦担当の海軍航空指揮官として三四三空と共に千歳へ赴任し、戦闘機以外の部隊も率いるようになったのは、そのためだった。

いま、彼の前には、対ソ戦の前触れとでも言うべき事件が報告されている。ソヴィエト海軍のものと思われる駆逐艦が石狩湾内に侵入し、付近の測量を始めたのだ。

これは罠だ。

源田はそう思った。余りにも見え透いている。帝国を挑発し、参戦の理由をつくろうというのだ。

源田は訊ねた。

「哨戒一番は？」

定期哨戒飛行に出ている偵察機、彩雲のことだ。

「まだ接触しています」

レシーバーを耳に押しつけた副長が、そう答え続けて顔色を変え、

「射ってきました！」

と、偵察機からの報告を伝えた。一瞬のち、笑いを浮かべて言う。

「アメ公の射撃とは比べものにならんほど下手だ、と言っとります」

源田は顔をしかめた。これは、まぎれもない戦争行為だ。畜生、嘗めやがって。これ以上、黙って見ているわけにはいかん。

「一番早く現場へ着けるのはどれだ？」

「ここから発進した七五三空第五飛行隊の流星改が実弾頭で雷撃訓練中です」

「昨日、調子の悪かった奴か。よし、そいつに伝えろ、攻撃セヨ、だ」

「いいんですか？」

「構うな、それから、平文で発信しろ、我ガ偵察機領海内ニテ蘇聯《ソれん》艦艇ノ攻撃ヲ受ク、コレヨリ自衛行動ヲ取ル、だ」

「アメ公に傍受されますよ」

「いいんだ。それでいい」

源田はニヤリと笑った。帝国の将来が見えている彼は、戦後、自分の行動が正当であったと評価される材料を造ろうとしていた。


流星改一型は高度を下げた。

双眼鏡のような視力を持つ後席員が叫んだ。

「右三〇度、駆逐艦、距離四〇〇〇！」

守はそちらを見た。いた。上空には味方の彩雲が飛んでいる。彼は艦種を識別するため、敵艦のディティールを確認した。守の頭脳は、こういう場合が一番冷静になる。血筋だろうか。

マストが二本。艦体中央で後ろが低くなった段差のある甲板。後ろに二〇度ほど傾斜した煙突が二本。中央には魚雷発射管。艦首と艦尾には連装砲塔。艦のあちこちに機銃座。その数は帝国海軍やアメ公のものと比べて恐

ろしく少ない。

なんだっけか……守は、北海道に移動する前に覚えさせられたソヴィエト艦艇の艦型図を思い浮かべた。ええと、結構新しく見える駆逐艦だから。そうか。

彼は命じた。

「本部に発信、目標ヲ発見、蘇聯海軍駆逐艦オグネヴァイ級ト認ム。我レ、コレヨリ突撃ス、だ！」

「了解！」

守はスロットルを開き、最良の射入点を確保しようと機体を滑らせた。彼の機にようやく気づいた駆逐艦が機銃を向けてきたが、照準は恐ろしく下手だった。航空機に対しては未来位置を予測して射つ、といった基本も分かっていない。台湾沖の生き残りの守には、子供の頃の夏祭の花火のようだ。興奮させられるだけで実害はない。

守は冷静だった。良いパイロットとは熱意、才能、経験が造り上げる。守はそのすべてを持っていた。彼には熱意があった。台湾沖で開花した才能があった。経験は、何度も偵察任務を命じられたおかげで、大抵の同期生よりずっと多い、飛行時間六一五時間。確認戦果、敵大巡撃破。要するに彼は、今の日本で望み得る最良の攻撃機パイロットだった。

守は高度を一〇メートルまで下げ、彼我の位置関係を素早く計算した。

対空射撃と同様に、魚雷も目標の未来位置を予測しなければ命中しない。それを決定するには、雷撃照準器を用いる。これによって、現在の距離、こちらの速度・高度、魚雷の空中及び水中での速度（平均値）を瞬時にして算出するのだ。

守は照準器をにらみながら、それに取り付けられた二つの棒が目標と一直線になるような方角へと機首を向けた、これで、彼の流星改一型は目標とある一点で交差することになった。

彼は、落ち着いた声で命じた。

「先任、肉薄発射でいくぞ」

「宜候！」

いくら照準器があるとはいえ、基本的には目測であり、どうしても誤差がでる。この誤差の影響をなくすには、魚雷が海中を進む距離を短くするしかない。これが、肉薄発射だ。

流星改一型は完全にコースへ乗り、ソヴィエト駆逐艦に高速で接近した。駆逐艦はようやく速力を上げだし、貧弱な対空砲火を向けてくる。だが、うまくいかない。

相手が速すぎる。高度も低すぎる。守は無意識のうちに高度を六メートルまで下げていた。

　守は敵艦を睨み付け、機が射点に達する瞬間を待った。駆逐艦が大きくなり、戦艦のように見えてくる。彼は命じた。

「宜候、ヨーソロー……射《テ》ーッ！」

　その叫びと同時に、後席員は電磁式投下スイッチをオンにした。

　電流が流れ、その名のごとく魚雷を抱き締めている抱締装置の爆管が点火。魚雷を機体につなぎ止めていたワイヤーが吹き飛んだ。

　魚雷は海中に向け落下した。

　守は機体が吸い上げられるように浮き上がるのを感じた。どこか被弾したらしく、機体を叩く音がする。彼はそれを無視して操縦桿を握り、二〇ミリ機銃の発射ボタンを押しながら敵艦の煙突の間を通り抜けた。その時、敵艦のマストとマストの間に張られている無電の空中線を翼端にひっかけ、引きちぎる。彼はその衝撃を無視し、機を水平に直すと超低空で避退した。後席員は敵艦が機の後方になったとたん、一三ミリ旋回機銃を射ち出した。

　数秒後、後方で爆音。

「分隊士、やりました！」

　普段はあまり声をあげない後席員が叫んだ。

　敵艦から充分な距離をとった守は、ようやくのことで機首を持ち上げ、機体を右に傾けた。

　駆逐艦は中央から折れ、急速に沈もうとしていた、乗員が、ハッチから次々と飛び出し、海へ飛び込んでいく。

　彼はその光景を冷めた目で見つめた。彼は思った。うん、少なくとも、これであの技術者の願いは叶えられたわけだ。

　守は静かな声で言った。

「本部に打電。我、目標ヲ撃沈ス。生存者救助ヲ至当トス、以上だ」

　後席員が、彼の態度に感銘を受けたような声で答えた。

「了解」

　彼が通信を終えた後で守は訊ねた。

「ところで、発射した後で被弾しなかったか？」

「え？　どうしてですか？」

「いやあ、何か機体を叩く音が聞こえたものだから。後の方の衝撃は空中線をちぎったやつだろうけど、最初の方はわからなくてね」

　後席員が息を飲む空気が感じとれた。

「分隊士、気づいてなかったんですか？」

「何をだい？　何かマズイことでもやったかな」

「マズイどころじゃありません！」

後席員は呻くように言った。

「ありゃ、ペラの先端が海面を叩いた音です。あたしゃ、あんな手荒く凄い低空突撃を見るのは珊瑚海以来ですよ！」

以上の情景は偵察機によって一部始終が目撃され、正式の戦果として報告された。藤堂守少尉は、日本海海戦以来初めて、ロシア人の乗る軍艦を沈めた日本軍人となった（公式の記録としては）。この戦闘は後に「石狩湾事件」と呼ばれ、日本の将来、同時に藤堂家の人々に大きな影響を与えることになる。

2　疑念

那覇西方、沖縄
同　日

空はまだ明るかったが、どこかに不安を感じさせる色だった。海面は昨日のコバルトブルーから暗青色に変わり、白い波頭が目だって多くなっている。

戦艦ノースカロライナの航海艦橋。防弾ガラスのはまった窓から海上をみつめるバーク少将に、ハインライン大佐が報告していた。

「スプールアンス長官は、第58任務部隊の東方待避を決定しました」

「妥当な決定だ」

バークはどこか陰りのある声で答えた。

彼の視線は、機関全速をかけて東に去ってゆく護衛空母の群れと駆逐艦に注がれていた。

排水量の小さなそれらの艦は、海が荒れだした影響をはやくも受けており、艦首が切り裂く波の盛り上がりが大きくなっていた。波切りの悪い艦首が海水を高くはねあげ、飛行甲板を濡らしている護衛空母もいる。

「第54任務部隊の各艦は可能な限り地上部隊の支援を続けよ、とのことですが……」

ハインラインはそこまで言って口ごもった。不満な様子だった。

「うん、それほど長くはいられないな」

バークは参謀長の意を汲んで言った。

彼は思っていた。第54任務部隊――俺の戦艦はまだしばらく大丈夫だが、海がこの調子で荒れていけば、駆逐艦や軽巡の艦長には不安になる者が出るはずだ。合衆国海軍の艦艇は、対空火器の装備し過ぎでみなトップ・ヘヴィになっている。つまり、甲板上の構造物が重すぎ、艦の復元性が低下している。

特に、小さい艦であってみれば、嵐へまともにぶつかったら、簡単にひっくり返りかねない。あと半日もしたら、この湾から戦艦、重巡、必要不可欠な兵站物資を積んだ輸送船以外はすべて逃げ出さねばならないだろう。となると、沖縄近海における合衆国海軍の主な戦闘力は、ノースカロライナも含めた八隻の戦艦、ということになる。

（やれやれ）

バークは思った。そのうち六隻は空母護衛任務から外されたリー中将が直接指揮している。俺は前からあの人と折り合いが悪かったんだよな。特に、ソロモン海で日本軍との戦いの後、猛烈に夜戦を嫌うようになってから。

（それから）

明日から数日間は――戦艦でも、食事の量を控える必要があるだろうな。

「陸にいる連中は大変な思いをしそうですね」

ハインラインが言った。自分の本当の関心はそこにはないと言わんばかりの冷めた口調だった。日本軍の組織的行動は、ほとんど粉砕され、嵐の下で大反撃という状況はまず発生しないのがわかっているからだ。

バークはとがめる口ぶりになった。

「ボブ、言っちまえよ。気になることがあるだろう？」

ハインラインは暗い顔で頷いた。

「カミカゼですよ」

「カミカゼ？」

不思議そうにバークは聞き返した。

「これだけ天気が悪くなれば、日本のパイロットじゃあ飛んでこれないぞ」

「そのカミカゼじゃありません」

ハインラインは少し語調を強めて言った。

「貴方が前に言ったカミカゼのことです」

「おいおい、合衆国海軍の最強部隊が、フビライ・ハーンの艦隊なみに沈むとでも思っているのか？　確かに、軍艦は素人が思っているより嵐に弱いもんだが……」

バークは笑いを浮かべてそう言いかけた。しかし、ハインラインの暗い表情を見て、半年ほど前の経験を思い出した。おお、部下の進言を聞かぬ指揮官がどんな目に遭うか、俺はよく知っているじゃないか。

「聞かせてくれ、ボブ」

ハインラインは、珍しく重い口ぶりで言った。

「今の状況は、レイテの時と似ています」

「何？」

「つまりですね」

ハインラインは少しじれた口ぶりになって続けた。

「日本人は、空母機動部隊が戦場から離脱したチャンスを逃すはずがないと思うんです」

彼はそこで咳払いすると、一気に言った。

「私は、連中がこのハリケーンを本物のカミカゼにする気がしてなりません」

3　南へ

徳山沖、山口県
同　日

慌ただしく訪れた出撃の日まで、藤堂明大佐にはやるべきことが一杯あった。ほとんど眠る暇がなかったと言ってもよかった。そのおかげで、この日——七月二四日午後、武蔵の出撃準備は完成した。

もちろん、作戦立案の巨細《こさい》にかかわることは藤堂の仕事ではない。艦隊司令部が行っている。その基本案は単純そのものだった。台風の来襲という千載一遇の機会を利用して、全速で沖縄を目指す。それだけだ。

艦隊の予定針路は、台風の存在を考慮にいれなかった当初より、迂回の度合いが低くなっていた。

一五〇〇、徳山出港。豊後水道を出て、夜間、九州の南端、大隅半島の佐多岬沖で西へ変針。そして、二時間ほどそのまま進んだ後に、艦首を沖縄へ向ける。以後の艦隊針路は、台風の外縁部より少し入り込んだ、暴風圏ぎりぎりの海域にあわせて決定されてゆく。艦隊は、さして広くない、刻々と変化する海域を可能な限りの速度で航行する。

ある参謀が藤堂に言った言葉に従えば、

「我々は、水車にすくい上げられた魚のようにくるりと運ばれて」

沖縄西方、伊江島の沖合いに出現する。

そこからは、敵の上陸海岸である読谷《よみたん》、海軍太田部隊が抵抗を続けている小禄《おろく》——と、艦が浮いている限り行けそうなところは全部行く。そして、目にした敵を片端から吹き飛ばす。

そんなにうまくいくもんだろうか。

前檣楼《マスト》、巨大な測距儀の前庭と言える場所に設けられた防空指揮所。藤堂はそこにある艦長用座席に座り、周囲に厳しい視線をおくっていた。

もっとも、他の者からは、暢気な顔つきで周囲を見物しているようにしか見えない。防空指揮所にいた短期現役士官の兼本中尉など、

（支那の詩人が、大河を眺めて詩の文句をねっているみたいやな……）

と、艦長の態度を完全に誤解し、本当の軍人てのはあんなんだな、と勝手に感心していたほどだ。

だが、誤解は彼だけではない。この時の藤堂明については誰もが独特な思いを抱いたらしく、生き残った目撃者は一様に、艦長の風趣ある陰影を回想の中で述べている。戦後、彼らの回想を取材し、やや感情過多な武蔵出撃の物語を著した英国人作家に至っては、藤堂が、

「不屈の意志をきざまれた彫像のようであり、同時に、墨絵の中に描かれた旅の僧侶のように楽しげにも見えた」

と、神格化一歩手前の表現を用いているほどだ。

無理もないことかもしれない。藤堂はどういうつもりか、草色の第三種軍装ではなく、かつての栄光を人々に思い出させる純白の第二種軍装を着用していた。この当時の日本人にとり、それは決意を固めた死に装束としか思われない。

もちろん本人は、そうした気分から一番遠いところにいる。第二種軍装を着用したのはただ単に暑かったから――そして、多少は艦長らしく見えるだろう、という理由からだった。不思議なことに、藤堂明は、自分には艦長としての格が欠けているのじゃないか、と常に不安を抱いていたのである。

藤堂は右舷側の海面を見つめた。徳山の燃料廠にあった重油を最後の一滴まで運んできたバージが離れてゆく。これで、重油タンクは本当に空だ。日本領土に残された重油は、大和のように燃料を詰め込んだままドック入りした軍艦と、対ソ戦に備える北方の根拠地にあるだけ。

藤堂は暗い思いでそのことを考えた。おそらく、この国の余命はもう一ヶ月もあるまい。どれほど本土決戦を叫んでも、油がなければ何もできないのだ。

彼は頭を切り替えた。明るい面を考えよう。

なんたって、台風のおかげで沖縄に近づける確率が極端にあがったんだ。妻が、あの優しい礼子が眠る海を通って、娘の骸《むくろ》が倒れているであろうあの島へ行けるのだ。あそこには、この戦いが始まる前に逝った父の墓だってある。

それに、敵戦艦ともう一度戦えるかもしれないしな、彼はそう思った。たぶん、台風の影響を受けた海面で戦えるのは戦艦だけだろう。敵もバカではないから、その可能性をきちんと考え、必要な手だてをうってくるはずだ。

つまり、戦艦同士の殴りあいが再び起きる可能性があるということだ。そういえば、長官は、艦隊の駆逐艦をどうするつもりだろう。駆逐艦は嵐に弱い。途中で帰すつもりかな。

藤堂は知らぬ間に笑いを浮かべていた。往きてまた還ることのない任務。だが、この戦艦が、その建造された目的のために戦える最期の任務。実戦経験を積むにつれ考え方が変わったけれども、やはり、大艦巨砲の申し子として育てられた自分が、人生の終末においてその技能を完璧に発揮できるかもしれぬという喜び。

藤堂の笑みはますます大きくなった。

（本当に、大した人やな）

艦長の横顔を見ていた兼本中尉は思った。こんな時に笑えるなんて、いったい、どんな神経をしているのだろう。

その兼本に、艦長は突然声をかけた。

「オイ、分隊士。子供と年寄りは全員降りたろうな」

「ハァ、そのはずですが」

虚を突かれた形の兼本は答えた。彼はその理由に思い当たった。艦長は、俺が士官次室《ガンルーム》で顔が広いということを知ってたんやな。

彼は、艦長が候補生と特年兵、そして老兵の退艦を決定するにあたり、伊藤長官に話していた言葉を聞いていた。艦長は普段浮かべている微笑さえ消してこう言っていた。

「我々は、既に失われた目的のために子供たちを死なせるべきではありません。彼らを導き育てるべき大人たちも殺すわけにはいきません。責任は我々だけが取るべきです」

その時、伊藤長官が何と言ったか、兼本はハッキリと聞き取ってはいなかった。だが、長官の仕草は見ていた。彼は、肩の力をふっと抜くように身体の向きを変えると、艦長に向かい、笑みを浮かべて頷いたのだ。

艦長の声が聞こえていた。

「どうした、分隊士？　昨日、飲み過ぎたか？」

「い、いえ」

しばらくぼんやりしていた兼本は、慌てて首を振った。

昨日は出撃前最後の祝宴が開かれた。酒保が開かれ、飲めないものまでが無理してガブ飲みした。今日は二日酔いで悩んでいる奴がずいぶんいるはずだ。もっとも、酒に強い兼本は何でもない。

「自分は大丈夫です。酒は好きですから。ああ、それから、候補生、特年兵、老兵の退艦は副長が確認されました」

「そうか」

艦長は笑みを浮かべたまま、頷いて言った。

「君とも一度、ゆっくり飲んでみたかったな」

彼はそういうと、海面に視線を戻した。兼本が何か答える前に、見張員の声が響いた。武蔵から降ろされた最後の荷物——全乗員分の遺書を積んだ内火艇が舷側を離れたのだ。

「内火艇、本艦を離れまぁす!」

「よぉし」

兼本が言葉を見つけられないうちに、艦長はそう一声あげて立ち上がり、昼戦艦橋へと続くラッタルを降りていった。

戦艦武蔵艦長、藤堂明大佐は、昼戦艦橋の伊藤長官に敬礼して、

「準備完了。いつでも出撃できます」

と、報告した。

「御苦労様です」

伊藤は、藤堂とはまた質の違う笑みを浮かべて答えると、艦橋に取り付けられた航海時計を眺めた。一四五五時。出撃予定の五分前だ。

彼は笑みを少し大きくした。この艦長、最後まで海軍の伝統を守るつもりらしい。何事も五分前に、か!

伊藤は命じた。

「では、参りましょう」

藤堂は笑みを大きくして頷き、どこか楽しげに聞こえる声で命じた。

「出港用意、錨を上げ。信号旗忘れるな」

航海長や伝令が復唱するなか、武蔵の信号策に信号旗があがった。強くなりはじめている風を受けてそれは強くはためいた。

「各艦、了解旗あげました」

報告の声と同時に、艦首から鉄分を含んだ低音が響いてきた。キャプスタンが武蔵の巨大な錨を巻き上げているのだ。藤堂の目には、おそらく二度と下ろすことはな

い錨に付着した海底の泥を、ホースの海水で洗い流す水兵の姿が映った。

艦首から信号がきた。正錨《まさいかり》。巨大なそれが海中から姿を現したのだ。

藤堂はますます機嫌のいい声になって命じた。

「機関、両舷前進微速。航海、操艦指揮任す」

「両舷前進微速。宜候《ヨーソロー》」

発令器が乾いた音を立てて鳴った。

足元から微かな音と震動が伝わってくる。機関長が、発令器の伝えた回転数に機関出力をあげたのだ。

武蔵はゆっくりと動きだした。

報告が入る。

「陸上信号所より発光信号！　貴艦隊ノ武運ト作戦ノ成功ヲ祈ル」

それを聞いた伊藤が言った。

「艦長、自由に返信していいよ」

「有り難うございます……信号所に返信。我、祖国ト同胞ノ再興ヲ信ズ。サラバ。以上だ」

「おいおい、艦長、〝再興〟ってのはなんだい？」

艦隊先任参謀の山本大佐が笑みを浮かべて言った。

「まぁ、気持ちはわかるけどね」

「いいんですよ」

藤堂は破顔しながら答えた。

「再興を信じられるなら、この任務だって楽しいじゃないですか……」

言葉としては面白くもなんともなかった。だが、藤堂のとぼけた口ぶりと、その底にある微かな真実が人々の笑みを誘った。二度と還らぬ作戦に出撃する武蔵の艦橋は、明るい雰囲気に包まれていた。


一五一五時。武蔵からの信号を受けた第二艦隊各艦は白波を立てて動き始めた。彼らは対潜警戒航行序列を造り、豊後水道を抜ける。その周囲は、九州付近まで数隻の護衛駆逐艦が警戒にあたることになっていた。

第二艦隊が完全に陣型を整えて速力をあげたのは、一五三〇時のことであった。

メンド・イン・USAの嵐に加え、自然の嵐にまで襲われることになった沖縄は、全身から血を流しつつ、その三五〇浬西南に横たわっていた。

4　国境線

北緯五〇度線、南樺太

七月二四日夜

月光は樺太の大地を照らし、この一帯では唯一の高地である八方山《はっぽう》からは、国境線の状況が明瞭に観察できた。

青白い光によって浮かび上がる平坦な大地。それほど規模の大きくない、エゾマツの林。国境線に沿って流れる三本の川。右手に、白っぽく浮かび上がった樺太の南北をつなぐ幹線道路、中央軍道。

帝国陸軍歩兵第一二五連隊第一大隊の森井少尉は、土嚢と木材で周囲を覆った機銃座のスリットから国境線を監視していた。長い顔、太い眉毛の下にある落ち窪み気味の目が周囲の状況を間断なく観察している。

彼の部隊はこれまで数キロ後方の気屯《けとん》駐屯地にいた。それが、今日の昼過ぎになって急に国境の主防御線、八方山陣地への進出を命じられたのだ。森井は、進出のはっきりとした理由を教えて貰っていないが、

「海軍サンが露助の軍艦を沈めたらしい」

という噂を古参の下士官から聞いていた。

下士官は大隊本部の通信班に同期がいたことを森井は覚えていた。下士官の結束が固いこと情報伝達の早いことは、森井も士官学校を出て以来十分に味わっていた。おそらくその噂は事実だろう、と彼は思った。よりによってこの時期に、帝国は露助へ戦争をふっかけてしまったのだ。

森井は双眼鏡で嘗めるように周囲を見回しつつ思った。この国境線の向こうには、ソヴィエトの二個師団近い兵力が展開しているはずだ。大隊本部では、連中が戦車旅団と砲兵旅団の支援も受けていると判断している。それに対して、こっちは一個大隊に支援部隊がぱらぱら。きっと、ひどいことになるだろうな。

森井は双眼鏡を降ろし、隣で九九式重機関銃の配置についている兵隊を見た。月明かり以外、何の照明もないため、重機と顔の一部が青白く浮かび上がっている他は、シルエットしかつかみとれない。

森井は訊ねた。

「どうだ、恐いか」

「いえ、恐くないであります」

若々しい声がそう答えた。だが、彼の顔は真っ直ぐに国境線へ向けられている。

森井は兵の訓練が行き届いていることに感心した。

第一二五連隊は戦争の前の年に編成されたばかりの部隊だが、南方へ一度も引っ張られたことがないため、兵士の訓練がいい。装備も悪くない。何よりも心強いのは、

隊内の応召者の多くがノモンハン戦の経験者であるということだ。彼らなら、戦車の扱い方をよく知っている——少なくとも、古兵たち自身はそう考えている。

本当にそうあって欲しいものだと森井はおもった。

帝国陸軍の装甲部隊は、そのほとんどが北海道に集中されている。樺太には一両もない。

正直言って、森井には、戦車と戦って勝つ自信はなかった。古兵たちの持っている、戦車との惨烈な戦闘体験だけが、彼の部隊の有力な兵器だからだ。ノモンハンから七年——その間に、戦車がどれだけ発達したかを考えると、古兵たちの経験が役立つものなのかどうか不安だった。まぁ、彼らの言う通り、陣前の低い位置に鉄条網を張ってはおいたが、本当に、あんなもので戦車の足を絡め取れるのだろうか。

再びスリットに顔を向けた森井は、双眼鏡を構える前に瞼を揉みほぐした。栄養状態が悪いため、ビタミンが不足し、鳥目がちなのだ。

その時、遠くから低い、乾いた音が聞こえた。

「?」

落ち窪んだ目をしかめて森井は音のした方向をみつめた。何も見えない。何も聞こえない。

(そら耳か)

彼がそう思った時、国境線の向こう側に閃光がきらめき、再び乾いた低音が聞こえた。森井は思った。砲声だ。

彼の判断を裏付けるように、前方数キロの半田川《はんだ》付近で閃光がきらめいた。続いて爆音。連続したものではない。照準を定めている。まもなく、効力射——本格的な砲撃を始めるだろう。

森井は野戦電話を取った。空気がキナ臭くなる感触を覚える。背筋が震えた。

彼は叫ぶように報告した。

「八方山陣地三号銃座より本部、国境南、半田川付近に着弾あり。蘇聯軍による攻勢準備射撃と認む」

彼がそこまで言った時、国境線の向こうに連続した砲声が響き、地平線が明るくなった。

ソヴィエト軍が対日戦を開始したのだ。

5　北へ

七月二五日早朝
呉海軍工廠、広島県

その日、呉には濃い霧がでていた。

「畜生、南の次は北かよ」

戦艦大和艦長、黛治夫大佐は双眼鏡を目に当てたまま毒づいた。

彼のいる防空指揮所は地上六階建てのビルに相当する高さにあるのだが、ぼんやりとした陽光の他は大して見えるものがない。大和はすでに前進微速をかけているが、危なっかしくてそう簡単には港を出られない。港口にはB29が落とした機雷の未掃海区域があるのだ。

黛はあきらめて双眼鏡を降ろし、

「オイ、技術屋。電探使って出港するしかないみたいだネ」

と、不機嫌な声で言った。

「三二号は大丈夫なのかい？」

「大丈夫です」

堀井技術中佐は疲れた声で答えた。

昨夜、ソヴィエト軍が満洲・樺太方面で侵攻を開始した。これと同時に、モスクワで、対日宣戦布告文が、モロトフ外務人民委員により日本の佐藤大使に手渡された。開戦の原因は、ソヴィエトの駆逐艦が千歳空の攻撃機に撃沈された点にあるらしかったが、どう見てもこじつけ臭い理由だった。

沖縄で合衆国軍と戦っている時に、北と大陸ではソヴィエト軍——大本営は大混乱に陥った。合衆国から漏れてきた情報により、北海道方面に部隊を再展開していたが、これほど早い時期に攻めてくるとは思っていなかった。

混乱した命令が飛び交った。

とにかく、投入可能な兵力を全て北に送れ、ということになった。呉の第四船渠にいる大和——彼女が、修理完了後も、燃料節約のためにドックから出ていないことを誰かが思い出すまで、それほど時間はかからなかった。

堀井が疲れた声なのも無理はなかった。昨夜飛び込んできた命令で、大和をドックからひきずり出して岸壁に付け、実働させるとなると必要になってくる工事を徹夜で監督していたのである。ドックで過ごした半年の間、整備のためにばらしたままの装備は少なからぬ数になっていたのだ。

それはまだ終わっていない。大和の艦内には、兵員の他に工廠の職員がかなり乗り込んでいる。大和は彼らを乗せたまま広島に向かい、そこで陸軍の兵士を乗せられるだけ乗せた後に、関門海峡を抜けて北へ向かうことになっている。

　黛が訊ねた。

「職工さんたちは大丈夫かな」

　優しい口ぶりだった。彼には、豪放なようでいて、細かいところに気のつく面があった。

「陸兵を載せる時に、下艦させます」

　堀井は答えた。彼らの監督に当たる立場上、彼も大和を降りるわけにはいかない。それに、大和には堀井が手ずから面倒を見る必要のある装備がいくつか搭載されている。

　彼は続けて言った。

「ビスマルク追撃戦のときも、プリンス・オブ・ウェールズは職工を乗せて出撃したそうですから、我々にできないことはないでしょう」

「ほほう」

　戦訓の好きな黛は笑った。

「さすが赤門《とうだい》出ただけのことはある。勉強してるな、君は」

　堀井は黛の口調が、先ほどよりいくらか丁寧になっていることに気づいた。

　伝令が報告した。

「主電探室より報告。右舷二〇度に小型船の反応。距離一九〇〇」

　黛はすかさず、

「面舵五度」

と命じた。航海長の復唱が聞こえる。数分後、大和の右舷側を小さな機帆船が通り過ぎていった。

「なるほど」

　黛は呟いて、堀井に笑いかける。

「三二号は本物みたいだね。他の装備もそれなりに役立つといいんだがな」

　今度は、誰にでも分かるほど語調が変わっていた。

「自分もそう思います」

と、堀井は答えた。

　彼の手により修理・改装を受けた大和は、その兵器体系に様々な装備が加わっていた。

　三二号電探は前檣楼の直後に新設された新たなアンテナ・マストの頂上に取り付けられている。右舷側の長一〇サンチ高角砲群については言うまでもない。本当は左舷側も全部換装したかったが、資材不足で、取り替えられなかった。

　このほかにも、マリアナで有効性が証明された多連装対空噴進砲が両舷の中央に左右それぞれ二基、艦尾にも左右それぞれ二基、合計八基が搭載されている。また、これまで防空上の弱点だった艦首部にも、二五ミリ機銃座が増設されていた。大和はもともと二〇〇基以上の対空火器を備えていたから、限界以上まで増強されたと言ってよい。

「ま、今にわかるさ」

すっかり機嫌のよくなった黛がそう言った。

堀井は頷いた。確かにそうだった。極東ソヴィエト軍はすでに艦隊を出撃させたという。彼らは、日本海を抑えるつもりなのだ。大和がそこに殴り込んで行った時、いったい何が起きるのか——それを知るのに、もう幾らも待つ必要はなかった。

大和は母港を離れた。

沖合いで対潜警戒に当たっていた数隻の松型駆逐艦《マチアイ》が合流した。彼女たちは大和と共に北へ向かう。大和の妹が沖縄へ近づく頃、彼女たちも新たな敵にまみえることとなるだろう。

堀井家に引き取られた藤堂進が突然目をさまし、隣で寝ていた雪子を起こしたのは、まだ夜が明けきらないうちだった。

彼は何かを察していた。進は、眠そうな雪子を無理矢理布団から引きずり出すと、父が置いていった双眼鏡を掴み、彼女を連れて外に出た。彼は、軍港全体が見渡せる坂の上に向けて雪子を引っ張っていった。

「進ちゃん、眠いよぉ」

まだ半分寝ぼけている雪子は、半ベソをかいていたが、それでも遅れずについていった。

二人が港を見晴らすことのできる坂の上にあがったのは、それから一〇分ほどした頃だった。

進は、息を切らしていたにもかかわらず、見様見真似で覚えた通りに双眼鏡を操作し、霧の垂れ込める港内を見回した。

そして、彼は見た。

霧に浮かぶ巨大なシルエット。天守閣のような前檣楼。それが、霧の中をゆっくりと進んでいる。

「ねぇ、ほら、大和だ」

進は大声を出した。巨大な戦艦は霧の向こうに消えて行こうとしていた。彼の父が、母や姉のいる場所へ武蔵と共に向かいつつあるとは知らない彼は、まだあの戦艦に父親が乗っていると信じていた。

彼は叫んだ。何度も父の名を呼んだ。

やがて、戦艦は霧の中に消え、わけのわからない衝動にとらわれた進は大声で泣きだした。

雪子はその傍らで、自分もベソをかきながら、未来の夫をなだめていた。


この日の昼すぎから、呉でも天候が悪化し出した。台風の前兆であるらしい。

Ⅱ　アイアン・フィスト作戦

ドキュメント――一九四七年秋〜五〇年夏

CNFE/S97 8603　4 Sep.1947

発：合衆国極東海軍司令官
宛：日本政府運輸省

内容：旧日本帝国海軍艦艇ノ保管・維持・整備ニ関スル指令

1．日本政府は連合国による接収を免れた旧日本帝国海軍艦艇について、その保管・維持・整備に関する責任を果たすべし。

2．これらの艦艇は、クレ港及びハシラジマ泊地に集められ、合衆国海軍の監視対象とされる。いかなる場合も、合衆国海軍の許可なくこれら艦艇を運用してはならない（すでに運用命令の出された掃海艇についてはこの限りでない）。

3．当初反応兵器《Aボム》実験に使用される予定であったヤマト級戦艦についての予定は変更された。合衆国は、ホッカイドウ北部並びにサハリンに共産主義日本人政権が成立した点を考慮して、この戦艦を日本国の保管責任下に残すものとした。これは、当該戦艦が大戦末期にホッカイドウで果たした任務が、戦後の合衆国政策に好影響を与えたことに対する報奨的意味合いの決定でもある。我々は、日本国民が、彼らに唯一の汚れていない軍事的栄光を与えた戦艦が手元に残されたことについて、好意的反応を示すことを期待している。くれぐれも、彼女を粗略に扱ってはならない。合衆国極東海軍司令官は、〝非公式〟にならば、彼女を始めとする日本軍艦の整備に関する支援を行なってよいとの許可を受けている。

4．なお、これらの艦艇は、明年発足予定の海上保安庁設立後、日本政府の完全な管轄下に置かれるであろう。

署名　極東海軍司令官C・T・ジョイ中将
副署　極東海軍参謀長A・バーク少将

機密区分パープル＝一九七七年四月一六日機密解除
USDON-9650/711　Classification/Purple
〈RESTRICTED〉
161500R Jun 49　Copy no 3 of 5 copys

合衆国国務省アジア局想定研究・二一六―A
研究対象＝日本、並びに朝鮮半島における紛争時の行動計画（要旨）

1．概略

本項に記された行動計画（要旨）は、国務省アジア局が一九四九年五月一五日より二週間にわたって行なった想定研究の研究結果より抜粋されたものである。以下の内容は、上院対アジア政策小委員会（非公開）の一九四九年六月七日附資料要求によって小委員会関係議員に限って提供される。

2．想定

本行動計画が立案されるに当たって考慮された事態の想定は次の通りである。つまり、十分な政治的・軍事的警告が為される以前に、ソヴィエト並びに共産中国の支援を受けた

●朝鮮民主主義人民共和国《DPRK》武装兵力が大韓民国《ROK》に侵攻を開始した。
●日本民主主義人民共和国《DPRJ》武装兵力が日本《JAP》に侵攻を開始した。

――という同時多発型の紛争を想定している。なお、いわゆる〈北〉勢力による〈南〉への攻撃の規模は、いずれも全面攻撃レベルである。

3．行動計画の要旨

前項で想定された事態が発生した場合、我々が実施すべき行動計画は次のようなものとなるだろう。便宜上、ここでは大韓民国・日本、そして両者に共通する行動計画の三種にこれを分類する。

なお、各行動計画は、実施されるべき順番にこれを示してある。

A．大韓民国

① 在留合衆国市民並びに軍事顧問団の引き揚げ。
② 38度線の政治的・法的不可侵性を速やかに回復する目的での、合衆国軍隊の投入と警察行動／制裁措置の実行。
③ 大韓民国議会による民主的決定手順に基づいた要請による、合衆国・大韓民国連合軍の編成。
④ トルーマン・ドクトリンの大韓民国に対する拡大適用。つまり〈封じ込め〉政策による反応／非反応兵器集団防衛体制に大韓民国を組み込む。

B．日本

① 日本北部領域からの合衆国市民の引き揚げ。

② ルモイ―クシロ線の政治的・法的不可侵性の速やかな回復。それを目的とした合衆国軍隊の投入。

③ 政治的正統性を確立するための、日本の独立承認。講和条約の速やかな締結。

④ 日本軍事力の急速な再編成。

⑤ 日本の民主的議会による要求に基づいた、合衆国・新生日本連合軍の編成。

⑥ トルーマン・ドクトリンに基づいた、相互防衛条約の速やかな締結。

C．共通

① 合衆国軍隊の速やかな動員、再編成。準戦時体制への移行。

② 国連安保理に対し、平和の脅威に対抗する緊急措置を要請。

③ 先の要請に基づいた、国連軍兵力の速やかな導入。

④ 情勢悪化に備えての、反応兵器使用に関する合衆国・同盟国世論の統一。

⑤ 各〈北〉勢力並びにソヴィエト、共産中国が反応兵器による恫喝に従わなかった場合に備えての、全面戦争準備。

⑥ 対ソ宣戦布告（最終的選択）。反応兵器の全面使用によるソヴィエトの打倒。状況が要求するならば、共産中国に対しても同様の行動を発動。

⑦ ソヴィエト・共産中国の崩壊に備えた、大規模な世界再編成計画の立案。

4．補足

以上の内容はあくまでも非公式の想定研究において行なわれた、合衆国に可能な政治的選択肢の追求といった意味合いのものであることを了解されたい。国務省アジア局は必ずしも朝鮮半島並びに日本の民主主義勢力による平和的再統一を否定するものではないことをお含みおき頂きたい。

なお、対日戦末期に行なわれた日本のアサヒカワ、ハコダテに対する反応弾投下が現在もなお日本人に濃厚な政治的影響を与えていることから考えて、以上の想定下においても、日本は反応兵器の使用戦域から除外すべきであるというのがアジア局内の支配的な意見であった。

一九四九年六月一六日
USDON-9650/711

Classification/Purple
〈RESTRICTED〉

ЛГБ-3758-229-Ф　　国家最高機密

一九五〇年一月二〇日

国家保安省《エム・ゲー・ベー》より同志スターリンへの報告

　国家保安省並びに閣僚会議副議長ベリヤは、偉大なる同志スターリンに対し、堕落した帝国主義諸国がまた一つ政治的失策を犯したことを御報告するものであります。なお、この報告内容は国家保安省が独自に収集した情報に基づくもので、外務省並びに陸軍参謀本部情報管理部《GRU》の協力は一切受けておりません。

　本文

　アメリカは朝鮮半島並びに日本北部領域の防衛を放棄したと考えられます。そう判断される理由は次の通りです。

1．一九四九年三月一日附ロイター電より

　日本占領軍総司令官ジョージ・S・パットン大将は、英国人新聞記者による

　〝アメリカの極東における防衛ラインはどこか〟

　との質問に対し、次の様に返答しました。

「それはフィリピンに始まり、タイワン、オキナワに続く。それから日本に折れ、千島《クリル》諸島からアリューシャン列島を通ってアラスカにいたる」

　この表現には、明らかに朝鮮半島南部及びホッカイドウ南部は含まれておりません。

2．諜報報告32157-648

　アメリカ国務省内部にある潜在共産主義同志からの報告によれば、アメリカは朝鮮半島からの撤兵に関するソ・米協定を忠実に履行しております。一九五〇年一月現在、南朝鮮に配備されたアメリカ軍事力はわずか五〇〇名の軍事顧問団に過ぎません。

　このことは、アメリカ帝国主義政府が、南朝鮮防衛にその軍事力を使用する意志がないことを証明しているものと思われます。

3．諜報報告33942-588

　日本占領軍、並びに東京傀儡《かいらい》政権内部にある潜在共産主義同志からの複数の報告によれば、日本占領軍総司令官パットン大将は、

「南朝鮮並びにホッカイドウ南部は、現状の戦力配備では〝軍事的に防衛不可能〟だ」

　と、総司令部配属国務省官僚ウィリアム・シーボルトに語ったとのことであります。

これは、現在のアメリカが大量動員解除により朝鮮・日本に投入すべき予備兵力を保有していないことを証明しているものと考えられます。

4．一九五〇年一月一六日附ワシントン・ポストより

以上、三つの判断理由を御報告しましたが、僅か四日前に明らかとなった以下の情報が我々の判断の正しさを裏付ける最も強力な証拠と考えられます。

アメリカ国務省長官ディーン・アチソンは、ワシントンDCでの記者会見において帝国主義勢力の極東における防衛ラインを次のように説明しました。

「この防衛ラインは、アリューシャンからクナシリに及び、そして日本を通り、オキナワ、タイワン、フィリピンに及ぶ。我々は千島《クリル》とオキナワに重要な戦略的防衛拠点を保有しており、将来においてもこれを保持し続ける。他の太平洋地域における軍事安全保障に関する限り、アメリカはこれを確約することはできない」

同志、アメリカは南朝鮮とホッカイドウ南部を放棄しました！　我々は、帝国主義打倒のため、朝鮮民主主義人民共和国の金日成同志、日本民主主義人民共和国の有畑角次同志より要求のあった傀儡政権打倒を目指す朝鮮・日本統一武力闘争の開始に許可を与え、これに全面的な支援を与えるべきであると考えます。

偉大なる同志スターリン万歳！

閣僚会議副議長

ラヴレンティ・パヴロヴィッチ・ベリヤ

ЛГБ-3758-229-Ф　　国家最高機密

第五章　日本民主主義人民共和国

「長城、何ゾ連連タル、連連トシテ三千里。邊城、健少多ク、内舎、寡婦多シ」

——陳琳（三世紀初頭の詩人）

1　前方援護部隊

長万部《おしゃまんべ》町北西約一〇キロ・北海道
一九五一年一〇月六日

「イシカリ01、イシカリ01、こちらエニワ06。国道37号線上を南下中の大規模装甲部隊を視認。彼我の距離、現在約一〇キロ。敵兵力は連隊規模。主力はT34／85型、五〇両以上。その後方に少なくとも大隊規模の乗車普通科部隊複数を伴う。突破攻撃の前衛部隊と思われる。エニワ06はチトセへの火力支援を要請。別命なくば、支援射撃終了後、敵との交戦に入る。現在時、一五三二。送レ」

「エニワ06、こちらイシカリ01。了解。チトセは二分後に射撃開始。武運を祈る。送レ」

「エニワ06了解。終リ」

　国家警察予備隊第一管区隊第一特車大隊第三中隊指揮官の一等警察士・福田定一は大隊本部との通信回路を切り替え、送信回路を中隊通信系にセットした。彼のM4A3E8《シャーマンタンク》特車は指揮官用の特殊仕様で、通信機能が通常の車両より強化されている。

　福田は伝えた。知性と経験の裏付けを感じさせる、醒めた口調だ。ただ、声音だけが柔らかい。

「06より全車、命令あり次第射撃開始。以上」

　応答はなかった。その必要がないからだ。彼の部隊は、わずか半年の訓練しか受けていないにもかかわらず、歴戦の勇猛部隊のように落ち着き払っていた。当然かもしれなかった。昨年六月に創設されたばかりの新国軍、警察予備隊《NPR》は、特車部隊に旧軍で戦車兵や機動歩兵の経験を持つ者ばかりを（無数の志願者の中から選択して）配属していたからだ。そうでなければ、建軍から僅か一年で、実戦参加の可能な装甲部隊を編成できる筈がない。戦車隊員とはスペシャリストの同義語であり、一朝一夕で養成できるものではない。

　福田は上半身を車長用ハッチから乗り出させると、双眼鏡を構え、敵の先頭集団に焦点を合わせた。

　先程報告を行なう前に眺めた光景が再び飛び込んできた。当然のことながら、距離は狭まっていた。おそらく、彼のM4から敵の先頭車両までは五キロもない。

　福田の率いる増強中隊《チーム》（福田自身の特車中隊に、二個普通科小隊と重迫撃砲小隊が臨時に組み込まれている）は、内浦《うちうら》湾岸の平野部をかなり遠くまで見渡すことのできるオタモイ山の西南斜面に陣を構えていた。そのおかげで、Ｔ34を先頭に進んでくる敵の隊列全部を見下ろすことができた。

それに対して、今のところ福田が敵に発見される心配はない。普通科小隊は塹壕に潜んでいるし、重迫小隊は反対側の斜面に陣を構えている。そして、彼自身の中隊は、車高が高く、敵に発見されやすいというシャーマンの欠点を補い、同時に幾らかでも防御力を強めるため、車体のほとんど全部を土中に潜めている。地上に出ているのは砲塔だけだ。さらに大きな要素は、空は晴れているが、既に日が傾いていることだった。おかげで、エゾマツの繁った斜面に形成されている福田の陣地は、薄暗がりに覆われており、よほど近づかれねば発見されなくなっている。北海道の一〇月はすでに冬なのだった。

福田は息でレンズが曇らぬように注意しながら、迫りくる敵の状況を子細に観察した。

先頭を進んでいる敵の特車——戦車のことを今の日本ではこう呼ぶのだが、元帝国陸軍中尉・福田定一は未だにそれに慣れることができない——が何か、彼にはすぐにわかった。前の戦争が終わる直前の一ヶ月間、生き地獄のような撤退戦闘を行なった相手、Ｔ34だった。もう少し正確に表現するなら、強力な85ミリ戦車砲を装備したＴ34／85型と呼ばれている車両だ。かつて彼の所属していた戦車第五連隊は、旅団単位で襲いかかってきたあの野獣によって壊滅させられたのだった。その野獣が五〇両——いや、四八両、縦に長い列を作って土埃を巻き上げている。福田が率いるＭ４の三倍以上の数だ。

福田はかつての恐怖を思い出して一瞬身を震わせた。未だに、あの時どうして生き残ることができたのか、そしてロシア人の捕虜とならずに合衆国軍の占領地域に逃げ込むことができたのか、自分でも説明がつけられなかった。畜生、あの時は、もう二度と軍服だけは着まいと思っていた。

だが、今、彼は一六両の戦車と数百名の部下を率いて再び戦場にいる。

福田は、敵隊列の後方へ双眼鏡を向けた。彼は内心にこみ上げてきたかつての恐怖を、自分の乗車について考えることで否定しようとした。

前ほどひどいことになる筈がない。なにしろ、今度はＭ４シャーマン・シリーズでも最強級の、Ｍ４Ａ３Ｅ８〝イージー・エイト〟に乗っているのだ。主砲は76ミリで口径はＴ34／85に劣るが、長砲身であること、車内の広さの関係から装填手が動きやすく砲弾の装填速度、砲の発射速度が高いこと、照準装置が優秀であることなどから、三式の時ほど不利な訳ではない。それに、去年の六月、北海道と朝鮮で同時に戦争が始まって以来の経験で、敵の戦車砲命中率はあまり高いものではないことが判明している。加えて、T34と対決した場合、もっとも気掛かりな要素であるM4の装甲の弱さは、車体を土中に隠すことでカヴァーしてある。問題は、完全に日が暮れた後、どうするかだ。敵は旧軍のドクトリンをかなり継承しているから、必ず夜襲を行なうだろう。

風向きの影響だろうか、エンジン音だけではなく、金属質の板が地面を叩く連続音も聞こえてきた。幅の広い履帯《キャタピラ》が地面を叩く音だ。ロシア人が造った戦車に共通する、神経をささくれ立たせる音。その履帯のおかげで、ロシア人の戦車はぬかるみの上を楽々と走り抜けられる。

福田は思った。報告から数分しか経っていない割には、距離の詰まるペースが速い。おそらく、速度の出しやすい国道上――とはいっても、非舗装路だが――を進んでいるからだろう。彼は自分の想像を確認するため、双眼鏡の視野内に切られている目盛りを使い敵の速度を暗算した。間違いなかった。戦車を先頭に立てているにしては珍しく、国道上を縦に長く延びた敵の隊列は、時速三〇キロ以上の速度を出していた。このぶんでは、あと五分かそこらで、隊列の先頭は陣地前面を通り過ぎてしまう。そうなっては面倒だ。

福田は腕時計を見た。報告を行なってから四分過ぎている。おい、二分で砲撃開始やなかったか――彼がそう思った時、後方から地鳴りを思わせる轟きが湧き起こった。

ほぼ同時に、レシーバーから声が響いた。

「エニワ、エニワ、こちらチトセ、砲撃開始。弾着は二分後。終リ」

チトセとは福田の増強中隊に割り当てられた火力支援部隊――105ミリ榴弾砲六門を備えた特科（砲兵）中隊のことだ。

きっかり二分後、砲弾が空気を切り裂いて飛んできた。着弾。敵の先頭車から五メートルほどのところで土煙が上がる。しかし、爆発はしない。代わりに青白い煙が吹き出す。標定――弾着の基準点を決定するための発煙弾だ。弾着観測や弾着修正は、すべてこれを元にして行なわれる。

近くから気合の入った声が響いた。

「チトセ06、いいぞ、いいぞ、中隊効力射だ」

福田は声のした方に顔を向けた。

そこには他のそれとは別誂《べつあつら》えの壕があり、特科中隊から派遣された弾着観測班が専用の無線機で指示を出していた。効力射――本気で射てということだ。

数秒後、後方から先程の何倍もの規模の重低音が響いた。しばらくして、飛来音。福田は思わず首をすくめた。そして弾着。

六発の砲弾は、ほとんど同時に敵先頭集団の周辺で炸裂した。閃光と土煙、黒煙が一斉に吹き荒れる。前から三両目のT34が装甲の薄い砲塔天蓋に直撃を受けた。同時に、堅牢そのものに見える砲塔が破裂、周囲に破片を撒き散らす。

福田は五年振りに味わう戦場音楽に口元を歪め、思った。これが、前の戦争に負けて以来、日本の――昔からある方の日本の――戦車隊、じゃなくて警察予備隊特車部隊が経験する最初の戦闘だ。加えて、これまで主に後方警備任務についていた警察予備隊が経験する最初の前線戦闘任務でもある。

果たして、実戦経験のない者も多い将校や兵隊たち、じゃなくて、幹部と隊員がうまくやれるもんかな。俺の中隊はまだいいが、歩兵……ええい、普通科の方は旧軍の経験がない者が多い。畜生、確かに帝国陸軍は糞だめじみた場所だったが、この、町役場と大差のない新しい用語はなんとかならんもんかいな。だいたい、俺の一等警察士という階級は何や。アメ公がみんな正しいんなら、いっそキャプテンとでも言った方がまだええやないか。

再び爆発音が響いた。効力射二度目の弾着だ。福田は爆煙に双眼鏡を向けた。

二両のT34が破壊されていた。一両は履帯を破壊されただけだが、もう一両はエンジン・グリルから白煙を吹き出している。ハッチが開き、車内から、福田と同じ肌の色をした乗員が逃げ出した。頭に、何列ものパッドが入った戦車帽を被っている。

「！」

少しの間その敵兵に気を取られていた福田は、敵が新たな行動に移ったことに、三度目の弾着があってから気がついた。

彼は思った。連中、ようやく散開を開始した。だが、撤退する様子はない。進み続ける気や。ということは、正確な位置はわからんにしろ、こっちの陣地がこのオタモイ山にあると判断してるのは間違い無い。発見されたからやない。付近にある弾着観測点になりそうな地形はオタモイ山だけやから。距離は二〇〇〇にまで詰まった。よし。

福田は上半身を車内に戻し、日本人には扱いにくいほどの重量があるハッチを、勢いをつけて閉じた。そのままロックし、座席に腰を降ろす。続いて、車内をざっと見回した。

部下は規定通りの配置についていた。

砲手は照準装置に顔を押し付け、装塡手は砲の脇に次弾を抱えて控えている。操縦手と車体銃手は彼の位置からは見えないが、見えないということは正しい配置についているということだった。問題ない。砲の背後には誰もいない。

福田は車長用照準装置ではなく、ハッチの周囲に設けられたビジョン・ブロック──外部視察用の小さな窓で、比較的広い視界が得られる──で敵情を観察した。先程、彼が下した判断は正しかった。敵の指揮官は、縦に長く延びていた隊列を散開させ、その進行方向をオタモイ山に向けようとしていた。そこに何かがあることに気付いているのは間違いなかった。福田は決意した。本当は一二〇〇程度まで待ちたかったが、仕方がない。やるしかない。

決意と同時に、彼の口から流れるように射撃号令が発せられた。必要最低限の内容を伝えるための、言葉の羅列だ。

「こちら06。中隊、徹甲、縦射、戦車、射て！」

同時に陣地の各所から戦車砲の硬質な発射音が連続して発生した。福田のＭ４でも、敵戦車に照準を付けていた砲手が、

「発射！」

と叫び、トリガーをしぼる。

発砲と同時に衝撃が走り、反動で車体前方が軽く持ち上がった。やはり反動で砲が後ろに下がるが、油圧装置の作用ですぐに元の位置へ戻る。装塡手が砲の尾栓を開き、白煙を上げている薬莢を排出、次弾を砲へ込めた。

福田は命じた。

「砲手、敵先頭集団の戦車ならどれを射ってもいいぞ」

「了解！」

──そう言えば、あの時もこんな感じやったな。

福田はそう思った。

ビジョン・ブロックから敵情を観察する彼の目に、中隊の放った砲弾を食らって火を吹く敵戦車の姿が映った。第一撃の戦果は五両だ。再び砲手の叫び。轟音。車体が

持ち上がった。

車内に砲尾から流れ出た砲煙が立ち込めだした。ベンチレーターが懸命にそれを吸い出しているが、完璧に換気を行なえる訳ではない。

突然、陣地前面に白煙が発生した。敵も、標定用の発煙弾を放ってきたのだ。間もなく、猛烈な砲撃が襲いかかってくる筈だった。なにしろ、ロシア式の砲撃ドクトリンはありったけの砲を一点に集中することを求めている。

福田は背筋に冷たい何かを感じつつ思った。救いは、ロシア人の射撃技量が大して高くはないことだけだ。

——いや、違う。

と、彼は思い直した。

五年前は確かにそうやった。あん時は露助が相手やったけど、今度は違う。日本人同士で殺し合いや。そして、日本人は、大砲を的に当てるのがうまいことで知られている。たまらんな。

2 ファゴット・ドライバー

稚内《わっかない》上空、北海道
同時刻

日本民主主義人民共和国人民空軍大尉・藤堂守の操るMIG15の垂直尾翼には、部隊マークや機体番号の他に、四つの白い星が描かれている。彼が撃墜した合衆国空軍機の数を示すキル・マークだ。

一つごとに最低一人のアメリカ人を殺したか捕虜にしたことを示すそのマークの中には、撃墜した機体のタイプ名が赤く記されていた。一つ目がB29、二つ目がF86。そして、残りの二つは再びB29。

帝国主義勢力に支配される東京傀儡政権が、侵略主義的軍隊の再建に成功、その兵力を資本主義的反動勢力最後の牙城である函館橋頭堡での戦闘に投入していたその日——四つの星を描いたMIG15は、左右後方に二機の列機《ウイングマン》を従えて高度七〇〇〇を飛行中だった。天候は悪くない。僅かに雲が出ている程度だ。だが、視界は悪化している。日が暮れようとしているからだ。

革製の飛行帽に取り付けられたレシーバーに地上迎撃《GC》管制官《I》の指示が入った。雑音が多い。電波妨害《ジャム》か——あるいはソヴィエト製無線機の性能が低いためか。

「クレ、クレ、こちらタカナワGC。一万まで上昇後、針路を二—五—〇にとれ。おそらくカラス《B29》と思われる反応二〇以上、毎時四〇〇キロ以上で北上中。豊原《とよはら》方面への突破を図るものと思われる。直ちにこれを迎撃せよ。以上」

　編隊のコールサインは、編隊長の出身地に合わせて名付けられることになっている。

「タカナワ、こちらクレ。了解。迎撃する。以上」


　藤堂守は首輪を巻いた喉元に左手をあてて――いや、喉頭式マイクの送信スイッチを数秒だけオンにしてそう答えると、機体を軽く左右に振る操作――バンクを行なった。列機への合図だ。

　列機は即座に応答のバンクを返してきた。守はそれを確認すると、スロットルをゆっくりと開き、VK1エンジンの推力をなるべくなめらかにアップさせた。心持ちスティックを引き、上昇角をとる。

　こういった点、彼は全く慎重だった。VK1はロールス・ロイス・テイをコピーしたエンジンだった。初期のMIG15が装備していたロールス・ロイス・ニーンのコピーであるRB45ほど扱いにくいエンジンではないが、それでも、急激な操作時の安定性は高くない。

　彼の機体は、夕陽を受け、葉巻型の胴と後退角のついた主翼に描かれた白い星――合衆国陸軍のマークとは違い、周囲が赤で太く縁取られている――をきらめかせ、高度一万への上昇を開始した。過重《G》はあまりかからない。推力コントロールを慎重に行なっているからだ。守は、他のMIG15パイロットが日本や朝鮮で行なっている急激な上昇を余り好まなかった。ソヴィエトは未だにまともな耐Gスーツを開発していない。結果、守も前の戦争と大差のない飛行服を着てジェットに乗っている。であるならば、多少の時間的余裕がある場合、身体に体重の何倍もの過重をかける急加速飛行は行なわないにこしたことはない。敵がすぐそばにいる場合は別だが。

　機体は二分で高度一万へと達した。その時すでに、地上迎撃管制官から伝えられた敵編隊を守は発見していた。飛行機雲こそ出していないが、銀色の地膚が剝き出しになったB29の機体上面は冬空の陽光をよく反射していた。位置は守の編隊の右前方五〇〇〇。高度は二〇〇〇ほど下だ。

　現在位置から見る限り、護衛機《エスコート》はついていない。大丈夫だ。恐るべき敵であるF86はいない。これはおそらく、敵編隊が樺太方面に爆撃に向かうことを示しているように守には思われた。現在、函館周辺か国後《くなしり》・択捉《えとろふ》の基地から作戦せざるをえないF86にとって、樺太は戦闘行動半径外だからだ。樺太に向かうＢ29の護衛にはつけない。もっとも、Ｆ86よりさらに戦闘行動半径の短いＭＩＧ15は樺太の豊原から飛び立って道北までくるのが精一杯だが。

このため、守に残されている交戦可能時間にはそれほど余裕がなかった。燃料も充分ではないし、なによりも日没がそこまで迫っている。ＭＩＧ15は完全な昼間戦闘機――とロシア人教官は言っていたが、守は一撃離脱専用の邀撃機《インターセプター》だと思っている――で、よほど腹をくくってかからない限り、夜間空戦で戦果は上げられない。

だが、この段階になっても守はまだ慎重だった。地上迎撃管制官にデータを確認する。

「タカナワ、タカナワ、こちらクレ一番。指示された敵編隊を発見。Ｂ29約二〇機、樺太方面に向かう。他に反応はないか」

「クレ、こちらタカナワ。反応無し。それだけだ」

「了解、攻撃する」

「了解。帝国主義者どもを吹き飛ばせ」

守は管制官の返答を聴いて僅かに顔をしかめたが、何も言わなかった。冷静に敵編隊の状況を再確認する。Ｂ29は四機ごとに互いを支援し合う緊密な編隊を組んで飛行していた。夜間爆撃用に機体下面を墨色に塗装している。

敵情を把握した守は当然のように先頭集団へ狙いをつけた。そこに指揮官機がいる筈だからだ。指揮官機を叩けば、敵を混乱に追い込める。第二次大戦で日本軍とドイツ軍が実戦経験から導きだした、一番効果のある対爆撃機迎撃法だ。

守は歯をきつく噛み締めると機体に右バンクをうたせた。続いてスロットルを全開にし、そのままＢ29編隊に向けて突っ込む。列機が彼の後に続いた。重力と推力の力を借りて、三機のＭＩＧ15は流星のように爆撃機へと突進した。ただし、マッハ０・92は越えない。それ以上になると、飛行性能が極端に不安定になる。それを避けるため、マッハ計と連動したエアブレーキが小刻みに開き、最大速度をコントロールした。

守は照準器の中で急速にその大きさを増してくるＢ29を睨みつけつつ思った。畜生。妙な国の軍人になったもんだが、少なくともＢ公を楽に食えるってのは悪くないな。

3　赤軍将校

国道37号線上、北海道
一〇月六日一六三〇時

突然の砲撃による混乱は回復されかけていた。部隊は被害を局限するために散開し、おそらく敵の弾着観測所と陣地があると思われる右前方二キロほどの小山への攻撃準備を整えつつあった。砲撃はまだ続いているが、部隊は先程のような醜態を示してはいなかった。連隊砲兵《RAG》が山に対する砲撃を開始してから、敵の砲撃精度が甘くなっているからだ。やはり、あの山に弾着観測所があることは間違い無い。

無論、反撃が計画されている。後方からは連隊主力が続々到着しており、もうしばらくして態勢が整ったら、あの山へ統制のとれた攻撃を開始する手筈になっている。ほんの三〇分程で準備は整うだろう。

だが、NSD——人民政府国家保安省から派遣されている政治将校には、その三〇分の意味が理解できなかった。仕方のないことかもしれない。赤い日本の首都・豊原では、NSD政治将校の要求が三〇分も無視されることは有り得ない。

彼は怒鳴っていた。

「同志大佐、どういうことなのです？　我々は帝国主義者を打倒するため、前進を続けねばならない筈だ。さあ、攻撃を命じなさい」

「もう少し待ち給え、同志政治少佐」

と、日本民主主義人民共和国人民赤軍・第5親衛機動歩兵師団第51親衛戦車連隊の横田博之戦車兵大佐は答えた。嫌そうな口ぶりだ。当然だった。自分の部隊指揮に横から口を挟まれてにこやかでいられる指揮官などこの世にはいない。相手の階級が下であればなおのことだ。

だが、NSD少佐に軍人の常識は通用しなかった。彼はシベリアから送還された旧軍出身者の多い人民軍将校を監視するために派遣された〝政治〟将校だからだ。現実的な権力では横田より彼の方が高い地位にある。遠慮する筈がなかった。

彼は知性より感情が勝っていることを示す愚かしい目つきで横田に噛付いた。

「待つですと？　何をですか、同志大佐！　偉大なる同志有畑首相は三日前の演説でこう述べられました。〝東京帝国主義傀儡政権から北海道を解放する栄光の瞬間はすぐそこまで迫っている。我々はマルクス・レーニン的勝利に向けて最後の努力を振り絞らねばならない〟」

「偉大な同志有畑首相が述べられた内容は私も傾聴した。全くその通りだと思ったよ」

　横田は感情を抑制しながらそう答えた。彼が人民赤軍の軍人になり、共産党に入党した理由は、そうしなければシベリアから出られなかったからだ。それ以外に何の理由もない。

「ならば！」

　と、政治将校は喚いた。直ちに攻撃を開始なさい、同志大佐。共産主義の勝利の為に！

「さもなくば」

　と、彼は脅迫じみたことを言い出した。

「さもなくば、人民赤軍政治本部に、貴官の政治的信頼性について報告を行なわねばなりませんぞ！」

「構わんよ」

　横田は努めて平静を保った声で答えた。

「政治本部は、私が兵士と人民に忠実な軍人であることをよく知っている」

　人民赤軍政治本部とは、昔で言えば憲兵隊のようなものだ。いや、憲兵隊よりさらにたちが悪いかもしれない。軍に対する特別高等警察とでも言うべき権力を握っているからだ。形式的には赤軍内部の一組織だが、その実体は、ＮＳＤ直属の軍内部監視組織なのである。

　彼の言葉を聞いて、政治将校は餓狼のような表情を浮かべた。

「兵士と人民？　党と主義と祖国には忠実ではないというのですか？」

「私は、兵士と人民こそが党と主義と祖国の具現であると信じているのだよ、同志政治少佐」

　と、横田は切り返した。内心では侮蔑の感情が膨れあがっている。彼は、この政治将校が一九四五年八月一五日まで、何かにつけて天皇陛下を連発する下士官だったことを知っていた。彼は思った。馬鹿野郎。これでも俺は陸大を出ているんだぞ。貴様の様な低能の機会主義者ごときに粛清の証拠となる言質を与える筈がないじゃないか。

　横田の見事な反論を受け、政治将校は一瞬押し黙った。だが、次の瞬間、愚鈍そうな瞳に勝ち誇った色を浮かべて口を開いた。

「しかし、あなたの部隊には戦意が不足しているようだ。これは、国家保安省《ＮＳＤ》弾幕大隊に支援を仰ぐ必要があるかもしれませんな」

今度は横田が押し黙る番だった。ＮＳＤ弾幕大隊。人民赤軍砲兵大隊の二倍にのぼる一二二ミリ野砲と多連装《カチューシャ》ロケット発射器を装備した砲兵部隊。その目的は、敵を攻撃することにはない。〝主義〟や〝戦意〟が不足している味方の後方へ弾を放ち、彼等を心置きなく前進させることにある。

横田の負けだった。彼は内心の何かを軍人として受けた教育と経験で押し隠し、言った。

「我が連隊は優秀だ。弾幕大隊の同志諸君から支援を受ける必要はない。よろしい、直ちに攻撃を開始しようじゃないか」

政治将校は勝ち誇ったような笑みを浮かべた。横田はその唾棄すべき男を見ながら、これで、俺の連隊は壊滅するかもしれんな、と思った。戦場では、わずか三〇分の時間差で攻撃態勢の整い方が全く違ってしまう。俺の連隊は、敵の待ち受ける陣地前面に調整のとれない突撃を繰り返すだけとなるだろう。

4　侵攻

——日本帝国崩壊の概観・1

太平洋戦争最後の一ヶ月が見せた展開は急激なものだった。

ロシア人が対日宣戦布告を発したのは一九四五年七月二五日のことだった。その時、すでにソヴィエト軍は極東で行動を開始していた。だが、樺太、大陸での攻勢開始から宣戦布告を発するまでの二四時間、彼らはその行動を石狩湾で発生した事件に対応するための警察行動だと宣伝していた。その目的は、日本を騙《だま》すことにあった。徹底的に追い詰められていた日本に、僅かな和平の期待を抱かせることで積極的な反撃を手控えさせ、その間に可能な限り領土を奪取してしまうことが目的だった。極めてロシア的な発想と言って良い戦争の始め方だった。

この田舎強盗的な手口は、その一部が効果を発揮した。ソヴィエトを条件付き降伏を実現するための最後の藁と考えていた東京が、北方に展開していた各部隊に積極的な戦闘拡大を行なうな、との命令を出したのである。ロシア人の謀略は東京に関する限り完全に成功したのだ。

ところが、彼らの謀略はもっとも肝心な相手に対して効果がなかった。合衆国が意図的に漏洩した戦争計画を知って各地から北海道、樺太に集中された本土決戦部隊に対して、だ。彼らは、暗黒の昭和一〇年代に何度も証明したように、命令を現地で〝拡大解釈〟し、樺太でソヴィエト軍との正面戦闘に突入していった。どうやら、可能ならば最後まで宣戦布告をせずに領土を掠めとるつもりだったロシア人が、攻勢開始からわずか二四時間で正式に宣戦布告を通告せねばならなかった理由はそれだった。

　ソヴィエトの対日侵攻作戦は、大きく分けて二つの攻勢から成り立っていた。満洲に対する陸上侵攻と、樺太、北海道、千島列島に対する渡洋侵攻の二つだ。このうち、モスクワが重視していた作戦は前者だった。この点には疑問の余地がない。何といっても、彼らの領域を大幅に拡大できるからだ。伝統的な南下政策にも合致している。ソヴィエト軍は、この作戦のため、ドイツ降伏と共に大量の余剰兵力を出した陸軍を国境線に集結した。その数、百万以上。南方と本土防衛に主力部隊を引き抜かれ、見る影もないほど戦力の痩せ衰えた関東軍に対抗できる兵力ではない。この作戦でソヴィエトが勝利することは間違いなかった。

　一方、渡洋作戦の方は多少の懸念を持って侵攻準備が整えられていた。ソヴィエト――というよりロシアは、昔から戦力を遠隔地に戦略的目的で投入するという発想（具体的に言うなら、空挺作戦、上陸作戦《デサント》）を好む。その種の作戦行動だけを示す軍事用語があるほどだ。ところが、どうした訳か彼らがその種の行動に成功した例は存在しない。第二次大戦前、ソヴィエトは世界最大の空挺兵力を保有していたが、ドイツ相手の戦争では、ついにその兵力を有効活用することはできなかった。空挺作戦自体は無理を押して行なわれた例があるけれども、その結果は惨めな失敗に終わっている。渡洋侵攻についてはもっとひどい。ソヴィエトは、外洋を押し渡って作戦した経験など持ってはいなかった。スターリンの自信とは裏腹に、現地のソヴィエト軍――特に、渡洋作戦を命じられていたヴァシレフスキー大将は、作戦の成功にかなりの疑いを抱いていたのである。

　こうした不安点を、ロシア人は彼らなりの手法を徹底することで解決しようとした。彼らは、役に立つ立たぬを考えず、欧州に保有していたありとあらゆる艦艇・船舶を北極航路を使って太平洋にかき集めた。その途中で二〇隻近い船を様々な理由から失うことになったが、全く意に介さなかった。彼らにとって、物量という言葉以上に正しい論理はこの世に存在しないからだ。

結果、対日戦が開始された時、日本に襲いかかるべくヴラディバストークとナホトカに集結していた艦艇はほぼ二〇〇万トンに達していた。そのうち半数以上は北極航路での無理な航海がたたって使い物にならなかったが、残った船舶だけでも、完全な渡洋侵攻作戦となる北海道・千島列島のいずれか一方にならば上陸作戦を行ない、継続的な補給が可能だった。

問題は、どちらに攻め込むか、だった。ヴァシレフスキーは、予想される抵抗の度合から考えて、比較的占領しやすいであろう千島に向かうべきだと考えていた。歴戦の指揮官の判断とあっては、喉から手が出るほど北海道を欲しがっていたスターリンもそれを認めざるを得ない。

かくして、日ソ開戦当初、ソヴィエトの渡洋侵攻作戦は、千島列島占領を目的として進められていたのだった。

5　エース

大泊《おおどまり》飛行場、樺太
一〇月六日一六四五時

上空から逆落としに突っ込んできたＭＩＧ15の放った機関砲弾。その威力は絶大だった。ＭＩＧ15が機首下面に備えた三七ミリ及び二三ミリ機関砲は、かつて日本陸海軍航空隊をあれほど苦しめた戦略爆撃機に一撃で大打撃を与えた。

敵編隊に急角度で突っ込んだ守は、加重に耐えつつ、Ｂ29の左主翼付け根を照準器におさめ続けた。そこは、油圧等のパイプ類が集中しているＢ29の弱点なのだ。今の所、ほとんど奇襲に近い攻撃のため、敵の防御機銃は反撃してこない。たとえ射ってきたとしても、射撃の際、角速度を計算に入れねばならない爆撃機の旋回機銃は、それほど命中率の高いものではない。手練れの戦闘機乗りにとっては、必ずしも恐ろしいものではないのだった。

Ｂ29の巨大な機体が照準器からはみ出るまで耐えてから、守は機関砲を放った。機体に震動が走り、機首から曳光弾の赤い線が二本、敵機へと伸びてゆく。彼はすかさず機体を左に捻り、そのまま低空へと駆け抜けた。数秒して引き起こしをかけ、機体を右に傾ける。視線を上に向けた。

彼が砲弾を射ち込んだＢ29は左主翼の付け根から黒煙を吐いていた。そして――突然、そこから火を吹き、爆発が発生。主翼は根元から折れた。Ｂ29は機体中央を中心点にして水平に左回転しながら急速に墜落し始めた。

まるで竹トンボのようだ。

守は口元に微かな笑みを浮かべることで満足感を表現した。さらに右旋回を続ける。今度は斜め前方の下方から、突き上げるように叩くつもりだった。ジェットにだけ可能な、強引極まりない攻撃だ。そんな守に対して、B29はようやく反撃の火蓋をきっていたが、旋回機銃はMIG15の速度に追随できないでいる。加えて、守の列機たちが彼に続いて先頭梯団《ていだん》へ攻撃をかけたため、混乱が大きくなっている。もっとも、守の列機を操るパイロットは、彼ほどの腕を持っていないから、撃墜はできなかった。もう一機のエンジンから黒煙を吹かせた程度だ。

守は列機が無事に低空へ抜けたことを確認すると、スロットルを全開にし、指揮官機の役目を引き継いだらしい先頭梯団のB29へと突進した。本来なら編隊を崩さぬよう注意を払って攻撃を行なうべきなのだが、シベリア抑留兵士の中から、パイロットとしての適性よりも政治的信頼性を第一の基準として選ばれた列機のパイロットには、守の動きについてゆくことはできなかった。

その点について、この瞬間の彼は心配していない。護衛戦闘機がいないのだから、編隊が崩れても、極端に不利とはならないからだ。もっとも、単機攻撃の場合、防御砲火が集中してくるという危険はある。先程触れた様に、それは、守のようなパイロットには無視できる危険だった。艦攻乗りであったにもかかわらず、彼は、戦闘機乗りとしての適性を十二分に持っていた。

守は低空からB29に向けて突進し、再び主翼付け根に向けて機関砲を放った。

五分後、守の編隊は迎撃任務を他の編隊へと引き継ぎ、帰投針路へついていた。彼らは機嫌がよかった。敵編隊に撃墜確実二機、撃破三機の損害を与えていたからだ。撃墜は守が記録したのみだが、損害を与えた三機も爆撃任務を果たすことはできそうにもなかった。彼らの運が悪ければ、帰投する前に墜落する可能性も充分にある。圧倒的な合衆国空軍の前に、徐々に壊滅しつつある人民空軍としては近来にない大戦果だ。


彼らが帰途についた時、編隊が揃って豊原の基地へ帰りつくことは不可能になっていた。戦闘中、無駄にエンジンを吹かし続けていた列機の片方が、燃料を余りにも消費し過ぎていたからだった。

守は地上迎撃管制官に連絡をとり、全機で大泊に降りたいと要請した。彼は、合衆国海空軍と激戦を繰り広げている人民空軍の現状を良く理解していたから、燃料の足りない機だけ大泊に降ろすような真似はしたくなかった。そうやって一度別れたが最後、兵力不足に悩む大泊基地の航空隊司令がなんのかのと理由をつけて緊急着陸した機体とパイロットを奪ってしまうことは間違いないからだった。

それを避けるためには、全機で降りるしかない。編隊長がついていれば、さすがに無法なことはできないからだ。

編隊全機で降りたい、最初にそう伝えた時、守は、地上管制がいい顔をしないのではないかと予想していた。管制官の任務には、帰投してくる機を出撃した基地に導くことも含まれる。いかに理由があるとはいえ、全機が帰投燃料不足だという守の理由は嘘臭く、管制官の受けが良いはずもないからだ。

だが、意外なことに、管制官は守の要求を二つ返事で許可した。守は少し意外な思いに包まれながら編隊を大泊基地への着陸コースに乗せた。編隊は、本当に燃料の足りない機から順に、ほとんど没しかけている夕陽を浴びて着陸した。もちろん、守が最後だ。

守は、地上誘導員の指示に従って機体を滑走させ、周囲に土嚢が高く積まれた駐機スポットに愛機を乗り入れた。エンジンを切り、飛行帽を外し、風防を開ける。冷気が汗の浮いた肌を刺激した。

その時初めて、彼は、愛機の周囲ににこやかな表情の人々が集まっていることに気付いた。思わず怪訝そうな色を浮かべる。

「オイ、やったな!」

張りのある声が守に呼び掛けた。彼は、声の主が誰かを知って驚いた。源田実少将だった。

降伏後、守と同様にソヴィエトの捕虜となった彼は、当初、戦犯としてシベリアに長期抑留されると思われていた。だが、東西冷戦の開始が彼の運命を変えた。日本に対抗するための赤い〝日本〟の建国。そして帝国主義者の侵略から新生国家を防衛するために必要な人民赤軍の建軍。当然その中には空軍の創設も含まれていた。そして、赤い空軍は航空指揮官としての源田を必要とした。

有能であると同時に機会主義者でもある源田が、そのチャンスを逃す筈はなかった。彼はたちまちのうちに非の打ち所の無い共産主義者としての態度を身に附け、人民空軍で、かつてと同じ階級、それ以上の影響力を手に入れたのだった。

守もそうした話はよく知っていた。このため、彼は源田のことを内心あまり好いてはいない。もっとも、かつて数百名のロシア人を殺したこともある彼が今や人民空軍の〝同志〟大尉であるのだから、他人のことを言えた義理ではないかもしれない。

守はおずおずと尋ねた。

「なんでしょうか、同志少将?」

「おいおい、大した余裕だな、同志大尉」

源田は守の冷めた反応に多少鼻白みながら答えた。彼は言った。

「貴様は今日、二機のカラスを食った。そうだな?」

「はい、同志」

そこまで言って、守は初めて周囲に人々が集まっている理由に気付いた。そうか。これで、俺の撃墜機数は合計六機。一般的には、五機で……

彼の表情を見て、周囲で大きな笑いが起こった。源田がことさら大きな声で言った。

「貴様は人民空軍初のエースだ。おめでとう、撃墜王!」

6　指揮官

オタモイ山、北海道

一〇月六日二一三〇時

砲手が叫ぶように報告した。声が潰れている。

「命中、敵戦車撃破!」

「よくやった。砲手待て。ただし、射程内に敵を発見した場合は射っていい」

福田は同じ様に潰れた声でそう答え、ビジョン・ブロックから外の様子を確認した。

どう表現してよいのか、わからない光景だった。

敵が行なった四度目の突撃は粉砕されていた。生き残った連中は闇の中へと逃げ込んでいる。完全に暗闇となった中で、発砲炎と曳光弾、炸裂の閃光と炎上の火炎だけが浮き上がっている。地獄の情景と言ってよいが、見ようによっては美しくもある。こちらに、砲弾が飛んでさえこなければ。

彼は中隊通信系の回線を開いた。

「こちら06、第一小隊より各部署、状況知らせ」

「こちら01、一三号車被弾。乗員脱出確認できず。小隊残存車両三。戦闘可能」

「こちら022、小隊長車被弾炎上。生死不明。残存車両四。戦闘可能」

「こちら03、全車戦闘可能なれど残弾僅少。補給を要す」

「了解。03、もっとも残弾の少ないものより順に中隊段列で弾を受け取れ」

　そう言ってから、福田は下がり気味の眉をしかめた。

　生き残りは俺も含めて一三両か。特車中隊の特車装備定数は各五両を備えた三個小隊に中隊本部の二両を加えて合計一七両。昨日、第二小隊所属の〇二四号車の調子がおかしくなって後方へ下げ、中隊本部の一両をそちらに回したから、戦闘開始時には一六両がいた計算になる。

　彼は時計を見た。時間は午後八時過ぎ。戦闘開始から約五時間だ。少し迷う。うーん、五時間で三両の損害はまずいと考えるべきなんかな。三式の時とはあまりに違いすぎて見当がつかん。なにしろ、あん時は半日で連隊が壊滅したんやからな。

　まぁ、今の所三両の損害で済んでいる理由だけは想像がつく。車体を土中に潜め《ダッグイン》ているため、被弾する可能性のある面積が低いから。敵の野砲に位置を掴まれそうになる度、素早く陣地を転換してきたから（予備陣地を造っておくのは、戦術の初歩の初歩だ）。敵より高い位置にいるから。そして、途中から、敵が白兵突撃に切り替えたから。

　ということは、向こうはかなりのT34を失っていることになる。暗くなってからは正確に数えられないのでわからんが、もしかしたら二〇両以上を撃破しているかもしれない。まだまだやれるゆうことかな。いや、敵の兵力は着々と増強されとるように思えるから、何か別の手を考えるべきか。

　彼はその問題を一時棚上げし、状況確認を続けることにした。正しい判断を下すためには、他の小隊——敵兵と本当に殴りあっている普通科小隊、榴弾に加え、次から次へと照明弾を放って戦場を照らし続けている重迫小隊の状況を確認する必要がある。

　なぜなら、普通科がやられてしまえば陣地を支えられないからだ。特車——戦車とは恐ろしく視界の狭い兵器であり、ライフルと銃剣で敵と殴りあう普通科隊員の支援がなければ、あっという間にやられてしまう。側面や後方に回りこまれ、火炎ビンでも投げられたらそれでアウトだ。重迫小隊についてはくだくだしい説明の必要もない。彼らの迫撃砲が放つ照明弾と榴弾がなければ、圧倒的に数の多い敵の歩兵が、福田の戦車を支援する普通科小隊を揉み潰してしまうのだから。

　本来なら、福田にはもう一つ頼るべき味方がある筈だった。この戦闘が始まった時に支援射撃を行なった特科中隊が敵歩兵の突撃を制圧してくれる手筈になっていたのだ。

　だが、彼らは他の部隊の支援に振り替えられてしまった。もちろん、この五時間、福田は危うくなる度に支援射撃と増援を要請した。けれども、大隊本部の答えは常にノーだった。敵は函館に向かうすべての前線で攻勢をかけており、福田が今のところうまくやっている内浦湾岸の防御地域ほど運の良くない場所は無数にあった。

　北海道に展開している国連軍——日本と朝鮮でそれぞれ戦闘が始まった直後、合衆国が国連安保理でそれぞれの「北」を侵略者と定義づけることに成功したため、編成された——は、現在、渡島《おしま》半島に押し込められていた。主抵抗線《MLR》は日本海側の寿都《すっつ》湾からオタモイ山に至る延長三〇キロ以上の戦線で、その戦線は国連軍が北海道で保持している最後の港湾都市、函館を策源地にしている。

　この戦線を三個師団相当の国連日本援助軍《UNJAF》——北から、合衆国第一騎兵師団・第七七歩兵師団、そして日本の第一管区隊（師団相当）が守っている。合衆国第五海兵師団を始めとする四個師団相当の部隊がその後方にあるが、それらの部隊は、再編成中で戦闘には投入できない、そう言われている。彼らは、昨年六月の敵軍による留萌《るもい》——釧路《くしろ》線突破から一年と少しで、約二〇〇キロの撤退戦闘を演じてきた部隊なのだ。それなりの損害を受けていても不思議ではなかった。

　これに対して、北海道制圧を目指す敵軍は約七個師団。その大軍が、勢いにのって押し寄せていた。

　国連軍はこれ以上下がる訳にはいかなかった。もし今の防衛線を破られたら、次の安定した防衛適地は五〇キロも後方になり、北海道の実質的な支配権を完全に敵手へ委ねることになってしまう。

　そうなっても、中共軍介入以来戦況が極端に悪化している朝鮮へも大兵力を派遣している合衆国は、北海道へ続々増援を送り込むことはできない。合衆国が日本の独自軍事力と軍需工業の再建を急速に進めている背景には、そうした現実があった。国連日本援助軍総司令官——昨年末、ソヴィエト圏の国家を除いて強引に調印されたサンフランシスコ対日講和条約以後、役職名が変わった——ジョージ・S・パットン大将は、かつての部下である朝鮮派遣第八軍司令官ウォルトン・H・ウォーカー中将と声を合わせ、日本と朝鮮の全部隊に死守命令を出していた。

福田がまともな支援・増援すら与えられずに防戦を展開していたのは、このような状況の下でだった。どれほど大軍が攻め寄せてきても、撤退だけはできなかった。彼は、アメリカ人の口から「死守」という言葉が出たことを知った時、皮肉な笑みを押さえることができなかった。軍事的に追い詰められてしまえば、どんな主義主張の軍隊でも、その行動に大差はないんやな、そう思ったのだ。

今、彼はその「死守」の渦中にいる。どうせなら、戦後しばらくの間ついていた商売を続けていれば良かった、と思いながら。未だに新聞記者なら、少なくとも死守命令にだけは巻き込まれずに済んだのに。せいぜい、従軍記者になる程度で良かった筈だ。

だが、敵がいきなり攻め込んできたことを知り、警察予備隊の創設が決定され、その予備隊が旧軍の短期現役将校経験者——特に戦車関係——を求めていることを知った時、彼はほとんど無意識のうちに予備隊へ志願していたのだった。当時は旧軍人の追放解除が大規模に行なわれておらず、吉田政権は、取りあえずアメリカ人に通りのよいかつての学生士官たちを中核とする完全志願制新国軍の計画を立てたのだった。福田の経歴は、その新国軍にぴったりだった。

そんな彼を、とにかく反権力的なことを喋るのが好きな（そして、決して行動を起こすわけではない）同僚達は、聞くに耐えない罵声と共に送り出した。

福田は他の小隊に状況を問い質した。何秒か間があって応答が返ってくる。

この間が、職種（兵科）の異なる部隊同士の共同行動の難しさを語っていた。地上部隊が本当に戦力を発揮するには、各部隊が、福田が率いているような特車から火砲まで全てを取りそろえたコンバット・チームとして組織され、機能する必要がある。互いの弱点を補完しあい、それぞれが有機的に任務を果たさねばならない。これは、こと戦争に限らず、どんな場合にでも通用するチーム・プレイの原則だ。本当に息のあったチームを作るためには時間が必要な点も、そうだ。

ところが、福田がこのチームを率いてゲームに出場するのは今回が初めてだった。計三名いる普通科・重迫小隊長と顔を合わせたのは昨日が初めてで、名前すら覚えきっていない。発足してから一年半に過ぎない警察予備隊の練度はその程度ということだった。本格的なコンバインド・アームズ・トレーニングを行なう前に前線の状況が悪化し、訓練不充分なまま戦場へ投入されてしまったのだ。

　であるならば、数秒で応答があったことは、良い兆候だと考えるべきなのかも知れなかった。血を流した後もチームとして機能していることを示しているからだ。

　だが、そのために支払った犠牲は大きかった。

　重迫小隊の方は素早い陣地転換で今のところ損害を受けてはいない。しかし、二個の普通科小隊は散々だ。両方とも、戦闘可能な隊員は軽傷者を含めても二〇名程度。双方合わせても一個小隊の完全戦力にはならない。おそらく、もう一、二度突撃を受ければ、支えきれなくなることは明らかだった。同じ手法で迎え撃っているだけでは、増援の有無すら定かではない現況では、今日は耐えられても、明日は無理だ。このままやったらあかんな、福田はそう思った。少なくとも航空支援だけは期待できる夜明けの前に力負けしてしまうわ。

　その時、彼の脳裏に何か閃くものがあった。

　福田は腰に下げた地図ホルダーから地図を取り出し、フラッシュライトでそれを照らしながら周囲の地形を再確認した。意味のない言葉を一つ二つ漏らし、自分の発想が不可能ではないことを確認する。だが、その実行には各小隊長と直接顔を合わせておく必要がありそうだった。彼は、各小隊長にその旨連絡した。多少危険だが、戦場全体が見渡せ、目標指示の行ないやすい普通科小隊の指揮壕付近で落ち合うことにする。

　福田は再び周囲の状況をビジョン・ブロックから確認した。不用意に頭を出して狙撃兵にでも射たれてはたまらない。

　敵が完全に退散したことを確認すると、福田はハッチを開け、車外に出た。右肩に、ラックから外してきたM3短機関銃《グリースガン》を掛ける。

　地面に下り立った途端、特車の中からでは判らなかった空気が彼を包んだ。かなり冷え込んでいた。嗅覚を刺激する焦げ臭い匂いが立ちこめていた。そして、全く別種の生臭い何かも漂っている。火薬と、血の匂い。そして、死臭だ。

　周囲の地形はわずか五時間の戦闘で様変わりしていた。エゾマツの林は消失しており、斜面には砲弾がえぐった穴が無数に開いていた。遠くで、未だに炎上しているT34が何両も見える。その周辺から陣地前縁まで、無数に転がっているのは日本人――いや、敵の死体。憎むべき敵の死体。

福田は素早い動きで普通科小隊が陣取っている塹壕へ身を潜ませた。妙なことを考えていたので、燃料缶に水を詰めて運んでいた隊員とぶつかりそうになる。その水は飲料水ではなかった。水冷式Ｍ２重機関銃用の冷却水だった。銃身の周囲を円筒形の冷却水タンクで囲んでいる水冷式Ｍ２重機は、水と弾薬が切れない限り無限に近い時間の射撃が可能だった。兵器の不具合は、大部分、発射による過熱で発生するからだ。

福田は中腰になって小隊長達がいる筈の指揮壕へと進んだ。その途中には様々なものが転がっていた。兵器や兵器だったもの。傷ついた人間や、人間だったもの。それは五年前に嫌というほど慣れさせられた光景だった。もう二度と見たくないと思った眺めだった。福田は思った。戦術の成功とはこういうことを言うのだ。うまくいってもこの光景は避けられない。失敗したら……畜生、俺はやはり軍人稼業には向いてないんかもな。

これに対し、指揮壕に集まった小隊長たちは、福田よりいくらか軍人稼業向きの男達だった。全員が二〇代——福田もそうなのだが——だけあって元気がいい。福田が興味を覚えたのは、そうした中でももっとも元気のいいグループが、旧軍経験を持たない連中であることだった。多少アバウトな気味のある採用試験ではなかから幹部として入隊してきた大学卒の若者たち。そういえば、ここに来る途中で見た普通科隊員たちも奇妙に元気があった。

凄惨な塹壕戦を経験した故の一時的な高揚なのだろうか、最初、福田はそう思った。しかし、その種の理性の喪失は福田も旧軍で経験している。彼らの空気は、それとは違っていた。

彼は、

「みんな、御苦労さんやったね」

と、小隊長たちに向けて口を開いた時、〝元気〟の理由に気付いた。戦慣れした眼。独特な、どこをみているのかわからない表情の旧軍将校経験者と比べると、新国軍のホープとして教育を受けてきた者達——特車第三小隊長と普通科の二人の小隊長がそうだった——の眼は明らかに違っていた。

そうか。

彼は思った。簡単なことだ。この戦争が、彼らにとり最初の戦争なのだ。もちろん、前の戦争で敵機の爆撃や軍事教練程度は経験しているだろうが、本当の戦争はこれが初めてなのだ。

そして、この戦争は、祖国防衛戦争だ。その点に疑問はない。

「御苦労さんついでに、もう一仕事して貰わんとならん」

口元に微笑を浮かべてそう言いながら、福田は若手の幹部たちに羨望を感じた。なんと幸せな〝将校〟たちだろう。彼らは、故郷を守るため、戦場の荒廃に身を横たえるという、気楽な――人によっては崇高とさえ表現するだろう戦争しか知らない。そして、まだ一つだった日本がかつて行なっていた種類の異なる戦争では、被害者としての経験しか持っていない。

福田は地図を広げながら思った。畜生、この連中は、正義の戦争しか知らないんだ。おそらく、妙に元気の良かった隊員たちも同じ気分を持っている筈だ。羨ましい。本当に羨ましい。こいつらの気分は、日清・日露の頃の軍人たちと同じなんや。ああ、俺も何年か遅れて生まれたかった。弱々しい祖国、恐るべき敵。子供の正義感で戦える戦争。榴弾の破片と血飛沫の中で他のあらゆるロマンチシズムが吹き飛ばされても、それだけは消えることがない。なぜなら、それは事実であるからだ。彼らは、その点にしがみつくことで、正気を保ってゆくのだ。

「残念ながら、このままでは、朝までは持たない」

福田は意識的になまりを排除し、状況を説明した。現在の割合で被害が増大した場合、おそらく朝まで持たない。

「逆襲ですか？」

冷めた声で質問があった。第二特車小隊長――戦死した本当の小隊長に代わって指揮を引き継いだ旧軍下士官経験者だった。あの独特な人々だけが持っている不快ではないふてぶてしさを持っている。

「そういうことだ、後藤君」

と、福田は答えた。彼は部下の名を呼ぶとき、階級で呼んだり、呼び捨てにする習慣を持っていない。福田は続けて言った。

「敵が次の攻撃をかけてきて、それを崩した瞬間に逆襲を開始する」

その言葉を聞いて、旧軍経験者と未経験者は対照的な反応を見せた。経験者は彼に軽蔑したような視線を投げていた。昔よくいた、彼我の戦力差も考えずに攻撃したがるバカな指揮官だと思ったらしい。それに対し、未経験者達は目を光らせていた。攻撃は、常に若者の血を激《たぎ》らせる。

「ただし、安直にはやらんよ」

福田は再び柔らかなイントネーションに戻ってそう言った。手順を指示する。本当は逆襲なんてしたくないんやけど、撤退すらできんのやから、この手しかないと思うんや。ま、敵は日付が変わる頃には再編成を終えて攻撃を再開する筈やから、その機会を捉えてやろやないか。

彼は、自分の指示を聞いた旧軍経験者たちの顔に笑みが浮かんでいることに気付いた。

7 逆襲

オタモイ山、北海道
一〇月七日〇一二五時

福田の予想通り、人民軍第51親衛戦車連隊の調整のとれない攻撃は日付が変わってから開始された。

星空から無数の砲弾が降り注いできた。それは福田の増強中隊が身を潜める陣地に降り注ぎ、慣れていないものなら発狂しかねない程の破壊を叩き付けた。

近くで轟音が響き、M4の車体が揺れた。続いて、何か硬いものが車体を掠める金属音が響く。福田は思わず首をすくめた。気温は低いのに、全身に汗が吹き出す。恐怖だ。普通、戦車に乗った人々は、自分が不死身の戦士にでもなったような錯覚を抱く。福田にもその感覚は理解できた。彼も、旧軍で戦車の訓練を受け始めた頃には、そう思っていた。しかし、今ではそれが誤解にすぎないことがわかっている。戦車とは、数十トンもある鉄の塊を動かしている機械装置の集合体であり、それをスムーズに動かすために、あちこちに大変な無理がかかっている。そしてそれらの機械装置で組み上げられたシステムは、ほんのちょっとしたことで故障する。例えば今の砲撃で、砲塔上に出ている照準器が壊れてしまったかもしれない。それとも、エンジンに土が入ってしまったかも。ただそれだけで、戦車はただの高価な棺桶へ変わってしまう。それほど無理をしている兵器システムなのだ。もっとも、戦車に関係する要素の中で一番無理がかかっているのは人間だが。砲撃の恐怖に耐えきれず、戦車の外に乗員が逃げ出してしまうことは、戦場では珍しい話ではない。戦場では、ありとあらゆる兵器が戦車に向けて放たれる――そういう傾向があるから、本当なら危険のない小銃弾の命中音でも乗員がパニックを起こすことがある。

福田はこの最後の点が気にかかり、車内の状況を確認した。部下の表情を確認する。砲手は照準器に顔を押し付けており、どんな表情を浮かべているのか判然としなかった。ハンサムな顔立ちの若者である装填手の方は平然とした顔をしていた。この男も、かつて北海道での戦闘を経験している。たしか、善通寺連隊に所属していたとか聞いたことがある。

福田は車内の全員に聞こえる様にスイッチを切り替えてから、装填手に話しかけた。他の三人に聞かせるための会話だ。

「矢野君、キツイなぁ」

「大したことありませんよ、こんな砲撃」

と、装填手は努めて軽い口調で答えた。頭の回転が速い男らしい。指揮官が、自分にどんな役割を求めて話し掛けたかに気付いているのだ。

「ははは。昔の露助の方がまだうまかったですよ」

「ええこと言うわ」

福田は声を出して笑った。操縦手や車体銃手の笑い声も聞こえる。砲手は相変わらず照準器のアイピースに顔を押し付けたまま、歯だけを剝き出しにしていた。福田は思った。よし、気分転換はこれでよかろう。

彼がそう思った時、敵の砲撃は突如として止んだ。夜空に照明弾が一発だけ打ち上げられる。突撃してくるのだ。

照明弾と共に、第51親衛戦車連隊は全兵力を投入した突撃を開始した。可動二〇両を切ったT34、その背後に続く歩兵大隊。これまで予備として温存されていた部隊も叩き込まれている。

横田大佐はその背後で連隊長用のT34に乗り、車長用ハッチから半身を出して戦況を観察していた。敵陣から重機のものらしい火線が伸びだす。山の向こうから照明弾が打ち上げられ出した。

彼は思った。どうやら敵は、引き付けて射つつもりはないらしい。正しい判断だ。これだけの兵力が一斉に突撃した場合、それを阻止できるのは重砲の弾幕射撃だけだ。敵にはそれがない。であるならば、発砲炎で火点を暴露する危険を冒しても、距離が開いているうちに多少なりとも射ち減らさねばならない。横田は感心していた。通信傍受の結果から、前面の敵は合衆国軍ではなく、妙な名前を付けた東京政府の新しい軍隊であることが判明していた。ふむ。指揮官は帝国陸軍で教育を受けた、よほど出来の良い将校に違いあるまい。彼は敵指揮官が羨ましかった。あれほどしぶとく、戦術原則から絶対に逸脱せずに防戦を続けられるということは、指揮の原則が守られているのだな。きっと、向こうには政治将校などいないに違いない。多分、奴のおかげで、この突撃も失敗するだろう。そうなったら、連隊にはもう兵力はない。俺は間違いなく銃殺される。ならば、俺はせめて軍人として死にたい。

横田は先程から叫び通しなのをわざと無視していた政治将校を振り返った。彼はT34のエンジン・グリル上で横田を罵っていた。意味のない叫びからは上官に対する敬語まで失われている。

「貴様は同志などではない！　無能な反動主義シンパだ！　銃殺にしてやる！」

「同志政治将校」

横田は妙に静かな声で言った。殺意さえ感じさせる声だ。彼は政治将校が青い顔をして黙り込んだのを見て薄く笑い、続けた。

「確かに君の言うとおりかもしれない。しかし、私は指揮官としての責任の取り方は知っている。君もそうだろう？　さあ、この戦車で共に突撃へ加わろうではないか」

それを聞いた政治将校はエンジン・グリルから飛び降りようとした。だが横田はその前に腰のホルスターから素早くマカロフを抜き、政治将校の眉間へその銃口を突き付けていた。

「敵前逃亡は銃殺刑だ」

横田は冷たく言い放ち、トリガーを絞った。右手に伝わる反動。政治将校の額には小さな穴が開いた。後頭部にはその何倍もの穴が開き、血と脳漿《のうしょう》が大量に吹きでる。彼の身体は、エンジン・グリルへ崩れ折れた。

横田は素早く拳銃をホルスターに戻すと、操縦手に命じた。

「前進。砲手、確認した敵の火点を砲撃しろ」

最初から、こうすべきだったのだ。

突撃をかけてきた敵の歩兵は、陣前一五〇メートルほどのラインでその前進速度を鈍らせた。迫撃砲弾と重機の制圧射撃が、彼らの攻撃衝力を削いでしまったからだ。歩兵達は、共に前進しているT34の背後に隠れることで、防御射撃から逃れようとした。

しかし、T34もまた防御射撃の目標だった。M4の七六ミリ砲が火を吐き、前面装甲を貫通する。車内に飛び込んだ砲弾はその中を物凄い勢いで跳ねまわり、乗員達を瞬時にして殺戮した。そして、爆発。Ｔ34は、背後に隠れていた歩兵ごと吹き飛ぶ。

福田は敵情をビジョン・ブロックから確認しつつ命じた。これだけ距離が詰まると、照準器よりこちらの方が役に立つ。

「右前方、戦車、徹甲、射て！」

「発射！」

命令と同時に砲手は叫びかえし、トリガーを絞った。反動。赤く焼けた砲弾がＴ34へ突進。だが、そのＴ34はヴェテランが操っているらしく、急激な方向転換で射弾を回避した。

「阿呆」

福田はうめいた。野郎、妙にうまい。指揮官車なのかもしれんな。彼は命じた。

「砲手、目標同じ、増せ一つ、射て！」

「発射！」

再び反動。煙。福田は赤い砲弾を目で追いながら思った。畜生、射角を高く修正し過ぎたか？

確かに、砲弾の弾道は高すぎた。車体には当たらず、砲塔の横腹をこすって明後日《あさって》の方向へ跳弾してしまった。

「糞ォ」

福田はわめいた。だが、次の瞬間、信じられない光景を眼にする。砲弾を跳ね返した筈のＴ34が突然爆発したのだ。

（なんでや）

彼は思った。脳が全開になっているため、ほんの少し考えただけですぐに解答を思い付く。

（そうか、砲塔内部側面の予備弾薬が――）

ロシア人の設計する戦車はいつもその優秀性のみが語られる。だが、所詮は人間の造ったものであり、妙な弱点も少なくない。砲塔内部側面のラックに三発だけ備えられた予備弾薬もその一つだ。ラックのつくりが適当なため、砲塔に衝撃を受けただけで砲弾の安定が崩れ、信管を作動させてしまうのだ。今の爆発はそれだった。

（本当にあるんやな、そんなこと）

その様なことを思って福田が妙に納得した時、中隊通信系から報告が入った。

「06、こちら03。配置につきました。送レ」

「06了解。命令あるまで待機。以上」

福田はそう答えると危険を冒してハッチを開き、眼の上だけをそこから出して敵情を観察した。それだけで、車内とは比べ物にならないほどの視界と情報が得られた。敵歩兵は崩れていた。動いている戦車はほとんどない。好機だ。

　彼は命じた。

「06より01、02、逆襲開始。第三特車中隊前へ。敵残存兵力を陣前右翼方向へ誘導しろ」

　命令と同時に、陣地のあちこちにガソリン・エンジンの轟音が響いた。逆襲に打ってでるため、Ｍ４がエンジンの回転を上げたのだ。

　福田のＭ４もエンジン音を轟かせると同時に、まず後進を始めた。戦車用の壕は後方から進入する様になっているからだ。Ｍ４は履帯《キャタピラ》で大量の土砂を掻きだしつつ車体を地上へと現わした。すかさず、それまで射撃を行なえなかった車体銃が射撃を始める。

　福田は叫んだ。

「全軍突撃、逆襲せよ。各個に射て！」

　Ｍ４は前進を開始した。轟音を上げ、死体が無数に転がる陣地前面へと飛び出す。履帯は地面であろうが死体であろうがお構いなしに踏み砕き、車体を前へ進めた。

　これを見て、敵の混乱はますます高まった。なす術もなく潰走してゆく。何両かのＴ34が反撃を試み、Ｍ４に向けて火を吐いた。そのうち一発が命中、第一小隊の一両が前面装甲を貫通され——一瞬後、爆発する。だが、状況は変わらない。他のＭ４が報復の砲撃を加え、生き残りのＴ34も数分のうちに全車撃破されてしまう。

　こうなってはどうしようもなかった。半日にわたってあれほど激しく突撃を繰り返してきた第51親衛戦車連隊の兵士達は恐怖に駆られた人間の集団へと変わり、逃げ惑うだけになった。彼らは、福田の中隊が、自分達を味方と切り離す南方へと誘導していることを知らない。ただ、逃げるだけだった。

　そろそろやな。敵情を確認した福田はそう判断した。無線に叫ぶ。

「03、03、こちら06。行動開始。送レ」

「03了解」

　逃げ惑う歩兵達の前で、突然、照明が灯された。福田は、弾薬補給に下がった第三小隊に普通科一個小隊をつけ、側面へ迂回させていたのだ。そして——今度は普通科小隊が、さらに驚くべき行為を始めた。彼らは、国歌を歌いだしたのである。

歩兵達の足がとまった。不思議な光景だった。すでに砲声の絶えた戦場で、照明が灯され、古今和歌集にそのいいもとうたが収められた詩が唄われている。

第51親衛戦車連隊の生き残り達は、しばらくの間呆気に取られた様に押し黙り、立ち尽くしていた。

数分後、その中の一人が、銃を捨て、歌声に加わった。集団心理が働いた。何をすべきかわからなくなっていた兵士達は、自分もまたそれと同じ行動を取った。夜空の下で、同じ歌詩が何度も繰り返された。

かくして第51親衛戦車連隊は消滅した。福田は任務を達成したのだった。

8　点景

呉市、広島県
一九五二年二月七日

子供にとっての一日は、大人のそれと全く異なっている。彼／彼女等にとり、時の流れは曖昧なものだ。もっと時間のあって欲しい時にだけ素早く流れ、早く過ぎて欲しい時にだけゆっくりと流れてゆく。

もちろん、大人になれば、誰もが時の流れの変わってしまうこと――どんな場合でも、素早く過ぎ去ってしまう――を知る。しかしそれは子供達のあずかり知らぬことであり、彼らにとって、時の持つ曖昧さの意味が変わる訳ではない。

このとし、小学校にあがって何度目かの春を迎えようとしていた藤堂進もその点は何の変わりもなかった。いま彼は、時間が不必要に早く流れていると感じていた。その日の午後、遊び仲間達からのいつもの誘いを断わった進は、坂の途中にある家に向け、学校から白い息を吐きながら駆け戻って来たのだった。

少しだけ、残念だなぁ、と思っている。

友人達は、普段は彼自身も参加している遊び――空襲の焼跡で屑鉄を拾い集め、解体業者に売り払う――に出かけたからだ。滅多に現金を握ることができない進のような子供にとって、それは魅力的なことこのうえないゲームだった。呉では敗戦の翌年から戦災復興が始まっており、市当局はほぼ二年間で屑鉄の回収を完了していた。しかし、爆撃で焼かれた市街のあちこちには子供にしか知られていない穴場が残されており、進もそのような穴場を何ヶ所か知っていることで、遊び仲間の悪童どもの間に確固たる地位を築いていたのだった。ことに、彼の摑んでいた穴場はアカ——高く売れる銅屑が多い場所ばかりだったから、なおさらだった。

それに、屑鉄を売り払って得た僅かな金で行なう買い食いの後ろめたい快感は、なにものにもましてスリリングだった。進の「家」、堀井家では子供の買い食いを眉をひそめるべきものだとみなしていたからだ。

坂を駆けのぼった進は、戸のがたつく玄関に飛び込んでただいまと叫び、堀井の妻のおっとりした出迎えの声を背中で聞きながら雪子と一緒に使っている勉強部屋に入った。堀井家が住む以前は女中部屋として使われていた場所だ。雪子はまだ帰ってきていない。進より一学年上で、誰からも頼られる心根を持つ彼女は、まだ学校で児童会の活動に参加している。もっとも、仮に雪子が一緒に帰ってくることが出来たとしても、やはり進は一人で駆けてきただろう。既に彼はそうしたことが気恥ずかしく感じられる年齢になっていた。

部屋に駆け込んだ進は、海軍時代に堀井が使っていた書類鞄を手直しした牛革の通学鞄から教科書を取り出した。代わりに、忘れものがないかを確認しながら、その中へ素早く書道の道具を詰める。彼は授業でも無い限りそれを使わない。堀井家では子供達の勉強道具と本だけは金を惜しまない。

進は中身を詰め替えた通学鞄を肩にかけると、年齢相応の弾むような動作で立ち上がり、玄関に向かった。今度は堀井の妻にもきちんと受け答えをする。

「おばさん、奥田先生の所へ行ってまいります」

「はい。お習字道具の忘れ物はありませんね?」

と、堀井の妻は雪子に対するそれと全く同じ丁寧な言葉で進に尋ねた。彼女の意識の中で、進は完全にかつて空襲で失った赤子になっているのだった。

進は細めの眉を少し寄せて鞄を二、三度叩き、

「ありません」

と、答えた。堀井家では、家庭内の言葉遣いは完全な標準語だった。転勤の比較的多い海軍一家だったことだけが理由ではない。戦前、町の有力者だった堀井の妻の両親は、娘を東京の寄宿制女学校、女子大学に通わせ、彼女に現在の物腰の基礎となるものを身に付けさせたのだった。

夫の戦死した友人から預かった我が子の生まれ変わりが、素直に、そして的確に答えたことに満足した堀井の妻は、

「お月謝のお話をもう一度うかがっておいでなさい」

と、進に言った。この話は昨晩も出ていたが、確認のため、口に出したのだった。

進は、

「はい」

そう答えてから一度言葉を切り、

「でも、先週そのことをうかがったら、叱られました」

と、昨夜言わなかったことを付け加えた。

「まぁ、どうしてかしら？」

「わかりません。でも、奥田先生は、おじさんに聞けばわかるって」

「そう」

と、彼女は答えた。進の答えだけで、彼女には大方の想像がついた。かつての上官の忘れ形見から、ほとんど趣味で開いている書道教室の月謝などとれるか——元海軍特務少佐は、そう言いたいのね。わかったわ。お礼は、何か他の形のものにしましょう。

彼女は言った。

「では、お尋ねしなくて結構です。気を付けていってらっしゃい」

「いってまいります！」

彼女の答えを聞くと同時に、進は子供らしい甲高さのある声を張り上げて飛び出していった。その割には、戸を乱暴には締めない。

性格なのかしら、堀井の妻はそう思った。それから彼女は玄関を離れ、勉強部屋をのぞいてみた。先程の勢いからして、教科書が放り投げられていてもおかしくないと思ったからだ。

だが、勉強机がわりに使われている古い卓袱台《ちゃぶだい》の上に、進の教科書がきちんと積まれていた。

彼女はため息をついて思った。月並みかもしれないけれど、戦艦の艦長さんの子供ともなるとどこか違うものなのね。それとも、実の親子でないということをどこかで気にしているのかしら。贅沢なのはわかっているけれど、もう少し、やんちゃな所を見せてくれたらいいのに。

進は息せききって坂を駆け下り、北海道と朝鮮で行なわれている戦争のおかげで戦災の復興が順調に進みつつある市街へと入った。路面電車に乗るほどでもない距離なので、行き交う人々の間を潜りぬけ、ひたすらに走る。合衆国の艦隊が入港したらしく、街路は水兵であふれかえっていた。特需景気という言葉を具体化したような情景だった。

突然、誰かにぶつかった。進は転びそうになったが、辛うじて姿勢を保った。相手は、オリーブドラブ塗装の軍用セダンに乗り込もうとしていた合衆国の海軍士官だった。二人連れだ。進のことをかっぱらいと間違えたのだろう、ドアの脇に立っていたMPが白いヘルメットを光らせ、彼の首根っこをきつくつかんだ。

進はむっとした表情でMPを睨んだ。確かにぶつかったのは不注意だったが、泥棒扱いされるいわれはない、そう思った。

進のそんな表情を見た海軍士官――猛禽のような顔立ちだったが、目は優しそうだった――は、彼の言いたいことがわかったらしかった。英語を解さぬ進には何を言っているか判らなかったが、彼はMPにきつい調子でひとことふたこと言い、手を放させた。背後にいるもう一人の士官も微笑んでいる。それから、目の優しい士官は、進に対して軽く頷いて見せた。

相手の行為の意味を理解した進は、生真面目な表情をつくり、学帽をとって士官に一礼した。そして再び駆け出す。彼にはあまり時間が残されていない。書道を教えてくれる奥田先生は、大抵の場合優しく、子供のやんちゃな行為を大目に見てくれる。だが、いくつか例外があり、その例外の最大のものが、決められた時間の必ず五分前に、教室になっている奥田の家の二階で準備を終わっていなければならない、という規則だった。

進は駆けた。五分前に全ての準備を終えていなければ、一時間ほど字を習った後、港を見渡せる窓を開けてもらうことができない。かつて奥田の経験した戦いの話を聞かせてもらうことができない。


「まったく、日本人というのは不思議な連中です」

呉市街を走るセダンの後席で、合衆国海軍のロバート・A・ハインライン大佐はそう言った。合衆国軍の車両と、未だに木炭ガス発生装置をつけているものが多いトラックで埋まった道路を、呆れたような表情で眺めている。一九四五年九月、トウキョウ湾に入港した戦艦ウィスコンシンの甲板で降伏調印が行なわれてから六年、日本はおそるべき勢いで復興しつつあった。自国もまた巻き込まれている戦争、それに伴う軍需生産の爆発的な増大がその主な原因だ。

「知っていますか？　この最近できたばかりの道路。緊急時には滑走路に使える厚さと直線距離を持っているそうです。日本海軍の技術将校だった人間に設計を任せたからそうなったらしいですが。一体何を企んでいるんですかね？」

「その話なら俺も聞いたよ、ボブ」

と、アーレイ・A・バーク少将は答えた。

「なんでも、もう一度このあたりで戦争する場合に備えてという理由だそうだ」

「神様、なんて連中だ。奴等、ホッカイドウやコリアの戦争がここまで拡大するとでも？　それにしても、コミー《アカ》の強い地方議会がよく通したものですな」

「議会はなんにも知らんらしい。市長と、技師の間だけの了解事項だそうだ。講和条約の締結前に我々のチュウゴク地方軍政部に出された書類にはそう記してあった」

「うーん。やはり、クレはイギリス軍に占領させたままの方が良かったのじゃないですか？　あいつら、性格が悪いですから、そんな妙な道路をどうこうする許可など出しゃしなかったでしょう。一体全体、町中にプロペラ機しか使えない滑走路を造ってどうするつもりなのか」

「おいおい」

ハインラインのぼやきを、バークは笑いを含んだ声で押し止めた。

「言葉に気を付けろよ、ボブ。この国はもう独立しているんだ。それに、今では我々の同盟国なんだぜ」

「ああ、あの講和条約と抱き合わせの安保条約。ええ。まぁ、それはそうです。特に、連中の海軍が再建されたら、我々にとっては極東で最も信頼できる味方になりそうですな、いずれそのうちには」

「まだ不安なのか？」

バークはかつての参謀長の顔を見て尋ねた。

「不安と言えば不安なのかもしれません。なにしろ、かつて、あれほどひどい目に遭わされた戦艦の――」

そこまで言って、ハインラインは背を震わせた。レイテ沖とオキナワ東方海上。二度にわたってその現場で味わった感覚が蘇ったらしい。

「ですが、あなたにもわかるでしょう？　なにしろ、あの時は――」

「ああ」

と、バークは少し硬い声になって答えた。

「あの時は、お互いあやうく死にかけた。だが、リー中将ほど不運だった訳じゃない。その点は感謝すべきだ。たとえ君が、セント・クリスピンの虐殺の生き残りだとしても、な」

「無論です」

上官の口ぶりの変化に気付いたハインラインは、慌てて、だが決して相手におもねる調子は感じさせずにそう答えた。

「自分は、妙な気分を感じているだけです。かつて、レイテ湾で水泳大会をやらされるハメになった戦艦に連絡士官として乗り込むなんてね。ですが、大したフネですよ、まったく。ヤマトとムサシだけで、我が国の建造した戦艦の一〇パーセント以上を撃沈してるんですからね。なんというか、へんてこな感じですよ」

「その点は、俺も同じだ」

バークはもとの口調に戻って答えた。

「だが、ある意味では君が羨ましいぞ、ボブ。君は、単艦として世界で最も多数の戦艦を撃沈した武勲に輝く戦艦へ乗ることができるんだ。それに、噂に聞くジャパニーズ・ネイヴィの日常をこと細かに見聞することができる。連中、戦争には負けたが、一流海軍の気概までは失っちゃおるまい。勉強になるぞ」

本音だった。実際、合衆国海軍は日本国海軍を史上最強のライヴァルに位置付けていた。海上保安庁《MSA》の所属下で実戦部隊が再編成されつつある現在も、その認識は変化していない。援助の方法にもそれが大きな影響を与えていた。例えば、新陸軍――国家警察予備隊編成の場合、合衆国陸軍は訓練方法から戦術思想に至るまで、派遣した軍事顧問団の完全な管理下で行なった。日本帝国陸軍を三流陸軍と定義づけていたからだ。

これに対し、今のところ正式な名称すら決定されていない将来の新日本海軍に支援を与えている合衆国海軍の方針は違っていた。日本人が必要とする艦艇、消耗品、訓練資材を合衆国軍の極東援助プログラムやＵＮＪＡＦ――国連日本援助軍支援司令部の余剰物資の中から融通してやっているだけだ。名目上、顧問団はいるが、彼らの任務は、日本人が何かを必要とした時、それを保管物資の中から探し出し、引き渡すことでしかない。かつてあれほど我々を苦しめた海軍を建設した日本人なら、それだけでうまくやる筈だ――彼らはそう考えていた。

バークもそう思っている。彼は、レイテでのあの苦痛に満ちた経験、そしてオキナワで味わった悪夢にも似た戦いから、海軍を建設する日本人の手腕に疑いを抱いていなかった。いや、疑いをもてる訳がなかった。バークは、嵐のオキナワ近海を知っていた。ムサシを主力とする聯合艦隊の生き残りが、リーのミズーリを轟沈させ、続いて彼が率いていた第54・3任務群を壊滅寸前に追い込んだ戦闘を現場の指揮官として経験していた。

セダンがブレーキをかけた。合衆国軍が占拠している旧軍港地区のゲートに着いたのだ。

ハインラインが尋ねた。

「ヤマトの改装は順調に進んでいるんですか?」

「ああ。本国《ステイツ》の工廠より見事なぐらいだ。五インチ両用砲とFCSの搭載は予定の半分で終わった。すでに二度、公試を行なっている」

「それも、日本人が自分で?」

「そうだ。以前の海軍工廠の技官や職工たちが行なっている。確か、責任者はホリとかホリーとかいう名前だったな。一度、電話で話したことがある。嫌味なくらいに見事なクイーンズ・イングリッシュを喋る奴で……」

9　すずめばちの来襲

長万部、北海道
四月二〇日

北海道には二つの季節しかない。冬か、冬でないかのいずれかだ。慣れぬ者にはその区切りがいつ訪れるのかは非常にわかりにくい。だが、なにごとについても大まかに割り切る北海道の人間にとっては簡単なことだ。ダルマストーブの必要があるうちは冬。いらなくなれば冬ではない。

そうした観点から言えば、国連日本援助軍総司令官、ジョージ・S・パットン大将が北海道を訪れたこの時期は冬であった。昼間はかなり暖かくなるが、一見、土面を見せている様に思える舗装されていない道路は、その表面の数センチ下に、冬の間に突き固められた雪で出来た氷の層を隠している。そして何よりも、朝晩にはまだストーブが必要になる。北海道での戦闘に従事する国連軍の将兵は、三月までよりは随分とマシになったと思っていたが、まだ冬が終わったとは感じていない。レッド・ジャップ——日本民主主義人民共和国が多数潜入させているゲリラの襲撃を警戒するため、移動時、幌のないトラックやジープに乗せられている兵士達は、その点について確信を持っていた。長く、重く、暗く、寒い冬期戦の試練は、まだ終わっていないのだ。

だが、まだ終わっていないその試練も、パットン大将の周囲にだけは及んでいないかのようだった。今年六七歳、かつてマッカーサーが受けたのと同じ特例措置によって未だに現役軍人として任務についている彼は、総司令官専用車として特別な改造を施したM3ハーフトラックの荷台で、吹き付けてくる寒風をせせら笑っていた。人間の支配の方法を知っている貴族――そう表現する以外にない顔に、戦場を故郷とする男の余裕を浮かべていた。少なくとも、前線視察のため、彼と共にハーフトラックへ乗り込んでいた日本と合衆国の高級士官達はそう思った。彼らの大部分は骨の髄まで冷えきり、この苦行が一刻も早く終わること、それだけを願っていた。パットンと似たような表情を浮かべているのは、日本の将校二人と、欧州戦線以来彼の副官を務めているコッドマン少将だけだ。

パットンは、戦線へと部隊が移動しつつある交差点の脇に、焼けただれたT34が擱坐《かくざ》しているのを見つけると、その脇への停車を命じた。ハーフトラックの前後を走っていた護衛の乗るジープも停車し、M3A1SMG――グリースガンを構えた兵士が四囲を警戒するため散開する。パットンが微かに右手を振ると、そのうちの一人がハーフトラック後部の乗降口を開いた。

パットンは老人とは思えぬ素早い身のこなしでT34の車体に登り、炎上したために煤のこびりついた砲塔の上に立った。彼に続いてハーフトラックから降りたものの、その後に続いて登るべきかどうか迷っている高級士官達を意図的に無視して、はめていた革手袋を外した。続いて、寒気になれさせるため、指を屈伸させる。それに合わせて、一本の指にはめられていた、とぐろを巻く毒蛇の彫りこまれた指輪が鈍くきらめいた。その光景を見ていた士官達は、それが彼一流のはったりだと知りつつ、ある種の感慨を抱かずにはいられなかった。ジョージ・S・パットンは戦場の将軍だ、というイメージである。

一連の演技を済ませたパットンは、右手を腰に下げたホルスターからはみ出ているリボルバーのグリップ上に置き、黄色く汚れた歯をむき出しにして笑みを浮かべた。彼のリボルバーはグリップが象牙に替えられており、そこには幾つかの刻み目が並んでいた。ちょうど、彼自身が、このピストルで射殺した敵兵の人数分だ。演技は完成した。

「我々は冬を耐えきった」

彼は、その尊大な表情からは想像もつかない甲高い声で士官達に語りかけた。ただし、言葉遣いは上品だった。彼は口汚い言葉遣いで知られていたが、それは兵士に対する演技だ。本当は南部上流階級の発音が身についている。

「敵の攻勢は完全に頓挫し、防御線は安定した。空軍の勇敢な将兵諸君の努力により――その場には、合衆国空軍の将官もいた――制空権は完全に我々のものとなった。敵は、まともな補給を受けることもできず、無益な攻撃を行ない続けている」

その時、前線の方角から一斉射撃の砲声が響き渡り、一〇キロほど先に見える山の頂上に弾着の土煙が発生した。

高級将校達は思わず身を屈《かが》めた。彼らの上空を、左翼に日の丸、右翼にNPRAGとロゴを描いたチャンスヴォートF4Uコルセアの四機編隊が、プロペラの高周波とエンジンの低周波を響かせ、前線へと航過《フライパス》していった。再建されつつある新日本空軍の機体だ。現在の所、警察予備隊航空集団《NPRAG》という組織になっている。

「戦局は転換したのだ」

パットンはそうした周囲の情景を完全に無視して話を続けた。彼は、生涯を通して戦場の将軍でありたいと願い、その為の努力を惜しまなかった。大抵の場合、先天性のものである勇気と大胆さを、自身を鍛練することで〝演技〟として会得した。前の大戦では、地雷原を突破するため、自分が先頭に立ってそこを通り抜けたことさえある。パットンとはそうした男だった。彼の演技力をもってすれば、今、周囲で発生している程度の状況など毛ほどにも気にしていない――そういう演技を続けることは簡単だった。

「すでにワシントンもそれに気付いている。その証拠に、議会は、我々に反撃を行なえという要請を行なっている。諸君等の中にも、前線の三個師団に加え、後方に再建成った五個師団、加えて世界各地より来援した三個師団を持ちながら、なぜ反撃に出ないのか、いぶかる者があるだろう」

前線で――つまり、パットンの後ろから、先程とは異なる低音が響き始めた。上空を通り過ぎていった日本の攻撃隊が地上支援を開始したのだ。もちろん、パットンはそれを無視する演技を続けている。

「ここで、故事を語ることを許して貰いたい」

彼は、それまでとは違う、少し遠くを見る目つきになって言った。士官達は不思議そうな顔をした。パットンの意図がわからなかったからだ。だが、コッドマン少将だけはその意味を理解していた。彼は思った。御大将、いよいよ本題に入ったな。

パットンは半ば夢見る様な声になって続けた。

「ユリウス・カエサルがアフリカに侵攻した時、彼の置かれた状況は最悪だった。クリオの軍団はポンペイの罠にはまって全滅し、敵は優位に立っていた。そして、元老院はカエサルに速やかな反撃の開始を要求していた」

彼は、右手でベルトに挟んでいた指揮杖を抜き、握った。

「しかし、彼はそれに従わなかった。主力をルスピナの宿営地に留め続け、増援の到着を待った。同時にその間、小規模な機動戦を行ない続けることで、敵を疲弊させた。彼が本格的な反撃に打って出たのはその後だった」

彼は口を閉じた。その背後から、砲声が低く響いた。しばらくの間、誰も何も発しなかった。上級士官だけあって、彼らには、パットンが何を言わんとしているのか、理解できていた。総司令官は、現代のカエサルたらんとして、何か、ひねりのきいた反撃を計画しているのだった。

「で、閣下」

沈黙を、RとLの差が明確でない発音の英語が破った。剽悍《ひょうかん》という言葉の良く似合う、警察予備隊の幹部だった。全身から、戦車兵だけが持つ戦闘的な空気を発散させている。

彼は尋ねた。

「現代のカエサルは、騎兵隊をどこへ迂回させたいのです？」

それを聞いて、パットンはニヤリと笑った。指揮杖で自分が仁王立ちになっているT34を示し、

「シマダ大佐、こいつを片付けたのは君の部隊だったな？」

と尋ねる。

「そうです」

国家警察予備隊、第一特車大隊指揮官・島田豊作は答えた。

「おそらく、去年の一〇月に、私の部下の中隊が壊滅させた敵戦車連隊のものでしょう。彼らは、あの山に——」

島田は、左手に見えるオタモイ山を示した。

「防御陣地を置いて敵を待ち伏せ、その後、機動的な防御戦闘を行なうことによって、わずか一個中隊で敵戦車連隊を叩き潰しました」

「そうだ」

この戦争で日本人を知る様になって以来、以前の人種差別的な対日観を一八〇度変えてしまったパットンは頷いた。もともと彼は、前大戦中でさえ、同盟国の英国人

などより、ドイツ人に親近感を持っていた様な男だった。彼は、性格の悪い味方より、手強い敵に敬意を感じることが英雄の構成要素だと信じていた。

「テルモピレーより偉大な戦果だ。あの日以来、我々は戦線を安定させ、予備部隊の再編成を安心して行なえるようになった……コッドマン！」

パットンの命令と同時に、コッドマン少将は自分の背後に控えていた二名の参謀大尉に合図した。一人はイーゼルの様な地図立てを、もう一人は、一抱え以上ある地図ホルダーを持っている。彼らは合図と同時に弾かれたように動きだし、士官達の前に北海道が描かれた地図を広げた。

その地図には、現在の戦線――去年の、渡島半島へ完全に押し込められた状況より多少改善されたが、それでも、道南以外はほとんど敵の支配下にある――が描かれていた。いや、それだけではなかった。本州の青森、及び北海道の函館から、幾つかの太い矢印が、日本海沿いに伸びていた。士官達の視線はその矢印に集中した。

パットンは言った。

「これは、諸君が孫の代まで語り草にできる作戦計画の原案である」

彼は士官達が矢印の持つ意味に気付いていることを確認し、続けた。

「作戦名はアイアン・フィスト。その規模はノルマンディ上陸作戦を上回る、史上最大の一大反撃作戦である」

パットンはコッドマンに合図した。コッドマンは素早く頷き、参謀将校に、もう一組の図面をセットさせた。そこには、作戦に参加する部隊の編成表が大きく描かれていた。

パットンは図を指揮杖で示し、言った。

「六月初頭に予定されたこの作戦は二段階に分かれる。オシマ半島部よりの地上反撃〝アイアン〟と――」

彼はそこでわざと言葉を切り、指揮杖で海を走る矢印をなぞった。いたずらを企《たくら》む子供の様に言う。

「ハコダテ、アオモリより出撃した六個師団による強襲上陸作戦、〝フィスト〟だ。我々はこの作戦によって敵主力を一気に包囲殲滅、レッド・ジャップを今年のクリスマスまでに叩き潰し、日本を統一する」

彼がそこまで言ったところで、話の大きさに我慢できなくなった海軍中将が尋ねた。

「しかし、閣下。準備期間がわずか一ヶ月余りでは、充分な数の輸送艦艇を集められるかどうか、自信がありません。それに、サハリンには義勇軍の名目でソヴィエトの有力な艦隊が集結しつつあるとの情報も入っております。危険です。大胆すぎます」

パットンは軽く頷き、答えた。

「危険は承知だ。しかし、それを認識した上での大胆な行動なくして、戦闘に勝利することはできん。それに――」

と、彼は、兵士向けの、これまでとは異なる発音で付け加えた。

「君は水兵達に約束できるんだぜ。この作戦に成功しさえしたなら、みんな、クリスマスには家に帰ることができるんだ、と」

反論はなかった。こうして、クリスマスまでに戦争を終わらせることを表看板として開始される作戦が、また一つ、歴史に書き加えられた。ちなみに、〝クリスマスまでに終わる〟と言われ、その通りになった戦争は歴史に存在しない。

10　義勇艦隊

真岡《まおか》町、樺太
六月四日

真岡は樺太南端の西部に位置する港町で、日本帝国が存在した頃は、樺太のあらゆる大都市と鉄道でつながれた交通結節点だった。このため、太平洋戦争末期、一ヶ月間にわたって展開された日ソ戦では、その中盤、住民が大泊港から脱出する時間を稼ぐため、樺太で行なわれたものとしては最も激烈な戦闘の舞台ともなった。結局この港町での戦闘は兵力差のためにソヴィエト軍が押し切る形で終わったが、その過程で市街は完全に灰燼《かいじん》に帰した。港湾機能も埠頭と岸壁以外はほとんど何も残らなかった。戦後、旧日本帝国領の調査に入ったソヴィエトの調査団が、真岡を港湾として復興させるのは無理かもしれない、という内容のレポートを出した程だった。

だが、日本民主主義人民共和国にとっては、その方が都合が良かった。

本来ならばソヴィエトが自国領土として併合する筈だった南樺太。仮に北海道の北半分を失ったとしても、真の道に目覚めた日本人民の楽園は存在し続ける――そうした御題目の付けられたソヴィエトの極東戦略を実現するため、赤い日本は南樺太と道北（そして、不法に占領された他の日本領土）を領有することになった。

この、地形的に大きく二つに分けられた新日本を資本主義者の魔手から防衛するには、真の自由を愛する日本人民自身が運用する海軍の創設が不可欠だった。当然、ソヴィエトの軍事システムを導入するその海軍には、外部との接触をコントロール出来る軍港が必要となる。

日本降伏前、そこに居住していた住民の全てが脱出するか、ソヴィエト兵に虐殺されるかしていた真岡は、その軍港都市として最適だった。ソヴィエトはここに大規模な根拠地を建設すべきであると人民政府に〝助言〟し、戦時賠償の一環として日本から持ち去られてきた工場設備、港湾器材並びに造船施設の一部を真岡に移転。それに加えて、満洲及び北日本各地から連行してきた日本人技術者を家族ぐるみでこの地に強制移住させた。

北海道の戦況が緊迫しつつある一九五二年六月、一度は、完全に破壊された真岡に一応の軍港機能が備わっていた理由は以上の様なものであった。


「確かか、アリョーシャ。間違いないのか」

ソヴィエト援日義勇艦隊司令長官セルゲイ・ゲオルギィヴィッチ・ゴルシコフ大将は情報参謀の顔を睨み、念を押した。その造りの大きな顔には、苦痛に近いものが刻まれている。場所は、義勇艦隊旗艦の作戦室だ。周囲は白く塗られた鋼鉄の壁で、その一辺にだけ、舷窓《げんそう》が並んでいる。

「同志司令長官、確実です。ルモイの沿岸監視所が半日前に目撃し、ここから発進した偵察機が三〇分前に確認しました。戦艦一隻を含む有力な敵水上部隊が日本海を北上中。これに加えて、クリル方面からもアメリカの空母機動部隊が接近中です。未確認ながら、ハコダテ方面から輸送船団が出撃したとの情報もあります。アメリカンスキーが動き始めたことは間違いありません。それから……これ以上の情報入手は不可能です。偵察機が敵艦に撃墜されたため、太平洋艦隊は国籍無表示の偵察機はもう出せない、そう言っております」

ゴルシコフはうめいた。

「畜生、魔女の婆さんの呪いか。ミーシャ、奴等の狙いはどこだと思う」

「幾つか考えられます」

参謀長が答えた。彼が作戦室のテーブルに広げられた海図を睨んで示した解答は、石狩湾、天塩《てしお》海岸、稚内、樺太南岸の大泊付近――の四ヶ所だった。

ゴルシコフは唸った。それでは、何も言っていないのに等しい。北海道西岸のほとんど全てと、南樺太の全沿岸を守らねばならないことになるからだ。義勇艦隊――言うまでもなく、その実体はソヴィエト太平洋艦隊だ――と日本民主主義人民共和国海軍には、その全海域を守る能力はない。敵の意図を確定し、最も味方に有利となる位置で全兵力を投入した迎撃を行なわねばならなかった。

「最も可能性が高いのはどこだと思う?」

ゴルシコフは自分の判断を秘めたまま尋ねた。

参謀長は即座に答えた。

「イシカリ湾とワッカナイですな。そこへの同時上陸です」

「理由は?」

「最も完全な二重包囲作戦を行なえるからです。イシカリ湾に上陸して前線部隊への補給路を切り、ワッカナイを占領することでホッカイドウ全土への補給路を遮断できます。そうでなければ、貴重な空母機動部隊や、我々が迎撃することが判りきっている水上部隊をサハリンへの針路にのせたりはしません」

それはゴルシコフの判断と同じだった。彼もまた、ソヴィエト軍人として受けた教育から、戦局を一挙に転換できる二重包囲作戦が行なわれると考えていた。実際の話、二重包囲作戦を金科玉条としている軍隊は、世界中でソヴィエト軍だけだったが、その点について、ゴルシコフの脳裏には疑問がない。大祖国戦争――第二次世界大戦で行なわれたスターリングラード包囲、白ロシア大突破などの例から考えて、当然敵も、それを行なうものと考えていた。

「俺もそう思う」

ゴルシコフはまだ若さの感じられる声でそう言った。当然だった。一九三〇年代の大粛清の影響で、わずか二八歳で水雷戦隊司令に任じられた彼は、まだ四〇代の初めにすぎない。おそらく、世界で最も若い海軍大将だ。

彼は続けた。

「ならば、我々の目的は決まっている。ワッカナイの防衛だ。二重包囲作戦を行なうつもりなら、おそらく敵はワッカナイ占領に最大の兵力を送り込んでくることは間違いない。これを、全力をあげて迎撃する。ワッカナイ近海なら、航空支援も受けられる。イシカリへ向かう敵には、その後で対処しよう。それに、中規模程度の上陸部隊ならば、日本人民赤軍だけでも押さえることが可能な筈だ」

「同感です、同志司令長官」

参謀長が答え、言った。彼は熱烈な共産主義者だ。
「手始めに、偵察機の発見した敵艦隊を叩きましょう。同志情報参謀、詳細は？」
「残念ながら、艦名は判明していません。現在わかっているのは、戦艦一隻、重巡洋艦一隻、軽巡洋艦三隻、駆逐艦五隻という概略だけです」
「空母はいないんだな？」
ゴルシコフが念を押すように尋ねた。
「いません。先程も申し上げた様に、アメリカンスキーの空母はクリルのクナシリにある根拠地から出撃したばかりです」
「よろしい」
ゴルシコフは満足気に答えた。続いて尋ねる。
「最終的な確認だ。我が艦隊の実働隻数はどれだけだ？」
それは、ソヴィエト海軍の指揮官としては当然の質問だった。民族的な気質の影響により保守整備の概念が重視されないソヴィエト海軍では、保有隻数と作戦可能隻数の間に大きな開きのあることが珍しくない。
「この軍港の日本人はよく働きました――全艦が作戦可能です」
「そうか！」
ゴルシコフは口元に本物の笑みを浮かべた。
彼の〝義勇艦隊〟は、
戦艦　ソヴィエツキー・ソユーズ（旗艦）
巡洋戦艦　クロンシュタット、セヴァストポリ
重巡洋艦　キーロフ
軽巡洋艦　チャパエフ、フルンゼ、スヴェルドルフ
駆逐艦　ベズテルズヌイ、オトヴェツトヴェンヌイ、ソリドニィ、ソヴェルシェンヌイ、スタトヌィ、スロヴィ
潜水艦（約四〇隻。ヴラディバストークの太平洋艦隊司令部の指揮下で行動）
――という、有力な水上打撃部隊だった。ソヴィエトの保有する新鋭艦艇ほとんどすべてを結集したと言っていい。
それら新鋭艦艇の中でも、とりわけ、戦艦と巡洋戦艦が配属されている点が印象的だった。これらの大型艦は、第二次世界大戦の影響で建造の中断されていたもので、本来なら完全に建造中止、船台上で解体される運命にあった。大戦末期、ソヴィエトの保有する大型水上艦がほぼ全滅してしまわなければ――樺太の住民脱出援護のた

めにソヴィエト艦隊泊地へと突入した大和を主力とする日本最後の水上艦艇群が、聯合艦隊最後の凱歌をあげなければ。

　ソヴィエツキー・ソユーズと二隻のクロンシュタット級巡洋戦艦（クロンシュタット、セヴァストポリ）が、スターリン直々の命令により強引に建造を再開され、完成されたのはそれが原因だった。元来、戦艦や巡洋戦艦に異常な愛着を持っていたスターリンは、日本最後の実働戦艦大和と武蔵が、日本の南北で米ソ艦隊に大打撃を与えるのを見て、艦隊の中核戦力として戦艦が必要だと信じこんでしまったのである（実際は、大和と武蔵の活躍は僥倖《ぎょうこう》に近いものだったのだが）。それゆえ、一九四七年に開始された艦隊建設二〇年計画の中で計画された、潜水艦一二〇〇隻、水上艦約二六〇隻の中には、大型空母四隻の他に、スターリングラード級と呼ばれる四隻の巡洋戦艦が含まれている。

（えらくバカにしてくれたものじゃないか）

　と、ゴルシコフは思った。主砲四八・五口径一六インチ《40センチ》砲三連装三基九門を備えた六万トン戦艦を旗艦とする我が艦隊を、一隻の戦艦と重巡だけで押さえるつもりなのか。こちらにはそれに加え、五四・五口径一二インチ《30センチ》砲三連装三基九門を備え、最大速力三二ノットを誇る巡洋戦艦二隻も保有している。支援にあたる巡洋艦にも不足はない。最大の不安は、駆逐艦が一個戦隊に満たないこと。潜水艦がないのは仕方がない。どのみち、稚内近海には、行動可能な味方の潜水艦は一隻もいない。

　彼の思いを、スピーカーから響いた通信室からの報告が破った。

「日本人民海軍赤衛艦隊旗艦より報告です。全艦出撃可能」

　ゴルシコフは会心の笑みを漏らした。

　赤い日本海軍は、戦時賠償としてソヴィエトに引き渡された七隻の旧日本帝国艦艇のうち、比較的新型の六隻を主力としている。搭載装備がソヴィエト製に替えられた駆逐艦ばかりだ（復員輸送艦として使用された後に引き渡された為、元から兵器は搭載していなかった）。旗艦は大型駆逐艦〈解放〉。秋月級防空駆逐艦〈春月〉に、ソヴィエト製の一〇〇ミリ連装砲四基を装備している。

　ゴルシコフは思った。これで、我々の駆逐艦は一二隻。艦隊司令長官は無論日本人だが、各艦にはソヴィエト海軍の〝軍事顧問〟と日本人民赤軍政治本部から派遣された政治将校が配属されているから、当面、裏切る心配はない。たとえ艦尾に白地に赤い星の日本人民赤衛海軍の軍艦旗を掲げていても、本当の主人は鎚《つち》と鎌だ。ウラー、アメリカンスキーに一泡吹かせてくれる。おおそうだ。もしかしたら、再建されつつあるというヤポニェチ《ジャップ》の新しい資本主義海軍も叩けるかも。

　畜生。一時期クレムリンで討議の対象になっていた義勇空軍が、本当に編成されていたら良かったのに。生産された航空機の大半を朝鮮へ送り込んでいるため、義勇パイロットと邀撃機の供与どまりになったということだが。もし、ソヴィエト海軍航空隊だけでも派遣されていたら、敵と接触する前に、幾らかでも叩いておくことが可能だった筈だ。いや、せめて触接を行なわせ続け、情報の入手と、弾着観測をやらせることぐらいは出来た筈だ。無い物ねだりが禁物なのはわかっているけれど。

　そうかも知れなかった。だが、航空機がなくても、現状でゴルシコフが優位に立っていることは間違いなかった。彼は大いなる自信をもって命じた。

「全艦出撃。北上中の敵水上部隊を撃滅する」

　彼は絶対に勝利するつもりだった。理由がある。ゴルシコフは、もしこの戦いで戦功をたてることができれば、次期ソヴィエト海軍総司令官の椅子取り競争でトップに立つことができるのだった。

　彼は、自分が黒海沿岸等での地上作戦支援の経験しかないことに気付いていなかった。ひたすら、アイオワ級ですら持て余すと言われるソヴィエツキー・ソユーズの能力を信じ、数の優位を輝かしかるべき未来への補強材料にしていた。

　半世紀前、ロジェストヴェンスキーという名の提督も似たようなことを考えていたのだが。

11　復活戦

稚内西方沖二八浬、日本海
六月五日早朝

　後に、物事の解釈にやや強引なきらいのある日本のマスコミが「第二次日本海海戦」と名付けた戦いは、次のような経過で展開されていった。

人民政府大本営地下壕　豊原、樺太

　この日、赤い日本の首都は、気持ちの良い朝を迎えていた。気温は長袖で動きまわるのにちょうど良く、湿度は昼荒れを気にしないで良い程度に低かった。空はもちろん快晴だ。合衆国空軍の夜間戦略爆撃で市街が瓦礫の山になっていることを除けば、文句のない一日の始まりだった。たとえ、この好天が敵の爆撃精度をあげることを意味していても。

「資本主義軍の動きは？」

首都の地下に設けられた巨大な人民政府専用防空壕の最下層では、人民委員会議長、人民赤軍総司令官、祖国統一民族戦線代表、人民政府首相を兼務する有畑角次がその日の第一声を発していた。場所は、彼の居室に隣接して設けられた赤軍作戦本部第一会議室だ。赤い日本では、もう一つの日本と同様、参謀という言葉に拒否反応がある。このため、かつての参謀本部の機能を持つ組織を作戦本部、参謀という役職を幕僚と呼んでいる。

「はッ、同志首相。現在の所、新たな動きは発生しておりません。ですが、一時間以内に、義勇艦隊と赤衛艦隊が敵艦隊と接触する見込みであります」

緊張した声で当直の幕僚が答えた。この部屋は、政府首脳に対するブリーフィングにのみ用いられるため、普段から詰めている将校は多くない。本当の幕僚達は、大泊や真岡に設けられた司令部で緊張した時間を過ごしている。

「一時間か。長いな」

有畑は額の秀でた顔に軽く笑みを浮かべ、スマートな長身を首相専用の椅子にあずけた。その服装、動作は完全に洗練されていた。日本帝国降伏後、思想犯と政治犯が一挙に釈放された結果ようやく出獄した彼は、半世紀以上にわたり共産主義運動を続けてきた筋金入りのコミュニストだ。だが、同時に東北の大地主の惣領息子として生まれ、東京帝国大学の法科を上位の成績で卒業した本物のエリートでもある。

「祖国解放戦争最大の瞬間が迫っていますな、同志首相」

突然、別の声が会議室に響いた。太い声だった。

「早起きだな、同志川宮」

有畑は口元に先程とは違う種類の笑みを浮かべて答えた。その対象は、彼の最大の政敵——国家保安省長官・川宮勝次だった。背後に、小柄な、丸眼鏡をかけた若者を連れていた。滝川という名前の秘書だった。戦争中は目が悪すぎて徴兵にとられず、海軍工廠で巡洋艦の砲弾を作らされていたという経歴の男だ。留萌—釧路線を越え、真の日本へ加わるに当たって、工廠での奴隷的労働の渦中で共産主義の正しさに目覚めた、党の思想審査委員にそう述べた。

「主義と人民の護衛者として、当然の務めです」

川宮は冷めた声で言った。

彼は、有畑とは対照的な体軀、容姿の男だった。活動家としての経歴も、戦前の共産党非合法時代、どちらかと言えば汚れた、過激な活動を熱心に行なってきた。特別高等警察が党内に放ったスパイを暴き出す過程で、容疑者を自らの手で殺したこともある。性格も、派手好みの有畑と正反対に、どこまでも慎重に押すタイプだ。ただし、かつて殺人――彼自身の言葉を借りるなら処刑――をためらうことなく犯したことからも想像されるように、良く言えば果断、常識的に解釈するなら冷酷な面を多分に有している。

だが、そんな彼にも有畑と一致する点があった。西日本の裕福な商家の惣領息子であったこと、そして、戦後の釈放と同時に留萌―釧路分割線を越えて北側へ入ったことだ。有畑と川宮の地位に差がついている理由は、暴力的な活動歴のほとんど無かった有畑が、それゆえ川宮より先に釈放され、当時の日本占領ソヴィエト軍と接触出来たからに過ぎない。

川宮は声の底に刃を含ませ、言った。

「楽しみですな、貴方の指導体制下にある我が赤軍が、資本主義者の反撃をどうあしらうのか」

その言葉の中では〝貴方の〟という部分が特に強く発音されていた。

「忘れてはいかんな、同志」

有畑は耳に心地好く響く、独特な声音で答えた。

「我が赤軍は、君の指導体制下にある国家保安省の収集した情報をもとにしてこの解放戦争を戦っているのだよ」

二人の赤い政治家は互いに視線を向けあった。有畑の顔にはわずかな笑みがあった。川宮の顔はまったくの無表情だった。

その様子を会議室の隅で見ていた当直幕僚は、全身に冷や汗をかきながら思った。この戦争がどうなるにしろ、遠くない将来、粛清が始まるな。一体、どちらがどちらを粛清するのだろう？　俺は、どちらにつくべきなのだ？

USSアラバマ　稚内沖西方海上

「トムキャットより全艦に警報。戦術通信三五六―Bの脅威警報を確認。少なくとも三隻の戦艦級水上艦艇を主力とする敵水上部隊、北方より高速接近中。カートゥーン・ディレクターは当該脅威対象の迎撃を我々に指示。これに従い、ジョイント・タスク・フォース・エイヴルは只今より針路を〇一一八に変更、敵艦隊撃滅に向かう。全艦総員戦闘配置《バトル・ステーション》、隊形変更、対艦艇水上打撃戦態勢に入れ。トムキャット、オーヴァー」

国連日本援助軍所属A統合任務部隊（JTF―A）、別名エイヴル部隊は、所属各艦を一流演出家の指導を受けたバレエ団にも似た鮮やかさで操りながら、隊形の変更を行なっていた。それは、この戦隊が国籍の異なる艦艇複数で編成されていることを考えると、見事という他ない光景だった。一度組み上げた艦隊陣形を洋上で組み替える作業は海軍の必須技能だが、同時にそれは、熟練の手腕を必要とする戦術行動でもあるからだ。

「予測していたとはいえ、面倒な奴等に出くわしちまったな」

部隊旗艦である合衆国戦艦アラバマの戦闘指揮所《CIC》。レーダー・ディスプレイやアクリルの戦況表示盤に埋め尽くされたそこで、部隊指揮官のゲリー・ガイジャックス少将は太い眉をひそめていた。ほとんど目が隠れてしまう程のひそめ方だ。

ガイジャックスは戦況表示盤を眺めていた情報参謀を呼んだ。

「ケネディ中佐！　意見だ。意見を聞きたい。敵の戦力は？」

「常識的に考えるなら、我々より強力です」

元駐英大使を父に持つ情報参謀は、アイルランドの血筋が濃厚に表われた顔に気楽そうな表情を浮かべ、そう答えた。移民の息子で、苦労してアナポリスに入り、海軍の出世階段をそう早くもないスピードで登ってきたガイジャックスには絶対に取れない態度だ。東部エスタブリッシュメントの典型的な物腰と言ってよいかもしれない。

「敵艦隊の大部分は、ああ、例の義勇艦隊で、イワン《ロスケ》が戦後になって完成させた艦をその主力にしています。特に、ソヴィエツキー・ソユーズは厄介ですな。世界で最も新しい一六インチ砲戦艦で、まず間違いなく本艦より有力です」

ケネディ中佐は軽い調子で続けた。しかし、声には強い自信が表われている。このあたり、彼は大戦中に魚雷艇指揮官だった弟と良く似ていた。

ガイジャックスは対照的な口調で答えた。

「だろうな、畜生。大体、あの戦争の後で戦艦を建造するなんてバカなこと、イワンの他にやる筈がない。全く。何年か前の話じゃ、ソヴィエツキー・ソユーズは船台上で解体されたって話だったのに」

「ああ、それは」

と、ケネディが口を挟んだ。このあたりの軽率と言ってもいい反応の早さは、かつて艦載機乗りだった経験の影響だった。

「基本的には間違いではありません。本当のソヴィエツキー・ソユーズは、レニングラード攻防戦にその資材が転用されて、建造不可能になり、数年前、解体されたそうです。我々の前にいるソヴィエツキー・ソユーズは、モロトフスクの四〇二海軍工廠で建造されていた同型艦、ソヴィエツカヤ・ベラルーシの艦名を変更した艦です。まだ完成していないらしいですが、もう一隻、ソヴィエツカヤ・ルーシという同型艦が、やはり、モロトフスクにいます」

「そうか」

ガイジャックスは少し不機嫌そうに首肯《しゅこう》した。

「だが、そんなことはどうでもいい。当面の問題は、我々の戦力で、連中とどこまで戦えるかだ。司令部のターナー中将は迎撃しろという命令以外、出していない。一体、我々はどこまでやるべきかな？　イワンの方が明らかに優勢だぞ。巡洋艦と駆逐艦の数も向こうが有利だ」

「無論、撃滅すべきです」

ケネディは言下に答えた。その点、合衆国海軍軍人としての彼は明快な信念を持っていた。海軍とは、臆病者の居場所ではない。

「そうだな」

ガイジャックスは吹っ切れた様な乾いた声でそう言った。彼とケネディは、部下と上官の理想的な関係にあるとは言えなかったが、海軍軍人としての行動方針については、何の相違もなかった。

「それに」

と、ケネディが安心させる様に切り出した。

「隻数では確かにイワンが有利ですが、我々が一方的に不利だとは言えません……」

JRS〈解放〉　稚内沖北西海上

北の海は朝を迎えていた。

日本赤衛艦隊は単縦陣をとりつつ、義勇艦隊の前方五浬を航行していた。当然、戦闘態勢に入っている。艦隊旗艦〈解放〉は、信号策に運動旗、マストに白地に赤い星の人民海軍戦闘旗をなびかせ、秋月級駆逐艦特有の優美な船体を疾駆させていた。速力は二五ノット。完全な戦闘速力だ。

「電探《レーダー》、反応まだか」

艦隊司令長官の神重徳中将が尋ねた。知性と精気の溢れる顔に、微かな緊張がにじみ出ていた。

「反応、ありません」

神は艦橋の指揮官用座席に腰を落ち着けた。ひとまず安心する。それと同時に、自分は妙な商売をしているな、と思う。当然だった。かつて、帝国海軍一の親独家として知られ、第一次ソロモン海戦、捷《しょう》号作戦、沖縄特攻でひたすら艦隊を突撃させ続けた参謀士官が、赤い日本の海軍を率いているのだ。

神は、以前とはイメージの変わった顔を片手で撫でた。時代の趨勢と現在の立場に合わせ、かつてたくわえていたヒトラー髭は剃り落としている。

そんな彼に、

「同志司令長官、落ち着かれてはどうですか」

と、妙に平板な日本語が話し掛けてきた。同乗している軍事顧問――御目付役のソヴィエト海軍将校の声だった。

神は、感謝する様に軽く会釈した。だが、その内心は怒りに満ちている。こともあろうに、司令長官に向かって落ち着けとは何事だ。部下の前で、指揮官の適性を云々しているに等しい。

やはり、と神は思った。やはりこいつは、MGB――ソヴィエト国家保安省から派遣された政治将校に違いない。そうでなければ、これほど軍事的常識を無視したことを言える筈がない。

神は、自分が置かれている立場について、皮肉な感想を抱いた。彼が赤い日本へ加わる原因となったのは、前の戦争の終わり、ほぼ全滅状態にあるにもかかわらず、ロシア人への抵抗を止めない海軍部隊が北海道各地に残存していたことだった。時期は一九四五年八月末。すでに合衆国とはポツダム宣言受諾についての話し合いが付き、日本政府が、滅茶苦茶ばかり言ってくるスターリン相手に絶望的な交渉を行なっていた頃のことだ。神の任務は、そうした徹底抗戦を続ける部隊へ赴き、今日の恥辱に耐えて明日の再起に備えるよう、説くことだった。帝国海軍は、その最期にあたり、最高の人材活用を行なったのかもしれなかった。海軍の主戦強硬派として知られていた神が降伏を説けば、かなりの説得力を持っていたからである。

　結果から言えば、神は、その任務に成功した。北海道に配備された海軍部隊がスムーズに降伏していったのは、彼が各地で説得に当たった結果だった。そして、そのことが、彼を赤い日本に縛り付けた。ソヴィエト軍が、捕虜にした旧日本帝国軍人の送還を認めず、そのまま赤い日本を建国してしまった時、彼らを置き去りにすることが、あらゆる意味においても出来ない立場に、神はあった。たとえ今、それ故に彼が海のことをろくに知りもしないロシアの〝軍事顧問〟に侮辱を受け、同じ日本人との戦いに赴こうとしていたとしても。

（なに、今のうちだけさ）

　神は思った。露助は占領した地域を自国に併合せず、日本人の手に残した。そして、そこを守るには、絶対に海軍が必要だ。まともな外洋艦隊を建設したことのない奴等は、いずれ、人民共和国周辺の制海権維持に関して、日本人自身の手に委ねなければならなくなる。そうなったら……

（連中に、自分達が海では三流であることを思い知らせてやる）


「電探室より艦橋。電探に感度有り、敵艦隊らしい。方位……」

　今はとりあえず、その時まで生き残ることが先決だ。

上陸船団、積丹半島西方海上

　昨日までは別々に行動していた多数の艦船が、明白な意志をもって同じ海域に集結しつつあった。戦局の一挙打開のためにパットンが発動したアイアン・フィスト作戦。その「拳」となる強襲上陸船団が洋上で陣営を整えている。

「さすがだよ」

　揚陸艦〈おおすみ〉の後部左舷に立った第七特車群指揮官、島田豊作一等警察正は正直な感想を漏らした。その視線は、梅雨のない北海道にだけ許される爽やかな六月の空――その下でDデイを待つ船団に向けられている。

「局地戦ですら、これだけの艦艇を集めることが出来て、同時に六個師団もの上陸を計画できる。はは、こりゃ前の戦争に負けたのも当たり前だ」

　彼はそう言って笑い、傍らに立っている部下に視線を向けた。島田が最も評価しているその青年幹部は、船に弱い体質らしく、海面は凪《な》いでいるのに、青い顔をしていた。

「出来ることなら、あの戦争の前に参謀本部の連中が見て欲しかったですわ」

福田定一は答えた。彼の階級章は、横棒二本の上に桜が一つ描かれた三等警察正のものに変わっている。少佐という訳だ。

「もし見てたら、自分は戦車に乗らんで、今頃は大学で蒙古語の研究でも……」

「無茶を言うな、アメちゃんがこれだけのフネを造ったのは戦争が始まった後なんだぞ。ま、気持ちはわかる。確かに、参謀肩章吊った連中がこれを見たら、戦争する気にだけはならなかったろう」

島田は苦い笑いを漏らし、視線を船団へと戻した。福田に言われるまでもなかった。かつて日本帝国陸軍の戦車将校として唯一人、機甲突破――いわゆる電撃戦を成功させた経験を持つ彼は、科学技術や物量といった要素が戦争にどんな影響を与えるのか、体感的に理解している。それに、日本が二つに割られていなければ今頃は……という点については、彼も福田と似たような感想を持っていた。祖国を舞台に再び戦争が始まる――そんな事態が起こらなければ、彼は、田舎の私立高校で歴史教師として余生を送っていた筈なのだ。特車――いや、戦車隊を再び指揮できたことは嬉しいが、どこかで、なんでこんなことになったんだろう、とも思っている。

「これでまだ、全部集まっていないんだからな。大したもんじゃのォ」

船団を見つめる彼は、返事を期待しないで再び感嘆の声を漏らした。同時上陸部隊六個師団――史上最大と言われてきたノルマンディ上陸を上回る規模の作戦を行なう六〇〇〇隻以上の船団は、確かに、度重なる感嘆に値する眺めだった。上陸部隊は、

●合衆国：第五海兵師団、第一騎兵師団、第八歩兵師団
●日本　：第二管区隊、第七特車群
●国連軍：オーストラリア第九師団、ニュージーランド第二九旅団、トルコ第五旅団

を主力としており、これに合衆国軍が多数引き連れている独立大隊を加えれば、六個師団以上、合計一四万名あまりの兵力になる。さらに、作戦支援のため札幌付近に合衆国第八二空挺師団が降下を行なうから、〝フィスト〟作戦に限っても、参加陸上兵力は一六万名を超える。これに、函館橋頭堡から反撃に移る〝アイアン〟作戦参加部隊四個師団、八万名が加わるのだから、日本本土の

戦いとしては関ヶ原合戦以来の兵力が攻勢をかけることになるのだった（後方支援部隊を含めると一〇〇万を軽く超える）。それだけではない。作戦の支援に、一〇〇〇機以上の航空機、二〇〇隻近い戦闘艦艇が参加していた。三八度線で共産軍の攻勢をどうにか抑えている国連軍としては、投入可能な兵力を世界中から根こそぎかき集めたに等しい。

国連軍——パットン大将は、この総計二四万名の正面戦闘兵力で、北海道に展開していると見積もられる一〇万の日本人民赤軍を、一網打尽にしようと目論んでいるのだった。

島田が指揮する第七特車群がこの作戦に参加していたのは、幾つかの理由があった。

第一は、政治的バランスのためだった。最終的には日本再統一を目指す国連軍の反撃、その目立つ部分に、警察予備隊が参加していないのは都合が悪かった。これは、今年の初めに編成が完了、函館橋頭堡で何度かの実戦を経験しただけで後方に下げられていた第二管区隊（師団）の作戦参加と同じ理由だった。

第二は、パットンの個人的と言ってよい要求の結果だった。昨年初頭、福田が増強中隊で一個連隊を撃滅させたことを知ったパットンは、その戦闘に参加した、各指揮官の経歴を調査させた。そして、世界の有力紙の記者が揃った会見で第一特車大隊を激賞したのである。かつてマレー半島で電撃戦を行なった島田、そして福田の実現した大戦果——勇敢で、戦術に長じ、戦車を扱うのがうまければどこの国の軍人であろうが誉め称えてしまうパットンは、彼らが大いに気に入ったのだった。

であるならば、かつて自分がノルマンディ上陸を指揮出来なかった恨みを晴らすこの作戦に、第一特車大隊の参加を求めたことは当然だった。

本来は第一管区隊の隷下部隊だった第一特車大隊が、独立部隊である第七特車群に拡大強化再編成され、島田と福田が昇進したのも、その影響を受けている。吉田政権は、国連軍——合衆国軍の極東における総帥に、抜け目なく恩を売ろうとしたのだった。同時に、不足しがちな特車の供与を求めつつ。

「うう。下に言って、部下の様子を見てきます」

青白い顔で福田が言った。島田はその顔を見て、おまえさんの顔を見たら、調子の悪くない奴でもおかしくなるぞ、と言いかけたが、止めにした。何事も異例ずくめで編成された第七特車群は、三個特車大隊、一六〇両以上の戦力を保有している（本来なら、旅団か連隊と呼ばれる規模の兵力だ）。その第一大隊を指揮する福田が、実戦経験の裏付けにより部下から厚い信頼を寄せられていることを島田は知っていた。彼は思った。まぁ、こいつが大変そうな顔をしていれば、助けてやりたくなり、無理して元気を出す奴もいるかもしれない。

福田は、ハッチを抜け、ラッタルを降りていった。〈おおすみ〉には、彼の大隊の本部中隊と、群本部中隊の車両が搭載されている。

（あいつ、まだ戦車のそばにいた方が落ち着くんだろうな）

と、島田は思った。なにしろ、今度の戦車は強力だ。気に入った人間にはとことん良い扱いをするパットンは、第七特車群に九〇ミリ砲装備のM26パーシングを供与していたのだった。パーシングは、開発、生産開始こそ第二次大戦末だが、その後の必然的な軍縮の影響で、合衆国軍にすら行き渡っていない、世界最強級の戦車だった。

島田は再び船団に目を向けた。集結は続けられていた。集結完了は、今日の夕方の予定だった。

SSRSソヴィエツキー・ソユーズ

稚内沖西北海上

最初に敵を探知した日本赤衛艦隊は、それをソヴィエツキー・ソユーズに通報すると、針路を大きく西に変更した。当然の判断だ。真っ昼間、戦艦と巡洋艦を含む艦隊へ駆逐艦だけで攻撃をかけるバカはいない。遠距離からアウトレンジされ、一発も放てないうちに全滅するのがオチだからだ。彼らの任務は、敵の監視と、敵駆逐艦が味方主力に突撃した場合の防御に重点が置かれる。

もちろん、ゴルシコフもそれを認めた。彼は駆逐艦を分派すると彼女達に、敵の後退路を断つようなコースを取らせた。ソヴィエツキー・ソユーズを先頭に進む主力は、単縦陣で敵へ突進している。速力は二五ノット。艦隊の全艦が統一した戦術行動を取りうる上限の速度だ。

「レーダー室より艦橋。真方位一七〇度方向に複数の反応を探知。針路、距離不明。感度上昇中。敵艦隊らしい」

この頃になると、イタリア、フランスの海軍に次いでとろくさいと言われるソヴィエト海軍の将兵たちも、状況へ敏感に対応するようになっていた。距離はまだわからないが、レーダーの探知距離から考えて、五〇キロ程度まで近づいていることは間違いないからだ。

ゴルシコフは思った。敵もこちらと同じ速度を出しており、互いに艦首を向けあっていると仮定するなら、相対速度は五〇ノット。時速一〇〇キロ近い。毎分二キロ以上距離が狭まるのだから、短く見積もって十分、長くても二十分以内に主砲戦距離に入ってしまう。畜生、魔女め。高速戦艦同士の戦いとはこれほどテンポの速いものだったのか。黒海の戦いとはえらく違うな。アメリカンスキーのドクトリンからして、連中が三五〇〇〇までは射たないであろうことが救いだ。ふん。ソヴィエト海軍はそんなことはしない。敵が射程内にあれば、どんな状況であっても射つ。たとえ弾着観測すらままならぬ実用射程外でも、命中しないとは限らないからだ。

再び報告が入った。今度は詳細なものになっている。

「敵艦隊は大型艦二隻を先頭に、真方位二八五度方向へ変針中！　本艦よりの方位左一六度。敵一番艦との距離約三八浬。速度二五ノット以上」

「前部見張所より艦橋！　敵艦マスト確認。一番艦は大型巡洋艦らしい。その後方に戦艦！」

変わってるな、ゴルシコフは妙な感触を抱いた。おそらく、旗艦は戦艦であるはずなのに、一番艦ではないとは。アメリカンスキーの海軍は、指揮官先頭の伝統について、何か違った考えを持っているのだろうか。まぁい い。連中が舵を切ったおかげで少し時間が稼げた。

もちろん、そうした疑念は彼の脳裏に一瞬だけ去来したものであり、艦隊指揮官としての彼は即座に決断と命令を下している。

「針路変更二九〇。全艦左舷同航砲戦に備え」

それに答え、舵輪が大きく右に回された。義勇艦隊は、蛇の様に連なりながら、針路を変えていった。

ＪＲＳ〈解放〉　稚内沖西北海上

「敵味方主力、大角度変針中。近づきます」

今の所、神中将の立場は結構なものだった。アメリカ人も、ロシア人も、現状では彼を必要としていない。つまり、あと何分かは、この特等席で一大海戦絵巻を見物できるということだった。

もっともこれは、神のように特別な神経を持った人間だからこそ持てる認識だった。彼が先程ＭＧＢからのスパイだと断じた軍事顧問と、人民赤軍政治本部から派遣された政治将校は、顔面蒼白といった有り様だった。その本性がただの密告者であることを考えれば、極めて当然の反応である。彼等は、敵がこちらを射程に収められるのは主砲だけで、その主砲は全てソヴィエト義勇艦隊に向けられていることを海軍士官の常識から想像することはできない。重巡か軽巡の主砲射程に入らなければ絶対に射たれないことを〝知って〟はいない。

　神は司令官用座席から立ち上がり、双眼鏡を構えた。その双眼鏡はツァイス製で、おそらく、ロシア人がドイツから戦利品か何かの名目で略奪してきたものだ。彼はそれをゴルシコフから同盟国海軍司令長官への贈物として譲り受けた。高みの見物には最高の道具だ。

　神は双眼鏡を敵艦隊へ向け、一番艦が進むあたりで焦点を調節した。彼の艦隊と敵艦隊との距離は二五浬を切っていたから、ドイツ製の高倍率双眼鏡であれば、敵艦のタイプぐらいなら判るかもしれない、そう思ったのだ。ソヴィエツキー・ソユーズの見張用望遠鏡が確認し、ゴルシコフの司令部から彼に伝えてきた、敵一番艦の情報も少しだけ気にかかっていた。いくらなんでも、先頭に巡洋艦を進ませるのはおかしい。戦艦同士の砲戦が発生しようとしているのに、旗艦であるはずの戦艦が先頭を進んでいないのは妙だ。砲撃は一番艦へ集中される戦術上の一般則があるから、わざわざ巡洋艦を無駄に沈めてしまうことになる。

　神は敵影を捉えると、それに対して焦点を合わせた。

　そして――うめいた。

「――――」

　聞いた者には何語かすら判らなかった。本人は、故郷の言葉で驚きと怒りを表現したつもりだった。

「あれが、わからんか！」

　神はわめいた。周囲の者達は、司令長官の豹変に唖然としている。

（所詮、付け焼き刃の陸式海軍か）

　と、狂いたいような気分で彼は思った。ソヴィエトの捕虜になった艦艇乗員がほとんどいなかったため、彼の艦隊に加わっている乗員は、元陸軍将兵がほとんどだ。たかだか数年で本物の海軍軍人に仕立てあげられる筈もなかった。ソヴィエト義勇艦隊についていては言うまでもない。ロシア人は何千年かかってもまともな海軍を建設できないだろう、神はそう思っている。

　神は双眼鏡を再び構えた。直ちに、彼の視界に敵の一番艦が飛び込んできた。巡洋艦ではない。おそらく、サウスダコタ級と思われる戦艦だった。

　神は推理をめぐらせた。太平洋戦争に生き残ったサウスダコタ級は三隻だ。情報では、サウスダコタは朝鮮にいる。ならば、あれはおそらく、マサチューセッツかアラバマのどちらかだろう。ではなぜ、あの艦を巡洋艦と誤認したのだ？　そうか、最初の報告がいけなかったのだ。偵察機が巡洋艦と言ってきたために、意識がそう信じこみ、目に入ってくる現実を歪めてしまったのだ。戦場ではよくある話だ。待てよ、なんでまた、偵察機はあれほどの艦を巡洋艦と誤認したのだ――

　彼の記憶に何か符合するものがあった。マリアナだったかレイテだったか忘れたが、合衆国の偵察機が発信した平文の偵察報告を傍受したことがあった。あの時、敵機は

「戦艦及び巡洋艦各一隻航行中」

　とかなんとか言っていた。現実には、二隻の戦艦だったにもかかわらず。誤認の理由は、二隻の戦艦の大きさに、余りにも差があったからだった。ということは、今回もそれだ。誤認だ。それでなくとも、ソヴィエト軍は、偵察能力の低いことで知られている。最初から疑ってかかるべきだったのだ。

（待てよ）

　素朴な疑問を神中将は感じた。合衆国の戦艦でそれほど図体に差のあるものがあったかな？　いくらなんでも、アイオワ級とサウスダコタ級を見比べて、後者を巡洋艦に見間違えるなどということがあるか？　一体、偵察機はどんな〝戦艦〟を目撃したんだ？

　それだけの推理を瞬時にして済ませると、神は敵二番艦に焦点を合わせた。

　そして、今度は本当に言葉を失った。

JDS〈やまと〉　稚内沖西北海上

　これでは、この戦艦の艦長が出撃する度に戦死しちまうのも無理はない。ハインライン大佐はそう思った。偏見が理由ではない。敵との殴り合いがそこまで迫っているにもかかわらず、海上保安庁海上警備隊・超甲型警備艦《バトルシップ》〈やまと〉の首脳部は、誰一人として、昼戦艦橋から離れようとはしなかった。当然、ここでは敵の主砲弾に耐えられない。

（せっかく、世界で一番直接防御力の高い戦艦に乗っているのに）

　なぜ、わざわざ危険な昼戦艦橋にいるのか。ハインラインには理解できなかった。彼は思った。

　クレで行なわれた改装工事によって、ヤマトには戦闘指揮所《CIC》が設けられている。それも、守りの堅いヴァイタル・パート内部にだ。少なくとも艦長は、戦闘指揮をそ

こで行なうべきだ。極東海軍司令部では、我々のマニュアルを使って訓練したおかげで、日本人もダメージ・コントロールの概念を理解しつつあると噂されていた。確かに部分的には当たっているかもしれない。少なくとも、艦の物理的な被害を局限するという意味では。

だが、それだけだ。日本人は、ダメージ・コントロールに人間が含まれるということを理解していない。艦長は、指揮が可能な、もっとも安全な場所にいるべきだという原則中の原則を理解していない。奴等はまだ、オールウェイズ・オン・デッキが、直接敵の見える場所にいることだと思っている。電子の目で周囲を見渡すCICの方が、よほど的確な戦闘指揮を行なえる筈なのだ。

そうした気分が周囲に伝わったらしい。ハインラインには理解できない日本語の命令と情報伝達が飛び交った後、ちらりと彼の方を向いた艦長が、

「准将、CICで観戦なされてはいかがですか？」

と、言った。軍艦には二人の大佐――艦長がいてはならないため、ハインラインは形式的にそう呼ばれている。海軍の国境を越えた伝統だ。もちろん観戦武官であるから、階級が上でも、命令権がある訳ではない。

「ノー・サンキュー」

ハインラインは断固たる表情で断わった。臆病と思われてはたまらない。俺だけCICでなんて、よくもまぁ――そこまで思った時、彼はハッとした。こいつら、CICが観戦に最も適した場所だってことを知ってやがる。そうでなければ、なぜ俺にそんなことを勧める？

ハインラインは、これまでとは違った視点で周囲の情景を見つめた。艦橋にいる全員が、完全に調律のとれたバイオリンの様に、有機的な動きを見せていた。よく考えると、降伏、解体からわずか六年しか経ていない海軍としては驚異的な練度だ。連中が艦橋にこだわるのは、この驚異と何か関連があるのだろうか？

そうに違いない、とハインラインは思った。電話員が、彼にも理解できる言葉でTBSの内容を伝えていた。〈やまと〉は、合衆国の艦艇と共同行動を取りやすいように、戦術放送《TBS》システムを装備しているのだった。

「トムキャットより伝達。我レノ発砲有リ次第、直チニ砲戦開始セヨ。以上」

「了解と伝えろ。こっちは準備ができている、とな」

「トムキャット、こちらタッフィー。早く射て。以上」

艦長の言葉を滅茶苦茶な意訳をして伝えた電話員の言葉に、ハインラインは思わず噴き出しそうになった。そ

して、もう一度、はっとする。なんてことだ、俺は随分余裕があるじゃないか。

そうなのか、と彼は思った。連中が艦橋にいる理由は、これなのか？　確かに、ＣＩＣでは味わえない戦士の感覚に違いない。きっと、この戦艦──日本人は妙な艦種名をつけているが──で死んだ二人の艦長も、俺と似たような感覚に到達したから、ここで敵弾を浴び、戦死したに違いない。特に、絶望的な状況の中、孤軍奮闘してイワンの旧式戦艦群を殲滅し、その戦いの終わりに命中した敵弾で戦死したマユズミはそう考えていた筈だ。あ。神様、俺はもう日本人に毒されつつあるぞ。

何事か、緊迫した状況を伝える声が響いた。艦長だった。ハインラインは彼に注目した。艦長は、ハインラインにはネズミの鳴き声に聞こえる日本語で、命令を下し続けていた。

俺とバーク少将を殺しかけたムサシの艦長も同じ様な考えだったんだろうな、ハインラインはそう思った。奴ならどう判断しただろう？　この不可思議な感触を求めて艦橋に残ったかな？

前方を進むアラバマの周囲に水柱が立った。敵の砲撃だ。すべて、敵とは反対舷に立っている。遠弾だった。ハインラインは慌てて本来の任務に戻った。

彼は、ムサシの艦長だったらそうした疑問を抱く必要すらないことを知らなかった。そう。もし、藤堂明が生きていたら、一も二もなくＣＩＣで指揮を執っただろう。

SSRSソヴィエツキー・ソユーズ
稚内沖北西海上

「第四射、弾着。一番、遠。二番、遠。三番、遠……」

スピーカーから響く砲術長の声に間が開いた。修正値の算出に手間取っているのだ。

ゴルシコフはいたたまれない思いでその空白に耐えた。

彼の艦隊──というより、ソヴィエツキー・ソユーズは、彼我の距離四二〇〇〇で射撃を開始していた。それから、一〇分が過ぎている。距離は約三六〇〇〇に詰まった。なのに、まだ四斉射しか行なっておらず、命中弾は一発もない。砲員の練度が、彼の予想を上回って低かったのだ。これには、実用射程外からの砲撃を命じた彼にも責任がない訳ではなかった。だが、その点を割り引いてもなお、砲員達の動きは鈍かった。弾着修正、装塡動作のすべてに時間がかかっている。カタログ・データによれば、ソヴィエツキー・ソユーズは三五秒に一度、一斉射撃を行なえることになっているのだ。

後方から轟音が響いた。報告が入る。

「クロンシュタット、セヴァストポリ、第四斉射」

（畜生、皆、遅い）

拳を握り締め、ゴルシコフは思った。いま射撃を行なったクロンシュタット級巡洋戦艦は、最大射程四六〇〇〇メートルの一二インチ砲（三〇センチ砲）を備えている。ソヴィエツキー・ソユーズとほとんど同じ距離での実用砲戦距離がある筈だ。だからこそ、旗艦と同時に射撃開始を命じた。なのに、旗艦を下回るペースでの砲撃しかできていない。もちろん、命中弾はない。

ゴルシコフはきつく唇を噛んだ。

どうにもならなかった。これが、ソヴィエト海軍の実力だった。歴史的に見ても、まともな海軍の伝統がないこの国の水上砲戦技量は、あまり誉められたものではなかった。その傾向は、日露戦争での海軍壊滅によって決定的になり、革命と粛清によるヴェテラン海軍士官の絶滅で拍車がかけられた。そして、第二次世界大戦の間、大量の艦艇を保有しながら、戦争に何の関与もせぬまま時を過ごしてしまったことにより止めを刺された。対日独戦勝後、スターリンが国家的な威信のためだけに戦艦を建造させた時、海軍に大口径砲長距離射撃の充分な教育を受けた士官はいなくなっていたのだ。

その結果が、これだった。

（接近するしかない）

指揮官としては水準以上に果断な人物であるゴルシコフは決意した。近距離戦に持ち込み、数の差で押し切ってしまう以外にない。二〇〇〇〇メートル台の、一般的な主砲戦距離でならば、命中率も上がる筈だ。

ゴルシコフは確信し、敵艦隊へさらに接近するように命じた。日本赤衛艦隊から伝えられた警告を彼が無視したのは、危険な距離まで接近し、敵を撃破する他、彼がソヴィエト海軍総司令官の椅子に座る道は残されていなかったからだった。

JRS〈解放〉　稚内沖北西海上

「なんてことを」

神中将は、義勇艦隊の行動に怒りを通り越して呆れすら覚えていた。敵艦隊が一隻ではなく、二隻の戦艦を――アラバマと大和を主力としていることを通報し、正面切った殴り合いでは不利であると伝えたにもかかわらず、それを無視して接近を開始したのだ。

「オイ、間違いなかか?」

味方の愚かさに困惑した彼は、艦橋脇に設けられた見張所に出て、そこで大型の見張用望遠鏡をのぞいている下士官に尋ねた。

「間違いありません。大和です。装備の方はあれこれ変わっておる様ですが」

下士官は答えた。彼は、帝国海軍で見張長をつとめていた。乗艦が北海道近海で撃沈されたため、稚内で次の任地を待っている間にソヴィエト軍の捕虜になってしまったという不幸な男だ。当然、赤い日本政府はこの様な経歴の男を信用せず、政治的信頼性の欠如を理由に、経験のない機関部の下士官にしてしまった。神は、政治的信頼性が高くても戦術的信頼性の低い正規の見張員を外し、出撃前、要注意対象人物のファイルで経歴を見ていたこの男を臨時の見張員に任命したのだった。

彼の報告を聞いた神は、二五ノットで進む駆逐艦の合成風力が吹き付けてくる見張所で、ツァイスを構えた。見覚えのある戦艦の姿が、視界に入ってきた。

大和は神の記憶にある姿とは幾分変化を見せていた。識別上の特徴だった煙突後部のアンテナがなくなっていた。その代わり、前檣楼後部と一体化した垂直のアンテナ・マストが立てられている。ここまでは彼の記憶にあるレイテ後の大和だ。

だが、マストの頂上に捜索用電探らしきものが装備されているのは記憶にない。また、前檣楼と後檣の前後に装備されていた一五サンチ《センチ》副砲も撤去され、そこには射撃管制電探らしきものが装備されていた。

高角砲群は全く変わっていた。そこにあるのは大和建造当時ですら旧式だった日本製一二・七サンチでも、レイテの後に片舷だけ装備された長一〇サンチでもなかった。かつて日本の航空機を大量に撃墜した合衆国の一二・七センチ連装両用砲だった。両用砲用のものと思われる射撃電探も何基か装備されているようだ。それから——艦尾にあった水上機カタパルトやクレーンもなくなっている。

だが、彼女は紛れもなく大和だった。その証拠に、三基の四六サンチ砲塔が義勇艦隊に向けて鎌首をもたげていた。どこの国に所属しているかについても疑問がない。艦尾のポールには、あの帝国海軍の象徴——軍艦旗がはためいている。

(ゴルシコフは、あの艦の恐ろしさを知らないのだ)

と、神は思った。奴は原則にこだわり過ぎ、先頭のサウスダコタ級にばかり射撃を集中している。本当なら、大和にこそ、それを行なうべきなのに。ロシア人は、黛と大和によって戦艦群を壊滅させられた経験を持ちながら、そこから何も学んでいない。大和は、四〇サンチ砲戦艦一隻でどうこうできるフネではない。三〇サンチ砲装備の巡洋戦艦に至っては、何をか言わんやだ。傷を負わせることはできても、沈めることはできない。仮に損害を与えられたとしても、ゴルシコフは全滅に近い打撃を受けることになるだろう。

神は自分の席に戻った。有り難いことに、ゴルシコフからこちらへは何の命令も出されていない。忙しく動きまわる真似だけして、静観することにしよう。MGBのスパイや、人民赤軍政治本部の政治士官、警備兵が艦に乗り込んでいるから、亡命こそできないが、大和へ突撃して、好んで死ぬつもりもない。ロシア人に、そこまで義理立てする必要はないのだ。

神がそう思って凄愴な笑みを浮かべた時、敵一番艦から黒煙が立ち上った。ついに命中弾が出たのだ。

USSアラバマ　稚内沖西方海上

衝撃と轟音が発生し、CICのあちこちで何かが壊れる音と悲鳴が響いた。照明が一瞬だけ暗くなり、すぐに回復した。

ガイジャックス少将は、戦況表示盤の端に摑まって危うく衝撃をやり過ごした。スピーカーから艦長が出している指示とそれに対する応答が聞こえる。アラバマの場合、艦長は操艦指揮に専念するため司令塔に入っている。

「各部被害報告！」

「左舷艦尾被弾！　火災発生！」

「左舷電路一番切断、予備回路に切り替え！」

「応急班、ダメージ・コントロール急げ」

「現在急行中」

「各主砲塔並びに射撃指揮装置異常無し」

「機関異常無し。全力発揮可能！」

ガイジャックスは胸を撫で下ろした。今回は助かった。イワンの下手糞な射撃が命中したということは随分と距離が詰まったということだな――

「レーダー、敵との距離は」

彼が尋ねようとしたことをケネディが口に出していた。

「三四八〇〇。接近中、アイ」

ケネディはガイジャックスと視線を合わせた。ガイジヤックスは頷き、吠える様に命じた。

「全艦に伝達。ＪＴＦエイヴル射撃開始」

「アイ。トムキャットよりエイヴル全艦、射撃開始！」

数秒後、アラバマは最初の斉射弾を放った。


SSRSソヴィエツキー・ソユーズ　稚内沖北西海上

「第九斉射、敵艦を完全に夾叉《きょうさ》。命中弾、少なくとも一発！」

「ウラー！」

艦橋に歓声が起こった。ゴルシコフはそれまで歪みがちだった口元に笑みを浮かべた。ようやくだ。だが、い い。一度夾叉できれば、後は楽になる。放たれた砲弾が敵艦を挟む狭い範囲に着弾したことは、現在の狙いが基本的に正しいことを意味しているからだ。

スピーカーから砲術長の命令が響いた。

「第一〇斉射……射《アゴーン》エッ！」

一瞬後、ソヴィエツキー・ソユーズの主砲は九発の一六インチ砲弾を吐き出し、船体は鳴動した。充分な対衝撃試験の行なわれていなかった艦内各部では、配管や品質の良くない梁に亀裂が発生、職工が手抜き工事を行なった内装品が次々に壊れていた。だが、戦闘機能そのものは問題なく動作している。

ゴルシコフは思った。大丈夫だ。負けはしない。やはり、距離を詰めたのは正解だった。

軽いため息を漏らした彼が海面を睨んだ時、水柱に包まれた敵艦が、その中から発砲してきた。

きたな、アメリカンスキー。やるだけやってやろうじゃないか。

JDS〈やまと〉　稚内沖北西海上

アラバマが命中弾を受け、艦尾から黒煙を吐いた。その姿は周囲に林立する水柱で隠れ、〈やまと〉の艦橋からでもほとんど見えない。

ハインライン大佐は双眼鏡を構え、敵艦隊を観察した。先頭を進む三隻から、しきりに発砲の閃光がきらめいている。神様。早く射たないとやばいぞ。

前方から轟音が響き渡った。艦橋のスピーカーにつながれたTBSから、旗艦の命令も飛び込んでくる。

「トムキャットよりエイヴル全艦、射撃開始！」

ハインラインは艦長の方を見た。艦長は、合衆国海軍と全く同じカーキのシャツを着込んだ上半身を伸び上がらせる様にして、大声で叫んだ。

「Te！」

艦長が叫び終わる前に、前甲板で発生する巨大な火炎と轟音、そして黒煙が、艦橋に衝撃を伝えた。四六センチ砲が、六年ぶりに敵艦へ火を吐いたのだ。距離から考えて、弾着は約七〇秒後になる。

「一八インチ！」

ハインラインは網膜と鼓膜に焼き付いたエネルギーに男としての何かを感じ、叫んだ。それを聞いた艦橋の人々が彼に笑みを向ける。オリエンタル・スマイルではない。大事な玩具を友達にみせびらかした子供のような顔だ。

艦長が多少クセのある英語で言った。

「我らがクラブにようこそ、ミスター・ハインライン」

七〇秒後　稚内沖北西海上

一度距離が詰まり、双方共に全力で射撃を開始すると、状況の展開は急速なものとなった。

〈やまと〉発砲から五九秒後、ソヴィエツキー・ソユーズの第一〇斉射がアラバマに降り注いだ。九発のうち七発は遠弾になったが、残り二発はアラバマの前甲板を叩いた。

一発は艦首の左舷錨鎖庫直上に命中。ほぼ無防御といってよいそこの甲板を貫通した。錨鎖庫内で炸裂した砲弾は、周囲を弾片と爆風、そして熱で破壊し、余ったエネルギーで甲板を数メートルにわたってめくりあげた。

もう一発はA砲塔直前に命中。最も強固な部分で四五七ミリの装甲を持つ砲塔自体に損傷はなかったが、弾片で三門ある砲身のうち一門を切り裂き、使用不能とした。

アラバマが受けた損害は、それのみに留まらなかった。クロンシュタットとセヴァストポリの放った一八発の砲弾が、それから数秒後、相次いで降り注いだからである。この砲撃は、一点に集中された砲弾が、互いの運動エネルギーを大気に伝え、衝撃波を発生させた影響で一発しか命中しなかったが、その三〇センチ砲弾が与えた被害は無視できないものだった。唯一の命中弾は前檣楼上部のアンテナ・マスト基部を直撃して、それをへし折ってしまったのである。結果、折れたマストは前檣楼に倒れかかり、アラバマの前部主砲射撃指揮所を押し潰してしまった。彼女の艦長は直ちに射撃指揮を後檣の後部射撃指揮所へ引き継がせたが、前部ほど高い位置に置かれていないそこからの射撃指揮は、主砲の命中率を極端に低下させた。

一方、ソヴィエツキー・ソユーズも無傷ではない。〈やまと〉の発砲から六三秒後、彼女にアラバマの第一斉射が突進してきた。直接の命中弾こそなかったが、至近弾となった数発が与えた振動と衝撃で、〈やまと〉の砲撃にすら耐えられる筈の左舷装甲板の数枚に歪みが発生した。ウォッカに酔った職工の手抜き作業により、装甲板を船体につなぎとめるボルトが規定の深さまで差し込まれていなかったこと、そして装甲板の品質が完全でなく、内部にクラックのあるものがそのまま使用されていたことが原因だった。ソヴィエト・ロシア式のアバウトな生産管理技術は基本的に遣い捨てであるT34を大量生産することには向いていた。だが、芸術品に近い戦艦の建造には全く適していなかった。

そして、七〇秒後。〈やまと〉が六年ぶりに放った第一斉射が目標へ到達した。射弾の集中による弾着観測の難しさを知っていた〈やまと〉艦長は、砲撃を義勇艦隊二番艦のクロンシュタットに向けていた。

帝国海軍の往時を考えれば、恐るべき悪条件で放たれた砲弾だった。北海道での戦いが始まって以来、昼夜兼行の突貫工事で近代化された彼女だったが、その砲弾は、一〇年近く前に生産された腐れ弾に近いものだった。また、可能な限りかつての乗員を集めたとはいえ、大部分の乗員は、特需景気以前の不況による失業から逃れるために志願してきた、かつての日本を大人としての目で見たことのない若者達だった。戦艦乗員——どころか、セイラーとしての訓練も充分でない者が多かった。

だが、命中した。帝国海軍の頃から四六センチ砲の射撃に関わっていた方位盤射手は、六年間のブランクを感じさせない腕前だった。

灼熱した九発の九一式徹甲弾のうち、四発がクロンシュタットに命中した。彼女の甲板には、その主要部に七六ミリの装甲が張られていたが、その倍の装甲でさえ易々と貫通したであろう重量一四九〇キロの凶器にかかっては何の意味もなかった。

一発目はクロンシュタットの艦尾に命中。艦底近くまで突進し、左舷推進軸を直撃、そこで信管を作動させた。二発目は後檣に命中。その内部を通り抜け、第三砲塔のターレット・リングにめりこんだ——信管不良で炸裂はしなかった。

三発目は、外観上、最も大きな損害を与えた。第一煙突に命中、二発目と同じくこの信管も不良だったが、今度は煙突に触れると同時に過早爆発を起こし、煙突を根元からもぎ取ってしまった。

クロンシュタットにもっとも深刻な被害を与えたのは、最後に命中した砲弾だった。この九一式徹甲弾は、第一、第二砲塔の間にある甲板を貫通、その二層下で炸裂した。結果、撒き散らされた破片と衝撃波によって二つの砲塔ともターレット・リングが歪み、砲塔が旋回不能になってしまったのである。

JDS〈やまと〉　稚内沖北西海上

〈やまと〉は吠えた。その度に、赤い艦隊に混乱が発生し、何かが吹き飛び、多くの人間が異なる次元の存在となったことを教えた。ようやく敵の射弾が集中し始めたが、すでに遅かった。二番艦は横転寸前の大傾斜で洋上に停止しかけており、三番艦もまた、粉砕された第一砲塔からどす黒い煙をたなびかせていた。照準は不可能と言ってよい状態だ。当初エイヴル部隊の恐れていた優勢な敵巡洋艦群は、何をしてよいのかわからぬまま、今にも逃げ出しそうな程に単縦陣を乱している。〈やまと〉は、この六年間に味わった何かを晴らすように吠えていた。

敵三番艦の周囲に色付きの水柱、そして閃光。ハインラインの記憶に間違いが無ければ、あれは、クロンシュタット級の巡洋戦艦だ。

その艦影の中央で、更に強烈な閃光が発生した。

艦橋がどよめいた。言葉こそ違うが、ハインラインも同じ感情を共有していた。あれは……間違いなく……

猛烈な黒煙が湧き上がった。時を同じくして、巨大な水柱も発生する。一瞬、巡洋戦艦の艦首部が、あり得ない角度を向いているのが見え——そして、すべてが海中へ消えた。轟沈だ。

新たなどよめきと興奮が艦橋を包んだ。皆が何事かを叫びだす。今度の叫びは、彼にも意味がわかった。既に、完全にこの戦艦とその乗員へ感情移入していた彼は、ためらうことなく、彼らの叫びに加わった。

万歳が連呼される昼戦艦橋で、海上警備隊第一船隊司令・兼・超甲型警備艦〈やまと〉艦長の猪口敏平一等海上保安正は思った。ふん、昔なら、敵艦の轟沈を見て万歳をする輩《やから》など怒鳴りつけてやるのだが。しかし、今回は仕方あるまい。我々は完璧な復活戦を戦いつつあり、部下達は訓練のレベルから考えれば、限界以上の能力を発揮している。

そして何より、合衆国海軍の観戦武官まで一緒になって唱えている万歳をとめるような無粋な真似は俺にはできない。

SSRSソヴィエツキー・ソユーズ
稚内沖北西海上

北の海をのたくる二匹の大海蛇の争いは、双方の距離が狭まるにつれ、ますます激烈なものになっていった。

仮に、この時双方が被《こうむ》っていた破壊の度合を見せられた者がいたとしたら、彼は、それがわずか二〇分の間に生じたものであることを信じようとはしなかっただろう。一見した限りでは、それ程短時間の間に発生したとは思えない惨状だった。

義勇艦隊は完全な混乱に陥っていた。クロンシュタット級巡洋戦艦が二隻とも戦闘力を喪失――クロンシュタットは大破漂流、セヴァストポリは轟沈――したため、当初、緊密に組まれていた艦隊陣形には大きな隙間が開き、射撃の統一指揮に面倒な問題が発生していた。自らも敵の巨弾を浴びつつあるソヴィエツキー・ソユーズからでは、各部署に技量未熟な士官の多い巡洋艦群をコントロールしきれないからだ。

さらに問題なのは、クロンシュタット級脱落の結果、ソヴィエツキー・ソユーズが極端に僚艦から離れてしまったことだ。このままでは、味方の支援を受けられぬまま、集中射撃を浴びる可能性があった。

主砲が火を吐いた。強烈な反動を受け止めた水圧装置がそれを吸収するが、完全ではない。結果、船体が震動した。

「第一五斉射、発射完了。次発装塡急げ」

「後部見張所より艦橋、セヴァストポリ、沈みます！」

「巡洋戦隊旗艦より入電。我レ主砲発射開始。旗艦トノ合同ノ為、速力ヲ上グ」

「駆逐艦群、突撃開始。敵駆逐艦と戦闘中」

「敵弾飛来！」

一瞬黒い物が見えたかと思うと、次の瞬間、幾つもの巨大な水柱が発生した。先程とは比べ物にならない震動と轟音が船体に走る。

ゴルシコフ大将は衝撃を装甲板に取り付けられた手摺を掴んでやり過ごした。が、頬を装甲板にぶつけてしまう。口の中に血の味が広がった。思わず顔をしかめる。

その間にも、彼のいる司令塔には次々に報告が入ってくる。

「左舷二番両用砲に被弾！　砲員全滅、両用砲消失。火災発生！」

「左舷五番防水区画に至近弾の影響と思われる漏水発生！　隔壁扉破損、浸水拡大中」

「応急班は鎮火並びに浸水区画閉鎖に全力を尽くせ。右舷応急注水準備。浸水量、区画閉鎖確認後、船体傾斜復旧のため応急注水を行なう」

艦長の命令を聞きながら、ゴルシコフは敵情を狭いスリットから確認しようとしていた。双眼鏡を構える。意外な様に思えるが、砲戦の場合、艦隊の指揮官は意外に暇な立場であるからだ。戦闘開始時の位置や態勢、初弾の発射について命令を出してしまえば、後は状況の傍観者に近い。それ以外のことはすべて、各艦の艦長以下が行なうからだ。艦隊指揮官が再び必要になるのは、決定的な場面が到来した場合だけ。つまり――逃げるか、敵艦隊を押し崩すために、全軍突撃を命じるか、のいずれかの状況が発生した場合のみだ。よほど有利か不利にならねば、仕事がないのである。

現状はゴルシコフに有利とはいえなかった。しかし、彼に、逃げ出すつもりはさらさらない。彼は、モスクワの恐ろしさ、軍内部の昇進競争の厳しさをよく知っている。少なくとも、敵戦艦一隻を撃沈した後でなければ、逃げることはできない。彼が、あえて後方の巨大戦艦を無視し、敵一番艦へ射撃を集中していた理由はそれだった。それに、この海域で頑張り続ければ、ワッカナイかテシオに上陸を計画している筈の敵主力部隊のスケジュールを、狂わせることができる。

ゴルシコフは、その様な現実を踏まえた上で性根を据え、双眼鏡を構えていた。距離は二〇〇〇〇程度に詰まっており、彼の双眼鏡でも、敵艦隊の状況を掴むことは充分に可能だった。

舌で口内の裂傷を舐め続けながら、ゴルシコフは敵情の観察を試みた。

先頭を進むサウスダコタ級戦艦はかなりの傷を負っている様に思えた。船体各所から黒煙をたなびかせており、はっきり見て取れる損傷も幾つかある。それに対して、大口径砲弾を浴びていない後続の巨大戦艦は無傷に近かった。周囲に、ようやく届き始めた巡洋艦の主砲弾が落下し始めているが、全く効果がない。いや、損害は出ている筈だが、巡洋艦の主砲弾では威力が小さすぎ、目に見えるレベルのダメージを与えられないのだ。

　最も強力な敵について観察を終えた彼は、他の敵艦については大まかな確認を行なうにとどめた。うん。巨大戦艦の後に続く重巡洋艦三隻――最初は軽巡と報告されていた艦――は新型だ。主砲の発射速度が恐ろしく早い。おそらく、数年前に相次いで竣工したアメリカンスキー最後の水上砲戦用重巡、デ・モイン級だ。新型の長砲身八インチ砲を三連装三基九門備えている。アイオワ級で完成したと言っていい連中の水上戦闘艦デザイン、その完璧な申し子だ。

　艦橋に砲術長からの報告が響いた。

「第一五斉射、弾着、今」

　サウスダコタ級の周囲に水柱が上がった。同時に、船体中央で複数の閃光がきらめく。射撃管制レーダーの管制可能距離に入ったため、命中率が極端に上昇している――ゴルシコフはそう思った。それと共に、嫌な気分も抱く。その点は、アメリカンスキーも同じだ。

JDS〈やまと〉　稚内沖北西海上

ある意味でその配置は変則的ではあったが、再建されたばかりの新海軍としては仕方のない現実であった。一等海上警備士――大尉という階級は、戦艦の砲術長を務めるには低すぎたけれども、他に適当な人材がいなかったのだ。

「修正、右一、高め二、右二！」

〈やまと〉砲術長、松田一等海上警備士は方位盤と射撃管制レーダーのデータを適度に見比べて叫んだ。額から、脳をフルに活動させている証拠の汗が多量に垂れていた。彼は異常な緊張状態にあった。

　理由がある。瀬戸内海で出撃前に全力試射を行なった時、新旧二種が搭載されている〈やまと〉の射撃管制システム、その双方に多少の誤差があることが明らかになっていたのだ。

　もとからある九八式射撃方位盤は六年も調整を受けていないおかげで左に寄ったデータを出すクセがついていた。合衆国から供与され、前檣楼後部のアンテナ・マスト先端、海面高度六〇メートル近い位置に装備されたMk58射撃管制装置《FCS》は台座の取り付け角度がずれていることが判った（Ｍｋ58の艤装に当たったのは、秘密兵器だという理由で派遣されてきた合衆国海軍の技術兵だった）。本来なら、直ちに出撃取りやめ、艤装岸壁で再工事を行なうべき状態である。

しかしながら、国連軍の総反攻が迫っているその時期、緊急に補修を要する艦艇で埋まっている港湾でそのような工事を行なうことはできなかった。このため国連軍は、一時、〈やまと〉の作戦参加中止を考えた程だったが――〈やまと〉はそれを拒否した。砲術の大家である猪口艦長が、ヴェテランの元海軍特務中尉、松田と様々なデータを検討した結果、出した結論はそれだった。彼らは、最終的なデータを人間が修正してしまえばいい、と考えたのである。猪口と松田にはその自信があった。海上保安庁職員ではなく、日本帝国海軍軍人としての自信だった。

「各砲塔修正、右一、高め二、右二！」

松田の命令を弾着修正係が各砲塔へ伝達した。彼の手は、自分が叫んでいる言葉と同じだけの修正値を各砲塔指示用のメーターへ加えている。

（畜生、藤堂少将がいればな）

松田は思った。無意識に汗を拭う。あの人なら、この程度の戦《いくさ》は楽々とこなしたに違いない。いや、せめて奥田中佐がいてくれれば、現実に今生きている人間の中で、四六サンチ砲を一番上手に扱えるのはあの人なのだから、年齢制限などとくだらないことを言わずに、乗って貰えば良かったのだ。大体、書道教室の先生なんて、あの人のガラじゃない……。

「第一砲塔、射撃準備よし！」

「第二砲塔、射撃準備よし！」

「第三砲塔、射撃準備よし！」

「修正完了。全砲塔射撃準備よし！」

「射《テ》ェッ！」

間髪を入れずに松田は叫んだ。それを受け、方位盤射手が発射ブザーを押す。松田の耳にこびりついた短音三回、長音一回が鳴り響き、トリガーが引かれ、発砲電路に電流が流れた。

九つの砲口から砲弾が飛び出し、続いて火炎と煙が噴き出した。人類が音として認識できる限界を超えたエネルギーがその後を追い、大気と海面を鞭打った。

発砲遅延装置によって発射タイミングにわずかな差を付けられた砲弾は、松田が新たに狙いを定めた敵一番艦めがけ、毎秒七八五メートルの速度で飛び去った。弾着は、三〇秒あまり後だ。

「発射よし」

「次発装塡急げ！」

松田がそう命じた時、新たな報告が飛び込んできた。状況が危機的なのだろう。絶叫に近い。

「旗艦に敵弾集中！」

「旗艦に大火災発生！」

USSアラバマ　稚内沖北西海上

この時すでに、アラバマは五〇発近い敵弾を浴びていた。このため、艦上に装備された様々な装備は片端から破壊され、健在な主砲を除けば、機能しているのは射撃管制レーダーだけと言ってよかった。艦首から艦尾まで、無数の小火災が発生している。無数に降り注いでくる巡洋艦の砲弾が、艦全体に小さな嵐を叩き付けているのだった。

「タッフィーより入電、敵一番艦に斉射開始《サルヴォー》」

「右舷両用砲群全滅！」

「捜索レーダー電路切断！　予備回路切り換え不能」

「左舷応急注水完了。船体傾斜、一度まで復旧」

「敵弾飛来！」

「第一九斉射、ファイア！」

船体に二つの震動が加わった。八門が生き残っている主砲の反動と、敵弾命中がほとんど同時に発生したのだった。

この二五分の間に、どうにか衝撃に慣れる術を覚えかけていたガイジャックス少将だったが、今度の衝撃は、その程度の〝経験〟で耐えられるレベルではなかった。運動エネルギーの相互作用によって、偶然、ほぼ同じ弾道を描くことになったソヴィエツキー・ソユーズの砲弾が、前檣楼基部に連続して命中したのである。

二発の一六インチ砲弾は、前檣楼基部の装甲を食い破り、ヴァイタル・パート内部へ突入した。一発は前檣楼への電路が集中した区画で炸裂し、全電路を切断した。

もう一発は発射の反動で砲身の後退していたB砲塔の艦内装甲部——かつての主射撃管制所とプロッティング・ルームを二層ぶち抜いて造られたCICのすぐ上——に命中、炸裂した。

この衝撃は、すでに大きな力を受け止めていた水圧装置に過剰な負荷を与え、その軸を破壊した。反動を受け止める術を失った主砲後部は、そのまま砲塔内へ後退を続け、内部にいた兵員の大半を殺傷した後に砲塔後部へ衝突、砲架から外れた。

ＣＩＣに伝わった衝撃は、主に、この二発目が及ぼしたものだった。まず、炸裂によって上部の甲板が破れ、内部に破片と爆風と炎が躍り込んだ。次に衝撃が襲いかかり、ＣＩＣ内部の機器をあらかた使用不能とした。アラバマにしてみれば、後者はどうでもよかったかもしれない。躍り込んできた破片とエネルギーにより、ＣＩＣ内部は全滅状態になっていたからだ。


一瞬にして視界が朱にそまり、身体が背後に放り出された。全身を熱が撫でてゆく。

プロット・テーブルに背中から激突したガイジャックスは、奇妙な脱力感をおぼえながら、子供の頃の情景を思い出した。

――親父が大切にしていた第一次大戦の勲章《メダル》を勝手に持ち出し、友達に見せびらかしたことが判った時、初めて殴り飛ばされ、居間の端までふっとんだ。工場労働者として生涯を終えた親父には、あの小さなメダルが、人生の何かを象徴するものだったのだ。殴った後すぐに、親父はひどくきまりの悪そうな顔をして俺を抱き起こし、坊主、頼むからもう二度とするなと言って、ビールを飲みに出かけた。

ふん、今にして思えば、あれは、後方勤務者に与えられる安っぽい勲章だったな。


炎と血と絶叫が交錯するＣＩＣの中で、何かが彼に呼び掛けていた。落下してきた梁に挟まれ、口から血を噴いているケネディ中佐だった。

「司令、指揮権の委譲を命じてください。早く」

「――――」

ガイジャックスは頷き、命令を出そうとした。だが、意識に反して、声が出ない。身体を動かそうとするが、全く反応しない。首の骨が折れているのだ。

彼は青い瞳だけを激しく動かしながら、周囲の者に事態を伝えようとした。俺は役立たずだ、だれか、指揮を執れ！

だが、彼の耳に入って来るのは、ケネディ中佐の断末魔のうめきだけだった。

「ジョン、ボブ、エド……」

次の瞬間、さらなる衝撃と熱波が襲いかかり、ガイジャックスの意識は途切れた。

JDS〈やまと〉　稚内沖北西海上

アラバマの周囲に水柱が発生、続いて、艦上に次々と閃光と爆発が起こった。黒煙。飛び散る破片。次の瞬間、アラバマの前檣楼は右舷に大きく傾いていた。艦尾から伸びる航跡が左に曲がり始める。

この瞬間、猪口艦長の脳裏を占めた事柄は、おそらく旗艦が完全に戦闘力を失ったであろうことではなかった。妙な方向に舵を切ったこと、だ。

彼は素早く双眼鏡を構え、旗艦の航跡を再度確認した。やはり、左舷に切っている。逃げ出すつもりでもなければ、有り得ないことだ。それに、逃げるにしても最悪の選択だ。敵に背後を見せることになる。ということは。

猪口は命じた。

「旗艦に通信、状況知らせ」

「応答ありません！」

やはりな。猪口は確信した。指揮機能が壊滅したのだ。前檣楼は役に立たないだろうし、後檣は煙を吹き出す穴になっている。

何事か決した彼は、次の命令を発した。

「各艦に伝達！　旗艦指揮機能喪失。我レ、之ヨリ指揮ヲ執ル」

電話員が彼の命令を相変わらずの英語に直し、TBSへ叫んだ。後から息を飲む音が聞こえた。

猪口は背後を振り返った。ハインラインが顔面を努めて無表情に保ちながら、彼にゆっくりと頷いていた。旗艦が役に立たなくなれば、二番艦が代わって指揮を執るのが原則だ。それに、猪口は、エイヴル部隊でガイジャックス少将に次ぐ階級に任じられた唯一の士官だ。ちなみに、この様な場合、ハインラインはいかなる指揮権もない。連絡士官である彼は、コマンディング・オフィサーとしてのラインに属していないからだ。

猪口は禅僧の様な顔に似合わぬ精力的な笑みをハインラインへ返し、命じた。

「全艦、敵一番艦へ射撃集中！　我ニ続キ、全軍突撃セヨ！」

SSRSソヴィエツキー・ソユーズ　稚内沖北西海上

思考を停止させる程の猛烈な衝撃が六〇〇〇〇トンの船体を揺さぶった。後部と真下から大音響が轟き、次の瞬間、戦艦は左舷に傾斜した。

「敵弾命中！　二番煙突基部に大火災！」

「左舷中央水密区画に被弾。各部隔壁扉破損、浸水増大中！」

「応急班急げ。右舷六番、七番区画、応急注水！」

ゴルシコフは、敵旗艦を戦闘から脱落させた喜びを感じる余裕すら与えられなかった。あの巨大戦艦――かつて、ソヴィエト海軍水上砲戦部隊を壊滅させた魔女の艦――が、復讐の刃を向けてきたからだ。発射速度はアメリカンスキーの艦程速くないが、命中率は段違いだ。

（このままではやられる）

ゴルシコフは思った。厚いと思っていたソヴィエツキー・ソユーズの装甲も、一八インチ砲弾を抑えることはできない。俺が命令を発すべき状況だ。

彼は叫んだ。

「全艦全速、敵二番艦に射撃を集中！　魔女の艦を叩け！」

この段階になっても、彼は日本赤衛艦隊へ命令を出そうとはしていなかった。彼はほとんどその艦隊のことを忘れていたし、ここで攻撃を命じると、厄介な政治問題を引き起こす可能性があるからだ。つまり、ソヴィエト海軍は勝てると思えた間は赤い日本人を無視し、負けそうになった時、盾として用いるため、初めて利用した――豊原の政府がそう考えては困るのだった。

命令に従い、未だ数的には優勢を保っている義勇艦隊の各艦は敵二番艦へ射弾を集中した。巨体の周囲が無数の水柱に包まれ、閃光が幾つか走る。

だが、魔女の艦はその中から平気で主砲を放ってきた。

JRS〈解放〉　稚内沖北西海上

ソヴィエツキー・ソユーズの周囲に水柱が上がり、艦の後部に閃光と黒煙が同時に発生した。

神中将は双眼鏡を構えた。洋上に低く垂れこめている砲煙の為視界は悪化していたが、概略は掴めた。旗艦の三番砲塔は潰れていた。

それを見て、彼の顔に胸の肉を欲しがる商人の様な笑みが浮かんだ。

（さて、恩の売り時だな）

戦闘開始以来、ゴルシコフは彼に対して命令を出していない。その理由について、神は手に取る様に想像することができた。侮蔑の念が込み上げてくる。考えてみれば、連中は、国中を陸式が動かしている様なものだもんな。妙な政治問題で実戦部隊の行動が制約されるなど、それ以外に理由がない。

神は双眼鏡を降ろすと矢継ぎ早に命令を下した。

「艦隊最大戦速、右砲雷戦用意！　目標、敵二番艦！　全軍突撃！」

命令に従い、赤衛艦隊は敵隊列に向けて突進した。敵艦から砲火が襲いかかってくるが、射ってくるのは両用砲や機銃だ。神は義勇艦隊と反対舷に艦隊を展開させていたから、恐るべき主砲はすべて反対側を向いている。チャンスだった。

ソヴィエト製装備を搭載した六隻の旧帝国海軍駆逐艦は〈やまと〉に突進した。彼女達の周囲にレーダー照準の一二・七センチ弾が雨霰《あめあられ》と注がれる。しかし、さほど被弾しない。たとえレーダーで狙っても、複雑なパラメーターの絡み合う水上砲撃戦の命中率は高くない。目標が停止していてさえ、命中率が五〇パーセントに達することはほとんど無い。双方が三〇ノット近い速度で動いている現状では、なおさらだ。

それでも、水柱と破片、爆風に包まれた五分間が過ぎた時、神の艦隊は四隻に減少していた。〈自由〉と〈独立〉――昔の名前で言うと、松型駆逐艦の桐《きり》と榧《かや》――は敵弾を受け、炎上して洋上に停止している。他の四隻も、被弾していないものは皆無と言っていい程だ。彼我の距離は六〇〇〇メートル。

轟音が襲いかかり、艦首に火炎と爆煙が発生した。一瞬眉をひそめた神は被害を確認する。第一砲塔が消失していた。その残骸の周囲に、赤い物が飛び散っていた。しばらく前から彼の傍らに立っていたロシア人が、怪鳥にも似た叫びを上げ、腰をぬかした。失禁している。神はその視線が示している方向を見た。第一砲塔員の誰かのものだろう。飛び散ってきた内臓の一部が窓に張り付いていていた。

神は口元を歪めた。露助の魚雷を射つ距離としては遠すぎるが、乗員の練度を考えるなら、このあたりが潮時だ。

彼は命じた。

「雷撃始めッ」

本来はここまで彼が命じる必要はないのだが、部下の練度が練度だ。戦術上最も批判されるワン・マン・フリートも止むを得ない。

スピーカーから発射号令が聞こえた。後方で圧搾空気の音が響く。魚雷が放たれたのだ。〈解放〉他三隻は、それぞれ三連装魚雷発射管――もちろんソヴィエト製の

――を二基装備しているから、合計二四本の魚雷が放たれた計算になる。

神は思った。今の練度では、当たるかどうかは俺様《カミ》の親戚《サマ》次第だけれど、とにかく、敵艦隊を混乱させる役には立つ。

彼は命じた。

「面舵一杯、次発装填急げッ」

発射された魚雷は神の想像した通りの効果をもたらした。

二四本のうち、命令された目標――〈やまと〉に向けて突進したものはわずか三本に過ぎなかった。うち、命中は一本。この魚雷は〈やまと〉の左舷バルジに突っ込み、その内部で炸裂、内側の水密区画の外板を曲げ、内部に一〇〇〇トン近い浸水を発生させた。この結果、〈やまと〉は左舷に傾斜したが、それは応急注水で直ちに復旧された。問題は、被雷によってバルジの一部がめくれあがり、〈やまと〉の最大速度を数ノット低下させてしまったこと――そして、旧海軍時代、被雷に対する震動の研究が不完全なまま取り付けられた射撃方位盤が本当に故障してしまったことだった。

他の二一本――そのほとんどは明後日の方角に向けて放たれ、海中に沈んだ。ただし、〈解放〉の二番発射管から放たれた三本だけは別だ。この三本は、〈やまと〉を狙ったものとしては、ほとんど迷走と言っていいコースを突進していたが、そのコースはたまたまエイヴル部隊の四番艦――デ・モイン級重巡セイレムの左舷中央と、ある一点で交叉していたのである。

JDS〈やまと〉　稚内沖北西海上

「応急注水完了、応急班、浸水区画を完全に閉鎖」

「最大速力、二四ノットに低下します！」

「射撃指揮所より艦橋、方位盤故障。レーダーとの連動装置不調」

「後檣の方位盤はどうか」

「敵艦、死角に入っています」

「無線符牒ニムルス――セイレム被雷！　炎上中、行動不能の模様」

「敵艦隊、離れます」

「クソッ。各主砲塔、第三射方始め！」

猪口は禅の修行がもたらした自制心を忘れ、叫んだ。

第三射方は、各砲塔が独自に照準、発砲する射撃方法だ。

当然、命中率は極端に低下する。

彼は思った。畜生、もう少しだったのに。このままでは引き離されるぞ。

「後続艦より信号。追撃の有無を尋ねています」

「無論だ。弾が届く目標へ射てと伝えろ」

もう少しだった。もう少しだったのに。


(終わったな)

ハインラインは思った。雷撃によって速度が低下し、セイレムがやられ(おそらく沈むだろう、畜生)、陣形が崩れてしまった。当然、イノグチ艦長は追撃を行なうだろうが、まだ全速発揮が可能らしい敵を叩ききることはできまい。どうやら、FCSまでいかれてしまったらしい。やはり、日本の軍艦は、戦闘力を維持する能力は低いのだな。

主砲が火を吐いた。巨弾が全速で待避を始めた敵戦艦の周囲に水柱を立てる。艦の中央に閃光が走った。黒煙――だが、沈まない。赤い戦艦は逃走に成功しつつあった。

艦長は何事かを叫んだ。それに答えて、主砲が再び唸る。思いおもいの方角へ筒先を向けた主砲が、異なるタイミングで火を吐いた。敵戦艦が射程外へ脱出しつつあるため、射程内の巡洋艦を狙っているのだ。ハインラインは感心した。イノグチは第一級のファイターだ。

敵艦隊後尾を進む数隻のスヴェルドルフ級軽巡の周囲に水柱が立った。命中は――一隻だけだ。もちろん、その一隻は一撃で大破している。

ハインラインが半ば沈みかけている敵軽巡へ視線を合わせようとした時、予想もしない方角から猛烈な音波が襲いかかってきた。どこかで硝子の割れる音が聞こえる。ハインラインは思わず首をすくめた。次の瞬間、そんな自分を恥じ、努力して気張った表情を作り、音のした方向を見る。

松明《たいまつ》の様に燃え盛っているアラバマが、大傾斜を起こしていた。沈没寸前だ。彼我の距離から考えて、魚雷による攻撃を受けたらしかった。

沈みかけている戦艦の遥か向こうに、逃走してゆく四隻の駆逐艦が見えた。

彼女達は、そのマストに、白地に赤星を描いた戦闘旗を力強くなびかせていた。

SSRSソヴィエツキー・ソユーズ

稚内沖北北西海上

三〇分後。戦闘は完全に終結していた。義勇艦隊と赤衛艦隊は、真岡に向かう帰投針路をひた走っている。

（結局、ヤポニェチに助けられた）

ゴルシコフの表情は暗かった。口元は醜く歪んでいる。彼の内心には、怒りと、安堵がうずまいていた。

少なくとも敵戦艦一隻、重巡一隻を撃沈した。駆逐艦からの報告によれば、敵駆逐艦三隻にも大破の損害を与えている。これに対し、我が方の損害は、巡洋戦艦二隻沈没。重巡一大破。軽巡二沈没。駆逐艦も何隻か見当たらない。そして——ソヴィエツキー・ソユーズは一年は作戦不能な程の損害を受けている。第三砲塔は吹き飛ばされ、応急注水区画はすべて海水で満たされ、後檣と第二煙突は消失。加えて、左舷両用砲はほぼ全滅。ヴァイタル・パート内部も滅茶苦茶になっている。実質的な敗北だ。

だが、モスクワへの申し訳は立った。敵戦艦を——それも、アメリカンスキーの戦艦を撃沈した功績を、モスクワは無視できまい。彼らはソヴィエト義勇艦隊の敗北を政治的に認めることができない。

つまり、俺を英雄として扱うほかないのだ。

ゴルシコフは重いため息をついた。気に入らんのは、この政治的勝利が、あのファシスト軍人の経歴を持つ男が指揮した赤い日本海軍の援助によるものということだ。今後、モスクワは、赤い日本人に随分気を使うことになるだろう。

まあいい、作戦目的は達成できたのだ——ゴルシコフはそう思った。おそらく艦砲射撃部隊だった筈の敵戦艦群。俺は奴等に大損害を与えた。これで、敵の二重包囲作戦を混乱させることはできた。悪くない戦果だ。

二重包囲作戦など考えたこともないパットンが、その全兵力を石狩湾へ上陸させたのは、その翌日、一九五二年六月六日のことである。アイアン・フィスト作戦は完全な成功を収め、北海道に存在した日本人民赤軍の大部分が包囲、殲滅された。

日本民主主義人民共和国が北海道を失わずに済んだ唯一の理由は、ソヴィエトが合衆国に対し、開発に成功したばかりの反応兵器を赤い日本に供与すると発表したためだった。

パットンならこの脅しを無視しただろうが、反応兵器供与が発表された一九五二年九月、彼は国連日本援助軍の総司令官職を罷免されていた。野戦病院に入院していた戦争神経症の兵士を殴り飛ばした事実がマスコミによって暴露されたためである。

第六章

テト：密林

「ヴェトナムの支配には五〇万の兵力が必要だ。それだけあっても、成功するとは限らない」

——ジャック・フェリペ・ルクレルク大将、一九四六年

「合衆国がヴェトナムへ介入し、勝利を収めるには、戦闘部隊五乃至一〇個師団、総計一〇〇万以上の兵力が必要になるであろう」

——マシュー・リッジウェイ大将、一九五四年

「極端な人々は次のように考えている。ヴェトナム問題を解決するためには、日本・台湾・韓国等の全アジア諸国が参加した自由十字軍の編成が必要であると」

——バーナード・フォール、一九六五年

「総兵力五四万八四〇〇名」

——ヴェトナム派遣合衆国軍の最大兵力、一九六八年八月

「日本国民は、祖国を防衛する基本的権利を有する。但し、侵略的軍事力の保持は、一切行なわない」

——日本国憲法第九条（一九五二年九月一日改正）

1　ホワイトハウス

ワシントンDC

一九六三年一一月二五日

　これまで大統領執務室《オーバル・オフィス》の窓にはめ込まれていた硝子《ガラス》は、特殊仕様の防弾硝子だった。厳密な性能テストに耐えたそれは、通常のライフル弾であれば、まず貫通不可能な耐弾力を持っていた。

　だが、つい二日前、伝統的な理由から財務省に所属するSS――大統領警護隊《シークレット・サービス》は、それの全面的な強化を開始していた。彼らは、これまでの防弾硝子に代えて一二・七ミリ機銃弾を阻止できる新製品をホワイトハウス全館の窓へはめ込もうとしていた。もちろん、最初に硝子の換装が行なわれたのは、大統領執務室だった。

「オズワルドが命を取り留めた？」

　ロバート・ケネディ司法長官が尋ねた。室内に置かれたソファに、長く伸びるように身を委ねている。

「そうだ、ボブ。リー・ハーヴェイ・オズワルドは助かったよ。今はベゼズタ海軍病院で最高の治療を受けている所だ。もちろん、周囲は海兵隊が固めており、私の所から派遣した要員も二四時間態勢で監視に当たっている」

　ジョン・マッコーンCIA長官は答え、視線を大統領に向けて言った。

「医師の許可が出次第、尋問を開始します。すでに、興味深い事実が判明しています」

　それを聞いて、マクジョージ・バンディ国務長官が口を挟んだ。質問の形は取っているが、事実上の断定と言っていい。

「ロシア人か？　あの、オズワルドを射ったジャック・ルビーとかいう奴もそうなのかね？」

「少なくとも、オズワルドがKGBと関連を持っていそうなことは確かだ」

　面長の顔をしかめ、マッコーンは言った。

「彼は元海兵隊員で、現役時代は狙撃手に選ばれていた。みんな知っている様に、海兵隊の狙撃手と言えば生半可な腕ではない。それに――海兵隊は隠したがっているが、以前、オズワルドはオーバーフライト作戦に関っていた」

　オペレーション・オーバーフライト――戦略偵察機U2による共産圏隠密偵察作戦のことだ。

「部下に命じて、記録を調査させているが、アイゼンハワー政権時の作戦だからな。まだはっきりしたことは判らない。意図的に、ファイルが検索しにくい様に保管されているのだ」

「驚いたな」

バンディが呆れた様に言った。

「そんな秘密作戦に参加していた人間に、ソヴィエトへの出国を許したのか？」

「仕方ないさ《ウェル・ゼア・イット・イズ》」

ロバート・ケネディが口を挟んだ。

「この国は、自由の国だからな」

「とにかく――」

マッコーンは再び大統領の方を向いて言った。

「これは、コミュニストの貴方に対する挑戦です。ここで後ろを見せる訳にはいかないと思います。是非とも、どこかで我々の決意をフルシチョフへ示すべきです」

「私もそう思います」

バンディが精力的な顔を頷かせた。

「奴等は、我々からヴェトナムを奪いとろうとして、あの暴挙に出たのです。ミスター・プレジデント、ここは一つ、何か強いメッセージを示す必要があります。南ヴェトナムへの援助強化が適当でしょうな。あの弾丸が命中したのは奥様の頭でしたが、オズワルドが狙っていたのは貴方なのです」

「その点は僕も同感だよ、兄さん」

大きな執務机に足を載せ、椅子にだらしなく座っていた大統領は、力無く頷いた。常に英国風の物腰を保とうとする普段のポーズはかけらも見当たらない。彼の妻ジャクリーン・ケネディがダラスで頭を吹き飛ばされてから三日しか経っていないのだ。

「ああ、それから」

と、ロバート・ケネディは兄に微笑んだ。

「NASAの連中が、宇宙基地の名前を変更したいと言っているらしい。ケープ・カナヴェラルをケープ・ジャクリーンにしたい、とね。悪くないアイデアだと思うよ」

「好きにしてくれ」

第三五代合衆国大統領、ジョン・フィッツジェラルド・ケネディは、小さな声で言った。

（どこまで本気なのかな）

ロバート・ケネディは、精神が消耗し尽くしている様に見える兄の顔を見て、思った。兄貴はジャクリーンなど大して愛しちゃいなかった。俺には、よく仮眠室へ連れ込んでは乳繰り合っていたマリリン・モンローの方を愛していた様に思えるんだが。あるいは、マフィアのカポ・デ・トゥティ・カピ《ゴッド・ファーザー》、ジョー・ジアンカーナやあのフランク・シナトラと共有の愛人、ジュディス・キャンベルの方を。


ロバートはソファにもたれかかり、頭の後ろで両手を組んだ。内心で意地悪く思う。

ま、ジャクリーンとモンロー、二人とも死んじまった今となっては、どっちでもいいことだけれどもな。ジュディスだけは生きているが、彼女は別だ。あの女は権力者の愛人としてのルールを心得ている。

2　ブラウン・ウォーター・ネイヴィ

コー・チェン河下流、メコンデルタ
一九六八年一月一九日午後

川面をゆるやかな風が吹いていた。季節が季節だけあって、湿度はそれほど高くない。

とはいえ、気温は摂氏二四度もあり、春夏秋冬のある国で育った人間にとっては、異常な環境であることに違いはなかった。

この国の人々が九龍と呼ぶメコンデルタ流域は、年平均気温が摂氏二五度にも達する。南ヴェトナムの大部分は気候区分上、サバンナ気候に属しているが、このメコンデルタ流域だけは、明らかに熱帯雨林地帯だ。それが証拠に、流域にはマングローヴが密生している。天気がいいのが唯一の救いだった。これで、曇るか、雨でも降った日には、湿気でやり切れなくなる。九本の河と無数の水路、そして中州から成り立っているメコンデルタは、全ての人類にとって暮らし易い場所では無かった。


その日、コー・チェン河下流を遡っていたのは、JASCV――日本ヴェトナム支援部隊・第一河川《ファースト・リヴァーリン》舟艇隊に属する二隻の高速河川哨戒艇だった。全長一〇メートルと少しのFRP製船体に、復元性の限界を超えていると思われる程、兵装を搭載している。何事も合衆国軍式が大好きな自衛隊は、ヴェトナムの泥沼にはまりきった彼らと同様に、この種の艇をPBRと呼んでいた。

だが、実際は、合衆国軍が使用しているPBRより図体が大きく、エンジンの出力も高い（加えてヴェトコン――民族解放戦線も愛用しているヤマハの発動機を、ブースト用として艇尾に四基並べて装備している）。

旧式のM16対空ハーフトラックから外した四連装一

二・七ミリ機銃座M45を艇の前後に各一基装備。

　同じ機銃――つまりブローニングM２重機の単装機銃座を両舷に各一基、加えて、八一ミリ迫撃砲と自動擲弾《AG》発《L》射器を各二基ずつ備えた重武装の舟艇《しゅうてい》が、最大速力二九ノットを発揮できるのは、それが理由だ。

　二隻のPBRは――この種の哨戒艇は、必ずチームを組んで行動する――一週間近くに及ぶ哨戒行動を終え、コー・チェン河とミト河の合流域近くにある舟艇隊司令部へ帰投する途中だった。艇の中央にあるデッキハウスの上部には、水上捜索用レーダーと無電アンテナが据え付けられていた。艇尾には、濃いグリーンの船体に似合わぬ鮮烈な色合いの旭日旗――海上自衛隊旗をなびかせている。

　当然、それを操っているのは海上自衛隊の隊員達だった。組織に共通のセクショナリズムにより、水上を動く動力付きの兵器は、すべて海上自衛隊が運用上の優先権を持つという（日本でだけ通用する）法令が存在するからだ。もちろん、ここはヴェトナムである。

　そのヴェトナムの情景は、環境保護に熱心な観光客なら喜ぶこと間違いない眺めだった。

　マングローヴ、場所によっては葦の湿原。そして、ブラウン管の中で観ている限りは、都会の生活に疲れた人々を和ませる、河沿いの村々。とどめに、上空を虫や鳥が群れ飛び、水面に得体の知れないもの――流木、汚物、戦場遺棄死体――が流れる河。雨季の前だから、水はまだ澄んでおり、様々な産物を積み込んで河を上り下りするヴェトナム人の小舟《サンパン》がゆったりと航行している。完璧なロケーションだ。自然と共に生きる人間の生活がここにはある。

　だが、川面を遡上する二隻目のPBRを率いていた艇長は、環境保護にそれ程熱心な若者ではなかった。海上自衛隊二等海尉・藤堂進にとっては、自然と共に生きるより、一〇名の部下と共に生き残ることの方が重要だった。

　進は操艇を先任海曹に任せ、自分は双眼鏡を構えて周囲を眺め続けていた。暇潰しではない。警戒だ。

　彼の肩には、今年になってから配備が始まったばかりの六四式カービンがかけられている。ヴェトナムで実戦に使用された結果、様々な欠点が明らかになった六四式小銃の改造型、その幹部及び装甲車両乗員用だ。この他に、胸には発煙、破片手榴弾を各一個、腰のホルスターには、サイゴンで買い込んだ合衆国軍の横流し品、スミス&ウェッソンM10を収めている。戦場における拳銃はほとんど実用的な価値を持っていないが、気分を楽にはしてくれる。

無論、進が身につけている装備はそれだけに留まらない。陸自と同じ二重式ヘルメットと防弾チョッキに加え、ライフジャケットまで着込んでいる。その下に着込んでいる作業衣――自衛隊では戦闘服という言葉を使用しない――は、ヴェトナム派遣部隊用の六七式作業衣だった。通気性のよい素材で作られた、タイガー・ストライプ・パターンの本格的迷彩服だ。

進の顔には汗が浮いていた。いくら前留めがチャックからボタンに変更された新型迷彩服の通気性が良いとはいえ、その上に二枚も着込んでいるのでは、うっとうしいことこの上ない。

だが彼は、この種の装備が生死を左右することを教育と経験から理解していた。部下に服装については余りうるさく言わない方だが、この点だけは厳しく守らせている。PBRの周囲は、それほど危険に満ちているからだ。

進は知っていた。自然の宝庫に思えるマングローヴの林や葦の湿原には、ヴェトコンが潜んでいるかもしれないことを。河沿いの村々、そのどれかは、確実にヴェトコンの支配下にあることを。そして、思わず微笑みを浮かべたくなる光景――サンパンで河をゆく家族は、ヴェトコンに物資を輸送しているかもしれないことを。

右舷の単装機銃に付いていた幸田二等海士が言った。納得のゆかない口調だ。

「艇長、サンパンの数が多くないっスか？」

「うーん、どうかな？」

進は双眼鏡を降ろし、幸田の方を向いた。背の小さい、はしっこそうな顔立ちの少年――まだ一八――だった。

「普段より、妙に数が多いと思うんスよ」

幸田は機銃の銃口と視線を周囲に向けたままで言った。艇指揮に当たって、進が叩きこんだ数少ないルールの一つ、〝絶対に気を抜くな〟を忠実に守っている。性格は円満とは言えないが、覚えた仕事の手抜きはしない男――彼のことを進はそう評価していた。至極素直に、この男が生きて一年間のヴェトナム派遣期間を終えられればいいと思っている。この派遣期間は三自衛隊共通だ。

「旧正月《テト》だからやないですか？」

反対舷の機銃に付いていた隊員が言った。進はそちらを見た。持ち場から目を離し、彼の方に顔を向けている。

進は何も言わず、意図的に感情を殺した表情を浮かべ、微かに細い眉を動かした。視線をその隊員に合わせる。海上自衛隊幹部学校で一年間の訓練を受け、初めて護衛艦〈あきづき〉に乗り組んだ時、すでに身に付いていた態度だ。


その時、彼の〝教育〟を担当したヴェテランの海曹は、こう艦長に報告した。艦長、藤堂三尉は本当に一般大出《Uコース》ですか？　ありゃ、本物の士官――彼は旧海軍の出身だった――にしか取れない態度です。とてもじゃないが、大学の予備役幹部養成コース《ROTC》を受講して、幹部学校で一年教育を受けただけの新米《しんまい》三尉には見えません。

その報告を受けた〈あきづき〉艦長は、不自由な右腕で机を軽く叩き、満足そうな笑みを見せた。

海曹は、旧海軍砲術科の少佐――ポツダム少佐だから、実質の階級は大尉――だった艦長が、何を喜んでいるのか、その本当の所は解らずじまいだった。

それでも、太平洋戦争末期、沖縄近海で撃沈された輸送船から奇跡的に救出された砲術科士官だけに、何か、特別な人事評価基準を持っているのか、とは思った。

そうした訳で、進が〈あきづき〉を退艦した時、彼の考課表に記されていた評価は、ほぼ絶賛に近い内容だった。新米三尉が誰でも犯す、数限りない失敗については彼も例外ではなかったが、その全てについて、可能な限り好意的な解釈が行なわれていた。


指揮官の声無き叱責に気付いた隊員は、慌てて水面と海岸へ顔を向け、言った。

「いや、あの。こっちの旧正月と言えば、俺達の盆と正月を合わせた様なもんやと思ったんで」

「うん。もっともだな」

進の部下に対する態度は、いつもこれだった。

部下の意見は常に慎重に扱い、賞罰は素早く下す。そして、叱っても、後にしこりは残さない。ヴェトナム参戦丸二年目を迎え、国内で強まっている反戦運動が波及し、士気が低下し出している自衛隊。その中で、彼の艇に余り問題が起こっていない理由は、右の様な態度が大きな影響を与えていた。

それは、注がれる愛情に不足は無かったものの、どこかで遠慮を感じ続けていた堀井家での少年時代が造りあげた何かだった。あるいは、実戦場での海軍士官としては水準以上だった父親の遺伝であるのかもしれない。

それだけに、進は人間としてアンバランスな部分を少なからず内包していた。私生活での彼は、他人に対する依存心の強い、精神的に怠惰な部分を持った人間だった。横須賀の官舎で夫の帰りを待っている雪子の前では、幼児の頃と何の変わりもない甘えん坊だった。彼女がいなければ何もできない。いや、何か特別な信念があるかの様に、何もしようとはしなかった。

これに対して、海上自衛隊幹部としての彼は、満点に近い。雨季以後、茶色く汚れる河川を縄張りとすることから、ブラウン・ウォーター・ネイヴィと渾名《あだな》される河川舟艇隊。その特殊な海軍の一指揮官として進がヴェトナムに派遣されたのは、〈あきづき〉で付けられた考課表の正しさを確認した人々が、彼の経歴に箔を付けさせてやろうとしたからだった。ROTC出身では、どれ程評価が高くとも、防衛大出身者並みの昇進は無理だからである。

今の進は、その、人間として優れた部分で事態に対応している。


口にこそ出さなかったが、二人の部下が伝えてきた点については、彼も考慮済みだった。

加えて、別の疑問も感じている。

先程通り過ぎた川岸にあった村で、水牛の姿を見なかったのだ。水牛は、農作業に当たるヴェトナム人にとり、宝石よりも貴重な財産である。丁度、最近、ようやく機械化されつつある日本の農村で耕運機が宝物であるのと同じ理由だ。

その水牛が見えない――ヴェトナムに来て既に八ヶ月近い彼は、それが何を意味するか、良く知っていた。

ヴェトナムの農夫は、戦闘の危険が近づくと、水牛を家の中に隠す。


進は通信士から無電のマイクを受け取り、前方の指揮艇――彼より上官の、三佐が指揮している――へ連絡を取った。合衆国軍との共同作戦が日常的に行なわれている為、無線符牒《ラジオ・コール》はアメリカン・スタイルだ。部隊全体のラジオ・コールはMJ。その語源は、かつて彼らの戦いぶりを目の当りにした合衆国アメリカル師団のシュワルツコフという少佐が、マイティ・ジャップとうめいた事実に由来している。この為、通称MJ戦隊と呼ばれる舟艇隊の各艇は〝マイティ・〇〇〟というラジオ・コールが与えられている。本部の方は――さすがに〝ジャップ〟はまずいので――ジャック・ベースと呼ばれている。

「マイティ01、こちらマイティ02。本艇は、以下の兆候を確認した。

一、サンパンの数が異常に多い

一、水牛の見えない集落がある

以上だ。本艇はこれを、敵の攻勢が準備されている前兆と考える。送レ」

進は、現状から予測し得る最悪の（しかし、筋の通った）推測を送信した。応答まで、しばらく間があった。

「マイティ02。自信はあるのか？　ヴェト公にとっちゃ何より楽しい旧正月の準備なのかもしれんぞ。送レ」

「マイティ01。材料は、先程報告した二つだけだ。個人的には、直ちに周囲の臨検を開始し、応援を呼ぶべきだと考える。せめて、偵察ヘリだけでも呼んだ方がいい。送レ」

「マイティ02。こっちにはそれほど自信はない。だが、とにかく司令部へは報告を上げておく。御苦労だった。以上」

進は一瞬無表情になり、通信士へさっと頷いてマイクを返した。怒りを抑えている時の、彼独特の表情だ。調べるだけなら何の損にもなるまいに、そう思っている。内心で、この場の誰にも打ち明けられない不満が渦巻く。

臨検して何の証拠も無ければ、それで万事めでたしじゃないか。臨検を受けたヴェトナム人の機嫌を損ねるかもしれないが、その時は、煙草か何かを渡して謝ればいい。その場は丸く収まる。我々と同じ分断国家の正統な側を守る為の援助活動、そのうるわしき実例の出来上がりだ。朝日以外の新聞記者がその場にいたなら、好意的な記事を書いてくれそうな程だ。いずれ、その農民が、黒いパジャマを来てＡＫ47突撃銃をその手に握る時までは。俺達が彼の村を焼き払うまでは。

再び双眼鏡を構えた進は、周囲の監視を再開した。声に出さずに呟く。好きで報告した訳じゃない。俺は、あと四ヶ月で国に帰れるんだ。楽しい旧正月になってくれるのなら、何も文句はない。出来ることなら、俺の早とちりであって欲しい。

だが、水牛は、川岸にあるどの村でも見つけることはできなかった。

3　ドラゴン・レディ

CIA本部、ラングレー、ヴァージニア州
同時刻

　それまでワシントンの各所に分散して存在していた中央情報局《カンパニー》――CIAの各部門が、ヴァージニア州ラングレーに建設された新本部建物に移転された時、ジョン・F・ケネディは次のように述べた。

「諸君の成功が賞賛されることはない。だが、失敗は批判される」

　情報機関というものの性格から考えて、それは的を射た指摘と言って良かった。何よりも、ケネディ大統領自身が、自分の情勢判断の失敗について、CIAにその罪を押し付けるという方針を取っていたからである。

　ケネディ・クランの一員と見られていたアレン・ダレスは、大統領の優柔不断な態度が原因となって失敗したキューバ侵攻作戦の責任を負わされて罷免された。現長官のジョン・マッコーンも、その余命は幾許《いくばく》もないと思われている。今の所彼が長官職についていられる原因は、ダラス暗殺未遂事件での素早い行動と、六日戦争の的確な予測という二つの功績を評価された温情的な措置であるとの見方が支配的だった。

　なぜかと言えば――ヴェトナム情勢について、CIAの観測は国防総省《ペンタゴン》と大きく異なっていたからだ。人気低落に歯止めをかけたいケネディ政権は、大統領への批判を高める様な悲観的情勢判断を認める訳にはいかなかった。CIAの報告は、それ程暗い内容だった。

　ホワイトハウスが喜ぶのは、ペンタゴン――というより国防総省情報局《DIA》の、粉飾された情況報告だけだった。CIAがヴェトナム情勢について何度も誤った情況報告を提出していたことも、この傾向を強めていた。CIAは、ホワイトハウスからの信頼を完全に失っていた。

　冷戦を戦う名誉ある人々の居場所――かつてそう考えられていたCIAの現状とはそうしたものだった。であるならば、藤堂進がメコンで恐怖と怒りを感じた時期より半年前――一九六七年の夏、東部のとある大学で心理学講師を務めていた元CIA職員が突然復帰を要請された時、あまり乗り気にならなかったのは当然だった。

「冗談はやめてよ」

　最初はその話を伝えられた時、ミズ・アリス・シェルドンはそう答えた。既にこの時、彼女は五〇の坂を越えていたが、一部の女性にだけ許される、生涯失われることのない魅力を漂わせながら、CIAにまだ所属している旧知の友人に向かって次のように述べた。

「あたしが情報活動に加わったのは、ヒトラー相手に遊べるからだった。そりゃ、OSSの頃は本当に楽しかったわよ。でも、戦後、CIAが出来てからはそうでもなかった。〝我が社《カンパニー》〟に付き合い続けたのは、無責任なことをしたくなかったから。大体、あたしがカンパニーを止めた理由は、貴方が一番良く知ってる筈じゃない？」

「ああ。アリス。良く知っているよ。僕だって、今更ケネディ・ボーイズに君がこき使われる所を見たくて言っている訳じゃない」

　旧知の友人――彼女の夫であり、CIAの前身、戦略《O》事務《SS》局以来のヴェテラン情報官《エージェント》、ハンティントン・D・シェルドン大佐はそう答えた。けれどね、アリス、ヴェトナムがやばくなりかけているんだ。カンパニーは、ヴェトナムで行なわれているドラゴン・レディ関連プロジェクトについて、経験者の指導を必要としている。

「ドラゴン・レディ？　なにそれ？　あたしのこと？」

　アリスは笑いながら答えた。以前、辣腕の写真分析官だった頃、周囲からそう呼ばれていた覚えがあった。

　ハンティントンは笑いを返しながら言った。

「いや、あーん、昔の言い方で表現するなら、オーバーフライトだな。科学技術本部じゃあ、その点で随分苦労している。アート・ランダールがPIC――写真解析センターを引退しちまったもんで、統括責任者がいないんだ」

「まぁ、嫌だ。今のカンパニーには、よほど人材がいないのね」

「その通り。ホワイトハウスは朝令暮改で痛めつけてくるし、ペンタゴンは親の敵みたいに我々を憎んでいる。国家偵察局は我々に電波情報を渡そうとしない。出来のいい奴ほど、嫌気がさしているんだ。おまけに、局内じゃあ〝ジーザス〟・アングルトンが本当に居るのかどうか怪しいダブル・スパイ《モール》狩りに血眼だからな。気を付けろ、ほら、君の後ろにもぐらがいるぞ、て具合だ」

「あら、あたしの知らない間に、随分楽しそうな職場になっちゃったのね、あなた。そんな所に誘われるなんて、嬉しくて涙が出そう」

「全くもって。だからこそ、君が必要なんだ」

半年後、アリスは古巣に戻っていた。

壁を白く塗った部屋。その一面に下げられたスクリーンには、密林の中を走る道路を斜め上空から撮影した写真が映写されていた。路上を走る北ヴェトナム軍《NVA》トラックや人間の姿までがはっきりと映しだされている。ドラゴン・レディ——北ヴェトナム戦略偵察作戦に投入されているＵ２Ｒ偵察機が撮影した、ホー・チ・ミン・ルートの写真だ。公式には、Ｕ２改造型であるＵ２Ｒは未だ完成していないことになっている。当然、新型の長距離傾斜撮影カメラ、アイテク・モデル97Ｆ／ＬＯＬＯＰも、実戦任務には投入されていない——そう言われていた。だが、スクリーンに映されているのは、明らかに傾斜撮影カメラで撮られた映像だった。

「自信があるのね？」

アリスは、白い部屋——ＣＩＡ本部地下四階に設けられたＰＩＣの会議室、その部長席に女王然とした態度で身を預け、尋ねた。

「あるよ、ママ」

彼女と古い知り合いの、写真分析官が答えた。ＯＳＳ以来の局員で、様々な作戦に参加しているヴェテランだ。ＣＩＡが、〝外交官用〟のＣ47輸送機を使って、共産圏内を白昼堂々と撮影する作戦に加わったことさえある。最近ＣＩＡ内部に増えている東部大学《アイヴィ・リーグ》出の坊や達とは違い、荒っぽい仕事も厭《いと》わない男だ。そして、そうであるが故に、彼の判断は冷静だった。

「ＮＶＡの連中は本気だと俺は思うな。この半年、ホー・チ・ミン・ルートは独立記念日並みの混雑だった。このひと月は非武装地帯——ＤＭＺ付近での活動も活発だ。それが——」

彼は映写機のリモコンを操作した。スクリーンの映像が、昨日のものに切り替わった。ホー・チ・ミン・ルートの同じ地域を写したものだが、先程の写真とは明らかに違う。路上に何も写っていない。トラックはおろか、ＶＣ——ヴェトコンの人夫すら見えない。兵站活動が完全に停止している。

軍事の経験則から考えるなら、その理由は二つ想像できる。敵が補給も行なえない程弱ってしまったか、大攻勢のために必要な補給物資の集積を終わったかのいずれかだ。そして今のところ、北ヴェトナムが補給を行なえない程弱っている兆候は見つかっていない。

「ご覧の通り。一応確認までに言っておくけど、ここしばらく〝秘密戦争〟は行なわれていないよ。アーク・ライト任務も含めて」

　Ｂ52によるホー・チ・ミン・ルート秘密爆撃のことだ。現在は、それを北への〝交渉〟条件にしたい、というケネディ大統領の指示で停止されている。もちろん、国民はそのことを知らない。合衆国軍がカンボジア領内で作戦していることすら知らされていない。

「旧正月《テト》の影響では？」

　彼らの会話を聞いていた若者が言った。東部有名大学出身で頭の回転が早いハンサム――完璧なケネディ・ボーイズだ。アリスは彼のことを頭はいいが間違った世界観を植え付けられた可哀相な若者だと考えていた。彼の様な人間は、世界のどこでも合衆国と同じ論理が通用するものと信じて疑わない。

「ＮＶＡでも、旧正月は休暇の筈です。それに双方の協定で、旧正月の間は完全停戦期間になる筈です」

「正月休暇ねぇ」

　ヴェテラン分析官が呆れた様に言った。

「連中が休んでるかどうか、七面鳥の出荷量で推測する訳にはいかないいんだぜ」

「しかし……」

「坊や、休戦に同意しているのはＮＶＡであって、ＶＣ《チャーリー》じゃないわ」

　セイラムを咥《くわ》えたアリスは言った。女性にはごつすぎる空軍用のジッポーで火をつける。

「つまりね、アンクル・ホーが旧正月の間にどんな悪企みを仕組んだとしても、〝あれは民族解放戦線《ヴェトコン》独自の行動です〟って、平和を愛する世界人民へ申し訳が立つってことね」

「御明察」

　写真分析官が言った。

「決まりね。連中は近日中に大攻勢を計画している」

　アリスは気持ちのよい微笑を浮かべ、言った。

「すぐに必要な写真をまとめてちょうだい。上に提出するわ。それから坊や、ディック・ヘルムズを呼んでよ。あの人、事前に知らされていないと機嫌が悪くなるから」

「でも、リチャード・ヘルムズは情報本部担当副長官ですよ。我々とはセクションが違います。それに……こんな情報、ホワイトハウスは喜びませんよ」

　バカね。だからこそ、伝えるんじゃないの。あっちこっちにいる貴方の御仲間を通して報告したんじゃ、この情報、途中で握り潰されちまうわ。

「いいのよ」
セイラムを揉み潰し、アリスは立ち上がった。何とも言えない疲労を覚える。まったくもぉ。間に合ってくれたらいいのだけど。ディック・ヘルムズから長官へ直接伝えたら、今日中にホワイトハウスへ届くことは間違いないわ。

そう思いながら、彼女は、ケネディ政権がこの情報を無視するだろうと予想をつけていた。彼らは、休戦期間が絶対のものだと信じているのだ。

アリスは自虐的な笑いを漏らした。あーあ、こんなゲームに戻るんじゃなかった。前に思ってた通り、サイエンス・フィクションでも書いていれば良かったわ。女だからといって色眼鏡で見られない様に、男名前のペンネームまで考えてたのにな。

全てはアリスの予想通りになった。ヴェトナム時間の翌日早朝、北ヴェトナム軍とヴェトコンは、彼らにとって最大規模の攻勢を——テト攻勢を開始した。軍の一部情報将校の努力により、合衆国及び日本を含む自由諸国連合軍の一部が警戒態勢をとっていた。だが、彼らの態勢はゆるやかなものであり、奇襲を受けたという現実を変える程の影響力はもたなかった。

4　会敵

DMZの北東、北ヴェトナム
一月三一日午後

レーダーは激しいECM《ジャミング》を受けており、何の役にも立たなかったが、それ自体が敵の侵入している証拠だった。ソヴィエト製電子兵器がいとも簡単に無力化されてしまう現実を知っている北ヴェトナム軍は、目視観測班を全土に配置することで、敵機の発見に努めていた。

「ドンホイGCより全機、ヤンキー・ステーションより多数の敵機発艦中との情報あり。会合点に集結後、直ちに迎撃に移れ」

「クレ了解」

日本民主主義人民共和国人民空軍の藤堂守大佐は、北ヴェトナム空軍の塗装を施された愛機を駆っていた。MIG21六機からなる彼の編隊は北ヴェトナム南部のドンホイ基地から五分前に発進したばかりだ。天候は、北に行くにつれ雲量が多くなっている。

もっとも、彼の編隊は雲海の上を飛行中だから、敵機が低空を飛んでこない限り問題はない。六機のMIG21

は、推力六六〇〇キロのエンジンを轟かせ、ＭＩＧ15の寸胴なそれとはことなる葉巻型の胴体、そして申し訳程度に取り付けられている様に見える三角形の翼をきらめかせ、ヴェトナムの空を飛んだ。

　守は地上迎撃管制官に尋ねた。彼の顔には、長い時間を空で過ごした者だけにできる何かが浮かんでいる。

「クレ指揮官機よりＧＣ、侵入しつつある敵編隊の編成を教えてくれ」

「ＧＣよりクレ。我々の迎撃担当空域に西北より侵入中の敵機は、ヤンキー・ステーションより発艦した日帝海軍艦載機と思われる。速やかに迎撃せよ」

「了解」

　とうとうここでも日本人同士で戦争か、守はそう思った。赤い日本が北ヴェトナムに義勇航空隊を派遣して半年。これまでは合衆国だけが相手だったが。

　守はスティックを左に捻り、機体を迎撃コースに乗せた。高度を九〇〇〇まで上昇させる。年齢的に、ファイター・パイロットとしての晩年を迎えつつある彼だったが、その操縦には一分の隙も無かった。パイロットの最強の武器は、訓練と経験なのだ。

　双方の位置関係から考えて、会敵まで後二分はあった。

　守は戦うべき敵について考えた。

　東京政権の海軍は三隻の攻撃型空母《CVA》を保有している。〈かつらぎ〉、〈あかぎ〉、〈かが〉だ。最初の一隻は敗戦時唯一運用可能な状態で残っていた雲龍級航空母艦を、第一次祖国解放戦争《バトル・オーヴァー・ホッカイドウ》——五〇年代のあの戦いを、赤い日本ではそう呼んでいる——のどさくさに紛れて、現役復帰させてしまったもの。残りの二隻は、合衆国から供与されたモスボール状態のエセックス級空母を改造したものだ。当然、全艦がジェット機運用の可能な様に改装されており、アングルド・デッキを備えた現代型空母に変わっている。もっとも、船体が新型航空機の運用には小さすぎるため、Ｆ4ファントムは積んでいない。

　こちらにいるのはどの空母の搭載機だろう、と守は思った。最新の情報によれば、〈あかぎ〉は呉——ああ、あの町はどんな風になっているのだろう——でオーバーホールを受けている。そして〈かつらぎ〉は対地支援専用の母艦航空隊しか搭載していない。であるならば、やってくるのは〈かが〉の搭載機だ。確か、載せている機体は——

　守は前方に輝く何かに気付いた。機体を軽くバンクさせ、列機《ウイングマン》に知らせる。彼が直率していない編隊のリーダーが答えた。彼は前の戦争で守の列機だったパイロットだ。今では、守と一、二を争う腕前のパイロットになっている。

「トヨハラ01よりクレ。二時方向同高度、敵機らしい」

守は素早く意識を切り替え、命じた。

「迎撃する。君達は高度を上げ、支援についてくれ。クレ編隊はこのまま突っ込む」

「了解、幸運を」

後方の安全を確保した彼は、スロットルを開け、敵に向けて高速で接近した。ただし、速度を上げ過ぎない様に気を付けてはいる。いくら熱線追尾ミサイル《IRAAM》を搭載しているとはいえ、最初の照準がまずければ絶対に命中しないからだ。それでなくとも、守の機体に装備されたアトール熱線追尾誘導弾の国産モデル、六五式ＡＡＭ〝電撃〟Ｉ型は、信頼性の高いことで知られているミサイルではない。加えて、ＭＩＧ21はソヴィエト伝統の対爆撃機用迎撃機で、対戦闘機戦闘には必ずしも向いていない。

列機が後続してくることを確認した守は、機体を一度強引な降下に入れた。その機動によって位置エネルギーを運動エネルギーへと転換する。その間にも、彼の視線は忙しく動き、敵機の情況を確認し続けていた。


敵編隊はおそらく二〇機程度で、二種類の機体からなっていた。主力は爆弾を搭載したＡ４ＥＪスカイホークだった。犬の鼻先のような胴体前部とデルタ型の主翼上に、大きく日の丸を描いている。合衆国が開発した小型攻撃機を東京政府がライセンス生産した機体だ。スカイホークは彼の迎撃を避けるため、慌ててブレイク――編隊を解いて回避に移っていた。

もう一種類の機体は全く別の動きを見せていた。スカイホークと似た、小さくまとめられた丸みのある機体。だが、両主翼に設けられた二枚の尾翼は、戦闘的な印象を与える。守は内心少し驚きを感じながらその敵機を識別した。Ｆ７ＵＪカットラス。発着艦時の事故が多いことから、合衆国はとうの昔にお払い箱にしてしまった艦上戦闘機だ。数は八機。本国では誰も信じていなかったが、東京政府が排水量七五〇〇〇トンの新型空母〈しょうかく〉級の完成まで新しい艦上戦闘機を導入しないという話は本当だったらしい。そうでなければ、あれほど古い機体を使っている訳がない。

守は歯を食いしばってスティックを引いた。たっぷりと運動エネルギーを貯め込んだ機体が上昇に移る。今度は、運動エネルギーを位置エネルギー――高度に転換する機動だ。守の計算によれば、彼の編隊は、日の丸を付けたカットラスの旋回範囲内側ぎりぎりに飛び出る筈だった。彼は、そこで機体をひねり、敵の後方へ食らいつこうと考えている。

5　業火

コー・チェン河、メコンデルタ
同時刻

南ヴェトナム全土で始まった攻勢に対応するため、河川舟艇隊が出撃したのはその日の早朝だった。

最初は単なる臨検の筈だった。だが、指揮艇の臨検チームがサンパンの底に隠されていたＲＰＧ７ロケットランチャーを発見した時、それは戦闘になった。サンパンの中で六四式の銃声が響き、次の瞬間、爆発が起こった。その余波を受けて指揮艇も大損害を受け、前部機銃座とデッキハウスの大半が吹き飛んだ。その時、乗員もほとんどやられ、行動不能になった。

藤堂進二尉には驚きを感じている暇はなかった。爆発と同時に、周囲を無害な風情で航行していたサンパンから一斉に射撃が始まったのだ。川岸にある村からも銃撃が行なわれている。


「全速、指揮艇を援護する。射《テ》ェッ！」

進がそう叫ぶと同時に、ＰＢＲは轟音を立てて疾走し始めた。各所に備えられた機銃が火を吹き、サンパンへ襲いかかる。艇の前後に装備された四連装機銃の威力が最も大きかった。一連射でサンパンが穴だらけになり、隠されていた弾薬が誘爆を起こした。さすが、ハーフトラックに搭載されていた頃、ミートチョッパーと呼ばれていただけのことはある。

「マイティ01の周囲を旋回。敵の火点を制圧しろ」

六四式の薬室に初弾を送り込みながら彼は命じた。指揮官の任務は戦闘に参加することではなく、部下が戦闘を行なえる様にすることだが、この際、そんなことは言っていられない。

「マイティ01、生存者あり、負傷しています」

舷側の機銃座から幸田が叫んだ。

「了解！」

叫びかえした進は、自分に怒りを覚えた。畜生、俺がまず確認しなきゃいけなかったんだ。

銃声と轟音の中で、進はマイクを受け取り、本部に通信を発した。

「マイティ02よりジャック・ベース。状況〇八五。おそらく中隊規模の敵地上部隊並びにサンパン多数からの攻撃を受けている。マイティ01は炎上中、負傷者少なくとも一名あり。ダスト・オフ並びにガンシップ《チョッパー》の支援を要請する。送レ」

　ダスト・オフとは救急輸送ヘリ、ガンシップとは武装ヘリのことだ。

「ジャック・ベースよりマイティ02。状況は深刻なのか？　こちらは全域で攻撃を受けているが、まだ中隊規模攻撃の報告を受けていない。君の報告が正しいとするなら、そこが主攻撃地域になるが？　送レ」

　進は怒りに任せて六四式のトリガーを引いた。目標はたまたま視界に入ったサンパンだ。もちろん、命中したかどうかは判らない。いや、敵かどうかすら確認していない。無害な家族を射ってしまったのかもしれない。

　彼は叫んだ。

「馬鹿野郎。深刻でなければ報告なぞするか！」

　一瞬、通信は沈黙した。それから返信がある。

「了解、マイティ02。可能な限りの支援を送る。ダスト・オフはすでに発進。そちらへ五分で到着する。済まなかった。送レ」

「了解。だが、我々だけでは敵を制圧できない。マイティ01は行動不能。ダスト・オフだけでやってくると撃墜されるぞ。送レ」

　敵に、ジュネーヴ条約を遵守するつもりなど毛頭ないことは解っているのだが、救急ヘリに武装は搭載されていない。妙な話だ、と進は思っていた。

「解っている。マイティ02。航空支援が向かっている。ＦＡＣのコールサインはスカイキッド21だ。爆撃の後、陸自がヘリボーンを行なう。送レ」

「了解！」

　進は叫びかえし、周囲を見渡した。次の瞬間、恐るべき光景を目撃し、身体が凍り付く。一隻のサンパンから放たれたＲＰＧ７が彼のＰＢＲへ突っ込んで来るのだ。

「敵弾！　面舵一杯、回避！」

　進は叫んだ。だが、ＰＢＲの速度はロケットに比べて遅すぎた。彼は再び叫んだ。

「伏せろ！」

　全員がその場に身を伏せた。恐怖を紛らわせるためだろう、両手だけは機銃の発射レバーから放していない者もいる。誰もが爆発を予測した。

　しかし、爆発は起こらなかった。無気味なロケットの噴射音が近くから聞こえるだけだ。

後方の機銃員が叫んだ。

「敵弾、網に引っ掛かっています！」

進は彼の指し示した舷側を見た。彼のＰＢＲの舷側には、船体外板から多少離した所に金網が装着されている。通常の銃弾には何の役にも立たないが、最も恐ろしいＲＰＧ７の弾頭を不発にできるという噂があったからだ。本来、対戦車用であるＲＰＧ７の信管は、先端に七キロ以上の圧力がかからない限り爆発しない――そう言われていたのである。射距離に左右されるが、金網にクッションの役割を果たさせたなら、爆発はしないかもしれない――進はそう考え、多少の速力低下を覚悟で金網を装着させていたのだった。どうやら、彼の判断は正しかったらしい。ロケットは、瞬く間に固体燃料を消耗し尽くすと、水中に落ちた。

「配置に戻れ、射ェッ！」

進はそう叫ぶと、先程の射撃で空になっていた六四式カービンの弾倉《マガジン》を交換した。以前用いられていた二〇連タイプではなく、ヴェトナム派遣部隊にだけ配備される様になった三〇連タイプだ。その間も、彼のＰＢＲは、周囲に銃撃を行ないながら川面を高速で旋回し続けた。

迫撃砲と自動擲弾《てきだん》銃の射撃が始まり、川岸の村に連続した爆発が発生した。八一ミリ迫撃砲はまともに目標を狙えず、あさっての方向に弾を落下させているが、擲弾銃の射撃は比較的正確だった。四〇ミリ擲弾が何人かの黒パジャマ《チャーリー》を吹き飛ばした様子さえ見えた。

だが、敵の銃火は衰えない。ＰＢＲに向けて、曳光弾の赤い火線が伸びてくる。時たまグリーンの曳光弾が伸びてくるのは、合衆国軍から奪った兵器を使用しているためだろう。彼のすぐそばにある防弾板に命中弾があり、火花が飛んだ。背筋に冷たいものが走る。

「艇長、ＦＡＣ来ました！」

通信士が叫んだ。周囲が轟音に満ちているため、進は彼からマイクではなくレシーバーを受け取る。

明瞭な音声が飛び込んできた。ＦＡＣ――前線航空《フォワード・エア・》統制官《コントローラー》。速度の遅い観測機に乗ったヴェテランのジェット・パイロット。彼の任務は、地上の要請に答え、的確な地点へ航空攻撃や砲撃を誘導することにある。危険な任務だ。

「スカイキッド21よりマイティ02。貴艇を目視した。そちらはどうだ？　解らなければ発煙を行なう。送レ」

進は空を見上げた。目を細める。上空を飛ぶ観測機の姿が見えた。灰色にちかい迷彩を施した、小さな日の丸を描いたセスナＯ２ＢＪ。機体の前後にエンジンを搭載した、串型双胴機だ。普通のセスナの機体前半部に、昔のＰ38ライトニングに似た機体後半がつなげられていると思えばいい。

「マイティ02よりスカイキッド21。貴機を確認。本艇の後方上空を飛行中だな？」

「そうだ。よし、そっちの状況を伝えてくれ」

「了解」

6　撃墜

DMZ上空、ヴェトナム
一〇分後

奇襲でもなく、数的にも劣勢であったため、藤堂守大佐の編隊は第一撃で敵機を撃墜することができなかった。守は悔やんでいた。旧式機だと思って、最初からなめてかかったのがいけなかったんだ。古い機体に乗っているにもかかわらず――あるいは、それ故に、敵は空戦技術に熟練していた。おそらくカットラスはＭＩＧ21より運動性の悪い機体なのに、易々と守の第一撃を回避した。

その後は、格闘戦になった。

第一次世界大戦以後、様々な物語や映画でロマンチックに語られ続けてきた戦闘機同士の戦い、ドッグ・ファイト。だが、その現実はどこまでも冷徹だ。映画にある様に、敵味方が次から次へと撃墜されることなどありえないし、中世の騎士や武士にも似た撃墜王同士の一騎打ちなどよほどの偶然でもなければ発生しない。

なぜかと言えば、基本的な物理法則がそれを否定するからだ。砲／ミサイルにかかわらず、命中には正確な照準が絶対に必要である――それだけのことだ。

近距離で高速かつ複雑な動きを双方が行なった場合、正確な照準ができなくなるから、かえって落とされる機体の数は減少する。ジェット同士の戦闘で、機銃による撃墜率が低いのはこれが理由だ。

加えて、レーダーあるいは熱線追尾ミサイルでさえ、よほど近づいて射たねば簡単に回避される。目標となった機体のパイロットが、ミサイル警報を受けた途端、激しい機動を行ない、ミサイル先端のシーカー・ヘッド――追尾用センサーの感知範囲を離脱してしまうからだ。ミサイルは万能兵器ではない。結局の所、守や敵が使用しているミサイルは、四〇年代の発想、五〇年代の技術で造られた六〇年代の兵器に過ぎない。信頼性はまだまだ低い。平均命中率は、合衆国の場合でも三パーセント程度に過ぎない。

エース同士の一騎打ちにしても同じ物理法則が影響を与えている。いくら空戦時の速度が遅いとはいえ、平均して時速七、八〇〇キロにはなる。当然、その間の燃料消費量も莫大だ。双方の撃墜王が、互いを視界に捉えて格闘戦を行なう余裕など、最初の位置関係、あるいは偶然がそれを許しでもしない限り、絶対にないと言っていい。

守はスロットルを操作しながら機体を上昇させた。彼の列機は、混戦の中、リーダーについてゆくことが難しくなっている。守の操縦が巧みすぎるのだ。彼の見る限り、状況はだんだんと悪化していた。おそらく訓練時間の差だろう。敵は、混戦の中でも二機でチームをつくるという基本を崩さず、彼の編隊と戦っている。戦いは、いかにして敵を撃墜するかより、いかにしてこの空戦域から離脱するか、という点に焦点が移っていた。双方とも、残燃料が不足し始めている。帰投すべき燃料量《ビンゴー・フュエル》まで、あまり間がない。

突如、ヘルメットのレシーバーに通信が飛び込んだ。ほとんど悲鳴だ。

「クレ、クレ、後方に付かれた！　援護頼む！　こちらは貴機の左下方！」

「了解」

守は機体を横に倒し、助けを求めてきた友軍機を確認した。かつての列機《ウイングマン》だった。自分の列機がついて来られなくなったため、後方が空き、入り込まれてしまったらしい。

状況を確認すると同時に、守は機体をさらにひねって、背面状態から降下に入れた。彼のＭＩＧ21はループを描いて敵機後方へと突進する。ツマンスキーＲ一三〇〇ー三〇〇エンジンは快調に熱エネルギーを発生させていた。

守はＧに耐えながらスティックを引いた。酸素マスク内にこもる息が臭い。機体が徐々に水平に近い降下角度へ移ってゆく。守は年齢的につらさを感じる様になったＧの中、兵装状態の最終確認を無意識のうちに行なった。一発だけ残されたミサイルの状況表示ランプはグリーン。発射可能だ。そして、これで打ち止めだ。彼の乗っているＭＩＧ21には、機関砲が搭載されていない。機関砲の搭載された新型は、まだ赤い日本まで回ってこない。

守は直感的にスティックを引いた。彼の直感は航空力学の原則と合致。カットラスの後方へもぐりこんだ。レシーバーに断続的な高音が響く。ミサイルの赤外線シーカー、その感知範囲内に敵機が入っていることを示す警告音だ。だが、彼はそこでスティックに設けられた発射ボタンを押さなかった。ほんの一瞬だけ待つ。断続音であるということは、音の切れている間、シーカーの感知範囲から外れていることを意味するからだ。

降下速度がついて運動エネルギーの増していた彼の機体は、敵機へさらに近づいた。機体中央に推力の弱いエンジンを並べて装備したカットラスが、照準器のレクチル内で急速に大きさを増す。断続音が切れ目のない音に変わった。

守は発射ボタンを押した。機体に震動が走り、後方から炎と白煙を吐き出すミサイルが敵機に向けて突っ込んで行った。彼はすぐさま機体を左に捻り、降下に入れた。

爆発。守は右上方へ首を捻った。カットラスが部品を撒き散らしながら、黒煙を吹き、落下してゆく——爆発した。

「！」

彼は歓声を上げた。同じ日本人を殺した意識など、今の彼にはない。この瞬間の守には、第一次祖国解放戦争と合わせて、合計九機になった撃墜数にだけ興味がある。なにしろ、あと一機で、ジェット時代初のダブル・エースなのだ。もしかしたら、パイロット引退前に、本当になれるかもしれない……

彼がそう思った時、機体に強烈な衝撃が走った。エンジンがパワーを失う。安定が崩れ、激しい震動が始まった。すぐ上空を、日の丸を付けたカットラスが飛び去った。機銃で射たれたのだ。多分、彼が撃墜した機の列機だろう。

守は何かをののしった。列機が彼に追従できず、後方が空いていたのだった。そして、ダブル・エースになれるかもしれない喜びで、注意力が散漫になっていた。

守は機体の状況を確認した。エンジンパワーが急速に下がっていた。震動はさらに激しくなっていた。レシーバーに、味方からの声が響く。

「クレ、やばいぞ、機体から火が出ている！」

こいつは駄目だ。守は素早く決断した。機速はまだ四〇〇キロ近く残っており、適当な降下角をとれるならばドンホイに幾らかでも近づいて脱出できるかもしれなかった。だが、火を吹いているのではそれはできない。その前に空中爆発してしまう。

「ドンホイＧＣ、こちらクレ、ＤＭＺ上空、海岸より一五キロ付近で被弾。脱出する！」

彼は足をすぼめてふんばり、頭をヘッド・レストに押し付けた。両足の間にある射出用ワイヤーを、胴にしっかりと押し付けた両手で引き抜く。

まず、キャノピーが吹き飛んだ。

そして、心構えする間もなく、射出座席の下部に取り付けられたロケットが作動。背面に設けられたガイドレールと並行方向へ推力を吹き出し、彼の身体を座席ごと空へ放り出した。全身に衝撃。脊髄へ強い痛みが生じた。

守の身体は空中で一回転した。ストラップが外れ、座席が身体を離れてゆく。あらたな衝撃が――今度は股下から突きあげるような痛みだった――おそった。パラシュートが開いたのだ。

守は周囲を見回した。戦闘は終わりかけている様だった。敵味方とも、戦場から退避を始めている。途中で解らなくなったが、果たして、敵の攻撃隊に任務放棄をさせられただろうか。とにかく、それだけでも出来ていれば、こちらの任務は成功なのだ。

それだけ考えた後で、彼は初めて自分の命の心配を始めた。

友軍は救助に来てくれるだろうか？　ここはＤＭＺであり、夜間、グリーン・ベレーが強行偵察《ＬＲＲＰ》に侵入してくる地域でもある。畜生、徒歩で北へ戻るしかないのかもしれない。いや、同盟国のパイロットを見捨てたという批判を受けたくないだろうから、ヴェトナム人は救助隊を派遣するに違いない。

帰投しかけていた敵機が、突如、彼の方へ接近してきた。守は小便を漏らしそうな恐怖に襲われた。あわてて、ホルスターに収められている私物のワルサーへ手を伸ばす。

だが、敵機は彼を殺しに来た訳ではなかった。彼のパラシュートが、ジェット後流による影響を受けない距離を慎重にとると、すれ違いざま、軽くバンクして洋上へ去っていった。

守は安堵の笑いを漏らし、日の丸を付けた敵機に手を振った。彼は思った。おそらく、あれは俺を撃墜した機だ。

彼は下界を見下ろした。緑の魔界が急速に迫っていた。そこから生きてでられる可能性はそれほど高くなかった。どこか、自虐的な部分のある彼は、冷や汗を吹き出しながら思った。さぁて。人民英雄にして勇敢なる同志藤堂守空軍大佐、本当のヴェトナムにようこそ。

7　爆撃目標

コー・チェン河、メコンデルタ

同時刻

「スカイキッド21よりアトム編隊。これより君達とのゲームを始めたい。攻撃準備が完了してるなら、そっちの兵装を教えてくれ」

「アトム・リードよりスカイキッド21。こっちはアルファー《A》・ワン《1》・ホテル《H》・ジュリエット《J》四機。各機、スネーク八発とネープ一発、並びにロケットポッド各二基を搭載。全弾HEだ。ガンは各機使用可能。こちらもHEにしてある。戦闘時間は一五分とみてくれ。オーヴァー」

「いいぞ、アトム。君達は準備がいい。先程射ちこんだ目標指示ロケットの煙が見えるか？」

「良く見える、スカイキッド」

「なら、指示点の北五〇メートルの河沿いを叩いてくれ。下の友軍が苦戦している。最初はスネークで一撃四弾投下だ。突入方位は任せる。敵の大型対空火器は見つかっていないが、充分気を付けていってくれ。いいか？」

「了解、スカイキッド。アトム・リードは軽井沢から侵入し、途中で小諸にジンキング、最後にまた軽井沢へ戻る形で突入する」

「いいぞ、いいぞ、やってくれ。君達が敵を抑えてくれんと、ダスト・オフが侵入できん」

「了解、アトム・リード、突撃する」

　轟音が響いた。それに気付いた藤堂進は、相変わらず猛烈な火力戦の展開されている川面から上空へ目をやった。胴体に大きな日の丸を描いたA1HJスカイレイダー攻撃機が突入を開始していた。尾翼に、著作権協会から文句を付けられそうな可愛いロボットの絵を大きく描いている。くにで電気屋のシャッターにも良く描いてあったロボットだ。

　それまで、進のPBRに集中されていた砲火が上空を向いた。それを見た進は、友軍機に最も近い敵の火点に向けて射撃を集中させた。

　編隊長機《リード》が突っ込んできた。その機体は、まず、東方から敵の火点が集まっているマングローヴの林へ接近し、砲火が集中しそうになると、逃げる様に機首を北西へ転じた。そして、その方向転換に敵が戸惑っている隙をついて再び最初の針路へ戻り、目標上空へ突入。主翼下のハード・ポイントから高抵抗爆弾《スネーク》を四発投下した。尾部に、プロペラの様な減速装置を付けた爆弾は地上に向けてゆっくりと落下し、マングローヴの中で爆発した。進には、敵の射撃が明らかに衰えたのが解った。

　ＦＡＣが彼を呼んでいた。

「マイティ02、今の爆撃、そっちからはどう見えた？」

「見事だよ、スカイキッド21。直撃したと思う」

「今のコースは軽井沢――小諸――軽井沢だ、それでいいんだな？　爆煙で、こっちからは良く見えんのだ」

　軽井沢？　小諸？

　進は一瞬とまどったが、相手が航空自衛隊《JASDF》独特の針路指示符牒を用いている事に気付いた。

　理由ははっきりしないが、ヴェトナムで活動する自衛隊航空機は、自機の目標地点が松本市であると想定して行動する。つまり、「軽井沢から」と言えば、おおむね東方から侵入することを意味する。小諸に変更、とは、そのコースを一時右に切る――西北へ進むことを言っている。

　進は符号と現実の地形を合致させ、答えた。

「いいぞ、そのままどんどんやってくれ。みんな吹き飛ばしちまってくれ！」

「了解！　アトム編隊、突入！」

　再び轟音がやってきた。そして爆発。進は硝煙がたなびき、銃声と爆音の轟く中で、何かに憑《つ》かれた様に命令を出し続けた。最初の爆撃はマングローヴ林内の敵に向けてだったが、次の爆撃は村のあちこちに陣取った敵に対するものだった。投下から一瞬遅れて、地上を炎が走る。ネープ――ナパームだ。ナパームは、開けた場所で使用しないと効果が低いため、村に投下したのだ。

　熱と黒煙、炎の中から、強烈な匂いが吹き寄せてきた。悲鳴。燃え盛る高床式の家から炎に包まれた人間が走り出てくる。後方の四連装機銃がそれを射撃した。同時に松明のようになったそれは二つに千切れ、自分よりさらに小さな燃え盛る人間らしいものを放り出した。子供だ。

　それを見て進は何事か口走り、ＦＡＣに連絡をつけようとした。だが、通信士に押し止められる。彼は、村のすぐそばにある林を指差していた。

　進は眉をひそめてそこに視線を向けた。どうやら、これまで隠れていたらしい高射機関砲《AAA》が射撃を始めていることが解った。

　彼は通信士にうなずき、ＦＡＣを呼び出した。先程言おうとしたことと全く反対の内容を伝える。

「マイティ02よりスカイキッド。村の北西、家が密集している辺りの後方樹木線沿いを徹底的に叩いてくれ。敵の高射砲らしい」

「了解」

　進の要請に従い、スカイレイダー編隊は再び突撃を開始した。爆弾とナパームは使い尽くしていたから、今度はロケット弾《HE》だ。当然、面制圧用の兵器であるロケット弾は、目標周囲にある家も一緒に吹き飛ばしてゆく。

　進は努めて無表情を保ちつつ、その破壊を見守った。葦で葺《ふ》かれた屋根が吹き飛び、壁がそれに続き、そして――

　どうやら、そこには敵の弾薬庫があったらしい。猛烈な爆発が発生した。人間らしいものが飛ぶのも見える。

　だが、進の網膜へ最も鮮烈に焼き付けられた映像は、爆発と共に宙高く舞い上がった水牛の首だった。

8　独立重戦車連隊

コー・チェン河下流域、メコンデルタ
同時刻

　この日、メコンデルタで行なわれている日本人の参加した戦闘は、藤堂進が主役を務めているものだけではなかった。陸上自衛隊《JGSDF》一等陸佐・福田定一の率いる第一独立装甲連隊も、この地域で激烈な戦闘を展開していた。

　連隊が担当している地域は、コー・チェン河下流から海岸にかけての数十平方キロに及ぶ地域だった。もともとこの地域は合衆国第九歩兵師団の担当地区だったが、サイゴン周辺での戦闘に彼らが向けられたため、第一独立装甲連隊へ御鉢が回ってきた。

　結果、正直言って、福田一佐は頭を抱えている。任された地域の地形が、大部分、戦車の行動に適していないことを良く知っていたのだ。

　彼の連隊の主力戦車は、イギリスのチーフテンを除くと、一二〇ミリ級の主砲を装備している唯一の西側戦車、六一式だった。近ごろでは流行《はや》らない言い方だが、いわゆる〝重戦車〟と言っていい車両で、戦闘重量が五〇トン近くある。合衆国が五〇年代に開発し、途中で放り出したM102を参考にした、完全な対戦車戦用車両だ。北海道の戦いでソヴィエト製戦車の恐ろしさに触れ、その戦いの末期に当初重戦車と呼ばれていたM26パーシングのタフさに惚れ込んだ日本は、戦前とは全く異なる戦車のイメージを持つようになっていたのである。合衆国のM48を供与するという申し出を断わり、当初九〇ミリ・クラスの主砲を搭載する予定だった六一式が、戦後第一世代の戦車としては最強級の車両として完成した原因はそれだった。

もっとも、そのおかげで、自前のＡＰＣ――装甲《アーマード・》兵員輸送車《パーソネル・キャリアー》の生産は諦めねばならなくなった。予算の不足と、対米政策のからみである。このため、陸自のＡＰＣは合衆国軍と同じＭ113だった。これについて防衛技研や三菱・小松などのメーカー（特に小松）は余り喜ばなかったが、良い面もあった。武器有償供与協定のおかげでもとから安い値段がさらに下がり、自衛隊普通科部隊の大半が、この一〇年で完全装甲化されてしまったのである。それに、装甲車両関係の予算が六一式にほとんど集中されたため、六一式の配備ペースも（日本の戦車としては）異様に早かった。年配備数が一五〇両を超えている。

そうした次第で、福田の部隊には大量の六一式とＭ113（合計二〇〇両近く）が装備されている。これは冗談に近いが、連隊本部の給食班すらＡＰＣで動く――そう言われている程だ。

もちろん、この時、下流域の小村に置かれていた連隊本部もＭ113を装備している。福田たちがいるのは、Ｍ113を改造した司令部用車両、Ｍ557だ。兵員室が改造され、車体の後半部に大きな箱が載せられた様な形をしており、そこに通信機や会議設備が収められている。

連隊Ｓ３――情報幕僚が報告した。

「海岸地区から川岸一帯にかけて全面的に敵の活動がみられます。海自の河川舟艇隊が少なくとも二ヶ所で戦闘に巻き込まれており、一ヶ所では中隊規模の敵が確認されています」

「君の意見はどないや？」

福田はおっとりとした口調で尋ねた。ヴェトナムで過ごしたさして長くはない時間の間に、彼の頭は銀髪に近くなっていた。

「敵味方がごちゃごちゃになって戦闘しているのではっきりしたことは言えませんが」

Ｓ３はマングローヴと水田が交錯した地図を睨んでから答えた。

「アメちゃんから回ってきた情報だと一個大隊強ですから……どう少なめに考えても、実際は二個連隊程度の戦力はいるでしょうね」

「そうやね」

福田は頷き、地図を睨んだ。額ににじみ出る汗を腕で拭う。彼らは、政治的な要因により修正の加えられている合衆国軍の敵情予測を、全く信頼していない。派遣当初、それを信じたおかげで失わなくても良い若者達を死なせていたからだ。

「偵察班はどれだけ出してる？」

「現在、六班です。担当地域の全域で行動中ですが、今の所、大規模な部隊に接触したという報告はありません」

「バラけてるんやな」

福田は即断した。

「ほとんどは、せいぜい小隊規模の小部隊で行動して、浸透攻撃するつもりやろ」

「自分もそう思います」

ふんふんと言いながら福田は地図を折った。バラけたままだと叩きにくいな。大体、重い戦車でこの辺りをどうやって――彼は突然何かを思い付き、尋ねた。

「なぁ、海自の支援はあるか？」

「はい」

敵味方の兵力を頭に叩きこんでいるらしいS3が答えた。

「数時間以内に、本土から来援中の艦隊が支援可能圏に入ります」

「空母か？」

「いいえ、水上艦です」

彼は、艦隊に所属する艦の名前を読み上げた。

「ふーん」

福田は面白そうな色を浮かべた。

「それじゃあな」

と、相変わらずの口調でS1――作戦幕僚に命じる。

「とにかく、敵を海岸に追い込もう」

「海岸に、ですか？」

思わずS1は聞き返した。何でわざわざ戦車の使えない海岸へ敵を追い込むのか、彼にはわからなかった。しかし、これまでの戦いで指揮官の能力について抱いていた尊敬が、反論を押し止めた。

福田は命じた。

「とにかく、多少の損害には構わんで敵を追い詰めるんや。普通科《インファントリー》で抑えきれん穴はヘリを使って埋めながら、な。ヘリは大丈夫やろ？」

柔らかな口調だったが、指揮官として相当覚悟のいることを言っている。福田は本気だった。彼の目許は、口調程柔らかではない。

「第二ヘリ団が支援態勢を整えています。三分の一は河川舟艇隊の支援にまわっていますが。HU《ヒューイ》1BとDが五〇機、こっちの専属です。そのうち一〇機は完全な武装ヘリです。我々のヘリ大隊は、偵察班の支援中です」

「あっちの普通科は？」

第二ヘリ団――ヴェトナム参戦の〝御褒美〟として合衆国から無償で供与されたヘリコプターを装備した第二ヘリ団は、総計八〇機近いヘリと自前の普通科二個大隊、特科一個大隊を持つ、完全な空中機動部隊だ。陸上自衛隊ヴェトナム援助部隊は、福田の連隊とこのヘリ団が、兵力の九割を構成している。

「大部分は基地の防戦と海自と空自の支援に回っていますが、二個中隊なら回せるそうです。特科は無理ですが。それから、タンソニュット空港にいる空自は、少なくとも一時間あたり二編隊を出すと言ってます。連中、新品のファントムを持ってきたばかりなもんで、張り切ってますよ」

「ほゥ、頼もしいねぇ。なら、始めよ」

福田は再び汗を拭った。内心では緊張と恐怖が渦巻いていた。彼は、自分の計画が成功しても失敗しても、この戦いで百名単位の死傷者が出ることが解っている。おそるべき損害。戦争なのだから仕方ないが、本土の世論が言っている様に、この戦争は我々のものではない。その戦争で、また若者を傷つける指揮官。嫌な役回りだ。きっと俺は、反戦運動家から鬼畜の様に言われているんやろうな。負ければ無能と罵られ、勝てば血に飢えた軍国主義者と言われる。あーあ。まだ、同じ日本人と戦っている時の方が気楽だった。大体、セルフ・ディフェンス・フォースちゅう名前の軍隊――じゃないか――が、外国で戦うなんて、言語矛盾やで。そりゃ、改正憲法九条の拡大解釈で、派兵できるのは解るけど。

それと同時に、彼は、ＪＡＳＣＶの司令官が、かつての上官、島田陸将で良かった、とも思った。

島田陸将は、地上部隊の実質的な指揮権を、箔をつけるためだけにヴェトナムへやってきた陸幕の秀才達にではなく、福田に委任している（あくまでも、非公式にだが）。機甲部隊にしろ、空中機動部隊にしろ、スピードを最も重要な武器として行動する部隊を扱うには、現場の指揮官に任せるのが一番いいことを、島田は誰よりもよく知っているのだ。マレー半島を九七年式中戦車で疾駆しただけあって、その点に迷いはなかった。

今、福田は日本でもっとも機動戦を知る男から与えられた信頼に応えようとしていた。

命令が伝達され、あちこちで魔女の悲鳴にも似たディーゼル・エンジンの高音が響き始めた。履帯《キャタピラ》が地面を踏む硬質の地響きも聞こえる。

福田は思った。

幾ら不必要なまでに重装備化されていると言っても、たかだか増強一個連隊プラス空中機動部隊で、二個連隊を叩きされるかどうか。相手は装備の比較的貧弱なヴェトコンとはいえ、戦《いくさ》慣れしている。

福田の心配は意味のあるものだった。

確かに、ヴェトナム派遣部隊として臨時編成された第一独立装甲連隊は、小規模な部隊だった。総兵員数五五〇〇名に過ぎない。これは、国際的に見て小型陸軍の範疇に含まれる陸上自衛隊の基準に照らしても、小さな部隊だった。

なにしろ陸上自衛隊は、六〇年代初頭、合衆国軍のペントミック師団を参考にした小型師団一三個への再編計画――兵力の根幹である普通科大隊も解体されかけるというバカげた危機を乗り越えていた。それ以来、たとえ部隊数は少なくとも、規模の大きな、打たれ強い部隊の編成を心掛けている。部隊の規模も、自衛隊の総人員数から考えると、不釣り合いなまでに大きかった。

北海道に配備されている主力の甲タイプ三個師団――機甲師団の師団当り人員数は一八〇〇〇名。本州等の防衛に当たっている乙タイプ四個師団にしても、師団当り人員数一二〇〇〇名の機械化師団なのだ。陸上自衛隊は、この七個師団プラス支援部隊、合計一八〇〇〇〇名で日本を防衛している。

つまり、これまで陸上自衛隊は、大型師団による大規模正規戦闘――それも防衛戦闘以外、あまり考えてこなかった兵力なのだった（北海道の北側に赤い日本軍が五個師団、ソヴィエト軍二個師団、合計八万近くが配備されていることを考えれば当然ではあるが）。仮に相手がゲリラであっても、倍近い兵力へ攻撃をかけねばならない――今の福田が置かれている様な状況など想定しているはずもない。過去二年のヴェトナム参戦期間中も、これだけ兵力差の開いた状態で攻撃を行なったことはない。ある意味で、真価が問われていると言っても良かった。

9 スペッナズ

DMZ、ヴェトナム
三〇分後

藤堂機の撃墜から四〇分が過ぎていた。ヴェトナムは南北を問わず戦乱の中にあったが、その双方で、藤堂守を巡る動きが発生していた。

最初に反応したのは、ヤンキー・ステーションで遊弋《ゆうよく》中の〈かが〉から報告を受けた合衆国軍だった。彼らは、北ヴェトナム空軍に関するあらゆる情報を求めており、DMZへ降下したパイロットは、捕らえるに値する宝石だと考えたのである。このため、包囲されたケサンを中心に激戦の繰り広げられている第I軍団戦区から第五特殊戦部隊——グリーン・ベレーの三個長距離偵察チームが引き抜かれ、充分な護衛機を付けられた後、DMZにヘリボーンを行なった。

一方、全面的な北爆で全土の混乱している北ヴェトナムの反応も遅いものではなかった。日本義勇航空隊のパイロットが敵に捕らえられては、政治的に面白くないことが見えていたからである。

結果、北ヴェトナム陸軍総司令官ボー・グエン・ザップ大将の直接命令により、救援作戦が開始された。主体となったのは、無論、DMZの地形を自分の庭の様に心得ている北ヴェトナム陸軍特務偵察隊の選抜チームだったが、そのバックアップとして、白色人種で編成された部隊も参加していた。ソヴィエトから軍事顧問として送り込まれていた〝特殊用途〟部隊——スペツィアルノーイエ・ナズナチェーニェ、略称〈スペツナズ〉の一個小隊が（とは言っても二個分隊編成だが）、レーダーを避けるため超低空で飛行したМＩＬ８ヘリで撃墜地点に接近、要員を降下させていた。

結果、双方合計で一個大隊以上の特殊部隊が、戦闘行為の禁じられたDMZ内で白昼堂々と接触することになった。

ソヴィエト連邦陸軍のアンドレイ・バラノヴィッチ・コンドラチェンコ少佐は、自分をこんな地の果てのジャングルへ降下させる原因になった日本人《ヤポンスキー》へ、憎悪に近い感情を抱いていた。だが、ハノイの日本人民共和国大使館から、パイロットの救出について協力を依頼されたのではどうにもならない。軍事顧問団団長、アントノフ中将は、同盟国相手の行動で政治的得点を——もちろん、個人的なものも含めて——稼ごうとしたのだ。

周囲はまさに密林だった。密生した樹木に遮られ、陽光はほとんど差し込むことがなかった。そうであるならば、草が生えなくてもよさそうなものなのに、下生えがほとんど腰の辺りまで伸び、行動を遅々としたものにしている。ブルー・ベレーを被り、緑と黄土色の迷彩服を着用したスペツナズ隊員達の姿は、この暗さのおかげで周囲からそれほど浮き上がってはいなかった。

　よりによって、とコンドラチェンコは思った。

　よりによって、こんな場所で脱出しなくてもいいじゃないか。幾ら密林でも、せめて極相林になっている所へ降りてくれたらいいのに。極相林なら、今の様に、蛮刀で下生えを薙ぎながら進む必要はない。見通しもずっとよく、発見し易い。それに、これ程虫もいない！　俺が育った、キエフ郊外の森とは大違いだ。ああ、うっとうしい。

　もっとも、そうした感情は彼の意識の片隅を占めていたに過ぎない。今年三二歳の少佐、アンドレイ・コンドラチェンコは、その意識の大部分において完全な特殊部隊指揮官だった。部下の行動へ常に気を配り、周囲に対する警戒を怠らない。片手は常にＡＫＭＳカービン――ＡＫ47改造型の試作品――のグリップに置かれている。短銃身、折り畳み銃床《フォールディング・ストック》のＡＫＭＳカービンは、このような環境ではベストと言えなくてもベターの相棒ではあった。とにかく、振り回しやすいからだ。それに、ＡＫ47と同じ七・六二ミリ弾を使用しているため、合衆国軍のＭ16の五・五六ミリ弾の様に、草葉に当たって弾道が変わってしまうことはない。銃身が短いため反動は強くなっているが、銃身の下に設けられたグリップと、スペツナズとして受けた訓練をもってすれば、どうということはない。

　突然、先頭を進んでいた兵士が立ち止まった。小柄だが筋肉質な男だ。皆が、敬意を込めた渾名――〝モンゴル人〟と呼んでいる中央アジア出身の特務曹長だった。ロシア人は、かつて祖国をタタールのくびきの下に支配したモンゴル人を、恐れ、蔑み、そして、崇拝している。

　コンドラチェンコは特務曹長のそばに進んだ。彼の動きを察して、前方を進んでいた部下達が無言のまま脇に避け、周囲を警戒する態勢を取った。

　〝モンゴル人〟は、右耳に手を当て、周囲の音を聞き取っていた。

　コンドラチェンコは、信頼する部下の行動を邪魔せぬよう、その背後で中腰になり、周囲を警戒した。

　数分して、〝モンゴル人〟が彼の方を振り向いた。短音節で報告する。

「下生えを、かき分ける、音が、しました。正確な、位置は、判りません」

「複数か？」

「おそらく」

コンドラチェンコは軽く頷くと、後方の部下に手の動きで指示を出した。一撃でやられぬよう、左右に散開させる。ドラグノフ狙撃銃と、ＢＧ15四〇ミリ擲弾発射器装備のＡＫ47を持った兵士が、その後方についている。ＲＰＫＳ分隊支援機関銃を持った兵士は、彼の両脇、一〇メートル程の位置に布陣した。


コンドラチェンコは右手の指を一本だけ伸ばすと、頭上でそれを回し、前方へ振り降ろした。それと同時に、後方で控えていた奇数分隊の兵士が、左右に散開し、音を立てぬよう注意しながら、前方へ出た。二〇メートル進んだところで、全員が下生えや倒木に身を隠す。

彼は先程と同じ動作を繰り返した。ただし、立てられている指は二本だ。残りの分隊が、彼と共に前方へ進む。彼らは、最初の分隊を追い越し、四〇メートル程進んだところで、警戒態勢を取ろうとした——その時、前方の森から、銃撃が沸き起こった。

数名が同時に倒れた。コンドラチェンコは計算された動作で倒れ伏すと、射撃命令を叫ぶ。


「アゴーン《ファイア》！」

二個分隊のスペッナズは応戦を開始した。分隊機銃の迫力に満ちた発射音が響き、擲弾が放たれる気の抜けた音がそれに続いた。前方からも銃撃音と気の抜けた音。相手も擲弾を放ったのだ。コンドラチェンコの小隊と、同程度の装備を持っている部隊であるらしい。


一〇〇メートル程へだたった地点で、国籍の異なる爆発が発生した。破片が飛び散る。兵士達のうめき声と絶叫が響いた。コンドラチェンコは敵側から漏れたうめきが英語であることを確認した。間違いない、アメリカンスキー《ヤンキー》だ。

彼は〝モンゴル人〟に命じた。

「五人ほど連れて側面へ回れ！」

「ダー」

〝モンゴル人〟は戦闘中とは思えない程落ち着いた声で答えると、何人かに合図を送って右へ消えた。さすがヴェテランだけあって、何も指示がなくとも進むべき方向が解っている。右手には、大きな岩と倒木が形作った自然の遮蔽物があった。

コンドラチェンコは本来の指揮官——小隊長の中尉に合図をし、何名かずつ、敵に向けて接近させていった。当然、掩護射撃の下でだ。敵に先手を取られたにもかかわらず、彼は優位に立っていた。だが、のんびりはしていられない。アメリカンスキーはすでに航空支援を呼んでいる筈だ。その前に勝負を付けねばならなかった。彼の側には、呼べる様な航空支援はないからだ。

コンドラチェンコは、部下と共に、下生えの中を這いながら、前進した。スペツナズの指揮官は、後方で指揮をとることで部下を統御することはできないと教えられている。また、常に位置を変えて射撃することで、敵に自分の位置を摑まれない様にするという現実的な意味もある。

彼の頭上を、敵弾が通り過ぎた。

一瞬肝を冷やしたコンドラチェンコだったが、すぐに気を取り直し、応戦する。AKMSカービンのセレクターをフルオートに切り換え、敵弾の飛来方向だと思われる方角へ、なるべく低い弾道を描く様に銃をコントロールしながら、トリガーを引いた。AKMSの銃口が激しく跳ね上がろうとする。コンドラチェンコは、死者さえ出る訓練で鍛えられた筋肉と射撃技術で、それを抑えつけた。

数秒に思える時間で、弾が切れた。コンドラチェンコは素早く弾倉を引き抜き、ポーチから抜いた予備弾倉をはめた。ボルトを閉じ、薬室へ初弾を送り込む。

彼が再びトリガーを引こうとした時、前方右手から新たな銃声が起こった。耳なれたAK47の連射音が心地良かった。続いて、爆発。ありとあらゆる兵器の爆発音を訓練で叩き込まれている彼は、それが、ソヴィエト製手榴弾の音であることが解った。〝モンゴル人〟だ。手榴弾の音が聞こえたということは、それが届く距離まで気付かれずに接近できた——奇襲できたということだ。

おそらく、アメリカンスキーは混乱している。コンドラチェンコはそう判断した。ふと、遠くからヘリのローター音が聞こえるような気がする。不安の余りの幻聴かとも思うが、確かめる余裕はない。

彼は右手を大きく振り上げ、軍の宣伝写真に写っている指揮官の様なポーズを取って突撃を命じた。もちろん、彼自身も突っ込む。

前方ではまだ、銃声が響いている。だが、それは先程より明らかに弱くなっていた。隣を走っていた小隊長が眉間を射貫かれ、倒れ伏した。彼とは訓練学校以来の仲だった。コンドラチェンコは、部下と共に奇声を張り上げて敵陣へ乗り込んだ。

ＡＫＭＳカービンを乱射しながら、敵が遮蔽物にしていた倒木を乗り越える。その途端、場違いなオレンジの飛行服を来ている東洋人に、ＸＭ177Ｅカービンの銃口を向けようとしているアメリカンスキーの姿が目に入った。彼の着ているものより数段視認性の低い迷彩服を着て、顔を塗料でペイントし、頭はバンダナで覆っている。

コンドラチェンコはトリガーを引いた。だが、弾がでない。先程の乱射で射ち尽くしていたのだ。訓練で身体に刷り込まれた動作がその失敗をカヴァーした。彼は右手を銃から離し、ベルトの鞘に収められた大型のナイフを引き抜いた。そのまま、ナイフの切っ先をアメリカンスキーの胸へ向けると、柄に設けられたボタンを押す。

ラッチが外れる音がした。同時に、強力なスプリングで弾かれたナイフの刃だけがアメリカンスキーへと飛んだ。心臓に突き刺さる。スペツナズ・ナイフの効果は完璧だった。アメリカンスキーは地面に崩れ折れた。

その一瞬を通り抜けたコンドラチェンコは、大きく息を吐いた。銃声は止んでいた。どうやら、生き残りのアメリカンスキーは逃走したらしい。部下達は、命令がなくとも周囲に警戒の視線を向けている。

一応の安全を確認してから、彼は、飛行服――耐Ｇスーツを着た日本人へ視線を向けた。視線があった。

その途端、殺してやりたいとまで思っていた意識の高ぶりが、嘘の様に消え去っていることに気付いた。日本人の態度が、余りに堂々としていたためだ。

流れ弾を浴びたのだろう、彼は肩から血を流していた。部下が手当に当たっている。しかし、彼の表情に刻まれた、ある種の意志力は消えていない。日本人は、コンドラチェンコの方へ、ほとんど無表情と言ってもいい顔を向けている。僅かな感情が浮かんでいるのは、黒い瞳だけだ。そしてそこには、紛れもない感謝の色があった。

コンドラチェンコは思わず姿勢を正すと、敬礼し、将軍に対する様な声で、言った。

「同志トウドウ大佐ですね。ソヴィエト連邦陸軍特殊任務部隊少佐アンドレイ・バラノヴィッチ・コンドラチェンコ、お迎えに参上しました。どうぞ、御安心下さい」

彼の用いた言葉はもちろんロシア語で、彼はそれが相手に伝わるかどうか自信がなかった。

日本人は、彼の心配を打ち消す様に、奇麗なロシア語で答えた。

「貴官とその部下の努力に感謝する、同志コンドラチェンコ少佐」

その答えを耳にした時、コンドラチェンコは、日本人の顔に初めて笑みが浮かぶのを見た。彼は思った。ふむ、するとヤポニェチ《ジャップ》の誰もが誰も、にやにや笑いするのじゃないんだな。本当の軍人もいるって訳だ。少なくともこの男は、男にとっての笑みがなんであるかを知っている。

10　再会

コー・チェン河下流域、メコンデルタ沿岸部
二日後

進のＰＢＲが、コー・チェン河の、ほとんど海との合流点と言ってよい地点まで行動してきたのは、これが初めてだった。本来なら、このマングローヴが密生した沿岸部付近は、合衆国沿岸警備隊《Ｕ・Ｓ・コーストガード》舟艇部隊の縄張りなのだ。舟艇隊司令部からの通信によれば、この行動は、陸自からの要請に基づいたものであるらしかった。チームを組むべき指揮艇がやられてしまった為、彼のＰＢＲは単独で出撃している。


「連隊長の考えてることなんか、俺にわかるもんかい」

進のＰＢＲに乗り込んできた偵察小隊――とはいえ、度重なる戦闘の損害で、その実勢は分隊に近くなっている――の小隊長はそう言った。彼の、なんでこんな面倒な所へ敵を追い詰めたのか、という質問の答えだ。

「とにかく、なんでわざわざマングローヴの中へ追い込んじまったのか、わからんね。ま、敵を一ヶ所に集めて殲滅するつもりだくらいは見当がつく。でも、あれだけマングローヴが密生していちゃあ、並みの爆撃じゃ駄目だ。アメちゃんからB52を根こそぎ貸してでももらわん限り、封鎖線のどこかから、逃げられちまうよ」

小隊長の国場康明二尉は疲れた表情でそう答えた。小隊長と言えば本来は三尉の仕事だが、現地昇進した後も適当な交代要員がみつからないため、その職についている。今回の彼の任務は、主力に先行してマングローヴの密林内へ潜り込み、敵情を探ることだ。もちろん、弾着観測も行なう。

彼の態度を見た進は、こんな場所にいる自分の不幸を呪ってばかりはいられんな、と思った。今、俺の前にいる男は、もっと不幸な目にあっているんだ。まぁ、だからといって、俺の不幸が消えて無くなる訳ではないのだけれど。

「とにかく、自分の艇に乗っている間は、ゆっくりしてください」

相手に何と言ってよいか判らなくなった進は、我ながら芸の無い言葉《セリフ》だなぁ、と思いつつ、国場へ丁寧に気休めの言葉をかけた。階級は同じで、国場も一般大学《Uコース》出身者だったが、これまでの会話で、自分より先任だということが判っていたからだ。部下に命じ、国場の小隊員達に飲み物を配らせる。

「有り難う。せいぜい楽にさせてもらうよ」

国場はバンダナを巻いた頭を軽く撫でて答え、デッキの一角に座り込んだ。迷彩服は進の着ているものと同じタイガー・ストライプ・パターンだが、比べ物にならない程汚れ、あちこちが裂けている。本当の歩兵の姿だった。


進が司令部から指定された地点へ偵察小隊を上陸させたのは、その三〇分後のことだった。後に、自衛隊がヴェトナムで経験した最も激しい戦闘として知られることになるコー・チェンの戦いが始まったのは、それから更に三〇分が経過した時のことである。


福田一佐の作戦は、今の所完全に成功していると言ってよかった。彼は開けた地形では戦車を先頭に立てた壁を作り、敵を追い立てた。ジャングルでは、ありとあらゆる予備兵力を投入して、中隊当たりの担当正面が一キロ程度の戦線じみたものを形成し、脱出を阻止していた。当然、その様な戦術の実行は部隊に大きな損害を強いている。この三日間の損害は、彼が事前に予測したそれとほぼ等しい数になっていた。戦死二七名。負傷五九名。

加えて、ヴェトナムの戦いで戦線を作る──という彼の指揮ぶりは、あちこちで激しい批判を呼び起こしていた。JASCV司令部はその最右翼で、作戦の中止を命じられていない理由は、島田陸将が彼に寄せている個人的信頼に支えられているに過ぎない。内地や合衆国軍の反応に至っては言うまでもない。ほとんど精神異常者扱いだ。陸幕では、島田に彼を罷免する様、圧力をかけているという話だった。


福田の連隊本部は、連隊の前進にともなって、沿岸地帯へ前進していた。現在位置は海岸から八キロ。マングローヴを主とする密林地帯の内陸側外縁部近くにある村落跡だ。

Ｓ３が報告した。

「封じ込めはほぼ完了しました。予想通り、二個連隊程度のヴェトコンが沿岸部密林地帯へ追い込まれています」

口ではそう言っているものの、彼の顔は、別の言葉を述べていた。さぁ連隊長、これからどうするつもりなんです？

「偵察班は？」

福田は無言の質問を無視し、尋ねた。表情は普段と変わりない。深い疲労が刻まれている点だけが、違っている。

「既に潜入しました。間もなく最初の定時報告が入る筈です」

福田は頷いた。内心で、なぜ誰も歴史を研究しないのだろう、と思う。歴史を——例えば、太平洋戦争で南方に展開した日本帝国陸軍がどんな戦術を用いたか調べれば、俺が何を考えているか、判る筈なのに。島田陸将が俺をかばってくれているのは、その点に気付いているからだ。

福田は、ヘリボーンによる部隊の急速展開——このヴェトナムの戦いで発展した戦術について疑問を抱いていた。空中機動そのものが間違っているというのではない。使い方が間違っていると考えている。

彼に言わせるなら、ジャングル内のゲリラ戦に正規軍は不適であるという一般常識は明らかな間違いだった。太平洋戦争中、密林内で行動した日本帝国陸軍は完全な正規軍だったが、彼らが密林に適していなかったと言う者はいない。通信が途切れない限り、その行動は統一がとれていたし、ゲリラと比べてジャングルの戦いに弱いということはなかった。それどころか、日本帝国陸軍は、各地の対ゲリラ作戦に、驚く程少ない兵力で成功している。ほとんど、何の支援も無しで、だ。

であるのに、なぜ現代最強の軍隊である合衆国軍は、潤沢な補給と無限の航空支援がありながら勝てないのか？

歩兵を歩かせないからだ——福田の回答はそれだった。彼らはヘリで歩兵を動かし過ぎる。敵を発見しては部隊を送り込み、姿が見えなくなると引き揚げさせる。これでは、土地を稼ぐという歩兵最大の機能を自ら捨てているに等しい。何の支援も与えられなかった日本帝国陸軍が密林で強かった原因は、彼らの移動手段が歩く他に何もなかったことにある。つまり、作戦目標が決定されたら最後、敵の本拠地まで歩いて乗り込む以外の選択がなかった。そしてそれは、周囲にいる敵を完全に叩き潰さねば前進できないことも意味していた。

重要なのはこの点だった。敵を見つけたならば、相手が全滅するか降伏するまで、密林の中を足で追いかける。合衆国軍の苦戦は、これを行なわないことにある――福田はそう思っている。良く訓練された歩兵――普通科部隊なら、これは不可能ではない。ヘリや航空機、そして火砲による支援を受けているのならば、より確実だ。

（そして）

と、福田は思った。密林に戦線が張れないというのも誤解だ。確かにそこでは、塹壕で形成される古臭い戦線は造れないかもしれない。だが、足で敵を追う普通科部隊で制圧してゆくことは可能だ。要は、それらの部隊の制圧地域に隙間ができないようにしておけばよい。完全に制圧したと判断できない場合、そこに部隊を張り付ければよい。

密林の制圧作戦は、駆逐艦による対潜戦闘《ASW》と同じだ。敵を叩き潰したと確信が持てない限り、そこで戦い続けさせるべきなのだ。それを行なわねば、どれほど兵力を投入したところで、おっつくものではない。

報告が飛び込んだ。

「偵察第三班より報告。おそらく中隊規模と思われる敵軍と接触、交戦中。支援求む。現在位置、標定グリッド五七八―六五九―三三一六。敵兵力は南北に展開中」

「海自の支援は受けられるか？」

「あと、三〇分かかります」

「しゃあないな。とにかく、投入できるものは何でも回してやれ」

そこは沿岸から二キロ程内陸へ入った地点だった。周囲を無数の銃弾が通り過ぎてゆく。銃声、爆発、悲鳴。国場康明二等陸尉は倒木の陰に身を隠しつつ、本部へ支援を要請していた。このあたりまで来るとさすがにマングローヴ以外の樹木も生えているため、周囲は多少の視界が取れている。とはいっても、一〇〇メートルもない。

「畜生、ゴジラ・コマンド、こちらＦＴＬエスパー03。支援はまだか？　敵兵力は増大中。このままじゃ随分と楽しいことになっちまうぞ。送レ」

彼は、通信隊員の背負った無線機の受話器《ブリック》を耳と口元に押し付け、叫んでいた。そうでもしなければ、全く聞き取れない。ゴジラ・コマンドとは、第一独立装甲連隊本部のラジオコールだ。

空電の向こうから声が聞こえた。

「了解、ＦＴＬエスパー。ＦＡＣが上空侵入中。コールサインはスカイキッド27。支援要請はそちらに出せ。送レ」

爆発。隊員が一人吹き飛んだ。衛生隊員が駆け寄る。悲鳴。空しい励ましの声。

国場は噛み付くように言った。

「了解、ゴジラ・コマンド。スカイキッド27、スカイキッド27、こちらＦＴＬエスパー03。頼むぜ、近所にいてくれ。送レ」

空電。永遠に思える一瞬の後、応答があった。

「ＦＴＬエスパー03。こちらスカイキッド27。上空旋回中。そちらの正確な現在位置を通報せよ。送レ」

「了解、スカイキッド27。これより青色発煙筒を、部隊展開線前縁に投げる。送レ」

「了解、投げてくれ」

国場はあらかじめ胸のポケットに差し込んでおいた発煙筒を引き抜き、右手で握った。それが青色であるかどうかを確認する。リレーのバトンに似た発煙筒の真ん中には、青い帯状の塗装があった。青色発煙筒だ。

国場は発煙筒の頭にあるピンを引き抜いた。彼の小隊に対して射撃を行なっている敵の方向へ投げる。発煙筒は地面に落下する直前に着火し、着地と同時に原色の煙を吐き出し始めた。

敵の射撃が強まる。彼らは、それが何を呼び寄せるのか良く知っているのだ。強引に突っ込んでくる者もいる。距離が狭まってしまえば、航空機や重砲による火力支援は不可能になるからだ。助けるべき味方まで巻き添えにしてしまう。

「ＦＴＬエスパー03、スカイキッド27は発煙を確認。フォックストロット・フォー二個編隊と、特科一個大隊が待機中。どこを叩けばいい？　送レ」

敵が迫ってくる。距離は一〇〇を切った。だからといって逃げる訳にはいかない。ここで後退を始めたら、追撃を受けて皆殺しにされてしまう。

国場は答えた。先程とはうって変わって、奇妙に冷静な声だ。

「スカイキッド27。青色発煙の周りを叩いてくれ。送レ」

ＦＡＣパイロットは一瞬絶句し、確認した。

「ＦＴＬエスパー03、いいのか？」

再び爆発。衛生隊員がやられた。

「やってくれ！」

国場は叫んだ。

「構わん、俺達の頭にクソを垂れろ！」

「了解、頭を下げてろ、FTLエスパー03。たっぷりと垂れてやる」

「有り難う」

国場は突然丁寧な口調でそう答えると、部下に頭を下げていろと命じた。F4ファントム《フォックストロット・フォー》独特の形容し難い急降下音が近づいてきた。


醜いと表現されることの多い戦闘爆撃機が密林へ突進した。黒い物体を四個、投下する。五〇〇ポンド爆弾だ。密林の中から沸き上がる火炎。轟音。黒煙。飛び散る何か。それは、テト攻勢開始以来、ヴェトナムの全土で繰り広げられている日常だった。ただし、支援の投入される密度は、他の地域とは比べ物にならない。B52こそないが、北ヴェトナム軍に包囲されたケサン基地に等しいかもしれない。

進は状況の傍観者だった。彼の任務は、この沿岸及び下流域から、ヴェトコンの脱出を阻止すること。今のところ、ヴェトコンは偵察隊と戦闘を繰り広げているらしく、逃げようとはしていない。

再び急降下音が響いた。機首にシャークティース、胴体に日の丸、尾翼に大きな黒豹のマークを描いたファントムが、真新しい機体を光らせながら、密林へ突撃する。もちろん機体は薄汚いヴェトナム迷彩で覆われているが、塗料自体の新しさと、機体表面の傷が少ない影響で、陽光を反射している。

爆発。また、何かが吹き飛んだ。ファントムは強引に機体を引き起こすと、彼のいるべき場所へと上昇した。

数秒後、密林の中で、種類の異なる爆発が始まった。今度は、高周波と共に発生する連続したものだ。特科大隊の一五榴——一五五ミリ榴弾砲が、効力射を開始したのである。砲弾一発当たりの破壊力は五〇〇ポンド爆弾に及びもつかないが、持続力と集中力がケタ違いだ。平方キロ単位で区分された火制地域をたちまちのうちに破壊で埋め尽くしてゆく。

進は、牡だけに理解できる圧倒的な破壊の感覚に精神を呪縛されていた。

彼は思っていた。

くだらない目的を達成するために必要な破壊の嵐。男としての部分を持っているなら、誰でも魅入られる光景だ。戦争以外では決して味わえない獣としての満足感。戦争が無くならない理由が良く判る。今まで俺は、自分が自衛隊に入った理由が正直言ってよく判らなかった。大学をおん出た時、他に就職口がなかったからだ、と考えていた。だが、今、俺は理解した。俺は戦争が好きなんだ。おそらく、誰もがそうだ。畜生、誰も死なず、誰も傷つかないならば、戦争程楽しいゲームはない。いや、人の命を濫費し、無意味なまでに破壊を振りまくからこそ、楽しいのか？　冗談じゃないぞ。

通信士が呼んでいた。

「艇長、艇長」

進は彼に顔を向けた。

「我々に直接宛てたものじゃありませんが、聞いておいた方がいいと思います」

彼は軽く頷き、レシーバーを耳に当てた。ヴェテラン通信士の忠告を無視する指揮官は愚か者だ。

「……退避、退避、敵の現位置を確認、報告後、全偵察隊は一五分以内に密林外へ退避せよ。退避方法は自由。すべての支援・脱出手段の要請、使用を許可する。ゴジラ・コマンドより、以上」

進は眉をひそめた。疑問が起こる。なぜ、撤退する。現状は我々の優位じゃないか。

再び通信が入った。使用回線が違う。彼のＰＢＲへの通信だった。

「マイティ02、こちらゴジラ・コマンド。指揮系統無視は承知で直接要請する。先程送り込んだＦＴＬエスパー03を助けだしてやってくれ、頼む。彼らは負傷者を抱えており、敵に追撃されているが、その付近へはヘリが侵入できない。戦術通信チャンネルに変更なし。受けてくれるか？　送レ」

進は口を歪めて答えた。

「当然だ。ゴジラ・コマンド。ＦＴＬエスパー03の現位置を知らせ。彼らにとって最も都合の良い場所へ迎えにゆく。送レ」

「感謝する、マイティ02。さすがはＭＪ戦隊だ。邪魔が入らぬ様、この回線は君達専用にする。必要な支援があれば、スカイキッド27――21に交代した？――スカイキッド21宛に何でも要請してくれ。ゴジラ・コマンド以上」

進が返答する間もないうちに、国場の通信が入った。息が切れている。

「マイティ02、こちらＦＴＬエスパー03。我々の現位置は上陸地点の北、二クリック《キロ》。送レ」

　進は周囲の地形と地図を照らし合わせ、尋ねた。

「マイティ02了解。上陸地点まで戻れるか？　送レ」

「無理だ、マイティ02。距離がありすぎる。我々は上陸地点の北一クリックの海岸から脱出したい。そこならわずかにジャングルが切れている。君も接近しやすいはずだ。送レ」

　進は国場が指定してきた地点を確認し、答えた。

「良い案だ、ＦＴＬエスパー03。マイティ02はこれより指定地点へ向かう。そこについたら黄色発煙筒を投げてくれ。他に支援を呼ぶ必要があるか？　送レ」

「頼む！　これから俺達はジャングル・マラソンだ。通信している暇はない。以上」

　進は操舵長に命じた。

「全速、このまま左手の岸沿いに海へ出る。黄色発煙を目視したらそこに向けて艇を近づけろ。総員戦闘配置！」

　命令と同時に、ＰＢＲはエンジンを轟かせ、水面を疾走し始めた。新たな轟音が伝わる。ブースト用予備発動機も作動させたらしいことが判った。顔面をなぶる合成風力の感触がいつもより暴力的だからだ。

　進はレシーバーを掴むと、地図を睨みながら呼びかけた。

「スカイキッド21、こちらマイティ02。標定グリッド五七八―六五九―三三一九の沿岸部へ航空支援を要請。そこがＦＴＬエスパー03の脱出点だ。ＦＴＬエスパー03は到着と同時に黄色発煙を行なう予定。毎度まいどで済まんが、頼む。送レ」

「マイティ02、スカイキッド21了解。気にするな、御得意さんを大事にするのが俺の主義でね。とにかく、暇そうな奴を呼び寄せて、そこへ送る。そっちは俺を目視しているか？」

　進は上空を見上げた。黒煙で視界が落ちており、良く判らない。

　彼は答えた。

「駄目だ、スカイキッド21。視界が落ちてる」

「了解、マイティ02。白色発煙を行なう」

　進は空を見回した。驚くほど近くに、白い煙が一筋伸びるのを見つけた。注視する。灰色に塗られたＯ２ＢＪが見えた。わざと燃料の不完全燃焼を起こし、白煙を出している。クソッ、俺はあんな近くにいる味方もみつけられんのか。

「見えたぞ、スカイキッド21。こちらの北西上空、距離は約二キロだ。送レ」

「よーし、マイティ02。悪党どもから御仲間を救い出そうぜ」

「了解」

前部機銃座の銃手が叫んだ。

「艇長、黄色発煙！　方向前方一〇時の密林！」

進はそちらを見た。黄色い煙が上がっている。双眼鏡を構え、振り回す。わずかにマングローヴの切れている海岸が見つかった。あそこだ。

「取舵一杯！　減速、指示あり次第射撃開始！　あの浜へ近づけろ！」

ＰＢＲは艇体を斜めに傾けながら舳先を大きく左に振った。スクリューが逆転し、強引に速度を落とす。急速に浜辺が近づいてきた。銃声が聞こえる。

進はレシーバーに呼び掛けた。

「ＦＴＬエスパー03、こちらマイティ02。到着した。おっかさんの懐へ逃げて来い」

「了解」

先程より苦しそうな息遣いで返答があった。

「支援も頼む。五〇まで近づかれてる。発煙の周辺なら、どこを叩いてくれてもいい」

「了解。スカイキッド21、聞いてたか？」

「すでに指示を出した、マイティ02、すぐに逃げ出す様に言え」

通信が終わるか終わらないうちに、偵察隊の隊員たちが、負傷した味方をかばいつつ後退してきた。彼らを追いかける曳光弾が浜辺で砂煙を上げる。

隊員の一人が、密林の中を示し、やってくれ、とでも言うように手を振った。彼の顔は血まみれだ。

進は命じた。

「目標二時の密林、射ェッ！」

機関銃が火を噴く。密林がざわめく。悲鳴。自動擲弾銃と迫撃砲がそれに加わった。爆発が始まる。マングローヴが揺れた。

上空から轟音が響いた。進は視界の端で、そこにいる物を捕らえた。不格好な、日の丸を付けたＣ46輸送機だった。いや、違った。確かに機体はＣ46だったが――

レシーバーにＦＡＣの声が響いた。

「気を付けろ、マイティ。クラッシャー55、射撃開始だ」

天空から火の嵐が降り注いできた。樹木が次々と破砕されてゆく。嵐は猛烈な速度で密林を撫でていった。Ａ

C46J。旧式のC46輸送機、その機体左側に二基のM61ヴァルカン砲と、六基のM2重機関銃を据えた地上制圧機だ。合衆国軍はこの任務にC130輸送機を改造したAC130Aスプーキーを使用しているが、自衛隊には、新型輸送機を攻撃機に改造する様な余裕はない。

だが、機体は古くとも、その火力は強大だった。一撃で、敵の射撃を沈黙させた。ヴェトナムで戦う日本人達が、この葉巻型の機体を持つ火竜を、ラドンと呼んでいるのも無理はなかった。通り過ぎれば、すべてをなぎ倒してしまう。

「やってくれるぜ、スカイキッド21。どんどんブチ込んでくれ」

「了解、マイティ02。だが、急げよ。撤退リミットまで、後四分しかない」

「了解――あと何人だ！」

進は振り向きざまに尋ねた。既に、PBRには偵察隊の大半が乗り込んでいる。

「あと、四名です。小隊長もまだです」

疲労と安堵のあまり、ほとんどへたりかけている偵察隊員が答えた。

進は臨検用に取り付けられている拡声器のスイッチをオンにし、密林へ呼び掛けた。国場には通信をしている暇はないと知っていたからだ。

「急げ！　あと三分だ！」

言葉は判らなくとも、切迫した声の調子で敵に何か気付かれてしまうだろうが、この際、仕方がない。

密林で新たな銃撃が発生、それに続いて密林から彼が助けだすべき人々、その最後の一団が駆けでてきた。一名は負傷している。国場は、当然の様に、最も敵に近い位置で部下の撤退を援護していた。

「何をしている、援護しろ！」

進は叫んだ。機銃座が唸りだす。上空を、再びAC46Jがフライパスした。密林へ嵐が降り注ぐ。

進は時計をちらりと眺め、再び拡声器で叫んだ。

「国場二尉、急げ、あと二分だ」

それを聞きとめたのだろう、国場は、密林へ銃撃を加えつつ、PBRへ駆け寄った。いても立ってもいられなくなった進は、自分も六四式カービンを構えると、密林へ射撃を加える。指揮官としては任務放棄に等しい行為だが、我慢できなかった。

小隊長に援護されて駆け寄って来た三人が海水をかき分けてPBRに乗り込む。一人は負傷しており、腹から血を流していた。あと、一分四五秒。

　進は叫んだ。

「機関出力上げ！　全速逆進即時待機！」

　ディーゼルの轟音が高まった。あと、一分一九秒。

　国場が海中へ躍り込んだ。ＰＢＲまで、手を伸ばせば届きそうな距離だ。そんな彼を、敵弾の上げる水柱が追う。

「小隊長！」

「早く」

　ＰＢＲ上の隊員たちが口々に叫ぶ。彼らは密林へ狙いの定めようもない銃撃を加えることで、国場を援護している。残り時間、五二秒。

　国場が手を伸ばした。進は飛び込まんばかりに身を乗り出し、その手を摑んだ。偵察隊員が何名か、事前に打ち合わせでも受けていたかの様に、進の下半身を摑んだ。残り時間四〇秒。大丈夫だ。

　進は叫んだ。

「全速逆進！　沖に出ろ！」

　そのまま国場の手を強く引く。上半身がデッキより下にさがっているため、血が頭にたまっている。血管が切れそうだ。だが、引っ張り続ける。

　ＰＢＲは後退を始めた。強い力が手に加わる。国場から引きはがされそうだ。進は意味のないおめき声を上げて彼を引き寄せた。

　突然、抵抗が薄れた。国場の身体が舷側に上がってくる。何本もの手が、彼にかけられた。進は大きく息を吐き出して後ろへ倒れこんだ。誰かが、がっしりした腕で彼を支えてくれた。

　息を切らし、ずぶ濡れになり、装備のほとんどを失った国場は、それでも、実戦指揮官としての余裕ある態度を失うことなく、進へ微笑みかけた。遠くで銃声。国場の瞳から光が失われ、彼は進へ倒れこんだ。背中から血を噴いている。

「衛生！　衛生！」

　国場の身体を受け止めた進は、気が狂った様に叫んだ。偵察小隊の衛生隊員がやられてしまったため、彼の艇の衛生隊員が駆け寄った。国場をデッキに寝かせ、応急手当を始める。

　上空にこれまでとは規模の違う轟音が響いた。一瞬呆然とした進は空を見上げた。少なくとも一〇〇機近いと思われる自衛隊機が、密林上空へ侵入していた。次々と爆撃を加える。狙って落としているのではない。絨毯《カーペット》爆撃《ボミング》だ。密林ごと、数千名のヴェトコンを吹き飛ばすつもりなのだ。

どういう反応によるものだろうか。国場が暴れだしていた。意識が混濁しているらしい。訳の判らないことを喚いている。

衛生隊員が叫んだ。

「紐長、押さえてください！」

進は国場の上半身を押えた。体温が下がっていた。ショック症状だ。続けて衛生隊員が指示を出す。

「何でもいいから話し掛けて！」

進は顔を押し付けんばかりにして叫んだ。国場は口から血の混じった泡を吹き出していた。

「国場さん、くにはどこだ」

「お、沖縄」

「沖縄か、あんたも沖縄から逃げたのか！　俺も沖縄にいた！　沖縄のどこだ！」

「小禄《おろく》の……」

「そうか、小禄はいい所だ！　あんたのくにには来年には返還されるぞ、帰れるぞ！」

「美奈子！」

国場は女性の名前を大きく叫ぶと、デッキを拳で何度か叩いた。全身から力が抜けてゆく。

衛生隊員が進を押しのけ、国場へ馬乗りになった。心臓を何度も叩く。

だが、誰もが、それが無駄であることを知っていた。

進は脱力した表情でデッキに座り込んだ。彼のPBRは業火に焼かれる密林から急速に離れている。進は普段余り吸わない煙草を胸ポケットから取り出し、咥えた。煙草は折れ曲がり、汗で湿っていた。ジッポーを取り出して火をつけようとする。手が震え、何度やっても着火することができない。

誰かが火のついたジッポーを差し出した。進は息を吸い込み、火をつけた。咳き込む。顔を上げた。幸田だった。ほんの僅かに、頷く。

彼は頭をめぐらせて、国場を見た。衛生隊員は無駄を悟り、怒りという以外に表現しようのない顔つきで国場を黒い遺体収容袋《ボディ・バッグ》へ収めていた。

突如、沖合いから強烈な重低音が響いた。

皆、そちらへ注目した。

単縦陣を組んだ艦隊がいた。先頭は、進が配属されたことのある〈あきづき〉だった。早い速度で五インチ——一二・七センチ砲を放っている。他にも、火砲を主兵装とした、比較的旧式の護衛艦が数隻、砲撃を行なっていた。

しかし、皆が注目したのは、その艦ではなかった。

密林に、恐るべき規模の爆発が発生した。これは、砲撃という規模のものではない。爆発が一度発生する度、地球という惑星の表面が宇宙へと引きはがされている様に見える。

進は、その凶悪な火力を放ち続ける艦を見つめていた。優美な船体。幾らか形は変わっているが、かつて彼が霧の呉軍港で見送った戦艦がそこにいた。

彼は小さく、呟いた。

「父ちゃん、ひさしぶりだね」

彼の隣で戦艦を見つめていた幸田は、妙な顔をした。指揮官が精神の平衡を崩したのかと思ったのだ。

S3が報告した。

「〈やまと〉、砲撃開始しました。以後、全弾射耗まで、目標地域全域を叩きます。こちらが封鎖を続けられるならば、弾薬補給後、あと三度はやってくれるそうです」

福田は疲れた表情で頷いた。息を吐き出す。戦闘指揮の間、我慢していた煙草を咥え、火をつけた。

その間にも、次々と報告が飛び込んでくる。

「沿岸地域全体で誘爆発生中。敵地下弾薬庫を直撃した模様」

「〈かが〉、ヤンキー・ステーションより到着、攻撃隊発艦中」

「タンソニュットより空自攻撃隊第四波発進。一〇分後に攻撃開始」

（我々は、勝った）

福田は思った。これで、沿岸に追い詰められた敵は、密林ごと消滅するだろう。あと二日も、この砲爆撃を続ければ。それが済めば、仕上げに普通科部隊をヘリボーンさせ、生き残りを掃討させて、一幕の終わりだ。

だが、何のための勝利なのだ？

それは、福田が、日本のヴェトナム参戦当初から抱き続けている疑問だった。果たして、我々がこの戦争を戦っている理由は何だ？　祖国と同じ分断国家、その西側陣営が消滅しないためか？　それとも、余命幾許《いくばく》もない、次の選挙で敗北必至のケネディ政権に媚を売るためか？　あるいは、自衛隊が、戦いを望んだからか？

どれも違うな、と彼は思った。

だからといって人間としての回答が簡単に見つかる訳

もない。もちろん、軍人――ええい、どう呼び方を変えたところで、俺の商売はそれなのだ――としての回答ははっきりしている。勝利より悲惨な光景は、敗北しか存在しないからだ。

そう、たとえどれほど悲惨な勝利であっても、それは、偉大な敗北より好ましいものなのだ。

だが、どういう訳か、日本人には、偉大な敗北を好む傾向がある。

11　武蔵

藤堂家の歴史
一九四五年

近代軍艦としてほぼ最長不倒に近い年月を現役として過ごした大和。その艦歴の大部分において、時代の要請により〈やまと〉とその名を記されていたこの戦艦には、姉妹艦が存在していた。沖縄沖海戦で沈没した武蔵である。

人間的な要素として興味深いのは、この大和型戦艦の双方に藤堂家が深く関わっていたことである。ことに、防人《さきもり》の家系の三代目、藤堂明において、それは著しい。

彼と大和型戦艦の関わりは、その一番艦の完成以前にまで遡ることが出来る。明は、当初「一号艦」と呼ばれていた大和の艤装委員だったのである（この点から、彼の帝国海軍における評価を知ることができる）。

この、大和型戦艦と抱き合わせになっているかの様に思える藤堂明の経歴において最も注目される点は、彼が、大和と武蔵、その双方の戦闘指揮を執った経験を持っている事実だ。確かに、四〇人を超える大和艦長、その太平洋戦争中の何人かの中に、彼の名前は無い。藤堂という名が、大和、いや、〈やまと〉の艦長職に登場するのは、我々にとってまだ記憶に新しい時代のことだ。正式な記録には、彼が大和の指揮を執ったなどとは一行も記されていない。

しかし、彼は大和の指揮を執っている。この稿の筆者が既に述べた、レイテ沖海戦の過程において。そう、当時大和砲術長であった彼は、栗田艦隊司令部、大和首脳部の被弾全滅後、代理指揮官として大和を指揮し、あの、レイテ侵攻船団殲滅戦に参加しているのだ。大和で、最初に敵戦艦を撃沈した艦長は彼なのである。この点は、かつての大和乗員達が幾多の記録を残している。戦後、海上保安隊（現在の海上自衛隊）で海将にまで昇進した元武蔵艦長、猪口敏平少将も、その著書「戦艦武蔵未だ沈まず」の中で、この時、藤堂明が大和の指揮を執っていた、とはっきり記している。そして、武蔵最後の艦長が彼であるのは、多少なりとも太平洋戦争を知る者には常識であるから、彼が、大和と武蔵、この二大戦艦を両方とも指揮したことのある、世界で唯一人の人間だということは、間違いないと言っていい。

（中略）

先にも述べた様に、武蔵を主力とする帝国海軍第二艦隊が徳山沖を出撃したのは、一九四五年七月二四日午後三時ちょうどのことであった。艦隊はこの年の台風四号、合衆国軍が「アリス」と名付けた暴風雨を隠れ蓑として沖縄へ突き進み、出撃からほぼ丸一日過ぎた翌二五日午後二時には、沖縄本島まで、時間にしてわずか四時間余りの海域へ到達していた。

暴風雨の中を進んだものとして、これは信じ難いペースである。

その最後を迎えようとしていた帝国海軍が持っていた技術、そして、困難に当たった時に発揮される、日本人というさして見栄えのしない民族の特性は、この暴風雨下における航海において、何らかの絶頂に達したと言っていい。

この時、第二艦隊を編成していた艦艇は、

司令長官：伊藤整一中将

第五戦隊

戦艦　武蔵（旗艦）

重巡　利根

　　　鳥海

第二水雷戦隊

軽巡　矢矧《やはぎ》

駆逐艦　冬月、涼月、雪風、磯風、浜風、朝潮、霞、初霜、響、春月

――の、合計一四隻であった。この時未だドック内にあった大和を除けば、帝国海軍に残存する大型戦闘艦すべてを結集した艦隊である。

これに対する合衆国軍の対応は、彼らしからぬ、いささか混乱したものだと言えた。沖縄侵攻開始前に、暴風とトップ・ヘヴィ（艦上部重量が重すぎ、艦の、波に対する復元性が不足すること）による艦船の事故を起こしていた彼らは、台風四号を恐れ、艦隊の大部分を遥か東方へ退避させていた。

この結果、強大な攻撃力を持つ空母は距離と風雨の関係で使用できなかった。また、空母と船団の護衛についている重巡・軽巡・駆逐艦、そして戦艦の一部は、戦闘に参加するには、余りに遠い位置にいた。潜水艦の報告により、第二艦隊の迎撃に向かったのは、戦艦を主力とした第五四任務部隊だけだった。その編成は、

指揮官：ウィリス・A・リー中将

戦艦　ミズーリ（旗艦）
　　　アイオワ
　　　ウィスコンシン
　　　ニュージャージー
　　　サウスダコタ
　　　インディアナ
重巡　七隻
　別働隊（第五四・三任務群）
戦艦　ノースカロライナ
　　　ワシントン

――という内容のものであった。別働隊の指揮官はアーレイ・A・バーク少将である。彼らの艦隊に駆逐艦が加わっていない理由は、大量の対空火器を装備した駆逐艦において、トップ・ヘヴィの問題がより大きいとされていたためである。だが、たとえそうであっても、戦艦戦力にして実に七隻の開きがあり、かつて言われた様に、彼らが気を抜いていたのではないことが解る。武蔵その他の艦艇をあしらうには、充分以上の戦力であった。

両艦隊の間に戦端が開かれたのは、七月二五日午後三時二一分のことである。この時、海面には未だ風雨が吹き荒れていた。史上初の、台風の下で発生した海戦であった。

最初に敵を発見したのは、おそらく日本側だった。これまで、沖縄沖海戦において先に敵を見つけたのは合衆国側だと言われてきた。これは、サミュエル・エリオット・モリソンの執筆した合衆国海軍の公式戦史、並びに戦争末期を対象とするにつれ、その不正確さを増してくる防衛庁戦史叢書の記述を基本的な情報源としたものである。

しかしながら、それでは、第二艦隊がなぜあれほど戦えたのか、判らなくなってしまう。戦いでは、マリアナ沖海戦の様な特殊事例を除けば、敵を先に見つけた方が圧倒的な有利に立つ。どのような態勢で戦いを始めるか、選択できるからだ。イニシアチブを握るということは、

その点において重要な要素となる。この観点から考えるなら、やはり、第二艦隊は、敵を先に見つけていたのだろう。おそらく、気紛れに四〇浬以上の探知性能を示すことがあった武蔵の二一号電探（すでに、大和と同様のセレクター改造が行なわれていた）で発見したものかもしれない。あるいは、日本製としては初めて満足に作動した水上捜索及び射撃レーダーとして知られる三二号電探による探知かもしれない（おそらく、後者の可能性が高いだろう）。皮肉なことに、日本帝国海軍は、その最後の対米水上戦において、電子戦争で合衆国に勝っていた、そう言えるのかもしれない。

最初の砲撃は午後三時二一分。射距離約三八〇〇〇で武蔵が放ったものだった。第二艦隊は、敵発見と同時に針路を大きく左に切り、敵の頭を押さえる様に運動していた。すでに伊藤中将は、巡洋艦、駆逐艦群へ全軍突撃の信号を発している。

第一斉射、いわゆる初弾の弾着は、発砲から一分一五秒後のことであった。この砲撃は敵に何の物理的損害ももたらさなかったが、戦術面で、致命的と言っていい影響を与えた。

武蔵の主砲大遠距離射撃に驚いたリー中将に、現状での戦闘開始を決意させてしまったことである。

実は、この時点で、合衆国の武蔵迎撃艦隊は集結を終わっていなかった。リーが直率する筈の重巡は、沖縄本島でようやく出撃準備を終えたところだったし、八隻いる筈の戦艦のうち、現場にいたのは二隻に過ぎなかった。それぞれ、護衛していた機動部隊が異なっていたために発生した混乱だった。この時、リーに使用可能だったのは、戦艦ミズーリとニュージャージーだけであった。

戦闘開始を命じた後のリーは勇敢であった。合衆国最強の超高速戦艦アイオワ級に属する二隻で、武蔵を叩き潰そうとした。

だが、その勇敢さが、彼の命取りとなった。合衆国海軍の戦艦にとり、実質的な最大砲戦距離である三五〇〇〇メートルへ接近する前に、武蔵の斉射を五度、浴びることになったからだ（合衆国海軍の遠距離砲戦技量は、優れたレーダーを使用しても、日本の平均以下であった）。

武蔵の射撃は、当然、旗艦であり、先頭を進んでくるミズーリへ集中した。被弾の状況については様々な説があるが、まず、武蔵の第二斉射で艦首に被弾、速度が大幅に低下してしまったことは確かだった。そして、続く第三斉射の数発が艦中央部に命中、前檣楼と煙突をそっくり吹き飛ばした。この時点で、ミズーリはほぼ戦闘力を喪失した。第五斉射は、（この時既に戦死していた可能性が高い）リーが新たな命令を出す前に集中した。

武蔵の四六センチ砲弾は、ミズーリの第二砲塔を貫通、主砲弾火薬庫を誘爆させた。この艦は、戦闘開始からわずか七分後、一発も放つ余裕すら与えられずに轟沈してしまった。

旗艦が瞬く間に（おそらく、そう感じられたであろう）叩き潰される有り様を目撃したニュージャージーは、舵を右に切り、撤退に移ろうとした。

これは臆病ではなく、妥当な行動である。彼らは旗艦を失い、敵を倒すには、自分の戦力が不足していることを知った。であるならば、通信を受けてこの海面に急行中の他の戦艦、重巡と合流した上で、敵と戦うべきである。ニュージャージー艦長の判断は納得のゆくものであった。

しかしながら、午後三時二八分、彼の正当な判断は無駄なものとなってしまった。五分前、ようやく射点を確保した鳥海（他の艦は、荒天の影響で遂に魚雷を発射できなかった）の放った九三式酸素魚雷が、ニュージャージー左舷に命中したのである。命中魚雷は二本。鳥海の片舷斉射雷数は八本であったから、仮に一斉発射を行なっていたとしても、恐るべき命中率だった。荒天下の発射とはとても思えない技量の発揮である。

弾頭重量四九〇キロの魚雷二本は、ニュージャージーに致命的な損害を与えた。水雷防御区画——強固な魚雷防御が施されている筈の側面を食い破り、左舷機械室に大浸水を発生させたのである。

当然、速度は浸水と左舷機が使用不能になったことにより大きく低下した。この時、ニュージャージーと武蔵の距離は三四〇〇〇近くあったが、それより遠距離でミズーリを片付けた武蔵にとって、ニュージャージーを片付けるのは造作もないことであった。

午後三時三四分、ニュージャージーは三度の斉射弾を浴び、旗艦の後を追った。沖縄沖の戦闘の第一段階は、紛れもなく、日本側の完勝であった。この完勝が、藤堂明の指揮する武蔵によってもたらされたことも、間違いのない事実であった。

＊〔福田定一著『海の家系』（東京広告技術社刊）第三版より引用〕

12　駐日大使

赤坂、東京、日本
一九六八年二月六日

ロバート・A・ハインラインの海軍士官としての栄光は数年前に終結していた。ヤンキー・ステーションを遊弋する空母機動部隊指揮官の地位がその頂点だった。彼は海軍中将で予備役に編入され、日本との戦争のおかげで望外の復帰が叶ったUSNを去った。

しかしながら、それは彼が社会の中で役目を終えたことを意味するものではなかった。

六〇年代の初めに日本へ赴任したマイク・マンスフィールド駐日大使の任期がわずか数年で終わってしまった理由については、東京とワシントンで様々な憶測が取り沙汰されていた。

その中で最も有力なストーリーは、かつてリベラルな上院議員として知られていた彼を、ケネディが嫌ったから、というものだった。その政治生命を失いつつあるケネディは、マンスフィールドの述べる正論に耐えきれなくなった――彼が、アジアにおける貴重な安定した同盟国、日本を失いたくなければ、彼らをヴェトナムから引き揚げさせろと強硬に主張したからだ、そう言われていた。

マンスフィールドによれば、日本はヴェトナム参戦によって変貌しつつあった。赤くなることは有り得ないものの、早晩、これまでの様に合衆国の忠実な同盟／衛星国であり続ける立場を考えなおす可能性が高かった。

もちろんそうした見解は、声高にアメリカン・ウェイを唱え続けねばならないケネディ政権にとり、不快なものだった。駐日数年でマンスフィールドが罷免され、後任として、予備役合衆国海軍中将ロバート・A・ハインラインが指名された裏の事情はそうしたものであった。

この日、赤坂にある合衆国大使館の周囲は学生デモ隊に包囲されており、それが警視庁機動隊によって排除されたのは、夕方近くになってからだった。

日本の学生運動は六〇年の日米安保条約改正時に比べると明らかに弱くなっていたが、まだまだそのエネルギーは尽きていなかった。このため、日本政府から三度目の会談要求を受けていた新任大使ハインライン氏が大使館のゲイトを出られたのは、午後四時を過ぎていた。

特注のリンカーンの後席に座った彼の隣で、催涙ガスによる嘔吐の跡や、投石による破壊の跡を眺めていた書記官が言った。

「日本政府は、何か、補償を欲しがっている様ですね。ま、首都でこの騒ぎじゃあ、仕方ありませんが」

「合衆国《ステイツ》よりはましじゃないかな」

ハインラインは同じ光景を眺めながら、祭りの終わった後の広場を見た様な顔つきで言った。

「大体、これだけ大騒ぎなのに、日本人は大して不安がってはおらん。政府は、学生の鎮圧に警官隊以外使用しないじゃないか。それに、一人の死人も出ない」

彼の祖国では、学生の鎮圧に州軍が投入されることはさして珍しくはない。

死者についても、そうだ。愚かしい。軍隊が、国の将来を担う若者に銃口を向ける様な国をどうやって誇りに思えと言うのだ。

書記官は、上司の言葉に含まれていた具体的な部分についてのみ返答した。

「いや、キャピタル・ポリスのキドウタイ、あれは現代のファランクスです。彼らを見たら、カエサルでも満足するでしょうな。五〇年代から人間を傷つけない鎮圧法について研究を続け、今では世界最高の技量を持っています。犯罪者を見つけたらトリガーを引く我々の警察とは違いますよ」

「確か、六〇年ごろは学生を殺したこともあったそうだな？」

「ええ、女の子を一人。不幸な偶然の積み重ねだったそうですが――その時の反響が大きかったからでしょうかね、今じゃ、鎮圧の技術が様変わりしています。そうですね……今の日本は、学生の運動を、政治活動ではないと考えているんです」

「これが政治活動でなければ何なのだ？」

ハインラインは車窓から見渡せる混乱の名残を指差した。

「反抗期です」

「え？」

「日本政府は、反体制学生達を、ハイスクールの子供程度に考えています。彼らの行なっている活動の本質は、コミュニストを素直に敵として考えねばならなかった父や兄達への反抗でしかないと。政治的な要素は、それがたまたま時代の流行であったから使われているに過ぎないと、ね」

「そんなものなのかな」

ハインラインは呆れた様に答えた。自分が駐留していた頃は、日本人はもう少しまじめだと思っていたものだが。

「日本政府は、政治運動を子供の遊びだと思っているのか」

「その通りです」

書記官が答えた。彼は駐日一〇年以上になる。

「ですが、ある意味では頭のいい方法です。なにしろ、子供の遊びだと思っていれば、絶対に政治問題にはなりませんからね。御存知ですか？　この大騒ぎに参加してキドウタイと殴りあっていた学生達の大部分は、学生最後の学年を迎えると、髪を整え、親にスーツを買ってもらい、それまで目の敵にしていた大企業へ面接を受けにゆくのです。官僚になる者も少なくありません。つまり、お互いに解っているんですよ。楽しいからやっているだけで、本気じゃないんです。遊びと言ったのはそういう意味です」

「潜入工作の危険があるんじゃないか？」

まだ納得し切れていないハインラインは、鼻をうごめかせて尋ねた。赴任前に見せられたＣＩＡのレポートには、日本の有名大学内に、日本民主主義人民共和国のＮＳＤ——国家保安省エージェントによる浸透が見られると記されていた。

「ＣＩＡの言い分ですね？」

書記官は笑った。

「確かに、そうした例は皆無ではないでしょう。ですが、日本人は余り気にしていません。社会に揉まれたら、奇麗ごとを言っている余裕は無くなると考えています。さすがに官庁の方は警戒しているようですが、企業はそうでもありません。ある企業人がパーティでこう言っていたのを覚えています。いまどき、催涙ガスを嗅いだこともない奴は、よほど元気のない奴だ。自分の会社じゃあ、そんな人間に仕事は任せられない」

ハインラインは笑いだした。なんという国だ。そうか、この国では、すべてが通過儀礼なのだ。日本人が子供に甘いというのは、まごうことなき真実であったのだ。

かつて、自分を死の縁へ追い込んだ時の彼らはどうだったのだろう、と彼は思った。

当時大佐としてノースカロライナに乗り組んでいたハインラインが、二隻の合衆国戦艦の沈んだ海域へ到着したのは、海戦が始まってから二〇分後のことだった。
この時すでに、武蔵は新手——ニュージャージー爆沈から六分後に戦場へ到着したアイオワ、ウィスコンシン、サウスダコタ、インディアナとの砲戦を開始していた。重巡群は、他の日本艦との戦闘に突入している。

何を思ってか、CICではなく、艦橋にいたバーク少将がそう言った。ハインラインは双眼鏡を構えた。

「見ろよ、ボブ、ごっつい光景だな」

確かに、〝ごっつい〟光景であった。

その姿が彼の脳裏に焼き付いている日本戦艦は、間断なく砲火を吐きながら、全力で突進していた。周囲には水柱が無数に立ち昇っていた。遅れて到着した四隻の戦艦は、命中率の高低を無視して、大遠距離砲戦を挑んだものらしかった。少なくとも近くへ弾を落としていれば、敵の照準を邪魔できるからである。彼女達は、自らの砲撃でバリアーを張りつつ、敵戦艦へ接近していた。

アイオワを先頭に進む味方戦艦群が何度目かの斉射を放った。一分もしないうちに、敵艦の周囲に水柱が立ち、艦尾で爆発が発生した。黒煙が吹き出す。だが、武蔵（艦名を彼が確認したのは戦後のことだった）は、その損害を無視するかの様に主砲を射ち返した。

今度は味方の側に水柱が発生した。

アイオワだ。前檣楼のすぐ後ろに爆発が発生、アンテナ・マストが折れ、煙突が潰れる様子が確認できた。火炎。指揮機能が損害を受けたらしい。

アイオワは艦首を大きく左に切った。後続の三隻もそれに続く。彼らは一番艦が戦術行動としてそれを行なったと誤解しているのだ。

「クソッ、間抜けめ」

バークが双眼鏡を降ろしてうめいた。命令を出す。

「艦長、敵戦艦の針路前方へ出ろ。射程に入り次第射撃してよろしい。全兵装使用自由《オール・ウエポンズ・フリー》」

バークが命令を出し、ノースカロライナとワシントンがそれに応じた行動を起こそうとしている間に、敵戦艦はもう一度主砲を放った。

今度はサウスダコタが被弾した。C砲塔が吹き飛び、大爆発がおきる。轟沈ではないが、艦尾が数十メートルにわたって千切れていた。

速度を全速に近い二七ノットに上げたバークの戦艦群は、急速に武蔵へ接近した。主砲を三〇秒に一度のハイペースで発射する。

武蔵が新たな敵に――ハインライン達に対応したのは、ノースカロライナの初弾がその周囲に派手な水柱を立てた後のことだった。

彼女はその時までに、アイオワに対してもう三発の命中弾を与え、超高速戦艦に大傾斜と手の施しようのない火災を発生させていた。

なお、遠距離で放った砲弾であったため、ノースカロライナの初弾は当然命中しなかった。

それからの一五分間に発生した様々なできごとを、ハインラインは今でも夢に見ることがある。


日本帝国海軍は、その最後の対米戦において、海軍としての本分を全うした。

ノースカロライナに向けられた武蔵の主砲は、二斉射で三発もの命中弾を出した。

最初の命中弾でノースカロライナのA砲塔が叩き潰され、二発目は後檣を消失させた。三発目は水中弾となり、ヴァイタル・パート内部に大浸水を引き起こした。

その一方で、バークも手を抜いてはいなかった。彼が率いる二隻の戦艦から放たれる砲弾は、距離が詰まるにつれ正確さを増し、武蔵に四発の命中弾を与えていたのである。

命中は連続して発生した。最初の閃光は第一砲塔で起こったが、砲塔を形作る分厚い装甲は、一六インチ砲弾をなんなく弾きかえした。残りの三発は、艦中央に集中した。ハインラインは、彼女の舷側に並べられた高角砲群がほぼ一瞬にして壊滅、爆発と火災が発生する有り様を目撃した。

だが、武蔵は戦闘力を失わなかった。

彼女はさらに三度にわたって斉射弾を放ち、ノースカロライナの中央部を破壊、一八インチ砲弾の暴力により、左舷主機室を全壊させた。これまで無傷だったワシントンも、報復として四発を浴び、全砲塔使用不能、艦尾大火災の損害を受け、大破した。


この戦いについてハインラインが思い出す情景の一つに、海戦終了直後、艦橋にこもっていた異臭がある。

今でも、引退しているバークと話す度に苦笑しあってしまうのだが、この時、艦橋にいた大半の者が、恐怖のあまり失禁していたのだった。もちろん、その中には、彼ら二人も含まれている。愛妻家のバークも、さすがにこれだけは女房には話せないね、と苦く笑うのが常だ。武蔵と戦っていた彼らは、それ程の無力感を覚えていたのだった。

　死を覚悟した彼らを救ったのは、行動不能になった僚艦を放り出して戦場に戻ってきたウィスコンシンとインディアナだった。二隻の戦艦は合計一八門の一六インチ砲を唸らせ、武蔵へ突進した。

　当然の様に、武蔵は新たな敵へ筒先を向けた。

　両者の間で、数度にわたって斉射が交わされた。武蔵は、針路を反転させて進んできたため先頭に立っていたインディアナを、二斉射で大破させた。誰もが、ここで合衆国戦艦群は消滅する、と信じた程の早業だった。

　だが、二隻が放ってきた四度目の斉射弾が落下した時、沖縄沖海戦は実質的に終結した。

　この時、武蔵に命中した砲弾は約六発だと信じられているが、その内の一発が、大和型戦艦最大の弱点であった副砲を直撃したのである。

　帝国海軍もこの欠点を知らぬではなかった。

　大和については、薄い装甲防御しか行なわれていない副砲の装甲強化、特に危険な、副砲弾火薬庫付近の防御強化が行なわれている。だが、戦況の激化により、武蔵はその工事を受ける余裕がなかった。

　一発の一六インチ弾が後部副砲を貫通、弾火薬庫へ飛び込み、そこに収められていた副砲弾と装薬を誘爆させたのである。

　海が閃光に包まれた。ハインラインの目は一時的に視力を失い、彼は罵り声を上げて目を押さえた。

　数分して彼が視力を取り戻した時、そこに映しだされたのは、一瞬にして変容を強制された武蔵の姿だった。

　武蔵の後部副砲は消失し、その隣にあった後檣は倒壊していた。特徴的なアンテナも、火にあぶられたロウ細工の様に折れ曲がり、甲板へ打ち倒されていた。

　何よりも衝撃的だったのは、堅牢無比に思われた第三砲塔が台座から外れ、砲身を空しく宙に向けていたことだった。そして、その周囲には大火災が発生している。速度も急速に低下しつつあった。

　しばし呆然としていたハインラインは、バークもまた自分と同じ状態であるのに気付き、指揮系統を無視して砲撃命令を叫んだ。武蔵の前部主砲二基は、まだ生きていたからである。

　それから五分間、武蔵の周囲に無数の砲弾が集中した。速度が極端に低下したため、命中弾は二〇発近い数に達した。六〇〇ミリを超える装甲で防御された砲塔や司令塔は、無傷だったが、いかな大和級戦艦といえども、そこまで命中を受けることは想定していない。防御の弱い、ヴァイタル・パート外の部分が次々と破壊され、無数の浸水を引き起こした。

驚くべきことは、その地獄の中ですら、武蔵が三度にわたって主砲を放ったことだった。そして、そのうち二発を再びインディアナに叩き込み、彼女を轟沈させたのである。

その光景を目撃して、ハインラインは、武蔵の艦長に対して羨望に近い感情を抱いた。戦艦艦長として――海軍士官として、これ程完璧な生涯があるだろうか？　艦を見捨てるな、さぁ、戦いはこれからだ。士官はその義務を怠るべからず……

一隻の戦艦として、未曾有の戦果を上げた武蔵、彼女が沈没した原因は、そのもう一つの欠点の影響を受けたものだった。

重防御を施された大和級戦艦は、不可解なことに、水密防御――浸水を食い止める隔壁の厚み――が、不充分だった。武蔵は、最後まで、その主要区画を破壊されることはなかった。だが、徐々に拡大した浸水が水圧によって隔壁や隔壁扉を破り、その浮力を奪った。

一九四五年七月二五日午後六時三七分。武蔵は、天を焦《こ》がさんばかりの大火災を起こした船体を傾斜させ、横転、沈没した。

生存者は、全乗員約三六〇〇のうち、わずか二一五名に過ぎなかった。もちろん、その中に、艦隊司令長官と艦長は含まれていない。

沖縄沖海戦が終結したのは、それから数分後のことである。この戦いによって、日本帝国海軍第二艦隊は、戦艦武蔵、重巡鳥海、軽巡矢矧、駆逐艦二隻を喪失、壊滅した。

一方、一応は勝利者側となった合衆国第54任務部隊も、戦艦四隻沈没、三隻大破、重巡二隻大破、一隻中破の損害を出していた。やはりこれも、実質的には壊滅であった。戦後この戦いは、損害だけを見るとどちらが勝ったのか、間違えてしまうと言われた程の異常な結末だった。

沖縄沖海戦は、文字通り、栄光に満ちた敗北と呼ばれるべき海戦――伝説となったのだ。

書記官が何か言っていた。

「……ですから、日本人が国内事情について述べてることは、必ずしも真実ではありません。信じられますか？　この国には、合法的な共産党が存在し、彼らは議会へ代表を送り込んでいるんですよ。分断国家の南北双方に共産党のある国なんて、ここだけです。全く、不可解です。同じ分断国家の韓国、ドイツ、ヴェトナムが聞いたら何と言うでしょうね」

彼は、意地悪い笑いを浮かべた。

「とにかく、そういう訳ですから、国内事情という台詞《セリフ》に騙されないようにして下さい。連中、それを言うことで我々から何かを引きだそうとしているのです。たぶん、宇宙開発関連技術でしょう。今のプライム・ミニスター、エイサク・サトウは何を考えているのか良く判らない男ですが、宇宙開発には熱心です。日本を、我々から宇宙技術の無償援助を受けている世界で唯ひとつの国にしてしまいました。甘く見るのだけは禁物だと思います」

ハインラインは頷いた。

彼が首相官邸に向かっている理由は、日本政府が、テト攻勢がもたらした政治的衝撃をなんとか緩和しようとしているからだった。そのための会談だ。

彼は思った。もしかして、連中、今後もヴェトナム派兵を続ける代償として、武器と宇宙技術を寄越せと言うのじゃあるまいな。ひどい話だ。

だが、書記官の口ぶりからすると、その可能性が高いようだ。そして俺には、ヴェトナム問題で味方を減らす訳にはいかないケネディ政権が、日本人の要求を飲むことが予想できる。

学生がデモの途中で書きなぐったのだろうか、政府施設らしい建物の壁に、ペンキでスローガンらしきものが殴りがきされていた。日本語を幾らか話すことはできるが、読み書きは完全ではないハインラインは、書記官に尋ねた。

「あれは、なんと書いてあるのだ？」

「ああ……アメリカ帝国主義打倒、ヴェトナム人民と連帯せよ。日本民主主義人民共和国万歳。川宮同志万歳。祖国統一……とかなんとかですね」

ああ。ジャニー。イエロー・モンキー。ジャップ。ニップ。ジャパニーズ。エコノミック・アニマル。ニッポニーズ。

お前達は何を考えているのだ？

祖国は二つに割れ、あらゆることを通過儀礼だと心得、戦いともなれば、狂戦士《バーサーカー》の様に荒れ狂う。そして……宇宙だと？

昔、俺が金に困っていた頃に書いたサイエンス・フィクションの世界には、日本人に支配される宇宙など含まれてはいなかったんだ。おお。

一体、君達はどこへ行くつもりなのだ？

13　違った空

東京、日本
二月一五日

宇宙開発推進本部には名物男が一人いる。

まだ五〇にもなっていないが、戦前、愛知航空機に入社して以来、航空宇宙技術に関しては化け物じみた能力と実力を発揮してきた男である。御世辞にも善良とは言いかねる性格の男だが、宇宙開発へ関わる官庁・企業の若手には妙に受けが良く、あと五年もしたら、日本の宇宙開発はこの男の個人的事業になってしまうだろう、という陰口すらたたかれている程だ。

だが、それは公然とは口にされず、多少の嫌味と共に、酒席や会議の散会時に持ち出されるのであった。

なにしろ、あの人は学者ではないですからね……

もちろん、その陰口を叩いているのは、内浦湾に独自のロケット施設を持つ東京大学宇宙航空研究所の関係者であった。

彼らにはこの男を憎む理由があった。

戦後しばらく、日本の伝統に従い、東大を主軸として進んでいた宇宙開発が、この男の出現と共に質的変化を起こしてしまったからだ。

彼は、自由民主党主流派——いわゆる吉田学校系の人々と地縁・血縁で繋がっており、自分の宇宙を実現するため、それを積極的に用いたのである。

彼が内浦湾の人々から憎まれる原因は、それだけではない。

この男のことを、あの人は学者ではないと言う者達は、彼の強引さだけを嫌っているのではなかった。充分とはいえない宇宙開発予算を推進本部へ集めるために、政府首脳と防衛庁へ、軍事利用への積極的転用に協力する、と約束したことも嫌悪の原因であった。

確かにそれは、日本的な学者の態度ではなかった。ロケットを打ち上げ、衛星を開発し、人間を宇宙へ送り出すという目的を果たすに当って、彼はまさにマキャヴェリストだった。

　彼が約束を交わした先は防衛庁に留まらず、およそ、宇宙に関連しそうな官庁、企業のほとんど全てを網羅していた。時には、ライバル関係にある官庁、企業の対立を利用し、およそ、宇宙とは関係のなさそうな組織からすら、補助金を獲得した。その見返りとして宇宙開発推進本部――来年、宇宙開発事業団《NASDA》に改組される――には、どうしてこんなに、と思われる程の出向職員用ポストが存在している。

　しかし、これもまた彼の計算であった。

　彼は、官僚というものが、既得の権益を失うという問題については、普段の有能さと冷静さを失うということを良く知っていた。ポストを失うことは面子を失うことを意味する。面子を失わないためには、補助金を出し続け、発言力を維持しなければならない。

　一九六八年、未だ科学技術庁傘下の一特殊法人に過ぎない宇宙開発推進本部が、既に七〇〇〇名近い職員を抱え、年間国家予算の一〇パーセント近い金を毎年消費していたのは、そうした理由であった。それだけの金が毎年調達できる訳もなかったが、推進本部は、これをツケで――防衛庁御得意の後年度負担で切り抜けていた。

　もちろん、彼が肥え太らせた組織の現状に対する批判は少ないものではない。特に、出向職員ポストの多さについては、既に一部マスコミの批判の種にされている。だが、これもまた、彼の計算の一部だった。

　この男は、大規模宇宙開発に必要となる膨大な後方人員を、この手段で手に入れようとしていたのだった。そして、マスコミの批判は、報道各社の重鎮と呼ばれる人々を顧問として迎え入れ、ＰＲ活動へも大きな予算を投入することで、これを抑制していた。そして、一九六四年、東京オリンピックの年に発表された、有人衛星〈ひかり〉計画の華々しさが、すべての批判を無力にしてしまった。日本政府が、一九七〇年の大阪万国博覧会に合わせて、有人衛星を打ち上げることを宣言したからである。

　それは、二つの日本の対立が要求したロケット技術と宇宙軍事力――ミサイル、偵察衛星等――の開発、爆発的な発展を続ける日本経済という二つの現実に後押しされたものではあった。

だが、彼がいなければ、日本の宇宙開発が、一九五〇年の再開後、わずか一八年でここまで進歩しなかったことは間違い無かった。ロケットを打ち上げるためなら、悪魔からでも金をふんだくるその態度を評して、彼を日本のフォン・ブラウンと呼ぶ者もいた。その点については、彼を嫌う人々も等しく認めるところである。ただし、普段から彼と接する人々は、この男の名を決して口に出さず、「先生」とだけ呼びかけた。推進本部には、おそらく二〇〇〇名近い先生――博士たちがいたが、誰かが「先生」といった時、その言葉の対象となった人物は、彼の他の誰でもなかった。

　この「先生」によって、一九六八年、日本は世界第三位の宇宙大国になっていた。

　その日、麻布飯倉町に置かれた推進本部の本部建物では、今後の宇宙計画の概略――その、技術関係の部内意見を決定するブレーン・ストーミングが開かれていた。室内は、電気を灯してさえ薄暗い。この政治的な意味での本部が置かれた建物は、戦前に建てられたもので、最近では、建物としての採光が悪い部類に入っている。

　会議に出席していたのは、推進本部の計画委員若手メンバーと、各部門の責任者、合計二五名であった。この場で決定された内容は、各関連省庁との折衝を経て修正が加えられ、正式の計画原案となり、さらに手直しされ、幾つもの会議を経てから、内閣へ手渡される。

「問題は、今後我々がどちらへ進むべきかと言うことです」

　本部の計画立案委員が言った。その立場の割には、年齢が若かった。これは、宇宙開発推進本部の全部門に言えることだった。

「果たして、合衆国の後を追って月を目指すのか？　それとも、ソヴィエトのように、とにかく数だけ打ち上げられれば良いのか？」

「月」

　技術開発部長が言った。月、という言葉を漏らした途端、夢見る様な表情になる。彼は、日本ではまだ珍しい、筋金入りの「月気違い」だった。

「結局の所、ソヴィエトも月計画を進めています。月は、人工衛星、有人衛星に続く、宇宙開発の第三関門です。おそらく、我々が月を目指さねば、世論がこれを許さないでしょう」

「私も月に行きたいのは山々ですが」

と、衛星開発部の部長が反論した。

「月計画を開始した場合、まず、我々の組織規模では他の計画が行なえなくなります。現在進行中の、有人衛星計画にも影響が出ます。それに、我々の技術力から考えて、月ロケットの完成は、最低でも一〇年、悪くすると一五年はかかる。そうなったら我々は、月ロケット事業団になってしまう。多用途に応用が利く、衛星打ち上げ能力の向上を目指すべきです」

その場にいた誰もが、だろうな、という顔をして黙り込んだ。

月か、衛星か――これが、現在の宇宙開発推進本部を二分する問題であった。皆、心情的には月ロケットに惹かれ、現実論では衛星打ち上げ能力の向上による衛星事業早期商業化に納得してしまうからである。

「衛星なんぞ、固体ロケットに任せておけばいい」

技術開発部長が放言した。

失笑がおきた。彼らは、東大宇宙研が固体燃料ロケットでの衛星打ち上げに固執していることを軽蔑していた。

確かに、宇宙研の努力で日本の固体ロケット技術は世界最高水準に達している。だが、推力、制御等の観点から、早晩、それによる衛星打ち上げが限界となることは目に見えていた。大体、彼らが固体燃料ロケットを使用しているのは、戦後開発が再開された時、すぐに使える技術資料が、軍用固体ロケット――つまり、ロケット特攻機桜花のものしか存在しなかったことが原因となっている。宇宙開発推進本部が主開発対象にしている液体燃料ロケットとは、選択した理由が余りに違い過ぎていた。

もちろん、この組織の主ロケットを液体燃料型としたのは「先生」であった。

技術的な難しさはあるが、液体燃料ロケットには、それを無視できるだけの使いでがあるからだ。もっとも、彼自身はこの場にはいない。二年後に予定されている有人衛星打ち上げの監督という名目で、種子島に張り付いている。

「それはともかくといたしまして」

計画立案委員がなんとか苦笑を収めながら言った。

「なんとか、この場で大枠だけは決定しなければなりません……ま、ここからは、ざっくばらんに行きましょう」

「反応推進はどうだ？」

誰かが言った。

「反応炉に推進剤を放りこむタイプか？　放射線をどうする？」

「いや、プレートで爆圧を受け止めるタイプだ。アメリカで実験モデルを造っただろう」

「冗談じゃない。あれは反応弾で推進する様なロケットだ。函館で暴動がおきるぞ。政治問題になる。反応炉発電でさえ、あれだけ大変なんだ」

「うーん、融合弾に変えたら？」

「その名が出ただけで、宇宙計画が崩壊しちゃうよ。日本の核アレルギーには理由があるんだ。函館と旭川が焼けちまったんだからな」

「じゃあ、有人第一段用に開発したＭＴＥ４型をぐるっと並べて、大重量打ち上げ機《HLV》を造ったら？」

「経済性が低すぎるよ」

「まてまて、どんなロケットを計画するかより、どっちへ進むかだ」

「解ってる。でも、大重量打ち上げ機にしておけば、どっちへ行くにしろ、使えるじゃないか。再利用可能なタイプにしておけば、長期間でならペイする筈だ」

「長期間って……どれぐらいだろう？」

「半世紀、かな」

「なんとか二〇年にならんかなぁ」

「先生はどう思うかねェ」

「大丈夫じゃないか？」

「うん、大丈夫だよ。あの人は、俺達が余程バカな話を持ち込まない限りＯＫしてくれる」

「けど、大重量打ち上げ機で何をするんだ」

「衛星を一度にごっそり打ち上げられる」

「それで大儲けできるな」

「発電衛星を持っていって、電力を送信するのもいい」

「大儲けできるな」

「月ロケットを軌道上で建造できるぞ」

「資材が必要だ」

「じゃあ、電磁加速のマス・ドライバーを開発してだな」

「やめとけ、ちょっとでも大気圏内で動く物だと、運輸省が文句をつけてくる」

「初期加速をロケットにしたら、騙せるんじゃないか？」

「それはともかく、何をやるにしろ、宇宙にも基地がいるんじゃないか？」

「だったら、まず宇宙ステーションを……」

「そうか！」

14 書簡

二月二〇日

拝啓

まず、私の様な見ず知らずの者が、突然このような手紙を差し上げたことを御詫びいたします。

すでに防衛庁からの書簡で御存知かと思いますが、兄上が戦死された場所は、サイゴンの南東、メコンデルタの一部であるコー・チェン河下流と沿岸部の合流地点であります。当時私は、兄上の率いておられた偵察隊の輸送を命じられた武装舟艇（大きなモーターボートと思って頂ければ結構です）を指揮しておりました。我々は、敵を沿岸に追い詰め、撃滅する作戦に参加しておりました。

兄上が戦死された具体的な状況は次の通りであります。

まず国場二尉、あなたの兄上は、味方の攻撃に必要な情報を収集すべく、敵の立てこもった密林へ小隊と共に潜入しました。兄上の部下から聞いた話によれば、この時の彼の態度は、指揮官として全く模範的なものであった、とのことであります。

やがて、新たな命令が出され、兄上の小隊は危険な状況で撤退を行なうことになりました。私は兄上の小隊の救出を命じられ、現場へ急行しました。私が現場に到着した時、小隊は既に敵の追撃を受けており、非常に危険な状態でありました。

しかしながら兄上は、恐れることなく指揮官としての任務を果たし続けました。部下全員が私の舟艇に乗船するまで、一人、敵に立ち向かい続け、最後の一人として、舟艇に乗ろうとされたのです。

兄上が敵弾を受けたことについては、全くの不幸であるとしかもうせません。彼は甲板に這いあがり、舟艇は海へと脱出しつつありました。

兄上に、敵弾が命中したのは、そんな、誰もが安堵のため息をつくような瞬間でありました。おそらく、敵の狙撃兵が放った弾丸であると思われます。兄上は、あなたの御名前を叫ばれた後、戦死されました。

祖国では、この戦いに様々な反論が叫ばれていることは私も承知しております。しかしながら、これだけは御了解ください。兄上は、多くの部下の命を救い、亡くなられたということであります。また、新聞、テレビ等の報道とは異なり、その場にいた自衛隊員全員が、兄上の救出に全力を傾けていたことも、御理解下さい。

右の内容を御知らせしたところで、あなたの悲劇が幾らかでも軽くなるとは思ってはおりません。しかしながら、私もあなたがた御兄妹と同様に沖縄戦において親族を失っていたこと（戦後、親族を頼って本土へ移られたそうですね）、また、兄上の最期を見取った者としての責任感を感じたことから、この様な御手紙をしたためた次第であります。
乱筆乱文をお許し下さい。

敬具

海上自衛隊二等海尉　藤堂進

国場美奈子様

追伸
よろしければ、横須賀にいる私の家族を訪ねてやって下さい。妻と、二人の息子（長男は拓馬《たくま》、次男は輝男《あきお》といいます）は、あなたの御訪問を大変に喜ぶと思います。私がこの国から離れられるのは、もう何ヶ月か先のことなのです。

ドキュメント——一九八〇年冬

「……果たして、我々の掲げた理想とは何だったのか？　先人達がこの神に選ばれた国と世界を隔てていたモンロー主義を捨て、自由と平等の旗印のもと、世界へと乗りだし、偉大な民主主義国家としての責務を果たさんとしたのは、それ程誤ったことだったのか？

　この疑問は、我々がヴェトナムへ介入していた時代、すでに納税者としての権利と義務を有していた全ての人々の胸に去来するものでありましょう。そう、確かに我々は多くの過ちを犯しました。心ある人々の唱えていた反論を聞き流し、北はケサンから南はメコンデルタに至るまで、各地から続々と届けられていた真実から目をそむけていた。また、現地で、祖国と義務と名誉の為に戦い続ける人々を正当に扱わず、彼らの行動に多くの不可解な制約を設けてしまった。さらには、疲れ傷ついて帰国した彼らに、彼ら自身が負うべきではない責任と非難まで押しつけたのであります。

　結果、合衆国は深く傷つきました。多くの若者が正義の失われた戦場で倒れ、世論は分裂し、人々は、我らが建国の理念そのものに対してすら疑念を抱く様になったのであります。一九七〇年、Ｊ・Ｆ・ケネディ大統領の命令でＣＩＡが行っていた様々な違法秘密工作《コバート・オペレーション》が明るみに出た結果、その疑念はさらに高まることとなりました。かつて、自由と理想の松明を灯すことで国民へ希望を与えた彼は、コロンビア特別区ランドマーク・ビルで行った違法工作により、自らその火を吹き消したのであります。同じ年、かの人物が、合衆国史上初めて、議会による弾劾決議を受け、特例措置によって務めていた三度目の任期途中で退陣せざるをえなくなったのは、まことに当然のことでありました。彼の後を継いだジョンソン氏が、再選されなかったこともまた、理性的な選択でありました。

　皆さん。私の政権は、新たな理想を掲げたはずの政権から、多くの負債を引き継いで成立しました。この八年間、私は偉大であるべきだった六〇年代が合衆国にもたらした、様々な混乱を解決することに、多くの力を注いできたのであります。

　我が政権には、掲げるべき松明はありませんでした。唱えるべき理想もありませんでした。それは、過去一二年の間に、汚れ、吹き消され、あるいは踏みにじられていたからであります。私は、松明に火を灯すのではなく、松明を造るところから、仕事を始めねばならなかったのです。一九七五年にようやく完了したヴェトナムからの撤兵、余りに巨大であるのに、それに見合う成果を決してもたらすことのなかった宇宙計画の縮小……そして、合衆国が常に掲げているべき、民主主義の再生。なによりも重要な経済の再建。果たして、私はそれに成功したのでありましょうか？　かつて灰色に塗られていた、この白き館を去る日を間近に控えて、私はそれらの点に対し、自信を持ってイエスと答えることはできません。

しかしながら、次の様に申し上げることはできます。私と私のスタッフは、常に納税者の皆さんからの、強い期待に応えるべく尽力していたと。今再び、灯すべき松明を用意することができたと。

そうです。全てがうまくいったとは、決してもうしません。ヴェトナム後に行われた国防費の行き過ぎた削減は、世界を大きな危機に陥れてしまいました。既に南ヴェトナムという名の国家は滅亡しました。今そこにあるのは、ブレジネフ政権の軍拡政策による支援を受け、強大化した、軍事独裁国家であります。

世界の他の部分からも目をそらす訳にはまいりません。ヨーロッパとアジアには、第二次大戦の結果、不幸にも分割された三つの国家、日本、西ドイツ、韓国が存在するのであります。また、ロシア人達は、我々が国防から目を背けている間に、大規模な軍拡をとりおこない、核戦力の面で、我々を遥かに上回る超大国となってしまいました。任期満了が近づくにつれ強まった、我が政権に対する批判は、おそらく、この点に不安を感じた人々からのものでありましょう。

でありますが、果たしてそれは事実なのでしょうか？　私は、有能なキッシンジャー氏のサポートを受け、大陸中国との間に外交関係を復活させました。そしてこの世界で、自ら共産主義の脅威へ立ち向かっている貴重な同盟国——特に、日本と西ドイツとの関係を、より強固なものとすることに成功しました。私の見るところ、合衆国の地位は、かつてより一層高まっているのであります。

ここに一つの言葉があります。かつて、国連日本援助軍総司令官として活躍し、反撃作戦の途中で罷免——帰国後、不幸にも自動車事故で死亡した我が国の将軍、ジョージ・S・パットン元帥の愛した言葉です。

大胆、大胆、常に大胆——これは、プロシアのフリードリッヒ大王が述べた言葉であります。そして、この言葉は、パットン元帥のような偉大な軍人のみならず、合衆国大統領として、私が日々の困難な決定を下す際にも、常に行動の指針となるものでありました。中国との国交回復、二年前に開始された国防力の再建計画——合衆国に大きな利益をもたらすこれらの決断に当たり、私は、右の言葉をもって行動し続けたのであります。

先ほど述べた言葉を、もう一度、ここで繰り返します。大胆を身上として国家の再建に当たった私は、松明の棒を切り整え、布を巻き、脂をしみこませました。準備は整ったのです。

最後に一つ、皆さんへ御約束しましょう。

私はホワイトハウスから幾多の思い出が詰まった品々を持ち帰りますが、この大統領執務室に、ただひとつだけ、私物を残してゆくことにします。ここにある——安物のライターです。新大統領は、このライターを見ることで、必ずや、己の任務を知ることでありましょう。そう、彼は、松明へ火を灯さねばならないのです。そして、その炎が、彼の兄によって汚された様な事態を、二度と引き起こしてはならないのです。

特に最後の点を強調することで、私、第三七代合衆国大統領、リチャード・M・ニクソンは、国民の皆さんへの、最後の挨拶を終えることにしたいと思います。

願わくば、神が合衆国を愛し続けられんことを。そして、ロバート・F・ケネディ氏が素晴らしき大統領となられんことを」

「さようなら」

——リチャード・ニクソン記念館資料番号377—68／B
ニクソン大統領退任演説よりの抜粋
（草稿完成・一九八〇年一二月一〇日）

第七章　日常の間で

「戦争とは平和の様なものですわ。売り上げが大きいか小さいか、違いはそれだけ」

——ゲルト・カイザー「Die Sterbend Jagd」

1　トウキョウ・フーチ

霞ヶ関、東京
一九八二年四月一四日

省庁トップというポストは政治家が独占する様に思われているが、それは誤解にすぎない。彼らが座るポストはマスコミに扱われそうな場所だけで、大部分は官僚達がその席を占める。それが、本省での出世競争に敗れたエリートにとり、最後の花道となるからだ。その事実を糊塗《こと》するために、様々な法が設けられているが、現実はそういうことだ。それが霞ヶ関の神聖不可侵の不文律であった。

トウキョウ・フーチはその例外だった。原則的に、この機関は余所者を受け入れない。そこに所属する人々が出向することはよくある（ただし、彼らが名乗る名前は電話帳から無作為抽出されたものだが）。

だが、絶対に外部から人間を受け入れることはない。トップに座る人間は、トウキョウ・フーチで人生を過ごしてきた人々だけであり、また、そうした人々でなければ、この役所を監督できるものではなかった。トウキョウ・フーチは、神秘と驚異と菌類に覆われた伝統に溢れる霞ヶ関に存在する、一種の教皇領であった。かの地のルールは、他の官庁と同様に見えて、ある一線で全く異なっているのだった。

ちなみに、トウキョウ・フーチとはこの役所の正式名称ではない。英国の特殊な小説を専門とする作家達と、世界各国の政府が運営している同業組織体が名付けた、畏敬と恐怖と得体の知れなさ具合を象徴するニックネームである。この他にも、ＨＮＦ（ホーム・オブ・ニンジャ・フォース）、ブラック201等々のニックネームが存在するが、これは、英国のそれに比べていささか品性に欠ける合衆国の作家達が考えだしたものであり、それ程知名度のあるニックネームではない。各国に存在する、同様の機関――カンパニー《CIA》、パズル・パレス《NSA》、モスクワ・センター《KGB》で、この役所のことが語られる場合に用いられる名称は、常にトウキョウ・フーチであった。なぜならば、この役所に所属する人々が自分の職場について語る場合、日本人独特の帰属意識に従って、〝うち〟では……と言っていたからである。元来、フーチとは日本語の「家」を合衆国空軍がなまらせて、爆撃目標指示用語として使用した言葉であったから、その点から言っても、適当なニックネームであるかもしれなかった。

もっとも、この役所に勤める人々は、トウキョウ・フーチなどというニックネームは絶対に用いない。彼らが職場について人に語る場合は（それ自体、大変に珍しいことなのだが）常に〝うち〟であった。英語を用いた文書で述べられる場合はSRIあるいはSRIAである。そして、霞ヶ関にある地上五階建の古ぼけたビルの入り口に示された、いささか風雨で薄汚れた板に記されている名称は、公安調査情報庁であった。要するにそこは、二つに分かれた日本の伝統を重んずる側における、最大の国家情報機関なのだった。

この年、公安調査情報庁――SRIの長官を務めていた人物は、長官就任四年目を迎えた後藤田正晴だった。彼は、日本帝国のカウンター・インテリジェンスを縄張りとしていた旧警察官僚グループの出身者であり、一九五〇年、SRIが設立されると同時にその中核となるべく選抜された数少ない人々の、唯一の生き残りだった。

もちろん、ここでいう生き残りとは、霞ヶ関における、という但し書きのつく種類のものだ。五〇年代初頭はともかくとして、現在のSRI――というより、情報機関すべて――はロシア人同業者の言う濡れ仕事《アサシネイション》を好まない。何かの偶然でそれが知られた場合、様々な法的問題が起きるからだ。世間のSRIを見る目はきびしいものがあった。一〇年以上前、この組織に所属する者達の活躍を描いた（という宣伝文句の）他愛ない連続TVドラマが人気を博していたことなど、今では誰も信用しようとはしない。そしてなによりも――各国の情報機関には、互いのエージェントに物理的暴力を振るわない、という不文律があった。暴力の対象となるのは、何らかの理由で外国情報機関とつながりを持った自国民だけ。実に奇怪な不文律だが、それを侵す組織はほとんど存在しない。そうでもしなければ、互いの殺し合いがエスカレートすることは目にみえているからだった。

総理官邸より強固な防諜設備の施された長官室に、後藤田はいた。中に鉛が仕込まれた分厚いカーテンは閉じられており、室内は薄暗かった。照明は、歴代のSRI長官達が使用し続けてきた木製の大型デスクに置かれたデスクライトだけだった。

後藤田は、現代では小柄の部類に入る身体から、嗅覚では嗅ぎとれない匂いを発散していた。この、盗聴妨害のためにカーテンが締め切られた薄暗い部屋では、彼の、古いデザインの角ブチ眼鏡をかけた細面は、B級映画に登場する典型的な悪徳役人の様に見えた。もっとも、それは彼が部下に与えようとしているイメージに過ぎない。実際は、霞ヶ関で人生を送る公務員で、彼ほど職務熱心で、表立った汚れが少ない人間は珍しいのだった。

後藤田は、絶対にライトの明かりを顔に受けぬよう、注意しながら、部下から提出された書類に目を通していた。こうした、いささか幼稚な演出が部下に与える影響について、彼は良く知っていた。どれほど高等教育を受け、理性を重んずる人間でも、心の片隅には、こうした小説や映画の様な場面に対する憧れが存在している。おい、まるで俺達は秘密情報部員みたいじゃないか、という訳だ。

書類に目を通し終えた後藤田は、呆れた様に呟いた。

「驚いた。こんな人間が本当にいるんだな。間違いないのだね」

最後の質問は、書類を提出にきた、彼直属の若手秘書官に向けたものだ。

「やはり、海軍なんでしょうね」

薄暗がりの中に立っていた秘書官は答えた。

「海上自衛隊は、伝統重視です。幹部に、かなりの割合で元帝国海軍士官の血縁者が存在しています。まぁ、それは言い過ぎとしても、陸上自衛隊や航空自衛隊よりパーセンテージが高いのは確かです」

「だが、もう旧軍出身者はほとんど残っておらんだろう？　子供や孫の代じゃないのか？」

「はぁ、要するに、門前の小僧云々ということだと思います。何人か関係者に聞いてみましたが、軍人一家の出身者は、士官とは何であるか、知っている確率が高いのだそうです。もちろん……役立たずの確率は、他の連中と変わらないそうですが。まぁ、それにしても、海自だけはその利点を信じている様ですね。日露戦争時の英雄の子孫を、将来……」

後藤田はライトの下で手を振り、話題を元に戻した。

「藤堂進二等海佐。父親は戦艦武蔵艦長、祖父も海軍中佐、曽祖父も大佐で聯合艦隊参謀……完璧だな。戦前なら、尊敬される家柄だ」

彼は軽く咳をした。

「で、〈対象〉の方は問題ないのだな」

「はい」

秘書官は答え、既に暗記している人物に関する経歴を述べたてた。

「藤堂守。終戦時、海軍パイロット。真岡でソヴィエト軍の捕虜となり、再教育後、当時設立されたばかりの人民空軍に将校として入隊。北海道戦争とヴェトナム戦争で九機撃墜の撃墜王。人民英雄称号授与者。現役パイロットとしての経歴はヴェトナム戦時の負傷――こちらの戦闘機に撃墜されたらしいです――で終了。以後、指揮官としての経歴を歩む。〈向こう側〉ではかなり有名で、ソヴィエト・ブロック各国の空軍大学で講演を行なったこともあり。現職は空軍中将、人民空軍第一航空集団司令官。家族は――あー、藤堂二佐を除いて――妻のみ。ロシア人です。結婚前の名前は、アレクサンドラ・スターリナ・コンドラチェンコ。愛称サーシャ。現在、ソヴィエト陸軍参謀本部特殊戦部長のアンドレイ・バラノヴィッチ・コンドラチェンコ少将の妹。コンドラチェンコ家は帝政ロシア以来の軍人一家。夫婦の年齢は一〇歳近く離れています。英雄である藤堂守の結婚が遅かった理由は不明ですが、数日中にモスクワ・センターの友人《アセット》から資料が届く予定です」

「兄妹で父称が違うじゃないか。父親が別なのか?」

「いえ、どうも、サーシャ・藤堂の生まれた時代、コンドラチェンコ兄妹の父親はスターリン――というより、ベリヤですね――に睨まれていたらしいです。それで、スターリンの娘という風にもとれるスターリナという父称を付けた様ですね。少なくとも、ラングレー《CIA》が教えてくれた所ではそうなっています」

「何か別の意見があるようだな?」

「いや、私は嫌味なのではないかと思っています」

「嫌味?」

「ええ。スターリナと言う名は、星の娘という意味にもとれます。その……ロシア人にとって、星とは自由の代名詞ですから」

「文学的推理だな」

　後藤田は楽しげに言った。

「まぁ、それはいい。コンドラチェンコ少将にまで手を伸ばすのは危険すぎる。元の計画通り、一人に絞ることにしよう。原案通り進めてくれ、鹿内《しかうち》君」

「はい、失礼します」

　最後になって初めて名前を呼ばれた秘書官は、一礼して長官室を退出した。廊下にも大した照明が施されている訳ではなかったが、それでも蛍光灯の輝きが目に痛かった。彼は丸眼鏡の奥にある細い目を何度かしばたき、秘書官室へ歩きだした。SRI長官直属秘書官の職務は、必ずしもその名称通りではなかった。時たま、政治的要求から非公式ルートで依頼される特殊工作の担当責任者、それが鹿内の本業なのだった。

早速、チームを集めて計画を進めねばならない。鹿内はそう思った。小ぶりな、知性の勝った顔立ちにチェスの名人に似た表情が広がっていた。


だが、彼と後藤田は、彼らが先程まで眺めていた書類をワープロで清書した女性秘書官が、あるハンサムな「実業家」と関係を持っていることを摑んではいなかった。もし、それを知っていたら、計画は直ちに中止され、彼女に対する尋問と再教育が行なわれただろう。その実業家は、蜜の罠——古来、あらゆる情報機関から機密を漏洩させる原因となったテクニックのプロだったからだ。

女性あるいは男性を肉体関係を持つことでコントロールする——この、三文スパイ小説にも使用されなくなったテクニックは、現実において、最も多用される二重スパイ獲得手段だった。現実は創作よりも常に奇妙だが、同時に、創作など及びもつかない程、陳腐でもあった。

2 弟

横須賀市、神奈川県
翌日

藤堂雪子が犬を飼いたいと思ったのは、女性で、母親であるならば、表立っては決して認めたくない潜在的欲求の影響だった。

彼女は、愛情を注ぐ対象が欲しくなっていた。

夫に対するそれを失った訳ではない。

もともと、彼女と進の関係は通常の夫婦と呼ばれる様なものではなかった。母親に（文字どおりの意味で）命を与えられ、父親と幻想の様な光景の下で別離した進は、普通の夫という人種が、妻に求めているもの以上の何かを彼女に要求していた。それはおそらく、普通の女性であれば耐えきれぬ程の重圧となっただろう。が、子供の頃から、彼に対して保護者的な役割を演じてきた雪子にとっては、慣れ親しんだ常態に過ぎなかった。進の姉となり、恋人となり、妻となり、母親となることについて、彼女は何の疑問も持たなかったし、今もそれは変わらない。女性として成長してゆく過程で、完全にそう条件づけされてしまっているのだから、当然ではあった。

しかし、息子達の成長は、彼女に全く異なる影響を与えた。現在、航空自衛隊の戦闘機パイロットになっている長男、拓馬が家を出た時はまだ我慢できた。彼は彼女にとって常に良い息子であったからである。

しかし、次男の輝男が家を出たことは、彼女に大きな影響を与えた。輝男は、世間に流布した次男坊に関する偏見を体現した様な子供として育ったからである。高校のある時期、突然それまでの行動を改めるまで、輝男は家族の心配の種だった。服装や髪型を世間で眉をひそめられる様な形にしていたこともあったし、進が警察まで足を運ばねばならなかったことも一度あった。

そんな息子が、なぜ海上自衛隊のパイロットを志したのか彼女には解らなかった。けれども、父親と警察から一緒に帰ってきた輝男は、その翌日から全く違う行動を取る様になったのだった。無論、彼女はそれを喜んだけれども、内心のどこかで、何か、喪失感を味わったことは否定できなかった。ある意味で、彼女は自分が育てるべき最後の赤ん坊を失ったのだった。

それでも、輝男が家にいる間は、まだ良かった。うるさがられながらも、育てるべき対象があったからである。しかし、数週間前、輝男が家を出て以来、彼女の無意識下にある喪失感は堪え難いまでに膨らんでいった。彼女が永年勤めている私立小学校の非常勤講師としての日常——午前中だけ、幾つか授業を受け持っていた——も、それを埋めてはくれなかった。おそらくは満足すべき夫の進は、愛し、まもるべき存在ではあったが、育てるべき対象ではなかった。

藤堂雪子には、犬が必要だった。

数年前、堀井家の父と母が相次いで世を去ったことによって受け取った遺産で買った二階建ての家は、横浜と横須賀の境界に近い住宅街の内陸側にあった。新築ではないが、家がプラモデルより簡単に建てられる様になる以前の建築だったから、つくりはしっかりしていた。京浜急行や国道一六号線からさほど遠からぬその辺りは既に首都圏地価高騰の影響を充分に受けており、本来なら進と雪子の給料を合わせても簡単に買える土地ではなかった。だが、堀井の母が裕福な実家から相続していた資産が、彼らに家、土地の購入を可能にしてくれたのだった。藤堂家の夫婦は、丁度良い具合に古びているその家の外観が気に入っていた。実際、木造の外壁は、手頃な大きさの庭に生えている年を経た桜と意外な程調和がとれていた。

その日の夕方、仕事からの帰り、夕飯の材料を買って戻ってきた雪子は、夫が庭で桜を眺めているのを見つけた。珍しく、今日は早く帰れたらしい。彼は既に普段着に着替えていた。彼女が見立ててやった渋めの上下に、彼が好んで着るカーディガンを羽織っていた。その足元では、顔の一部と腹が白いのを除けばほとんど真っ黒な毛の生えた子犬がじゃれている。雌で、まだ五〇センチ程しか体長がない割には、足が太い。

「今日は早かったのね」

雪子はブロックの敷き詰められた、玄関に続く通路に立って夫に声をかけた。

「お帰り」

何か考えている様だった進は、彼女へ造った様な笑顔を見せた。妙だった。最近の彼は大抵機嫌が良かった。

それは、ロバート・ケネディ政権が宣言した対ソ強硬政策の影響だと言えた。ヴェトナム戦争後予備艦状態に入っていた〈やまと〉の現役復帰が決定され、進は、その改装工事監督員の一人に任じられていたのである。〈やまと〉が現役復帰を果たそうとしている理由は、日本が、〝西側の一員として〟合衆国の政策に同調せねばならない――という、極めて冷徹な現実によるものだったが、それとは全く別の次元で、彼は全く機嫌が良かった。もちろん、かつて霧の坂を共に登ったことのある雪子には、機嫌の良い理由を聞く必要はなかった。

その彼が、昔、成績のひどく悪かった試験の答案を持って帰ってきた時の様な顔をしている。気にならない訳がなかった。

「何か面白くないことでも？」

雪子は、ショルダー・バッグと買い物袋をその場に置くと、夫の方へと歩み寄った。彼の脚にじゃれついていたツートンカラーの子犬が彼女の方へ走り寄った。雪子は、家の内外を自由に出入りさせているこの犬に、毎日帰ってくる度にちょっとしたおやつを与えていた。鳥のささみとか、その程度のものだ。

「駄目よ、ちび」

雪子は、余りオリジナリティの感じられない名前を付けた子犬の頭をなでた。子犬はあるべき物を探して彼女の手の匂いを嗅ぎ、それからこそばゆく舐め、主人の掌に何も無いことを知って抗議の鳴き声を上げた。

「明日はあげるからね」

彼女は子犬の頭を撫でた。子犬は一、二度可愛く吠えると、興味の対象を舞い落ちてくる桜の花びらへ変えた。予測のつかないコースをたどって落ちてくるそれを、周囲にだけ白い毛の生えた耳を立て、青い瞳で睨みながら、忙しく追いかける。進が友人から貰ってきた子犬を初めて見た時、彼女はその犬種すら知らなかった。普段、ほとんどみかけない犬だからだ。今では彼女も、自分が育てるべきその子犬が、シベリアン・ハスキーという名の犬だと知っている。かなり大きくなるらしい。

「何かあったの」

雪子は小さく尋ね、春物コートのボタンを外した。年齢の割に、身体の線は崩れていない。オックスフォード・スタイルのスーツが良く似合っていた。

「妙な話でね」

進は妻のコートを脱がせながら言った。

「南北定期会談に随行員として参加しろ、とさ」

「え？」

南北定期会談。二つに分かれた日本のセレモニー。北海道戦争／第一次祖国解放戦争が、パットンの罷免とスターリンの死によって曖昧な休戦を迎えた後、〝新たな平和の道を探る〟ため、年に一度、四月末に両陣営代表団（政治・軍事代表、並びに国連オブザーバー）が行なっている会談だ。会場は、留萌—釧路線上にある分割された被爆都市、旭川。会談は大抵、非難の応酬で終わってしまう。

「あなたが行って、どうするの？」

雪子は、他人が聞いたならば、なんと無神経な、と思われるであろう質問を投げかけた。だが彼女は、進がそうした物言いを喜ぶことを知っている。

「ただの軍艦乗りじゃない。ああいう場所に出るのは、自衛隊でも、もう少し毛色の違った人じゃなかったの？」

「俺もそう思ってた」

進は正直に答えた。彼は思った。今日、ドックへ訪ねてきた鹿内という人物は、海上自衛隊の、俺と同じ階級の制服を着ていた。これは、まぁ、南北融和の一環だとでも思ってくれ、と言った。だが、自分には、あの男が海上自衛隊員には見えなかった。

「なんていうのかね、ああ、兄貴が向こうの代表団に参加しているらしいんだ」

「守さんが？」

会ったことは一度もないが、彼女も、進の年の離れた兄のことは知っていた。なにしろ、〈向こう側〉の党機関紙に顔写真がちょくちょく乗る程の有名人だ。将来、人民空軍総司令官に就任するのは確実だと夫から聞かされていた。

「良かったじゃないの。海軍さんは、今でも温情主義なのね」

物事を良い面から考える様に努めている彼女はそう言った。夫が、悪い面から物事を観ているのが、手に取るように解った。彼は、彼女に対してだけ、余り本音を隠さない。

「まぁ、そう考えるべきなんだろうね」

「嫌なのだったら」

断われないの、そう言いかけて、彼女は口をつぐんだ。進は車に轢《ひ》かれた猫の死体を見たような顔をしていた。そう。断われないのね。

「とにかく、会うだけ会ってみるさ」

進はそう言い、中腰になった。手を振り、口笛を吹いて子犬を呼ぶ。

子犬は、今の所は小さな身体を躍動させ、走り寄って来た。進にじゃれつく。

「おすわり」

進は命じた。手を何度も降ろす動作をする。何を間違えたか、子犬はますます喜んでじゃれついてきた。

「駄目だよ」

進は子犬の頭を軽くたたいた。子犬は小さくなくと、驚いた様な顔をして進を見上げた。あっと思った瞬間、彼の右手に噛み付いていた。

「まぁ」

雪子が子犬を叱ろうとした。

「いいんだ」

進は左手を振り、彼女を押し止めた。犬と視線を合わせる。犬は青い瞳を彼の視線と合わせた。

進は言った。

「別に痛くないよ」

子犬は顎の力を緩め、それから、自分が傷つけた飼い主の手を舐め始めた。しばらくして、機嫌を窺う様に彼を見上げる。疑うことを知らぬ、純粋な愛情の表情。子犬は尻尾を振っていた。犬はいつでも主人に忠実だ。そうでない様に思える時は、常に主人が悪い。犬には犬の理屈があるということを、忘れてはならない。決して彼らを、粗略に扱ってはならない。

進は子犬の頭を撫でてやりながら思った。

そうなのだ。今の彼女は、どうやって主人に従うべきかが解らなかっただけなのだ。

3　哨戒飛行

千歳上空、北海道
四月二一日

たとえ地上がどれ程陰鬱な天候でも、高空は常に晴天だ。高度を上げるにつれ、空の色は堪え難い程の鮮烈な色合いとなって迫ってくる。

「サンダーバード23、ビッグガン、気を抜くな」

「コピー」

ヘルメットのレシーバーから響いた編隊長の声にどやされた藤堂拓馬三等空尉は、F15CJ改イーグルのコクピットで居心地悪そうに尻をうごめかせた。右前方上空を飛ぶ編隊長機を見る。

畜生、向こうから俺が見える訳ないのに。ヴェテランてのは、一体どこに目を付けているんだろう？

やっぱり、実戦でつちかった勘と訓練の差なんだろうか。それとも素質だろうか？

実戦部隊に配属されてまだ一年にもならない彼は、北の守りを担当する第二航空団《ウイング》第二〇一戦術防衛《タクティカル・ディフェンス・》飛行隊《スコードロン》に属する一番若いイーグル・ドライバーだった。この一〇ヶ月近く、毎日が緊張の抜けない日々の連続だ。確かに第二航空団へファイター・パイロットとして配属されるということは、彼の将来が明るくなる可能性の高いことを示している。だが、それは同時に、未だヴェトナム戦経験者の超ヴェテランさえ抱えている実戦飛行隊で、他では決して味わえない手荒い教育を施されることも意味していたからだった。拓馬の教官役を自ら任じている人々は、酒が入ればバカ騒ぎの主役を演じたがる様なタイプの素直な人間ばかりだった。しかし、空では、それ以上のエネルギーで物事に対処し、彼の細かな欠点を見つけては、それを容赦なく指摘する。たまたま彼の着陸を眺めていた航空団司令――なんと、北海道戦争の体験者だ――から、今のは着陸か、墜落かと言われたこともある。

「ファットマンよりビッグガン。チェックポイント・タンゴ。変針する」

「ビッグガン了解」

長機《リード》が機体を右に傾け、針路を変えた。偶発的な戦争の勃発を避けるため、航空自衛隊は留萌―釧路線の両側にそれぞれ五キロ、計一〇キロの幅で設けられている非武装地帯から二〇キロ以内への侵入を禁じている。もちろん、赤い縁取りの入った白い星を描いた、もう一つの日本空軍にはその様な制限はない。彼らは時たま、DMZ上空さえ平気な顔をして飛ぶ。その度に東京は激しい抗議を行なっているが、効果のあった例《ため》しはない。なぁビッグガン、俺達があのラインを越えるのは本物の時だけだ。ミグに乗った田舎者どもの真似だけはするなよ。拓馬はブリーフィングで何度もそう念を押されている。ビッグガンとは彼のTACネームだ。自分では話した覚えがないのに、彼の、一度も会ったことのない祖父のことが知れ渡り、その名を押し付けられてしまった。もっとも、飛行隊内に流布されているもう一つの説では、たまたま隊の風呂で彼の股間を目撃した誰かが、あいつ、可愛い顔の割には……と触れ回ったというものもある。拓馬は後者の噂の方を喜んだ。彼はまだ若く、親のなんとかで名が知られるのは嫌だった。それに、後者の噂は、他のイーグル・ドライバー達が、彼を見込みのある新米《ターキー》だと考えている証拠だった。見込みのない者は、その種の与太話のネタにさえならない。

灰色の機体にロウ・ヴィジビリティのマーキングを施した二機のイーグルは、長いノーズを太平洋に向けて飛行した。機体は至極快調だ。いつも通り、機付整備員の仕事は完璧だった。胴体を挟んで装備された石川島播磨《IHI》のジェット・サウンドは常にも増して素晴らしかった。

F15CJ改に装備されたエンジンは、IHIが独自開発した四基目の戦闘機用エンジンだった。北海道戦争と同時に再開された日本の航空宇宙技術は、この種の戦闘機用エンジンさえ、楽々と開発・生産できるようになっている。であるのに、なぜ、アメリカ製のイーグルを空自が採用したか——政治以外の何ものでもない。

通信が入った。

「ビッグガン、間もなくアラモの管制空域に入る。俺に恥をかかせるなよ」

「了解。離れませんよ」

拓馬は酸素マスクの下で口元を歪めた。この飛行は彼の訓練飛行であり、定期の哨戒飛行であり、アラモ——沖縄に続いて返還された国後島の基地にいる合衆国空軍部隊と日常的に行なわれるDACT——異機種間訓練でもあった。空戦機動《ACM》訓練は、異なる機種同士で行なった方が効果が上がる。理由は簡単。拓馬の飛ばしている機体と〈向こう側〉の機体が同じではないからだ。空中で違う動きをする機体との戦闘に慣れておいて損はない。

国後の合衆国空軍部隊が装備している機体は、F16だった。

レーダーに反応があった。レーダー・データは座席正面パネル右上の航法複合表示器ディスプレイにディジタル処理されたうえで表示された。

初めに出た目標シンボルは黒い四角だったが、すぐに白い菱形になった。敵味方識別質問電波に返答があったのだ。だが、八機で編成されている編隊は隊形を崩さず、太平洋上へ飛行している。今回の訓練の想定は、洋上の味方艦隊を攻撃に向かう敵編隊の撃破。向こうは、ロシア人の造った機体の能力をシミュレートする為、一定の距離までこちらを見つけては〝いけない〟ことになっている。想定通りだ。

拓馬は左手でコントロールしているスロットルの外側に設けられたマイク・スイッチを押し、

「ビッグガン、タリホー8。5―1―0、0・8ゴルフ、0―2―0ロメオ」

と報告した。速度五一〇ノット、加速度〇・八Gの敵機八機が方位角右二〇度を飛行中ということだ。

編隊長機からの返答は意外なものだった。

「こちらファットマン。ノー・ジョイ。リードをそっちに任せる。いいな」

発見していないから、代わりに編隊長となって目標まで誘導しろと言うのである。

「了解」

拓馬はわずかにスロットルを開き、編隊長と列機の位置を入れ替えた。懸命に演習規定を思い出す。確か、こちらは全兵器使用自由《オール・ウエポンズ・フリー》。BVR――目視できない距離で攻撃しても良いことになっていた。

「ファットマン、フォックス・ワンを使用。機動目標レンジで発射」

「了解、ビッグガン・リード。そちらに合わせる」

拓馬は笑みを浮かべた。ファットマンがリードと呼んでくれたのは初めてだ。

拓馬はスロットルを開き、スロットルに取り付けられている兵装スイッチを操作し、フォックス・ワン――スパロー空対空ミサイルを選択した。ディスプレイの表示右側にある、目標距離計の示度が急速に落ち、ミサイルの射程表示へ接近してゆく。レーダー・ロックオン・シンボルが目標シンボルと重なる。

最大射程内に入った。ディスプレイに射程内を示すサインが点滅する。だが、まだ早い。距離が機動目標射程に入るまで――

「インレンジ、フォックス・ワン、ファイア」

拓馬は機動目標射程に入ると同時にそう叫び、スティックの発射ボタンを押した。もちろん衝撃はない。今日は訓練であるから、訓練用のシーカーを搭載したダミー以外、搭載していない。

「ファットマン、ファイア」

列機が叫んだ。命中の判定は、彼らが発射ボタンを押すと同時に発信された信号が国後で受信され、それがF16編隊に回避機動許可命令として送信された後に行なわれる。回避タイミングの的確さ、どれだけの時間ロックオンされていたかを基地の訓練用コンピュータに入力、処理し、すぐに判定を出し、撃墜された機体を決定する訳だ。フォックス・ツー――赤外線追尾ミサイル《サイドワインダー》や、機関砲《ガン》を使用する場合も基本的には同じだ。

射撃を宣言したものの、拓馬は暇ではなかった。

未だ目視できないF16は、編隊を崩し、ミサイル回避機動を始めていた。面倒な話だった。セミ・アクティヴ・レーダー・ホーミングであるスパローは、命中まで、ディスプレイ内に目標を捕らえ続け、ロックオンを持続しなければならないのである。

彼は激しく逃げ回るF16の捕捉継続に全力を尽くした。機体をあまり大きく動かし続けない様にする。距離があるため、角度が開きすぎると、目標をレーダーの捕捉範囲から出してしまいかねない。

拓馬は冷静だった。この点、彼は父よりも会ったことのない伯父に似ているのかもしれない。


（へぇー）

ロックオンの他に、拓馬の動きにも気を配っていたファットマンは思った。

あいつ、やるじゃないか。うん、やはり、才能があるんだな。多分、後一年ほど飛べば、誰もが安心してケツを任せたくなるだけの腕になるに違いない。そして、もう一年したら……

たとえ実戦であっても、俺達が、あいつのウィングマンを任されることになるだろうな。

4　兄

豊原、樺太
四月二三日

コミュニズムとは人間が歩むべき真の道であり、そうであるが故に、帝国主義反動勢力からの絶えざる妨害にさらされている。よって、当面は、労働者の代表たる人々によって、強力な指導が行なわれねばならない。すべての反動勢力が自壊し、国家という概念に意味が無くなるその日まで、真の自由を愛する人々は、それを喜んで受け入れるべきである。この方針を受け入れられない者は、潜在的反動分子であり、公正平等なる人民社会を防衛するために、進んで自己批判を行ない、社会の一員となるべき再教育を甘受せねばならない。

この国ではまだ珍しいカラーTVに映しだされた解像度の低い映像は、藤堂守にとってどうでも良いことを並べ立てていた。ブラウン管は、白地へ赤い星を描いた巨大な国旗が垂れ下がる演壇の上で熱弁をふるう中年男を映しだしていた。

人民共和国第二代首相にして、偉大なる国家代表、真の共産主義者、そして統一日本の象徴たるべき川宮同志の息子、川宮哲夫同志だ。彼は父親と同様の偉大な共産主義的資質を有しており、それは政治、軍事、経済、文化のあらゆる側面に及んでいる。彼は祖国を愛し、同志国民を愛し、共産主義を熱烈に信奉し、実践している。真の共産主義者、真の愛国者ならば、この様に偉大な人物を次期指導者として認められない訳があろうか！

頭痛を覚えた守は、居間のTVを消し、妻のいる寝室へ足音を忍ばせて入った。アレクサンドラ・スターリナ、彼の愛しいサーシャは、清潔なシーツの上で羽蒲団に包まれて眠っていた。サイドテーブルのライトは灯されたままだった。

サイドテーブルには、他にも、エヴィアンの瓶とドイツ製の薬瓶、おそらくオーストリア製であるクリスタル・グラスが置かれていた。全てが、通常では手に入らないものばかりだ。党と軍の重要な任務を果たしている人々でなければ、資本主義的堕落の兆候だとみなされる。

守は寝室の中を見回した。

豊原の中心街、祖国統一通りにある彼のフラットは、軍高級幹部専用のものだった。階数は一二階。この建物は一三階で、部屋のある階数が軍での立場の高さを表わすから、彼の人民共和国における地位は明確だった。

だが、今の彼が考えているのは、そんなことではなかった。この一二階をまるまる占めるフラットの中で、最も貴重に思えるもの——サーシャについてだった。眠りに落ちた彼女の寝顔は、少女の様にあどけなかった。いや、守はここで眠る彼女について、そうしたイメージ以外、絶対に抱こうとは思わなかった。

守は、寝室に置かれた品々を一つ一つ眺めていった。このフラットは彼とサーシャが築いた個人的な地上の楽園だったが、この部屋は、その中でも特別だ。二人で過ごしたすべての時間、微笑みをもって思い出すべきものが詰まっている。壁の一面を埋めた無数の写真が、それが事実であったことを彼らに思い出させてくれる。同時に、その思い出の一部は、二度と帰らぬものであることも。

まず、彼とアンドレイが並んで写った写真。何が楽しいのか、二人ともウォッカの瓶を掲げて大笑いしている。場所は当然ハノイだ。

そして、人民空軍の正装を着込んだ彼と、ウェディング・ドレスを着たサーシャ。写真を写したのはアンドレイだ。場所はモスクワ。

次は——親子三人で写した数少ない写真の一つ。そこには、冴えない服を着た守、彼女の他の誰にも似合わない、青色の丈の長いスカートをはいたサーシャ。サーシャの膝で無心の笑みを見せる幼児が写っている。三人とも、幸せそうだ。場所は、豊原の郊外に設けられた要人用別荘の庭。

守は、これまで数えきれない程見つめたことのあるその写真を眺めて、いつもと同じ想いを抱いた。

今とは余りに違う。まるで、どこか遠くの国の、見知らぬ人々の様だ。ああ。あんなに可愛らしく、元気に見えたあの子が、理由も良く解らぬ病気で死んでしまうなんて。

サーシャが軽く寝返りを打った。睡眠薬は良く効いている様だ。

守は、蒲団から出てしまった彼女の腕を、元どおりになおそうとした。それを握った途端、全身へ恐怖に近い感覚が走る。

サーシャの腕は恐ろしいまでに細くなっていた。手首には、あの子が永遠に去ってしまった後、彼女が自ら付けた傷の跡が残っていた。

あの子を産み落とす時、サーシャの身体には大変な無理がかかった。彼女は、その意味を良く理解していた。だから、あの子の葬儀が終わった後、かのギリシャ人とも同じ目的を果たすため、バスに湯を満たしたのだ。

守は妻の腕を壊れ物であるかの様に元の位置へ戻した。ライトに照らされた顔を見つめる。はっきりと解る程陰影が深くなっていた。彼女は確実に痩せ衰えていた。軍幹部用病院の医者は、悪性の胃潰瘍だとしか言わない。だが、それを守に伝えた彼の瞳は、心の整理を付けておけ、と言っていた。

（そして俺は、明日入院する彼女を置いて、弟に会いにゆく）

守は半白になった髪を撫でつけ、妻の寝顔を見つめ続けた。サーシャ、サーシャ、俺は君についていてやれない。君はここ一週間が山だというのに。畜生、俺を人並みの人間に引き戻し、幸せを与えてくれたのは君だというのに。

何かを思い出した彼は、常に身に付けている普通より大きめのロケットを取り出した。

それは、彼の母親、藤堂礼子が長男に残した唯一のものだった。

守はロケットの蓋を開けた。そこにあるのは壁にかけられているのと同じ、三人の写真。彼はそれをしばらく暗い目で見つめてから、ガラスのカバーを外した。写真を慎重に取り出す。

あちこち折れ目が付き、所々はげてしまった古い写真が現われた。藤堂明を家長とした時代の藤堂家が揃って写されている唯一の写真だった。彼はそこに写されている一人一人を眺めた。

帝国海軍の第二種軍装を着た父。まだ少佐だ。時代の風潮に逆らって、髪を整え、洋装を着こなしている母。その隣に立って天真爛漫な笑顔を浮かべている妹、貴子。彼女の横で、少しはにかんだように笑っている学生服の自分。そして、母の膝で、何か大事な物を無くしたかのような泣き顔を浮かべている進。

信じられない。自分にこんな時代があり、ここに写っているうちの三人が三〇年以上も前に死んでしまったとは。

だが、全てが納得できない訳ではない。

父はまだ良い。彼は任務を全うした。母も……納得はできる。息子に命を与えるという大任を果たした。

だが、こんなに可愛かった貴子が、沖縄の地獄で、死なねばならなかったとは。あの時、この娘はまだ一五歳だったのだ。おお。彼女には、花開くべき未来があった筈なのに。互いをいたわりあいながら共に生きてゆける筈だったサーシャ、そしてあの子と同じ様に。

一体、誰に怒りを向けたら良いのだ？　これが運命なのか？　かつて家族を失った俺は、今再び、自分の家族を失おうとしている。そして……俺は、国家の命令で、最後の肉親、進を罠にかけようとしている。国家の命令で。にいちゃんありがとう。ほら、軍艦かなんかを描いた絵を送ってきましてね。畜生。撃墜王にして人民英雄の人生がこれ程素晴らしいものだったとは。


立ち上がった守は、写真を元どおりに納め、ロケットの蓋を閉めた。ライトを消し、書斎に入る。周囲の本棚に古今の史書が並べられたそこのデスクには、ＮＳＤの人間から渡された弟に関する資料を収めた封筒が置かれていた。彼は既に何度か目を通したそれを、書類の部分から再び読み始めた。

藤堂進二等海佐。ふん、中佐か。防大出身でもないのに出世コースから外れていないのは、お前も親父に似ていたんだな。うん、あの時、ヴェトナムにもいたのか。そうか。血を見ているんだな。そして家族は……ああ、堀井さんの所のお嬢ちゃんか。赤ん坊の頃の写真だけは見たことがあるよ。子供は二人。男の子ばかり。馬鹿。一人ぐらいは、世間並みの仕事につかせてやるべきだ。ははぁ、横須賀に家を持っているのか。今の横須賀は、どんな場所なんだ？　東京の宣伝放送が流している通りの大都市なのか？


最後に大判の写真が出てきた。本人に気がつかれぬ様に撮影されたものらしく、自然な表情をしている。

最初に見た時もそうだったが、守は強い既視感を覚えた。三〇年以上も会っていない弟の現在に触れて、守は強い既視感を覚えた。次男は父親に似るというが、これ程とは。お前に会ったら、父さんと呼び掛けてしまいそうだ。

畜生。お前が羨ましいよ、進。なぁ、兄ちゃんは、お前が当然の様に思っているものを皆奪われているんだぞ。家族、故郷、自由。何もかもだ。

守は弟の写真を見つめ、思った。

だからこそ、ＳＲＩがお前を利用して俺をはめようとした計画――それをひっくり返すこちらのドブネズミどもの企みを承知したんだ。

兄ちゃんは、お前が羨ましいよ。進坊。今度お菓子を送ってあげたら、また軍艦の絵を描いてくれるかい？

5　サハリン・ホール

豊原、樺太
四月二九日

ＳＲＩにトウキョウ・フーチという別称を許すならば、その直接のライヴァルである日本民主主義人民共和国・国家保安省――ＮＳＤにも似たような呼び名を与えねばならない。

誰がそう考えたのか知らないが、ＮＳＤはＳＲＩと同様の理由で、サハリン・ホールと呼ばれていた。その昔、初代首相有畑が失脚した後、ＮＳＤ本部入り口のホールで有畑派と見られる人々が即決裁判を受け、その場で銃殺されていったからだ。

一九五三年秋から五四年春まで続いたこの粛清の時期、豊原の北に建設されたこの大理石建築の中で、およそ三〇〇〇人が処刑されたものと西側の同業者は信じていた。その影響で、未だに西側の機関では、原因不明の重要人物死亡を〝ホールへ行った〟と表現する。皮肉ではあるが、何とも無気味な現実を背景とした皮肉であった。彼らの信じていた処刑者数の総計は、実際のそれより七割も少なかったのだ。

さすがに現在では、そのホールで銃殺が行なわれることはない。

しかし、同じ機能を持った部屋が同じ建物の中に存在している。川宮の腹心として、二〇年以上もＮＳＤを支配してきた現長官、滝川の執務室である。主の性格を反映して、ほとんど何の調度も置かれていないそこは、現代のホールであると言って良かった。銃殺が行なわれることはないが、命令は常にここから下されるからだ。

定期会談を翌日に控えたこの日、そこには、ＮＳＤを動かす数名の男達が集まっていた。

「藤堂中将が寝返る恐れはないのだろうな？」

滝川ＮＳＤ長官が尋ねた。型の古い、分厚いレンズのはまった丸眼鏡を外し、汚れを拭き取っている。

「我々は、彼の妻を押さえています。彼女が生きている限り、彼が亡命を決意することは有り得ないでしょう」

書類を握った若い幹部はそう答えた。

それを聞いて、滝川と年の近い幹部が言った。

「しかし同志長官、驚きましたな。定期会談の席上で、英雄である藤堂中将を亡命させ、我々を満座の笑いものにしようとは。全く、腐った帝国主義者の走狗《そうく》らしいやり口です」

「SRIを舐めてはいかん」

滝川は露骨に不快の色を示して言った。眼鏡をかけなおす。

不可解なことに、彼は自分をこの赤い日本における大久保利通だと考えていた。それが本気かどうかは誰にも解らなかったが、滝川の追従、賄賂嫌いは有名だった。

「彼らは我々に何度も煮え湯を飲ませてきた。今度がそうでないと誰が言える？　藤堂中将など、単なるカムフラージュに過ぎないのかもしれんのだぞ」

見え見えの追従を口にした幹部は、厚いレンズの底から放たれる彼の視線に見つめられ、さっと青ざめた。

滝川はそれを意図的に無視すると、若い幹部に尋ねた。

「他の作戦の兆候はないのか？」

「今の所は、ありません。すべての材料が、藤堂中将の強制亡命計画を指し示しています。中将の経歴からもそれが判ります」

「どの部分だ？」

滝川は報告書を片手でめくった。既に何度も目を通していたが、東京政府の海軍軍人を弟に持つという以外、それらしい情報はなかった。

若手幹部は、多少いいにくそうに言った。

「実は……その……」

彼の言いたいことが解った滝川は、年嵩の幹部に対して軽く手を振った。恐怖からの解放を求めていたその幹部は、空を飛びそうな勢いで長官室を退出した。

滝川は尋ねた。

「で？」

「ああ、これは個人的な情報源からの未確認情報なのですが」

驚いたことに、それを聞いた滝川の口元に微かな笑みが浮かんだ。サハリン・ホールでは、〝個人的な情報源〟とはKGB内部の情報提供者を示し、〝未確認情報〟とは文書が入手されていることを表現している。東京政府を憎むのとはまた別の意味でモスクワを憎んでいる滝川は、KGB内にかなりの数の二重スパイ網を作ることに成功している。もっとも、二重スパイの大部分は、彼が接触させた人間をCIAやSIS（英国情報部）の要員だと思い込まされている。

「いいよ、聞こう。座り給え」

滝川は自分の前にある椅子を示した。余程気に入った部下か、さもなくば粛清する部下しか座らせない椅子だ。

この場合は前者だ――そう判断した若い幹部は、椅子に腰を降ろし、ゆっくりと話し始めた。

「彼には共産主義を憎む理由があります。太平洋戦争末期の――」

「元帝国軍人だという点か？　それなら、君の父上も同じだぞ？」

「いいえ。彼がロシア人の捕虜になった時の状況についてです。今では誰もその存在すら忘れているＫＧＢ第一管理本部の古いファイルの中に、当時の状況を記したものがありました。彼を発見し、捕虜にしたなんとかいう名の軍曹の報告と、収容所の中で、彼がうなされる様に話したことを聞いたという捕虜の尋問記録です」

「確実なものか？」

「証言者は両名とも死亡しておりますから、その線からは現在では調べようもありません。しかし、ＫＧＢ――ああ、当時はＮＫＶＤでしたか？――が、わざわざ与太話を記録に残しておくとも思えませんし……」

「君は官僚主義についての勉強が足りんようだな。まあいい、その内容を述べたまえ」

「当時、日帝海軍の攻撃機パイロットだった藤堂中将――当時は中尉でした――は、樺太戦の末期、激戦の展開されていた真岡に出撃しました。ロシア人を爆撃するためにです。そこで、彼の乗機はなんらかの故障を起こし、不時着することになりました。脱出に成功したのは彼一人でした」

「当時はよくあった話だ」

「はい。その頃、日帝の軍事通信網は完全に混乱しており、辛うじて機能していたのは電話局だけでした。藤堂中将は、原隊に連絡を取るため、砲火を潜り、電話局へ向かいました」

「任務に熱心なのは昔から変わらんのだな」

「彼は電話局に到着し、陸軍の敗残兵がようやく防衛していたそこで原隊に報告を行ないました。問題はその先です」

「確か真岡の電話局で捕虜になったのは僅か数名だったそうだな」

「ええ。藤堂中将を除けば、皆、身動きのとれない重傷者ばかりです。彼を除く全員が、それから数時間以内に死亡しました」

「虐殺だな。なぜ、奴だけ助かったのだ？」

「供述を行なった軍曹はこう述べています。彼は血の海になった交換所でうずくまり、意味のない言葉をわめいていたと——完全に錯乱していたのです。その辺り、ロシア人は妙に甘いところがありますから、殺されずに済んだのでしょう」

「奴は負傷していたのか？」

「いいえ、無傷だったそうです」

「ではなぜ、交換所が血の海だったのだ」

「交換所には、八名の女子職員がいました。その全員が射殺されていたのです」

「奴は異常性愛者なのか？」

「いいえ——収容所での記録がそれを否定しています。一時期不眠症に近い状態にあった彼は、皆が僕に頼んだんだ、と呟き続けていたそうです」

「そうか」

「はい。彼は、ロシア兵の暴行を恐れた八名の娘達から自殺の介添えを頼まれたのです。真面目な日帝軍人だった彼にとり、それは断わりきれない責任の一つだったに違いありません」

「…………」

「彼は、八人の娘を射殺したのです。彼女達の人生を清らかなまま完結させるために」

6 到着

旭川、北海道
翌日

「ま、気楽にして下さいよ」

会談場に向かう車の中で、鹿内はそう進に言った。

「うまく行けば文句無し、たとえ失敗しても、誰も損はしないんですから」

進には、彼がなぜこれ程軽々しい物言いをするのか、大方の想像がついている。兄について、余りにも突っ込んだことを話し過ぎたと反省しているのだ。傍目にも頭が回りそうに見える男だけに、その点に何らかの罪悪感を覚え、わざと下らないことを言っている。そうした発言で進に嫌われることにより、自分の職業意識を保とうとしている。

「真岡で八名の女性を——あー、安楽死させた後」

数日前、ＳＲＩが都内に幾つか所有しているセーフ・ハウスで任務の説明が行なわれた時、彼は兄の行為をそう表現した。彼が自分の本当の身分を恥ずかしそうに口にしたのも、そこだった。

「貴方の兄上は男性として大変な苦悩を背負うことになりました。ええ……御判りになりますね。今の細君を迎えるまで、その苦悩が消えることはありませんでした」

進は硝子玉の様な瞳になって頷いた。おそらく兄は異常性愛者になるか、性的不能に陥るかしたのだ。鹿内の口ぶりからすると後者らしかった。

「〈向こう側〉の成立後、兄上が短期間で模範的な共産主義者を演じる様になっていったのは、その点が原因だとウチは考えています。兄上は、良心の呵責から逃れる為に、共産主義を形だけ立派に受け入れ、何か、彼自身にしか理解できない責任感を満すため〈向こう側〉へ残った。そうだと思います」

「では、兄は、本物の」

「ええ。コミュニストではありません。兄上をあれだけの地位に登らせた原因は、トラウマからの逃避と軍人としての義務の完遂、それだけです」

進が不機嫌な顔をしていることに気付いたにもかかわらず、鹿内は冷酷に守の心理的解剖を続けた。

「まぁ、ローマ皇帝の誰かが言った様に人間は過去も未来も失うことが出来ないって訳です」

「マルクス・アウレリウス・アントニウス――自分は何をしたらいいんですか？」

回りくどい説明にいらだった進は下水道の中の何かを見つめるような目になって尋ねた。鹿内に個人的などうこうがある訳ではないが、仕方がない。

「あなたの役割は一つだけです」

相手に心の準備ができたことを確認した鹿内は、少し強い調子で答えた。藤堂進に関する彼の任務は、進に、どうやって自分の役割を認識させるかだった。彼はそれに成功した。

「会談終了直後、両陣営の代表が握手する慣例があります。その時、兄上に一言こう言って下さればよろしい。〝僕以外、もう誰もいないよ〟――奥さんへの愛情だけであの国につなぎとめられている兄上は、それだけで崩れる筈です。これは、ウチの心理戦専門分析チームも絶対だと言っています」

進は答えた。

「兄に嘘を言う訳にはいかない。自分の祖国に対する忠誠には、そんなことは含まれてはいない」

「ああ」

鹿内は当然だという顔をした。インターホンを押し、命じる。

「……そうだ。例のカルテを持ってきたまえ。え？　何、構わん。私が責任を持つ」

数分の沈黙の後、四〇代の女性が書類ケースを持って入ってきた。鹿内に署名して下さい、と言い、彼はそれに頷き、何かの用紙にペンを走らせた。書類ケースを受け取り、中から何枚かの紙を取り出し、進に見せた。

「どうぞ、ご覧になって下さい。サーシャ・藤堂の死亡診断書です。ウチの諜報員（本当はこんな言葉、使わんのですが）が送ってきました。〈向こう側〉の当局はまだ兄上に知らせていません。彼女は入院した翌日、医師の投薬ミスにより死亡しました。党幹部の息子で、コネだけで医者になった男だそうです」

兄ちゃん、なんであんただけ、こんな目にあわなきゃいけないいんだ？

「ま、よろしく願います」

かつて旭川と呼ばれた町があった場所に造られた会談場へ到着した時、鹿内はそう言って笑った。進は制帽を被って車を降りた。何か、重要人物と間違えて、報道陣が彼にフラッシュを焚く。進は、国連、日本、赤い日本のそれぞれから派遣された警備兵の守る会談場へ入った。

もちろん、今は南旭川と呼ばれている町側にある入り口だ。彼の兄は、北旭川と呼ばれる町の入り口から同じ場所へ入る。

そして、同じ出口から出る。

そういう計画だった。


一方、サハリン・ホールが藤堂守に要求した計画は、もっと荒々しい内容のものだった。

「閣下の弟がそばにやってきたら、そこでしっかりと握手をして下さい。感動の対面です——必ず、周囲にマスコミ関係者が集まります。そこで、こう述べて下さい」

彼の過去を知るNSD若手幹部は、最近採用されたスーツ型人民服の内ポケットに入れていた紙を取り出し、読み上げた。

「全世界の自由を愛する皆さん。私はここで、一つの陰謀が……」

「読み上げなくていいぞ」

守は空軍中将としての態度と声音でさえぎった。彼の声は、まるでそこがサハリン・ホールの一室ではないかの様に、堂々と響いた。

「要するに、先程君が説明してくれた、卑劣な帝国主義勢力の陰謀を公開したらよいのだろう？」

「その通りであります、同志中将閣下」

若い幹部は新兵の様なコチコチの態度で答えた。

守の声と態度に、ついつい義務兵役時代に叩きこまれた習慣が顔を出してしまったのだ。

「ならば、安心し給え。私は、祖国と人民と主義と同志川宮首相に対する忠誠に基づいて、君が望むような態度を取る。念のため確認しておくが、間違い無く、それが祖国統一への一歩となるのだね？」

「はい、同志中将閣下。それは、我が国家保安省が絶対の自信をもって確約致します」

「よろしい。私は国家保安省の同志達に全幅の信頼をおいている。良きコミュニストは回り道をしない。さっそく旭川へ向かおうではないか」

「ハッ、僭越《せんえつ》ですが……奥さまと御面会の必要はございませんか？」

「何を言っているのだ。君は、家族と国家への忠誠と、どちらが大事だと思っているのだ？」

「も、もちろん忠誠であります」

守が裏切ることを防ぐ保証にするつもりだったサーシャとの面会をあっさり断わられ、彼は面食らっていた。

一体、どういうつもりなのだ？　死にかけている妻を見舞いもしないなんて。もしかしたら、この男は三〇年間で本当にコミュニストになったのか？　本当にそうなら、もう一つの計画は必要なかったことになるが。

藤堂守中将が会談場へ到着したのは、進の到着から数分後のことだった。

7　分割

日本帝国崩壊の概観・2
一九四五年八月末

樺太における日本帝国陸軍の組織的抵抗が終結したのは、一九四五年八月一〇日前後だと言われている。言われている——と曖昧な表現を用いた理由は、防衛戦の途中から東京との連絡が途絶し、各部隊が独自の判断で抗戦を行なったためであった。彼らは、北海道への住民脱出を援護するため、ほぼ玉砕状態となるまで戦闘を継続したのだった。その証拠に、樺太でソヴィエト軍捕虜となった日本軍将兵の総数は、僅か一九三名に過ぎない(その大半が重傷者であった)。樺太防衛部隊二万は、任務を完遂し、地上より消滅したのだった。彼らの援護により脱出できた住民は、おそらく三万名近いと推定されている。

昭和期、その悪名のみを轟かせることの多かった帝国陸軍は、ここに至り、かつてロシア帝国軍と戦った時代の精神を取り戻したかの様に戦場でふるまった。

だが、彼らが味わうことになる最大の試練はまだ始まっていなかった。それが発生したのは、八月一二日の早朝である。この日、スターリンの直接命令により、北海道北部の占領を命じられたソヴィエト第一極東方面軍の一部、一個軍団が、留萌へ強襲上陸を開始したのだった。その主力は、第三四二狙撃兵師団、第二四四狙撃兵師団、第三五五狙撃兵師団の三個師団であり、この兵力を第二一五砲兵旅団、第六六三戦車旅団、第九航空師団が支援していた。総兵力四万名に達する大上陸部隊である。

当時、この地域で戦闘可能な状態にあった日本側部隊は、道北部防衛を任務とした第四二師団のみであった。確かに、北海道へは精鋭部隊の投入が続き、その一部——特に、戦車第一師団の一個連隊は富良野付近で部隊の集結を完了していた。しかし、いかに合衆国軍による妨害が（政治的決定の結果）減少していても、既に破壊され尽くしていた日本の経済システムには、部隊の適切な移動を支援することが不可能となっていたのである。

結果として、本来なら容易に失敗させられた筈のソヴィエト軍の上陸侵攻作戦は、その当初、ほとんど何の反撃も受けぬまま行なわれることになった。この、初動の遅れがもたらした影響は致命的なものだった。留萌の港湾機能を確保したソヴィエト軍は、そこに全兵力を上陸させ、小出しに到着する日本軍を各個撃破することになったからだ。後世、おそらくもう半月増援部隊の投入が早ければ北海道を防衛することができただろうと言われたが、それが言わんとしている所は、この初動の遅れであった。

状況は、八月一四日、ソヴィエト軍の新手、第一六軍三万名が稚内へ上陸したことにより、さらに悪化した。富良野付近を中心点として防衛戦を展開していた日本軍は、これによって防御正面を複数抱えることになったからである。

状況は絶望的であった。当初、数的には優位に立っていた兵力比も、ソヴィエト軍が次々と増援を送り込んだ結果、八月一七日には逆転していた。言うまでもなく、戦車、重砲、航空機という近代戦闘三種の神器については、いずれも、ソヴィエト軍が数的に優越していた。戦車と重砲については、性能面でもソヴィエト軍が優位に立っていた。ドイツとの長年の戦いで得た教訓で造られた大陸国の兵器に、日本陸軍は恐怖した。彼らが虎の子として投入した戦車第一師団は、T34の群れによって細切れの肉片に分解されつつあったからだ。既に旭川近郊へとその舞台を移しつつあった防衛戦闘は、北海道を守るという当初の目的を失い、道北住民の避難する時間を稼ぐという樺太と同じ種類の戦闘に変化していった。加えて旭川より道北東岸を南下、根室・釧路方面への突破を図る敵軍への対応も緊急度を増しており、北海道に存在する帝国陸軍部隊は、積極的防衛戦が不可能な状態に陥りつつあった。守るべき戦線が、余りにも広大なものとなってしまったからである。

　こうした最後の日々において、日本側に唯一明るい材料となったのは、八月初旬より北海道近海での行動を開始した、戦艦大和以下数隻の帝国海軍水上部隊であった。燃料の不足から、彼らは長時間に及ぶ作戦行動を行なえなかった。が、八月二一日、北海道全土占領の既成事実を作り上げげんがため石狩湾に来襲したソヴィエト艦隊を迎撃した戦闘――石狩湾海戦は、沖縄沖海戦に続き、帝国海軍水上砲戦部隊の掉尾《ちょうび》を飾るにふさわしいと言える内容のものであった。

　この戦いに、ソヴィエト軍はその可動戦艦三隻すべてを投入していた。彼らもまた、石狩湾上陸の成否が持つ意味を良く知っていたのである。ソヴィエトは、応急修理を行ないつつ極東へ回航した旧式戦艦ガングート、セヴァストポリ（クロンシュタット級の同名艦とは異なる）、英国より貸与されていたアルハンゲリスク（英名ロイアル・ソヴリン）を主力とした艦隊で、日本軍最後の反撃を阻止しようとしていたのだった。

　しかし、結果的に、ソヴィエトの努力は全くの無駄に終わった。三〇センチ砲装備のガングートや、三六センチ砲装備のアルハンゲリスクでは、大和に近づくことすらできなかったからだ。この戦いで日本側は二隻の駆逐艦を失った。大和も十数発の敵弾を浴び、艦長の黛大佐が戦闘指揮中に戦死するという深手を負った。だが、戦いそのものは日本の圧倒的勝利であった。砲戦開始後二〇分で三隻の戦艦を撃沈あるいは大破炎上させた大和は、そのまま、後方を航行中であったソヴィエト上陸船団に突撃、四〇隻以上の輸送艦艇を撃沈したからである。まさに、レイテ沖海戦の再現であった。ソヴィエトは石狩湾上陸を中止した。

石狩湾海戦が持つ意味はそれのみに留まらない。日本にとってより大きな成果となったのは、大和がソヴィエトの大型輸送艦艇、その大半を撃沈してしまったことだった。このため、北海道に上陸したソヴィエト軍は、大規模な攻勢を起こせなくなってしまった。大型輸送艦艇が無ければ、攻勢に必要な兵站物資を輸送できないからである。戦線は膠着《こうちゃく》し、戦争がいつ終わるものか誰にも見当がつかなくなった。

その状況を一挙に戦争終結へと導く事態が発生したのは、八月二五日並びに二六日のことである。合衆国が、函館と旭川に爆発威力二〇キロトンの反応弾を投下したのだ。函館が目標となったのは盆地状の地形に対する威力を実験するためであり、旭川が目標となったのは、平地に対する威力、並びに地上部隊への効果を確認するためだった。当然――ソヴィエトへのメッセージという意味も含んでいる。

八月二五日午前五時一七分。改造を施されることにより、反応弾搭載能力と航続距離の延長を行なったB29〝エノラ・ゲイ〟は、函館に最初の反応弾を投下した。この結果、函館市街は完全に壊滅し、市民三万人以上が死亡した。

八月二六日午前一〇時二五分。同様の改造を施されたB29〝ボックス・カー〟が旭川に飛来。戦闘によって灰燼に帰しつつあった市街へ最後の一撃を加えた。爆発によってそれまで旭川と呼ばれていた街は壊滅、その付近で交戦していた日ソ両軍の内、七〇〇〇名が死亡した。

合衆国は反応弾の効果を確認し、それに満足した。旭川の一件についてソヴィエトが強硬な抗議を申し入れてきたが、それ自体、彼らが北海道全面占領の中止を認めた証拠だった。八月二七日、沖縄から輸送された海兵隊が国後、択捉をはじめとする千島列島へ上陸を開始したことも、ソヴィエトの北海道全面占領計画を挫折させた大きなファクターだった。

八月二九日、日本は連合国にポツダム宣言を受諾する旨を通信した。

対日戦総司令官、チェスター・ニミッツ元帥が戦艦ウィスコンシンに座乗して東京湾へと乗り込んだのはその三日後。一九四五年九月一日のことである。

北海道は分割された。ソヴィエトは樺太南部と北海道北部を占領し、合衆国は千島、北海道南部と、他の日本本土のほとんど全てを手に入れた。日本帝国は滅び、その領土は分割されたのである。

8 リード

一九八二年四月三〇日
比布《ぴっぷ》、北海道

表向きは双方の融和イメージを懸命に宣伝する定期会談であったが、その実態は、南北日本の軍事的緊張が最も高まる一日だった。双方の代表団とも、気分的な安心感と交渉時の精神的優位の獲得のために、〝こっそり〟と大兵力を集結させている。例えば、この日自衛隊のほとんどの部隊では外出が禁止されるし、北海道に配備された空自部隊では、公式には政府の命令がない限り上昇しないことになっている防衛態勢――デフコンが、普段の4（北海道の部隊がデフコン5になることはない）から、3にアップされる。それも、いつでも戦える様に、戦闘準備完了と言ってよいデフコン2に限りなく近い3である。

戦闘即応態勢の上昇については、日本民主主義人民共和国軍も同様であった。北海道の北側に配備されている七個師団の全将兵には外出禁止、兵舎待機が命令されていた。空軍、海軍も同様である。また、この地に配備されているソヴィエト軍も戦闘即応態勢を上昇させていた。彼らの真のライヴァルである日本駐留合衆国軍が、半ば堂々とデフコンを2に上げていたからだった。だが、誰も（今の所）戦争を始めるつもりはない。皆が皆、今年もまた、いつもの様に緊張した一日が過ぎ去ってゆくのだろう、と考えていた。

旭川の北東にある比布に展開していた、人民防空軍第一二五防空中隊を除いて。

（遂に、その日が来たのだ）

防空中隊指揮官、本郷洋一大尉は思った。彼がいるのは、ＳＡ４ガネフ地対空ミサイルの連装ランチャー三基をコントロールするレーダー・バンの中だった。内部は、西側の軍事関係者が見たら、骨董品かと間違えるような旧式電子機器で埋まっている。現在、レーダー・スクリーンに人工的な物体は何も映っていない。だが、彼は知っていた。もう数分したら、千歳にある日帝空軍の航空基地から、二機編隊が定期パトロールのため離陸する。いつも、俺達を馬鹿にする様にＤＭＺの南側を飛んでゆく戦闘機。普段は、レーダー照射すら許されない。だが、今日は違う。

本郷は、川宮首相就任二〇周年記念人民初等学校に在学していた当時から、共産主義に自己の全てを捧げ尽くした少年であった。七歳の時、彼は、学校で教えられた偉大な同志川宮首相の言葉、

「真の少年共産党員たらんとする者は、まず、自己の家庭内における帝国主義的堕落の兆候を見逃してはならない」

を字義通り実践した。何度も注意したにもかかわらず、一向に反共的言動を止めようとしない父母を、生まれ育った大泊のNSD支局に密告したのである。

NSD支局は直ちに彼の両親を逮捕し、取り調べた後、稚内近郊に設けられた思想矯正収容センターへ送り込んだ。それ以来、本郷は二度と彼らと会っていない。

父母を密告した後、同志川宮首相が彼の新たな父であり、祖国が彼の母だった。NSDは彼を最高の待遇と共産主義教育が受けられる人民選抜教育学校へ入校させてくれ、その後、成人するまですべての面倒を見てくれた。彼は幸運だった。他の二八三名の生徒と同様に、共産主義的視点から再編成された完璧な学校教育を受け、週に一度は肉を食べることが出来て、月に一度はコカ・コーラまで飲むことが出来たのだから。

選抜教育学校で一一年間の教育を受け、一八歳になった彼は、そこへ入校した時より数段優れた共産党員になっていた。そして、選抜教育学校出身者だけに与えられる共産党の特殊分類党員番号を受け取った彼が尊敬すべき同志指導教員に述べた希望は、祖国を日帝の脅威から防衛する任務につくことだった。

指導教員は、彼のそうした熱意を高く評価し、防空軍士官学校への推薦状を書いてくれた。なんという幸運！

それが、四年前のことだった。期間二年の防空軍士官学校を特例により一年で卒業した彼は、祖国防衛の要たるミサイル部隊へ配置され、卒業からわずか三年で大尉に昇進していたのである。

本郷は、自分の人生が何のためにあったのか、今、理解していた。昨日、NSD高官から直々に伝えられた同志川宮首相の命令――

「明日、定期会談妨害のため千歳より発進する日帝航空機を攻撃せよ」

彼は高揚していた。それがNSD長官滝川によって出された命令であることを彼は知らなかった。藤堂守を信用しきれなかった滝川達は、彼が記者団に述べる予定の「陰謀」に箔を付けるため、千歳から会談開始後最初に

離陸する航空機を領空侵犯機に仕立てあげるつもりだったのである。

　現代航空機の距離感覚から言えば、敵地の目と鼻の先に設けられている航空自衛隊千歳基地では、離陸は常に戦時スタイルであった。さすがにスクランブルでもない限りアフターバーナーの使用は行なわないが、それでも、離陸後はミリタリー推力で可能な限りの急上昇が義務付けられている。

　藤堂拓馬が初めて編隊長を務めるガンサイト編隊の離陸もまさにそうであった。回転数九〇パーセントを示したエンジンは、機体を他の戦闘機では失速してしまいそうな角度で上昇させ、高空へと押し上げた。

「ガンサイト・リードよりスターベース。巡航高度に到達。これより定期哨戒コースに入る」

「了解、ガンサイト・リード。注意してな。それから……初リードおめでとう。飛行隊長から伝言だ。〝定時通りに帰還しなければ、パーティに遅れるぞ〟――以上」

「有り難う、スターベース。ガンサイト・リード、以上」

　拓馬はスティックを微かに動かし、機首を石狩湾へと向けた。エルロン、ラダー、水平尾翼の三つが同時に作動し、イーグルを滑らかに定期コースへのせる。

「ファットマン《ガンサイト02》よりビッグガン《リード》」

　ウィングマンが呼び掛けてきた。

「いつもより随分丁寧じゃないか？」

「ファットマン」

　拓馬はマスクの下に笑みを浮かべながら答えた。

「今日のリードはあんたの悪企みだってことは、御見通しですよ」

「なんだよ」

　ウィングマンはむくれた声で答えた。だが、その底には笑いが含まれている。

「じゃあ、親父さんを招待したことも知ってるのか？」

「え？　呼んじまったんですか？」

「おう、会談なんざぁすぐ終わっちまうからな、夜は御子息の晴れの姿に御対面てワケ」

「参ったなぁ」

　拓馬は本当に恥ずかしそうな声で言った。父にはここ一年程、まともに顔を合わせたことがない。大体、親父は今日のリードがヤラセだってことをすぐに見抜いちまうだろうな。ま、いいか。あの人は、場の雰囲気を壊す無粋なことは絶対にしない。

警告音が響いた。変針点直前だ。

「リードよりガンサイト02。チェック・ポイント・インディア。変針する」

拓馬は、命令に関する通信ではTACネームではなく編隊の機種番号を用いていた。規定通りだ。

「ラジャー、リード」

彼とファットマンはスティックを大きく倒し、半径の広い左旋回を行なった。これから今まで飛行して来たのと反対のコースをたどり、旭川へ最大で二五キロ近づいた地点で、再び旋回する。


レーダー手が報告した。

「敵機旋回終わりました。旭川に向かうコースを取っています。速度——」

「細かいことはいい。一〇〇キロまで近づいたら報告を入れ、照準レーダーを作動させろ」

本郷は馬面を引きつらせ、そう言った。いよいよ、いよいよ、だ。


「……て話でね」

「ファットマン、そろそろ向こうがピリピリしている筈の距離です。ちょっとだけ、真面目にいきましょう」

「ラジャー、リード」

拓馬は慎重に機体を操作していた。彼の顔に父母が協力しあって装備してくれた、マーク・ワン・アイボール・センサー——つまり二つの目玉をフルに活用し、何も見落とさないように注意する。レーダーは発振していないから、両目を除けば、イーグル自身のセンサーは、味方のものではないレーダー波のやってきた方向を警告する脅威方向警戒装置だけなのだ。

（よーし。ここで旋回を終えたら、冗談の一つも飛ばして——）

先程硬いことを口に出してしまった彼は、その分の失点を取り返すことを考えながら、スティックを心持ち右に倒した。

警報が鳴り響いたのはその時だった。

拓馬は何か独特な感覚を覚えながらパネル右側の戦術電子戦システム・ディスプレイを注視した。

ロックオンされている。


システム操作手の声が聞こえた。

「目標捕捉、捕捉、射角よし、方位よし、距離、約五〇キロ。二機共捕捉。各ランチャー、オール・グリーン。発射準備よし」

　さすがに早い。本郷は感心した。彼は、ソヴィエト軍との演習で、双方が同じ兵器を扱った場合、人民軍兵士の方がロシア人より何倍も上手に兵器を操作する所を何度も見ていた。さぁ、本領発揮だ。

　彼は、緊張の余り裏返ってしまった声で怒鳴った。

「全弾連続発射！」

「発射」

　バンの外から轟音が伝わってきた。三基のランチャーから放たれた六発のミサイルが次々とブースターから火を吐き出したのだ。誘導も問題ない。今日のため、本国から特別に射撃管制レーダーの追加が行なわれている。

「ミサイル、ミサイル、ブレイクしろ！　ＥＣＭ自由」

「ラジャー！」

　レシーバーに鳴り響くロックオン警報を聞きながら、拓馬は何が起こったのか自問していた。戦争か。いや、違うだろう。とにかく今の俺はチャフを撒《ま》いて高速急旋回。ファットマンは大丈夫かな。ミサイル接近中、距離一〇ノーチカル・マイル。畜生、二〇キロないじゃないか。

　レシーバーにウィングマンの悲鳴が響いた。

「畜生。ガンサイト02よりリード。右がフレームアウト。お前は逃げろ」

激しい回避機動。これは戦争なのか。偶発事故なのか。はっきりしてくれ。それにしてもこんな時に限って出来のいいエンジンの火が片方消えちまう《フレームアウト》なんて。

「リード、逃げろ。俺は回避しきれない。いよいよとなったら脱出――ベイルアウトする」

「なにいってるんだ、ファットマン」

　拓馬は反射的にアフターバーナーを入れた。機体を、ミサイルとウィングマンの間に入れる。このため、先程チャフ――レーダーを欺瞞《ぎまん》する薄い金属片――でつくった安全地帯から出てしまった。だが、この危険地帯で、射出座席を用いさせるよりはいい。

「ウィングマンを見捨てるリードなんて聞いたことないぜ。君はそのまま全速で飛行しろ。いいな。ここでベイルアウトしたら、ＤＭＺに降りちまう」

「ビッグガン！」

「俺はリードなんだよ」

「ラジャー」

ウィングマンが逃走を開始したのを確認した拓馬は、アフターバーナーを用いて暴れまわるイーグルをコントロールした。再びチャフを撒く。本当なら逃げたいが、ここで逃げたらファットマンがやられてしまう。クソッ、ここはどこだ。ＤＭＺの上か。それとも赤い日本か。願わくば、俺の日本の領空であります様に。

発射されたガネフのうち四発は本当の目標へ到達できなかった。チャフの中へ突っ込み、その後、推進材が切れると同時に自爆した。

しかし、残りの二発は本当の目標へと突進した。

一発は急旋回を続ける拓馬のイーグルの後方二〇メートルに迫り、そこで近接信管を作動させた。最後の一発は、彼の機体の前方から近づいている。

後方で爆発。ショックが襲った。警告音はなりっぱなし。エンジンの音が妙だ。右手の先にある警告表示パネルを見る。赤が幾つか並んでいた。畜生、畜生、駄目なのか？　母さん。

彼はふっと顔を右に向けた。

それを見た時、自分に飛んでくるミサイルは電信柱みたいに見えるものなんだな、と思った。

9　論理

会談場、旭川、北海道

一〇分後

「譲歩はまず、不法に我が領土を占拠している東京帝国主義政府より示されるべきである。我々は、この無法な状態が続く限り、未来永劫にわたって……」

ひとは時たま、他人の話を聞いていて、胃の内容物を吐き出したくなる様な想いにかられることがある。今の進がそうだった。何も、愛国的な衝動からではない。どちらの話を聞いていても同じだった。無意味な言葉の応酬に過ぎない。

彼は思った。こんなことは、政治家だけがやればいいのだ。ユニフォームを着た人間をこんな場所へ引っ張りだす意味はない。自分達に命令を与える人々の知性に対し、疑問を覚えるだけだ。飼い犬の前で下らない口喧嘩を始める奴がどこにいる？　主人にそんなことをされたら、犬は、果たしてどう行動したら良いのか判らなくなってしまう。おとなしくお座りをして待つべきか、それとも、飼い主の喧嘩相手の喉笛へ嚙み付くべきか？

（兄はどう思っているのだろう）

進は思った。会談場で兄弟が三〇数年ぶりに互いの顔を眺めた時、彼はどう反応すべきか解らなかった。見苦しい、混乱した表情を浮かべるのも嫌なので、ユニフォームを着ている人間同士なら大抵は意味の通じる挨拶を送っただけだった。兄は一瞬おや、という顔をしたが、すぐに顔を引き締め、まっすぐ伸ばした右手の先を額に当て、挨拶を返した。彼らが再会に当たって交わした最初の挨拶は、周囲の制服組が交わし合っている敬礼に過ぎなかったのである。


会談の模様は、その全てがカメラに捕らえられていた。その映像は北側と南側にそれぞれ設けられたプレス・センターに流され、それぞれの陣営から取材に来た報道陣に供されている。新聞記者達は、会談中に何かこれまでとは異なる提案がなされないかどうか、それだけを注目していた。TVクルーは、レポーターやアンカーマンを除けば余り気が入っていなかった。どのみち、この映像は、南側ならNHK、北側なら人民広報省が独占し、映像を必要とする各局に流すからだ。

鹿内はさも報道関係者の様な顔をしながら、南側のプレス・センターで画面を見つめていた。進の前に、海自幹部の制服で現われた時よりは余程それらしかった。もっとも、それも当然至極で、鹿内はもともと新聞記者として社会に出たのだった。その途中で取材対象にした後藤田に気に入られ、SRIへ中途採用になった。今ではもう、元居た世界への未練は消えて無くなっている。

彼は、情報を垂れ流すマスコミの現状を嫌っていた。垂れ流すのなら、それと同じだけ調査報道にも力を入れる必要と責任がある。そうでないと、ただのイエロー・ジャーナリズムになってしまう、そう思っていた。そんな彼にとって、今の仕事は最高だった。情報をかき集め、積み重ね、一定の傾向を見つけだし、推理し、結論を出す。最高の知的作業と言えた。残念なのは、読者が極端に少ないことだけだ。

（後、一〇分かな）

大型の投射式ディスプレイの画面を見ていた鹿内は、腕時計をちらりと眺めてそう予想した。もうすぐ、あの〈向こう側〉の代表の論旨が支離滅裂になる。毎年そうだ。奴は意図的にそうしている。最近解ったことだが、奴のために支離滅裂になる演説の草稿を書くスピーチ・ライターまでいるのだ、向こうは。嫌になる。まぁいい。

早く滅茶苦茶になってくれ。そして、今日はお開きにしてくれ。そして、握手を――

画面に、国連オブザーバーに向けて駆け寄る両陣営の官僚の姿が見えた。

（一体どうした）

室内がざわめいた。記者達がばたばたと走り出てゆく。声が聞こえた。

「攻撃だって？」

「いや、領空侵犯らしい」

「どうかな、あやしいぜ、それは」

鹿内が気がついた時には、記者達はセンター内に置かれた電話やファックスに飛び付いていた。

（なんてこった）

彼は思った。とんでもないことに――いや、いいかもしれんぞ。今度の作戦にはプラスになるかもしれん。人民英雄藤堂中将、〈向こう側〉の欺瞞に満ちた暴虐を嘆いて亡命。うん、トップ・ストーリーだな。俺なら局長賞を出す。

彼は、背後を眺めていた間に、藤堂進へ別の官僚が近寄り、耳打ちしたのを見逃していた。

進の顔色が突然変わった。耳打ちされた途端、血の気が失せ、何かを耐える表情になり、続いて、無表情になった。これまでの、会談の不快さに耐えるための意識的な無表情ではない。本当の、途方に暮れている無表情だ。

会談場の内部は怒号が飛び交っていた。互いに相手の陰謀だとわめきあい、全く収拾がつかない。

近年になって、ようやく双方から中立の立場だと認められる様になった国連オブザーバーが大きな声で言った。

「突発事件のため、本日はこれにて休会します。再開は五日後。その間、双方とも、充分に事件の調査、原因究明を行なわれんことを望みます」

怒鳴りあっていた人々が、ぞろぞろと立ち上がった。さすがは政治家、官僚、軍人の集団であった。一歩間違えば開戦という事態を知った後も、その大部分が握手を交わしあう。彼らにとって、慣例とはそれ程強力なものなのだった。

藤堂守はゆっくりと椅子から立ち上がった。弟へと近づく。

藤堂進も立ち上がり、本当の無表情のまま、兄に視線を据《す》えた。

（よし）

周囲の喧騒を無視し、鹿内はディスプレイを見つめた。

藤堂守が、弟へ手を差し出した。

次の瞬間、鹿内は唖然とした。

藤堂守の内心に葛藤がなかったとしたら嘘になる。進がこの会談に加えられた目的は、自分にその場で亡命を決意させること――心が惹《ひ》かれた。二つのもしも、どちらかが本当だったら、その誘いに乗ってしまったかもしれない。もしも、サーシャが別ルートで脱出できる程元気だったら。もしも……サーシャがもうこの世のものではなかったら。前者は幻想で、後者は確実な未来の情景だった。だが、彼にとっての現在ではない。

守は弟に向かって笑みを浮かべ、手を差しだそうとした。

だが弟は、手を出そうとはせず、言った。

「藤堂中将。第一二五防空中隊は、閣下の指揮下にある部隊だと側聞しますが？」

守は微かに眉をひそめ、答えた。

「藤堂二佐、君にそれを教える訳にはいかない」

「有り難うございます」

進は口元に精気のない笑みを浮かべた。

「今日撃墜され、死亡が確認されたパイロットは、自分の長男なのです」

それきり彼は黙り込み、兄の顔を見つめた。表情が復活していた。守には覚えのある表情だった。この年の離れた弟が幼児だった頃、東京に残る彼に見せた表情。別離の悲しみを、懸命に意志で抑えようとしている表情。純粋な、肉親に対する何かを浮かべた表情。守は思った。一体、誰に対してだ？　あ、進坊、どこで怪我をしたんだい？　右手に包帯を巻いているなんて気付かなかったよ。今度から、気を付けなきゃいけないよ。家族を戦争と関わりのある場所へ軽々しく行かせちゃ駄目だ。そう、戦場でなくとも、家族を失うことはあるのだからね。

守は言った。

「覚えていないかもしれないが」

そうか、進坊、これでお前も兄ちゃんと同じ想いを味わったんだな。いいんだ。じゃあ、いいんだ。

「君は昔もそんな顔をしていたよ」

進は兄に軽く頷いて見せた。

「家で飼っている犬も、こんな顔をしている時がある。でも、あいつだって、意地を通す時は通す」

戦闘機の撃墜現場に行きはぐれたＴＶクルーが、そんな二人に注目し始めていた。

進は言った。

「さよなら、兄ちゃん。幸運を」

守は答えた。

「さようなら。進坊。もうお菓子は送ってあげられないよ」

彼らは見事な敬礼を交わしあい、自分にとっての日本へ続く出口へ歩いていった。

鹿内は進に嘘を付いていた。それが彼の選んだ仕事だったからである。サーシャ・藤堂が息を引き取ったのは、それから三日後のことだった。

Ⅲ　ヴィクトリー・ロード

第八章　ガルフ・ストライク

1　射殺

真岡、樺太
一九四五年八月

機能を喪失した交換機に埋め尽くされた部屋の中で、藤堂守は胎児の様な姿勢をとり、この世には存在しないどこかを見つめていた。さして広くはないその空間には、真空管を多用する機器から発生する独特な臭気とコルダイトの金臭い発射煙がたちこめている。

だが、守から理性を奪い獲っていた原因はそうしたものではない。両手両足を胸へ引き付け、背筋を可能な限り丸めた姿勢を彼にとらせていたものは、室内を支配するもう一つの香り――余りにも生臭い力で精神を締め付ける新鮮な血の臭いだった。あるいは、死臭というべきか。

おねがいします、と彼女達は言った。

連続する砲声、銃声。時たまそれに被さって来る魂消《たまぎ》る響き。それらの全てが、敵軍の接近しつつある証拠だった。真岡は――いや、逓信《ていしん》省真岡交換所は陸路と海路の両方から押し寄せてきた蘇聯《ソれん》軍に包囲されていた。そこに孤立した日本人五四名にとり、脱出と祖国への帰還はもはやかなわぬ夢と了解されていた。五四名のうち三二名は戦闘員（うち負傷二三名）、残り二二名すべては交換所職員であり、うち八名は徴用の女性達だった。

「御願いします、中尉さん」

一番としかさであるらしい女性交換手が言った。とはいっても、守より年下だ。

祈る様な声で、もう一度彼女は言った。

「御願いします」

薄汚れ、あちこちが破れた飛行服姿の守は、目許へ決して笑みによるものではない皺を浮かべ、彼女を――いや、自分の方へすがるような視線を向けている八人の女性達を見つめた。

皆が皆、愛らしい面だちの娘ばかりだった。なかには沖縄で死んだ守の妹、貴子とさして年齢が変わりない様に思える少女すらいる。時と場所さえ異なっていたなら、抱くべき最も深刻な悩みは、叶わぬ恋心程度であった筈の少女。

そんな彼女達が、いま、狂暴と言う以外にない現実に支配された世界の中心で、日本帝国海軍中尉・藤堂守に、恐るべき願いを叶えて欲しいと懇願していた。ロシア人がこの交換所へと突入し、自分達に恐るべき行為を働く前に、その人生を終結させてくれと頼んでいた。

「しかし」

守は優美なつくりの顔に苦悩と茫然が相半ばする表情を浮かべ、答えた。

「僕の任務はあなた達を死なせる事ではない。守ってあげる事なのだ」


守の流星改が撃墜されたのは、幾つかの不運が連続して発生した結果だった。

まず、護衛の紫電改との空中集合に失敗した事。高性能ではあるが、非常にデリケートな側面を持つ三菱MK9A発動機が突然の不調を訴えた事。最後に、真岡へ攻め寄せた蘇聯軍の一兵士——ウクライナ生まれの一等兵によってモシン・ナガント・ライフルから放たれた七・六二ミリ弾が昇降装置のワイヤーを切断してしまった事。

確率論の女神が、これまで守に与えていた幸運を一挙に取り戻そうと決意したかの様な不幸の連続だった。それほどの不幸が重ならなければ、ロシア人のYAK9戦闘機によって背後から機銃弾を浴びせられる羽目に陥る筈もなかった。守は歴戦の操縦士なのだ。

発動機に何発もの弾を喰った守の流星改は、機首から黒煙と潤滑油を吐き出しながら真岡の友軍戦線後方へ不時着した。不幸の総仕上げはその瞬間に訪れた。不用意な姿勢で衝撃を受けた後席員が、首の骨を折って即死したのだった。

いや、これこそが不幸の総仕上げかもしれない。一六個の瞳に見つめられつつ、今の守はその事を思っていた。帝国海軍軍人の任務に、まさか、八名もの女性から自殺の介添えを頼まれる事が含まれているなど、考えてもいなかった。

守がそこに望んだものは、一銭五厘で陸軍に引っ張られ、八円八〇銭で玉砕させられる運命からの脱出だった。一族の伝統に連なる事であった。可能ならば、なるべく大きな戦功を挙げて確実に訪れるであろう戦死という結末に意味を持たせる事だった。海軍予備学生を志願した当時は、あの愚かしい特別攻撃隊という自殺強要が開始される以前だったから、守のそうした発想はこの時代の青年としてまずまずの常識的な線に沿っていた。

だが、現実は彼に凄惨な義務の履行を求めている。四方の海で敵を防ぐ事が出来なかった帝国海軍軍人は、その償いとして、愛すべき娘達をロシア人による暴行から救ってやらねばならないのだった。

無論、そうした現実は守にも理解できている。

だが、感情がそれを拒否していた。彼がこの交換所を訪れたのは、原隊に現状を報告する手段を求めての事であり、出来うるならば速やかに任務へ復帰するためだった。決して、未だ汚れを知らぬ娘達を殺す事ではなかった。

藤堂守は決して、臆病者ではない。

敵の対空砲火を潜りぬけ、魚雷や爆弾を叩きこむ任務に対して怖気をふるった事はない。台湾沖でヘルキャットに追撃された時でさえ、恐怖を感じた事は無かった。彼はハンス・ヨアヒム・マルセイユと同じグループに属する天才肌の航空機搭乗員であり、その点については天《てん》賦《ぷ》という他に表現のしようがない才能を持っている。

だが、この瞬間、彼は物心がついて以来最も強烈な恐怖を覚えていた。追い詰められた娘達が彼に求めている義務の履行に恐怖していた。

「なんとか撤退出来ないかな」

妙に緊張感の無い声で彼は言った。

「逃げられるのですか？」

娘の一人がすがるような声で尋ねた。誰も望んで死にたい訳ではない。

守は考え込む様な表情を浮かべた。

銃声はさらに接近していた。そして、全周から響いている。自分だけならばどうにかなるかも知れないが、八人もの娘を逃がす事は出来そうもなかった。だいいち、真岡を逃げ出せたところで、大泊や豊原までどうやってたどりつけば良いものか見当もつかない。また、現状から想像するならば、仮にたどり着けたとしても、そこに掲げられた旗は赤旗である可能性が高かった。脱出は不可能と考えるべきであった。

「無理、だね」

守は言った。彼の脳の一部は特殊な働き方をするらしい。自分でも驚いたほど冷たく聞こえる現状分析だった。額に脂汗が滲み出ている。

「お願いします」

彼の決断を促す様に、一番年上の娘が言った。彼女がこの言葉を放つのは三度目だ。それに覆い被さる様に、銃声が恐ろしく近い場所から響いた。

「急いで、ください」

守は表情をきつくゆがめ、微かに肯《うなず》いた。

填《は》めたままだった手袋をはずし、指を屈伸させる。気付かぬうちに汗をかいた掌を飛行服にこすりつけて拭こうとした。

その時、

「これを」

と、一人の娘が純白のハンカチを差し出した。彼女自身が縫ったものなのだろう、四隅に可愛らしい花の刺繍が施されていた。

「有り難う」

守は口元を引きつらせる様にして笑みを浮かべると、それを受け取った。一瞬だけ指先が触れ、全身に痛みにも似た感触が走る。自分を殺す男を落ち着かせるために、ハンカチを差し出す娘。

守は何かに耐える様な表情で汗を拭き取った。娘にそれを返そうとする。

「いいんです」

彼女は晴れやかにすら感じられる表情で首を振った。

「一度でいいから、男の人に贈り物をしてみたかったの」

守は一瞬だけ目を閉じた。

義務。自分の果たすべき義務。

ハンカチを握り締め、飛行服のポケットに突っ込んだ。渇ききった喉を何度も鳴らして、無理矢理に唾を飲み込んだ。もし、これが帝国軍人の義務であるならば。

「みんな、僕に背を向けて並んで下さい」

守は、これまでとは打って変わった爽やかな表情と声色で言った。

「やり損なうと困るから、床に膝をついて。ほら、耶蘇《ヤソ》の人が教会でそうする様に」

「手も組みましょうか？」

冗談のつもりなのだろう、一人の娘が笑みを浮かべて言った。

「ああ、それはいいね」

守も笑みを浮かべて答えた。

「歌を唄うのもいいかもしれない」

娘達は出来の良い冗談を聞いたかの様に笑い、守に求められた姿勢をとった。

守は思った。勇敢な娘達。いや、実際はその反対だろうか？

なぜならば、本当に勇敢な人間なら、何があっても生き残ろうとする筈だから。

ばかな、何を考えているのだ、俺は。二〇歳にならぬ者がほとんどの娘達に、自ら死を望む以上の勇気が期待できるとでも言うつもりか。大体、俺にしたところで似たようなものではないか。高等教育に属するものを受けていながら、なるべく景気の良いくたばり方を望む以外、考えた事があったか。

「一度だけ、聞いておく」

声の震えを懸命になっておさえ、守は言った。

「本当に良いんだね？　考えなおした人はいないか？　たとえ酷《むご》い経験をしても、生き延びていればきっと良い事も」

だが、彼に背中を向けた娘達はそれに答えず、何かを唄い始めた。最初、歌声は消え入りそうな程に小さかったが、徐々に大きくなっていった。

夕空晴れて秋風吹き、月影おちて――

守は再び目を閉じてその歌声が伝える何事かを自身に了解させると、ホルスターを開け、拳銃を取り出した。

粗悪品で知られる士官用拳銃、九四式ではない。ワルサーＰＰＫだった。戦前、父がドイツ武官だった神重徳から土産に貰ったものだ。出征の祝いとして彼の手に渡された。

守はスライドを引き、薬室へ弾を送り込んだ。七発しか収まらない弾倉を抜き、完全装弾された予備弾倉に取り換える。これで彼のＰＰＫは八発の弾をたて続けに放てるようになった。八人の乙女を次々と射殺できる凶器と化した。

唄い続けている娘達になるべく温かく聞こえる様に努力して言った。

「みんな、目を閉じて下さい」

彼は大きく震え出した手でワルサーを握り、最初の娘の後頭部に銃口を向けた。指に力がこもる。

銃声。


目が覚めた。

藤堂守は寝汗で重く濡れたシャツに包まれた上半身をベッドの上に起こした。部屋の電気は消されているため、ほとんど何も見えない。この部屋には窓がなかった。周囲は強化コンクリートがむき出しになっている。部屋のどこからか、冷風を吹き出すエアコンの音が聞こえるだけだ。

守は両手を皺の増えた顔にあて、荒い息をついた。

最も見たくなかった悪夢だった。

なぜなら、その記憶を無意識下に押し込めて生きてきたのではないからだった。今でも守は、あの時の情景を精神に痛みを感ずる程の鮮烈さで記憶していた。彼はあの時、確かに自分の瞳で娘達の後頭部をみつめ、トリガーをしぼった。

であるのに、悪夢の中に登場する場面には奇妙なところがあった。夢の中で登場するアングルは自らの視点によるものではなかった。カメラワークに凝った映画の様に、幾つもの視点から構成されている。その中では、トリガーをしぼった彼自身もまた演技者の一人として登場する。クローズアップもあれば引きもある。何台ものカメラで一度に撮影されているかの様に、同じシーンが全く別の角度で登場したりもする。まるで現実ではないかの様に。

そんな筈はなかった。守は覚えていた。

硬質の音が響くたび、歌声はそれに加わった声の数を減じていった。周囲に飛び散る赤い何か。血にまみれた、灰色の柔らかな物体がその後を追って飛散する。力を失った肉体が床に崩れ折れる音。筋肉が力を失うとすぐにアンモニア臭が漂い出す。そして、最後の一発。

既に彼は公的生活から引退しても不思議ではない年齢になっていたが、それらの全てについて、何ひとつ忘れてはいない。いや、年老いるに従ってますます明確さを増す様にすら感じていた。

普通、記憶の結晶化と言えばまずい事を忘れ去る意味で用いられるのだが、彼について言えばそれは全く逆だった。この半世紀近く、脳裏で飽きる事なく繰り返されてきたあの場面は、腕の良い演出家の指導で数知れぬリハーサルをこなした芝居の様な完全さで、彼の内部に存在し続けていた。

おそらく、俺は壊れかけているのだ。

守は藤堂家の男達に共通する冷酷なまでの自己分析能力で、自分の現状をそう判断していた。

あの現実、そして脳裏で夜毎に再演されるあの情景によって、自分は三〇代までの大半の時期を性的不能者として過ごした。その地獄から俺を救い出したのは、サーシャ・スターリナという奇跡の様な女性が生活を共にしてくれたおかげだった。ベッドの傍らに彼女の温もりを感じ続ける事で、俺はあの悪夢から逃れる事が出来た。

だが、彼女はもういない。

守が悪夢の再現に気付いたのは、サーシャが埋葬されてからひとつきほど後の事だった。

妙な話だが、悪夢の復活に気付いた時、彼は内心のどこかに安堵を覚えた。精神的外傷に近い過去の経験に苛《さいな》まれる事は、現在の苦しみからの解放につながったからだ。サーシャの死は、彼にそれ程大きな影響を与えていた。

今、壊れかけている自分を意識しながら、守は乾いた笑いを漏らしていた。あの悪夢を見続けている理由が想像出来るからだ。

彼には何も残されていなかった。

愛国心などかけら程も抱いていない国家から与えられた様々な称号と地位——人民英雄、人民空軍上級大将、国家軍事評議会議員……等々。豊原の誰も待ってはいない豪勢なフラット。その他には何もない。妻、息子。誰にでもあって当然のものが何一つ無かった。情愛を抱くべき対象が存在しなかった。兄弟はいるが、彼が生きている場所は遥かに遠い。守の国と国境線を接している国なのだが、政治的現実においては月よりも遠方にある。そしてなによりも、あの弟は彼の事を憎んでいる筈だった。自分の息子を（公式には）守の命令系統に属する事になっている者達に殺されたのだから。

藤堂守には何も残されていなかった。ジェット時代のファイター・エースとしては最高峰に属する撃墜九機という栄光だけがわずかに、ごく時たま、彼を救う事があるだけだった。子供というより孫に近い年齢の現役パイロット達が、彼の事を生きた伝説の様に見なし、ファイター・パイロット特有の直截な態度でそれを賞賛し、その体験を聴きたがる事があるからだ。もっとも、近所の子供に自分の出仕《しゅっし》話をあきずに繰り返す老人と何が違うのか、と本人は思っている。

守は乾いた笑いを大きくした。サイド・テーブル上の電話が鳴っている事に気付く。受話器を取り上げた。

「藤堂だ」

「緊急事態です」

参謀長の声だった。彼とは付き合いの長い仲だ。かつて北海道やヴェトナムの空で共に戦った元ファイター・パイロットだった。

「言ってくれ」

守はサイド・テーブルに置かれたランプを点けると、その隣にあったゴロワースのパッケージから一本抜き出して咥えた。安物だが堅牢なスイス製軍用ライターで火を点ける。腕時計をとりあげ、手首にはめた。一月一七日午前二時四〇分だった。

「多国籍軍《MNF》が行動を開始しました。正確な時間は不明ですが、数分前からイラク全土の軍事施設が猛烈な空爆を受けています。通常兵器による全面攻撃です」

「規模はわかるか」

「正確には無理です。イラク軍の防空警戒網はＥＣＭと爆撃で大混乱に陥っています。各地に派遣した要員と連絡をとろうとしていますが、うまくいきません。すでに長距離電話網も叩かれた様です」

「そうか。すぐに行く」

守は受話器を置き、すぐに着込める状態で置いてあった制服に手を伸ばした。彼のいる場所はバグダッド郊外に設けられたイラク軍参謀本部の地下指揮所だった。

守は思った。

戦術上の常識に従えば、ここも安全な場所ではない。多国籍軍は、一番先にイラク軍の目と耳、そして脳髄を叩き潰そうとする筈であるからだ。まぁ、この地下指揮所は戦術反応弾の直撃でも受けない限り壊れない様な造りになっているから、滅多な事でやられはしないだろう、という点だけが安心材料だ。なにしろ造りが良い。この指揮所を設計し、建設したのは、弟のいる日本の建設会社だった。その会社は、あのイラン・イラク戦争が勃発する以前にこの工事を受注したのだ。

煙草を咥えたまま軍服を着ていた彼は、そこまで考えて再び乾いた笑いを漏らした。現実が引き起こしている事態は余りにも皮肉がきつい様に思われた。東京政権側の企業が造った地下指揮所に、日本民主主義人民共和国・対イラク軍事顧問団長たる自分がおり、それを東京政権軍も参加している多国籍軍が攻撃している。馬鹿な話だ。

隣室で不寝番を務めている筈の従兵が扉をノックしたのは、彼が軍服を着込んだ後だった。どうやら、居眠りをしていたらしい。

2　バトルワゴン

ペルシャ湾
一九九一年一月一七日午前二時一五分

夜のペルシャ湾上は意外な程に涼しい場所になる。もともと、中東とはそうした場所なのだった。昼の灼熱と夜の低温があるからこそ、岩は砕かれ、砂へと変化してゆくのだ。海は砂の様には変化しないが、気温が低下し、しのぎやすくなる事は事実だった。本来ならば、一息つくべき環境と言える。

しかしながら、自然が人間に息をつかせるべく産み出す夜は、ペルシャ湾において全く異なる意味を持つ様になっていた。人間自身が作り出した政治という人工環境の影響だ。一九七九年一月のイラン宗教革命以来、この海は夜の緊張より昼の灼熱の方がましという場所になっていた。

　そして、その緊張は、一九九一年のこの夜、絶頂に達しようとしている。


　月の無い海上を巨大な、黒々とした艦影が毎時一二ノットの速力で北進していた。艦尾に闇から浮き上がる程に鮮やかな海上自衛隊旗《ライジング・サン》を靡《なび》かせ、その周囲に数隻の護衛艦を従えている。甲板上に人間の姿はない。まるで無人であるかのようだ。

　だが、実態はその逆だ。分厚いハッチを全て閉鎖したその艦内では、迫りくるゼロ・アワーを前に、一五〇〇名近い乗員達が活発に行動していた。

「ホットロックより最終データ受信。ディスプレイに転送」

　通信リンクによって送られて来た大量のデータが海上自衛隊超大型護衛艦《BB》〈やまと〉のセントラル・コンピュータに流れ込んだ。極端に圧縮された形で送信されてきたため、みかけ上は1メガバイト以下に過ぎず、受信はすぐに終了した。

　最近はあえてＣＤＣと呼ばれる事の多い〈やまと〉戦闘指揮所の通信中継用制御卓《コンソール》についた管制員は、受信終了サインが彼の前にあるＣＲＴディスプレイへ表示されると、自分が行うべき仕事に手をつけた。彼はコンソールと一体化されたキーボードの脇にあるトラックボールを指先で操作し、ディスプレイ上の矢印形カーソルを表示されている通信《コム》リンク・ウィンドウ内の〈解凍〉アイコンにあわせ、トラックボールの脇に設けられたボタンをクリックした。

　同時に、入力に従い、セントラル・コンピュータ内のＲＯＭに直接焼き付けられた幾つかのプログラムがランし始めた。

　まず、圧縮された通信データが展開され、1ギガバイトという本来の巨大さを取り戻した。続いて別のプログラムがそれに対して行われている暗号化のパターンを解析し、あらかじめ合衆国中央軍から渡されてあった乱数表に従って全てのデータをあるべき配置に並べなおした。最後にデータ検索プログラムがその全体をチェックし、〈やまと〉のＣＤＣや各種記憶・表示装置に、それが必要としている筈のデータだけを選びだして転送した。

　以上の作業はほぼ五秒程度の時間で行われたものだったが、CDCの艦長用コンソールについた藤堂進一等海佐から見れば、錬金術師が怪しげな材料を混ぜあわせているのを見ているのと大差なかった。

　別に彼はコンピュータを〝使う〟事については弱くはなかったが、やはり、ここ一〇年程で海自が大量に導入した情報処理システムの能力については、驚きを感じる事が多い。

〈やまと〉――というより、日本のAEGIS《イージス》システム装備艦はすべて、セントラル・コンピュータをオリジナルのUYK7から富士通の統合管制ネットワーク九〇〇〇型電算機――JCN9000に載せかえているから、情報処理速度は合衆国のイージス艦よりもかなり高速になっている。結局のところ、通常のイージス・システムが使用するセントラル・コンピュータは、二〇年近く前に開発された旧式のものであるからだ。

　何もかも、進がかつてヴェトナムで操った河川舟艇――いや、ほんの一〇年程前に乗っていた護衛艦とは大違いだった。

　彼は思った。あの頃、ディスプレイと言えば、レーダー、ソナー、そしてTVモニター以外、何もなかった。それが今はどうだ。今の〈やまと〉は、輝男《あきお》が中学生頃まで喜んで見ていたアニメに出て来そうな未来兵器じゃないか。もしも宇宙を飛べると言われたって、俺は疑わんぞ。


「転送終了」

　ほぼ三〇メートル四方はあるCDCの室内に、管制員の海曹の声が響いた。それと同時に、二〇以上もあるコンソールについた管制員や指揮官達が、自分がチェックすべきデータをCRT上で確認し、これまでとの違いを検索し、違いがあればそれを従来のデータと置換し、あるいは利用可能な様に加工した。

「攻撃目標、変更無し。戦術標的《TA/TA》〇四五A。イラク領、バスラ西方一七キロのイラク陸軍通信中継センター」

「地形照合《TERCOM》システム用戦術マップ、変更なし。ミサイル進入経路上に障害物なし」

「D時、変更なし。攻撃開始は予定どおり」

「戦術情報統制、データ照合完了。全データ、射撃統制に転送、よろしいか」

「射撃統制、よろしい」

進は目の前のCRTではなく、CDCの壁面に設けられた三基の大パネルを見つめ、そこに映しだされているものを確認した。中央のパネルは全般的な戦術情報、左右はそれぞれ敵・味方の兵力表示に使用されている。もちろん、望めば他の情報も表示する事が可能だ。

　進は少し前屈みになって各パネルの表示を確認した。一般的な戦闘指揮所では、艦長用コンソールは大パネルに一番近い位置にあるが、〈やまと〉はその手法をとっていなかった。パネルがこれまでと比べて大きな事、解像度が高い事を理由として、CDCの艦尾側の壁に接した、一段高い位置に設けられている。

　彼は、変更があったかと思われる情報については手元のキーボードやトラックボールを操作して艦長用コンソールのディスプレイに呼び出し、その詳細を確認した。微細な修正というべきものばかりで、大きな変更はない。

　前方の座席についた砲術長が報告した。

「基本的なデータに変化はありません。確認します。本艦の攻撃目標に変更なし。目標情報に変化なし。攻撃開始時刻は変わらず。全兵装オールグリーン」

「了解」

　進はそれだけ言うと、再び大パネルに意識を集中した。

　中央パネルには〈やまと〉から眺めたもの、と仮想したペルシャ湾、クウェート作戦域《KTO》、イラクの戦術情報が表示されていた。

　ワイアーフレームで至極簡単に描かれたペルシャ湾岸の海岸線があり、いまやほとんど意味を失っている国境線があちこちを走っている。

　そうした地図の上には見分けやすいシンボルで兵力の展開状況が描かれていた。これまたごく簡単なものだ。描画能力にうるさいパソコンのマニアなら文句を付けるところだが、〝兵器〟としてはこれで十分だ。美しく、リアルなフルカラーの映像は、それだけ情報処理速度を低下させるし、妙に凝った兵力シンボルは、咄嗟の際の誤認要素になりやすい。

　パネルに映されているシンボルの概略は次の様なものだった。

　椀を伏せた様な半円は味方航空機。円は味方水上艦あるいは地上部隊／施設。椀を置いた様な半円は味方潜水艦。同じ様な下向き・完全・上向きで表示される正方形は敵味方不明《アンノウン》。菱形なら、敵だ。各シンボルの下部には、固有の四ケタ数字も示されている。さらなる情報を必要とする場合、その数字を指定して、〈さきほど進がそうした様に）自分のコンソールのディスプレイにわかっている限りの情報を呼び出す事になる。

ペルシャ湾上には一個の菱形も存在しなかった。そこには円か上向きの半円しか描かれていなかった。同様にサウジ国内には、円と下向きの半円だけが描かれていた。クウェート、イラク領内には完全な菱形が描かれているだけ。下向きの半菱形――飛行中の敵航空機は一機も存在しない。

もしイラク人が戦争をしているつもりならば、驚くべき怠慢だ、と進は思った。

敵――多国籍軍が航空機二七〇〇、地上部隊五〇万、艦艇二〇〇隻という大兵力を集結しているのに、一機の航空機も飛ばしていないとは。最低でも、ＡＷＡＣＳ程度は上げておくべきだ。

水難救助員の座る椅子は、高い位置にあればある程、遠くの溺者《できしゃ》を発見する事ができる。イラク人はその事実を忘れるべきではない。それが、彼らが自前の空中警戒《ＡＷＡ》管制機《ＣＳ》――ソヴィエト製のイリューシン76輸送機にフランス製レーダーを装備したアドナンI空中警戒管制機を何機か実戦配備した理由なのだ。

なのに彼らは、新月の夜――軍人ならば誰でも奇襲攻撃に最適だと考えるこんな晩でさえ、それを飛ばしていない。機体はともかく、それに備えたレーダー・システムがまともに動作しないためなのかも知れないが、もしそうであるなら、別の手を打つべきだ。比較的探知距離の大きなフォックス・ファイア・レーダーを装備したＭＩＧ25に哨戒飛行を行わせても良い。充分とは言えないが、何もしないよりはマシだ。少なくとも、今、イラクに向けて空中進撃を開始した多国籍軍航空部隊の一部を探知し、警報を発する程度の事はできるだろう。

「艦長、Ｄマイナス三〇分。各艦、針路変更を開始。それから――」

管制員の報告を受けて、進は片方の眉を軽く上げた。〝JDS YAMATO BB-11〟と刺繍された鍔《つば》の大きなフェルト帽を目深に被っているため、半ば表情がわからない。

「〈しょうかく〉、艦載機発艦開始しました」

進は軽く笑みを浮かべ、了解、と言った。進の息子――輝男が〈しょうかく〉にパイロットとして乗っている事を知っての報告だった。この戦争が無ければ、ＮＡＳＤＡの宇宙飛行士訓練課程へ派遣される筈だった次男。いや、生き残る事が出来たら、宇宙飛行士の訓練を再び受ける事ができる。あれは子供の頃から空と宇宙という言葉が大好きだった。一九七二年、予定より二年遅れで日本初の有人衛星〈ひかり〉3号が打ち上げられた時、TVの前で泣き出した程だ。願わくば、彼が夢を実現するために生き残らん事を。

艦長の口元に一瞬だけ浮かんだ笑みを確認して、海曹長は満足感を味わった。

別に点数稼ぎのためにではない。海曹長は、たとえ相手が海将であっても、おべっかを使う必要はない。彼らこそが艦隊の背骨であり、セイラーにとっての提督であるからだ。ただ単に、父親ならば息子の事が気になるだろう、という常識的な心遣いからだった。

進は海曹長へ微かに肯いて感謝を示してから、砲術長へ命じた。

「砲術、SSM発射準備。射界とれ、操艦任す」

「宜候《ようそろ》、SSM発射準備」

進の左側前方にある水上打撃戦区画のコンソールについた砲術長が復唱した。〈やまと〉はおそるべき勢いでイラク軍への攻撃準備を完成しつつあった。

3　フラット・トップ

ペルシャ湾

一月一七日午前二時二〇分

船体右舷後部寄り、暗い夜空に向けて聳《そび》えたつ艦橋構造物――アイランドの頂上近くにある〈天国〉から〈神託〉が響きわたった。

「飛行長《エアボス》よりベア・リード。貴編隊の発艦を許可する。送レ」

「ベア・リード了解。リードより発艦開始する。送レ」

「了解、テディ・ベア。ガン首揃えて帰って来いよ。でなきゃ全員銃殺だ。終リ」

もちろん、普通の刑法が適用される自衛隊には銃殺などという刑罰はない。ヘルメットのレシーバーから響いた航空管制所にいる飛行長の声に笑みを誘われた藤堂輝男一等海尉は、注意を飛行甲板上に戻した。キャノピーはまだ開けられたままだ。

ジェットの騒音の中、黄色いジャケットとヘルメットを着けた誘導員が、両手に夜間誘導用の発光体を持って機体の左前方で彼の合図を待っていた。

輝男は両手で拳を握り、それでL字をつくった。親指だけを伸ばす。車輪止めを外せという合図だ。

誘導員は親指を立てて確認の合図を送るとエア・インテークの前方を注意深く避けながら機体の下に潜り込み、

車輪止めを外した。元の位置に戻り、輝男にそれを見せる。

輝男は左手の掌を裏返し、左に向けて何度か振って見せた。誘導員はそれに親指を立てて応える。機体下面には何の障害物も存在しない事が確認された。

これでカタパルト・デッキへと機体をタキシングさせる事ができる。

輝男は操縦桿《スティック》に設けられた前脚ステアリング・ボタンを作動位置に入れた。操縦桿の操作に従って前輪が向きを変える様になった。彼はその作業に続いてキャノピーを閉じる。その途端、甲板の喧騒は嘘の様に消え去った。聞こえてくる最も大きな音は空調装置の作動音だ。

輝男は確認の合図を返した。誘導員は両手で別の誘導員を示し、誘導引き継ぎを伝えた。同じ様に発光体を持った別の誘導員が肘から先だけ両手をあげ、それを軽く揺らした。前進の合図だ。

輝男は左手でスロットル・レバーをごくわずかだけ前に押した。機体が前進を始める。安全確認のため、ブレーキを踏む。機体はブレーキングとほぼ同時に停止した。問題ない。

彼はブレーキをゆるめ、誘導員の指示に従いながら機体をカタパルトへと向けた。右に切れ、左に切れ、速度落とせ等々の指示を受けながら、一分もしないうちに甲板前部に二基設けられたカタパルトの左舷側真後ろへ進入する。

輝男はボタンを操作し、前脚の油圧を下げた。脚は縮まり、機体がわずかに前傾する。射出の際にかかる様々な力をなるべく上昇に有利なベクトルに変換するための操作だった。

ここで再び誘導員の交代があった。ここから先、指示を送ってくるのは緑色のジャケットとヘルメットを着けたカタパルト関係要員が主だ。

機体左側に立っていた赤いジャケットの兵装要員が、搭載装備をチェックした。問題なし。機体の状態、問題なし。彼はパイロンに下げられている兵装――輝男の機体の場合、スパローとサイドワインダーが各四発――の数を再度確認すると、機体の下に潜り込み、各ミサイルのセフティ・ピンを抜いた。これでミサイルはいつでも〝熱く〟なれる。

兵装要員が機体の下から出た事を確認して、カタパルト要員の一人が、数字の書かれたボードを示した。射出時の機体重量を確認している。

輝男はフライト・スーツ大腿部に備えられた記録ボード《ニーボード》を見てその数字と同じ値が記されている事をチェックし、確認の合図を送った。ボードは二つのカタパルトの中間にある射出管制所にも示された。

甲板にわずかに窓だけを出したそこでは、ボードによって伝えられた重量に必要なだけの蒸気圧がカタパルトにセットされた。

現在、カタパルト用蓄圧器に貯めこまれている蒸気圧は搭載機の射出に不足はない。

母艦がガスタービンによって二〇ノット以上の速度で航行しているからだった。蒸気タービンから発生する蒸気はすべてカタパルトへ供給されており、発艦させる機体の全てが絶対に失速しないだけの運動エネルギーを与えられて飛び立つ事が可能だ。とはいっても、失速してしまう速度より極端に速いという訳ではないが。

カタパルト要員が機体下部へ潜り込んだ。

甲板へ上半身を押し付けんばかりの姿勢で前脚へ近づき、甲板に装備された制動用の棒を前脚の後部側に設けられたフックに引っ掛けた。これにより、輝男の機体はスロットルを開いても動かない様になった。

機体下面からはいでたカタパルト要員は輝男に向けて合図を送った。胸の前で開いた右掌を彼の方に向けている。続いて握った左拳でただ一本つきたてた親指をその前で上下させた。

輝男はボタンの一つを操作し、前脚前面に設けられた発艦バーをおろした。これがカタパルトの荷台《シャトル》にセットされれば、発艦準備は完了だ。荷台は蒸気圧によって猛烈な速度で甲板にあるカタパルトの溝を突進し、機体を空に向けて放り出す事になる。無論、制動、発艦用の棒は、適当な段階で自動的に外れる造りになっていた。

発艦バーの固定確認と同時に、機体後部の飛行甲板が数メートル四方、艦尾に傾斜をつけて持ち上がった。発艦時にエンジンから吐き出されるジェット噴流を中空に向けて逸らすためのブラスト・ディフレクターだ。

輝男は要員の中で最も高い地位にあるカタパルト幹部《オフィサー》の一尉からの合図を確認した。

カタパルト幹部は右手の人差指と中指をまっすぐに伸ばしていた。スロットルを開けというサインだ。伸ばされた指の数によってスロットルをどこまで開くかが指示されている。指二本の場合、常用定格推力《ミリタリー》――アフターバーナーを使用しない最大推力という事になる。

輝男は左手で握ったスロットルをミリタリー推力まで

前進させた。彼の耳には大して騒音は響いてこないが、甲板上には二基のＩＨＩ―ＴＦＪ14―800エンジンから放たれる咆哮《ほうこう》が轟いている筈だった。

　輝男はエンジンの回転を確かめると軽く息をつき、カタパルト幹部に顔を向けた。右手の親指を立てて合図を送り、続いて敬礼する。視線を戻し、身体をシートに押し付ける様にした。右手は操縦桿を握る。

　カタパルト幹部は大きく脚を曲げて半ば甲板へ倒れこむ様にしながら手を振りおろした。

　カタパルト作動。

　八〇トン近い力が機体を前方へと引っ張った。輝男の身体にも一トン近い力がかかった。

　機体は二秒余りで時速二七〇キロに加速され、空中へと放り出された。

　輝男は操縦桿とスロットルを操作して位置エネルギーを運動エネルギーに変換し、機体を上昇させた。戦術航空航法《TACAN》システムの指示に従い、機体を規定高度の二〇〇〇メートルまで上昇させる。

　輝男は口を軽く歪めた。駐機スポットからここにくるまで五分もかかっていないが、いつもながら緊張させられるゲームだった。

　その時、それまで黙っていた後席員の声がインターカムで響いた。

「ったく。いつも思うんだが、俺たちゃマゾだね。あんなヒドイ真似をする女王様に喜んで乗ってるんだから」

「だな。……が幾つあっても足りやしないよ」

　輝男は笑いを含んだ声で答えた。有名な家庭用ゲーム機の名を出していた。これは、各国の母艦パイロットに共通する冗談だった。彼らは出撃する同僚に対し、必ず、

「貴様が帰ってこなかったら」

――あれを貰っていいかな、と言う。合衆国のパイロットならそれは日本製のステレオだった。海自のパイロット達は以前、ラジカセと言っていたが、ここ一〇年程の間にそれはゲーム機に置きかわった。

　通信が入った。彼らの母艦――海上自衛隊航空護衛艦《CV》〈しょうかく〉戦闘指揮所からの直通回線だ。女性の声だった。

「ムーンベース・コントロールよりベア・リード。送レ」

「こちらベア・リード、感度良好。送レ」

「貴編隊はデルタ・ポイントに先行、ストライク・パッケージの前衛戦闘空中哨戒《CAP》を行え。指示あるまで電波発

振は禁止。警戒情報はムーンベース及び滞空中のハンマー及びゴールキーパーからリンクする。両機のラジオコールはそれぞれシド01、シャドー05。なお、パッケージ出撃前に空中給油を行う。タンカーは後続編隊に同行。確認せよ。送レ」

「ベアよりムーンベース。デルタ・ポイントにてフォワードCAP、指示あるまでEMCON。タンカーとはデルタ・ポイントにて会合。これで良いか？　送レ」

「ムーンベースよりベア。指示確認を了解……テディ・ベア、頑張ってね。終リ」

「うひょお」

後席員が奇声を上げた。

「テディ・ベア、てめぇ、〝先生〟を堕落させちまったな」

「まぁね。呉を出る前に、な」

輝男は少し自慢する口ぶりで答えた。

「ガキの頃から、憧れの美人教師というパターンが好きだったんだ」

「ったく、貴様も物好きだよ。いや、〝先生〟が物好きなのかな？　とにかく、おめでとう――編隊全機発艦終了だ。みんな俺達のケツについてる」

「ああ、わかってる。デルタ・ポイントに向かう」

「宜候」

真面目な表情に戻った輝男は、操縦桿をわずかに傾けた。合計四機のF14Jトムキャットからなるベア編隊は、二機ずつペアを組み、指示された哨戒ポイントへの移動を開始した。

それぞれのペアは、水平方向で二キロ、垂直方向で一キロ程度の間隔を空けて互いを支援しあえる様に飛んでいる。スペイン内乱でアドルフ・ガーランドの創始した編隊戦闘陣形を性能の上がった現用戦闘機向きに修正したコンバット・スプレッド・フォーメーションだ。

周囲を間断なく監視する輝男の視界に、一瞬だけペルシャ湾の陽光を反射する海面が入り、その上に展開した大艦隊の姿がちらりと見えた。

閃光。

「始まったな」

輝男はうめいた。

4　作戦幕僚

リヤド、サウジアラビア

一月一七日午前一一時七分

合衆国中央軍司令部《USCENTCOM》S3――作戦幕僚部のジェラル

ド・パーネル大佐がトイレから戻ったのは、多国籍軍航空部隊の第二次攻撃が既に開始されている筈の時刻だった。

　背がさほど高くない彼は、大きな地図、TVモニター、無数のコンピュータ端末に占領されている司令部作戦室へ入る前に、少しだけ爪先立ちをしてドアの所から作戦室の中を覗いた。そこは普段から人の出入りが多い場所だったが、今日はまた極端にそれが多い。立錐の余地もない、という程ではないが、背伸びでもしない事には中を見る事は出来なかった。

　USCENTCOMの中枢であると同時に多国籍軍の中枢でもあるそこには、彼の上官、同僚、部下だけではなく、日本、英国、フランス、ドイツ等々から派遣されている連絡将校達が忙しく立ち働いていた。

　いや、大部分の連中は忙しそうな素振りをしているだけだ、パーネルはそう思った。地上戦はまだ先の話だから、各国陸軍の連絡将校までが忙しくなる筈もない。大体、彼らに汗をかかせる問題は今のところは兵站問題が大部分だ。そして、兵站問題についての調整ならばこの部屋に来る必要は無い。シュワルツコフ大将の合理的な決定に従い、よほど大きな兵站要求でもない限り、直接、司令部S4、兵站幕僚部へ話を持ち込めば良い事になっている。この戦争では、各国の兵站については（他の全てと同様に）合衆国軍が面倒を見る事になっていた。

　当然だった。大抵の国には、（合衆国から眺めるなら）地球の反対側にある様な砂漠に派遣した軍隊を作戦行動させるだけの兵站補給能力は無かった。さすがに英国はその例外で、次いで大型・高速コンテナ船で兵站物資を持ち込んで来た日本もそれなりに自分の面倒を見る事は出来たが、他の国はどうにもならなかった。

　中でも特に面倒なのはフランスだった。

　この国は未だに植民地戦争的な行動が大好きな割には大した渡洋兵站能力を持っていない。非アラブ系参戦国の中では戦場へ比較的近い場所に本国を持ちながら、合衆国やサウジの大型トラックを借りねば兵站維持が出来なかった。おまけに、彼らが派遣してきた部隊は装輪装甲車輌が主力の軽機甲《ダゲ》師団で、移動力の大きな事だけが取り柄の兵力だった。合衆国式の作戦思想から言えば、一体どうやって使えば良いものか、判断のつきかねる代物だ。

　パーネル大佐はフランス人が送り込んで来た〝機甲師団〟の実戦力を書類上で確認した時の驚き――というよ

り呆れ――を良く覚えている。大体、師団という名前が大嘘で、彼の見るところ、二昔前の合衆国歩兵師団偵察大隊と大差の無い戦闘力しか持っていなかった。

装備についても御寒い限りだ。〝装甲〟車輛の防御力が弱すぎるため、正面攻撃には使えない。同様に、敵の機甲部隊に出くわした時の事を考えると主要戦闘正面での突破戦闘にも危なくて使えない。

幾ら安上がりになるとはいえ、まともな装甲防御力を持たない装輪車輛に一〇五ミリ砲を積んで喜んでいるフランス人の神経がパーネルには理解出来なかった。

確かにその種の車輛は合衆国陸軍や海兵隊でも数を増やしつつある。

だが、それはM1のような攻撃力・防御力・機動力のバランスが高いレベルでとれた戦車のバックアップが必要とあれば受けられ、航空・火力支援にもあまり不自由しないという現実があるから使いみちが出てくるものだ。フランスの様に、防御力の低いAMX30などという脆《もろ》い戦車が主力の国が行って良い判断ではない。

パーネルのこうした判断は偏見に満ちている様に思われるかもしれないが（多少はそのきらいがあるにしろ）、実の所、まったくの現実的見解と言うべきものだった。


例えば、このリヤドで知り合ったドイツ連邦軍――統一ドイツ陸軍の連絡将校は、

「おそらく、フランスの〝軽機甲師団〟は」

――相手が一九四四年型編成・装備のドイツ装甲師団でも勝てないでしょうな。

と、言っていた。ほら、彼らの装備しているAMX10とかいう妙な車輛では、八八ミリ砲の遠距離射撃に耐えることはできませんよ。射距離？　はは、砂漠やロシアの平原で我々の祖父は、四〇〇〇メートル以上で命中弾を出してみせたものです。

それにしても、一体なんでまた彼らは大枚はたいてあんな中途半端な部隊を編成しているのですかね。我々がちょっとした重火器があるだけで進撃出来なくなる様な装甲部隊はパレード以外の使いみちが無い事に気付いたのは、一九三九年の事だったんですが。

結局の所、そのドイツ人は数時間の戦闘でフランス部隊は壊滅するだろうと言った。

パーネルはドイツ人のまことにドイツ人らしい態度に多少の反感を抱いたが、彼の判断には心の底から同意を示す他なかった。まぁ、軽機甲師団は通常の装甲部隊との戦闘を考えてはいないのだから、そうした比較自体に

無意味なところがあるのは事実だったが。

　けれども、敵が旧式、あるいはモンキー・モデルとはいえ、ＭＢＴと呼んでさしつかえない本物の戦車を何千輌も揃えている戦場にそうした部隊を派遣してきたフランス人の軍事能力について、（至極上品に表現して）多少の疑いを抱いてしまうのはどうしようもなかった。

　結局、パーネル大佐が思い付いたフランス部隊の最も適当な使用方法は、どう考えても敵と出くわしそうにない作戦域《TO》の外縁部を勝手に走って貰う、それだけだった。攪乱、敵兵站路切断、といった効果を狙う——とシュワルツコフ大将に出したペーパーには書いておいたが、それを読んだ大将は熊の様な顔に人の悪い笑みを浮かべて、

「ジェリー、フランスの女性とワインは最高なんだがな」

　とひどく下品な事を言って彼の原案にサインをした。大将にも、フランス軍が作戦上の必要性から言えば邪魔ものでしかないという事がわかっていたのだった。攪乱、兵站路切断といった効果は、軍から大学に派遣されて政治学の博士号を取得したパーネル御得意の政治的表現に過ぎなかった。


　これとは対照的に、英国、日本、ドイツが送り込んできた地上部隊はパーネルにとって使いでのある兵力だった。

　軍歴を主に本国と欧州で積み上げて来た彼にとって、英国陸軍のプロフェッショナリズムにあふれた精強さはまことに心強かった。

　日本の湾岸派兵決定の影響を受けて一個装甲旅団を送り込んで来たドイツ軍については、疑いを抱く事すら罪だった（なにしろ、ドイツ軍なのだ）。

　パーネルにとって最も意外な驚きだったのは、日本が送り込んで来た第一独立装甲連隊だった（日本はこの他に空母・戦艦各一隻を主力とする二〇隻の艦隊と、八〇機の基地航空機を派兵していた）。

　この部隊はかつてヴェトナム戦に参加した第一独立装甲連隊の後身と言える兵力で、アジアに比較的疎《うと》いパーネルでさえ、その名を強く記憶していた。

　一九六九年、彼はヴェトナムでのツアー・オブ・デューティを火力基地の弾着観測担当将校としてこなした経験があった。

　その時すでに第一独立装甲連隊は、ダン・ラザーが命名した〝メコン虐殺部隊〟として世界中に名を（一般的

な意味では悪名を）喧伝《けんでん》されていた。確か、指揮官についても似たような批判が行われていたとパーネルは記憶している。

　もっともそれは、ヴェトナムの現実を知らぬ者達が安全な居間のＴＶから伝えられる情報だけで下した判断に過ぎなかった。

　当時、ヴェトナムにいた合衆国軍の兵士達の間では、韓国と日本の派遣部隊の人気は絶大なものがあった。韓国歩兵は、

「クソにも筋肉が通っている連中、本物の歩兵」

と称えられていた。ジエータイという奇妙な名前の軍隊にしても同様で、

「ジャップにはエンペラーの魔法がかけられている」

と評され、その本部のラジオコール〝ゴジラ・コマンド〟は知らぬ者が無い程だった。

　合衆国の歩兵達は、士気の怪しいところがある同じ合衆国の部隊よりも、〝ゴジラ・コマンド〟が無線に出て支援を約束する事の方を喜んだ。

　彼らにとって第一独立装甲連隊は虐殺者ではなく、幻想の巨獣にも似た圧倒的な攻撃力で敵を叩き潰す最良の味方だった。その影響は合衆国軍のかなり上層まで及んでおり、テト攻勢以後、その公式戦闘記録にも、
JPN 1st Ind Arm Reg “GODZILLA”

と部隊名が記されている程だ。

　日本は、一九七三年のヴェトナム撤兵後、マスコミから滅茶苦茶な非難を受けたこの部隊を解隊していた。

　それからほぼ二〇年。再び派兵が求められた彼らは、その伝統を受け継ぐ部隊を新編し、湾岸へと送り込んだのだった。時代は変わり、彼らの行為が虐殺などでは無かった事が理解される様になっていた。

　それどころか、テト攻勢を死傷者二〇〇名の損害で切り抜け、なおかつ完全に作戦目的を達成した彼らに対して、やや過剰な程の再評価が行われる傾向すらあった。

　国会での二ヶ月におよぶ混乱の後、ヴェトナム参戦時に制定された「海外部隊派遣法」の埃が払われ、第一独立装甲連隊の編成が決定された。その実態は北海道の第七機甲師団から最良の一個戦車連隊を引き抜き、それに長官直轄の支援部隊《FSBd》や富士教導団の普通科教導隊を付け加えたものだったが、朝日新聞は例のごとくの論調で、

「防衛庁、虐殺部隊を派遣」

と報じた。防衛庁——特に内局はそれを見て見苦しい

程に慌てふためいた。

だが、その記事は国民の共感を呼ばず、かえって批判の対象となった。ある意味で喜劇的だが、そうした世論を作り上げたのは湾岸危機でやたらとマスコミに引っ張りだされる様になった軍事評論家達だった。誰もが、「日本にこんなにたくさんいるとは知らなかった」人々の事である。

彼らは第一独立装甲連隊が海外では高い評価を受けている事を語り、その正式な部隊名よりはゴジラ・コマンドという呼び名を好んで用いた。余りにその名が連呼されるが故に、東宝がマスコミへ文句をつけた程だ。

考えてみれば、彼らが第一独立装甲連隊の復活に好意的であるのは当然だった。「誰も知らなかった」人々は元自衛隊幹部かミリタリー・マニアあがりがその大部分を占めていた。

彼らはこの部隊がゴジラ・コマンドであると同時に、北海道戦争で活躍した第七特車群の後身、第七機甲師団から引き抜かれた第七二戦車連隊を中核としている事も重視していた。

この連隊は、自衛隊が装備を開始して数年しかたたない新型の八六式戦車を定数一杯装備しており、〈向こう側〉との正面きった殴り合いに備え続けている部隊だけあって練度も非常に高かった。

結局、当初は部隊の派遣に批判的だった世論はそれを肯定する方に傾き、虐殺部隊は世界最強のゴジラ部隊として活躍を期待される程になった。

まことに日本的な情景と言う他ないが、その背景にはGNP世界第二位へとのし上がった分断国家という歪んだ現実からの一時的な解放を求める空気があった。彼らは、自分達の生活に影響を与える〈向こう側〉との対立、そこで発生するフラストレーションを、油があるという以外にはさして現実的意味の無い遠い場所で繰り広げられる戦いで発散する事を求めたのだった。

確かに、TVへ映しだされる戦争ほど心躍るものはない。そこに、日本から「代表選手団」として送り込まれる人々が登場するならばなおさらだ。

徴兵制の存在しない日本では、大部分の国民にとって自衛隊とは理解の外にある存在であったから、彼らが戦場となるであろう場所へ送られる事についても、さしたる現実感を抱かずに済んだのだった。

要するに国民の大部分は、ペルシャ湾岸の戦火をオリンピックやペナントレースに対するそれと同じ感覚で眺めていたのだ。

　日本国民がこの事態をどう見ているにしろ、第一独立装甲連隊の来援はパーネル大佐にとって喜ぶべき事件だった。

　彼らは現代の砂漠戦において不可欠な装備――エンジン用の防塵フィルターから衛星利用の位置測定システム《GPS》に至るまで――に多少の問題があったが、解決不能ではなかった。三菱、トヨタ、日産といったメーカーはアラブ諸国に（最終的には軍用となる）四輪駆動車を多数売り込んだ実績から防塵フィルター開発・生産のノウハウを持っていた。

　また、GPSについては合衆国が開戦後も民間用周波数の停止をしないと決定したため、秋葉原ならばサラリーマンのポケットマネーでも買える様な値段のハンディな民間用GPSを買い集める事でなんとか間に合わせる事ができそうだった（GPSとは自家用車用にサテライト・クルーズ云々という商品名で販売されているメカの同義語だ）。この他に、砂漠地帯用の戦闘服については誰もが笑い出したくなる様な真実が判明した。陸自の需品担当幹部が合衆国軍制式の砂漠地帯用戦闘服をなんとか手に入れようとして調査した所、その製造メーカーは日本に存在していたからだった。

　結局、多国籍軍が航空撃滅戦を開始した今日までの段階で、第一独立装甲連隊は砂漠向きの態勢を整える事に成功していた。日本はその歴史において砂漠での戦闘経験を持たなかったから、突破兵力として使用するには多少の不安があったが、第二梯団の機動予備としては充分に期待出来る能力を持っている――合衆国中央軍、そしてパーネル大佐はその様に判断していた。

　パーネル大佐は人垣をかきわける様にして作戦室へ入った。内心で、おいおい、見物ばかりしていたら、司令官の御機嫌を損ねるぜ、と思いながら。

　彼はその点について何か言おうかと思い、自分の席に向かったが、次の瞬間、思わず右手で額を押さえてしまった。

　ノーマン・シュワルツコフ大将が、作戦室に置かれた唯一の革張りの椅子に座って、誰よりも熱心な面持ちでモニターを見つめていた。

5　カオス

バグダッド、イラク

一月一七日午前一一時二五分

藤堂守上級大将の判断によれば、〝友軍〟の現況は控え目に表現しても優勢から程遠い状態にあった。

正直に言うなら、現状は戦争と呼べるものではなかった。多国籍軍航空機が縦横無尽にイラクの空を飛び回り、重要拠点を片端から叩き潰している。これに対し、イラク軍は効果的な迎撃を実施していない。多国籍軍パイロットにとっては、スリル満点の爆撃演習とでもいうところだ。

守の居る場所は、彼の個室がある階よりさらに地下深くに設けられた航空作戦指揮所だった。イラクがイランとの戦争で破産状態に陥る以前に建設された施設で、オイル・マネーがふんだんに投入された豪勢な指揮・通信設備を備えていた。主にフランス製と西ドイツ製だ。

全体の印象は、守が情報資料で見た事のある合衆国宇宙防衛司令部――以前のＮＯＲＡＤの中央指揮所に良く似た内装だった。壁面にはイラクとその周辺の航空状況を示す巨大なディスプレイが幾つも備えられ、管制官用のコンソールが幾つも並べられている。

守が座っていたのは、ディスプレイから一番離れた位置にある高級指揮官用区画だった。彼はとうに視力が落ちており、そこからではディスプレイの細かい表示が見分けられなかった。眼鏡を作っていないのは、元ファイター・パイロットとしての意地からだ。子供っぽい、ある意味では馬鹿らしくさえある理由だったが、別に、そうした気質は守に限った話ではない。ファイター・パイロットとはそういう人種だ。

それに、肉眼では見えなくとも守は困ってはいなかった。イラク空軍に存在するらしい彼の同類が使用するためなのだろう、指揮官区画のコンソールにはディスプレイを眺めるための小型双眼鏡が備え付けられていた。

背後から聴き慣れた声がかけられた。ロシア語だ。

「マモル、あんなもの、眺めても役には立たん。通信回線があらかた途切れている。あそこには既に壊滅した部隊や、帰投した筈の敵機が映されているだけだ」

「わかっているさ、アリョーシャ」

守は見事な発音のロシア語でそう応えると、双眼鏡を下ろし、傍らの座席に腰を降ろしたロシア人に顔を向けた。

「だが、こうでもしていなければ、帰国後に任務サボタージュで告発されかねんのでね」

「君の国は未だにスターリン時代並みだな」

アリョーシャ——ソヴィエト連邦陸軍大将アンドレイ・バラノヴィッチ・コンドラチェンコは年齢の影響を無視した様なたくましい体軀を震わせて太い声で笑った。

「ま、コミュニズムの総本山たる我が祖国は最近ゆるみ過ぎではあるが」

珍しく、投げやりな口調だった。守に人間的幸福を味わわせた女性の兄は、少し赤い顔をしていた。

守は尋ねた。

「飲んでいるのか？」

「ほんの気持ち程度だ」

コンドラチェンコは吐き出す様な口ぶりで答えた。

守は視線を落とした。コンドラチェンコの生活が荒れているらしい事はあちこちから聞こえてくる噂で知ってはいた。原因は、自慢の種だった二人の息子がアフガニスタンで相次いで戦死した事にあると言われている。

彼らは父の後を継いで特殊部隊《スペツナズ》要員としての人生を選び、赤軍将校としての義務を果たし、死んだ。

長男は部下を撤退させるために最後まで戦場で踏みとどまった結果、モジャヒディンに喉を切り裂かれた。彼の頭は切り取られ、アフガンの伝統的な競技に使用されたという話だった。人間の頭を用いてプレイするラグビーの様な競技である。

不確かな噂話ではない。それを父親へ報告したのは次男だった。彼は、兄の頭がゲームに使われている事実を知ると、半ば私兵と言って良いほど彼に心服していた一個分隊のスペツナズを率いてその集落へ乗り込み、そこに住む老若男女全員を虐殺、変わり果てた兄の一部を自らの手で取り返した。そして、その一部始終を父親に報告した二週間後、長距離偵察哨戒任務《LRRP》の途中、友軍機の誤爆によって死んだ。兄とは違い、回収に向かうべき遺体は残らなかった。彼の肉体は部下と共にカイバル峠のとある斜面に飛び散っていた。

守は両目を閉じ、まぶたを指で揉んだ。コンドラチェンコにとって駄目押しとなった事件は、サーシャの死だった。コンドラチェンコの妻はたて続けに二人の息子を失った衝撃から回復する事の出来ぬまま、特殊な治療を行う病院に入院し続けている。彼にとって彼女は苦悩以外の何ものでもなかった。

結果、守にとってのそれとは別の意味で、コンドラチェンコにとっても妹は唯一の、貴重な何かになっていたのだった。

守にとってサーシャの死は内面の何かが決定的に崩壊

した事を意味していたが、コンドラチェンコの場合、その影響は外面にまで及んでしまった、そういう事だった。

守はだらけた格好で腰掛けている義兄にあたる友人を見た。軍服の着こなしもどこかだらしなかった。

以前は陸軍参謀総長職就任確実と言われていた彼は、現在、ソヴィエト連邦軍イラク軍事顧問団長の職をあてがわれている。ミハイル・セルゲイヴィッチ・ゴルバチョフの新政策下では、その職はかつてと全く意味が変化していた。

冷戦時代、ソヴィエトの顧問団長と言えばそれを受け入れた国の軍隊の実質的な総司令官職だった。

供与されたソヴィエト製装備は、それが強力なものであればあるほど、顧問として各部隊に配属されるソヴィエト将兵の指導――戦闘参加が無ければまともに機能しなかったからだ。

それが、ソヴィエト式の安全保障政策の一つでもあった。どちらかと言えば怪しげな方法で政権を維持せねばならぬ者の多いソヴィエトの同盟国元首達は、彼らの地位を維持するため、その露骨な干渉政策を受け入れざるをえなかった。

だが、現在、ゴルバチョフは合衆国とのいかなる対立も回避するという方針をとっている。

結果、合衆国――いや、西側世界全体と衝突したイラクの顧問団長という地位は、ひどく馬鹿らしいものになっていた。

崩壊しかけているソヴィエトという帝国の威信を幾らかでも保つため、顧問団の本格的な引き揚げは不可能だった。だが、合衆国に不快感を感じさせるほどイラクへ協力する訳にもいかなかった。要するに何かをしていなくてはいけないが、何も行ってはならないという事なのだった。

守の見るところ、コンドラチェンコは、その現実に身を持ち崩す事で対応しようとしていた。確かに顧問団長が無能に等しい態度をあえて取りつづければ、ゴルバチョフの求めた方針は完全に充足される。何をしても絶対にうまくいかなくなるからだ。

いや、たとえアリョーシャが全智全能を発揮しても現状に変化はないのではなかろうか、守はそう思った。

イラク軍の現状は、彼に対してそう思わせる程に破滅的だった。深夜の第一撃によって主要CキューヴドI――指揮、統制、通信、情報システムの大半が壊滅した。

特に、部隊を状況へ的確に対応させるために不可欠な通信システムの損害がひどかった。西側の高度技術を用いたＥＣＭと爆撃はイラクの指導者が大金を投じて建設した軍事組織をソフト・ハードの両面で細切れの肉片に分解させようとしていた。

無論、いかに西側といえども、使用している兵器の全てが高度技術化されている訳ではない。爆弾の大部分は合衆国空軍で通称するところのスリック――通常型五〇〇ポンド爆弾だった。第二次大戦で使用されたそれと大差無い兵器だった。

また、電子戦装備《ＥＷ》にしたところで、軍関係で〝現用〟の主力電子妨害手段として語られているディセプション・ジャミングが行われている訳ではなかった。この妨害手段は敵のレーダー・パルス発振源に、現実とは全く異なる反射データを持つ同じ周波数、同じ発振間隔の電波を送り込むという手のこんだものだが、今のところ、その実例は報告されていない。大部分は昔ながらのノイズ・ジャミングだった。

それどころか、場合によっては、特定のレーダーの周波数帯を狙って妨害を行うスポット・ジャミングではなく、問答無用とばかりに大出力で全周波数帯をかき乱してしまうバラージ・ジャミングが行われている例さえあった。バラージ・ジャミングとは、第二次世界大戦中から使用されている古典的なＥＣＭだ。高度技術装備で知られる多国籍軍――西側主要国軍にしても、何からなにまで最新の手法を用いる訳にはいかないらしい。

無理もない事かもしれない。ＥＣＭシステムとは開発の難しい、高価な装備であり、新たなものが開発されたからといって、すぐにそれが全軍へ行き渡るというものではない。これは兵器に付き物の奇妙な側面というべきで、民間ならば骨董品扱いされる二〇年前の電子製品が〝最新装備〟として機密扱いされている事も珍しくはなかった。

多国籍軍による空爆の実態とは右のようなものだったが、たとえそうであったとしても、さして新しくはない手法が大部分の攻撃によってイラク防空網が壊滅しつつあるのは否定出来ない現実だった。

現在、イラク軍の大半は来襲する敵機を発見して撃つ以外の反応を起こしていなかった。早急に必要とされている筈の防空システム再編成には手も付けられていない。

激しい爆撃にもかかわらず、強化シェルターに納められた航空機の損害は意外なほど低いレベルに押さえられていた。だが、どれほど強力な航空部隊を保有していたところで、彼らに対して的確な指示を与えるシステムが機能しなければ、戦力は限りなくゼロに近くなる。

　であるのに、イラク軍は防空組織の再編に全く手を付けていなかった。余り考えたくない事だったが、どうやら彼らは、その必要性にすら気付かぬまま、呆然と現実を受け入れている様だった。

（インシャラーとはそういう事ではあるまいに）

と、守は思った。ホストであるイラク軍がこの有り様では、何等なす術がなかった。

　この国にいる彼の部下は一個飛行大隊分のＭＩＧ29Ｊとそれをあやつるパイロット、支援要員を主力とし、その他に地対空ミサイルを装備した二個防空大隊が展開している。

　だが、イラク軍の早期警戒網が次々と破壊されている現状では、戦闘参加させてもろくな事にはならない。空中警戒管制機の支援を受けた敵機に大遠距離からミサイルを食らって終わりだ。防空大隊はすでに戦闘参加しているが、敵の電子妨害により、ほとんど無誘導で発射する以外、何の手も打てない状況にある。

　守は、状況が一段落するまで、防空大隊にも戦闘参加を控えさせようか、そう考えていた。その方が戦力を無駄に失わずに済む。それに、彼にはもう一つの思いがあった。おそらく、現状から受けた最も大きな衝撃と言って良い思いだ。

「同志書記長が合衆国に白旗を振ったのは正しかったのかもしれない」

　コンドラチェンコが醒めた声で言った。姿勢は相変わらずだが、表情と声だけが、かつてＤＭＺのジャングルで守を救い出した特殊部隊将校の冷徹なそれに戻っていた。

「マモル、そうは思わないか？」

「ああ。ある意味ではな」

　守は小さく答えた。彼には、コンドラチェンコが自分と同じ結論に達して口を開いた事が理解出来ていた。

「輸出《モンキー》モデルとはいえ、ソヴィエト製兵器が山の様に叩き壊されている」

「ＳＴＡＶＫＡ《モスクワ》じゃあ、今頃大騒ぎだろう。航空機や戦車ならともかく、レーダー・システムや地対空ミサイルにはモンキー・モデルが存在しない。ヤンキー達は、ソヴィエト軍が装備しているのと同じ防空システムを苦もなく突破し、それを叩き潰しているのだ」

　コンドラチェンコはそう言って一度言葉を切り、ため息をついた。

「一体、モスクワに何と伝えたものかな」

「君の立場には同情する」

「マモル、君にとっても他人事ではないぞ。我々は基本的に同じ装備を使用しているのだ」

「全く、驚きだよ」

「ああ。一体、モスクワに何と伝えるべきだろう？　我々がこれほど遅れているとは。ゴルバチョフは正しいのかもしれない。ＩＣＢＭで先制奇襲をかけない限り、社会主義の軍隊は――」

「全く」

　守は同じ言葉を繰り返した。

「驚きだよ」

6　彼女の理由

ペルシャ湾
一月二〇日午前九時四〇分

海上自衛隊三等海佐・土井美咲にとって、この戦争は生まれて初めて経験する実戦だった。それは彼女の人生に大きな影響を与えずにおかない筈の現実だったが、困った事に、今のところ、自分が戦争に参加しているのだという実感を持てずにいる。

　その原因はと言えば他の何でもない。多国籍軍が余りにも優位にたって戦争を進めているからだった。洋上の、余りにも堅固に防御された満載排水量九〇〇〇トンの航空護衛艦で戦闘指揮所のコンソールから艦載機の戦術航空《TAC》統制を行っている限り、ほとんどの状況は彼女にとってお馴染みのものばかりだった。

　通信の一時的途絶、帰投の遅延、そうしたアクシデントも、平時の訓練で発生する範囲のものであり、必要以上の緊張感や恐怖を味わわせはしなかった。

　これまでのところ〈しょうかく〉の飛行隊は一機も戦闘損失を出していなかったから、彼女がそう感じていたとしても無理はない。彼女個人にとっては唯一つだけ例外が存在していたけれども、とにかく、全般的にはいささか拍子抜けという印象があった。

　その影響なのかどうか、今日の彼女には艦内の空気が多少弛緩《しかん》し始めている様に感じられた。女性幹部・隊員《WAVE》用の区画を出て、当直配置に向かう間に見掛けた隊員達にそうしたものが感じられる。

（今日にしても）

美咲は規定すれすれの肩まで伸ばした黒髪を細い指で軽く撫でて思った。

起床すべき時間より遥かに早く起こされたのは、くだらない話が持ち込まれて来たからだ。副長からの要請で、WAVE達について風紀面で気を付けて貰いたい、という事だった。

〈しょうかく〉にはあれこれひっくるめるならば三〇〇〇名以上の人員——総人員一〇万に満たない海自で——が乗艦している。うち、女性はわずかに四三名だ。副長からの要請は、彼女達が男性についての観察眼を体験的に養い過ぎない様にして欲しい、という事であった。確かにこうした環境では、特殊な手術を受ける他に解決する術の無い遺伝的特徴について悩みを抱いている女性でも、男性に不自由はしない。その点について、なんとか戦術航空統制班長の力で……

（ばかばかしい）

それを聞いて彼女はそう思った。だったら、女を作戦艦艇になんか乗せなきゃいいのよ。

海自がなぜ作戦艦艇——とはいっても、今のところ〈しょうかく〉の様な大型艦に限られているが——に女性を乗り組ませるという決断を世界で最初に下したのか、美咲は良く知っていた。

理由は唯一つ。男性隊員の数が足りないからだ。

当初はWAVEを基地や支援艦艇に配属する事でごまかしていたが、経済の発展に伴う労働環境の変化と人口ピラミッドの変質によって、直接戦闘に参加する艦艇にまで女性を乗せざるを得なくなってしまったのだった（赤い日本と異なり、美咲の日本には徴兵制など存在しない）。大体、完全充足状態でも一〇万にしかならない人員で二隻の九万トン空母、一隻の戦艦、五〇隻の護衛艦、二〇隻の潜水艦、四〇〇機近い作戦用航空機を有する戦力を維持しようとしている所に無理があった。

過去、これをなんとか維持出来ていた理由は、本州以南の防衛を担当する陸自の乙編制師団二個にまわすべき新隊員のほとんどを海自が受け取っていたためだった。女性を戦場に引っ張りだす事になってしまったのは、それを行ってすら、ほぼ一万名近い定数割れを起こすようになっていたからだ。

美咲は、こうした海自の現実に求められて登場した女性達の第三世代だと言えた。つまり、完全な後方勤務要員として求められた六〇年代のWAVE、世間で強まるフェミニズムの風潮をごまかすために登場した七〇年代の女性幹部達とは全く異なる、八〇年代の戦闘要員だ。

経歴からして、それ以前の人々とは異なっている。

美咲は八〇年代初頭に女子学生受け入れを開始した防衛大学校の卒業生だった。

彼女は頭の回転が早く、体力も女性の平均以上はあったから、同期の女子学生中トップ、全体を通しても五指に入る程の成績で卒業してしまえば未来は約束された様なものだった。半年間の幹部学校教育もまた同様の席次であった事が、未来をさらに強固なものとした。

このため、三尉任官後、部隊に配置されてからの昇進も異常と言える程に早かった。二八歳で三佐に任官した時はさすがに批判が起こり、まるで昔のルフトヴァッフェ並みだと言われた。

だが、海自は女性隊員を増やすために彼女等の目標となる人物を早急に作らねばならなかったから、美咲の異常なまでの昇進速度は衰えそうもなかった。内局あたりから聞こえてくる下馬評では、おそらくあと二年以内に二佐、その後で一佐——実質的には三段階に分かれている一佐で七、八年を過ごした後、四五、六で海将補になるだろうと言われている。最後はもちろん海将で勇退という訳だ。彼女の昇進は防大同期男性幹部のクラスへッドよりやや速いぐらいだったから、まず間違いのない所だ。

（ばかばかしい）

ラッタルを登り終えた美咲は、自分が使っているマニキュアよりも高価な材質の塗料が塗られた通路を歩きながら戦闘指揮所への歩みを早めた。整ってはいるが、美しさよりも知性が表に出るタイプの顔立ちに、内心の憤《ふん》懣《まん》があらわれている。そんな彼女に出会った乗員達は、上官や美人にあったというより、小学生の頃に頭を小突かれた女性教師にいたずらを見つかった様な表情を浮かべた。

実際、美咲はそれほど不機嫌な顔をしていた。

他人の思惑で自分の将来が決定されている現状がどうにも気に入らなかった。

土井美咲は誰もが当然と考える家庭環境で育った女性では無かった。彼女は母親を小学生の頃に亡くしていた。かといって、公務員（一体どんな仕事の公務員であったのか彼女は未だに知らない）だった父と共に生活していた訳でもない。彼女の父は不定期・長期間の出張で家を空ける事が多かった。結局、彼女は母を失ってから防大に入校するまでの少女としての時期を、母方の祖父母の家で過ごしたのだった。

祖父母が彼女に注いだ愛情は過剰な程であり、その意味で彼女は幸せだった。しかし、同時にどんな子供にも与えられて当然の父母のいる家庭という環境が存在しなかった事が、彼女のどこかを大きく歪めてもいた。

一四の年、父親が出張先の北海道で交通事故死した事がその歪みを決定的にした。同年代の女性とは異なり、少女らしい軽やかな時期をうつむき加減に過ごしてしまった理由はそれだった。美咲は、結局の所自分は一人であり、それはいつまで経っても変わらない現実なのだと信じる様になっていた。

高校時代、さして多くはない友人達が願望の充足をフィクションや現実で果たしてゆくのを横目で見ながら彼女が没頭していたものは、数学と陸上競技だった。

孤独を認識した女子高生にとって、数学とは調和を意味していた。

とにかく一人で走っていればいい陸上競技は、孤独感の積極的な肯定だった。

彼女は高校レベルで考えるなら有望な長距離走者だったけれども、いかなる公式大会にも出場はしなかった。陸上部の顧問教師はそれを執拗に勧めたけれども、頑として受け入れなかった。

大会に出場するという事は、誰かのために走らねばならないという事であり、それは、孤独という城壁で守られた彼女の内的世界を破壊する事につながるからだった。

防大へ願書を提出したのもその延長線上にある行為であった。その頃の美咲には、そこの方が、普通の大学に通うよりも自分の世界を守るのに都合が良い様に思われたのだった。

太平洋戦争と北海道戦争を知っていた祖父母は彼女の決意に反対したが、最終的には愛情と経済的な現実からそれを認めざるを得なくなった。

以後、二九歳の今年になるまで、彼女は自分の世界を守り続けて来た。年齢相応に、この世界には男性という異星人が存在している事を体感する程度の実体験は持っていたが、それは経験しているという以外のいかなる意味も持ってはいなかった。結局の所、彼女が抱いている憤懣は自身の意志とは関係なく将来のコースが設定されている所にあった。原因はこの他にも一つ存在している。

いつもの様に、規定の時刻より二〇分前に戦闘指揮所へついた美咲は、現在の当直幹部と挨拶をかわし、心得ておくべき特別な事柄が無いかどうかを確認していた。

　全般的な状況に変化は無かった。多国籍軍は相変わらず圧倒的な優勢下で航空撃滅戦を展開しており、出撃している〈しょうかく〉の飛行隊にも未だに損害は出ていなかった。

　彼女はコンソールを操作し、ディスプレイに自分の当直時間中に予定されている出撃計画を呼び出した。二時間ほど後に、イラク沿岸地帯のシルクワーム《Ｃ２０１》対艦ミサイル・サイトに向けての攻撃が予定されていた。

　攻撃隊の陣容は、Ｆ14Ｊ戦闘機一二機、Ｆ14Ｊ改戦闘攻撃機《ボムキャット》八機、彼女には見当もつかない理由で隊員達がヴァルキリーと呼んでいる国産のＦＶ２Ｂ垂直離着陸戦闘攻撃機が一二機。これをＥＡ３Ｂ電子戦機二機とハンマー――Ｅ２Ｃホークアイ一機が支援する事になっていた。

　手慣れた指運びでディスプレイの情報を切り替えた彼女は、出撃を予定されたＦ14Ｊトムキャットの乗員リストに一つの名前を発見して、スクロールをとめた。ベア編隊。機数四機。編隊指揮官・藤堂輝男一尉。

　怜悧《れいり》さすら感じられる顔立ちにそれまでとは異なる何かを浮かべて彼女はそれを眺めた。彼女の守って来た孤独という楽園を破壊しつつあるもう一つの要素とはこの名前だ。半舷上陸で揚がった呉の街で出会った男。空と宇宙の話ばかりしていた事しか記憶にない。いつのまに（彼女にとってひさかたぶりの）関係になっていたのか、その辺りの記憶はあやふやだった。内的調和を求める彼女にとって、その事実はどうにも気に入らなかった。その事を、自分のどこかが好ましく思っている事はもっと気に入らなかった。

　美咲には、彼の事をどう処理すべきかがわからなかった。大人の女性にしては余りにも幼い反応であるかもしれない。だが、彼女が私的な部分ではなるべく他人との交渉を避けていたという事実は、一面で、普段は自分でも忘れ去っている城壁の内側が、少女の頃のままであるという事を意味している。幼くても仕方がないのかもしれなかった。

　いま、彼の出撃だけが、彼女にこの戦争についての現実的な何かを抱かせるキィワードだった。

　呉で幾日かを過ごして以来、土井美咲はこの名が出撃／帰投リストから消える事をひどく恐れる様になっている。彼女は思っていた。

そう。あの人はもっと高い場所へ行くべき男なのよ。お願いだから、絶対に砂の海で死んだりしないで。

7　ファースト・キル、ツー・ショット

ペルシャ湾上空
一月二二日

通信が入った。

「シャドー02よりベア01。シャドー02よりベア01。君達の現針路より見て0―3―0リマ、1―5―0にアンノウン四機。ベクター2―1―0へエンジェル2―5、4―5―0で飛行中。攻撃せよ。送レ」

一一時方向、距離一五〇マイルの位置に敵味方不明機四機が存在している。そして方位二一〇度に向けて高度二五〇〇〇フィートを四五〇ノットで飛行中という事だ。

輝男は尋ねた。

「ベア01了解。交戦規則《RE》は？」

「悪いが、ガンズ・タイトだ。リンクは続けるから安心してくれ。連中、恐らくイラン・ツアーだと思う。シャドー02、終ワリ」

藤堂輝男は舌打ちをした。ガンズ・タイトとは、敵と確認しなければ攻撃してはいけない事を意味している。

要するに、視界外《BVR》で攻撃できる兵器を持っていても、目で見て確認するまでは撃てない。

後席員が伝えた。

「ベア、会敵予想地点《インディア・パパ》が出た。右に二〇切ってくれ」

彼は敵味方の速度・高度が現状のままであると仮定してどの空域で交戦可能距離に入るかを伝えられたデータから算出したのだった。さすがに輝男と組んで一年以上になるだけあって呼吸を飲み込んでいる。

「了解」

輝男は素早く答え、僚機に呼び掛けた。

「リードより02。聞いての通りだ。行くぞ」

彼は機体を右に傾けて新針路へ機首を向けた。F14Jは彼の操作に対しスムーズな反応を示している。今日の任務は艦隊の外周《アウター》CAPであるため、四機編隊ではない。

フォーメーションを組んでいる僚機もそれに続く。

輝男は戦闘に対する恐怖はそれほど感じていなかった。撃墜や被弾こそないが、すでに何度かドッグ・ファイトは経験している。どちらかと言えば、戦意の無いイラク機より対空砲火の方が怖かった。

「ベア」

後席員が呼び掛けた。

「レーダーに火を入れるか？」

「どう思う？」

「とりあえずは、シャドー02からのデータで何とかなるぜ」

彼は、F14Jの機載レーダー、三菱J／AWG‐18Bを作動させない方が良いと匂わせていた。J／AWG‐18Bは日本が数年前に独自開発した航空機用アクティヴ・フェイズド・アレイ・レーダーで、探知距離は四〇〇キロを超え、低空を〝見下ろす《ルックダウン》〟能力や探知と多目標に対する射撃統制を同時に行う能力を持っている。後席員はその出来の良いレーダーをあえて作動させないで、シャドー02が送ってくるデータを用いて会敵しようと言っていた。

シャドー02とはサウジのダーランから飛び立ち、ペルシャ湾付近の警戒・迎撃管制に当たっている空自のAWACSのコールサインだ。海自の主力対潜哨戒機P5Eの原型である四発ジェット機、川崎GK520にE2やE3と同様の形態のローター・レドームを取り付けた外観を持つ機体だ。川崎E5B空中早期警戒管制機という制式名称を持っている。

「乗った」

輝男は乾いた声で言った。

「また逃げられちゃ嫌だからな」

イラク機は多国籍軍戦闘機のレーダー波を警戒装置が捕捉すると、すぐに逃げ出す傾向がある。輝男もそれは避けたかった。一昨日、レーダーを作動させていたために敵機を逃していたからだ。この戦争に限っては、攻撃可能距離の手前に近づくまで、作動させない方が良いだろう。なにしろ相手はイラン・ツアー――かつて敵国だったイランへ逃げ出すために飛び立った連中なのだ。

二機のトムキャットは残燃料が許す限りの速度で会敵地点へと接近した。イラク機らしき編隊は針路をペルシャ湾よりへ振っていたから、両者の距離は急速に狭まった。どうやら、イランが着陸を認めた航空基地がそちらにあるためらしい。

後席員はレーダーの代わりにT／IRSのスイッチを入れていた。いまのところ海自のF14JとFV2Bだけが装備している国産の複合型探知装置で、平たく言えば、高倍率のTVカメラとパッシヴ赤外線センサーを組み合わせたものだった。

T／IRSは約四〇キロの距離で戦闘機クラスの目標

を識別し、ＶＴＲに記録できる。映像は、後席員の計器盤に備えられたディスプレイに映しだされる様になっている。捜索し、確認すべき目標をセンサーに捉えるには、後席員がレーダー・エコーのどれを探せと指示するか、走査範囲の広い赤外線センサーに捉えるべき目標の赤外線放射レベルを指示してやれば良い。

　後者の場合は特に夜間、ステルス性（レーダー波を発振するという事は、敵にそれを探知される事を意味する）を重視した戦闘で有効な機能だが、今の場合、後席員が指示したのは前者だった。Ｅ５Ｂが送り続けてくるデータによって、どこを探せば良いのかはっきりしているからだ。

「一時方向に赤外反応」

　後席員は言った。探知距離が八〇キロ近くにもなる赤外線センサーが目標を捉えたのだ。

「宜候」

　輝男は短く答えた。送られて来るデータによれば、彼我の距離は七五キロ。向こうはまだ気付いていない。彼はあえて機首を左に振った。後ろ上方から接近するためだ。残燃料量を確認し、スロットルを前進させた。比較的半径の大きな右旋回に入る。

「目標ロスト」

　後席員が伝えた。旋回によって、センサーの走査範囲から敵が外れたのだった。輝男にとってはどうと言う事はない。すべてが計算に入っている。それに、目標の位置についてはＥ５Ｂのデータが入り続けていた。

　二〇秒後、後席員が探知回復を伝えた。

「一一時方向」

　輝男は機首を左に振った。これで、敵の真後ろにつく事になる筈だった。

　さらに五秒後。彼の待ち望んでいた言葉を後席員が伝えた。

「目標映像キャッチ。機種を確認する――タリホー、ＳＵ24《フェンサー》四機。各二機編隊で左右にわれている。確認。敵だ」

　向こうもさらに針路を変えていたのだろう。距離は四〇キロを切っていた。

　輝男は命じた。

「相棒、火を入れよう。フォックス・ワン《スパロー》だ」

「宜候」

　後席員はレーダーを作動させた。

「リードより02。フォックス・ワン、機動目標レンジで攻撃。リードは右側の編隊を攻撃する」

「02了解」

「いいぞ、ベア。奴等はまだ気付いていない」

「じゃあ、行こう」

叫ぶ様に言う者が多い言葉を、輝男は近所へ買い物に出る様な調子で言った。スロットルをさらに前進させ、わずかに降下角をとって機体を敵機へと突進させる。高度差は二〇〇〇メートルあった。彼はスティックの兵装選択スイッチを操作し、スパローー空対空ミサイルを選択した。距離は三〇キロを切った。レーダー情報がＨＵＤに転送され、彼の目にはまだ見えていない目標を示す四角い記号が表示された。

後席員が言った。

「手前を狙う」

「了解」

ＨＵＤにロックオン表示が出た。距離を示す示度表示が下がり、機動目標レンジより下に下がった。

「発射」

輝男はスティックのミサイル発射ボタンを押した。

一瞬遅れて、白煙を吐きながらスパローが飛び出した。Ｆ14Ｊから放たれているレーダー・パルスの反射を受け取ると、反射源――イラク軍のＳＵ24フェンサーに向けて突撃した。この瞬間から一分間が、輝男達の最も危険な時間だ。スパローの様なミサイルは、母機のレーダー反射波を受け取らねば目標を追尾出来ないから、命中するまで、ほとんど直進を続ける必要がある。ロックオンを外されてはならないからだ。つまり周辺に他の敵機が存在する場合、ひどく面倒な事になりかねない。また、狙われた敵機が回避を試みた場合の追尾も楽ではない。

しかし、現状はほぼ完全な奇襲だった。周辺に敵機の反応は無く、狙われているフェンサーも余りに対応が遅すぎた――スパローが近接信管を作動させる数秒前になって、ようやくロックオンされている事に気付いた。理由はわからないが、レーダー警戒装置を切っていたのかもしれない。

輝男の放ったスパローは、イラク空軍第二七戦術攻撃飛行中隊第一小隊に所属するフェンサーの垂直尾翼右側から三八センチの位置で弾頭を炸裂させた。破片と衝撃波が拡散し、垂直尾翼の七割を機体からもぎ取る。破片によって機体上面後部に無数の穴が穿たれ、自重二二トンを超える機体の飛行に必要とされるパイプやワイヤーを破壊した。

いまや彼我の距離は一〇キロを切っていたため、輝男は肉眼で敵機の墜落を目撃できた。尾翼が吹き飛んだフェンサーは、突然コントロールを失うと横転した。二人の乗員は、機体が破滅的な旋回に陥る前に辛うじて射出座席を作動させる事で死から逃れた。初戦果だ。

「こちらリード、一機撃墜」

輝男は言った。内心はその逆なのだが、相変わらずクールな声だ。

僚機の方は感情を隠さなかった。

「02、こっちもやりました！」

「了解。編隊を崩すな」

輝男は興奮のかけらもない声でそう応じると、生き残った敵機への攻撃に入った。これからは彼一人で戦う事になる。現在の距離では、たとえスパローを使用する攻撃でも、前席からでなければロックオンが出来ないからだ。状況の推移が早すぎる。

生き残った二機のフェンサーはそれぞれ対照的な動きを示していた。一機はアフター・バーナーを吹かし、右旋回に入っていた。もう一機の方は、やはりアフター・バーナーを吹かしてはいるが、なんとかして高度を稼ごうとしていた。

それを見て、彼はすぐさま叩くべき相手を決定した。右旋回で逃げている方だ。高度を稼ぐ――という行為は、空戦の死活的要素である機体の持つエネルギー（高度と速度）を維持あるいは増加させる行動であり、ヴェテラン・パイロットの動きと見て間違い無い。これに対して、一見有効に思われる水平方向の旋回は、エネルギーを低下させる行動である。操縦しているのは、高度を稼いでいる方よりも新米である筈だ。

輝男は軽く機首を振り、右旋回に入ったフェンサーを捉えた。距離は八キロを切った。近い。

「フォックス・ツーでやる」

兵装スイッチでＡＩＭ９Ｌサイドワインダーを選択した。ミサイル先端の赤外線シーカーが作動する。そのまま敵機の動きにあわせてロールをうった。ヘルメットのスピーカーに、シーカーが敵機を感知した事を示す信号音《トーン》が響く。ＨＵＤの表示はインレンジ。

「発射」

彼はスティックの発射ボタンを押した。ＡＩＭ９Ｌ赤外線誘導空対空ミサイルが機体を離れる。飛行は順調。距離が近いため、一〇秒もしないうちに水平旋回で速度と高度の落ちているフェンサーのテイルパイプ――ジェットノズルへと食らいつき、弾頭を炸裂させる。

機尾に閃光と黒煙が発生した。衝撃で燃料噴射系統がおかしくなったようだ。半壊したノズルから猛烈な勢いで炎を吐き出している。続いて左側の水平尾翼が吹き飛んだ。乗員は脱出する。輝男が発射ボタンを押してから、わずか一二秒程の間に発生した出来事だ。これで、二機目を撃墜。

「ベア、楽しんでる所を悪いが」

近距離戦闘に入ってから、肉眼で周囲を警戒する事だけが仕事になっていた後席員が済まなそうに言った。

「最後の一機はあきらめた方がいいな。速度をあげてるし……」

輝男は相棒の言いたい事を予想して計器盤――燃料計を見た。さすがに面白くなさそうに言う。

「ビンゴ・フュエルだね。了解。帰投しよう」

「あのさ」

後席員が呆れた様に言った。

「パイロット・マニュアルに書いてあったＩＱの話、覚えているか？　戦闘に入ると君のＩＱは――」

輝男は答えた。

「一四に下がる」

「俺、貴様に関しては当てはまらんと思うな。ったく。少なくとも二八はありそうだぜ」

輝男はようやく笑いらしきものを響かせて答えた。

「そりゃそうさ。二人で飛ばしてるんだもの」

8　噴射実験

種子島宇宙センター、日本
一月二三日

今日は、実験を行う時期としてひどく不適当であるかもしれなかった。

広報活動に熱心なＮＡＳＤＡにとり、彼らの行うあらゆる事柄が、国民の宇宙開発に対する支持を維持するための手段になり得た。かつて〈ひかり〉３号に搭乗した宇宙飛行士が大気圏外で発した第一声、

「ところで、火星行きにはどこで乗り換えたらいいのかな？」

は、宇宙開発史上に残る名文句として様々な場所で引用され続けている程だ。本当はその前に、

「種子島飛行管制、こちら〈ひかり〉３号。我々は軌道に乗った」

という本来の目的についての報告があるのだが、ＮＡ

ＳＤＡ広報部は、一般に受けのよい後半部についてだけ宣伝にこれ努めたのだった。

そうしたあざとい真似を平気で行う彼らに言わせるならば、湾岸戦争は最悪の時期に発生した。

ＮＡＳＤＡは九一年一月に一連の大規模大気圏内実験を予定しており、それを派手に宣伝する計画であったからだ。それは、日本が推進している二つの宇宙計画にそれぞれ関係していた。

最初の、一月一〇日に予定されていた実験は、部内で〈ダイダロス〉と呼ばれている計画に関係していた。

これは、最終的には低軌道までの打ち上げ重量五〇トンという性能を狙った再使用可能の対軌道運搬体《ＴＯＣ》開発計画で、かつて大重量打ち上げ機と呼ばれていたものだ。一月一〇日の実験は、それの小型実験モデルの機動テスト（つまり、空中に浮いてみせる）だった。

〈ダイダロス〉は、日本的な思考を半ば超越した発想の計画だった。

まず、この運搬体は従来のロケットとはかけ離れた形態をしていた。全体的な印象は、飲み口を伏せて置かれたたぐい飲みに近かった。その下面の外周にぐるりとロケットを装備し、それらが発生する大推力で一気に物資を運びあげてしまう事を狙っていた。

この発想は基本的には何の問題もなかったが、日本が開発した現用のロケット・ブースターでは、重量物打ち上げ能力が不足するのではないか、との批判を受ける事になった。

これに対するＮＡＳＤＡ開発陣の返答は日本人の常識をさらに超えていた。〈ダイダロス〉は、低軌道へほんの一瞬だけ到達するだけだというのだ。積荷だけを、補助ブースターを付けたパッケージごとさらに上へ押し上げてしまう、という計画だったのである。軌道上で積荷を〝打ち上げ〟た〈ダイダロス〉は、すぐに地球への帰還を開始、残燃料で猛烈な逆噴射を行いながら降下する。

すると今度は、少なくとも一〇基のブースターで火を吐きつつ降りてくるのだから、着陸地点は焦土と化すのではないか、そんな場所が日本にあるのか、という批判があがった。

これを聞いて余程腹が立ったらしい。普段は若手をマスコミへ売り込む事に熱心な「先生」が自ら記者会見を開き、〈ダイダロス〉は海上に着水させて回収、再利用する様になっている。残念ながら自分には、たかが一〇基のブースターでどうやって海を焼き尽くせるのかわからない、と叫んでそれを封じてしまった。

この会見は必ずしも友好的な雰囲気で行われたものではなかったけれども、世論の反応は一般に好意的なものだった。「先生」は〈ひかり〉計画の際に無数のメディアに出演し、宗教者じみた宇宙への熱意で多くのファンを摑んでいた。ことに若年層――かつての〈ひかり〉打ち上げを小学生や幼稚園児だった頃の出来事として記憶している青少年たちにとって、民放が放映している朝の子供向け番組にまで出演して、

「みんなで宇宙へ行こう」

と語りかけた肥満体の「ロケット博士」は、幼い日の素直な感動、子供ならば一度は抱く星への憧れに直結した存在だった。ある意味で、一九七〇年代後半の日本を席捲したSFブーム――というより、SF的なイメージを演出材料として使用したアニメーションや映画のブーム――は、幼児の頃に「先生」によって〝洗脳〟されてしまった彼らが本能的に求めたものだった。

そして、子供達が求めるものは大人にとっては飯の種になる。

若年層から広がり始めた宇宙計画への支持がついに国会へも押し寄せ、「第二次宇宙開発一〇ヶ年計画大綱」（二次宙）の成立を見たのは一九七六年の事だった。それは、今後一〇年間で新たな対軌道輸送システムの研究を実用前段階まで推し進め、その先に予定される三次宙で実用化・商業利用を達成してしまおうという野心的な計画だった。当時、日本経済の状態はオイル・ショック等の影響から必ずしも健全とは言えなかった。だが、政府は様々な理由からこの計画をスタートさせざるを得なかった。

まず第一に、宇宙計画にもたらされる景気刺激効果があった。宇宙計画には莫大な資金が必要とされるが、それなりの見返りが見込めると考えられたのだった。

次に、NASDAが示した〈ダイダロス〉が作り出す世界――それによって大量に打ち上げられる発電衛星によるエネルギー自給という未来図があった。計画を成立させるにあたって政治的な困難を解決したのは、電力エネルギー完全自給という薔薇色の未来が持つイメージの役割が大きかった。

要するに大型太陽発電衛星を軌道上に並べ、そこで産み出された電力をマイクロウェーブにして地上に送信、日本のエネルギー問題を一挙に解決してしまおうというのだ。これは、オイル・ショック当時の日本人にとって

まったく魅力的なアイデアだった。

もちろん、裏の理由もある。

何よりも、日本はすでに宇宙へ金を投資し過ぎていた。宇宙計画の縮小はその失敗を認める様なものであり、自民党政権にとりそれは許されない事であった。

この他にも、宇宙への夢、野望というよりナショナリズムに彩られた理由もある。つまり、

「今なら」

——合衆国を宇宙競争で追い抜けるかもしれない、という考え方だった。

合衆国がアポロ計画の後にスタートさせたスペースシャトル計画はヴェトナム戦争を原因とした経済の疲弊によってスケジュールがスロー・ダウンされており、うまくいけば、今世紀中に宇宙競争で彼らを追い抜き、二一世紀の政治・経済・軍事的優位を獲得出来るかもしれない、と思われていた。二次宙はその第一歩となるべき計画と考えられていたのだった。

また、「先生」御得意の防衛関係への利用も考えられた。二次宙成立の年、自衛隊は日本初の偵察衛星〈りゅうせい〉を打ち上げていた。

欧米の軍関係ではJバードと呼ばれているこの低軌道衛星の運用実績は良好なものだった。最低軌道高度一六〇キロ、ほぼ一〇〇度の幅で軌道変更が可能なJバードの寿命は約半年で、合衆国のプロジェクト467——ビッグ・バード偵察衛星とほぼ同じ性能を有していた。

運用上の効率から考えると全世界的な軍事情報通信ネットワークにバックアップされているビッグ・バードの方が上だったが、搭載されている多用途光学スキャニング・システムはJバードの方が高分解能で、偵察衛星単体としてはJバードが優秀といえた（七六年当時、地上にある一五メートルの物体を完全に識別出来ると言われていた）。

その最初の成果は、これまでSRIが何度諜報工作を行っても判明しなかった赤い日本の戦術弾道弾開発施設の発見・撮影にわずか一週間で成功した事で、それを知った合衆国が、防衛技研と日本光学の共同開発したJバードのSTR‐01Bカメラ・システムについて技術供与を申し込んできたほどだった。

〈ダイダロス〉が約束する大重量の同時打ち上げ能力実現は、Jバードによって始まった日本の宇宙防衛利用の地平を遥かに押しひろげるものとして期待されていた。

自衛隊は有事に備えて偵察・通信衛星の緊急軌道投入能

力が必要だと考えていたからだ。

また、防衛技研の一部に存在するフェルディナンド・ポルシェ博士と同質の頭脳を持った技術幹部達は、いざとなれば発電衛星計画も有事の防衛に利用出来るのではないかと考えだしていた。

発電衛星からのマイクロウェーヴを〝宇宙戦艦〟的な役割を持つ大型衛星に受信させて蓄電し、それに搭載したビーム砲で弾道弾を攻撃、無力化してしまうという構想である。IRBMクラス以下を迎撃する場合は、電力を地上に設けたビーム砲台にかき集めて迎撃、弾頭を電子レンジに入れてしまえば良い——さすがにここまでくると資金がどれだけあっても足りないし、国際宇宙条約絡みで難しい問題が予想されるため概念研究レベルに留まってはいたが、とにかく、〈ダイダロス〉が承認された背景には、そうした防衛関連の構想も影響していた。

基本的に完成された技術の組み合わせ——〈ダイダロス〉のブースターは〈ひかり〉が第一段として使用したMTE4の改造型だった——ばかりであった事から、開発は順調に進行した。もちろん、完成された技術ばかりと言っても、それを一つのシステムに組み上げる際には大きな苦労が伴う。〈ダイダロス〉に関して言えば、二次宙の一〇年間はほとんどそのシステム開発に使われた様なものだった。二次宙終了時、開発スケジュールはほぼ一年の遅延をみせていたが、基本的には成功と判断すべき状態だった。一九八六年、好景気の後押しを受けて第三次宇宙開発一〇ヶ年計画大綱が国会で承認された時、実験及び初期モデルの製作を開始する準備は完了していた。

NASDAが一九九一年最初の実験として計画し、実施に移した機動実験モデルとは、計画によればペイロード八トンから五五トンまでの五タイプに分かれている〈ダイダロス〉の0号機だった。0号機は推力の大きなMTE4ではなく、有人第二段用に開発されたSTE2Bを六基装備しており、実際に低軌道へ四トンのペイロードを持ち上げる事が可能とされていた。

実験は完全な成功に終わった。この時行われたのは、再突入——着水という最終（そしておそらく最も困難な）段階のシミュレートだった。

ペイロード放出ずみ、燃料を半分消費した状態に設定された0号機は、大型気球八個で高度一三〇〇〇までつりあげられ、そこで切り離しを行い、予定どおり、側面のバーニアを吹かして姿勢制御を行いながら一〇〇〇〇メートル近い高度を石の様に落下していった。

六基のSTE2Bが点火されたのは高度三〇〇〇を切ったあたりだった。0号機は一〇〇メートル以上にもなると思われる火炎を底部周辺から吐き出しながら急激に減速、高度五〇メートルになった段階で、ほとんど空中に静止せんばかりにまで落下速度を低下させていた。そして、最終的な姿勢制御をバーニアに残された最後の燃料を用いて行った後、泳げぬ者が水に足を差し込む様な慎重さで種子島東方一五〇〇メートルの予定海面に軟着水した。くり返し述べるが、完全な成功だった。当日の各メディアでは、猛烈な逆噴射炎を延ばしながら降下、海面高度一〇メートル程でバーニアを吹かして一〇〇メートル程の水平移動を行った後に着水する0号機を映した実験の記録フィルムを何度も伝えた。

しかしながら、NASDAが望んでいた程の宣伝効果はあがらなかった。その時、人々は湾岸に注目していた。戦争はいつ始まるのか、そして自衛隊がそこでどんな役割を果たすのか、無責任な期待感を抱きつつその時を待っていたのだった。


一月二三日。湾岸での戦いが続く中で、今年になって二つめの大規模な実験が行われようとしていた。

「本当なら派手に宣伝したいんですがね」

研究員からヘルメットを渡された広報部長がぼやく様に言った。

「もともと地味な実験だし」

「重要性から言えば」

同じ様にヘルメットの顎紐を締めた技術開発部長が答えた。

「こっちの方が高いんだぜ。なにしろ、〈プロメテウス〉のメイン・エンジンなんだから」

「それはわかってますってば」

技術開発部長と連れ立って噴射実験施設の方へ歩きだしながら彼は言った。

「でも、素人には地上でエンジンが動いた事の意味なんてわかりませんからね」

彼が言っている事は、広報宣伝の立場から考えるならうなずける内容のものだった。

「先生」が推進してきたもう一つの計画――七〇年代の合衆国が時期尚早と判断して断念した宇宙往還機開発計画〈プロメテウス〉は〈ダイダロス〉の成功を追う様に

スムーズな進展を見せていた。早ければ二年以内にプロトタイプの0号機が進空――大気圏内初飛行を行う事になっている。合衆国が慌ててX30として知られる往還機の開発ペースをあげた程の順調さだった。そのためか、現状はX30の方が開発で一馬身リードという所だ。おそらく、一年以内にプロトタイプ初飛行にこぎつけるのではないか、そう言われている。

広報部長は尋ねた。

「ああ〝先生〟はどちらに?」

「もう向こうにいるよ。この半月ばかりあそこで寝泊まりしている。六〇過ぎだっていうのに大した馬力さ」

「良かった。いやね、沖縄県むけに作るパンフレット用のポートレイトを撮らなきゃならんのですよ。カメラマンが後で来るんです」

「嘉手納《かでな》がらみで?」

「ええ。去年の安保改定であそこの返還が決まりましたからね。ホテルやゴルフ場を造られちまう前になんとかしなきゃなりません」

「そりゃそうだ」

二人は噴射実験用のモニタリング・ルーム――事故に備えて、昔のトーチカの様な厚いベトンに覆われている――に入った。内部は暖房が効いており、少し汗ばむ程だった。彼らはモニターに埋められた二〇メートル四方の部屋を苦労して横切り、エンジンの据えられた超音速風調が見える観測窓へと近づいた。「先生」の姿は見えなかった。最終チェックの行われているエンジン――SJ/L-TE7Aのそばにいるらしい。観測窓から見ると、全長一〇メートルもある細長い抽象芸術が荷台に据えられている様にしか見えない。だが実際は、合衆国がX30用に開発しているプラット・アンド・ホイットニー/ロケットダインYSRR-15-M3超音速ラムジェット/ロケットエンジンよりさらに洗練された複合推進システムだ。ロケット・エンジンを低速度(といってもマッハ三まで)までの加速用とマッハ二〇以上の大気圏離脱用に使用し、その中間では超音速ラムジェットを使用する事になっている。低速度域では、機体に搭載した酸化剤は使用せず、エア・インテークから吸い込んだ空気を燃料のスラッシュ水素で冷却し、液化して水素燃料の燃焼に使用する。

エンジンの一端――実機ではエア・インテークにつながる筈の部分には太いパイプがつながれていた。パイプは五〇メートル程離れた場所にある強力なコンプレッサーに接続されている。これによって空気の流入速度や組成を変更する事で、超音速ラムジェットの非地球環境テストも可能にするという訳だった。

エンジンのもう一端はもちろん噴射口だった。噴射口は二つあった。超音速ラムジェット用のそれは自衛隊がトムキャットやイーグルの独自改造型で採用した二次元ノズルに似ていた。もう一つの方はいかにもロケット・ノズルという形態をしている。噴射口の先には、噴射炎が周囲に影響を与えぬ様に、ブラストイジェクターが設けられていた。

広報部長は窓越しに日本の未来を約束する筈のエンジンを眺めた。窓には二〇センチ以上もの厚みがあると思われる強化ガラスがはめられていた。

「これ」

広報部長がガラスを指差して言った。

「大丈夫なんですか？　事故でも起こったら」

「大丈夫だと思うよ」

技術開発部長は答えた。

「ほら、何年か前に〈やまと〉が改造された時、不要になったやつを自衛隊にいる知り合いから〝先生〟が貰って来たんだ。なんとか指揮所っていう、艦橋の天辺にある大砲を撃つ場所にはまっていた奴らしいから、頑丈だよ」

「へぇ」

広報部長は先程とは違う眼でガラスを見つめた。宣伝に使えぬものかと思っているらしい。

彼らが先程入って来たドアから入室した若い研究員が元気の良い声をあげた。

「最終調整終了、ゴー・サインです。〝先生〟はすぐにみえます」

「いよいよだなあ」

技術開発部長が言った。普段はぼんやりした口調の男が笑いだしそうな声で喋るのを聴いた広報部長は、半ば呆れた様な思いで、ロケット屋というのはわからん、と思った。たぶん、召集されて湾岸へ行っている自分の部下――まだ若い男で、陸自の予備役幹部だった――なら、彼らの気持ちも理解出来るのだろうが。なにしろあいつは、ロケットの打ち上げを見るのが大好きという理由だけでＮＡＳＤＡに入ってきたぐらいだものな。

9　モンキー・モデル

バグダッド、イラク

一月二五日

「本国から訓電が届いた」

守の個室を訪ねて来たコンドラチェンコは言った。

「おそらく、同志ミーシャ《ゴルバチョフ》はＳＴＡＶＫＡからの突き上げに根負けしたのだと思う」

「なる程ね」

守は友人の空になったグラスにストリチナヤを注いだ。

「原因はあれか、外貨獲得上の問題か？」

「ヤゾフ元帥の訓電にはそれを匂わせる様なものは何一つなかった」

コンドラチェンコは、まことにロシア人らしい飲みっぷりを示し、グラスを一口で空けた。

「うん。だが、まぁ、君の言う通りだ。おそらく、世界中の顧客からモスクワへ苦情が寄せられているのだろう」

「世界各国の独裁者達が衝撃を受けているという訳だな」

彼らが話している内容は次の様な事についてだった。

第二次世界大戦後、地球上の兵器体系は大きく二種類に分割された。戦勝の結果、それぞれ世界の半分へ影響力を行使する力を握るに至った合衆国あるいはソヴィエト・ロシアが、覇権とそれを維持すべき兵器体系の開発権を得たからだ。もちろん、戦争の結果、兵器開発・実用化に必要とされる費用が余りにも巨額なものになってしまった、という現実もその背後に存在している。

結果、現在の世界でオリジナル（両超大国兵器の改造型ではないという意味で）の兵器を開発・生産している国家は、日本と西欧だけ、というのが現状だった。

ただし、それらの国にしても兵器体系全体をオリジナルには出来ていない。それに必要とされる巨額の費用を捻出できないし、有事の際、合衆国との共同作戦に問題が出ては困るからだ。

いざとなれば、ＧＮＰでソヴィエトを追い抜いた〈南〉日本だけはそれが可能ではないか、そう言われていたが、東京の官僚達はその様な事は考えていない。

彼らは、兵器体系全体の開発という手間と金のかかる遊びに手を染めなかったからこそ、経済面において世界第二位の貿易帝国を建設する事が出来た、その事実を充分認識していた。

それに、西欧諸国は衰退の一途をたどる経済を救うために最も儲けの大きな輸出産業でもある兵器産業へ莫大な投資を行わねばならないという現実があったけれども、日本には兵器以外にも売るべき商品が大量に存在していた。日本がある程度の兵器開発を行っていた理由は、純粋に国防戦略上の観点からに過ぎない。兵器とは、その生産の方法を知っていなければ、整備する事すらできないものだからだ。

だが、基本的に国外へは武器を売らない日本という国家は、地球上において異常な存在だった。合衆国を始めとするすべての兵器生産国は、外国へ大量の兵器を売りさばく事で、うまくいかない事の方が多い国家経済を破産から救っている。

ソヴィエト・ロシアもその例外ではない。

これまで湾岸の戦火に対し不介入方針をとってきたソヴィエト・ロシアがコンドラチェンコ率いる顧問団に対し積極的な対イラク協力を行え、と指示してきた理由はその点にあった。

はたからみる限り合衆国及びその同盟国の兵器によるソヴィエト製兵器を標的にした射的大会の様相を呈している湾岸戦争の戦況は、ソヴィエトの兵器ビジネスに対する最も有効な反宣伝となっていた。

すでに幾つかの国では、ソヴィエト製兵器に見切りをつけ（合衆国のそれよりは幾らか安い）フランス製兵器に乗り換えようとする動きが出始めている。たとえ軍からの突き上げがなくとも、経済再建を戦略目標として打ち出して国民の支持を集めようと努力しているゴルバチョフ政権にとって、イラクで行われている西側兵器の一大デモンストレーションは座視し得ない問題なのだった。

この他にも、最近、ただでさえ低下しがちな軍のモラルがさらに下がってはたまらない、という国防上の問題もあった。自分に与えられている兵器は、仮想敵の装備したそれに対して恐ろしく分が悪い――その事実を知って、元気でいられる者はいない。

守は秤に分銅をのせる様な目つきになって尋ねた。

「いつもの様な宣伝にこれ努めてなんとか出来ないのか？」

「いつもの様な？」

「ああ。操作しているのはロシア人ではない、輸出モデルは簡易型の装備しか施されていない、というあれだ。第三次中東戦争からこっち、君の国はいつもそう言ってきただろう」

「今度ばかりは無理だな」

コンドラチェンコは断定的に言った。

「現政権の情報公開政策のおかげで、以前ならば謎だった我が国の国内事情が世界へ広まりすぎている。それも、極端な形でだ。鉄のカーテンを開けてみたら、その向こうには人民と名前の変わった農奴が住んでいるだけだった——誰もがそう思っている。マモル。君は、謎の赤い帝国が開発した秘密兵器と、常にウオッカで酔っ払っている農奴の子孫達が造った兵器のどちらが欲しい？　常に酔っているのは最近の私も同じだが」

　守はゴロワースを咥えた。そのパッケージに入っている最後の一本だった。ああ、切れない内に向こうの武官に送らせなければいけないな。

「秘密兵器の方が有り難いな。君には悪いが」

「君と同じく、私は軍人だ。事実を聞かされても腹は立たない。だが、疑問は抱く。自分の祖国はどうしてここまで零落《おちぶ》れてしまったのか？」

　コンドラチェンコは大きく首を振った。

「半世紀前、祖国の科学技術と生産技術は世界でもトップレベルにあった。現実がどうかは知らないが、私はそう教えられた。ところが今はどうだ。日々進歩を続けてきた筈なのに、西側とは一〇年で計った方が良い格差がある。いや、理論的にはさして差はない。だが、先端技術ならば一〇年、軍事技術なら二〇年、汎用技術なら三〇年以上の格差がある。生産技術は——考えたくもない。なぜだ？　どうしてだ？　マモル、君の祖国や消滅した東ドイツの方が上手に物を造る理由は何だ？　我々の父親が、君達からすべてを奪い獲った筈なのに、基本的に同じ設計図を用いたものでも、君達の方が性能の良い兵器を生産出来る理由はどこにある？　どうしてそれを維持出来るのだ？　我々愚かなロシア人には想像もつかぬ、民族的な秘密でも存在するのか？」

「経験の差だろう」

　守は煙草に火を点けた後で答えた。

「私の祖国と東ドイツは、一時期にしろ資本主義を経験している。もちろん、凝り性だという民族的な性質も影響しているだろうが、本質的にはそれだな。だが、君の国は帝政からプロレタリア独裁へと直線的に移行した。同志レーニンはロシアで革命が起こりかけている事を知って驚いたそうだ。彼は、資本主義が限界に達した国家でこそ革命は起こると信じていたそうだから」

　コンドラチェンコは男性的な笑みを見せた。

「ずいぶん反革命的に聞こえる言葉だ」

「偉大な国家保安省《NSD》の同志達も、バグダッドにまで盗聴器をしかける事は出来ない」

守は似たような笑みを返した。

「盗聴器か、懐かしい」

コンドラチェンコは両手を広げた。

「今にして思えば、KGBを恐れていたブレジネフ時代が懐かしいよ。我々軍関係者は、GRUの、身元調査の完璧な盗聴技術者によって〝掃除〟された部屋でなければ重大な会議を開かなかったものだ。それがどうだ！　今や、あの政治将校どもはすべての師団から引き揚げられている。軍が身元の判明したKGBの手先を強制退役させても、シベリアで針葉樹の数をかぞえさせても、誰ひとり、文句を付ける者さえいない」

「その点は、何と答えてよいのか迷うな」

守は本音を表情で示しながら言った。

「私の祖国では、NSDは相変わらず元気いっぱいだ。いや、以前より、さらに努力を重ねていると言ってもよい。ドイツ統一を見て、任務に一層邁進すべきだと決意を固めたらしい。頼もしいことだ」

「ふん」

コンドラチェンコは鼻をならした。友人の本音がどこにあるかを知っての態度だった。

「で、我々は何を話し合っていたのだ？　そうだ。経済問題だ。私はそれを解決するために、君に協力を仰ぐべきだと判断した。すでにモスクワへはそれを伝えてある。STAVKAは同志ゴルバチョフの許可を得て、君の本国政府へ要請を打電する筈だ」

「限定反撃か？」

「そうだ。ロシア人と日本人の手で操作した場合、ソヴィエト製兵器は全く違うものになるのだと言う事を世界に知らせねばならない。君の国も、各国へ兵器を売り歩いているのだ。悪い話ではあるまい？」

「我々が狙うべきは政治的効果だ」

と、守は言った。

ここは参謀本部会議室だ。巨大な円卓が据えられ、その周囲に二〇人ばかりのイラク三軍各級司令官・参謀将校達が腰掛けている。外国人は彼とコンドラチェンコだけだった。

守にはわからない言葉のやりとりが響いた後、ロシア語で女性の声が尋ねた。

「我々はその行動によって何が得られるのですか？」

守は余り色気のない顔立ちと身なりの女性を一瞥して

から答えた。

「敵に教訓を与える事ができる。イラク軍には、反撃に出て敵を叩くだけの力があるのだと思い知らせる事が可能だ。それにより、敵の攻撃計画を狂わせる事が狙える」

なるほど。もっともらしく聞こえるな。守はそう思った。

多国籍軍の戦力を考えるならば、そんな事は不可能に決まっているのだが。それにしても、イラクがアラブで最も西欧化した国であるというのは事実らしい。こんな場所にも女性がいる。

わけのわからない会話。

「トウドウ上級大将、貴官の考えられた計画を説明してください」

「詳細はコンドラチェンコ大将から説明する」

〝経済問題〟を打開するために守とコンドラチェンコの立案した限定反撃計画は、基本的に、いずれは潰されてしまう前線付近の戦力を最大限有効利用しようという内容だった。クウェートとの国境近くにあるサウジの沿岸都市カフジに対して進撃を行い、これを一時的にしろ奪取してしまおうというのである。

作戦主力となる兵力は、国境線付近に配置されたイラク陸軍第五自動車化狙撃兵師団、第三戦車師団の二つだった。多国籍軍の爆撃により砂漠に埋もれつつあるこの二個師団から最良の兵力を引き抜いて集成部隊（おそらく旅団程度の戦力にしかならない）を作り、偵察部隊が配置されている程度の多国籍軍国境警戒線を突破してカフジへ突入させる。

おそらく、この行動は成功するだろう。多国籍軍はイラク軍砲兵の射程外に戦闘部隊を待機させているからだ。脚の速い装甲部隊が、夜間強行突破を行った場合、それを撃破するだけの戦力を持った多国籍軍地上部隊が戦場へ到達する前に、カフジを奪取できる可能性は高い。

一方、守とコンドラチェンコの率いる日ソ顧問団が果たすべき役割は、（イラク軍の立場から見た場合）この作戦に必要とされる全般的な航空支援を行うことにあった。

日本民主主義人民共和国・対イラク軍事顧問団の兵力は、ＭＩＧ29Ｊ戦闘機を各一八機装備した二個飛行中隊、ＳＡ11改地対空ミサイルを備えた二個防空大隊を主力としていた。このうち防空大隊は多国籍軍の空爆で多少の損害を受けている。飛行隊はこれまで戦闘加入していなかった事もあって無傷だ。

一方、ソヴィエト・ロシアの顧問団は陸海空軍それぞれに数千名が分散配置されていた。ただし、空軍だけはその例外で、公式にはイラク空軍軍人が飛ばしている事になっている数十機の航空機、

第七八戦闘飛行隊　ＳＵ27　一八機
第六戦闘攻撃飛行隊　ＳＵ24　一八機
第三五戦闘攻撃飛行隊　ＭＩＧ23一八機
第八爆撃飛行隊　ＴＵ22　一八機

——計七二機はその総てがソヴィエト空軍パイロットと整備員によって運用されていた。これらの部隊も、開戦以来そのすべてがシェルター内に収容された状態にあるため、全く損害を受けていない。

イラク軍側の了解しているところでは、そのすべてがカフジに対する攻撃の支援に使用されるという事だった。

もちろん、守とコンドラチェンコの本音は全く別のところにあった。

彼らの目的はあくまでもソヴィエト製（及びその影響を受けた）兵器が西側のそれに対抗出来る事を示す点にあり、イラク軍の攻撃がどうなろうが知った事ではなかった。実際は、サウジ・クウェート国境線中央の二ヶ所で行われる陽動攻撃を含めた場合ほぼ六個師団が投入される事になるカフジ攻撃の方こそが多国籍軍の目を引きつけるための支援作戦なのだった。

であるからこそ、練度・戦意ともに低いイラク軍でも簡単に達成出来そうな（そして、現実には何の意味もない）地上攻撃作戦を提示したのだ。たとえ後になって叩き返されても、とりあえず一度カフジを占領したならば、後々になって守達が批判される事はないからだ。

守達の真意はともかく、イラク側は顧問団が初めて示した積極的な態度とその計画に同意した。一方的に叩かれ続ける事で政治・軍事的に苦しい状態へ追いつめられつつあるからだった。イラク側が、彼らの要求に従って、ただ一機だけ辛うじて実働状態にあるアドナンＩ空中警戒管制機を日ソ顧問団の指揮下へ置く事まで了解した事に、彼らの窮状が表われていた。


それより半日前。

彼らは、顧問団専用に割り当てられた作戦室で攻撃計画の原案を立案していた。室内には、他に誰もいない。

「攻撃すべき対象をどうすべきか、だな」

守は言った。本来なら、このレベルの問題の検討は彼の様な階級の者が行う事ではない。

だが、一九四四年以来、ありとあらゆる航空作戦をこなしてきた守は、作戦立案に関する限り、参謀将校を必要としない人間だった。その点は、特殊部隊指揮官だったコンドラチェンコも同様だ。彼の場合、欺瞞《ぎまん》作戦について特にその傾向が強い。

「地上部隊は、無理だろう」

コンドラチェンコは答えた。

「ダーラン基地の完全な制空権下にある。だからといって、ダーランを叩けるとも思えんな」

事実だった。

多国籍軍航空部隊主力が展開しているダーラン航空基地は、完璧に近い警戒網と、史上例をみない程に濃密な地対空ミサイル陣地で防衛されている。合衆国のペトリオット・ミサイルは言われているほど性能が高い訳ではないが、彼らはそれを物量で補っている。とてもの事ではないが、航空攻撃などかけられない。早期警戒網に探知された時点で（という事は、イラク領内の基地から発進した時点で）雲霞《うんか》のごとく迎撃機が飛び上がり、クウエート領内で揉み潰されてしまうだろう。

「艦隊だな」

守は言った。

「一隻でも二隻でもいい。とにかく、星条旗を掲げた軍艦を沈める事だ。大きければ大きい程効果がある」

「フォークランドの頃とは事情が違うぞ」

ジャムを溶かした紅茶を一口飲んでコンドラチェンコが言った。

「あの時、英艦隊にはまともな早期警戒システムがなかった。艦隊全周の脅威に対して常に対応出来るだけの戦闘空中哨戒を行う艦載機も持っていなかった。対艦ミサイルを迎撃可能な近接防空兵器も装備してはいなかった。だが、合衆国海軍は違う。彼らはその種の備えに不足してはいない。君の祖国が分割された戦争での体験が、彼らをしてその様なシステムを造り上げさせた」

彼は神風攻撃の事を言っていた。

「まさか、君はその種の攻撃を？」

「いや」

守は苦い色を浮かべて否定した。

「アリョーシャ、知っているだろう。私は国家による自殺強要は軍事作戦に含まれていないと考えている。常にそう思ってきた。部下にそれを強いるつもりもない」

「済まん。だが、そうであるならば君は何を言おうとしているのだ？」

「現状を見る限り、多国籍軍は至極順調に航空撃滅戦を展開している」

守は面白そうに言った。

「いや、順調すぎる程だ。多国籍軍は、爆弾を使いすぎた空母に対して安全に補給を行うため、ペルシャ湾後方へ半日ほど下げる予定でいるらしい。もちろん、全艦ではない。セオドア・ローズヴェルトと、東京政権軍の〈しょうかく〉だ。ほんの半日だけ、ペルシャ湾内で攻撃圏内に残る母艦はミッドウェイただ一隻になる。ミッドウェイはトムキャットを搭載していない。防空力は格段に低下するものと見ていい」

「面白いな」

コンドラチェンコは首肯した。

「だが、かわりにダーランの基地航空機がＣＡＰを行うだろう。それに、一〇〇キロかそこら下がったところで、ヤンキーの空母が発揮する防空力には大した差がない。空母群の展開する防空圏は半径四〇〇キロ近くにもなるのだ。そうではないか？」

「そこは君の仕事だ、アリョーシャ」

守は言った。

「何も、正面から殴るばかりが戦争ではあるまい。大体、我々はそのためにイラク人達にカフジを攻撃させるのだ」

「そうか」

コンドラチェンコは興味を覚えた顔つきになって言った。

「地上作戦だけではなく、航空作戦でも徹底的な欺瞞を行うという事だな」

「そういう事だ」

守は楽しそうに答えた。

「それに、私には、ミッドウェイなどという名の軍艦が存在している事自体が許せないのだ」

10　訪問

ペルシャ湾
一月二八日

かつて自分に向けられた汚名を雪《すす》ぐには少し遅すぎるな、福田定一陸将補（退役）はそう思った。彼は戦術指揮官としての日常で養った極めて現実的な物の見方を未だに保ち続けている人物だったが、洋上の護衛艦に向かうために乗り込んだ輸送ヘリのローター音は、彼にかつて送ったヴェトナムでの日常——特に、その終わり近くの出来事を否応なく思い出させた。

彼のいる場所は、両側に機体の外へ通ずる扉があるだけの空間だった。内部には幾つか座席が据えられている。いま、そこに座っているのは福田と案内役の若い海自幹部だけだった。


第一独立装甲連隊指揮官としての福田定一は、テト攻勢期間中、自由世界連合軍派遣部隊の中でも随一と言うべき作戦的成功を収めてその期間を乗り切った。

福田の重装備部隊とヘリボーン部隊を連携させて行動させる戦術は、

「特定の状況下でのみ有効である」

という評価を合衆国軍から受けたものの、ゲリラ部隊を壊滅させるに当たっては大変に効果のあった事が証明された。実際彼は、ほぼ一週間程でヴェトコンの二個連隊を文字どおり全滅させていた。

「阿呆な事を言う」

合衆国軍による評価について、福田はそう感じていた。彼にしてみれば、戦術とは元来そうしたものなのだった。子供の喧嘩で通用している原則とさして変わりはない。やれる事はなんでもやる、そして、勝つ。それだけだった。

「戦術とは、いかにして奇抜な事を思いつくかではない」

ヴェトナムでの任期を終えた後に配属された幹部学校の講義で、彼はそう学生達に教えた。

「常識の、現実に対する最適の組み合わせを見つける事がその目的だ」

彼はそう思っていたから、特殊な状況云々という合衆国軍の評価はまことにばかばかしく感じられた。だから連中はいつまでたっても勝てないのだ、そうも思った。反応兵器という全く新しい存在を使う場合を除けば、戦術とは過去の再演に過ぎない。科学技術の発展に伴って登場した新兵器の与える影響は、常識を組み合わせるべきパターンを増やすという事に過ぎない。

たとえば、福田がヴェトコンを撃滅した際に用いた戦術は、古典的な包囲殲滅戦の一変形だった。確かに、窮鼠猫を噛むということわざは戦争にも当てはまり、敵を完全に包囲しすぎる事は味方の損害を増加させる一因になる。

だが、あの時の福田はあえてその危険を看過した。敵の殲滅が彼に与えられた命令であるからだった。その代わりに、部下の損害がなるべく少なく済む様に心を砕いた。前大戦の対潜戦術に範を得た密林での行動はそれだった。

また、ゲリラ部隊を逃げ様のない地域に押し込め、取り囲んで火力によって殲滅するという手法は、戦国時代、織田信長が一向一揆との戦争で常用した（最も効果的な）対ゲリラ戦術だった。確かに、正規軍を翻弄する事がその最大の軍事的存在理由であるゲリラを倒す最良の方法は、一ヶ所に集めて皆殺しにする事であるに違いなかった。

福田は成功した。

しかし、皮肉な事にその成功が福田から指揮官としての将来を奪う結果になった。自衛隊のヴェトナム参戦に対し、すでに充分以上の疑問を抱くようになっていた世論は、福田の判断を軍事作戦ではなく虐殺とみなした。

偉大と言って良い戦功をあげた彼が、テト攻勢終了後に連隊長を解任されて日本に呼び戻された理由はそれだった。将来は悪くて師団長、いやたぶん方面隊総監と目されていた彼は、帰国後、教育関係の閑職に配された。

マスコミや反戦団体は、福田が身内からそうした扱いを受けていても、彼に容赦しなかった。彼らは、「メコン虐殺部隊」の行動についての〝真相〟を知りたがり、福田のもとへ連日押し掛けた。一部の野党は、国会に特別調査委員会を設置し、国民に知らされていないその真相を〝暴き出す〟べきだとまで主張、それは国民（というよりマスコミ）の大騒ぎを見てガス抜きの必要を感じていた自民党の同意のもとで承認された。

そうした過去は、いま、海自のＵＨ60Ｊに搭乗して快晴のペルシャ湾上空を飛行する福田の現在から眺めるなら、現実に存在していたのだろうかと思われる程の異常な記憶となっている。

すべてが異常だった。

彼が〝真相〟について調査を行う委員会に証人として呼ばれた時、議員達は、制服を着てくるな、と言った。

妙な話だった。ヴェトナムで連隊を率いて戦ったのは陸上自衛隊一等陸佐・福田定一であり、仮に何らかの責任を問われているとするならば、（さして魅力的とは言えない）陸自の濃紺の制服を着けた彼に対して喚問を行うべきだからだ。福田が行った行為とそれに付随する責任はすべて、その一点において生じている。

結局、福田は議員達からのあらゆる脅迫（その大半は、彼らの意を受けた防衛庁内局の官僚達がありとあらゆる姑息な手段を用いて彼に伝えた）を無視し、制服を着用して国会に現れた。その制服には、前年、隊員の士気向上のために自衛隊が定めた様々な功績を示す飾りが付けられていた。

左胸は、北海道戦争からヴェトナムに至る過程で成し遂げた様々な功績を示す略綬が何段も連なっていた。左肩には、長官直轄部隊の面白味のない肩章が付けられているだけだったが右腕に縫いつけられたそれはヴェトナム派遣章――あの国で実戦を経験した者だけに与えられる〈ヴェトナムのシルエット上に咲く桜〉と、同じシルエットの上で火を吐いている怪獣が上下に並んでいた。最後のそれは、無論、第一独立装甲連隊の（公式には認められていない）肩章だった。福田は、自衛隊が実戦経験者だけに渋々許している〝自由度の高い〟ミリタリー・インシグニアを装着した制服をあえて着用する事で、自分の心根の在処を示した。国会でそれが理解されるなどとは毛頭思わなかったけれども。

首が定まらぬ程に頑丈なヘルメットを被った彼の耳に、操縦席からの声が伝わってきた。正確に言うなら、ヘルメットと一体化されたヘッド・セットのレシーバーからだ。

「トマホーク05よりモンスター01。任務783に従ってシャングリラから貴艦に向けて接近中。針路35度。速度160。高度エンジェル0―2。着艦許可を求む。送レ」

接近したのか、そう思った福田の肩を、左隣の座席についている幹部が軽く叩いた。指先で機体左側に二つ並んだ視界の広い窓を示す。覗いてみろという事らしい。福田は年齢を感じさせぬ手慣れた動きでそれに従った。ヘリにはヴェトナムで嫌というほど乗せられており、その頃に覚えた動作は二〇年経った今も忘れてはいない。

彼は窓から外界を眺めた。ペルシャ湾の独特な色合いの空と海が広がっていた。そして、素人にはこれで陣形を組んでいると言えるのかどうか疑わしい程に相互の距離をとった艦隊が航行していた。彼が訪れるべき護衛艦はその中核に存在している。

福田は細いつくりの両目をしばたいてその艦を見つめ

た。写真やTVでは何度も見ていたが、現実の存在として眺めると、その変貌ぶりには驚くほかなかった。

海上自衛隊超大型護衛艦〈やまと〉。

さして巨大には見えない、と言えば意外に思われるかもしれない。

しかし、全長二六三メートルの艦型は、戦後建造される様になった巨大タンカーを見た事のある者には大きくは感じられない。戦後の数次に亘る改装の結果、基準排水量は六八〇〇〇トンに達しているが、それにしたところで、何十万トンもの巨大船が海洋を行き交う今日では、大した値ではない。

にもかかわらず、福田はその艦容が一つの意志によってまとめられ、強烈な力を発散している感覚を抱く事が可能だった。他の、どれほど巨大な艦艇——排水量一〇万トンを超える合衆国の空母にすら覚える事のない精神への衝撃を実感する事が出来た。

彼女は既に半世紀も洋上にありながら、常に変わらぬイメージを発散していた。その外見は、時代の要求に応じて、かつてのそれとは大きな変化を見せている。

福田がヴェトナムで〝虐殺〟を手伝わせた頃と比べてさえ、別の艦と言って良い程になっていた。

外見的に最も大きな変化を見せていたのは、甲板上に聳える巨大な前檣楼《マスト》だった。かつてそこは主砲射撃指揮所や昼戦・夜戦艦橋が一つの構造物として構成された塔型の建造物だった。一九三〇年代、四〇年代、五〇年代を代表する指揮・索敵・通信装置が無数に備えられ続けた鋼鉄の城塞だった。ただし、時々によってそこに装備された物は変化したが、基本的には三〇年代最高の艦艇デザインとして洋上に出現した〈大和〉のイメージを変えはしなかった。

ところが、福田が上空から見つめている九〇年代の〈やまと〉は、完成美とすら思われていたそのデザインが、高度技術に対して遂に屈服した事を示していた。

前檣楼は徹底的に作り替えられていた。塔型である点は今も同じだが、その最上部近くには、八〇年代に入ってから軍艦についての美意識を大きく変化させてしまったフェイズド・アレイ・レーダーの送受信器が装着されていた。

〈やまと〉はイージス・システム装備艦に変身していた。それに伴い、前檣楼構造のほとんどすべてがイージス装備に適合する様に改造されている。

かつての副砲塔台は前檣楼と一体化され、その上部には、一五・五サンチ副砲塔の代わりに数基のアンテナ、比較的小さな砲塔が載っていた。

アンテナはスタンダード艦対空ミサイル用の誘導電波照射器だった。通常はＭｋ99イルミネーターという名の方が通りが良い。

そして、小さく見える単装砲塔は、合衆国海軍が七〇年代に開発した八インチ砲Ｍｋ71の改造型、八〇式六〇口径二〇センチ砲だった。合衆国艦艇によく装備されている単装五インチ砲塔をふた回り程も大きくした様に見えるそれは、日本の艦艇にしか装備されていない。合衆国海軍がその採用を見送ってしまったからだ。海上自衛隊はパテントを取得したＭｋ71を改造し、砲の口径を伸ばし、装塡システムを改造して発射速度を増大させた後に制式装備として採用した。ジェーン年鑑等ではＭｋ71Ｊと記される事の多いこの砲は、最大で毎分二〇発近い二〇センチ高初速弾を発射出来る。〈やまと〉はこの砲を前後各一基、両舷各一基——計四基装備していた。形状が変化し、備えられている物は変わったが、結局は新造時と同様の〝副砲〟配置が復活したという訳だった。

その他にも変化を見せている部分は無数にあったが、ヘリは福田がそれについてあれこれを感ずる前に〈やまと〉艦尾に設けられたヘリ甲板へ降下した。かつては水上偵察機用のカタパルトやクレーンが備えられていた場所だ。

機体下部から延ばされた着艦用ブームが甲板の降着装置に捕らえられる衝撃が伝わった次の瞬間、ヘリは〈やまと〉の甲板へと降りていた。

「本艦に乗艦されるのは初めてですか？」

ヘリ甲板へ出迎えに出ていた幸田という名の三尉が尋ねた。小柄で、軽はずみにすら感じられる口の利き方をする男だ。階級の割には年を食っている。おそらく、部内幹部候補生の推薦を受けて三尉に任官した一般隊員あがりのヴェテランだな、福田はそう思った。昔の海軍で言えば特務少尉。水兵の少将というところだ。

「本来なら艦長以下ずらりと並んで御出迎えすべきなんですが」

福田の返答を待たずに幸田は言った。なんと申しますか、本艦は只今戦闘状態にありまして。ひとまず滞在用の部屋に御案内した後に、艦長が御挨拶したいと申しております。

福田は幸田の言葉に生返事を返した後で、

「大きな艦の割には、あんまり人を見かけんね」

と、言った。

「ああそれは」

幸田は、海上自衛隊というより海軍軍人の通例と言える反応を示した。一を聞いて十の対応を行うといった態度だ。

「本艦は改装にあたり省力化に努めたおかげで、昔ほど人間は乗っていません。なにしろ、対空火器は全て自動化されましたし、主砲も半自動になりました。加えて、機関をCOGOGに——」

「COGOG?」

「あ、失礼しました。オール・ガスタービンの事です。本艦はガスタービンだけで動いております。これは防秘なんだそうですが、海面状態の良い時なら三三ノット以上出せるんです。ええと、とにかくそれのおかげで大人数だった機関科の頭数もごっそり減って、とまぁ、そんな具合です。いまじゃあ一五〇〇名以下しか乗っていません」

もっとも、艦長は余り気に入っておられんようです。応急作業は頭数が命だというのがあの人の持論でして。自分も、そうなんだろうな、とは思っております。藤堂一佐はいつもそうです。

「君は艦長と随分親しいようやね」

福田は言った。彼個人の感覚から言えば、上官とのつながりを人前で話す様な人間は、資質について多少の疑いをもたれるべきだと考えている。

「それは」

退役陸将補の気分を害したかもしれないと思ったのだろう。幸田は慌てて答えた。

「艦長云々については、自分が勝手に思っとるだけです。艦長は御存知ありません。実は、その、艦長は自分が新隊員だった頃の直属上官でして。ヴェトナムでPBRの艦長をしておられたんです」

「PBR?」

「はい。MJ戦隊です。自分は艦長の指揮下で、閣下が指揮されたあの戦いにも参加しておりました。本当は何があったか、忘れておりません」

「そうか」

最近、非公式に用いられる様になっている古臭い尊称に気恥ずかしさを覚えつつ福田は頷いた。あそこを知っている者同士であるならば、この三尉が艦長へ親近感を抱いていても不思議ではない。仕方のない事だ。

藤堂艦長と共に歩く艦内はまるで迷路の様だった。分厚い装甲に守られたそこは、一区画ごとにハッチで区切られ、そこかしこに非常用の消火器具が備えられていた。天井には無数にパイプが走っている。

「これでも、改装前よりは随分とわかりやすくなったのです」

藤堂進は笑みを浮かべて言った。彼の歩調は普段よりゆったりとしたものだった。年齢はともかくとして、軍艦というものに慣れていない福田を気遣っているのだった。

「限られた人数でダメコンを行う場合、迷路の様な艦内はそれだけで大変な障害になりますから」

彼は、火災・浸水等を検知するセンサーを全艦に取り付けた事を話し、ほら、あれですよとその幾つかを指し示した。

「本艦は、無理をするなら三〇〇名で戦闘可能ですから」

ミサイルや魚雷を食らった場合、後の一二〇〇名はすべて応急班に回せます。無茶な話なのは承知していますが、新隊員が足りないのは陸海空共通ですからね。

あれこれと説明を続ける艦長の横顔を見た福田は、指揮官という人種を造り上げる最も大きな要素は、やはり天性なのだと思った。経験から、自分の眼前にいるこの戦艦の艦長には、それがあるとわかった。

福田の抱いているそうした思いは、普通の人間にはひどく乱暴に感じられる人物評価かもしれない。

しかし、最前線で人間についての何事かを知ることの出来た者ならば、決して福田の評価方法を否定する事はない筈だった。兵士、下士官、下級将校達は、自分を率いる人間に対して強烈な評価基準を持っている。そして、その基準は彼の階級が低ければ低いほど厳しくなってゆく。当然だった。戦場における人間の値段は、階級と全く比例している。

それ故、兵士達は上官の持つ本質を第一印象で見分ける事に全力を尽くす。世界各国の軍隊に様々な表現で言い伝えられているセオリー、

「頭の良い怠け者は司令官に、
頭の良い働き者は参謀将校に、
頭の悪い怠け者は連絡将校に、
そして
頭の悪い働き者は銃殺にせよ」

――の一体どこに自分の上官が当てはまっているのか、それを知らねば生き残る事が出来ないからだ。

かつて下級将校／幹部として北海道で戦車戦を経験している福田も、その種の感覚は充分持っているのだった。こればかりは、いかに階級があがり、あるいは年老いても、忘れられるものではない。

彼の見るところ、藤堂進は典型的な頭の良い怠け者だった。身なりは合衆国海軍の士官達ならば顔をしかめるのではないか、と思われる程にラフなものだ。福田も先程プレゼントされたので被っているフェルト帽はともかくとして、折り目すら定かではない艦内服の上下や、服務規定で定められたものとは異なるスニーカー等々、素人が艦長としてあるべき姿だと思いこんでいる類型をことごとく無視している。

彼だったら、俺よりうまく国会での馬鹿騒ぎをこなしたかもしれないな、福田はそう思った。

〝虐殺〟の責任者として国会に呼びつけられた福田の答弁は、多くの人々に全く意外な感を抱かせた。

誰もが彼の事を旧陸軍参謀か映画に出てくる様な親衛隊将校に似た人物に違いない、と思い込んでいた。そのあたり、世間の常識というものは愚かしさを覚える程に陳腐で、愚劣だった。

ところが、濃紺の制服を付け、どちらかと言えばおっとりとした調子で、諭《さと》すように話す彼はまるで大学教授の類型が具現したかのように見えた。野党議員のヒステリックな内容の質問に、史上の様々な事例をひいて答えていった事がさらにその印象を強くした。

それが、議員達には気に入らなかったらしい。彼らは〝虐殺〟という言葉に必要以上にこだわって、彼の行為が非人間的なものであると叫んだ。

これに対し、福田はまず虐殺という言葉を定義するところから答弁を始めた。彼は、自分の率いていた部隊が敵戦闘員を攻撃したのである事を述べ、彼らは最後まで銃を捨てなかったのであるから、これは虐殺にはあたらない事を論証した。そして、自分はそれを命令によって行った事も。

ある意味でそれは野党議員達の待ち望んでいた答えだった。彼らは、ではその命令はどこから出たのだと彼に質問した。福田の答弁が余りにも明快で隙が存在しないため、さらに上層部の誰かを引きずり出そうと狙ったのだ。

それを聞いた福田は不思議そうな、そして悲しそうな色を浮かべ、あなたからです、と答えた。

五分程続いた怒号や罵倒が収まるのを待ってから、福田は続けた。

我々は自らの意志であの国へ赴いた訳ではない。国会の議決と政府の命令に従ってあそこへ送り込まれた。そして、敵を倒せと命じられた。仮に虐殺が行われたとするならば、その責任は、我々をあそこに送り込んだ議決を通した議会にある。私はあくまでも番犬であり、その鎖を自分で解く事は出来ない。

それを聞いて再開された怒号と罵倒の中で、福田はぼんやりと立ち尽くしていた。全てがばかばかしく感じられた。とにかく祖国を守っているという意識だけで任務を果たせた北海道戦争の頃が懐かしく思われた程だった。

野党側が勢い込んで開いた証人喚問は混乱の中で終結した。彼らが求めていた成果は何一つあがらず、かえってその論拠のあいまいさが選挙民に認識される結果に終わった。

事態の政治的部分はこうしてケリが付いたけれども、それは福田個人についての勝利を意味しなかった。彼は今後も制服を着続けてゆくには余りにも政治的な対象になりすぎたし、彼自身もまた、自分に責任を押しつける事で国民の非難を避けようとした自衛隊（というより防衛庁）に嫌気がさしていた。

喚問が終わった翌日、彼は依願退職を申し出た。自衛隊は彼を完全に何の仕事もない配置にまわした後に、庇えなかった事を詫びる様に陸将補に任じ、その翌日、彼の退職を現実のものとした。すでに、彼の答弁に興味を持った幾つかの出版社が接触してきつつあった。


永遠に続いているかに思われた通路が突然終わっていた。正面には厚い鋼鉄の壁があり、その少し手前に、それぞれ上下の甲板に向かう階段があった。ペルシャ湾特有のぬめった香りが漂っているところからして、すぐ上は上甲板であるらしかった。

「いかがです、本艦の感想は」

藤堂進は細い眉をわずかにつり上げて言った。

「自分の巡察におつきあい願うのが一番手間がはぶけると思っておさそいしたのですが」

「いや、大変興味深い」

福田は答えた。壁を指さし、冗談めかして言う。

「この先には何があるのです？　防秘ですか？」

「ああ」

　進は笑みを浮かべて答えた。

「そんなものじゃないです。上に出ましょう。そっちの方がわかりやすい」

　階段を上りながら彼は、福田の現在の生業について言った。いやあ、はやく新作を書いてください。ま、自分としては歴史小説だけではなく、ゴジラ・コマンド指揮官の回想録も読んでみたいですが。あ、すいませんな。ファンの無責任な希望というやつです。それにまぁ、間接的にとはいえ、あの時、自分も福田先生の命令を受けていたものですから。

　それにしても、ペルシャ湾まで取材にきた作家は世界でも先生だけじゃないですか。え、防衛庁の招待？　ふーん。連中も二〇年目にして初めて、陸将補に対する謝罪の意を示したという訳ですか。

　彼らは上甲板に出た。そこは第三主砲塔の直後と言うべき後部甲板だった。さらに艦尾側には、福田の降り立ったヘリ甲板がある。〈やまと〉の場合、昔の水上機収容区画がそのままヘリ格納庫として使用されていた。ただし、収容方式が変更されている。回転翼を扇子《せんす》のようにして閉じたヘリを傾斜して艦内へ降下するエレベーターを使って格納する。面白いことに、それはソヴィエト海軍の駆逐艦や巡洋艦などで多用されている方法だった。

　艦長は甲板に備えられているものを指さし、言った。

そこには一辺が二〇メートルほどもあるかと思われる様な灰白色の構造物が二基、甲板に埋め込まれていた。その上には、無数のハッチが格子上に並んでいる。風呂場によく張り付けられているタイルを大きく、ごつくした様な具合だった。

「これです。Ｍｋ41ＶＬＳ。本艦の場合、主にスタンダード艦対空ミサイル《ＳＡＭ》を収めています。これまでいちいちランチャーに装填しなければ発射出来なかったミサイルを、最初から簡易ランチャーごと垂直に並べておく事で、発射速度を上げようという仕掛けです。なんと言ったら良いのでしょうか――そうだ、陸自で対戦車ミサイルを収めておくパッケージがありますね、あれをそのまま縦に並べてあると思っていただくのが一番わかりやすいですな。厳密に言えば正確とは言えませんが」

　藤堂進は説明を続けた。

「本艦は図体がありますから、このＶＬＳ――垂直発射システムを通常のイージス艦の二倍、四基備えています。ＶＬＳは一基あたり六四セル（ハッチの数です）で、うち三つは再装塡用のクレーンを収めていますから、一基あたり六一発、合計二四四発のミサイルが搭載されている事になります」

　福田は小説家というより軍人の感覚で尋ねた。

「ミサイルの種類は？」

「現在我々が使用している全てのミサイルを収容可能です。ミサイルの回りに戦車砲弾で用いられている様なアダプターを付けておけば、ＳＳＭ２でも収容できます」

「確か、ＳＳＭ２は――」

「ええ、本艦の場合、ＳＳＭは煙突と後檣楼の中間に専用ランチャーを設けて搭載しています。ですから、基本的には、スタンダードＳＡＭとアスロック対潜ミサイルの垂直発射型、この二つ専用と言うことです。しかし」

　藤堂進は少し困った顔になって言った。

「垂直発射型アスロック《VLA》は合衆国での開発が遅れていますから、現在のところ搭載しておりません。ＶＬＳ内はすべて射程距離の長いスタンダードＥＲが収められています。そんな訳で、自分は本艦の事を世界最強の対空護衛艦と呼んでおります。なにしろ、本艦ほど高い位置にイージスのアンテナを備え、大量のＳＡＭを搭載している艦艇はありませんから」


彼が言っているのはこういう事だった。

　レーダーが発する電波は直進する。よって、水平線の向こうにあるものは探知出来ない。その限界を広げるためにはレーダー・アンテナを高い位置に装備する必要がある。これは同時多目標捕捉能力を誇るイージス・システムのＳＰＹ１レーダーでも変わりはない。眺めの良い景色を見たければ、屋根に登るしかない。

　確かに、その意味において〈やまと〉は世界最強の防空艦だった。藤堂は口にしなかったが、この艦は目標へ〝印をつけ〟ミサイルをその近くまで誘導するイルミネーターが合計六基搭載されている。その点からしても、〈やまと〉は並のイージス艦より強力だと言えた。

　福田はもっとも気になっていた事を尋ねた。

「どれほどの攻撃に耐えることができるかね？」

「オペレーションズ・リサーチでは、ソヴィエトや〈向こう側〉が対艦ミサイルを二七〇発同時発射するまでは無傷でした。本艦は全ミサイルを一分とかからずに発射できますし、その後は舷側にならべた七六ミリ砲や近接防空火器で迎撃できますから。他のイージス艦――〈こんごう〉や〈きりしま〉と組んでいた場合は反応兵器でも使われない限り大丈夫だと思いますな」

そうかもしれない、福田は思った。〈やまと〉にはミサイルの他にも様々な防空火器が備えられている。両舷合計八門のOTTメララ七六ミリ速射砲や、四基のファランクスCIWSがある。福田が聞いている話では、CIWS系は今後さらに強化されるという話だった。赤い日本がソヴィエトから中古の戦艦を買ったのに加えて、対艦ミサイル兵力を大幅に増強しているからだ。

　福田はさらに尋ねた。

「では、主砲はどのような状況での使用を？」

「そこはまぁ、戦艦ですからね。想像して下さい。〈向こう側〉もソヴィエツキー・ソユーズを買い取ったという話ですから」

　彼がさらに続けて何か言おうとした時、伝令らしい海士がそばに駆け寄った。クリップボードを手渡す。藤堂進はそれを無表情に眺めた後で言った。

「CDCを覗いてみたくありませんか？　主砲の他の使い方を御覧にいれる事ができると思いますよ」

11　砂の死闘

カフジ、サウジアラビア
一月二八日——二九日

藤堂守とアレクセイ・コンドラチェンコの計画した限定反撃が発動されたのは、一月二八日深更の事だった。

　彼らの計画は祖国がこの戦争で直面している経済的問題を解決する所にその主たる目的があった。そのため、彼らは自国製兵器の全てにその能力を発揮する場所を与えるべくその手筈を整えていた。

　無論、その他にも戦果を挙げることで自身の保身をはかるという、軍人特有の計算も働いている。

ピーター・ラビット01
サウジアラビア上空

　飛行が長時間に及ぶものになると、ジェット・エンジンの音ですら眠気を誘う原因になる。特に大型機であるほどその傾向が強く、こればかりは、民間機でも軍用機でも変わらない。

「中佐、妙な動きが出ています」

　移動目標指示用制御卓《MTI》についていた戦術統制士官がインターコムで伝えた。

「報告しろ」

　合衆国空軍・統合目標監視攻撃システム《JSTARS》開発隊特別分

遺チームのチャールズ・カンプ中佐は答えた。生欠伸《なまあくび》を噛み殺した彼は、疲労と倦怠で固まってしまった様に思われる肩を回した。ディスプレイ脇のデジタル時計は一月二八日二二時過ぎを示していた。

カンプ中佐は左手でディスプレイの右側にある定型行動パネルを見てそこに並べられた幾つものボタンを睨んだ。しょぼつきがちな視界に〝MTI―表示〟と記されたものを捕らえ、腕を伸ばしてそれを押す。

一瞬の間があった後、画面にこれまでとは異なる輝点がつけ加えられた。それまで、クウェート作戦域のワイアーフレーム地図のほとんど全てを占領していた固定目標の表示は消えている。

「東部エリアにいるイラ公の動きが妙です。後方から何かが送られていますす」

「また誤動作じゃないのか」

カンプ中佐は言った。報告してきた部下に対する言葉としては随分とひどいものに思われるが、それなりの理由があった。

確かに、彼らの操っている統合目標監視攻撃システムは高度技術の奇跡だった。今の所は、古臭いB707を改造した機体にノルデン社製の側方監視用フェイズド・アレイ・レーダーと情報処理、戦術統制装置を満載したものがそれであり、空軍はその機体をE8Aと呼んでいる。空中から、地上に存在するありとあらゆる(軍事的な)何かを探知し、その情報を陸・空軍部隊に伝達する事で叩き潰してしまおうという実に合衆国らしい優れたシステムだった。

だが、そうであるが故にE8A/JSTARSは様々な問題を抱えていた。

地上から跳ね返ってくる千差万別の反射を捕捉し、そのうち不要と思われるものだけを的確に判断して電子的なフィルターによって漉《こ》し、残された反射をさらに分析して、それが一体何であるか当たりを付けねばならないからだ。

そのためには膨大なデータの蓄積とその分析が必要になる。また、高性能なレーダー、大量の情報を高速で処理する高度な処理装置、処理された情報を必要とされる場所へ伝達する大情報量通信装置も不可欠だった。攻撃統制用には、戦術誘導ミサイルの誘導システム等が組み込まれている。

実際、それらは全て現在のJSTARSにも含まれていた。

だが、とても完成した状態にあるとは言えない。本当に重要なのはそれを一つのシステムとしてまとめあげる概念を造り上げる事であるからだった。そうした作業は昔から合衆国が最も得意としてきた分野であるけれども、さすがにJSTARS程のシステムともなると朝飯前とはいかず、現在に至るも特に移動目標情報処理の点で難しい問題が残っている。以前、ドイツに駐留していたF15のレーダーがアウトバーンを疾走するベンツを捉えてしまった様な実例と同質の面倒があった。

元来意味のある情報を見つける事が難しい地上目標の反射において、何をもって脅威対象になり得る「移動」と見なすのか、またそれは他の固定目標の探知と比較した場合どのような意味を持ってくるのか、明確に決定されてはいないからだった。合成開口方式のレーダー情報処理を行うJSTARSの固定目標探知能力はこの戦いで既に高い評価を得ていたが、移動目標についてはあまり芳しいそれは与えられていない。伝令の被っていたヘルメットの反射を装甲車輌だと判定したり、トラック縦隊を徒歩歩兵大隊の行軍隊形だと通報したり、だった。そうした次第で、合衆国空軍が実戦テストと議会対策を兼ねてこの砂漠に持ち込んできた二機のE8A、その片方の指揮官であるカンプ中佐の答えは邪険なものとならざるを得なかったのだった。

「現段階では、誤認の確証はありません」

戦術統制士官は言った。声に不満が出ていた。MTI探知の成績が悪いのは彼の責任ではないのだ。

「そうだな」

自分の非を認めたカンプ中佐は声を和らげて言った。

「確認してみよう。二時間程さかのぼった辺りをバンクから拾い出して、五分おきに再処理を行う」

カンプ中佐の命令を受け、胴体内に進行方向を向いて並べられたコンソールの幾つかでキーボードを叩く音が響いた。統制士官達の命令を受けた機体後部のセントラル・コンピュータは、メモリに保存されていた二時間前のデータを呼び出し、それを時系列順に現在まで再処理していった。胴体側面に備えられた長方形の張り出し――フェイズド・アレイ・レーダー内に並べられた無数の送受信器が受け取った反射をその時間における機体の位置に合わせて並べ、一つのレーダー映像に集約する。数多い送受信器が発信・受信した非常に細い電子ビームで得られた情報だけあって、処理の結果造り上げられたレーダー映像は写真に近いものになっていた。最後に、その情報の中へMTI系が捉えたデータが重ねられる。

ディスプレイを眺めたカンプ中佐は命じた。

「動かしてみろ」

古典的なアニメーションの様な速度で画像が切り替わった。カンプ中佐はMTI担当の戦術統制士官が注意を促した辺りに注目し、そこで動きが発生しているかどうかだけを見た。

「はっきりしないな」

彼はそう言った。確かにその通りで、過去の動きを見ている限り、イラク軍が何か能動的な行動を起こそうとしているのかどうか、判然としなかった。幾つものプリップは主に国境防衛線沿いへと動いているが、似たような動きは、KTOとサウジが接するラインの幾つかでも見られる。どちらかと言えば、そちらの動きの方が大規模にさえ思えた。

「警報を発するべきだと思います」

MTI担当戦術統制士官が言った。確かに彼の意見は正論であった。合衆国は情報が示す兆候を無視する事の愚かさをパールハーバーで学んでいる。

だが、カンプ中佐は迷っていた。彼はこのE8Aの指揮官であると同時に、JSTARS開発プログラムの運用面におけるチーフでもあった。度々誤報を出す事で、システムへの信頼を下げる様なまねは絶対に避けたい――そうした思いを持っている。

「警報は無しだ」

彼は決定した。

「この処理画像を地上に送って、判断は向こうに任せよう。ヴォイスでは事実だけを伝えておけ。KTOこれこれの位置に移動目標探知あり、だ」

「了解」

通信担当士官が応答し、レーダー・データと共に通信を始めた。

「全地上ステーション、こちらピーター・ラビット01。MTIに関する処理情報を送信する」

それを聞いてMTI担当戦術統制士官は思った。中佐の決定には不満を覚えるが、まぁ何もしないよりは良いか。

彼の考えは正しかった。非線形方式で暗号化された情報はデータリンクを通してサウジ各地に設置された合衆国陸軍の地上ステーションへと伝達された。

解読された情報を受け取った各司令部の当直将校達のほとんどは、情報を無視して損害を受けるよりは良いと考え、それを司令官や前線各部隊へと伝えた。彼らの行動は迅速・的確なものであったが、唯一つだけ欠点があった。

その時すでに、守とコンドラチェンコの計画に従い、イラク軍は行動を開始していたのだ。

第一海兵師団第三連隊第二偵察小隊
丘陵地帯、カフジ北西

カフジはクウェート国境にほど近い人口八万の都市で、さして人間の多くないサウジアラビアでは主要都市の一つに数えられる。

ただし、それはイラク軍がクウェートに侵攻するまでの話だ。現在、この街はほぼ無人になっている。イラク軍砲兵の射程内にあり、同時に戦闘地域となる可能性が高いところから、サウジ政府が住民を疎開させてしまったのだった。街に残っている者はわずかな数の兵士に過ぎない。

その兵士の一部は、カフジ北西の丘陵地帯に展開していた。合衆国海兵隊第一海兵師団第三海兵連隊に所属する偵察小隊だ。彼らの任務は重要ではあるけれども、同時に極めて限定された内容のものだった。国境地帯を監視し、イラク軍の活動を探る。それだけだ。もし敵が動き出したならば、その兵力規模、装備、動向等々を確認して連隊本部に報告する。敵が呑気に構えている様であれば触接を続けて航空・火力支援を要請、その行動を妨害する。攻撃してくる様であれば、逃げる。

「畜生、イラ公どもとうとうトチ狂いやがった。ロジャース、ラジオ寄越せ」

一月二九日午前一時一五分。暗視眼鏡を構えたエミリオ・ヘルナンデス少尉はそう呻いていた。傍らで待機していた通信兵からPRC無線機の送受話器を受け取る。回線が開かれている事を確認して連隊本部を呼び出した。

「プリック・ワン・ツーよりハニー・ポット。サウジ領内にて行動中の敵装甲部隊を確認。おそらく大隊規模。装備車輌等は不明。別命なくばプリック・ワン・ツーは触接を継続する。オーヴァ……」

「ハニー・ポット了解。センパー・フィー、アウト」

送受話器を戻したヘルナンデス少尉は、腰に下げていた地図フォルダーを開いた。現在位置はおおむね当たりを付けてあったが、触接を続けるには不正確にすぎると思われた。

「パルマー、ゴルフ・パパ・シットだ」

ヘルナンデスは手近にいた伍長に命じ、彼がHMMWV《ハンヴィ》ーの車内から持ってきたGPSを受け取った。軍用品ではない。砂漠の戦争で必要とされるGPSの数は合衆国海兵隊の予想を遥かに越えており、偵察小隊でも民用品を使用しなければならない状態にある。もっとも、信頼性と性能の方はともすると民用品の方が高い傾向にあった。民間企業の技術競争は、特に部品・材料といった点で軍とは比べ物にならない程猛烈であるからだ。

ヘルナンデスはGPSが示した経緯度を地図に切られている東西南北のグリッド――UTM座標に照合した。ハンヴィーの積算走行距離計や磁石等で付けておいた当たりと極端な差は無かった。ポイント153。ペルシャ湾から内陸西方へ六〇キロ以上も走っている低丘陵地帯の中間位置だった。

彼は再び暗視眼鏡を構え、敵の移動方向を確認した。相変わらず海岸線方向へ進んでいる。地図上で次の触接点を探す。うん。カフジ北北西八キロ、ポイント220。ここだな。

ヘルナンデスは小隊に行動準備を命じた。予測される敵の移動先で接近を待ち受けるつもりだった。ハンヴィーとLAV25装輪装甲車を足に使用している彼の小隊は最大で時速七〇キロの移動が可能であったから、充分敵に先回りできる。

イラク軍参謀本部地下指揮所
バグダッド郊外

相変わらずイラク軍の通信網は全てのレベルで混乱状態にあったが、状況がさっぱり判らないという混沌からはどうにか抜け出す事が出来ていた。断続的にではあるが、前線レベルからの報告が上がってくる様になっている。多国籍軍の空爆が主に兵站システムに対して集中されているためだった。

「攻勢を命じられた全地上部隊がサウジ領に侵入しました。現在の所、敵による迎撃は受けておりません」

通信参謀がソヴィエト顧問団専用回線で傍受されたイラク軍の通信を報告した。ソヴィエト将兵によって操作される無線機はイラク軍のものより高い性能を持ち、広い周波数帯を扱えるため、比較的電子妨害に強い。それに、彼らの運営する通信所は、多国籍軍の空爆を受けぬ様に、ほぼ一時間置きに位置を変更していた。

「おそらく奴等は気づいている」

コンドラチェンコは顧問団作戦室の壁に貼られた国境

地帯の地図を見て言った。口調は断定的だ。

「だが、しばらくの間は本格的な動きは示さないだろう。何か仕掛けてくるとしても、航空機か砲兵による阻止攻撃程度だな。シュワルツコフは地上部隊を後方に下げすぎている」

「狙いがあるのだ」

隣に座っていた藤堂守が言った。

「シュワルツコフはヴェトナムで大隊を率い、戦功を挙げた男だ。おそらく、彼にとっては部下の損害ほど恐ろしいものは無い。かつての体験からそう考えている筈だ。迎撃に地上部隊を投入するとしても、よほど決定的な局面になってからだろう。本格的な地上攻勢の意図を欺瞞する事とも関係しているのかもしれない」

「まぁいいさ」

コンドラチェンコは笑みを浮かべて言った。

「部下の損害を減らそうとしているのは我々も同じなのだ」

それに応じた守の口調はどこまでも冷酷だった。

「イラク人の命を盾にしてではあるがな」

「仕方がない」

負けず劣らずの口調でコンドラチェンコは言った。

「アフガンの失敗以来、ロシアの母親達は息子が盾に乗せられて帰ってくるより、他人の乗った盾を持って帰ってきた方が良いと考えている」

彼が何を言いたいかを理解した守は、微かに頷いて同意を示し、地図の傍らに示された兵力表を眺めた。

この攻撃に動員されたイラク陸軍部隊は六個師団。各師団とも兵站の途絶により実働戦力はひどく低下しているため、国境線の沿岸からクウェートの都市ワフラにまで及ぶ作戦上の正面三ヶ所で攻撃に出た部隊の実戦力は三個旅団——合計で兵力一五〇〇〇、装甲車輛三〇〇、重砲一二〇程度だった。それなりの戦力ではあるが、（敵の実力を考えるならば）大戦果を望めるという程ではない。組織的反撃を受けた場合、大損害を受けて撤退という結果に終わるのは確実と考えるべきだった。

何しろ制空権を完全に奪われている。そして砂漠の戦場には、移動中に空襲を受けて逃げ込める様な遮蔽物は存在しない。

イラク陸軍部隊が深夜になって行動を開始した理由はそれだった。守とコンドラチェンコは、完全主義に近い方針をとっている多国籍軍ならば、夜間に本格的な対応は示さないだろうと踏んでいた。少なくとも夜が明けかけるまでは本格的な阻止攻撃はないと考えておかしくない。射撃・爆撃に必要なデータがどうしても不正確なものになりがちで、加えて戦果確認が不確実となるからだった。どれほど高度技術を用いた所で、夜を完全に昼へと変えてしまう事は（いまのところ）出来ない。

守は言った。

「彼らは、どれだけ持つだろうか」

「やはり、三日が限界だな」

コンドラチェンコは答えた。

「多国籍軍は侵入した部隊の目標がはっきりするまで本格的な攻撃はすまい。いや、それで充分なのだ。彼らにはそれを可能にするだけの火力がある——空母の位置に変化はないのか」

最後の言葉は、室内に居た情報参謀に向けられたものだった。

「ダー、ヤンキーとヤポンスキーの大型空母はホルムズ海峡方面に離脱中です。残っているのはミッドウェイだけです」

守とその参謀達がいる事を気遣ってか、彼は日本人に対する蔑称《ヤポニチェ》を用いなかった。

「確かだろうな？」

コンドラチェンコは尋ねた。

「衛星情報であります」

参謀は答えた。彼の伝えている情報は、ソヴィエト・ロシアが軌道高度九五〇キロを周回させている海洋探査衛星から伝えられたものだった。パワー・プラントとして反応炉を使用している大出力レーダー衛星だ。

守は言った。

「アリョーシャ、君達の衛星は合衆国の反応動力潜水艦も探知出来るそうだな？」

「何で知っているのだ？」

コンドラチェンコは冗談めかして言った。しかし、話題としてはかなり際どい。赤い日本のＮＳＤが、ソヴィエト・ロシアに対して積極的な諜報活動をしかけている事を是認する様なものであるからだった。もっとも、その点はＫＧＢも同じだから、お互い様と言うべきかもしれない。同盟国であるから諜報活動が必要ないという見方は幻想に過ぎない。

「まあいい」

コンドラチェンコは少し首を傾げて言った。

「比較的低高度に飛ばしてある衛星で、反応炉の赤外線放射を探知出来るものがある——それがどうかしたのか？」

「いや。衛星情報と聞いて羨ましくなっただけだ」

　守は答えた。

「東京政権軍とは違い、私の祖国は偵察衛星を持っていないからな」

「そうか。とにかく、現状は我々の予測を外れてはいない。全ては計画通りだな？」

「ああ、計画通りだ」

第一四戦闘機大隊
イラク空軍K２航空基地

　イラクはその国土に数多くの航空基地を建設しているが、それが特に集中している地域は二ヶ所存在している。イラク領西部のシリア・ヨルダン・サウジ国境線に北・西・南を囲まれた地域のH航空基地群と、北部のキルクーク及びチグリス川流域に存在するK航空基地群だ。それぞれ、これまでイラクが主敵と考えてきた国家――イスラエル、シリア、トルコ等々との戦いに備えて建設されたものだった。
　そうした航空基地群の後者――K航空基地群の一つ、K２基地（西側での通称はポンプ・ステーション）に、赤い日本の戦闘機大隊が展開していた。国籍マークはイラク空軍のそれに塗り替えているが、実態に変化はない。装備している機体は豊原郊外の工場で生産されたMIG29Jだし、それを操り、整備する人々は全て赤い日本の空軍軍人達だった。基地は多国籍軍の空爆を幾度か受けているが、作戦不能にはなっていない。機体もイラク空軍基地の中でも最も完璧な偽装が行われた強固な半地下式格納庫に納められているため、多国籍軍が判定している程の損害は出ていない。平たく言えば、赤い日本がイラクへ売りつけた後に顧問団用装備として受け取ったMIG29は、全く損害を受けていなかった。開戦以来一度たりとも出撃していない事が、それに大きな影響を与えてはいたけれども。

「諸君、いよいよ我々の真価を発揮する時が来た」

　日本人民空軍第一四戦闘機大隊指揮官・宗像《むなかた》孝治中佐は言った。彼のいる場所は地下に設けられたK２基地のブリーフィング・ルーム、その演壇上だ。

「同志藤堂上級大将の命令により、我々はロシア人と共同して敵に攻撃をかける。出撃は今から一時間後、一月三〇日午前三時三〇分だ。皆知っての通り、予備機も動員した全力出撃になる。無論、私も出る」

張りよりも渋さを感じさせる声の響きで彼がそういうと、ブリーフィング・ルームにいた四〇名程のパイロット達は一斉に歓声を上げた。彼はその叫びを全身で感じとりながら、半日前、上官と交わした会話を思い出していた。

回線のどこかに問題があるらしく、電話には常に耳障りな雑音が入っていた。その雑音の向こう側から藤堂守の声が聞こえてくる。

「……なのだ。君達にはその援護に当たってもらわねばならない。出撃可能機数は何機あるのだ?」

「予備機も含めて全機。四六機全てが出撃可能です」

秘話装置を作動させた通信室の送受話器を握った宗像はそう答えた。鼻にかかった声だが、気取っている様には聞こえない。なぜなら、彼の外見と実力がそれに見合ったものであるからだ。宗像は、筋肉質の長身と少し陰のある整った顔立ちを持ったヴェテラン・パイロットだった。

「操縦士は足りるのかね?」

上官の声が尋ねた。

「充分です。全力出撃であるならば、自分も搭乗します」

「いいぞ」

笑い声が聞こえてきた。

「だが、君の任務は大変に厳しいものとなる事を了解しておいて欲しい」

「覚悟しております」

宗像は、上官に対する敬意に満ちた声で返答した。

それには理由がある。

これまで東側と呼ばれてきた国家群の空軍について熱心に情報活動を行っている合衆国空軍は、その結果を同盟国空軍に限って配布している。

彼らの最新リポートによれば、ソヴィエト空軍も含めて、その中で最も高い戦力・練度を持つとされたものは日本人民空軍だった。彼らの保有機数は約五〇〇機であり、うち実働状態にあるものは三〇〇機。共産国の空軍としては平均以下に近い保有機数だ。

だが、合衆国空軍はそれ故に日本人民空軍の練度が高く、戦力も大きいのだと判定していた。

判定の理由となったのは、まず、ソヴィエトの衛星国としては異常な程に新型機の比率が高い事だった。

大抵の共産国は、(経済的な限界から)一九八〇年代末になってもＭＩＧ21改造型が主力機である場合が多かったけれども、特にシベリア圏から原材料を輸入する事で工業化を果たした赤い日本だけはその例外だった。彼らは兵器を積極的に輸出する事で外貨を稼ぎ、ソヴィエトが新型機を開発する度にその設計図を買い込み、自国の基準にあわせて改造を施したモデルを生産した。その機体の実戦部隊への配備時期は、海上・航空自衛隊主力戦闘機の変更に対応させている。

例えば空自がF４ファントムの導入を開始した時にはMIG21Jの生産ラインを完成させていた。海自がファントムをすっ飛ばしてトムキャット装備に踏み切った時は、MIG23Jの生産が始まっていた。

その後、F15CJ、シーハリアー改造のFV１Aと経済大国化した東京政権側が次々と打ち出した新型機導入には多少ついてゆけなくなっていたが、八〇年代後半に入って再び巻き返しに入っている。海空自衛隊が、いわゆるAMRF計画——全ての戦闘機を多用途型に変更し、運用上の柔軟性を高めようという計画——に従いトムキャット、イーグルの改造型を開発したのに呼応して、MIG29とSU27の生産を開始したからだった。

結果、現在、人民空軍実働機の六割以上は西側でスーパー・ファルクラム、フランカーJ等の名で呼ばれている両機の改造型だった。残り四割にしても、やはりSU24等の改造型で占められている（さすがに出来の悪いYAK38V／STOL戦闘機は採用しなかった）。実働状態に無いとされる二〇〇機にしても最悪でもMIG23であったから、東側最精鋭と言われる装備を保有している点は確かだった。

練度について高い評価を得る原因となったものは、パイロットの年間飛行時間の多さだった。

工業製品とのバーター貿易でシベリアやリビアから大量に原油を輸入・備蓄している赤い日本では、パイロットの年間飛行時間が一九〇時間を超えていた。パイロットが技量を維持するために必要な飛行時間は最低でも一〇〇時間、共産国空軍の平均飛行時間は（ソヴィエト空軍の一部を除いて）九〇時間前後であるから、最高の練度を持つと言って良かった。大体、一九〇時間という値は、大抵のNATO諸国空軍よりも大きいのだ（これに対し、八〇年代以後の航空自衛隊は二一〇時間、海上自衛隊は二五〇時間だった）。高い評価が与えられるのも当然と言えた。

宗像中佐は、その人民空軍の中でもベストに数えられるファイター・パイロットだった。顧問団の一員としてアフリカや中東に派遣される事が多かったため、戦闘経験も豊富で、まだ三〇代であっても飛行時間は軽く三〇〇〇時間を超えている。信じ難いことに、一種の挑戦として特殊部隊訓練にすら参加し、優秀な成績をおさめてもいる。

そして彼は、人民空軍と自分のようなパイロットを造り上げた人物が雑音の向こうにいる男である事を知っていた。藤堂守こそが旧式機多数装備というソヴィエトの意向を無視し、それほど規模は大きくないが精強な人民空軍を建設した当人なのだ。

ヴェトナムから帰還して後、人民空軍参謀本部へ栄転した藤堂守。彼の目指した空軍の特徴は、防空能力第一主義という点にあった。

守は、赤い日本の国力から考えて、万能型の空軍を保有する事には無理があると見ていた。これにには、幾ら赤い日本の政府が祖国統一を唱えた所で、現実には北海道全域奪取が限界だという戦略的判断が影響している。

北海道に配備された赤い日本の地上兵力は約四〇万。陸上自衛隊北部方面隊に対し四対一の優位に立っているから、地上での優勢獲得は確実と言える。そうであるならば、空軍の任務は北海道上空——最大でも東北地方上空の航空優勢を獲得する事である筈だった。陸でどれだけ優勢でも、空から叩かれてしまえば終わりであるからだ。

藤堂守のこうした空軍建設構想は、彼の階級が上昇するにつれて急速に具体化されていった。七〇年代後半、彼は遠距離——戦略攻撃能力の不足を弾道弾や巡航ミサイルの開発・採用で代替し、日増しに強化されている海空自衛隊の制空力に対抗するため、新型機の積極的な採用に加え、防空軍部隊——地対空ミサイル部隊の増強を推進した。

最後の施策はヴェトナムの経験、さらには第四次中東戦争の戦訓から導き出された方針だった。地対空ミサイルは、場合によっては戦闘機よりも有効な制空権獲得能力を持っているという見方である。

赤い日本でこの考え方を最初に打ち出したのは帝国陸軍航空隊出身の青木中佐だったが、彼は戦闘機第一主義者から嫌われ、予備役に編入されていた。守はこの人物を現役に復帰させて自分の幕下に加え、防空軍を空軍の指揮下に置く様に工作を行った後に、青木をその中核へ送り込んだ。彼は見事に守の期待に答えたが、守にとって惜しむべき事に、八〇年代末、癌で死亡した。

しかしながら、その時既に青木の建設した防空軍はほぼ完成した状態にあった。守が目指した精強な制空戦闘機集団もまた完成の域に達していた。

九〇年代初頭、東側最新鋭の兵器を装備し、練度の高いパイロットと整備員を持ち、戦闘機中隊、弾道弾連隊からスペツナズ並の訓練を受けた特殊部隊までを揃えた日本人民空軍は、航空兵力として一つの理想を実現した存在だった。ＮＳＤが滝川という男の個人的帝国であるのと似た意味で、人民空軍はかつて帝国海軍飛行士官だった男の私兵集団になっていた。


「我々は離陸後直ちに低空飛行に移り」

宗像中佐は指示棒で地図を示しながら言った。

「ペルシャ湾に向けて比較的低速で飛行する。我々の行動は沿岸のバスラ周辺に展開した防空大隊の同志及びロシア人の電子妨害による支援を受ける。ペルシャ湾に展開した我々の目的は――」

宗像はそこまで言って言葉を切り、並べられた座席に座った部下達を眺めた。よし、大丈夫だ。再び口を開く。

「合衆国軍に積極的戦闘を挑み、ペルシャ湾北部における一時的航空優勢を獲得する事にある」

再び歓声が上がった。積極的戦闘。これこそ、彼らの待ち望んでいたものだった。たとえその先にどんな苦境が待ちかまえていようと、藤堂守の造り上げた空軍の男達はそうした反応を示す様に条件付けされている。

宗像は航空時計を眺めた。午前三時三五分。詳細説明を始めるべき頃合だった。

「よし、作戦士官に一五分だ。傾聴！」

彼は作戦士官に指示棒を渡し、演壇を降りた。内心で、この作戦はどんな展開を示すのだろうか、と思う。仮に、藤堂上級大将の計画通りに全てが動けば、一生忘れられない記憶になるのだがな。

（いや）

彼は思い直した。失敗に終わった場合でも、それは同じか。俺が生き残っていればの話だが。

第一海兵師団第三海兵連隊第二偵察小隊
ポイント220、カフジ北北西

イラク軍装甲部隊はヘルナンデス少尉の予想通りに行動した。彼らは明らかにカフジを目指していた。連隊本部から入った至急報によれば、他にも数個大隊程度のイラク兵力がこの付近で活動中であり、それらは全てカフジを指向しているという。おそらく偵察隊と思われる小隊規模の部隊がカフジ南方に回り込み、南方との交通路を遮断してしまったという情報もあった。

　イラク軍の行動は、過去に彼らが示した実績から考えると、全く意外に思えるほど迅速だった。要するに、これまで触接と情勢報告に行動を限定してきた偵察隊が、任務を阻止攻撃の要請／観測に切り替えるべき頃合が到来した事を意味していた。

　ヘルナンデス少尉が最初の阻止攻撃を要請したのは午前四時を少し過ぎたあたりの事だった。すでに暗視眼鏡の必要は無い程の明度になっている。

「……敵兵力は増強大隊規模。タンゴ《T》・セヴン《7》・ツー《2》二〇輌、タンゴ《T》・シックス《6》・スリー《3》らしきＡＰＣ三〇輌以上。後続する車輌多数。プリック２―５は阻止攻撃を要請する。オーヴァー」

「ハニー・ポット了解。君達には砲兵を配分する。規模はブラボー・ワンだ。オーヴァー」

「二―〇―三ホテルか？」

　ヘルナンデスは尋ねた。ブラボー・ワン――彼の観測を受けて射撃する一個砲兵大隊が二〇三ミリ榴弾砲を装備した部隊かどうかを尋ねたのだ。

「プリック、残念ながら一―五―五ホテルだ。他は射撃計画調整中。チャンネルを切り替えろ。向こうのコール・サインはマイク・ワン・ファイヴ」

「了解、アウト」

　ヘルナンデスは舌打ちをして通信チャンネルを切り替えた。彼の誘導する阻止砲撃に配分された砲兵大隊は一五五ミリ砲部隊だったのだ。一個大隊であるから、二四門。果たして、本気で前進している装甲部隊を阻止出来るかどうか。

「プリック２―５よりマイク１―５。阻止砲撃を要請する。目標位置・方位角はデジタル系で転送。口頭で確認する。座標６３７―２１８。方位角は秘匿符丁３５５９。迅速試射で放り込んでくれ。こちらは観測準備良し。修正可能。オーヴァー」

　訛りのある返答が送受話器に響いた。

「マイク１―５了解。観測値確認。初弾は既に発射」

「本当かよ」

　ヘルナンデスは思わず口に出した。反応が早い。マイク・ワン・ファイヴは余程訓練の良い部隊に違いない。

後方から地鳴りの様な音が聞こえた。発砲の際の音波がようやく到達したのだ。しばらくして上空を何かが飛び去る音。

訛りのある英語が伝えた。

「プリック2―5。弾着……今」

その声と同時に、空が白み始めた砂漠に閃光が煌《きら》めいた。巻き上がる砂煙。数秒ほど間を置いて、大気の伝播《でんぱ》するエネルギー。

「マイク1―5」

ヘルナンデスは感嘆した様に話しかけた。

「最高だ。オン・ターゲット。そのまま効力射、やってくれ」

「了解。効力射開始――発射した」

それから一〇分程の間、カフジに向けて南進し続けるイラク軍装甲部隊は正確かつ猛烈な砲撃に襲われ続けた。榴弾が落下し、一発あたり最大で半径三五〇メートル以上にもなる恐怖の円周で包む度に装甲部隊の行動は乱れた。三〇メートル程の距離に弾着を受けた車輛の中には擱座するもの、火を噴くもの、搭載弾薬の誘爆によって内側から膨れ上がる様にして爆発するものもあった。阻止砲撃としてはまさに理想的な技量をもって行われている射撃と言って良かった。

だが、ヘルナンデスが望んでいた程ではない。行動は乱れているが、イラク軍の前進しようという意図を挫《くじ》いた訳ではなかった。理由は簡単。相手が装甲車輛であるからだ。それも、移動中の。例えばいま射撃している一五五ミリ榴弾砲で装甲大隊の移動を阻止しようとする場合、最低でも一〇パーセント程度の損害を与えなければならない。そのためには一〇〇発前後の砲弾が的確な位置に落下し、信管を作動させる必要がある。

現状においてはその様な芸当が不可能である事をヘルナンデスは認めざるを得なかった。なぜならば砂と荒れ地の広がったこの場所では、散開は極めて容易で、その結果、(大規模な射撃でない場合)短時間で砲撃効果は極端に低下するからだ。着弾地域――火制範囲をあれこれと変更して対応する手もあるが、時速四〇キロ以上で突っ走っている戦車をそううまく捉えられる筈もない。ミリ波シーカーで薄い上面装甲を狙う誘導砲弾でもあれば別だが、シュワルツコフ大将の司令部は現段階でその使用許可を出していない。余りにも高価であるが故に備蓄数が少ないからだ。

敵は急速に散開しており、加えて、その一部が彼の小隊が展開した丘に接近しつつあった。砲撃効果について胃の痛くなる様な思いを抱いていたヘルナンデスは、それを見て思考を一変させた。部下に命令を叫ぶ。

「全員乗車！　直ちに撤退する。ＬＡＶ援護射撃」

命令と同時に、レコン達は一斉に自分の乗るべき車輛に向けて走った。ヘルナンデスはその様子を眺めつつあえてゆっくりと自分のハンヴィーへ歩いてゆく。すぐそばで、ＬＡＶがブッシュマスター二五ミリ機関砲の連射を始めた。

彼は歩きながら送受話器に話しかけた。

「プリック2―5よりマイク1―5。残念ながらパーティは終わりだ。こっちが敵に発見されちまった」

「マイクよりプリック。早いとこ逃げろよ。援護射撃がいるならやってやるぜ」

「いや、無駄弾になるからもういいよ。それにしても君達の射撃は見事だった。感謝する。君の出身地はカリフォルニアか？」

「いや、サイタマだ」

「サイタマ？　どこだそりゃ？」

「この世の果てにある場所さ。俺もロケットの打ち上げを見てるより面白かった」

「おい、一体そっちはどこから撃ってるんだ。月からか？」

「今後も砲撃の御用命はゴジラ・コマンドにどうぞ。マイク・ワン・ファイヴ、アウト」

ハンヴィーはヘルナンデスが乗り込んだ途端に全速で疾走を開始した。

運転兵は、敵が追いかけてくるのに笑い転げているなんて、士官という人種は皆頭の具合がどうかしているに違いない、と一人決めをした。

合衆国中央軍司令部
リヤド、サウジアラビア

「イラク軍の攻撃は極めて限定されたものです」

パーネル大佐は司令官にそう言った。まぁ、彼らにしてみれば全力なのかもしれませんが。おそらく兵站が切られているため、実働兵力が極端に減少したのでしょう。

「敵が後続を投入する可能性は？」

ノーマン・シュワルツコフ大将は椅子の上で巨体を僅

かに傾けて尋ねた。

「大規模なものは考えられません」

パーネルは答えた。

「投入可能な部隊が他にもあるならば、既に動き出している筈です。でなければ、一〇〇キロ以上にもわたる戦線で、わずか三個旅団の兵力が別々の地点で攻勢に出る訳がありません」

「なるほどね」

シュワルツコフはがっしりとした顎を太い指で挟みながら答えた。パーネルに頷いて見せる。

「ジェリー、俺も君の言う通りだと思う。偉大なる共和国陸軍は、二五〇〇機の猛禽によって骨にされる前に突撃する事を選んだのだ」

「反撃はどうされますか？」

「まぁ、半日は様子を見よう。砲兵の再配置は済んだのか？」

「完了しました。間もなく第一海兵侵攻軍の全砲兵を阻止砲撃に投入出来る様になります。航空阻止任務も既に開始されております。第一波はミッドウェイの艦載機です」

「ゴジラ・コマンドは？」

「〝アヴェ・マリア〟行動計画に復帰しました」

シュワルツコフの司令部が立てた戦線左翼への隠密移動計画の事だ。

ＵＳＣＥＮＴＣＯＭは打撃力の大きな部隊の大半を湾岸から二〇〇キロ程も離れた地点に集結させ、地上攻勢開始と同時にイラク領バスラめがけて旋回運動させる計画を立てていた。クウェートに存在するイラク全軍を包囲してしまおうという訳である。

日本の第一独立装甲連隊もこの旋回運動に参加するため、西進中だった。イラク軍の限定反撃という突発事態が発生したため、移動準備を整えて待機中だった特科大隊が一時的に戦闘加入したのだった。

「よろしい」

満面に笑みを浮かべたシュワルツコフは言った。

「全ては計画通りだ。地上侵攻の前に、共和国陸軍のお手並みをじっくりと拝見しようじゃないか」

パーネルは司令官に同意する様に頷いた。

その直後、早期警戒管制機からの探知情報を映し出すディスプレイを眺めていた士官が叫ぶように報告した。

「イラク全土で大規模な航空活動の兆候が見られます！」

シュワルツコフは命じた。

「スクリーンに出せ」

壁に貼り付くようにして設置されている大きなスクリーンにレーダー画像がリア・プロジェクションで投影された。確かに、イラク領土全域で航空機の反応があった。五〇機を超えている。

「ホーナー中将に連絡しますか?」

パーネルは尋ねた。多国籍連合航空軍を率いる司令官の事を言っていた。無論、合衆国空軍軍人だ。

「どうかな」

シュワルツコフは悠然と構えたまま答えた。

「チャールズ・ホーナーならば今頃はもう対抗策を打ち出している筈だ」

司令官直通の電話が鳴った。シュワルツコフは軽く片方の眉を上げて見せてから受話器をとった。明るい声で電話の向こうにいる人物と幾つか会話を交わした後に受話器をフックに戻す。

「ホーナーだった。彼はあれをイラン・ツアーだと見ている。一応、念のためにダーランから上げるCAPを増強するそうだ」

パーネルは司令官に頷いてからもう一度スクリーンを見た。確かに、そうした対応策を施すだけで十分に思えた。

哨戒機

ホスラビー上空、イラン南西部

それは奇妙と言えば奇妙な命令であり、イラン・イスラム革命空軍で稼働状態にある数少ないF14トムキャットを操るムハマド・アフザリ中佐にとってはどうにも納得が行かなかった。彼のトムキャットはイランがまだ帝国などと名乗っていた頃にオイル・ダラーの威力で買い込まれた七七機のうちの一機で、当時経済的苦境にあったグラマン社を救う事になった一〇億ドルの僅かな生き残りだった。合衆国海軍向けの配備を一時中止してまで生産された機体であるから、当然のごとく生産ロットは若い。

つまり、高い技術で知られている訳ではない革命空軍の整備レベルを考えるならば、いつ共食い《カニバリズム》整備の対象になってもおかしくない機体であった。

共食い整備とは、その名の如くある機体を部品取り用に指定してしまう事で、調子の悪い何機かを飛行状態に保つという整備法だった。部品の生産や供給がうまくいかない飛行隊では時代を問わずに採用される方法だ。

ただしそれは、部隊戦力崩壊の第一歩としてあらゆる飛行隊指揮官達に恐れられている転回点でもある。

となれば、夜明けを迎えている午前五時のイラン上空でさして状態の良くないトムキャットを飛ばしているアフザリ中佐の立場には少しばかり難しい所があった。

彼は、そろそろ引導を渡さねばならぬ機体を愛するパイロットであると同時に、それに対して引導を渡す事を決定すべき飛行隊指揮官の立場にあったからだ。アフザリは、イラクに対する偉大な革命防衛戦争で大きな戦果を挙げた革命空軍第七三戦闘飛行大隊の指揮官であり、未確認の三機を含めた場合七機の撃墜スコアを持つ事になるイランのトップ・エースだった。

ちなみに、確認された戦果の中には、一九八四年、愚かにも彼の祖国に対して偵察飛行を試みたロシア人のMIG25一機も含まれている。アフザリは、一九七九年に電子装備の中枢部を片端から叩き壊して逃げ出したヤンキー達の忘れ物――イランに残されたフェニックス・ミサイルの最後の一発でこれを撃墜したのだった。

合衆国で操縦教育を受けたアフザリは革命政権の内紛や空軍の現状について様々な不満を抱いていたけれども、戦争英雄という肩書きが幸いして今日までさしたる苦労もせずに生き延びる事が出来たのだった。革命政権は、あの戦争中に革命防衛隊という武装集団（とても軍隊とは呼べない）をでっちあげて国防力の中核に据えようとしたが、彼らイスラームの聖戦士達は突撃して死ぬこと以外の何も知らず、かえって戦局を不利にしてしまったからだった。結局の所、革命政権を救ったのは帝国時代に合衆国で教育を受けたアフザリの様な（ムッラー達に危険視される）職業軍人集団の粘り強い作戦指導であった。

「ベクター3―5―0にアンノウン。おそらく大編隊。IFFに反応無し」

後席員のバクル少佐が報告した。この機体のAWG9射撃管制システムは、ロバート・ケネディ政権の秘密工作によってイランに譲渡された予備部品により可動状態にある。

「畜生、テヘランから言って寄越した通りだな。他に反応はないか」

「ノー・ジョイ」

バクル少佐は答えた。たとえ革命空軍であっても、合衆国で教育を受けた彼らの機内での会話はすべて英語だった。

アフザリ中佐は反応をＡＷＧ９のレーダー投照射域に収め続けられる様に機首を巡らせながら思った。

イラク領から編隊を組んで侵入してくる機体があっても無視しろというテヘランからの指令はどうにも納得出来ない。それが（これまでの様に）逃亡してきた連中ならともかく……

「アフワズ・コントロールよりアズライール01。領内侵入中の編隊から距離をとれ。繰り返す――」

「アズライール了解。コースを変更する」

地上管制からの指示に対し、アフザリ中佐は乱暴に答えた。内心の憤慨を表す様にスロットルを乱暴に操作し、二基のＴＦ40エンジンから常用定格推力を絞り出した。全身が射出座席に押しつけられる。

「気を付けて下さいよ」

バクル少佐がぼやいた。

「うちの飛行隊で飛べるトムキャットは三機だけなんだから」

「済まん」

アフザリは素直に謝罪すると、内心でテヘランから伝えられた指令の最後の部分を思い出していた。革命政権にとってヤンキーは悪魔だ。イラクのスンニ派信徒も悪魔だ。もちろん、ロシア人も悪魔だ。彼らが互いに殺しあいをしたいのならば、我々はそれを自由にやらせておけば良い。なぜなら、それこそが神の御意志に沿う事なのだから。

ＪＤＳ〈やまと〉
クウェート・シティ南東海上、ペルシャ湾

星の煌めく漆黒から濃紺へと変化しつつある空の下に広がった海上に強烈なエネルギーが放出された。それらは物理法則が与える速度の順にペルシャ湾の大気を引き裂いてゆく。

いや、その前に一・四トンの物体が秒速七八〇メートルで飛び出しているのだ、福田はそう思った。

藤堂一佐の言葉は嘘ではなかった。福田を乗せた〈やまと〉は〈しょうかく〉の護衛任務を一時的に解かれた護衛艦群、そして合衆国のアイオワ級戦艦ウィスコンシンと共にクウェート領内のイラク軍を叩いていた。仕事が忙しくなった藤堂の代わりに彼の横についた幸田三尉の説明によれば兵站拠点らしい。

「第七射弾着よーし。修正無し。第八射……射《テ》えッ！」

一本だけ仰角をかけられていた第一砲塔の真ん中にある砲身が火を吐いた。網膜に強烈な閃光を焼き付け、何か吐き出す。衝撃。

「変わった撃ち方やね」

幸田という男の扱い方に慣れてきた福田は言った。彼は、自分の事を取材にきた作家ではなく、退役陸将補として扱っている事に気づいたからだった。それならば、福田もかつて部下に対した時の様な態度を示せば良いだけの事だった。

「僕は、戦艦と言えば一遍に主砲を撃つとばかり思っていたんやけど」

幸田が答えた。

「主砲斉発——あー、一斉射撃は滅多な事でやれるものじゃありません。なんと言いますか、狙いがどうしても甘くなりますし、他にも砲身の磨耗とか熱の問題で難しい所があります」

「所詮は大砲か。戦車と変わりないんやね」

「だと思います。自分は鉄砲屋じゃありませんが、なんでも、戦艦の主砲射撃は昔からそういう考え方だったそうで。昔の海軍でも、本艦の射撃は六発撃ったら次は三発、そんな感じで砲身を休めながら撃っていたそうです。我々も、斉発を行うのは〈向こう側〉が〈解放〉を持ち出して来た時だけだと言われています——戦艦同士の殴り合いなんてものが起こった場合の話ですが」

幸田が口にした艦名は赤い日本が六〇年代にロシア人から買い入れた〈ソヴィエツキー・ソユーズ〉の事だ。

第二砲塔の一番右側にある砲身が持ち上がった。夜戦艦橋（とは言っても、昔とは位置も内装も異なっている）からそれを眺めていた福田は多少気になる事を見つけた。

「もし防秘やったら答えて貰わんでも……」

発射。衝撃。

「何でもどうぞ。艦長から先生のお尋ねになる事は全て答えて差し上げろ、と言われております。先生は身内《ヽヽ》ですから」

「ははぁ」

照れ笑いに近いものを漏らした福田は尋ねた。砲口から白煙を吐きながら角度を緩める主砲の砲身を指さす。

「あれ、昔と違うんやないかね？　どうも、写真で見た奴とは形が違う様に思われるんやけど」

「御明察です」

幸田はなぜか嬉しそうに答えた。

「本艦の四六センチ主砲砲身は、一〇年前の大改装で新型に更新されました。新しい材料を使用した軽量砲身で、砲身長六〇口径――二八メートル近くにもなります。以前は四五口径、約二一メートルでしたから、全く違う大砲と言っても間違いじゃありません。砲身長が延びた意味はもちろん――」

「ああ。大変なもんやね」

福田は頷いた。砲身長の増大は初速と射程の増加を意味する。四六センチ砲で六〇口径となると、それはどの様な値になるのだろう？　装薬の量や砲弾の形状にもよるが、大きく増大している事は間違いない。初速は秒速一〇〇〇メートルを軽く超えているのではあるまいか。口径四六センチの砲身から放たれる超音速砲弾。全くとんでもない。開発に成功したと言われる誘導砲弾の場合、シーカー・ヘッドをどのようにしてその衝撃に耐えさせているのだろう。興味がある。

福田が誘導砲弾搭載の有無について尋ねようとしたとき、艦内電話が鳴り、その横に貼り付いていた海士が幸田を呼んだ。

幸田は送受話器を受け取り、向こう側にいる人間と短いやりとりを交わした後、福田に呼びかけた。

「福田先生。艦長が、戦闘指揮所においで願えれば幸甚《こうじん》だと申しております」

福田は黙ったまま首肯した。軍隊における丁寧な言葉遣いは、実質的な命令を意味する。

「我々はイラク軍地上部隊に対する艦砲射撃を命じられました」

ＣＤＣの艦長席についた藤堂が言った。キーボードを叩いて正面の大型ディスプレイにカフジ近郊の地図と状況を示す。

福田はディスプレイに注目した。サウジ国境線ぞいに幾つか、完全な菱形が表示されていた。完全にサウジ領内だ。

「カフジに対して進撃中だった敵大隊に対して、一独連《ゴジラ》が阻止砲撃を行ったそうです。ああ」

藤堂はキーボードで何かを打ち込み、彼の制御卓にあるディスプレイの一つを示した。

福田はそれを覗きこんだ。拡大された丸いシンボルの脇に情報が表示された。

5th Bn/1st Ind Amd Reg/JGSDF
確かに、彼がかつて指揮した事のある部隊だった。福田は藤堂に礼を言うように頷いた。しかし、どこかに屈託がある。ただこれだけの用事で、艦長が自分をＣＤＣに入れてくれたのだとは思えなかった。海自が主張している程ではないけれども、ＣＤＣ（あるいはＣＩＣ）とはそれなりの機密に満ち溢れた場所であるからだ。

「一つ、伺いたい事があります」

福田の無言の問いに答える様に藤堂が言った。キーボードを叩いた後に定型行動パネルのボタンで指示をつけ加え、コンソールのディスプレイにカフジ近郊の詳細な戦術地図を表示させた。福田に対する気遣いからだろう。フルカラーだ。

「御存知かどうかわかりませんが、自分はヴェトナムでＰＢＲに乗っておりました。現地で地上戦に参加した事もあります。なので……少し疑問が湧いたのです」

藤堂はそう言い、福田に視線を向けた。福田はこの種の視線に見覚えがあった。戦場で何かの兆候を察知した男だけが見せる目つきだ。

「もちろん、カフジ近郊のイラク軍に艦砲射撃を加えるという命令自体に疑問はありません。当然の対応策です。しかし――」

藤堂はフェルト帽を脱ぎいささか白髪の増え始めた髪を撫でてから言った。

「イラク軍の行動は不可解です。この様な調整のとれない攻撃は余りにも無意味です。前線に配置した最良の部隊をいたずらに消耗するだけで、ほとんど効果がありません」

「イラク軍は作戦能力の高い事で知られている軍隊ではない」

艦長が元陸将補としての自分に質問しているとわかった福田は感情の無い声で答えた。一応反駁《はんばく》しているが、彼の脳裏でも様々な思考が同時に処理されている。

「その点はおっしゃる通りです。確かに、イラク軍は例の政治的効果という奴を狙って動き出したのかもしれません。しかし――」

藤堂は正面ディスプレイの方にＡＷＡＣＳからリンクされたイラン・イラク国境地帯の探知情報を拡大した。一見して五〇機以上はあると思われる半菱形のシンボルが東へと移動中であった。徐々に針路を南寄りに変更しつつある。

「タイミングが良すぎるとは思われませんか？」

藤堂は、貴方が敵の指揮官だったらどうするかと尋ねているのだった。

「多国籍軍司令部はどう判断しているのだ?」

「イラン・ツアーだと。ダーランから一個飛行中隊ぶんのCAPを上げたそうです」

「妥当な判断だな」

福田は言った。藤堂は落胆した様な色を浮かべた。

「しかし、チャンスではある」

藤堂に視線を向けた福田は言った。

守はにこりとした。「大胆な指揮官であれば、現状は戦果を挙げるべき絶好の機会です。ペルシャ湾からバスラにかけての防空はミッドウェイ一隻に任されており、そのミッドウェイが搭載する飛行隊の半分は阻止攻撃に出撃しています」

「大胆な指揮官がイラク軍にいるかな?」

「私の兄がいます。〈向こう側〉の軍事顧問団長として」

「僕があなたの兄上と知り合いだと言うことは話した事があったかね?」

福田は言った。藤堂は初めて聞く話に驚いた様子も見せずに答えた。

「ええ、確かに」

「そうだな」

福田は乾いた声で言った。

「大胆な指揮官であれば、攻撃を行うだろうな」

彼は胸ポケットの煙草を取り出しかけ、CDCが禁煙である事を思い出してそれをしまった。

「うん。少なくともペルシャ湾上の艦艇を叩く最高の機会ではある」

USSミッドウェイ
ペルシャ湾中部

ほぼ全速に近い三〇ノットを絞り出したミッドウェイはペルシャ湾深奥部に艦首を向けていた。本来ならばこうした動きは避けるべきなのだが、艦載機発艦に必要な合成風力を作り出すためには仕方がなかった。爆装したF/A18ホーネットを発艦させるには、彼女の備えていた蒸気タービンの圧力だけでは不足だったのだ。

半世紀にわたって海洋の支配者として君臨し続けてきた合衆国海軍航空母艦だけあって、飛行甲板上の航空機運用は見事なものだった。舷側のエレベーターで運び上げられてきた機体が電動トラクターで牽引され、待機位置に運び込まれる。弾薬用エレベーターが五〇〇ポンド通常爆弾、マベリック対戦車ミサイル、集束爆弾等々を甲板へと押し上げ、それらは整備員の手によって機体下のハードポイントへ装着されてゆく。あちこちで準備の完了した機体がエンジンを始動する騒音が響き、誘導員の指示に従ってそれらの機体はカタパルト・デッキへと前進を開始する。

「第二波も我々が主力？」

アイランドのトップにある発着艦指揮所にいたミッドウェイ搭載飛行隊の飛行長、リチャード・バーグ中佐は目を剝いた。すでに彼の飛行隊はワフラ付近で行動中の敵部隊を叩くために一二機のホーネットを発艦させている。

「場所はどこだ？」

ＣＩＣにいる作戦士官が電話の向こうから答えた。

「カフジだ。少なくとも二〇機は出して欲しいと言っている。空軍は兵站線攻撃計画をたてちまった後で、Ａ10程度しか出せないらしい。後は海兵隊のハリアー程度だから、攻撃力が不足する」

空軍てのはいつもこれだ、バーグ中佐はそう思った。奴等は後ろを叩きたがる。前線は砲兵と海軍に任せておけば良いと思っているのだ。

バーグは左胸に付けたウィング・マークを左手の人差し指で撫でた。一応、言うべき事は言っておかねば。

「出すことは出せるが、ＣＡＰが不足する。二〇機も出しちまったら、常に上げておける機体は四機程度しかない」

「航空軍司令部はＦ15で全域のＣＡＰを行うから大丈夫だと言っている」

バーグは空軍の能力を全く信用していなかった。

「ローズヴェルトかジャップのトムキャットは出せないのか？」

「無理だ。ローズヴェルトは物資を積み込んでいる最中で、とてもじゃないが運用できない。日本の〈ショウカク〉はそれより少しましだが、あと一時間はかかる」

「畜生め、わかったよ。ただし、全機発艦まで三〇分はかかるぞ」

ソヴィエト軍事顧問団攻撃部隊
イラン領上空、ペルシャ湾まで八〇キロ

意図的に統制のとれないフォーメーションを組んだ四種類の機体は指揮官機から発せられた単音節の通信を受け取ると同時に本来の姿を取り戻した。速度を加減し、エルロンやラダーを操作しながら緊密な編隊を作り上げ

てゆく。彼らは、多国籍軍の攻撃を受けぬ様に、イラク・イラン国境線付近を哨戒しているアドナンＩＡＷＡＣＳからレーダー情報を受け取っていた。

　やがて、編隊は任務順に半径の大きな右への旋回を開始した。レーダー・スクリーン上では、テヘランへ向かうかに思われる様な動きだった。

　編隊はＳＵ27、ＭＩＧ23、ＳＵ24、ＴＵ22の順に旋回へ移る。機数は総計五一機。本来なら七二機になる筈だったが、イラク軍の整備技量が低すぎ、二一機はロシア人パイロットの飛行前点検をパス出来なかった。

　とはいえ、五一機の編隊が持っている攻撃力は恐るべきものだった。護衛任務のＭＩＧ23は空対空装備のみだったが、ＳＵ27、ＳＵ24、ＴＵ22には、過去二〇年西側海軍にとって最大の恐怖であった空対艦《ASM》ミサイルが搭載されていた。

　ＳＵ27の場合、翼下のハードポイントに新型のＫＨ35Ｐが各二発吊下《ちょうか》されていた。ＳＵ27の機数は一六機であるから合計三二発。西側には知られていなかったが、空対艦ミサイルを搭載可能なＳＵ27は艦載機型のＳＵ27Ｋだけではないのだった。

　ＳＵ24にはＳＵ27と同じＫＨ35Ｐが一機あたり四発搭載されていた（ＳＵ24にこれが搭載可能という事実も西側には知られていない）。この戦闘攻撃機の機数は一四機であったから、ミサイル数は合計五六発。

　ＴＵ22ブラインダー、ＴＵ22Ｍバックファイアの原型となった超音速爆撃機には、一機あたり一発のＫＳ２ブルヤ大型空対艦ミサイルが搭載されていた。全長一一メートル以上、弾頭重量一トンの巨大なミサイルで、ＮＡＴＯはこれをＡＳ４キッチンと呼んできた。ＴＵ22は九機しか可動しなかったため、これは九発。以上の全てを合計した場合、この編隊は九七発の対艦ミサイル同時発射が可能という事になる。確かに恐るべき攻撃力だった。

　この強大な編隊がなぜイラン領へ易々と侵入できたかについては幾つかの理由がある。

　その中でも最大のものは、赤い日本がイランとの間に作り上げた友好関係だった。帝政時代、イランは進の日本にとって経済的比重の高い友好国だったが、革命以後は赤い日本がその後釜に座っていた。守は豊原を通じてテヘランに働きかけ、ロシア人の搭乗したイラク空軍機の領内通過を認めさせたのだった。無論その最も大きな説得材料は、大悪魔のヤンキーに鉄槌を下すことが出来るから、というものだった。イラン政府は赤い日本との友好関係（特に兵器購入面での）を考慮して、これを承認した。彼らにしてみれば全く腹の痛まない話だからだ。イラクから逃げて来たとばかり思っていた航空機が多国籍軍を攻撃した所で、彼らには何の責任もない。

このイランに侵入したロシア人の操る編隊が守とコンドラチェンコの放った二本の矢——その片方だった。矢はもう一本ある。

タッフィー05
ダーラン南西五〇キロ、サウジアラビア上空

「あれ」

ディスプレイを睨んでいた飛行統制将校が気の抜けた様な声を出した。

「どうした」

サウジ上空を飛行する合衆国空軍所属のAWACS——E3Bセントリー（コールサインはタッフィー05）の指揮官は眉をひそめ、どうしたと尋ねた。

飛行統制将校は答えた。

「いや、バスラの南方で何か反応が出たと思ったんですが、すぐに消えちまいまして」

「走査モードを切り替えてみろ。ルックダウンだ」

「了解」

統制士官は定型行動パネルのボタンを押し、E3Bに搭載されているAPY1レーダーを低空目標重視の探知／走査に切り替えた。

「何も出ません。何か、クラッターを処理し切れなかったのだと思います」

「C型なら良かったのにな」

指揮官は慰める様に言った。敵機遠距離探知のかなめの様に言われるE3。確かに言われる通りの高い性能を持っていたが、決して万能ではない。

特に初期型のE3Aでは低空目標探知能力がメーカーの売り口上とは大違いだった。実際、サウジ空軍が運用していたE3Aが、洋上を低空飛行するイランのF4ファントムをまったく探知出来なかった実例がある。これはE3の欠点を表すばかりではないかもしれない。電磁パルスの大気中における伝播は、大気状態によって大きな影響を受けるからだ。極端な場合、低空目標の探知がほとんど不可能という不規則伝播状態が生じる場合もある。

だが、探知出来なかった事には違いがなかった。合衆国はこの問題を解決するために搭載レーダーとコンピュ

ータを変更したE3C、セントラル・コンピュータだけを新型のCC2型に変更して情報分析能力を上げて探知能力上昇を目指したE3Bを配備していた。

　オクラホマ州ティンカー空軍基地から湾岸へ派遣されたタッフィー03はその後者、B型で、C型程の低空目標探知能力を持っていない。また、低空反射波を解析するプログラムのどこかに問題があるらしく、航空機よりは自動車を脅威対象として表示する癖があったため、時速二五〇キロ以下の探知はオミットする様にソフトウェア・セレクターが設定されている。

「どうします？　ハンマーに頼みますか？」

　統制士官が尋ねた。ハンマー――空母から運用するE2Cホークアイの事だった。総合的な探知能力はもちろんE3の方が上だけれども、海軍の統制官《TACD》達は低空目標探知に対する長い経験を持っている。

「あと、JASDF《ジエータイ》のE5Bも近所を飛んでますが、もっと西の方を哨戒しています」

「ハンマーに頼んで見ろ」

　指揮官は命じた。

　統制士官は低空目標探知についての要請とデータの転送を行った。


「ミッドウェイのハンマーでした。我々が依頼したあたりを探知領域に入れるには、あと五分程――指揮官、緊急事態」

「探知したのか」

「イラン領内に侵入したイラク編隊が針路を完全に変更。データを転送します」

　指揮官はディスプレイを見た。探知反応は完全に向きを変え、ペルシャ湾へと向かっていた。彼は命じた。

「全軍に緊急警報を――」

　彼の声は悲鳴のような報告にかき消された。

「ベクター0―1―0に大規模な反応。おそらく五〇機以上！　編隊はペルシャ湾上を高速で南進中。間もなくミッドウェイ・グループの防空圏に入ります」

「赤色警報だ。赤色警報《レッド・アラート》！」

「タッフィー05より全防空ステーション、赤色警報。ペルシャ湾及びイラン上空に大規模なイラク航空部隊を探知。ペルシャ湾上の我が艦隊に対して攻撃の意図を持つものと思われる。直ちにこれを迎撃せよ。タッフィーはガンズ・フリーを勧告する！」

日本軍事顧問団制空部隊

ペルシャ湾上空

まさに奇跡だった。多国籍軍が張り巡らせた濃密な早期警戒網を潜り抜けてペルシャ湾上に出られたのは奇跡以外の何物でもなかった。守とコンドラチェンコの放ったもう一本の矢は完全に敵の内側へ突き刺さっていた。

「トマリ01より全機、高度六〇〇〇まで全速上昇。電探使用自由。敵性反応を探知し次第これを攻撃せよ、以上」

宗像中佐はスロットルを押し、アフターバーナー点火位置まで前進させた。発進以来、時速二四〇キロ以下しか出していなかった機速が急激に増加する。スティックを引く。日本人の手によって改造された彼のMIG29は運動性の良さを見せつける様にして急角度の上昇を開始した。高度一五〇メートルからわずか数分で六〇〇〇へと駆け昇る。ロシア人がデザインしたとは思えない程に均整のとれた美しさを持つ機体は、絞り込まれたノズルから赤黒い炎を延ばして夜明けの空を疾駆した。

機体を水平に戻した途端にレーダーへ反応があった。西側の機体ほど自動化が進んでいないためHUDに表示される訳ではないが宗像にはそれで十分だ。計器パネルの最上部――HUDのすぐ下にあるレーダー・スコープの脇に設けられたセレクターを操作し、もっとも近い位置にある反応へロックオンする。輝点がロックオン・シンボルで囲まれると同時にスティックのミサイル発射ボタンを押した。

衝撃と共に翼下のハード・ポイントからアラモ半自動レーダー誘導ミサイルが放たれる。彼の祖国にはこれを改良した八九式AAM〝斬撃《ざんげき》〟Ⅱ型があるが、イラクには持ち込まれていない。

宗像は片手でスティック、もう片手でセレクターを操作しつつ、機体を直進させた。すでにアフター・バーナーは切っている。ミサイルの目標となった反応は突然急激な回避運動を始めたが、逃げ切る事が出来なかった。それはスコープ上で一瞬停止した様に見えた後、そこから消え去った。他に三つあった反応も次々と消えてゆく。彼の部下が放ったミサイルに食われたのだ。

宗像は機体を軽くバンクさせるとウイングマンに呼びかけた。

「トマリ01より02、岡、ついてこい！」

宗像中佐率いる四四機のMIG29Jは余りにも突然に戦場へ出現した。彼らの第一撃により艦隊外周のCAP任務に当たっていたミッドウェイのF18四機が状況を理解する余裕もないまま撃墜された。この時ミッドウェイは第二波攻撃隊の発艦準備中であり、後続のCAPを上げる事が出来なかった。ダーランから上げられていたCAPのイーグルも戦場到着まで五分は必要な状態にあった。そう、わずかに五分ではあるが、ミッドウェイから航空機のカバーが消滅した。

イラク軍参謀本部地下指揮所
バグダッド近郊、イラク

「やったぞ」

コンドラチェンコが呻いた。スピーカーから響いてくる報告を聞いて、室内に人種を越えた歓声が沸き上がる。

藤堂守はその中で一人冷静さを保ったままロシア人によって回線の維持されている電話をとった。


基本的に今回の攻撃計画は、藤堂守によって立案されたものだった。彼は政治・経済的な得点を稼ぐために多国籍軍への限定反撃を行えという（モスクワからの要請を受けた）豊原からの訓令が届く以前に、その攻撃目標を決定していた。艦艇——それも大型艦艇以外にはあり得なかった。


なぜならば、それ以外の目標では国際世論に与える衝撃が少なすぎるからだ。

例えば、彼とコンドラチェンコが自由に運用できる兵力の主力は日ソ合計約一〇〇機の航空機だったが、この兵力で多国籍軍地上部隊を叩いても大戦果は上がらない。航空機による地上攻撃はどれほど高度技術兵器を用いても意外にミスの出るものであり、一〇〇機が全力で殴りかかっても衝撃的な光景（守は、攻撃の結果がCNNで実況中継される事も計算に入れていた）というものは実現しにくい。対地上攻撃とは投入兵力量の次に、それをどれだけ反復出来るかに戦果拡大の鍵が存在しているからだ。

かといって、ダーランの様に厳重に防御された航空基地への攻撃も不可能だった。たとえ一〇〇機で攻撃をかけても、多国籍軍はこれに数倍する迎撃機を出撃させるであろうからだ。

ペルシャ湾上に存在する敵大型艦攻撃という計画はこうした判断から決定された。当然、目標となるのは合衆国の大型艦——空母とされるべきだった。一九四四年以来不沈をうたわれている合衆国空母の撃沈。これ程見栄えのする光景は存在しない。問題はペルシャ湾に展開する空母が三隻存在し、それらが相互に支援しあっているという現実だったが、それもうち二隻が補給のために後方へ（ほんの半日だけ）後退するという幸運が発生した結果、解決された。攻撃兵器は無論対艦ミサイルという事になるが、それを発射する際に必要とされる空母――ミッドウェイの位置特定は、通信傍受で概略位置を掴む事で推定が可能になった。多国籍軍はイラク軍の通信や探知を徹底的に妨害していたが、ロシア人がペルシャ湾で情報収集に当たらせていた潜水艦、駆逐艦の通信を妨害は出来なかったからだ。

　目標の位置が推定出来れば、後はひどく簡単な話になる。対艦ミサイルとは〝打ち《F》っ放し《F》〟兵器であるから、発射時、敵のおおまかな位置を掴んで放つだけでも危険な存在となるからだ。後はミサイル自身に搭載されているレーダーや逆探知装置が敵艦の位置を探知して突進する。一時的に敵の防空網を麻痺させて攻撃隊をミサイル同時発射が可能な空域に展開させる事ができれば、勝算は十分にある。

　ソヴィエト編隊のイラク領偽装侵入、MIG29編隊のペルシャ湾低空侵入という計画は、政治レベルから戦術レベルに及ぶ判断を守が積み上げた結果、完成した。実務的な処理――例えば、イラク軍が温存していた対艦ミサイルのストックを全て持ち出すという折衝や作業などは、その種の仕事に長けたコンドラチェンコに任せておけば安心だった。

「鷹巣より雛鳥」

　電話を取り上げた守は命じた。

「直ちに発射を開始せよ」

USSミッドウェイ
ペルシャ湾

　ミッドウェイは混乱していた。

だが、致命的な程ではない。CAPが撃墜されただけであり、母艦は無傷だ。それに敵が攻撃をかけてくる場合、その前に護衛艦が立ちはだかる。ミッドウェイには七隻の護衛艦がついており、その全てがスタンダード対空ミサイルを搭載していた。加えて、そのうち二隻はイージス巡洋艦だ。滅多な事でやられはしない。

「発艦！　発艦！　上がれる奴は皆上がれ！　迎撃？　海上で爆弾を投棄し、サイドワインダーで戦え！」

　電話を切ったバーグ中佐は飛行甲板を眺めた。普段よりさらに慌ただしく動き回る誘導員達に指示されてホーネットがカタパルトへと進入していた。

先程とは別の電話が鳴った。艦長だった。

「針路変更？　危険です。発艦が不能になります。もしも命中弾を受けたら――」

遠方の海上で閃光が煌めいた。火矢が白煙を吐きながら空へ昇って行く。護衛艦が接近中の敵機に対してミサイル迎撃を開始したのだった。ミサイル発射間隔の狭いのがイージス艦だろう。ミッドウェイの護衛に付いている二隻のイージス、バンカー・ヒルとタイコンデロガは垂直発射ランチャー装備艦ではないが、それでも並の中距離防空ミサイル艦よりはずっと発射速度が高い。

「あと一〇分」

バーグは言った。

「あと一〇分、このまま走って下さい。それだけあれば、なんとかホーネットだけは全機出せます」

バーグは電話を切った。内心で自分はなんと恐ろしい事を言ってしまったのだと思う。あと一〇分。現代戦での一〇分。永遠に等しいじゃないか。

飛行甲板から響いた轟音に気づいたバーグはそちらへ視線を向けた。今では厄介の種でしかない爆装を施したホーネットが発艦していた。その機体はアフターバーナーを吹かして失速しないだけの速度を確保した途端にセフティ・ピンを挿したまま吊下している爆弾を海中に投棄した。そのまま強引な角度をとって上昇する。

バーグ中佐は思った。

危険だな。普段なら軍法会議ものだ。

だが、今は海軍殊勲章に匹敵する勇敢な行為として記録しておいてやらねばならない。

ペルシャ湾の突き当たりにあたるイラク領沿岸から対艦ミサイルが一斉発射されたとの報告が入ったのは彼がそう考えてから三〇秒後の事だった。藤堂守が仕掛けた最後の罠が口を開け始めた。

JDS〈やまと〉

ミッドウェイまで三〇浬、ペルシャ湾上

「まずいな」

艦長席で藤堂進は呻いた。彼には、おそらく兄が立案したのであろう敵の行動が刻一刻とミッドウェイをから め取ってゆく様がはっきりとわかった。当然であった。〈やまと〉はすでに自前のレーダーを作動させていた。前檣楼トップ近くに装着されたイージスの目、J／SP

Y1レーダーだ。日本独自の改造が施されているためJの記号が付されている。

「イラク沿岸より発射された脅威対象は対艦ミサイル。おそらくチャーリー2―0―1。二〇発」

イラクが中国から買い込んだ地上発射型対艦ミサイル、C201の事だ。このミサイルを危険視した多国籍軍は海岸付近の発射施設らしきものを徹底的に叩いていたが、潰しきれていなかった様だった。

藤堂は尋ねた。

「本艦に対する命令は出たか?」

「受信無し」

「クソッ、後からばたばたとやってくるとこういう時にうまくいかない」

進はそう呻いた。

彼が言っているのはこういう事だった。海上自衛隊湾岸派遣部隊は、おそらく参戦主要国の艦隊で一番最後に到着した。であると同時に、合衆国を除けば最も強力な艦隊であった。

このため、指揮上の問題が発生した。海自自体は日米安保体制下の訓練によって合衆国海軍との共同行動に慣れていたが、訓練時の様に緊密な〈つまり、半ば合衆国軍の指揮下に入る〉行動をとる事が出来なかったのだった。湾岸に展開していた合衆国海軍の指揮能力がすでに限界に達していた事もあったし、東京の大理石で造られた建物で沸き起こった、

「日本の独自性」

云々という議論が最も効率的なCキューヴドI体制を阻害してしまったのだった。

このため、湾岸の海上自衛隊は全艦いかなる場合も合衆国海軍の要請を受ける、という形で戦闘に参加していた。彼らと完全にデータリンク出来る装備を持ちながら、戦術情報の交換を除いては何の役にも立っていなかった。

その不合理が、現在の混乱となって表われている。〈やまと〉はミッドウェイを支援可能な最強の防空艦であるにもかかわらず、合衆国側からの要請が届いていないため戦闘に参加できない。

進は尋ねた。

「航海、現在の速度で現針路を進んだ場合、本艦は何分でミッドウェイを援護できる位置に入る」

「七分です」

「イラク沿岸よりさらにSSM発射を探知。二〇発」

進は細いつくりの眉を思いきりしかめた。悪童のそれ

に近い笑みを浮かべて予備座席に座っている福田に言う。

「先生、とうとう本艦の全能力をお見せする事になりました」

福田は楽しそうに笑って答えた。

「あんた、立派な戦車兵になれるよ」

進は小さな笑い声を漏らすと、次の瞬間、命じた。

「機関全速。ミッドウェイの前方に回り込め。航海、針路任せる」

「宜候《ようそろ》」

続けて彼は命じた。

「総員対空戦闘用意。全防空兵器使用自由」

これを受けて復唱と命令が全てのコンソールから響いた。

「総員対空戦闘用意、総員対空戦闘用意」

「両舷七六ミリ砲群、近接砲弾用意」

「ファランクス全自動射撃モード。レーダー作動」

「両舷一二七ミリ砲、近接信管装着完了」

「機関全速。現在、速力三一ノット、増速中」

「艦首甲板VLS、システムチェック。全スタンダード自己診断ルーチン作動」

「艦尾甲板VLS、システムチェック。全スタンダード異常無し」

「SAM第一次最適発射開始地点まで四分」

「全防空系異常無し、本艦対空戦闘準備良し」

それを聞いて進が満足げな笑みを漏らした時、新たな事態が発生した。

「艦長、イラン領内のイラク航空部隊、ミサイルらしきものを発射。現在、発射数一五……二四……なおも増大中。高速です！」

多国籍軍がようやくMIG29の脅威に対応策を打ち出した段階で、藤堂守の罠は完全に閉じた。

敵だとわかっていても絶対に攻撃できないイラン領内のソヴィエト攻撃隊が一〇〇発近い対艦ミサイルを同時に発射したのだった。既にイラク沿岸から発射されたミサイルと合計するなら約一四〇発。兵器の平均稼働率は七割という軍事上の一般則から考えても、九〇発以上がミッドウェイへと突進する事になる。まさに、合衆国海軍が恐れつづけてきた対艦ミサイル飽和攻撃の完全な具現化だった。

これに対して、ミッドウェイの護衛部隊はすでに一二〇発近くをMIGに対して使用している（経験則から言って、対空ミサイルの命中率は極端に低いからだった）。

スタンダード・ミサイルの残量そのものは二〇〇発近くあるだろうが、全弾迎撃は不可能だ。兵器の可動率ばかりではなく、性能そのものからくる限界がある。

イージス・システムは万能ではない。

ミサイルを目標へ命中させるには、大雑把に言って捜索・捕捉・追尾・誘導という四段階の手順が必要になる。平たく述べるならば、
果たして敵は存在するのか？

存在した場合その位置（方位・距離・高度）はどこか？

判明した位置からどこへ向かっている？

ミサイルを敵のいる位置へ到達させるにはどんなコースをとらせるべきか？

――という四つが順をおって満たされねばならないという事だ。それぞれの段階で必要とされる情報の精度には差があるから、当然、使用すべき電波も異なっている。

例えば、遠距離で発見するには大出力の電力放射が必要になる。そしてこれはパルス幅が大きく――つまり、低周波でなければならない事を意味する。

ところが、敵の正確な位置を知ろうとする場合は大気や天候の影響を受けやすい、従って遠距離での目標発見に向いていないパルス幅の小さい電波、高周波が良い。長距離は低周波、精密測定は高周波という事だ。

一九三〇年代に英国人の手によってレーダーが実用化されてから数十年、目標へ兵器を命中させるために必要な電波の種類（とスキャニングすべき方向の違い）はレーダーの数とイコールだった。

距離を測るには測距レーダー、高度を摑むには測角レーダー、目標の位置を射撃統制装置の要求する精度にまで高める――正確な位置を知り続けるための追尾レーダー（測距・測角レーダーの出した敵位置の情報を元にしてさらに高周波を目標へ当てて精密な捕捉と追尾を行う）等々が必要となった。砲撃ならここまでだが、発射された母体から放たれた電波の反射を受けながら敵を追うタイプのセミ・アクティヴ・レーダー・ホーミング・ミサイルの場合、これに加えミサイル誘導用のレーダーまでが必要とされた。

二〇世紀世界が二度目の大戦に始末を付けた後、軍艦の形態は大きな変化を見せてゆくが、そこで大きな役割を果たしたものが、この多数のレーダー装備の必要性だった。主要兵器の使用がある程度以上の衝撃には耐えようもないアンテナ、ケーブル、電子装置に頼りかかる様になった結果、軍艦という兵器の持つパッシヴな防御力

は極端に低下してしまったからだ。もちろんそこには航空機や潜水艦、そして反応弾といった新たな兵器の登場で、それまでのとにかく厚い鉄板を張っておけば良い、という素人目にもわかりやすい防御法のコスト・エフェクティヴネスが悪化した事も影響している。

大金を惜しげもなく注ぎ込んでペイするだけの防御力を軍艦に（というより艦隊という戦闘システムに）与えるものは装甲からレーダーへと移り変わってしまった。

こうして、装甲や速度よりも重要な要素としての地位を兵器体系の中に確立したレーダーだったが、目的が異なるごとに使用するそれが異なるという状態がいつまでも許容される筈もなかった。

複数のシステムからきた情報を処理して射撃統制装置に送り込んでいたのでは手間がかかって仕方がないし、それらを装備すべきスペースの余裕が常に存在しているとは限らないからだ。遠くを見るには高い場所へ登れ、の理屈で、レーダーとはなるべく艦上の高い位置――アンテナ・マスト等に装備する必要があるけれども、その場所が他のレーダーで占められていた場合どうしたら良いのか、という問題だ。

それらの解答として登場したのが三次元レーダーだった。一基で敵の位置情報すべてを捉える事が可能なレーダーだ。先に触れた電波の違い云々という問題は、大戦を契機にして急速に進歩したエレクトロニクスがそれを解決した。

同じレーダー・アンテナから異なる周波数の電波を縦横方向に振る事の出来る電子走査アンテナなどがその代表例と言える。

いま、藤堂守の罠に対する最後の防壁として使用されているイージス・システムはこうした軍用レーダー・システムが到達した二〇世紀最後の転換点と言うべき存在だった。

このシステムで使用されるレーダーは対空捜索・捕捉・追尾の三機能兼用型のＳＰＹ１で、それを可能にしたのは、常人にはアンテナとして認識出来ないフェイズト・アレイ・アンテナとそれをコントロールする高速・大容量コンピュータの採用だった。

イージスを採用した艦艇は船体上に倉庫を建て、その倉庫の屋根に四枚の円盤型アンテナを貼り付けた様に見えるため、旧来の意味での美観とはひどくかけ離れた存在になってしまう。

実際、イージス・システム艦が登場した当時の合衆国ではデザイン面からかなりの批判を受けた。軍艦というものは、砲艦外交等々の理由から誰の目にも強そうに見えなければならないという宿命があるからだ。もっとも、強そうに見える軍艦の代表がロシア人が一九四五年以後建造してきた艦であったり、戦艦であったりするのは皮肉だった。最新技術を用いていない艦ほど素人には強そうに見えるという事を意味していたからだ。

ただし、デザイン的な面に対する批判はイージス・システム艦の建造そのものに影響を与える事はなかった。美観とは時代の風潮、要するに慣れであるからだ。考えてみれば、蒸気軍艦が登場した時も同様の批判は存在した。

だが、ある意味でくだらない美観云々の批判を封じる最大の要因となったのは、何よりもイージス・システム自体の持つ性能だった。

このシステムの主要な目であるSPY1レーダー、そのアンテナは各一枚が四〇〇〇余りの小さな電波センサーの集合体だった。これをコンピュータによって制御しつつ非常に細い電波を（放射するセンサーを高速で切り替えながら）放つ事で従来のレーダーとは比べものにならない程の捜索・捕捉・追尾能力を実現していた。

事実、タイコンデロガ級巡洋艦に装備されたイージス・システムは、同時に二〇〇前後の目標を捕捉・追尾し続ける事が可能とされている。

一方、目標に対して誘導できるスタンダード・ミサイルの最大数は一八発。さすがのSPY1でもミサイル誘導能力だけは備えられておらず、ミサイル誘導用レーダーが必要とされるためだが、これにしても従来のミサイル巡洋艦の四倍以上に達するものだった。

装備している誘導用レーダー――イルミネーターの数にそれほどの違いはないのに誘導できる弾数が四倍にも増えた理由は、ミサイルが（同じスタンダードでも）新型のSM2に変更されているためだ。

イージスで使用されるスタンダードは目標への中間距離まで発射前にプログラミングされたコースに従って飛行するから、最終段階までイルミネーターによる目標誘導を必要としない。このため、イルミネーターを素早く切り替えて使用する事で四倍もの能力アップに成功した。ちなみに、このイルミネーターをイージス艦で最多の六基備えている〈やまと〉の場合、二八発の同時誘導が可能と言われていた。数字が確実なものではないのは、それがコンピュータ・シミュレーションで出された値であるからだ。海自には二八発ものスタンダードを訓練で発射する様な予算の余裕は無かった。

〈やまと〉云々はともかくとして、奇襲攻撃によってCAPが撃墜されたミッドウェイが、回復不能なパニックに襲われなかった原因はイージスの存在だった。後続のCAPがスムーズに発艦可能ではなくても、護衛に付いている二隻のイージス艦――タイコンデロガ級誘導ミサイル巡洋艦に任せておけば当面はなんとかなる。

攻撃をかけてきた敵がMIG29と中国製対艦ミサイルだけであるならば、その考えは正しかった。C201は第三波の発射が行われた事で総計六〇発に増加したが、そのうちに販売元の南海公司のセールス・トーク通りに作動したものは四三発だった。これにMIG29を足しても目標数は百以下であり、また最も危険な対艦ミサイルは波状的に襲いかかってくるから十分に処理できる。発射地点からの距離は一〇〇キロ程もあるから、イージス・システムを完全自動射撃態勢――オート・スペシャルと呼ばれる人間不在のモードに切り替えておけば、全てを撃破する事すら不可能ではなかった。ミッドウェイには、イージス艦に加えて四隻のスタンダード搭載艦が護衛についていたからだ。

事態の緊急性から、ミッドウェイ空母群の防空指揮官は、当然の様にオート・スペシャル・モードでの射撃を命じていた。命令と同時に各艦は艦首を切り、ミサイル来襲方向へ横腹を見せる様に針路を変更した。全てのイルミネーターが敵を指向出来る様にするための行動だった。

そして、一目標につき二発の割合で発射を開始した。ミサイルの信頼性と効率を考えた場合、撃破確率が九九パーセントに達する(とされる)この射撃法が最も効果的であるからだ。

文字どおりミッドウェイにとって最後の盾となったバンカー・ヒルとタイコンデロガの射撃はすさまじいものだった。艦首・艦尾甲板にそれぞれ一基装備された連装ランチャーがミサイルを放ち、盛大な白煙が発生する。その白煙の中でランチャーが垂直に角度をとると甲板にあるハッチが開き、ロータリー弾倉から運ばれてきた新たなミサイルが装填レールに沿って押し上げられ、ランチャーへセットされる。

ランチャーは直ちにセントラル・コンピュータから示された方位と角度をとり、新たなミサイルを発射。敵機来襲、対艦ミサイル発射からわずか数分間で一二〇発ものスタンダードが発射されていた理由は、この作業が一〇秒間隔で行われたためだった。

迎撃は全く成功したかに思われた。

イージスのディスプレイから見る限り、中国製対艦ミサイルは次々と撃破され、ＭＩＧ29は逃走に移っていた。おそらく、ミッドウェイから四〇キロ以内に侵入する前に全てを叩き潰す事が出来る――ＵＹＫ７セントラル・コンピュータはそう確率予測を出していた。

やはり、迎撃は成功していた。いや、成功し過ぎていた。イラク領から飛来する中国製ＡＳＭ迎撃用の態勢へはまり過ぎていた。

ソヴィエト軍事顧問団の操る攻撃隊が対艦ミサイル同時発射を開始したのはその瞬間であった。

余りにも多くのスタンダードが放たれ、それを誘導するために艦の向きを変更していたため、ミッドウェイの護衛部隊はそれに対して充分な数のミサイルを放つ事が出来ない状態だった。時間があれば対応可能だったかもしれないが、ロシア人がわずか八〇キロの距離で放ったミサイルの最大速度はマッハ三。ミサイルはすぐに最高速度へ到達する訳ではないから単純に距離を速度で割れば良いわけではないが、それでも二分以内にミッドウェイ空母群を目標として突っ込んでくる筈だった。

藤堂進は決断した。

〈やまと〉はイランに艦首を向けており、これは前檣楼に装備された三基のイルミネーターしか使用できない事を意味する。つまり、誘導できるミサイルは一二発がせいぜいだが、無いよりは良い。現状は、最適発射位置などという贅沢が言っていられる状態ではない。

シナプスが伝達しうる限界の速度でそれだけの事を思った彼は叫んだ。

「打方始め！」

「打方始め、スタンダード全自動射撃《ハンズ・オフ》」

事態が事態だけに、部下の誰も疑問は無かった。

ＣＤＣの防空区画から復唱が響き、〈やまと〉に搭載された半ば日本製のイージスが戦闘を開始した。

〈やまと〉のセントラル・コンピュータはＪ／ＳＰＹ１レーダーが探知した目標のうち、リンクされたＮＴＤＳ情報によって味方航空機・ミサイルとされたものをメモリの異なる領域に移すと脅威レベル判定プログラムに従って目標のランク付けを開始した――つまり、最も近い目標に対して狙いを付けた。

ミサイルの発射はこの作業とほぼ同時だった。

艦首と艦尾に設けられた垂直発射システムのアーマード・ハッチが同時に一二個開き、次の瞬間、真上に向けて一斉にスタンダードを放った。ＶＬＳとイルミネーターの能力から言えば〈やまと〉は同時に二八発が発射可能だが、現状は一二発の誘導が限界であるからだ。

ディスプレイに四桁の味方誘導弾識別がナンバリングされたミサイル表示が表わされた。最初、その動きはじれったい程に緩やかだったが、すぐに視力の落ちた目には追うのがつらい程のものになってゆく。目標へ直進する飛行態勢に入ったのだ。

これが戦争だとは、福田はそう思った。分厚い装甲で囲まれたヴァイタル・パート内部にあるこのＣＤＣでは、艦を白煙に隠してしまった筈のミサイル同時発射、その震動すら感じとれない。全ては画面で展開されて行くだけ。これを現実として受け取る事などとても出来そうにない。

（いや、そうでもないか）

と、彼は思った。

全ては現実だ。この画面上で展開されるゲームで敵を討ち漏らした場合、本物のミサイルが突っ込んでくる。これ以上に現実を感じさせる要素はない。

そして俺は、現実を知っている。イラン領から放たれた対艦ミサイルの位置とその速度から考えて、〈やまと〉には一二発スタンダードを送る以外に何の手だてもない事を。

福田は横目で艦長席の人物を眺めた。藤堂進は細い眉をひそめてディスプレイを見つめていたが、そこには恐怖や緊張以外のなにものかが浮かんでいる様に思えてならなかった。

彼がディスプレイへ再び注意を戻した時、イラン上空で放たれたミサイルはミッドウェイ護衛部隊のスタンダード第一波を突破し、目標まで四〇キロ余りの距離に迫っていた。

対艦ミサイル防空の専門家ならば、〈やまと〉の放った一二発全てが迎撃に成功しても、なお四〇発以上のミサイルがミッドウェイを中心とする艦隊に突っ込むと断定しただろう。

ベア・リード

ペルシャ湾上空

定期CAPのために飛び上がった藤堂輝男に対する発艦後最初の通信は母艦から入った。時間は、彼が会った事のない伯父が仕掛けた罠が顎を開く数分前。その時、彼のトムキャットは発艦後の上昇を終えたばかりで、早期警戒機の管制下に入っていなかった。

「ムーンベースよりベア・リード、緊急事態。作戦海域ブラヴォーに展開中のギャラクティカ01に対して敵接近中。貴編隊はチャーリー・ポイント方面より接近中の敵をイラン領外にて迎撃せよ。詳細情報は直ちにハンマーより転送する。交戦規定、ガンズ・フリー。送レ」

「ベア・リード了解。迎撃行動に移る」

かなりやばい事態らしい、輝男はそう思った。完璧な戦術管制で知られるムーンベース――美咲が、こちらを空中管制すべきホークアイのコールサインを知らせる事を忘れている。

まぁ大した事ではない。彼はそう思った。ホークアイのコールサインはいまニーボードをちらりと眺めて確認したし、今日はフェニックスを搭載している。いざとなれば長距離迎撃が可能だ。それに――彼は現状からするとまことに不謹慎な事をほんの一瞬だけ思い浮かべた。彼女でも慌てる事があるのだと知る事は悪いものではない。最近の彼は、もしかしたら自分は欧米人が人間の理想とする〈万能の平凡人〉、その女性版に惚れてしまったのではないかと思っていたからだ。

輝男はレーダー作動を指示すると他の三機にバンクしてみせ、スロットルをアフターバーナー位置へと押し込んだ。

藤堂輝男の率いるトムキャットの編隊がフェニックス・ミサイルを搭載していたのはほんの偶然からだった。制式名称をＡＩＭ54というこのミサイルは、当初トムキャットの主戦兵器として喧伝されたが、驚くべき事に合衆国と日本では全く実戦使用された事がなかった。日本が実戦使用した事が無いのはトムキャットによる実戦部隊編成がヴェトナム戦以後の事であるためだが、合衆国海軍が使用した経験を持たないというのは異常にすら思える。

しかし、フェニックスというミサイルの特性を考えるならばそれは仕方のない事なのかもしれない。実用射程一〇〇キロと言われるフェニックスは六〇年代最高の技術が注ぎ込まれて完成した七〇年代のミサイルだったが、その目的はあくまでも空母に攻撃をかけてくるロシア人の爆撃機やミサイルを長距離で迎撃する事にあった。ヴェトナム戦後の合衆国が参加してきた戦争ではその様な事態は発生しなかった――大体、一〇〇キロもの距離で敵への攻撃を許された事がなかった。これでは、フェニックスなど搭載しているだけ無駄である。頭部に自己誘導用のレーダーを装備したこのミサイルは一発あたり五〇〇キロ近くもあり、それだけでトムキャットの動きを鈍くしてしまう。

鈍いといえば、フェニックス自身の鈍さもあった。このミサイルの目標はあくまでも動きの遅い爆撃機やミサイル回避運動などしない対艦ミサイルであり、様々な妨害手段を試みながら激しく逃げ回る戦闘機ではなかった。高空での最大速度はマッハ五にも達するが、その速度性能自体がフェニックスの使用を制限しているとも言えた。歩いている場合その場で回れ右するのは簡単だが、走っている時にそれを行ったらどうなるかを考えてみれば済むことだ。開発・製造元のヒューズ・エアクラフトは、一〇キロ前後での機動性はスパローより高いと主張し、それはある程度事実でもあったが、やはり空対空戦闘で頻繁に使用される兵器とはなり得ていなかった。

その使いどころが難しいフェニックスが、輝男の編隊に一機あたり二発搭載されていた理由は、(公式には)〈しょうかく〉が弾庫に収めているスパローの大半が整備点検を受けているためだった。弾薬再補給を機会に、場合によっては〈しょうかく〉に積まれてからかなりの期間が過ぎているそれをチェックしてしまおうという訳だ。

もちろん輝男は、整備点検などただの理由に過ぎない事を良く知っている。結局、飛行長がフェニックスを搭載したトムキャットを飛ばしてみたかっただけなのだ。フェニックスは自らがレーダーを持つアクティヴ・レーダー・ホーミング・ミサイルであるから、値段が異常に高い。

それ故、合衆国海軍ですら大部分のパイロットはこのミサイルを発射した経験を持たない。その点については海自も同様――いや、もっとひどい。フェニックスの発射経験を持つ者は、合計二〇〇名になる海自のファイター・パイロットのうち、わずか四名程に過ぎない。

もちろん輝男はその一人ではない。フェニックスの訓練発射は七〇年代のトムキャット導入時に行われただけであるからだ。〈しょうかく〉の飛行長はその一人だった。彼は、実戦環境でフェニックスを搭載して飛行するという経験を輝男達に持たせようとしたのだ。さすがに最大の六発は無理だったが。

フェニックス搭載を知らされた時、飛行長のどこか微笑ましい所のある思いつきについて想像がついた輝男は笑いをこらえる事が出来なかった。

ところが今は、彼の思いつきに感謝したくなっている。彼は思った。フェニックスを編隊合計で八発装備しているため、ほんの三〇秒ほど飛行するだけで敵を攻撃可能範囲に入れる事が出来る。おまけに、相手は爆撃機か対艦ミサイルの可能性が高いときた。きっと、飛行長が下した判断は未来の戦例研究で天才的思いつきという事になるんだろうな。

それまでホークアイと情報をやりとりしていた後席員が伝えた。

「ベア、迎撃可能エリアに入った」

「任せた」

輝男は短く答えた。

本来、フェニックスによる迎撃は恐るべきレベルでのコントロールが可能で、例えばホークアイからトムキャットを最適発射地点まで遠隔操縦して一斉発射命令を出す事も可能だった。もっともそうした機能はパイロット達の反発が強いため、使用された事はない。

後席員は了解と答え、レーダーを捕捉モードに切り替えて戦術情報ディスプレイを覗き込み、ホークアイから伝えられた迎撃すべき目標をロックオンしていった。さすがに目標一つあたり二発という選択はしない。

彼はディスプレイにロックオン・シンボルが出た事を確認した。動きの早さからして対艦ミサイルらしい。ホークアイからリンクされた情報も彼の判断を肯定していた。

彼は輝男に、というより編隊全機に伝えた。

「発射開始」

機体に軽い震動が走り、合計約一トンの重量が機体下面から離れた。それを見て他の三機も次々に発射を開始した。

直ちにロケット・モーター点火。八発のフェニックスは、発射されて数秒の間、母機との別れを惜しむように飛んでいたが、やがてＮＫ47固体燃料ロケット・モーターによって与えられる猛烈な加速で遥かな前方へと白煙を引きつつ去っていった。途中まではトムキャットからの誘導を受けながら飛んで行くモードが選択されている。

果たしてどうなるものやら、輝男はそう思った。確かにフェニックスは優れたカタログ・データを持っているけれども、それが実戦で試された事はないのだ。コンバット・プローヴンの無い兵器ほど恐ろしいものはない。それが本当に実験レベルでの性能を発揮するのかどうか、誰かが危ない目に遭わなければ証明されないからだ。まぁ、今の場合は命中しなかった場合危ないのは合衆国の空母なので、もしまともな結果が出なくても自業自得という事になるが。

(俺は)

どうしてこんなにも冷めているのだろう、輝男は自問した。内心の表面ではその質問の答えを探していたが、そのさらに深奥では全てに説明がついていた。

俺は運転手になりたかった訳ではない。

フェニックスの様なミサイルは、パイロットを運転手にしてしまう。もちろん、フェニックスが使用される状況がひどく限定されたものである事は承知しているが、それで不満が消える訳ではない。機体を操っていても面白い筈がない。

彼は思った。同じ運転手になるのなら、宇宙バスのそれになる方がまだ面白い。

後席員が伝えた。

「フェニックス、アクティヴ・サーチ・レンジに到達。命中予定まであと五秒」

対艦ミサイルに命中したフェニックスは四発だった。

USSミッドウェイ

ペルシャ湾

急遽目標を変更したイージス艦が放ったスタンダードは、艦隊に迫りつつあった対艦ミサイルのうち一八発を撃破した。ロシア人が放ったミサイルのうち正常に作動したものは七八発であったから、残りは六〇発という事になる。

その六〇発のミサイルのうち、アクティヴ・サーチ・モードに入る以前にさらに六発が機能不全でコントロールを失った。残りは五四発。それを五〇発に減少させたのは輝男の編隊が放ったフェニックスだった。

〈やまと〉が放ったスタンダードの第一波は、この段階で目標との会合点に達した。一二発のスタンダードはすべて完全に作動していたが、緊急発射を命じられたコンピュータのコース選択が不適であったために三発が外れた。この時、ミッドウェイとミサイルの距離は一五キロを切っていた。もはやスタンダードで迎撃出来る様な距離ではなかった。

艦隊はスタンダードの第一波が命中した段階で、戦闘態勢を近接防御へと切り替えた。全速を出している各艦は可能な限りの速度で転舵を行い、ミサイルの来襲方向に対して最もレーダー反射面積《RCS》が少なくなる様な方位をとる。同時に、来襲方向を艦上の各所に搭載されている近接防御兵器の射界に収めようともしていた。電子妨害装置を作動させ、そのパルスをミサイルへと叩きつける。皮肉な事にミサイル迎撃で最大の成果を上げたのがこの最も目立たぬように扱われている兵器だった。四一発のミサイル中、一九発がコントロールを失った。もっとも、そのうち半数は他の味方艦隊めがけて突進する結果になったが。

近接防御用ハードキル兵器としてから最初に発射されたのは射程七キロ余りのシースパローだった。航空機用のスパローを艦載用に改造したタイプのミサイルだ。合計七隻のミッドウェイ空母群でこれを装備していたのは旗艦のミッドウェイ、そしてスプールアンス級駆逐艦のオルデンドルフとヒューイットだった。

ミッドウェイのスパロー発射と前後して護衛艦艇が主砲を撃ち始めた。イージス艦やスプールアンス級は一二七ミリ砲、中国製ミサイルへの迎撃を放り出して迎撃に加わったオリヴァー・ハザード・ペリー級ミサイル・フリゲイトの二隻は海自も愛用しているＯＴＴメララ七六ミリ速射砲を放った。

だが、一二七ミリ砲の発射速度は大して速くはない。他の国と異なり、合衆国の艦載砲は艦砲射撃を重視した設計になっているからだった。

これらの兵器の防御力は決して充分とは言えなかったが、それでも九発が撃墜された。その理由は、これまでずっと海面を這う様にして飛んできたミサイルがほんの一〇秒ほど高度を上げたからだ。

故障と言う訳ではない。高度を上げ、レーダーに最も反射率の大きな目標を探させ、それをメモリーに記憶したのだった。

残り二二発。各艦はレーダーに偽目標を作り出すチャフ、赤外線誘導型ミサイルへの偽目標になるフレアーを連続して発射した。全自動射撃モードにセットされた最後の防御火器——ファランクスCIWSが作動し、レーダーと一体化された架台を振り回してヴァルカン砲を目標に向け、二〇ミリ機関砲弾を大量に吐き出した。これらによってさらに八発が撃破、あるいは目標から逸らされたが、ほんの数キロという距離では防御側も無傷では済まなかった。

最初に損害を受けたのはオルデンドルフだった。そして、彼女に命中という結果をもたらした現実は半ば喜劇的な原因で発生した。彼女に突入したKH35Pは、他の艦が放ったチャフによってコースを逸らされたものだったのである。

ミサイルはオルデンドルフの上部構造物中央に命中した。わずかな厚みしか持たない構造物の外板はミサイルの持つ運動エネルギーによって濡れたティッシュペーパーの様に貫通され、弾体の大部分が艦内に侵入した時点で信管が作動、炸薬によって周囲へエネルギーを発散させた。

この爆発により周囲の全電路が切断され、艦橋構造物中央は醜く膨れ上がったが、致命的な損害とはならなかった。艦内に予備電路は他に幾つか存在していたし、炸薬が発生させたエネルギーの大部分はミサイルの突入口から外部へと抜けてしまったからだ。

オルデンドルフにとって真に恐るべき被害をもたらしたものは、ミサイルの残りの部分——消費しきれなかった固体燃料を持て余していたロケット・モーター部だった。炸薬の爆発で損害を受けたロケット・モーターは、運動エネルギーによって艦内の壁を次々と貫通しながら進み続け、通り抜けた上部構造物内の各所に火のついた固体燃料を大量にまき散らしたのだ。

ロケット・モーターそのものは勢い余って反対舷の壁を突き破って海へと突っ込んだが、その時には手の付けようもない火災が上部構造物全体に燃え広がり、傷や火傷を負い、煤まみれになって応急活動に当たる乗員達に絶望感を抱かせていた。彼らの予感が現実のものとなったのは、火災に遮られて投棄の遅れた上部構造物上のハープーン対艦ミサイルが誘爆を起こした瞬間だった。ついには自分の対艦ミサイルにまで裏切られた彼女は、上部構造物に加えて船体内にまで損害を受け、急速にペルシャ湾の底へと針路を変更した。結局、オルデンドルフはペルシャ湾で沈没した最初の合衆国軍艦となった。

次に命中弾を受けたのはイージス巡洋艦のタイコンデロガだった。

この艦はイージス艦特有の巨大な上部構造物故に三発のミサイルから狙われていたが、うち二発をチャフと電子妨害で逸らす事に成功していた。そして最後の一発——ロシア人が放った大型ＡＳＭ、キッチンだった——も昔ならば、前檣楼と呼ばれた構造物のすぐ後ろに据えられたファランクスによって撃破された。

だが、撃破した距離が近すぎた。二〇ミリ機関砲弾によって砕かれた炸薬重量一トンのミサイルは、自らの運動エネルギーによって自壊を起こしつつ最後の一キロを飛び、タイコンデロガの右舷側船体全域へ散弾射撃の様に火のついた破片や燃料、そしてどうにか誘爆せずにすんでいた炸薬をめり込ませた。

ファランクスによってミサイルが打ち砕かれた——そう思われた次の瞬間、右舷側のあらゆる場所に数え切れない程の破口が発生した。一瞬遅れてさらに大きな穴が一個開き——閃光が発生した。一トンの炸薬が艦内で炸裂したのだ。

放出されたエネルギーはやはり突入口から逃げ出したが、この場合、その規模が余りにも大き過ぎ、艦内に張られたケブラー装甲は全く無力だった。

爆発によってタイコンデロガの上部構造物の前半は、空気を吹き込み過ぎた風船の様に内側から砕け散った。同時に艦の指揮機能全てが破壊され、八〇名以上が一瞬にして死亡した。タイコンデロガはまだ浮いていたが、もはや軍艦としての機能は完全に失われていた。


結局の所、ミッドウェイ最後の防壁を突破したミサイルは九発だった。

生き残ったミサイルが空母へ突っ込んでゆく前に発生した護衛艦の損害はオルデンドルフ、タイコンデロガ、デイヴィス、ヒューイットの計四隻で、艦隊規模から言えば異常に多い。

これは、藤堂守の罠が完全に機能した事を証明するだけではなく、空母を守っていた艦艇の艦長・乗員達がいかに勇敢で任務に忠実であったかを示す証拠でもあった。沈没あるいは大破した艦艇の艦長達は、ミッドウェイを守るために、あえてレーダー反射面積の大きくなる方位へ自分の艦を向け、ミッドウェイに向かった筈のミサイルを我が身へと引き寄せたのだった。彼らはジョン・ポール・ジョーンズ以来の伝統を守った。

真に残念なのは、最終的に彼らの努力が全く無駄なものとなってしまった事だ。


最初、遠方で発生していた閃光はバーグ中佐が瞬きを行う度に感覚的理解を越えたスピードでミッドウェイへと迫ってきた。幾つかの爆発が続いた後にまずスプールアンス級が艦の中央を引き裂かれる光景が見え、次にタイコンデロガ級の巨大な上部構造物が弾けた。そして空母を守るようにミサイルのコース上へ突進してきたペリー級が横転し、さらにスプールアンス級が艦尾に大爆発を発生させると——ミッドウェイは裸になった。もはや、空母自体が装備しているわずかなファランクスやチャフ以外、艦を守るべきものは存在しなかった。

バーグ中佐は腕時計を見た。そして、愕然となった。悪夢のようなこの現実がわずか八分で発生したなんて、信じる事が出来なかった。

彼は最後の一瞥を投げかける様に飛行甲板へ視線を向けた。すでに艦載機発艦が諦められたそこでは、整備員達の手によって機体に装備された爆弾等が海中投棄されていた。だが、どう考えても敵弾命中前に全てを捨てきる事は出来ない様に思えた。

ミッドウェイか。

バーグが苦い笑いを浮かべた次の瞬間、合衆国海軍航空母艦が一九四五年八月一六日以後初めて受ける敵弾が、閉められたシャッターを突破して格納庫内に突入、爆発した。ミサイルはそれから一八秒の間に八発が命中した。

格納庫甲板で爆発した最初のKH35Pはそこに置かれていたホークアイへ命中、破片と火災を格納庫全体へと飛び散らせた。被弾と同時に消火剤の噴射が始まったが、次に命中した同じタイプのミサイルがそこへ飛び込んだ事で、格納庫消火設備の大半が損害を受け、機能を停止した。

それに続く二発はいずれもアイランドに命中。ミッドウェイの指揮設備の大半を破壊し、そこにいた士官のほぼ全員を死亡させた。もちろん、その中にはバーグ中佐も含まれている。

格納庫とアイランドを破壊されたミッドウェイの外観をさらに大きく変化させたのは、飛行甲板へ着陸する様にして命中した一発だった。

まず炸薬によって爆装のままだったホーネットが吹き飛ばされ、誘爆が発生した。爆装状態で駐機していたホーネットは次々に爆発を起こし、飛行甲板にある全てのものに破片と熱による変化を強制した。

さすがダメージ・コントロール能力の高い合衆国空母だけあって飛行甲板が火の海と化しても彼女の速力は低下しなかったが、残り四発の中に含まれていたＡＳ４キッチン二発がそれぞれ艦首水線部付近と格納庫へ命中した事により、横須賀で改造され続けた事で保たれてきた強靭《きょうじん》さの限界に達した。

まず大型ミサイルによって艦首部に大穴が開き、次の瞬間、三〇ノットで進む艦の運動量に見合うだけの海水が艦内へと流れ込んできた。直ちに減速を命じるべき状況だった。その命令を下すべきアイランドは全滅状態にあって炎上していた。

他の場所にいた何名かの機転の利く士官達が行動を起こしたが、彼らの行動は格納庫へ突入した一トン爆薬によって阻止されてしまった。格納庫へ命中したキッチンの引き起こした爆発は、誘爆をさらに拡大させ、格納庫甲板を完全に破壊、閉じられていたエレベーター用開口部のシャッター全てを爆圧で吹き飛ばすと同時に、比較的強度の低い飛行甲板後部に亀裂を入れ、続いてそれを引きちぎって巨大な破口を発生させた。

それでもまだミッドウェイは死ななかった。第二次大戦中に建造の開始された彼女は、その艦齢相応のしぶとさを持っているかの様だった。おそらく、充分な数の人員を適切な指揮の下で投入したならば、彼女を救う事は不可能ではなかっただろう。

だが、そうした作業を主に格納庫甲板レベルより上で行うべき者達の八割以上が、これまでの命中弾によって戦死するか、負傷するかしていた。艦内各部に生き残っていた士官達は事態を何とかして改善しようとしたが、さらに二発の命中弾が発生、その行動を完全に阻止した。

こうして九発の命中弾を受けたミッドウェイは格納庫甲板から上を全て炎上させながらペルシャ湾を高速で迷走し始めた。数分後に速度は低下したが、それは誰かが適切なダメージ・コントロールを行ったからではなく、艦首の浸水があまりに大きな量に達してしまったからだった。

何とかして彼女を救おうとしていた合衆国海軍の人々

にそれを諦めさせたのは、最初の命中から約五分後に突入してきた二発の中国製対艦ミサイルだった。沿岸から行われた最後の斉射のわずかな生き残りであるこの二発は、艦首部の浸水で傾斜を起こしていたミッドウェイの横腹に新たな穴を開けると同時に、消火活動のために近づこうとしていたペリー級フリゲートをも大破させた。

結果、ミッドウェイは、ダメージ・コントロールにおいて死活的に重要な最初の三〇分、火災と浸水という艦船の恐れる二つの暴力に包まれて傾いた船体から黒煙と爆発、そして炎を噴き出すだけの物体となった。

家族
湾岸

午前七時過ぎ。夜明けから朝に移り変わるほんの短い時間の間に展開されていた激戦はとうに終結していた。現代戦の空戦・海戦とはそうしたものだ。ただし、その短い時間に発生する事態は非常な密度をもって連続する傾向にある。

輝男は尋ねた。

「ムーンベース・コントロール、こちらベア・リード。俺達は早いとこおっかさんの所へ戻りたいんだが、駄目かな？　門限を過ぎちまったか？」

予想していなかった声が答えた。やはり女性だが、彼の望んでいた声とは異なっている。

「ベア、悪いけれど、あなたの担任教師は今忙しいの。道楽息子どもをひとくくりにして勘当しなきゃならないから」

輝男は左側に見える〈しょうかく〉に視線を向けた。飛行甲板から爆装した機体を次々と発艦させている。アルファ・ストライクだ。どうやら、多国籍軍はミッドウェイの報復を思いきり派手にやるつもりらしい。

「ムーンベース、了解した。まぁ仕方がないな。とにかく、鍵を開け次第家に入れてよと先生に伝えてくれ。早くしてくれないと先に宇宙へ行っちまうぞ、って」

「有り難う、ベア。さっき話した通りだから、何か困った事があったら私を呼んで。ラジオコールはエリス・ゼロ・フォー。終ワリ」

輝男は溜息をついた。さして疲れる要素の無いミッションだった筈なのに、妙な疲労感を覚えている。

やはり、空母を救えなかった事がその理由だろうか？

輝男はそう思った。自分の力でどうにかなるものではなかった事は判っているが、やはりどこかに罪悪感があるのかもしれない。

後席員が沈みがちな声で言った。

「なぁ、ベア」

「なんだ、相棒」

「俺達はやるだけの事はやったんだよな?」

「やっぱり貴様は友達だよ」

輝男は喉をひくつかせ出した。マスクの中でくぐもった笑いが響く。

やがてそれは後席員にも伝染し、いつ着艦出来るのかを尋ねてきた編隊の他の三機にも広がった。彼らは時たま咳き込む程に笑いながら、母艦の後方に設けられた待機空域を周回した。

どこからか彼らを呼ぶ声が聞こえた。その笑いが持つ意味を理解できる者はひどく限られているのだった。それが証拠に、ヴェトナムでカットラスを飛ばしていた飛行長は文句を付けてこない。付けてきたのは、パイロット達の情報網では今年で二三になる筈のエリス04だった。

「ベア編隊、どうしましたか? 酸素欠乏? まさかこの高度で。ベア、ベア、こちらエリス04、応答して下さい。緊急事態ならば直ちにコールを。ええい、もう。ムーンベースじゃなきゃ駄目なのかしら」

ベア編隊は不機嫌な声のムーンベースがコールを行った時もまだ笑い続けていた。

この日、〈しょうかく〉は初の未帰還機を出した。

リヤドから発せられた命令が戦術レベルまで降り、〈やまと〉の前檣楼にある艦長室へ届けられたのは、午前八時の事だった。その時、藤堂進は二四時間ぶりの休息をとろうとシャツのボタンを外し始めたばかりだった。

通信幹部の届けにきたボードには、ミッドウェイ空母群の大損害で受けた政治的悪影響を速やかに回復しようという多国籍軍の願いが表われていた。

〈やまと〉は再びウィスコンシンと組んで、クウェート沿岸のイラク軍主要拠点へ猛烈な艦砲射撃をかける事になっていた。残弾全てを目標へ――命令にはそう記されていた。取材陣をヘリで乗り込ませる、ともあった。

とにかく派手に主砲斉発をやってみせろ、そういう事だな、進はそう理解した。ボタンを再び締めながら、艦内電話で砲術長と航海長、そして副長を呼び出す。

彼は、現代の艦艇に慣れた者から見ると信じられない程に広い艦長室に据えられた応接セットに座った。もっとも、調度品は最近使われている安物ばかりだ。眠気をさますためにコーヒーでも飲もうかと思うが、コーヒーを入れる事すら面倒に感じられた。

進はソファにだらしなく身をあずけながら思った。

兄ちゃん、おそらく貴方が企んだに違いない攻撃は世界中を引っかき回している。おそらく、多国籍軍は過去に倍した激しさで攻撃を行うだろうから、イラク中は滅茶苦茶になってしまう。貴方はそこまで考えていたのかな？

もし考えていたとしたら、一体何が目的なのかな？


地下指揮所はそれが置かれた地球上の位置とは正反対の空気に包まれていた。合衆国に与えた初めての大損害が判明した結果、全体としては相変わらず負けており、それを打開すべき術は無いという現実を忘れている様にすら思えた。

自室に戻っていた藤堂守は思った。いい気なものだ。彼らは、既に多国籍軍が報復攻撃を発動しているであろう事に気づいているのだろうか。

まぁ、大統領が合衆国へ講和を呼びかけるＴＶ演説を行うと決定した程だから、無理もないか。これまでシュワルツコフが成し遂げていた最低の損害で最大の戦果、という戦争で最も難しい仕事を成功させたのだ。

三個旅団の実質的全滅と航空機一五機の損害で艦艇五隻を撃沈破。しかも、うち一隻は旧式とはいえ合衆国の航空母艦。悪い取引ではない。

特に、全滅した三個旅団が自分の部下でないと言う事実が素晴らしい。撃墜された一五機のＭＩＧ29のパイロットについてはまず絶望的で、それ自体は悲しむべき事だ。

だが、戦術的には充分以上に許容される。たった一五機の喪失、一五人の死。いや、指揮官は戦死者を具体的な人間として考えてはならない。その事を思った瞬間から人間として正常ではいられなくなる。

いや、もしかしたら逆か？

軍人としての誇りだの、指揮官としての責任だのといったもので正常な感覚を麻痺させる事で、任務を果たす様に条件付けされているのかも。ああ。老人と呼ばれるべき年になって、俺は何と青臭い事を考えているのだ。俺は軍服を最初に着てからすでに半世紀を過ぎた人間で、その間に何度もの戦いを経験している。人として正直であろうがなかろうが、そんな事に何の意味があると言うのだ。

どのみち、俺の両手は血塗《ちまみ》れなのだ。もしそれを洗い落とそうとするならば、夢遊病患者の女王に手ほどきでもして貰わねばなるまい。そして彼女は教えてくれるだろう。一度両手を汚してしまえば、それを奇麗にする方法など無いという事を。

守は皺の深くなった顔に苦い笑みを浮かべた。自分の中に、戦果を素直に喜び、浮き立つような想いを抱いている部分が存在する事に気づいている。

帝国海軍であれば、この戦果をどう発表しただろうか。撃沈、敵正規空母一、大巡一、駆逐艦一。大破、駆逐艦二。我が方の損害、極めて軽微！——そして軍艦行進曲。まがねのその艦、日の本に、仇《あだ》なす国を攻めよかし。いや、開戦初期なら自爆一五機と発表し、パイロット一人一人を軍神として扱っただろう。いや、実際彼らはそう扱われるべき人々だ。

なぜなら、これほど少ない損害で合衆国艦艇を撃破した例は唯一つしか存在しないからだ。そう、真珠湾攻撃だ。つまり俺は山本五十六元帥以上の指揮官という事になる。あるいは帝国海軍すべての仇を討った事になるのか？　一五人の犠牲で火達磨にした空母の名はミッドウェイだ。そう言って悪くはあるまい。

上着を脱いだ守は、ベッドの上に腰をおろした。

その途端、最近再び見る様になっている悪夢の事を思い出した。背筋が震える。毎夜、ベッドに潜り込む前に抱く思考が噴き出してくる。合衆国海軍に半世紀ぶりの大損害を与えた満足感と昂揚感は砂で作り上げたものの様に崩れさった。

最も思い出したくなかったものが蘇った。半世紀にわたって腹中で殺しぬいてきた感情。自分は、あの八人の娘達に対して本当に責任を全うしたのか、という疑問。彼女達だけを死なせておいて自分は生き残った。

いや、それだけならまだ良い。俺は、あの娘達に自殺を決意させた勢力の走狗として生きてきたのだ。

これを彼女達になんと説明すべきだろうか？　空を飛び続けていたかったから？　たぶん許してくれるかもしれない。いや。だとしたら、もはや空を飛べる年齢ではない俺は、その後も何故生きている？

サーシャがいたから。それも理由にはなる。

そして、そうであるならば、何故に彼女を失った後もこうして生きながらえている？　やはり自分は本質の部分で臆病な生き物なのか。全てを失った（たった一人の弟さえも敵として考えねばならない）今、俺は、本当は一九四五年八月に果たしておくべきであった義務を完遂させねばならないのではないか？

本当の敵に対する戦いを終結させるべきではないのか。

それは、サーシャを失ってからの一〇年、彼を夜毎に苛《さいな》んでいた思考の迷路だった。時たま、その迷路の出口につながっていると思われる道を発見したと思う事もあったが、それは彼の内心にある恐怖という強い部分によってすぐに打ち消されてしまうのだった。

だが、彼は気づいている。ミッドウェイを叩き潰したいま、自分には迷路の中で佇《たたず》んでいる事を許される余裕が無くなってしまった事に。後はただ、彼がその発生をひどく恐れ、同時に待ち望んでいるたった一つの出来事さえあれば、義務完遂のための行動に出ざるをえない筈だった。

ドアが荒々しくノックされた。

守は背筋を激しく震わせた後で、それに応えた。NSD——サハリン・ホールがその通称の語源となった活動を行っていた時代、ノックは恐怖の象徴だった。未だにその頃に焼き付けられた何かが抜けないのだ。

意外な事に、ノックをしたのは部下の将校達とロシア式の宴会を開いている筈のコンドラチェンコだった。顔は少し赤らんでいるが、ふざけた用件で訪れた訳ではないらしい。両眼の光が鋭い。

コンドラチェンコは伝えるべき事を口にした。

「CNNが、君の国の事を報道している。首相が危篤状態に陥ったそうだ」

「事実なのか？」

守は尋ねた。コンドラチェンコならば、既にどこかで情報の裏付けをとっている筈だと判っていた。

「事実ではない。西側報道機関御得意の空騒ぎだ」

「ならば、なぜ伝えに来たのだ」

「いつかは現実になる事だからさ」

「確かに」

「そしておそらく、君の国は危機に陥るだろう」

「ああ」

コンドラチェンコは、現在の川宮首相による長期独裁体制がその死によって直面するであろう問題について言っていた。赤い日本の内部には、川宮派と実務官僚派とでも呼ぶべき二大政治勢力が存在し、将来の支配権を争っている。

川宮派は現首相の息子である川宮哲夫を後継者に据え

る事で権力の維持をはかり、実務官僚派は集団指導体制の確立による官僚専制の樹立を狙っている。そして守の知る限り、現首相はせいぜいあと数年が限界と思われる健康状態だ。

「有り難う」

守は言った。

「忘れるなよ」

コンドラチェンコは言った。

「まずい事が起きたら、君には逃げこむべき場所がモスクワにあるのだ」

「ああ。だが、それは君についても同じだ」

守はいつのまにか乾ききっていた唇を軽く湿らせてから言った。

「モスクワが軍人にとって住み易い場所で無くなった時、私は豊原でそれを君に提供できる。私の空軍の特殊部隊は、経験豊富な助言者を常に必要としているのだ。呑気に過ごせる時間はそれほど長くはないだろうがね」

「忘れないよ」

コンドラチェンコは頷いた。


ミッドウェイがペルシャ湾の海底へとその姿を没したのは、一月三〇日午後一〇時二五分の事である。総員退艦はその五時間前に発令されており、炎上する彼女が大傾斜を起こした時、艦内は無人だった。

無論、一二〇〇名に達する死者・行方不明者を除いての話ではあるけれども。

多国籍軍地上部隊がクウェート奪回のための進撃を開始したのは、それから三週間余り後の一九九一年二月二四日の事だった。

ドキュメント——一九九二年五月

USNSA 8550/684/93

Classification ROYAL

Copy NO.1 of 1 Copys

134500R92 May

以下の情報は情報閲覧資格プサイ以上の者に限り閲覧を許される。

文書名　通信傍受計画アクエリアス
一九九二年四月期傍受分についての分析

1　概略

以下に示す内容は、日本民主主義人民共和国（ＰＲＪ）を対象としたＳＩＧＩＮＴ計画〈アクエリアス〉の一九九二年度四月傍受分に関する政治・経済・軍事的分析の要約である。なお、分析に当たっては合衆国国家安全保障局によるＳＩＧＩＮＴ情報に加え、合衆国中央情報局によるＨＵＭＩＮＴ情報も使用された。

2　ＰＲＪの政治動向

混乱の噂されるカワミヤ政権は基本的に健全な状態にある。現首相の指導力は政府によって管理される全域に及んでおり、わが国の報道機関が定期的に伝える大規模なクーデター計画の兆候は存在しない。この点についてはトウキョウ・フーチによる交換情報もこれを肯定している。現首相は彼の息子であるＴ・カワミヤ国家政治委員会副委員長に対する権力移譲の準備を進めており、その工作は基本的に成功しつつある。

ただし、以下の三点において興味深い変化が見られた。

2・A

官僚閥内カワミヤ派の総帥として知られるタキガワ国家保安省長官の留任は決定的となった。これについて特に（タキガワ長官とライヴァル関係にある）Ｔ・カワミヤ副委員長は不満を抱いていると伝えられる。

2・B

国家政治委員会に新たなメンバーとしてＭ・トウドウ空軍元帥が加わった。同元帥は軍部非政治閥の代表的存在として知られている。これは、現首相が軍部に対して懐柔策で臨みだした事を意味する（軍内部の動向については軍事分析を参照）。

2・C

サハリン・ホール内における最も権力の大きな実務官僚派であったマキエダ第一管理総局長が国家保安省副長官に昇格した。なお、マキエダの昇格はサハリン・ホールにおける実務官僚派勢力の伸長を必ずしも意味しない。未確認情報によれば、彼はT・カワミヤとの個人的接触を深めていると言われる。

3　PRJの経済動向

現政権による度重なる経済キャンペーンの実施にもかかわらず、PRJ経済は不況からの脱出に成功していない。よって、同国の経済体制が一〇年以内に崩壊状態に陥るという我々の予測を修正する必要は感じられない。

経済動向に関する特記事項は次の通り。

3・A

同国政府の宣伝する経済目標達成率と現実との差異は加速度的増大の傾向にある。例えば、政府発表によれば一二〇パーセントの増産を達成したとされる粗鋼生産の現実は、一九八六年をピークとする生産の七五パーセントにすぎない。この最大の原因となっているものは、（東欧諸国と同様に）ソヴィエトの崩壊である。過去、同盟国価格で入手されてきた産業資源が国際価格へと切り替えられたため、赤い日本人達は過去の様に順調な経済運営が不可能になっている。同国経済の崩壊まで一〇年を必要とするという我々の予測に変化が無いのは、赤い日本人の最も重要な輸出製品——兵器の貿易実績が極めて好調な事がその理由である。同国で生産される兵器はロシア製兵器とほぼ同様の性能を持ち、信頼性はそれよりも高く、価格はロシア製よりも安い。

3・B

主に実務官僚派の主導によって推進されていたアジア圏社会主義諸国との貿易協定協議は暗礁に乗り上げている。彼らはこれによってアジアに赤い経済共同体を建設する事を意図しているが、他の社会主義諸国の反応は積極的なものではない。彼らは、トヨハラよりもトウキョウと経済的結びつきを強めたがっている。

4　PRJの軍事動向

経済的な限界から、PRJ国軍の基本的な兵力構成に変化はない。ただし、以下の四点において太平洋地域の戦略バランスを大きく変化させる事態が発生した。

4・A　PRJ陸軍（人民赤軍）

主力戦車改変計画が最終段階に入った事が確認された。これまで同国陸軍の主力戦車はT55改造型のT68Jであったが、すでにその大半はT80を原型としたT82Jに置き換えられた。同戦車はT80の性能上の特徴——一二五ミリ自動装填砲装備、多重装甲採用等を踏襲しつつ、PRJ独自の改正が施されている点で注目される。

この点で最も興味深い変化は、T80で採用されていた主砲発射式対戦車ミサイル、AT8ソングスターの未装備である。CIAはこれについて価格低減策という見解を示しているが、いわゆるロシア式戦車の開発・生産技術に関しておそらくロシア人よりも高度なレベルに達し、世界各国に顧客を持つPRJにおいてそれは考えられない。

その原因は、おそらくPRJ陸軍当局によるガン・ランチャー方式ミサイルへの不信であると思われる。おそらくAT8は、赤い日本人の要求するレベルに達していない欠陥兵器であったのだろう。なお、射撃統制システム等についてはわが国及び日本からの不法な電子部品の輸入によって開発されたレーザー測距システムが搭載されているとみられる。

4・B　PRJ海軍（赤衛艦隊）

ロシア人よりクズネツォフ級正規空母三番艦を購入した。その目的は、日本が保有するショウカク級空母主力の機動部隊に対する戦力バランスの維持とみられる。しかしながら、日本がこのたびホウショウ級双胴空母を就役させた事により、その戦力は相殺されたものと考えられる。また、SU27を独自生産している赤い日本人がクズネツォフ級空母の海上運用を開始するのはおそらく明年と見られるが、完全な戦力化にはほぼ一〇年が必要とされるだろう。

それよりも重視すべき対象は、赤衛艦隊潜水部隊にここ数年で加わったエックスレイⅡ級攻撃型反応動力潜水艦である（同国でのクラス名は八月一五日級）。総数六隻、同国潜水部隊の主力を成すXⅡ級は彼らの独自開発したSS‐NJ‐23巡航ミサイルが発射可能なSSGN

で、同ミサイルにはキロトン級反応弾頭が装備可能と言われる。我が国の運用するSOSUSの探知記録によれば、XⅡ級潜水艦はこれまで同国潜水艦の主力であったエコーⅠ改級反応動力潜水艦と協同して、射程一〇〇〇キロを越える巡航ミサイルを発射する訓練を受けている。

水上艦隊については特筆すべき変化が見られなかった。ただし、戦艦カイホウ（旧ソヴィエツキー・ソユーズ）の近代化改装工事が終了、艦隊に復帰した事は注目すべき変化ではある。同戦艦は新型防空システムの搭載を行ったとみられ、それはおそらくロシアの〝スカイ・ウォッチ〟型フェイズド・アレイ・レーダーを原型にしたものと思われる。スカイ・ウォッチ装備が事実であるとするなら、この防空レーダー・システムにマッチングしたる垂直発射式ミサイルSA-N-9（あるいは同国によるその性能改善型）の搭載もまた行われたものと考えられる。

4・C　PRJ空軍（人民空軍及び人民防空軍）

トウドウ元帥によって推進されてきた空軍近代化プログラムはほぼ完成の域に達したと思われる。これまで別組織であった防空軍は空軍へ法的にも統合され、同国航空兵力は完全に一元的な指揮系統で運用される事になった。これは、システム的な側面から言って同国の航空作戦能力が非常に強化された事を意味している。

注目すべき変化は、PRJ空軍が完全にMIG21と手を切った点だ。これまで、同国は五〇〇機の作戦用航空機を保有し、うち二〇〇機は作戦可能状態に無いとされてきた。しかしながら、それは同国予備空軍部隊──彼らの言い方に従えば国家航空振興協会──で運用されていた三〇〇機近い旧式戦闘機を含めない場合の数値であった（赤い日本が人口構成から言えばアンバランスな程多数のパイロットを有している原因はこの協会によって行われる青少年教育が極めて有効である事を示している）。そして同協会ではこれまで多数のMIG21が使用されてきた。

しかしながら、同協会は過去二年程でそのほとんどをMIG23に切り替えたものと見られる。その理由は、同協会で使用されたものと同一の機体が主にイラン空軍へ譲渡された事（おそらく原油とのバーター取引だろう）、人民空軍内におけるMIG29用無線システムの運用が停止された事がその主判断要因である。この事から、人民空軍はその主力戦闘機を完全にSU27改造型へ切り替えたものと判断される。これまで、作戦可能状態に無い、とされてきた航空部隊では、今後ＭＩＧ29改造型が使用される事になると思われる。

なお、同軍はこの度訓練顧問として元ロシア陸軍特殊部隊将校団を一〇〇名単位で雇いいれた。その将校団のリーダーは、かつてソヴィエト陸軍参謀本部特殊作戦部長であったアンドレイ・コンドラチェンコ大将と思われる。同大将は、トウドウ元帥と強い個人的なつながりを持っている事で知られている。

4・Ｄ　ＰＲＪミサイル軍（戦略打撃軍）

今回の分析でその最も重要な対象として扱われたのは、半年程前にその存在が確認された戦略打撃軍である。同軍はロシアの戦略ロケット軍と同様の任務内容を持つと思われる反応弾頭ミサイル運用部隊であるが、軍としての規模及び攻撃可能対象は未だに限定されている。

主要装備は昨年末にその存在が確認されたＳＳＪ24型ＩＲＢＭ（人民三号）で、現在のところその数は三発から四発。おそらくメガトン級の反応弾頭を装備していると考えられる。同ミサイルは本年初頭にその実験発射が行われ、テレメーター受信によればそれはおおむね成功裡に終わったと判断される。その有効射程は約一五〇〇キロで、戦略打撃軍は引き続き同ミサイルの増勢と射程二〇〇〇キロ級ミサイルの開発を推進している。ただし、反応物質入手の困難さから、反応弾頭の生産・装備については大きな遅れを見せていると言われる。

なお、戦略打撃軍に関して最も脅威的要素として判断される事実は、同軍が通常の軍指揮系統に属していないという点にある。同軍は首相及び国家政治委員会――つまりカワミヤ親子の直接統制下にあり、これに所属する将兵は全てカワミヤ親子に対する忠誠だけを教え込む事を目的とした学校で教育された孤児達であると言われる。

5　合衆国の対応

ＰＲＪに対してわが国が示すべき対応は交渉相手の特性上、極めて限られたものにならざるをえない。要するに、〝平伏させるか、殴るか〟その二つしか選択肢が存在しない。最も望ましい展開は交渉で同国の反応兵器開発体制を国際査察下に置く事であるが、それが実現する可能性は極めて低い。

だとするなら殴るより他に方法が無くなるが――その場合、イラクに対するよりも大規模な兵力集中をより短期間で実施する必要がある。また、たとえ殴りつけるにしろ、それが行える時間の余裕は余り長くないものである事を認識しておくべきだ。現在、わが国はソヴィエト崩壊に伴う軍備削減を実施に移しており、湾岸戦争型の渡洋作戦に関する困難は今後次第に増加の傾向を見せてゆくだろう。また、それを行うにあたって日本が死活的に重要な役割を果たす事を忘れてはならない。果たして合衆国国民が日本を〝助ける〟事にどれ程の賛同を示すか、極めて判断の難しい問題であるからだ。

USNSA 8550/684/93

Classification ROYAL
Copy NO.1 of 1 Copys

134500R92 May
以上の情報は情報閲覧資格プサイ以上の者に限り閲覧を許される。

第九章

祖国統一工作基本準備案・甲

1　貸借表

モスクワ、ロシア共和国
一九九三年一月二〇日

気温は地球上ではかなり高めの場所にあった。もちろん、零下でだ。吐息は蒸気釜から吹き出す湯気の様だったし、外気が全身に加える痛みは、なぜ雪国の人間に頬の赤い者が多いのかを体感させてくれる。積雪量だけがそれ程でもない事だけが救いだ。

「君の祖国は」

鹿内は肩をすぼめる様な姿勢のまま言った。毛皮のコートを着ているが、寒く感じられて仕方がないのだった。

「国中、東北みたいな所だな」

「滅茶苦茶言うな」

ＮＨＫよりもさらに正確な発音の日本語が答えた。

「確かに、明るいイメージの場所ではないが」

「東京では、この冬の間にロシアで餓死者が出るという噂が流れている」

鹿内は目をすぼめながら言った。ゴーリキー公園に積もった雪に反射された日光の照り返しは、彼の様に雪をあまり知らない育ちの人間には意外な程に強烈なものだった。

「極端な話だ」

母音のはっきりした発音で彼の傍らにいたロシア人が答えた。露天のスケートリンクで遊ぶ子供達や、アイスクリームの売店を眺めている。

「住む家の無いものが凍死する事はあるが、餓死はないな。なんなら、あのアイスクリームを奢《おご》ってやろうか？　帝国を失った国とは思えない程甘い。多分、ハーゲンダッツよりうまいぞ」

「冗談じゃない」

鹿内は背筋に氷を押しつけられた様な顔で首を振った。

「私は雪印以外は食べない事にしている。それも、夏に毎年一個だけだ。こんな冷凍庫みたいな場所で食べる気はないよ」

「寒い場所は嫌いか」

「寒い場所は嫌いだ」

「なのに君は冬のロシアへやってきた」

「一度見物して見たかったからさ。生まれてこのかた敵だと教えられてきた国の零落《おちぶ》れ具合を見聞したくてね」

「ではなぜ、僕に連絡をとったのだ？」

ロシア人は尋ねた。

「時代は変わった。鹿内、君は忘れているかもしれないが、KGBという組織はもう存在しない。今なら、君が僕のアパートへ直接尋ねてきても誰も逮捕されない。今晩にでも来ないか？　女房は、夫の命の恩人を冷蔵庫に買い溜めた肉と魚でもてなしたいと思っている。子供達も年に一度ゲームを送ってくれる親切な小父さんに礼を言いたいと言っていた。君の我が家における地位はなかなかのものがあるのだ」

「有り難い話だな」

鹿内は微かに笑みを浮かべて言った。

「俺の子供は、月に一度ゲームを買って帰ってくるのが当然だと思っているよ。たまに忘れると、父親扱いして貰えない程だ」

「君は子供に甘すぎる」

「ロシア人程ではないさ。ユーリ、君は坊や達のために新しい仕事を始めたのだろう」

「お互い様という訳だな」

「そんな所だ。私も子供にゲームを買って帰るために働かねばならない」

「父親とはなんと悲しい生き物だろう」

ロシア人――元国家保安委員会第一総局作戦局員、ユーリー・モイセヴィッチ・キンスキーは笑った。名前で判る通りにドイツ系だ。

「鹿内、ロシアと我が家の現状をそれだけ摑んだうえで会いに来たという事は、なかなか楽しい話だという訳だね」

「君が直接会いたいと言うからゴーリキー公園を指定したのだ。本当ならば、郵便箱方式で済ませたかった様な話だ」

鹿内は面白くなさそうに言った。郵便箱方式とは、トウキョウ・フーチで言う〝親子〟の連絡方法だ。ある場所を定め、互いにそこへ連絡したい内容を置いておく。互いには絶対に顔を合わせない。

「私は、性格的に言って借金の取り立てには向いていないのだ」

「成る程ね」

キンスキーは頰骨の目立つ顔に皮肉な笑みを浮かべて頷いた。

「取り立て、か。だが、今になって取り立てにくる所に君の良心があらわれているな。利子はどれぐらいになっているのだ？　いま、私の祖国には機能している法律は少ない。KGBの機密文書ならば、書庫にゼロックスを持ち込んでコピーしても大丈夫だ。確かこの間も、君の国のＴＶクルーがＫＧＢの日本における〝資産〟の〝通帳〟を調べていった。誰も文句は言わない。いや、言いたくてもどの法律が有効なのか誰も知らないので、何も言えないのだ」

「その番組ならば、絶対に放送される事はないだろうな」

鹿内は楽しそうに言った。

「ああ、そうか」

キンスキーは笑った。

「あれは君達だったのか。ならば、私は君に何をもって借金を返せば良いのだ？」


鹿内とキンスキーが出会ったのは九年前の東京、未だロシアがある種の半宗教的政治思想の総本山と呼ばれていた時代の事だ。

キンスキーはソヴィエト通商代表団の一員という肩書きで来日し、日本の中央部になんとかして資産《アセット》――情報提供者を造ろうとしていた。その頃のＫＧＢ日本支部は、キンスキーの前任者スタニスラフ・レフチェンコの亡命による混乱が収まりきっておらず、はたしてレフチェンコがモスクワへ送っていた情報のどれが本物で、どれがＣＩＡとＳＲＩに摑まされたものなのか、皆目見当が付かない状態だった。レフチェンコの通帳――情報提供者リストも似たようなものだ。そこに並べられている名前が実在する人物なのか、実在するとしたならば本物の資産なのかどうか、そのレベルから洗い出しを始めねばならなかった。

この混乱の中にキンスキーが放り込まれた理由は彼が七〇年代に東京駐在の経験を持ち、またレフチェンコ赴任以前に防衛庁内に〝お友達たち〟を造り上げた実績があるからだった。そうでなければ、彼の様にＫＧＢ内で上り調子にある局員が外国へ完全な合法身分とは言えない偽装で泳ぎに出る筈もない。その時、キンスキーの妻は二人目の子供が臨月間近になっており、愛妻家の彼としては外国へなど絶対に行きたくなかった。

大体、彼は東京という街があまり好きではなかった。八〇年代初頭の東京は黒い髪と目、そして黄色い肌を持たぬ人間がひどく目立ちやすい場所だった。あまり楽しい所ではない、キンスキーはそう思っていた。彼はＫＧＢが工作担当作戦局員に求める完璧な外見――中肉中背で特徴の無い顔つき――を有していたけれども、日本でそれは通用しないのだ。彼はブラウンの髪と目を持っていたから。

もっとも、ＫＧＢ内での日本に対する評価は異なっていた。トウキョウ・フーチとして知られるＳＲＩは赤い日本に対する工作活動に努力を集中し過ぎていると判断されていたため、日本は作戦局員にとっての休暇配置だと見なされていた。また、日本人は誰にでも情報を喋ってしまうから、情報収集活動にもさして危険はないとも言われていた。

キンスキーはその点について疑問を持っていた。確かに日本は他の西側諸国よりは危険が少ない。だが、本当に情報工作を行いやすい国なのか？

レフチェンコの後始末を行うためにファイルをめくってゆくうち、彼の疑問は徐々に確信へと変わっていった。洗い出しの必要からレフチェンコ以前――キンスキーの前回の滞在以前のファイルも調査の対象にすると、あまりにも妙な部分が多すぎた。

例えば、東京政府の外交政策基本案を定期的に入手してくる資産がいた。彼は自民党要人との間に太いパイプを持っていると言われており、情報も確実である所からモスクワでも高い評価を受け、ストローという暗号名で呼ばれていた。人によっては、リヒャルト・ゾルゲのスパイ網以来の大成功とすら言われていた。

だが、キンスキーに言わせると、ストローこそＫＧＢ対日工作活動の代表的失敗例だった。確かに彼は日本政府の内部文書を公表前に入手してきた。だが、それには定期的なパターンがあった。ストローが文書の売り込み（彼は主義によるエージェントではなかった）を連絡してくるのは、常に政府発表の三日前だった。これまで、ＫＧＢの誰もその点について疑問を持たなかった。

キンスキーはその点を調査した。そして、ＫＧＢがストローによってほぼ五年もの間騙され続けていた事を発見した。政府発表の三日前とは、報道各社に対して東京政府が文書を配布する時期なのだった。報道機関はその三日の間にこれまでの憶測記事を修正するような内容を彼らなりのカラーで伝え、政府がそれを公表した時に恥をかかないだけの体面を取り繕《つくろ》う。ＫＧＢ日本支部が最高機密文書として取り扱ってきた極秘文書とはその程度のものだった。キンスキーがそれに気づく前に、ＫＧＢはストローに対して総計五億円近い報酬を支払っていた。さらに調査を進めると、ストローがその金で土地の高い東京都内に家を買っていた事まで判った。

キンスキーは笑い出したくなった。たとえKGBがストローに対して報復を企てても、その方法すらない事に気づいたからだった。まず、彼を売国奴として社会的に破滅させる事は出来ない。ストローの機密文書は、仮にコピーして街角で配ってあるいたところで全く罪に問われる事のない性質のものだったからだ。KGBから得た金の問題で叩こうとしても無駄だった。ストローはその金を必要経費やギャンブルの儲けとして処理していた。

無論、外国の民間人に対する報復――濡れ仕事は許されない。もしその事実が判明したならば、トウキョウ・フーチは赤い日本への活動に投入している執行活動班、日本国外の同業者からはニンジャ・コマンドと呼ばれている暗殺チームを差し向け、KGB日本支部の局員を様々な方法で〝事故死〟させる事は分かり切っていた。かつてキンスキーが東京に駐在していた時代、土井という名のSRI局員がKGBとNSDの共同工作によって事故死した様に。

結局のところ、KGBは新聞記者であるという以外に何の後ろ盾も持たぬ日本人に泣き寝入りさせられる他なかった。

キンスキーはそれを現実として受け入れたが、面白いと思った訳ではなかった。KGBによる身辺調査が行われている事に気づいていた鹿内という名の新聞記者をノーボスチ通信の身分証を持ったキンスキーが訪ねた理由はそれだった。その時すでに、鹿内は取材活動の途中で気に入られた当時の後藤田SRI次官に連絡を取り終えていた。彼がKGBからだまし取った金で建てた家の周囲には、キンスキーを拉致するために派遣されたSRI執行活動班が網を張っていた。

「確かに、僕には君への借りがある」

白い息を吐きながらキンスキーは言った。

「あの時、君は僕を逃がしてくれた」

事実ではあった。キンスキーは鹿内と顔を合わせた途端に自分が罠へはめられた事に気づいた。後藤田からSRIのKGB局員資料内にあるキンスキーについてのファイルを見せられていた鹿内は、子供さんの顔が見たければこのまま自分と一緒に成田へ行く事だ、と言ったのだった。

「なぜ僕を助けたのだ？」

キンスキーは尋ねた。

「あの時はまだSRI職員ではなかった」

寒さで鼻を赤くした鹿内は答えた。

「祖国へ大した損害を与えていない工作員を罠に陥れるより、生まれたばかりの子供へ父親を帰してやる方がましな様に思えた。まぁ、それまでＫＧＢには良くして貰っていたからね」

「ゲームだったのだな」

「ゲームだったのだ。今は違うが」

「楽しいゲームだったろうな」

「君に祖国を裏切れというつもりはない」

鹿内は突然言った。

「信用出来る人間を集めて、ロシアでの〈向こう側〉の活動について監視を行って欲しい。無論、ただでやれとは頼んでいない」

「目的は何だ？」

「反応兵器とそれに関連するもの全てだ。君は確かＧＲＵにも友人がいたと思うのだが」

「損な話ではないな」

キンスキーは軽く首を傾げて言った。

「赤い日本が我が国から買い付けたがっているプルトニウムについての監視か。それともロケット技術についてかな。スポンサーは？」

「フランス系企業という事になっている。報酬は東京でマンションが買える程ではない。無論、必要経費は別だが」

「もし僕が断ったら？」

「ウチでの私の立場が悪くなる」

「それだけか？」

「それだけだ。君には何の変化もないだろう」

「それが東京のやり口か」

「もはや後藤田長官の時代ではない。現在の岸田長官から、私は余り好かれていないのだ」

「わかった」

「有り難う。また連絡する」

「本当は」

キンスキーは矛盾する様な事を言った。

「僕が君に対して本当に恩義を感じているのは逃がしてくれた事についてではないのだ」

「一体何についてかね」

「僕の長男への土産を買ってくれた事さ。あのゲーム機は、まだ発売されたばかりだった」

「子供の頃、父親が土産をくれた時、ひどく嬉しかった覚えがあるものでね」

「感謝しているよ」
「私はひどい悪人の様に思えるな。だが、あの時、私には両親と共に生活する家が必要だったのだ」
「知っていたさ。僕にだって子供への土産が必要だった」

2 祖国統一

戦闘序列
一九九二年の現状

この時期、豊原政権内部でどんな事態が進行していたか外部から想像を試みる作業は、空しい結果に終わる事が多かった。川宮政権は従来と変わらぬ強固さを保っている様に判断された場合もあるし、あるいはその逆に、明日にでも崩壊してしまいそうな兆候が「発見」された事すらあった。

こうした「発見」を東京の人々に繰り返させた最大の原因は、赤い日本が保有していた軍事力の眩惑《げんわく》効果にあった事は間違いない。彼らの戦力が余りにも強大に思われるが故に、数値を基にした東京政権のポリティカル・シミュレーション・プログラムは、信頼し得る結果を弾き出せないでいた。

事実、一九九二年の豊原政権軍が保有していた戦力は、地域的覇権国家としては充分以上に強大なものであった。ソヴィエト式の現代型軍備としてはほぼ完成の域に達していると判断して良かった。

東京が最も恐れていた問題の一つは、二つの日本の通常戦力バランスに極端な格差が存在している様に思われる事であった。

この傾向は、特に陸上兵力の面で大きかった。

この当時、赤い日本の人民赤軍が有する総兵力は動員状態で四〇～六〇万に達すると見られていた。特に、一九七〇年代まで戦車師団二個、機動歩兵師団三個が基幹であった北海道駐留兵力、第一統一方面軍は極端な増勢が行われていた。

まず、平時配置の師団数は四倍以上の伸びを見せ、師団に換算して二二個にまで強化されていた。

その内訳は、

人員約一〇〇〇〇名、戦車約三〇〇輛、装甲車輛二〇〇輛、火砲約一六〇門の兵力を有する戦車師団一〇個。

人員約一二〇〇〇名、戦車約二〇〇輛、装甲車輛約三〇〇輛、火砲約一六〇門の機動歩兵師団八個。

人員約九〇〇〇名、戦闘ヘリ約八〇機、武装／輸送へ

リ約一三〇機、火砲九〇門の空中突撃師団一個。
人員約八〇〇〇名、装甲車輛約六〇輛、火砲約六〇門の空挺師団一個。
人員約六〇〇〇名の特殊戦師団二個。

――というまことに分厚い布陣だった。なお、戦車師団二個、機動歩兵師団二個、空中突撃、空挺、特殊戦師団の全ては豊原政府が言うところの〈赤衛〉――赤色親衛《レッド・ガ》師《ーズ》団だった。旧ソヴィエトの場合、これは単なる名誉称号に過ぎないが、赤い日本では現実的な差異がある。つまり、装備や兵員の質という面での優先的な扱いを受ける事ができる（この他に、より精神的なものとして名誉師団名も与えられる）。

例えば、通常の戦車師団では、三個戦車連隊のうち二個連隊は旧式の六八式中戦車改三型（Ｔ68Ｊ３）改造型を装備していると（東京では）判断されていたが、赤衛戦車師団の場合、その全てがＴ80をアップグレードした八二式中戦車改二型（Ｔ82Ｊ２）であると言われていた。合衆国は戦車のほとんど全てがＴ82だと考えていたが、それは徹底的な改造（主砲、装甲、エンジン、射撃統制装置等々）が段階的に施されていったＴ68の外見がＴ82と非常に良く似ていたが故の誤認であった。Ｔ68は、Ｔ80の原型となったＴ64をベースにしていたから、これは無理もない事と言える。

優先装備については歩兵部隊用の装甲車輛にしても同様で、通常の師団がＢＴＲ60装輪式装甲兵員輸送車の改造型、六五式装輪装甲兵員輸送車（ＢＴＲ65Ｊ）をほぼ二個連隊ぶん装備していたのに対して、赤衛機動歩兵師団の場合は完全な歩兵戦闘車である装軌式の八三式装甲戦闘車改三型（ＢＭＰ83Ｊ３）を装備していると見られていた。

ＢＭＰ83はロシア人の開発したＢＭＰ２を原型にした三〇ミリ機関砲、対戦車ミサイル搭載の機動性に優れた車輛だった。精悍な、ある意味では戦車よりも強そうな外見をしている。だが、実際は見かけ程強い訳ではなく（ただしこれはどこの国の歩兵戦闘車も同じだった）、あくまでも歩兵の支援が目的である。戦場でバスの役割を果たしたり、歩兵部隊の火力を強める事がその主な機能であった。

余談だが、機動歩兵とは旧帝国陸軍の用語で、合衆国式に表現するなら機械化師団、ロシア式ならば自動車化狙撃兵師団を意味する装甲化、機動化歩兵部隊の事である。

この他にも、赤衛師団の場合、師団火力のほとんど全てが自走砲である事も大きな特徴だった。兵器についての興味を持たない人のためにあえて不正確な表現を用いるならば、戦車の様な車体の上に一二〇ミリ、一五〇ミリ級の口径を持つ野砲を搭載してしまい、その周囲を比較的簡易な鉄板で造られた砲塔で覆った様な車輛を思い浮かべて貰えば良い。動きの早い戦車部隊に火力による支援を与えるために不可欠な兵器と言っていい。

これに対して、一般の師団や上級組織の直轄部隊では、牽引式野砲が数多く使用されていた。トラック等で荷車の様に引っ張って歩く砲の事である。この種の火砲は自走砲より射撃準備完了に手間がかかるという欠点がある。自走砲の場合、砲撃に必要なもの全てが車体上に載っているのだからこれは当然であった。ただし、牽引砲には値段が安い、軽いのでヘリ等での輸送が容易という二つの利点が存在していたから、必ずしも自走砲が有利とばかりは言えなかった。充分な訓練を受けた兵士が扱えば、牽引野砲が射撃開始、あるいは陣地交換に必要とする時間は五分以下にまで短縮可能だからである。

ヘリ等、この他にも注目すべき部分はあるが、北海道の留萌―釧路分割線以北に配備された人民赤軍の概略とはこの様なものであった。兵力内容からも想像できる様に、人民赤軍はその健全な部隊の大半を北海道に集中していた。北海道の兵力は、稚内に置かれた第一統一方面軍と呼ばれる戦略司令部の指揮下にあり、その兵力を次の様に編成していた。

●第一五軍（司令部羽幌《はぼろ》）

第八九機動歩兵師団

第二七機動歩兵師団

●第六赤衛統一軍（司令部名寄《なよろ》　統一軍は名誉称号で実態は諸兵連合軍）

（軍司令部直轄）第三赤衛空中突撃師団

第一赤衛戦車集団（司令部北旭川）

第一赤衛戦車師団〈統一旗〉

第一二赤衛戦車師団〈青年党員〉

第二七機動歩兵師団

第二赤衛戦車集団（司令部上川）

第二赤衛戦車師団〈共和国〉

第九赤衛戦車師団〈城塞〉

●第五戦車軍（司令部網走《あばしり》）

第五八戦車集団（司令部北見）

第一一六戦車師団〈猟犬〉
第五六機動歩兵師団
第四七戦車集団（司令部厚岸《あっけし》）
第二戦車師団
第九戦車師団
第一三戦車師団〈教導〉

●第七軍（司令部中標津《なかしべつ》）
第三五機動歩兵師団
第七九機動歩兵師団
第五赤衛空挺師団

●第一統一方面軍直轄予備
第一〇赤衛戦車師団〈革命〉
第一一戦車師団
第九機動歩兵師団
第三四機動歩兵師団
首相警護師団（特殊戦師団）
第三三特殊戦師団

（注・第一一六及び第一三戦車師団は赤衛ではないが、それに準ずるとして名誉名称を与えられている。北海道戦争での活躍がその理由であった）

以上から理解できるように、第一統一方面軍は、おそらく日本の歴史に登場した最大の重装甲集団であった。これまでに触れた戦力の他に、戦域軍には約五個師団相当の支援部隊（砲兵、輸送、通信等々）が含まれていたから、その実力は最盛期のソヴィエト駐独軍集団と比較しても何等劣る所はなかった。特に防空部隊については空軍独自の長・中距離防空部隊（地対空ミサイル部隊）三五個大隊が展開していたから、見かけよりさらに強力であると言えた。

　であるならば、彼らが、わずか七個師団の兵力しか保有していない陸上自衛隊に対し、今ならば勝てると考えた事は全く意外ではない。

　祖国統一工作基本準備案と呼ばれていた赤い日本の戦争計画は、大きく分けて二種類が存在していた。先制奇襲攻撃によってこれを成功させる甲案と、東京政府側からの先制攻撃に対して国家の生存を図る乙案であった。計画の根本には、共にソヴィエト・ロシア軍による助力を期待するという前提が存在している。

　現在の我々からすると乙案はどこかおかしみを誘う類の内容であるが、豊原政権とはそうした物の考え方をしていた（いや、国家とはおよそそうした見方をしてしまうものかもしれない）政治集団である事は理解しておかねばならない。

　なぜならば、ソヴィエト・ロシアが崩壊した結果引き起こされた北海道駐留ロシア兵力の撤退は、彼らが長年にわたって組み上げてきた祖国統一工作という名の戦争計画を、前提から突き崩してしまったからである。
　＊〔福田定一著『海の家系』（東京広告技術社刊）第三版より引用〕

3　追尾

四国南方海上、太平洋
一九九三年六月八日

　低気圧が東に去ってから既に数日が経過していた。四国から南へ三〇浬ほどの海上はほとんど快晴に近かった。風は強めで、海面にいくらか白い泡立ちが発生しているが、先週荒れ狂っていた暴風と波浪に比べるならばほとんど無視して良かった。

　艦首、飛行甲板、アイランドに01の艦番号を描き、艦尾のポールに海上自衛隊旗を靡《なび》かせた空母は、その海面を二つの舳先で切り裂きつつ、硫黄島付近に設けられた訓練海面へと向かっていた。彼女は何浬もの間を開けて目視距離外を航行する数隻の護衛艦に守られている。

　そして、その後方二〇浬に、艦尾から小さなソナーを幾つも納めた重合体製のパイプ――曳航ソナー・アレイ《TASS》を曳いた全長一〇〇メートル余りの反応動力推進潜水艦がいた。白長須鯨の背に瘤《こぶ》を生やした様な外観の彼女が潜航している深度は八〇メートル。悪童に悪戯をされた風車の様な捻りのかけられたスクリュー・ブレードはひどくゆっくりと回転しており、艦に五ノット程度の速度しか与えていない。

「とてもじゃないが、これ以上は近づけんな」

　発令所の海図台に屈み込んだ佐伯中佐はロシア系移民だった母親から受け継いだ彫りの深い顔立ちに難しいものを浮かべて言った。彼は日本赤衛艦隊潜水部隊に所属する最新の潜水艦〈真岡〉の艦長だ。まだ三五歳で、赤衛艦隊の艦長としては一番若いグループに属している。

　現在、彼と〈真岡〉は呉を出動した日帝航空母艦の追尾に当たっていた。目的は音紋データの収集と練度の確認にある。少なくとも命令はそういう内容だった。

「概略は受聴出来ました」

　水測室から呼ばれていた水測長が言った。彼は水兵上がりのヴェテランで、佐伯が〈真岡〉を引き受けるにあたり、大泊の潜水艦学校から引き抜いてきた聴音探知の逸材だった。

「母港に帰った後で大泊の電算機で処理を行えば基礎的な情報としては使えます」

「そうか、うん。少なくとも任務の半分は達成できた訳だ」

「もう半分はどうされるのです、同志艦長？」

傍らで彼らの会話を聞いていた凹凸の少ない顔立ちの少佐が尋ねた。政治士官だ。

「司令部は日帝航空母艦の練度を確かめる事を求めています。彼らが硫黄島の秘密基地で行う訓練状況を監視し——」

「それは小官も了解している、同志政治少佐」

佐伯艦長は視線を海図に向けたまま言った。

「しかし、どんな練度を確認するのだ？」

「それは」

政治士官は言葉に詰まった。豊原のＮＳＤ士官学校で自分の国の軍人を監視する方法だけを教えられた彼は、海軍士官としての素養に欠けている。潜水艦に乗り組むのもこれが初めてだった。

「航空母艦で最も重要なものは航空機運用能力だ。その他の全ては付け足しに過ぎない」

「ならばそれを」

「海中からどうやって？　電探や潜望鏡で監視しろなどと言ってくれるなよ。そんなもの、海面へ突き出した途端に探知されてしまう」

「しかし、艦隊総司令部からの命令はそれを求めています」

「同志政治少佐」

佐伯は諭すように言った。

「私は総司令部の同志達を信頼している。彼らが求めているのは、本艦が日帝海軍に発見されないで収集出来る情報だけの筈だ。我々の置かれた状況は決して楽なものではない。君は雪原で狼を見つけた事があるかね？　今の我々はその様な立場だ。本来ならば、追尾の継続すら難しい」

「本艦の最大速力は三八ノットです」

政治士官は意地になって言い返した。

「五ノットしか出していないのでは、追尾出来る筈もありません。引き離されぬ為に、少なくとも速度だけは上げるべきです。いや、断固たる意志で敵に接近し、任務を果たさねばなりません」

「君は潜水艦戦についての知識が不十分な様だな」

佐伯艦長は溜息をつく様な口ぶりで言った。内心で前の艦の政治士官を懐かしく思い出す。あいつは怠け者だったが、正直ではあった。自分が潜水艦乗りで無い事の意味を知っていた。艦長の行動に文句を付けるような真似だけはしなかった。

おお、願わくば、若く、野望に燃える政治士官の代わりに、アル中で不真面目な退役間近の政治士官を我に与えたまえ。宇宙のどこかに真実が存在するならば。

彼は顔つきだけをにこやかなものに戻して言った。

「速度を上げて航走した場合、音が出る。日帝がその音を受聴した場合、どうなると思うかね？

スクリューの回転で発生する泡が潰れる音や、止める訳にはいかない循環ポンプの駆動音を彼らの聴音機に捉えられ、本艦の音響的な特徴が音紋データとして記録されてしまう。つまり、貴官の言う断固たる行動を実行に移した場合、日帝の対潜艦に搭載された電算機に、疑問の余地が無いほどはっきりした本艦の水中音響学的裸体図をデッサンさせてしまう事になるのだ！

そうなると、次から日帝は本艦の存在を容易に察知出来る様になる。その場合の指揮官としての責任について、君はどう思うかね？　それが偉大なる同志指導者から人民の艦を預かっている者の取るべき態度だろうか？」

政治士官は黙り込んだ。

日本赤衛艦隊潜水艦〈真岡〉は、ジェーンやヴェイヤーの海軍年鑑でエックスレイⅡ級攻撃型反応動力潜水艦と呼ばれているタイプの六番艦で、昨年末実戦配備についたばかりだった。全長一一五メートル、水中排水量八一〇〇トン、最大速力三八ノットの大型潜水艦だ。

赤衛艦隊潜水部隊の主力となっているエックスレイⅡ級——赤い日本での名は〈八月一五日〉級——の最終号艦として建造されただけあって、〈真岡〉は随所に様々な工夫が施されて（例えば、タービン等は船体にぶら下げる様にして装備されて）おり、これまでのエックスレイⅡ級と比べると、ひどく静かに動き回れる様になっている。

具体的な数字を上げるなら、一〇ノットにおける放射雑音レベルは、一マイクロパスカル・一メートル基準で一三五デシベル前後。合衆国のロサンゼルス級攻撃型反応動力潜水艦の初期型より多少悪い程度の数値であるから、ロシア式の技術を用いて造られた潜水艦としては最良の部類に入っていた。

当然、海上自衛隊と合衆国海軍は、この〈真岡〉の音紋データを躍起になって摑もうとしていた。残念ながら、その努力は未だ成果を上げていない。彼らがオホーツク海や日本海の海底に設置した固定ソナー・アレイは何度かそれらしき音を捉えていたが、潜水艦や対潜機のコンピュータに記憶させる程のレベルには達してはいなかった。六〇年代末にソヴィエトから供与されたエコー級反応動力潜水艦の改造型で少尉候補生からの一〇数年を過ごしてきた佐伯艦長が、ひどく慎重に艦を行動させていたからだ。

ちなみに、潜水艦乗りにとって慎重とは臆病を意味しない。

「現状のまま、可能な限り追尾を継続する」

政治士官を黙らせた佐伯艦長は命じた。

「水測、奴等の動きに気を付けてくれ、妙な事を始めたらすぐに逃げるか何かしたい」

「わかりました」

槍の穂を寝かせた様な形の、滑らかな曲線で胴体を構成した戦闘機が発艦位置についた。従来の戦闘機を見慣れた者の目にはひどく奇妙に思われる形態の機体だ。

そうした印象の中でも最も奇異に感じられるのは、主翼が普通の航空機とは逆向きに取り付けられている事だった。

通常の戦闘機の場合、主翼はコクピットの真後ろ辺りから後退する角度で付けられているが、その機体の主翼は、機体後部から前進する様な角度で取り付けられていた。水平尾翼は無い。垂直尾翼は、外側へ大きな傾斜を付けたものが二枚、機尾に取り付けられていた。

エンジンも普通ではなかった。

トムキャットやイーグルの様な横並びのエンジン配置を行った双発機である点は普通だったが、機体後部に並んだジェット・ノズルの形状が異様だった。板を上下に並べた様な形をしており、それが、上下に大きく角度を変更できる造りになっていた。

「機体下部にも開閉可能なノズルがあります」

アイランドの航海艦橋に立っていた藤堂進海将補に航空幕僚が言った。

「エンジンの排気をパイプで導入して、機体下面から噴射、垂直あるいは短距離離着陸を可能にしています。その他にも、同様のシステムで小規模なものを機体各部に配し、パイロットの操縦動作に合わせて最適量の噴射を行う仕組みで、我々はこれをスラスターと呼んでいます。これは冗談に近いんですが、ヴァルキリーは、エンジンに酸素さえ供給出来るならば、宇宙でも飛べる機体だと言う訳です。どんなマニューヴァーにもスラスターを使用しますから」

進は面白そうな顔をして尋ねた。

「ヴァルキリー？・」

「あ、失礼。ＦＶ２Ｂです」

航空幕僚の二佐は少し困った顔で言った。彼は、空母に詳しく無い筈の司令官の教育係を自らもって任じている様だった。

硬質の轟音が高まり、ＦＶ２Ｂ垂直離着陸戦闘攻撃機が上り坂になっている艦首左側の飛行甲板を駆け上がってそのまま上空へと突進した。上昇角度はかなりきつい。一進には、機体の周囲に陽炎《かげろう》が立っている様に見えた。一瞬、錯覚かとも思ったが、すぐに理由を思いつく。スラスターから噴射されているジェットだ。

これは進が聞いた事の無い話だが、航空機写真のマニア達は〝ヴァルキリーほど上昇中のクリーンな写真の撮りにくい機体は無い〟と言っているほどだ。スラスターのジェットによって機影が常にぼやけるからだった。

「コンピュータで推力制御と各方向への最適噴射を行って姿勢維持を行っています。機体各所に設けられたスラスターは可能な限り電波反射を減少させるデザインになっておりますので、機体の基本的形状が実現しているステルス性を奪うような事はありません」

航空幕僚は言った。

「もちろん、スキー・ジャンプ甲板の効果もあります。それから、エンジンの推力が大きい事、これが最大の原因です。推力比は一・六前後です。機外搭載がどれ程かにもよりますが、クリーン状態では音速の二倍は出ます」

「いや、大したものだ。参考になった」

海上自衛隊機動艦隊第二航空護衛隊群司令・藤堂進海将補は満足げな顔つきと声で礼を言った。

幕僚が説明した程度の知識は彼とて十分に持ってはいた。なにしろ、一昨年の末に結婚した（今は嘉手納にいる）彼の次男は湾岸で四機の敵機を撃墜した程のヴェテラン艦載機乗りなのだ。

だが、進はあえて口を挟もうとは思わなかった。着任して間もない隊司令としては彼の司令部を構成するスタッフの性格、能力を摑んでおく必要があった。それに、実物を前にして話を聞くというのは、横浜の自宅の居間でくつろぎながら話をしていた時とは全く違う感覚を抱かせる。

彼はこれまで航空護衛艦——空母での勤務経験がほとんど無かった。若い頃、今は記念艦として呉で博物館になっている〈かつらぎ〉に乗り、ヴェトナム・クルーズを経験した事があるだけだ。その後ですぐに河川舟艇隊に回されたから、半年も乗っていない。

ヴェトナム以後は各種教育課程に送り込まれたり、対空護衛艦に乗ったりする機会が多かった。八〇年代に入ってからは〈やまと〉に関わってばかりいたので、今年になるまで何か用事があって訪れる以外は空母と縁がなかった。

その為もあって、進は、スタッフや艦の乗員達が自分の事を世界最後の大艦巨砲主義者として受けとめている事に気づいていた。ミッドウェイが沈んだ戦闘で、〈やまと〉を戦場へ全速で突進させた彼の行動は、艦長としては見事でも、現代の機動部隊指揮官としては勇敢すぎる資質と言えるのではないか、そう評価した一派が海幕の一部に存在したのだった。

「ほう」

進は有事の際に彼が本当に居るべき場所——CDCに入った。

さすがに、就役して一年と少しの艦だけあって〈やまと〉のそれよりも新しい機器に置き換えられていた。護衛隊群司令部機能を最初から考えられているためだろうか、壁面のパネルが六基に増えていた。実用化されてからいくらも経っていない全方向型カラー液晶ディスプレイだ。解像度は非常に高く、どこから覗いても表示が見えなくなる事はなかった。

彼はその出来の良いパネルを最近かける様になった眼鏡のレンズを通して眺めた。

壁面パネルの大部分は進の見慣れている簡略化された海図とシンボルを表示していたが、一基だけは、彼の旗艦となった海自の保有する最新鋭空母の三面図を表示している。

それを見つめて、進はこの空母を最初に目にした時に感じた何かを再び覚えた。どこかに懐かしさがあった。

藤堂進の旗艦——航空護衛艦〈ほうしょう〉（CVV01）は過去の空母では見られなかった船体を持っていた。

〈しょうかく〉級の老朽化と海自主力艦載機の変更に伴って建造された〈ほうしょう〉は、世界初の双胴船型空母だった。普通の船体二つを数十メートル程の間隔を開けて横に並べ、その上にフライト・デッキを打ち付けた様な形で、排水量の割には搭載機数の多い空母を建造する事が、その目的だった。全長約二六〇メートル、全幅約一三〇メートルという寸胴《ずんどう》な外観だが、双胴であるために速度は意外と早く、石川島播磨ＧＴ７Ｂガスタービン四基が発生する二〇万馬力によって最大で三五ノットの発揮が可能だ。

船体以外にも〈ほうしょう〉の外観には様々な特徴があった。

右舷船体前部寄りに設けられたイージス・システム装備のアイランド、両舷後部側面に設けられた海面に向けて口を開いている煙突、そして左右で形状の異なっているフライト・デッキ。〈ほうしょう〉は、現代の軍艦としてはかなり奇抜な形状の艦と言って良かった。

〈ほうしょう〉に乗り組んでいる人々——司令部幕僚ですら知らないが、藤堂進は、この基準排水量六〇〇〇〇トン近い空母の誕生以前にいくらかの関わりを持っていた。海自が未だ対艦ミサイル集中攻撃に艦載機と従来型スタンダードだけで対抗しなければならなかった七〇年代末、夏の事だ。

その時期、海幕部内では将来の艦隊編成についての非公式の研究会が開かれており、それに彼も参加していたのだった。

何度か開かれた研究会の席上、将来、艦載機防空網が突破された後の艦隊防空をイージス・システムに任せる事は決定されていた。

当初、一部には国産でという声もあった。特に、退官後、ある種の企業へ雇用される予定を持っている人々がそれを主張した。

だが、最終的には何から何まで国産にしていたのでは防衛予算がいくらあっても足りない、という意見が大勢を占め、イージス採用の方針が事実上決定された。イージス・システムとは、システム開発能力に優れた合衆国でさえ一〇年もの時間をかけてすり合わせを行わねばならなかった代物であったから、七〇年代末の日本防衛産業の現状を見る限り、国産システムの採用を諦める事は全く妥当な結論というべきだった。

実の所、研究会において本当に問題となったのはそこから先だった。参加者達は、イージスという新しい防空システムをどうやって現在のそれに当てはめ、将来どう発展させるかを考えねばならなかったからだ。

「当面は」

最初の問題については簡単に結論が出た。

「合衆国海軍の使い方をスケールダウンしてやってゆく他ありませんな」

という結論だった。

確かに、そうする以外に手は無かった。予備的な研究を進めてはいるものの、海自はイージス・システムを艦隊防空の中核として運用した場合の現実を知らない。どんな性能かは判っていても、それが空母機動部隊や護送船団を組んだ状態でどの様な効果をもたらし、何に向いていないのかを摑んでいない。当面は、合衆国から買い付けた際に送られてくるマニュアル、研修に送り込む幹部や隊員達が教えられてくるノウハウを広めることが肝要だった。

議論が分かれたのは、イージスあるいはその発展型システムを用いて描くべき将来についてだった。

「合衆国の手法を」

可能な限り踏襲すべきだ、という意見と、日本独自の変更を加えるべきだという意見に割れてしまったのだ。

「イージスは、合衆国の開発したシステムです」

海幕防衛部装備体系課の二佐が言った。彼は何度か合衆国への留学を経験した優秀な頭脳の持ち主だったが、明治以来の留学経験者に共通する癖を持っていた。留学先で学んだ物の見方や技術だけでなく、留学した国そのものの代弁者になってしまうという奇妙な癖だ。

「装備共通化や共同作戦時の効率から考えて、彼らが開発したものをなるべく早期に採用し、効率の維持を図る——これが最良の判断です。我々は、開発に関わる苦労は合衆国に任せ、こちらはその果実だけを戴くという方針を可能な限り継続した方がよろしい。防衛費の増大で国が左前になる事だけは御免ですから」

滅茶苦茶な事を言っている様だが、一面で猛烈に現実的な思考でもあった。一九四五年八月一六日以降の東京に政府を置いている日本が、合衆国の国家戦略へ徹底的につけ込む事で国を発展させてきた現実がその背景にある。

「しかし、合衆国のシステムをそのまま採用するとなると……我々の場合、ロシア人の爆撃機だけではなく、〈向こう側〉が北海道から釣瓶《つるべ》撃ちしてくる四〇〇発以上の地対艦ミサイルを想定に入れなければなりませんからね。これに呼応して発射される空対艦ミサイルは二〇〇発程度ですから——」

自衛艦隊司令部から来た三佐が反論した。声音に自信が溢れるというタイプの男ではないらしい。

「母艦一隻をエスコートする為に、最低でも三隻、経空脅威レベルの高い海域では五隻以上のイージス・システム艦（それも、巡洋艦レベル）が必要になります。そのうち二隻は防空戦副調整官《AWSOCS》と水上打撃戦副調整官《SWSOC》座乗ですから、司令部機能を強めなければなりません。加えて、イージスではないＤＤＧ——スタンダードミサイル搭載護衛艦がやはり四隻から出来れば八隻必要になります。どういう算術だ、と言われるかもしれませんが、母艦航空隊を攻撃力として使用したければ、それだけは必要です。

さらに、いくら母艦がいるとはいえ、対潜戦の手を抜く訳にはいきませんから、対潜戦副調整官用のヘリ搭載護衛艦が一隻。その他に、少なくともヘリ一機を搭載した対潜護衛艦が四隻から六隻」

彼はあれこれと数え上げた後で、とてもそんなタスクグループは編成出来ません、と済まなそうに結論した。

現在我々が保有しているＤＤＧは計画中も含めて四隻。これではどうにも。予算の問題だけではなく、新隊員の募集が難しくなっている所から考えてもちょっとあれです。

彼は事実を言っていた。

三自衛隊の中で最も大きな予算を与えられている海自だが、六〇年代末に奇跡としか思えない予算措置で決定、建造された〈しょうかく〉級空母二隻とその航空隊の維持に苦労しているというのがその七〇年代末における現状だった。

戦闘排水量九〇〇〇〇トンの空母は過ぎた時代であれば彼らに満点以上の攻撃／防御力を与えてきたが、それ故に、対潜能力と対機雷戦能力以外ではひどくアンバランスな所のある艦隊になっている。空母という万能兵器が存在したおかげで、ミサイル防空力の拡充がほとんど手つかずのまま放置されていたのだ。

「確かに。一〇年以内であれば、私が先程申し上げた様な艦隊の編成は不可能でしょう」

防衛部から来た二佐は言った。しかし、我々が描いているものは将来像です。二〇年——そうですな二〇〇一年を睨んでの話ですから、不可能ではないでしょう。

「でも……二〇〇一年までという事は、その間に母艦の建造計画も挟まりますし」

先程の三佐が相変わらずの口調で言った。どうやら、見た目には情けなさそうな態度で言いたい事を口にするという類の、ひねくれた人間らしかった。

「絶対に遅れますよ。それに、二〇年の内に次のシステムが出来ているでしょうから……我々はいつまで経っても妙な戦力バランスの艦隊という事になります」

彼の言っている事は正しかった。防衛力整備には子育てと同じ側面がある。途中でどこかが狂ってしまうと、滅多な事では立て直しがきかない。

今日はここまでか——その場にいたほとんどの者がそう思った。防衛部の二佐は不機嫌な顔をしていたし、自衛艦隊の三佐にも特に代案は無い様だった。

二佐への昇進を間近に控えていた藤堂進三佐が発言したのはその時だった。彼は海幕調査部の代表という事で出席していた。

座長役の海将補から許可を受けて進は話し出した。

「ここで原点から考える事を許して戴きたいのですが」

誰も文句は言わなかった。彼らに特別な考えがある訳では無かったし、藤堂というヴェトナム戦経験者の性癖は良く知られていた。

彼は、どんな問題でもその根本に立ち返り、それを実現するため最低限必要な物は何か、と考える所があった。おそらく子供の頃にどこかで遠慮を感じながら育った事の影響だ。彼の義父母である堀井夫妻は決してその様な事を思いはしないが、進は、自分が贅沢を言える立場では無いと考えながら大人になったのだった。

この他にも、ヴェトナムで味わった〝本当に必要な物だけはどんな汚い真似をして手に入れても罪にはならない〟という、前線レベルでの兵站活動についての実体験も無視出来ない要素として存在していた。

省エネルギー政策の影響で、室内にはあまり冷房が効いていなかった。進は、鼻の頭に浮いた汗を人差し指で拭う素振りをしてから話し出した。

「まず、我々が艦隊勢力を整備する目的は何か、第一にその点が問題となります」

「おい、そこまで戻らにゃならんのか？」

進の対面に座っていた一佐が呆れた様に言った。一介の三佐が口にすべき事ではない、と言いたいらしい。

「はぁ。その方が話を進めやすいもので」

「構わん。藤堂君、言え。ここは研究会だ。それに、公式のものではない。ボードも使え」

海将補が言った。帝国海軍出身者の海自における数少ない生き残りである彼は、昔の海軍にあったある種の気風の信奉者だった。

任務は規則に従って行われねばならないが、研究はそれを可能な限り無視し、自由に行われねばならないとするそれだ。

進は嬉しそうに一礼し、室内に置かれていたホワイトボードへ近づいた。話を再開する。

「我々が艦隊勢力を整備する目的は大きく分けて二つあるものと考えます。つまり、現体制維持（これには国民の防衛も含まれます）と可能性としての物理力による祖国統一です」

進は油性ペンのキャップを外し、ボードに、

1　艦隊整備目的　体制維持（防衛）
　　　　　　　　祖国統一（攻撃）

と、書いた。強引な区分けかもしれませんが、原則的にはこうなるでしょう、と言った後で続ける。

「では、そうした目的を持つ我が艦隊の中核は何か？　これは間違いなく航空護衛艦――空母です。理由は、この兵器が最も柔軟性に富んでいるから。航空機という要素によって攻防双方の目的に使用できます」

ウィングマークを左胸に留めた一佐が大きく頷いているのを視界の隅に捉えながら、彼は、

2　主戦力　CV　多用途性

そう書いた。

「では、現在我々は何故イージスを導入しようとしているのか？　理由は艦隊の中核である空母を有事において生き残らせる事、それにつきます。船団護衛という目的は副次的なものに過ぎません。ああ、対抗部隊の――」

「敵と言えよ」

先程文句を付けた一佐が言った。どうやら、面白くなってきたらしい。

「――敵の戦力は大きなものですが無尽蔵ではない。対艦ミサイル集中攻撃などという贅沢な戦いを何にでもしかける訳にはいかないという事です。とにかく、状況がどうであるにしろ、敵にとって最初に潰すべき高価値目《HV》

標《U》は空母という事になります。空母さえ居なければ、侵攻船団にしろ増援船団にしろ通常の爆撃でも叩けますから。我々の立場から見れば、空母さえ対艦ミサイルから護っておけば、反応兵器全面使用という事態を除いて何にでも対応出来るという事になります」

進は何事か呟きながら書いた。対潜戦術のヴェテランである二佐がこわい顔をしていた。

3　AEGIS目的　CV防御（ASMD）

「ここで、問題は我々の居るレベルへ降りてきます。果たして、イージスでどの様な空母防御システムを建設すべきか？　短期的には、すでに結論が出ている通りです。イージス・システム艦の高い能力自体で防御力アップを図ると同時に、その捜索／捕捉能力を既存の防空システムの中核に据え、艦隊全体での対艦ミサイル防御《ASMD》力を向上させる」

4　短期目的　ASMD向上／既存と併用

「まあ、こんな理解でよろしいでしょうか？」

進は周囲を見回し、同意を得た。いよいよ本題だ。

「で、イージス、あるいはその発達型を基にした将来の艦隊像という事になります。先程出た御話で問題になったのは、基本的にイージスを中核とした構成（ひねくれて申せば合衆国追随）が我が国にとって最も有力な戦力を提供する。だが、予算・人員の関係からとてもそれだけの戦力は揃えられない、そういう事だったと思います」

進は先程発言していた二人の顔を交互に見比べて確認をとり、

5　長期目的　AEGIS強化　問題　予算
人員

とまとめた。

誰かが尋ねた。

「で、君は何を提案するのだ？」

「問題はシステム的な強化をどの様に行うか、そこにあると思います」

進は何も聞こえなかった様に言った。彼にはそうした部分があるのだった。

「まず、ここ一〇年前後で手に入るイージス・システム艦の数を仮定します。有事には〈しょうかく〉と〈ずいかく〉で二個タスクフォースを編成するとし、これまで防空任務に使用してきた護衛艦との置き換えを大蔵省が認めて——人員の要素も加えると、四隻が限界では？」

「そんなものだね」

海将補が言った。

「そうであるならば、空母一隻あたり二隻のイージスという事で、これは、集中攻撃を受けた場合、無いよりは良い、という程度に下がってしまいます。かと言って空母二隻を集中運用するのも、我々の現有戦力から言えば効率的にあまりよろしくない。つまり、ここで我々が考えるべき事は、四隻しかないイージスでどうやって二個タスクフォースを護るか、そういう事です」

進はそこで言葉を切り、軽く咳払いをした。彼を以前から知っている者だけがその意味に気づいた——あいつ、照れてやがる。

彼は言った。

「常識的に言って、イージスのうち一隻は前衛哨戒《ピケット》に出さねばなりませんから、かなり危険です。潜水艦も狙ってくるでしょうから、本格的な防空戦の際に生き残っているかどうか、怪しい所があります。それに四隻が動ける状態で戦《いくさ》が始まるかどうか分かりません。悪くすると改装等で二隻という場合もあり、タスクフォースのイージス・システム艦は一隻だけという状況も考えられます。だとするなら、我々に加えられた予算・人員という制限から考えた場合、イージスでHVUを護るのではなく、HVUをイージスにしてしまう事が最良の解決策です」

自衛艦隊から来た三佐が面白そうな顔をして言った。

「つまり……」

「はい。まず四隻のイージス・システム艦はそのまま建造します。その他に、〈しょうかく〉等の使用期間延長工事《SLEP》のドック入りに合わせて、これにもイージスの捜索・捕捉システムだけを装備します。これならば、もとから金のかかる工事ですから、予算も通り易く、またシステム関係だけの人員増だけで済むので、人員問題も最低限に抑制できます。

予算と人員の問題は、他の防空艦を新艦に置き換える際にも効果を発揮します。

防空艦を、すべてスタンダードあるいはその改造型のミサイルとイルミネーターを多数装備しているだけのミサイル・キャリアーに変更、もちろん艦自体は極端に自動化を推し進めたものとしておけば良い訳です。細かい計算はしておりませんが、艦自体に必要なものは船体と機関、垂直発射式のミサイル・ランチャー、そして一〇基かそこらのイルミネーターですから、比較的安価に建造できる筈です。人員は――自動化したならば五〇人もいらないでしょう。このミサイル・キャリアーはピケット又はHVUからリンクされた目標情報に従って戦闘――」

「そんな艦の艦長に誰がなりたがるのだ」

誰かが文句を付け、そこから全員を巻き込んだ議論になった。進のアイデアを聴いていた海将補だけはその局外に立ち、議論に注意しながらその内容を吟味していた。

面白くはない。彼は思った。

だが、筋は通っている。そうか。藤堂三佐の提案は地上防空システムを海へ置き換えた発想だ。ピケットのイージス艦はレーダー装備の自走対空砲だ。周囲の全てによって護られるHVUは、昔で言えば高射砲陣地の射撃統制装置。すべての対空砲火は、そこから送られたデータによって射撃を行う。なるほど。革新的な様に見えて、実は第一次大戦から試され続けてきた手法だと言う訳だ。

「ピケットが弱いのは危険だ」

「ならば、滅多に沈みそうもない艦を」

「そんな艦がどこにある」

「呉にモスボールしてあるじゃないか、一隻」

それればかりは無理だろうな、海将補はそう思った。

だが、彼の予測は、翌年になってロバート・ケネディ政権の打ち出した対ソ強硬政策によって裏切られた。合衆国のアイオワ級戦艦現役復帰発表の影響を受け、赤い日本が戦艦〈解放〉の現役復帰と改装を開始したからだ。

となれば、海上自衛隊が〈やまと〉を持ち出さずにいられぬ訳がなかった。その頃になると、藤堂進が半ば強引に展開した将来型艦隊案は、海自の目指すべき未来の現実へと変化していた。官僚組織にありがちな事に、提案者の名前と功績だけは奇麗に忘れられていたけれども。

その研究会の席上から十数年が過ぎ、藤堂進は、自身が唱えた新たな艦隊――その一部を指揮している。

彼のアイデアは原案のほぼ二倍に拡大されて実施に移されていた。海幕がマスコミ向けに発表した名称で言う所の〈10・4・10・10艦隊計画〉がそれで、二〇〇一年までに、イージスあるいはその改造型の全システムを搭載した大型護衛艦一〇隻、イージスのレーダー・システムだけを搭載した航空護衛艦四隻、ミサイル・キャリアー一〇隻、新型対潜護衛艦一〇隻を建造し、これを二つの〝空母機動部隊〟に編成して運用するというものだった。計画がここまで膨れ上がった理由は、〈向こう側〉がここ数年ほど懸命になって進めている軍備近代化に対応するためだった。かつての戦争で日本帝国という嵐に襲われたアジア各国からは批判が出ているが、それも、〈向こう側〉の核保有が確実と報道されてからは下火になっていた。

最初の〝10〟には排水量一三〇〇〇トンの〈こんごう〉級大型護衛艦四隻が含まれている（当初の九八〇〇トン型案は要求の拡大で変更された）。

次の〝4〟はもちろんSLEPの際にイージス・システムを装備した〈しょうかく〉、〈ずいかく〉そして、進の旗艦〈ほうしょう〉が含まれている。最後の一隻、〈ほうしょう〉の同型艦〈ひしょう〉はまだ建造中だった。

ミサイル・キャリアーは現在一番艦〈あきづき〉が公試段階にある。

対潜護衛艦は〈しらね〉級、〈はつゆき〉級としてすでに全艦が部隊配備されていた。計画途中で数隻が増やされ、当初八隻の予定だった〈はつゆき〉級は一二隻に増加している。

それだけではない。赤い日本のエックスレイⅡ級に対応して性能を改善した〈あさぎり〉級八隻の建造が途中で認められ、全艦が就役していた。

その代わりに、〈こんごう〉級後のイージス艦の建造は遅れていた。予算・人員面で無理が出た事は無論だが、もう一つ、二一世紀まで現役運用が可能と判断された〈やまと〉の防空力が余りにも強力であるという事実も影響を及ぼしていた。

ちなみに、海自の航空護衛艦命名基準は非常に曖昧なものだ。

それでも、帝国海軍時代の名をそのまま受け継いだ〈かつらぎ〉、地名という事で言い逃れの出来たエセックス長船体型の〈あかぎ〉、〈かが〉はまだ良かった。

だが、最終的に〈しょうかく〉型と名付けられる事になった大型空母建造の際は命名基準から逃れる事が出来なかった。昔の赤城や加賀が巡洋戦艦や戦艦として計画されていた頃の同型艦名を採るという手もあったが、それでは国民に親しみが無い。

困り抜いた海自が打ち出した妙案とは、艦名を一般公募する事だった。戦後初の空母建造が行われた六〇年代末、自衛隊はヴェトナムで戦っており、どんな手を用いてでも支持を稼がねばならなかった。

　公募は一九六九年いっぱいで締め切られたが、一二万通を越える応募の中で〈しょうかく〉がトップ。なんと七万通以上がその名を推していた（次点は〈ひりゅう〉だった）。

　これを受けた海自は超大型航空護衛艦の一番艦を〈しょうかく〉、二番艦を〈ずいかく〉と決定した事を発表し、艦艇命名基準に〝航空護衛艦には国民一般の共感を呼ぶ名称を使用する〟という一項目をつけ加えたのだった。

その基準から言えば、革新的なデザインの新空母に与えられた〈ほうしょう〉という名は納得のゆくものだったが、〈ひしょう〉はどうか、〈ひりゅう〉にすべきだったのではないか、という反対意見も根強い。

　だが、艦船専門誌等では、〈ひしょう〉という名は昔の鳳翔に同型艦が無かったために考えられたもので、〈ひりゅう〉という名は、二一世紀初頭に〈しょうかく〉の跡継ぎとして造られる筈の新空母の為にとってあるのだ、という観測記事が流されている（事実はまさにその通りだった）。


　藤堂進は、ここに至るまでのあれこれを思いだしながら司令官用コンソールの座席に腰をおろし、幕僚の説明に耳を傾ける態度を示していた。

　時たま、キーボードや定型行動パネルのボタンを操作し、気になる情報を呼び出す。

　入力方式は〈やまと〉よりも一段階進化し、感圧センサーの埋め込まれたディスプレイに直接指を押しつけても情報を扱える様になっていた。

　進に一番面白く感じられたのは、〈ほうしょう〉の状況を示すフルカラーの三面図だった。艦内状況で気になる部分がある場合、ブロックごとに区分された艦内各部に指で触れると、そこについての情報が拡大表示されるというシステムだ。

　彼は艦内の何ヶ所かを順に触れながら、状況を確認していった。

　格納庫では総計六六機になる搭載機の発艦準備が進んでいた。多少気になったため飛行甲板の発艦位置を呼び出すと、ほぼ三分に一度の割合で飛行隊の訓練発艦が続いていた。進は安心した。合衆国の空母に負けず劣らずの発艦ペースだったからだ。

　彼はディスプレイにフライト・デッキのライヴ映像を

表示させた。

左舷側のスキージャンプ甲板からはFV2Bや引退しかけているJハリアー――FV1Jが推力方向をコントロールしながら発艦し、右舷側の通常機用カタパルト（スチームではなく電磁式）からは、新明和の双発機シリーズのバリエーション、E3B電子戦機や、E1C空中早期警戒指揮機が飛び出していた。〈ほうしょう〉は、有事の際に一個飛行中隊の増加に耐えられる余裕を持たされており、電磁カタパルトはその為にも装備されていた。それは、対艦ミサイル六発を装備したF14改でさえ発艦させる事が可能なだけの力を持っている。

（最後の仕事が）

最新鋭空母機動部隊の司令か。

悪くは無いな、進はそう思っていた。

彼は自分がいま以上の地位に昇る事は無く、この次に待っている配置は〝勇退〟前の定年配置――実態は再就職先探しの猶予期間――だという事が分かっている。

寂しくはあるが、仕方の無い事だった。だいいち、彼の過去は後悔だけに満ちている訳ではなかった。

親子二代に亘って大和型戦艦を指揮する事が出来たし、最後は機動部隊司令――一応、幕僚教育は受けていても一般大出身者である進にとって、十分以上の出世と言うべきだった。

おそらく、この任務は一年かそこら。それから帽振れで送られて陸に上がり、実質的なネイヴィとしての人生は終わりだ。

ま、精々楽しくやるさ。

CDC内の水測区画から報告が入った。

「本艦の真艦尾方向二一浬付近に不明水中目標のパッシヴ・コンタクトあり。アイアンマンよりリンク受信中。データ表示します。潜水艦らしい。音紋未登録。アイアンマンは指示を求めています」

進はNTDSデータ表示に切り替えられた正面の大型ディスプレイを見た。アイアンマン――〈はつゆき〉型護衛艦〈しらゆき〉の艦長は機敏な男らしい。指示を求めていると通信しながら、艦をパッシヴ探知の最適位置にもってゆこうとしていた。手元のディスプレイに表示されたデータから、曳航ソナー・アレイを展開している事も分かった。

進は命じた。

「アイアンマンに命令。コンタクト継続せよ。必要ならばヘリによるソノヴイ投下を行え。対潜、すぐに出せるヘリはどれだけだ？」

最後の部分は対潜戦担当の幕僚に向けたものだ。〈ほうしょう〉には固定翼対潜機は搭載されていないが、SH60J対潜ヘリが六機ある。対潜捜索手段としては、海面に投下するタイプの使い捨てソナー――ソノヴイを備えている。

「一チームはすぐに出せる筈です」

比喩的な意味で大艦巨砲主義者とばかり思いこんでいた司令からの素早い問いに面食らいながら幕僚は答えた。

「いいぞ、すぐに出せ。アイアンマンと連携させるんだ。後続も待機させろ。細かい指示は任せる」

進は口元に楽しげなものを浮かべていた。

最後の一年、それなりに楽しく過ごせそうな事がわかったからだ。

4　同志たち

豊原、樺太
一九九三年七月七日

豊原は、赤い日本最大の都市であると同時にその首都でもあった。人口三五〇万。総人口が二〇〇〇万に満たない国家でこれ程の人口集中であるから、比率的には東京より極端な一極集中状態だ。

その影響から、豊原市当局は都市機能の維持に多少の問題が生じていると認めざるを得ない状況にあった。人口があまりに過密となった為、都市機能の整備が追いつかなくなっていたのだった。

特に、防空壕兼用の地下鉄や道路においてそれが著しい。地下鉄については党へ強力な時差通勤キャンペーンの推進を依頼する事で対処が可能だったが、道路については処置なしだった。増加の一途をたどる産業用トラックや、ようやく保有台数の増えてきた自家用車によって、慢性的な交通渋滞が引き起こされている。

ただし、一日の大半を車で埋められている豊原の道路事情にもたった一つだけ例外がある。

背の低いビルが建ち並ぶ豊原市街を縦貫している大統一大通り――その上下合計八本ある車線の一番内側にある二本だ。ここだけは、滅多に車が走る事はなかった。どれほど道路が渋滞していても、だ。

その理由は、その縦貫道が人民政府首相官邸前のマルクス・レーニン記念広場から始まり、人民政府要人用別荘のある郊外の政府管理地域にまで続いている点にあった。

公式には、有事の際の軍事輸送専用車線とされていたが、それを本気で信じている者は赤い日本にもさして多くはない。皆、この道路は党、政府、軍の要人専用道路であるとわかっていた。もちろん、国民の大部分は偉大なる同士川宮人民共和国首相に深く敬愛の情を抱いているため、それについて不満を漏らす事は無かった。史上無比の指導者と共に真の道を歩む国家には不満など存在しない。

この日、人民空軍総司令官・国家政治委員会第三委員、藤堂守空軍元帥の専用車はその特殊な道路を時速一〇〇キロ近いスピードを出して南へ進んでいた。

彼を後部座席に乗せて疾走している大型車は、要人達が好んで専用車とするヴォルガではない。国営自動車工場が、トヨタ・センチュリーをフルコピーして要人用に生産した〈北海〉だった。排気量七リッターのエンジンを搭載し、各部に戦車並の装甲を張った大型リムジンだ。三五ミリ機関砲弾さえストップ出来る防弾ガラスの張られた内側には、皮張りの座席に始まって緊急用指揮通信システムに至る内装が整えられている。

藤堂守元帥は、郊外の別荘地に向けて疾駆する〈北海〉の車窓から、夏を迎えた豊原の市街を眺めていた。

樺太は冬になると同じ通りの反対側にたどり着く事さえ困難な程の吹雪が吹き荒れる様な土地だったが、そうであるが故に夏は素晴らしかった。

遮光効果のある厚いガラスの塡められた車内からでさえ、短い夏の陽が降り注ぐ街並みの、暖かな空気が伝わってくる様に思われた。車内には冷房が効いていたが。

守は車窓から連れだって歩く娘達を見かけた。

何かを思い、彼女たちに意識を集中しようと考えた時、それは遥か後方の光景となっていた。要人専用道路を走る車はいかなる交通法規も適用されないからだ。

口元を微かに歪めてから視線を車内に戻した守は、副官を途中で帰した為に自分一人しか乗っていない後部座席を見回して何秒か視線を泳がせた。あえて略綬や勲章の類を付けていないライト・ブルーの制服の右ポケットからソヴィエト空軍の紋章が刻まれたシガレット・ケースを取り出し、純金製のそれからゴロワースを一本抜き出す。ケースと中身が釣り合っていない事は承知しているが、好みなので仕方がない。

煙草の一方をケースに打ち付けてそれを咥えた彼は、別のポケットからライターを取り出しながら半時間ほど前に首相官邸で交わされた会話の事を思った。

「問題は我々が孤立しつつあるという事だ」

定例の討議が終わった後で、国家経済会議議長は骸骨の様な顔を巡らせてそう言った。彼は、自らもその一人である国家政治委員会中央部会のメンバーを見回した。

委員会そのものは総勢四〇人で構成されているが、川宮父子を勘定に入れなければ最高意思決定機関と呼んで差し支えない中央部会に所属しているのは僅かに五人で、その全員が旧ロシア帝国風の内装が施された首相官邸中央会議室にいた。

「東南アジアにおける新社会主義経済圏構想は完全に破綻した。彼らは、日帝との関係悪化を恐れている。我々と双務的な関係を結んだ場合、東京から政府開発援助金が流れ込まなくなると思っているのだ。あの地域における日帝の経済的覇権はそれほど強大なのだ」

「提示した条件に問題があったのではないか?」

重工業推進計画委員会委員長がこれまでの発言者とは正反対の体形を揺らせて尋ねた。彼は国家政治委員会の副委員長である川宮哲夫と関係が深い。

「東京は、我々より良い条件を提示したのかもしれない」

「仮にそうだとするなら、どうにもならない」

国民生活運営委員会委員長が馬面を歪ませる様にして口を挟んだ。

「我々に示す事が出来る条件の中で、東京が不可能なものは軍事援助しかない。他は、全ての点において彼らが圧倒的な優位に立っている。いまや日帝は名実ともに世界第二位の大国なのだ。たとえ合衆国の政治的植民地であるとはいえ、現実はそれだ」

彼は吐き捨てる様にそう言った。中央部会唯一の実務官僚派とあらばその態度は当然だった。

「不快な現実だな」

経済会議議長が小さな声でいった。彼はこの部屋の中では中立派とでも言うべき位置にある。

「同志元帥、あなたはどう思う?」

「私に経済についての何が言えるだろうか」

藤堂は反語表現で応じた。何歳になっても子供の頃の常に楽しげな口調を忘れない弟とは反対に、彼の口調は若い頃のやや軽すぎるそれとは全く違う、重々しいものになっている。

「あなた方が経済的に難しいという判断を下しているの

ならば、私はそれを現実として受け入れるしかない。私の仕事は、多少質が異なっているのでね」

「経済問題とは軍事問題でもあるのだよ、元帥」

重工業推進計画委員会委員長が言った。彼は守を何とかして自陣営に引き込もうとしていた。


藤堂守元帥がいずれの派閥にも属していない事はこの部屋にいる者にとっての常識であり、最重要の内政問題でもあった。

政治の季節が豊原へと近づきつつあったからだ。

国民には隠されていたが、川宮首相の健康状態はあと一年も持ちそうには無いのだった。

その様な状況で、将兵と国民に絶大な人気を誇る空軍総司令官が派閥力学の中間地点にいるという現実は物騒極まりない。いざという時、両派共に軍事力を必要とするからだ。

彼らとて軍内部の各レベルに自派への忠誠を誓う将校を持っているが、それだけでは不安があった。一番安心出来る状況を作り出す最善の方策は、藤堂守を味方に付けてしまう事だった。

そうした状況を嫌い、一時期、彼を引退させてその後釜に自派に忠実な人物を据えようという工作も行われたが、いざという時、守ほど軍部をまとめられる人物が他に居ない事が明らかになり、工作は中止されていた。


「政治、経済、軍事は不可分だ」

守は太った男を見返して言った。

「それは承知している。私が言っているのは、あなた方の行う経済運営が最善の努力を払ってすら困難な局面を打開出来ないならば、こちらはそれを受け入れつつ体制の防衛と祖国の統一へ邁進するより他に方策がない――そういう事だ。私は、あなた方に全幅の信頼を置いている」

「経済に疎いという割には防空軍を合併した手際は見事だったな」

馬面の男が湿度のある口調で言った。

「あれこそ、国家の負担を軽減させた最高の経済活動だった」

「私は国家をより強力に防衛するための手法を講じたに過ぎない」

守は彼らが並んでいる黒檀の会議机、その表面を見つめて言った。

「兵力の効率的運用は指揮官たる者の使命だ。もちろんそこには経済的な原則も働く。しかし、だからといってそれが経済活動そのものとは言えない」

何の結論も出ないままに会議は解散した。

彼らがその最後に交わした内容はその本題ではなく、現状確認と呼ぶにふさわしいものであったから、結論が出ないのが当然であるかもしれなかった。会議の本題は、約一ヶ月後――八月一六日に行われる祖国解放式典についての討議だった。

赤い日本では、八月六日から一六日に至る期間を解放記念国民休暇として、宗教が否定された社会での盆としての機能を果たさせている。

「同志元帥」

会議室から出た守が、高官専用エントランス・ホールへと続く長い廊下を歩き出した時、会議中に一言も発言しなかった男が背後から声をかけた。

「少しばかりうかがってよろしいかな？」

「私に答えられる事であれば」

守は微かに首肯して小柄な質問者に応じた。

「先程の貴官の発言――」

度の強い眼鏡をかけた滝川国家保安省長官は、家の隙間から吹き込んでくる風の様な発音で言った。

「あれは、何を意味するものだろうか？　経済的現実を受け入れつつ体制防衛と祖国統一へ邁進する――それは、祖国統一工作基本準備案で言うと何に該当するのかね？　甲か、それとも乙か？」

「双方に該当する」

守は落ちついた口調で答えた。

「私は、人民共和国軍人は常に偉大な同志と人民の命令を直ちに実行する準備が出来ていなければならない、そう信じている。これで説明になっただろうか？」

「十分に」

小柄なサハリン・ホールの魔王はそう答えた。口元に笑みが浮かんでいる。この男にしては大変に珍しい事だった。

「私も、甲乙いずれの案が現実化されても適切に対応する準備を常に整えているつもりだ。貴官はいずれの可能性が高いと思う？」

「それは、私の様な立場の人間が考えて良い事ではない」

守は答えた。相手に合わせて、控えめな笑みを浮かべている。

「偉大な同志が人民と共に決定するべき問題だ」
「まさにそうだ。だが……私は、甲案が現実化する可能性が高いと考えている。無論、第三あるいは第四状況だがね」

赤い日本からアクションを起こす事で一つの日本の実現を図る祖国統一工作基本準備案・甲は、その発動されるべき状況と実行されるアクションを大きく四つに分類していた。それぞれ第一、第二、第三、第四状況と名付けられている。

第一状況は、日米安全保障条約が維持された状態における武力侵攻だった。

その最終目的は言うまでもなく留萌―釧路線以南の全日本領土を手に入れる事だったが、純軍事的には、北海道及び北方四島の完全占領を第一目的としていた。その中には反応兵器使用も含まれている。

第二状況は、日米安保が破棄された状態での武力侵攻計画だった。

達成すべき政治的・軍事的目的は第一状況と同様だが、反応兵器は使用されない。

第三状況は、日米安保が機能しており、なおかつ東京政権が不法に占拠した領土内で革命運動が発生した場合を想定していた。

この場合、軍事行動は最低限に抑えられ、人民軍は東京で新たな時代を宣言する筈の革命政権の要求に応じて行動を起こす事になる。この場合も反応兵器使用は考慮されるが、主に合衆国に対する交渉材料としての側面が強い。

最後の第四状況は、日米安保が機能していない状態を想定している他は、第三状況と同様だった。ただし、反応兵器使用は考慮されていない。

滝川NSD長官が第三あるいは第四状況を望んだのは当然だ。守はそう思った。第一、第二状況――つまり戦争において、NSDは主役とはなり得ないからだ。それは、川宮父子体制下で彼らに従いつつ権力強化に努めてきた滝川にとっては、極めて面白くない状況の筈だった。

「戦争を望む者は誰一人として存在しない。その筈だな、同志元帥？」

滝川は言った。笑みは消えている。

「そうだ。誰も望みはしない。同志長官」

守も笑みを消してそう答えた。

（あいつは俺の動きに気づいた事を知らせようとしたのだろうか）

流れ去ってゆく豊原の街並みに再び顔を向けた守はそれを思った。仮にそうだとするなら、滝川が自分へそれを知らせる事は奇妙に思えた。

守は煙草をもみ消しながら思った。

あるいは抑止効果を狙っているのかもしれない。

あの男を好いている人間はこの世に（いや、この世以外にも）存在しないが、彼が、職務に極めて熱心な愛国者だという点に疑いは無い。権力欲にした所で、ＮＳＤ長官という強大だが同時に危険でもある地位を守り続ける範疇に留まっている。

だとするなら……そうか、俺の計画に気づいてはいない。あれほどの愛国者ならば、その兆候を掴んだだけで俺の抹殺を図る筈だからだ。

おそらく、奴が話しかけてきたのは、現首相が死んだ後に必ず発生するであろう政治的混乱の際に、俺が軽々しく行動を起こさぬようにする為のブラフだ。

そこまで思って、守は微かな笑みを浮かべた。

その直後、リムジンが急に速度を落とし、前のめりになる様にして停止した。

守は傍らに取り付けられていたインターカムのスイッチを押して分厚い防弾ガラスで後席と遮られている運転手に尋ねた。

「交通事故です。しばらくお待ち下さい」

守は窓から外を眺めた。トラック同士が軽い接触事故を交差点の中央で起こしたため、専用車線でも停止せざるをえなかった様だった。人身事故ではない。運転手同士が激しく言い争っている。

専用車の運転手が間に入った事を確認した守は、視線を街路に向けた。

そこには、娘達がいた。

腕に巻いたスカーフからして、おそらく、人民解放記念革命大学の学生であるらしい娘達だった。

華美ではないが充分に明るい空気を発散するワンピース（この国の若い女性にとっての夏の制服の様なもの）を着ていた。本やノートをあまりデザインの良くないバッグに入れ、友人達と連れだって歩き、道路上の喧嘩を見て笑っている。

皆、頭が良さそうで、整った顔立ちの娘ばかりだった。

人民解放記念革命大学の女子学生は、エリート候補生であると同時に、異常な性欲の持ち主として知られる川宮哲夫のハーレム的な機能も持っていた。

もし仮に、守はそう思った。

もし仮に、俺があの愚劣な川宮王朝二代目の様に（年齢を無視する程の）旺盛な精力を持っていたら、彼女達をどう扱うだろうか。

食指を動かすだろうか。いや、無理だな。あり得ない。たとえ精力が有り余っていても、俺にはサーシャがいない。彼女がいなければ、俺は男としての機能を完全に発揮できない。

やはり、個人としての俺には何も残されていないのだ。コンドラチェンコと、彼の連れてきた元スペツナズの精鋭達を使って準備をしている計画を進める他は無い。俺は、この国に対する復讐を完結させねばならない。

守はかつて自分が射殺した八人と似た様な年格好の娘達を見つめ、思った。そうか。俺は、もしかしたら彼女達も死なせる事になるのか。藤堂守という人間はその様に生まれついているという事だな。

自虐的な思いにかられた彼は口元に歪んだ何かを浮かべた。滝川の言葉を思い出す。戦争を望む者は誰一人として存在しない……

ああ、その通りだよ同志。その通りだ。

だが、俺だけは例外だ。俺はこの国に対する復讐を完結させるため、戦争を望んでいる。

まあ、それを始めるのは首相官邸で寝たきりになっているあの男が死ぬまで待ってやるがな。

5 試験飛行

一九九三年一〇月二〇日
太平洋上空

チェイサーに指定された機体は、F15イーグル改から戦術戦闘関係の機材を全て取り外した特別仕様機だった。機体を軽くするために塗装さえ剝がしてしまい、チタンの地肌を鈍く銀色に輝かせている。

イーグルがこの様な姿になるのは日本では初めてだった。世界をそこに含めても、七〇年代、まだ量産に移行する以前まで遡らねばならない。

一九七五年、上昇率記録を塗り替えるために改造されたF15生産第一九号機〝ストリーク・イーグル〟は、ロシア人の戦闘機が造った上昇率記録を塗り替えるために、ノースダコタ州グランド・フォークス空軍基地を離陸し、それに成功したのだった。

だが、いま太平洋上を飛行している三菱製イーグル改造型の目的は記録競争にはない。その機体はあくまでも目撃者となるために改造されたのだった。

一部の飛行隊がＦＶ２へ機種改編した為、余剰となっていた機体をまず三菱が名古屋の工場で二次元ジェット・ノズルの信頼性向上テスト用に改造し、さらにそれをＮＡＳＤＡが借り受け、ありとあらゆる不要品を引き剝がし、その代わりに幾つかの記録・計測用機材を取り付けたという訳だった。

本来ならば、この日本版ストリーク・イーグルは、世界最速に近い速度性能を持っている筈だった。しかし、機体はチェイスすべき相手から音速を何倍にもした差を付けられて引き離されつつあり、パイロットは往路におけるこれ以上のチェイスは不可能だ、基地に帰還する、と嘉手納飛行管制センターへ報告せざるをえなかった。

滑らかな機体形状によって圧縮された大気は、速度がマッハ五を記録した時点で超音速ラムジェット推進による飛行を機体に許した。

セントラル・コンピュータがコクピットのディスプレイにそれを表示し、推進系切り替え中止の指示が無い事を確認すると同時にこれまで使用していた大気液《L》化燃《A》料サ《C》イ《E》クルを停止した。

だが、推力は失われなかった。

宇宙空間でロケットとして駆動するＬＡＣＥシステムの下部に取り付けられたスクラムジェットエンジンに、ジェット・ブラストの噴出速度と同じレベルでエアインテークから流れ込み圧縮された大気が存在していた。

セントラル・コンピュータはその大気の流入量をエアインテーク内に取り付けられたセンサーで計測すると、エンジン内部へ、機体冷却に使用された事によって完全に液体化したスラッシュ水素を吹き込んだ。そして、点火。

推進系切り替えによる衝撃は小さなものだと聞かされ、フライト・シミュレーターでもそうなっていたが、現実の機体でそれを体験するとやはり驚きを覚えた。現在の地球上で日本と合衆国だけが実物を造り上げる事の出来た強力なエンジンは、あまりにもスムーズに推進系の切り替えを行い、天空に向けての加速を継続した。震動はほとんど無い。

「現在、マイク・ゼロ・シックス。上昇中」

ヘルメット内に女性の声が響いた。本物ではない。合成音だ。

「機体の状況は？」

コクピット右側にある機長席に座った藤堂輝男一尉は尋ねた。

「現在、操縦系統異常無し」

「エンジン、一番より六番まで正常に噴射中。機体表面温度予想誤差範囲内」

副操縦士と航法機関士が相次いで報告した。

「スターシード・ゼロより嘉手納飛行管制、全て順調。機体とエンジンは音速の六倍で頑張っているが、コクピットはやる事がない。おく……いや、どうぞ」

輝男は遥か沖縄へ呼びかけた。

機体はすでにオーストラリア上空へさしかかりつつあるから、彼の放った電波は通信中継衛星を通じて嘉手納へ届いている筈だった。

本来は試験プログラムをこなす為にこんな場所まで飛んでくる必要など無いのだが、何事につけ宣伝に使わずにはいられないNASDAの方針とあっては仕方がない。NASDAは宇宙往還機の大気圏内速度試験を先進国に属する国の上空を通過して行う事に何らかの意義を見いだしている様だった。

僅かな間があって返答が届いた。

「嘉手納FCよりスターシード。了解した。こっちはお祭り騒ぎだ。早いところターンして戻って来ないと、パーティが終わっちまうぞ。どうぞ」

「わかったよ。なるべく急いで帰る。以上」

輝男は副操縦士の方を向いて軽く笑ってみせた。相手が微笑み返すのを見て頷く。機長だ副操縦士だとはいえ、今のところ彼らが行うべき仕事は余りない。速度はゆっくりと上げられているので、加速度の上昇によって体が重くなる様な事もない。マッハ二〇を出す準全速試験は、オーストラリア南方の洋上で一〇〇〇キロ近い旋回半径を描いた後に行う予定だった。

旋回開始までディスプレイの情報を眺める以外に仕事のない輝男は、しばらく前から勝手に機体を動かしている操縦桿とスロットルを呆れた様に眺めてから、右脇にあるパネルのボタンを操作して気になる情報を次々に表示していった。

鶴に似た外見を持つ白色の機体は、その表面を摩擦熱で焼きながら高度一五〇〇〇を南極へ向けて飛行していた。

液晶ディスプレイにフルカラーで表示される情報――特に熱処理関係のグラフやシンボルをチェックしながら輝男は思った。

　湾岸で四機も敵機を撃墜したにもかかわらず、俺が未だに一尉なのは一体何が原因なのだろうか。海自に所属している一部の人々を怒らせてしまった事は承知しているが、彼らが自分に怒りを感じた最大の理由は何だろう。

　やはり、栄えある母艦のファイター・パイロットという地位を放り出してNASDAの宇宙飛行プログラムに復帰してしまったからだろうか？

　あの時、海自は俺に合衆国海軍の空戦技訓練学校《トップ・ガン》への留学という条件まで出してそれを引き留めようとした。

　ファイター・パイロットならば誰でも憧れるトップ・ガンを断ったんじゃあ、怒るのも無理ないかもしれない。エースまであと一機という所までいった人間に、自分は戦闘機より宇宙船が好きですと言われたのでは彼らも立つ瀬が無い。彼らはトップ・ガンだけでは無く、他にもあれこれと餌をちらつかせた。藤堂一尉、我々は将来の母艦艦長、機動艦隊司令官を失いたくはないのだ。望むなら、君が以前参加していた装備実験隊のフライト・テスト班に戻っても良いぞ――うん、やはり、怒るのが当然という気がするな。

　そうでもないかな。

　やはり、もう一つの理由だろうか。でも、あれは俺が決めた事では無いし。

　合成音が警告した。

「旋回開始まであと三〇〇秒。準備手順開始」

　輝男は意識を切り替えると、左脇のパネルに手を伸ばした。二人の乗員に声をかける。

「マニュアルに切り替える。チェック？」

「チェック」

「チェック」

「操縦系、マニュアルへ切り替え」

　輝男は、それだけはあえてレバー式が採用されているスイッチを操作し、スティックとスロットルに手を添えた。

　機体は基本的に水平状態だったが、圧力センサーが、輝男の右手がスティックに加えた力を捉え、セントラル・コンピュータにそれを伝えた。彼の操縦上の癖をまだ十分に飲み込んでいないコンピュータはそれを操縦指示として解釈し、スラスター・コントロールへ伝達する。

　コントロールは、その運動が機体上面から見ると弓なりに近いカーヴを描いている主翼両端のスラスター・ハッチを〇・〇二秒開放する事で実現出来ると判断し、各部へ指示を出した。

　命令を受けた両端のスラスターが作動した。

　コントロールから届いた命令は大気中での噴射であったから、機体のあらゆる場所を通っている冷却パイプから僅かな冷却剤兼燃料の水素を取り出し、点火して噴射させる際に、そのすぐそばに設けられているスラスター用酸化剤を使用する必要はなかった。

　次の瞬間、ほんの一瞬だけ主翼の両端に青白い炎が灯り、機体の角度が僅かに変化した。ディスプレイに、満載時で約四〇〇トン、残量二六〇トンのシャーベット《スラッシュ》状水素（あるいは液体水素）から、エンジンによる加速時消費を何グラムか上回る消費があった事を教える表示が出た。

「操縦性が良いなぁ」

　輝男はとぼけた声で言った。

「微妙すぎる気もしないじゃないが」

　彼は、大気圏内での運動まで全てスラスターで行うこの機体の特徴について、多少の疑いを持っていた。もちろん、なるべく可動部を減らしたいという開発チームの意図は了解していたけれども、何も地球にいる間から宇宙船にしなくても、と感じていたのだ。

「こちらの操作特性についてまだ充分なだけメモリに貯め込んでないから」

　副操縦士が言った。彼は空自の出身だった。

「ま、一号機用のメモリはシミュレーター段階から使用されるって言いますから、マシになるでしょう」

「それを願っちゃうな」

　合成音。

「旋回開始まで一〇秒」

　ＨＵＤ――と言うより、コクピットの窓に直接情報を表示するタイプのディスプレイがゼロを表示した瞬間、輝男は戦闘機のそれに似たスティックを僅かに操作した。

　彼の指示に従って再びスラスターが作動し、青白い炎を機体のあちこちで点滅させた。機体が持つエネルギーをなるべく損失させないで、パイロットの指示に合致する姿勢をとろうとしての噴射だ。

　かつて部内で〈プロメテウス〉と呼ばれた全長七〇メートル近い機体は、純白の耐熱皮膜に覆われた美しい姿を右側に傾斜させ、半径の大きな旋回に入った。

　いまのところ、想定温度より極端に高い数値を示している部分は無い。燃料である溶けかかった掻き氷の様な水素を機体各部へ循環させて冷却材として使用する事で、もっとも厄介な熱処理という問題を解決したシステムは完璧に作動していた。

輝男は思った。マッハ七で大旋回か。悪くは無いぞ。スラスターによる姿勢制御はうまくいっている。何事も熱の冷まし方が肝心だという事か。

とはいえ、輝男が海自の一部を怒り狂わせたもう一つの原因については、どうやって冷ませば良いものか見当も付かなかった。なぜならばそれは、単に一人のパイロットが海自の面子を潰したというに留まらない問題であったからだ。

美咲が退官を申し出ると言い出した時、一番慌てたのは輝男だった。

彼はその時まで、彼女が自分と一緒になった後も仕事を続けるものだとばかり思いこんでいた。海将補の女房を持つ、二佐で定年待ちのパイロットというのも面白い、勝手にそう考えていたのだった。

妻の方が夫よりも階級が上というケースは、隊員同士の結婚ではたまにある例だ。民間企業に置き換えると、専務役員の妻を持つ高卒の営業課長という事になるのだが、輝男は高校時代のアルバイト以外、一般社会で働いた経験は無かったから、それほど妙には思わなかった。

だが、土井美咲三佐の考え方は彼とは異なっていた。彼女は他人の思惑で自分の将来を決められる事を嫌っていた。それが彼女の孤独を崩す事になるからだ。そして同時に、孤独と背反する要素として家族を求めてもいた。

藤堂輝男一尉は彼女の対立した精神的要求の中に抵抗無く入り込んできた最初の存在だった。

となれば、美咲の達成すべき目的はこの男を自分の傍らに（精神的に）留まらせ続ける事だった。

藤堂という姓への変更を行うにあたって、彼女が退官を決意した理由はそれだった。退官だけが他人によって自分の人生を決定されるという忌むべき現在からの脱出法であり、また内心の一部が求めてやまない家族を得る唯一の方法だった。

未来の大艦隊よりどうという事はない家庭の実質的支配者の地位を選ぶ――美咲が下したこの決定は輝男の次に海幕内部へ混乱を巻き起こした。

彼らは土井美咲という有能な女性幹部に肩入れをしすぎていた為、彼女がいなくなった場合、女性提督誕生のシナリオがどれだけ狂うかを忘れていた——悪くすると一〇年は遅れそうだった。慰留と事情の調査が行われ、原因は海自を〝裏切った〟藤堂輝男である事が判明した。

　こうして、個人的なものであった筈の新たな藤堂家の誕生は半ば政治的問題になった。

　そのたどり着いた先が、空の英雄と言って良い輝男の昇進見送りという報復措置——功績の割には出世の遅い当人は、現実の一部をその様に解釈しており、またそれは事実からそれほど遠くはない現実認識でもあった。

　だからと言って、その点について彼が妻となった女性に含む所を持っている訳ではない。

　美咲はかつて任務に対して示していたのと同じ姿勢で家庭を成立させようとしており、父に似て依存心の強い部分がある輝男にとって、それは結構な環境と言うべきだった。

　いつの日か、その完全主義が原因で彼女が疲労の限界点に達する瞬間が到来するだろうが……今は、好きにさせておく方が良い。後の事は後の事。全ては日常という時間の積み重ねが解決してくれる筈だ、彼はそう思っている。

　ここまで来ると、操縦桿を握っていない状況における輝男の依存心の強さも筋金入りと言うべきだったが、母親から過剰なまでの愛情を注がれて育った彼にはある種の精神的コンプレックスが存在しており、であるからこそ、美咲の様な異常に緊張した人間を妻に望んだのかも知れなかった。

　少なくとも今の彼は、自ら完璧を望む妻があり、可愛い盛りの長女がおり、いつか自分を別の世界へ乗せて行く筈の機体があった。誰にでも付き物の不安は持っていたが、不満を感じる事などある筈もなかった。つまり彼はこう考えていたのである。

　あの高みに昇る事が出来るのならば、昇進が何だというのだ。


　旋回から二〇分が過ぎた頃、嘉手納から通信が入った。現在、〈プロメテウス〉——宇宙往還プロトタイプの0号機は硫黄島へ向かうコース上にある。

「嘉手納FCよりスターシード。参考までに言っておくが、君達は現在——」

「知ってるよ、嘉手納」

　輝男は答えた。

「現在の速度はマイク・ツー・ゼロ・プラス。航空機としては前人未到だ」

「スターシード、それなら良いんだ。一応言っておこうと思ってね。ああ、それからこっちには〝先生〟の未亡人がみえている」

「そうか」

輝男は答えた。「先生」とは、湾岸へ行く前、初めて宇宙飛行士訓練プログラムに参加した時、話を交わした事があった。

そう言えば、あの時、なぜ自分が彼の指名に近い形で選ばれたのか聞き逃したな。残念な事だ。「先生」が、湾岸戦争中の実験事故で亡くならなければ……仕方の無い事だ。この機体の主エンジン、ＳＪ／Ｌ／ＴＥ７Ａが地上噴射実験で爆発しなければ、欠点は明らかにならなかったのだから。

うん。あの「先生」の事だ。どこか空の上にある場所からこの飛行を見て、あれこれ文句を付けているに違いない。それにしても、先生が言っていた、今度はまともな機体に乗せてあげる、という言葉は何を意味していたのだろう。

「面識はないが、未亡人に、エンジンは完璧に動いていると御伝えしてくれ」

輝男は言った。

「出来る事なら、このまま宇宙へ行っちまいたいぐらいだ、と。謙譲表現に直してくれよ」

「こっちも許可を出したいよ……嘉手納ＦＣ、了解」

ＮＡＳＤＡの宇宙往還機第一回大気圏内準全速試験飛行は成功裡に終了した。

一ヶ月後、日本の試験成功に危機を感じた議会からの圧力を受けた合衆国航空宇宙局は、彼らの往還機――Ｘ30による大気圏内全速発揮試験を実施した。

北米大陸上空で三基のスクラムジェットエンジンと一基のロケットエンジンを全開にしたＸ30は、工作段階のミスが累積して発生した致命的な故障により操縦不能に陥った。

機体はマッハ二〇前後の速度で地上へと突き進み、カンサス州カンサス・シティに落下、そこにクレーターを造ると同時に、七八二五名の市民を吹き飛ばして砕け散った。

事故の翌日、クリントン大統領はＸ30計画の企画見直しを発表した。この決定はチャールズ・シェフィールド博士等を中心とする開発グループの引責辞任にまで発展、合衆国の次期宇宙計画は完全な停滞状態に陥った。

6 視察

一九九三年一〇月二八日
気屯《けとん》西方二五キロ、樺太

裂帛《れっぱく》の号令が冷たい空気を引き裂くようにして響き渡り、その場にいた将兵に気を付けの姿勢をとらせた。彼らは壇上の人物に礼を行い、それを受けた人物はどこかしまりのない答礼を行ってそこを降りていった。

二〇〇〇名近い兵士達に解散の号令がかかったのは、壇上にあったやや肥満気味の人物が、高級将校達の案内を受け、分厚いベトンで固められた半地下式の本部建物内へ消えてからの事だった。

本郷洋一大佐は感激に胸を震わせていた。

彼がこの実験施設の司令に就任してから約一年だが、これ程の要人がここを訪問してきたのは初めての事だった。熱心で純粋なコミュニスト軍人として、これ程の喜びはなかった。

約一〇年前のあの日、特別命令によって傍若無人極まりない日帝の戦闘機を撃墜してから、本郷の人生には様々な変化があった。

偉大な任務を果たしたにもかかわらず、当初、政府と党――そして偉大な川宮同志が行った仕打ちは訳の分からないものだった。

本郷は北海道での任務を解任され、そこに行くならばホールの方がまだまし、と言われていたソヴィエト国境地帯のレーダー・サイト警備を命じられた。

その時、正直言って本郷は党の仕打ちを恨みに思ったものだが、今では自分がその様な考えを抱いた事を恥ずかしく思っている。

全ては、報復を企んでいる筈の東京反動勢力から自分の身を守るための温情的な措置であった事がわかったからだ。

そうでなければ、地の果てでの二年の勤務の後、防空軍の空軍への吸収と相前後して発足した戦略打撃軍への転籍や、思いがけない昇進といった変化が自分の身に訪れる筈もなかった。

今、彼は感激で胸を一杯にしながら、この実験施設の視察に訪れた重要人物をあちこちに案内している。人民の求めている軍人らしい、威厳と自己規制に満ちた態度で、豊原から訪れた国家政治委員会副委員長、川宮哲夫同志に接していた。以前、ある筋から、自分に対してあれこれと配慮をしてくれた人物はこの偉大な、敬愛すべき若き指導者である事を教えられていた。

「現在発射可能な状態にある〈人民〉三号は本施設全体で二五発です」

発射管制室へ川宮同志を案内した本郷大佐は、そこにいた将校に命じてCRTディスプレイに発射施設の様々な映像を表示させながら言った。

「この他に、約四〇発が組立と専門家による検査を待っております」

「反応弾頭搭載型は何発ですかな？」

眼鏡をかけた丸い顔に笑みを浮かべながら、川宮同志が質問した。

「それは」

本郷大佐は口ごもった。

「それは、軍機でありまして」

「貴官の職務に対する熱心さは良く承知していますよ」

川宮同志は親しげに本郷大佐の肩を叩いた。

「しかし、同志大佐、貴方は忘れておられる。私は政治委員会の人間であると同時に、貴方が所属する戦略打撃軍の総司令官でもある」

「し、失礼しました！」

本郷大佐は、恥じらいと感激に身を震わせながら川宮同志に敬礼した。

「二〇キロトン反応弾頭を搭載した〈人民〉三号は、五発あります！」

「発射施設はどこに設けてありますか？」

「はッ、当施設北方の丘陵地帯であります。そこで、完璧な偽装を施し地下サイロ内に収容されております」

「このモニターでそれを見る事が出来るかね？」

「無論、可能であります」

本郷は当直将校に命じて映像を切り替えさせ、モニターの故障していない発射サイロ内の映像をディスプレイへ出した。

ロシア人のＳＳ20――ＲＳＤ10〈ピオニール〉中距離弾道弾を原型として開発された〈人民〉三号ミサイルは、サイロの中にそのスマートな姿を隠していた。一見して凶悪かつ純粋、そして優美な様でいて、この世で最後の男根願望を満たす力強い象徴の様にも思われた。

本郷大佐が管理するこの施設には、三〇個近い同型のサイロがあり、その大半に反応弾頭型、細菌弾頭型、化学弾頭型、通常爆薬型のいずれかを装備した〈人民〉三号が二五発収められている。

今のところ空である残り五個のサイロにも、近日中に四タイプの弾頭のうちどれかを装備した統一兵器〈人民〉三号が運び込まれる事になっていた。

現在の状況は、反応弾頭型五発、細菌弾頭型三発、化学弾頭型一〇発、通常弾頭型七発だった。

細菌及び化学弾頭は発射前に充塡作業を行う設計になっていたから、本当に実働状態にあるものは反応弾頭型と通常弾頭型……合計一二発だ。

もちろん本郷大佐には、その様な〝些細な〟事実を敬愛すべき若き指導者に伝えるつもりはなかった。川宮哲夫同志を落胆させる事は本郷にとって完全な罪悪であるからだ。

「このミサイルによって攻撃可能範囲に入るのは?」

「約一八〇〇キロの距離内ならばどこでも」

本郷大佐は答えた。

「東京は完全に攻撃範囲であります」

〈人民〉三号の原型となったのは、RSD10の中射程試験型RSD10-Dで、射程は約一五〇〇キロだった。予算等々の関係から大射程ミサイル関連技術に遅れのあった赤い日本は、射程五〇〇〇キロのRSD10-Bに関する技術供与をまだ存在していたソヴィエトに求めた。だが、七〇年代に反応技術を供与した結果、勝手に反応兵器を造られてしまった過去の例に懲りていたソヴィエトは、西側で恐怖の的になっていた「本物」は渡さず、サシャリガンの倉庫に死蔵されていたD型を渡したのだった。〈人民〉三号はそれを幾らか改造したものだ。

「頼もしい話ですな、同志大佐」

川宮同志は満面に笑みを浮かべて言った。

「次は是非とも、あの京都という古代からの害悪に汚れた街を攻撃できるものを完成させてください。それから、戦略打撃軍総司令部に、貴官が任務に対して払っている努力とその能力は少将に値するものだと伝えておきます」

本郷は泣きださんばかりの感激に身を震わせつつ、つくりの長い顔をひきつらせ、偉大なる若き指導者に対して敬礼した。

「はい、必ずや御期待におこたえします、偉大なる若き指導者同志!」

「どうなのだ、あの男は？」

実験施設から飛び立った専用ＭＩＬ８ヘリの機内で、ヘルメットに付けられたインターカムのスイッチを入れた川宮哲夫は尋ねた。太っていると言うより、不健康という表現の適当な表情に、爬虫類にも似た何かが浮かび上がっている。

「無能ですが、体制への忠誠心に疑いはありません」

高い額を持った秘書官が答えた。

「私が尋ねているのは、そうした段階の忠誠心ではない」

川宮は言った。

「もっと高い次元のものだ」

かつてモスクワ大学で独裁者の心理について学んだ事のある秘書官は、微かに身を震わせて若き指導者（とは言っても五三歳だが）の求めている返答を口に出した。

「若き指導者、彼の貴方に対する忠誠心には一点の曇りもありません」

「たとえ反応弾頭型ミサイルの発射命令でもか？」

「たとえ反応弾頭型ミサイルの発射命令でも、です」

「ならば、良い」

川宮哲夫は満足そうに頷いた。

父の死が間近に迫っている現況において、あの実験施設に存在している反応弾頭は、自分の将来を確実なものとする最も大きなエレメントだった。

彼は言った。

「あの愚か者を少将に進級させて、さらに完璧を期する事にしよう」

7　老人

一九九三年一二月二〇日
東京

前日から関東地方を包み込んでいる寒気は厳しさを増しており、気象庁は、夜には雪になる可能性が高いという予報を出していた。もしそれが正しければ、関東では、この冬の初雪となる。

鹿内は暖房の効いた病室から空を見上げた。

そこは水素と酸素をたっぷりと含んだ鉛色の物質が低くたれ込めていた。見ているだけで、自分の着ている着古した背広の襟を立てたくなりそうだった。この個室を使用している主はまだ検査から戻っていなかった。

確かに、雪になるのかもしれない、鹿内はそう思った。

罵りを漏らすかの様に口元を歪める。彼にしてみれば、死んだ方がまだましな天気なのだ。

彼は疲れていた。大体、今日は年末が近づくにつれ忙しさを増す官僚的な業務のピークというべき一日だった。

定期連絡会議、事務処理、世界のあちこちにいる〝資産〟達への〈御年玉〉配布計画のチェック――あれや、これや。毎年感じる事だが、あるレベル以上の官僚達が天下りを当然と考えている理由がわかる様な気がした。

鹿内がトウキョウ・フーチで所属している部署は通常の事務処理に余り関わらなくて良い所だが、そうした部署でも、年末になると目が回る程の忙しさになる。

いやいや、そればかりでもないか。鹿内はレンズの奥にある細い目を何度かしばたいて思った。

官僚達が不必要なまでに忙しさを好む理由は、それが彼らの存在意義であるからなのだ。

彼らは書類と接待の中で仕事を行う。

自分の様に、真夜中、月のない留萌―釧路線の手前で、必ず脱出してくる筈の男女を待って夜を明かしたりはしない。

目の前で僅かな期待が（文字どおり）打ち砕かれる様な現実を目撃する事はない。


鹿内は、八〇年代の半ばまで自分の担当であった〈雷鳥〉調査計画を思い出した。

語源は知らないが、〈向こう側〉からこちらへ情報工作がらみで脱出してくる人々を〝出迎える〟任務はそう呼ばれていた。日本政府は〈向こう側〉を国家として認めていないから、亡命という言葉は絶対に使用されなかった。

公式には文部省あたりの動物保護業務という事になっているそれを、部内では滅多に正式名では呼ばない。大抵はサンダーバードあるいはＴＢと呼ばれていた。

常任のメンバーは五人。最初、鹿内はＴＢ５――後方での管理業務を担当していたが、そのうち自ら望んでＴＢ１の任に就いた。場合によっては〈向こう側〉への潜入すら行う事前調査任務だ。

前任のＴＢ１（土井という名だった）が〝事故死〟して以来、空席になっていたその任務を、鹿内は後藤田前ＳＲＩ長官の許可を受け、あやしげな長官直属秘書官の役職と兼務したのだった。

かつて、あの不自然な国境で目撃した光景を鹿内は忘れる事が出来なかった。そう言えば、サンダーバード調査計画が行われた晩は、大抵、今日の様な天気だった気がした。

もう大丈夫、そう思いかけたところで、突然わきおこる拡声器の響き。

そして、軍用車の荷台に積まれた檻から解き放たれるジャーマン・シェパードの鳴き声。

照射されるサーチライト。

うなりを上げる重機関銃やＡＫ47。

そして、時たま聞こえる事もある悲鳴。そこには子供の泣き声も混じっている。

ドイツとは異なり、日本の脱出者——亡命者は家族を必ず連れてくるからだ。逃げ遅れる可能性が高くなるぞとどれほど警告しても、家族を見捨てる者は滅多にいない。このため、〝調査計画〟が成功する確率は半々という所だった。

鹿内がＴＢ1を務めている期間、それは三五回行われている。

荒い息を吐いている昨日までの人民赤軍大佐や、虚脱した様になっているその妻、彼の事を怪物でもあるかの様に見つめる子供達——そんな人々を彼が出迎える事が出来たのは、そのうち一八回だった。

この一八回という成功例について、部内の者達は鹿内さん、あんたは立派なＴＢ1だ、そう評価してくれた。

だが、彼が納得出来た訳ではない。それは彼に、あんたは少なくとも一七人の人間を殺したんだよ、そう言っているのと同じであったからだ。

自分の仕事にはどんな意味があるのだろう、その頃の鹿内は、ある意味で青臭いそんな疑問を抱いていた。

調査計画に関わっている者が、やがて使命感の固まりの様な人間へと変化してしまう理由がそれだった。

鹿内の様な男達は、本質的に薄汚れている自分達にも何かが出来る事を証明するため、工作担当官の立場を忘れ、善意に満ちた救助者になってしまう。サハリン・ホールと人民軍の追及を逃れてこちら側へやってくる疲れはてた家族。彼らを様々な飲み物や食べ物が揃えられたＳＲＩの偽装ワゴンへ招き入れる瞬間の喜びが、ＴＢ達にとり何よりも貴重なものとなってゆくのだ。

鹿内がＴＢ1を四年程で外された理由はそれだった。

脱出させるべき人物がサハリン・ホールに捕らえられた事を知って独断で行動を起こし、その家族だけを〈向こう側〉から連れ出したからだった。

それを行った理由は唯一つ。彼が、ホールで拷問死したその人民赤軍少佐と個人的な約束を交わしていたからだ。

鹿内は引退間際だった後藤田長官の直接命令でＴＢ１の任を解かれた。

後藤田は、やはり彼の腹心であった鹿内の前任者が〝事故死〟した原因が、工作担当官から救助者になった為である事を忘れてはいなかった。

ＳＲＩは官僚組織としての様々な致命的欠陥を持っていたが、同じ失敗を繰り返す事で身内を失う事はその中に含まれていないのだった。


鹿内は鉛色の空を睨み付けていた。かつて国境で聞いた様々な音、そして、目撃した情景。

官僚達はそんな現実が存在している事すら知るまい。長くても一分は続かない脱出行。ほんの僅かな差で運命が一八〇度変わってしまう人々。

どちらかと言えば容共的な世代の出身である鹿内が、〈向こう側〉を憎む様になった理由はそうした現実に触れた結果だった。

弾丸を受けながら子供を抱えて駆けてくる脱出者。

彼は、鹿内へ幼女を放り投げる様にして渡すと、最後の七・六二ミリ弾を食らって絶命した。

父母が射殺された事が理解出来ず、〈向こう側〉へ駆け戻ろうとする幼女。

鹿内が抱き締める様にしてそれを押し止めると、彼女は、鹿内によって両親が殺されたかの様に泣きわめき、幼い拳を振るって彼を殴りつけた。彼にはそれを止める事は出来ない。なぜなら、部分的には真実であるからだ。

忘れる事など出来る筈もなかった。

諸外国の同業者から、鹿内がトウキョウ・フーチで最も危険な男と見なされる様になったのはその経験故だった。


背後から車椅子に座った老人が声をかけた。

「済まない、待たせてしまった様だな」

「お久しぶりです」

鹿内は後藤田正晴に軽く頭を下げ、彼が車椅子を押してきた看護婦にあれこれと言われながらベッドに入るのを待った。

病院という場所は、病人をより病人らしくしてしまうために存在しているのではないか、鹿内にはそう思える事があった。これでは、看護婦がオーヴァーワークの連続になってしまうのも当然だ。

「奥様は？」

看護婦が扉を閉めるの待ってから鹿内は尋ねた。

「今日は帰らせた。付き添いぐらい残すと頑張っておったんだが、なに、今の私は重要人物などではない。ただの心臓の調子がおかしい年寄りだ」

鹿内は複雑な表情を浮かべると、雪になりますかね、と言った。

後藤田は面白そうに言った。

「岸田君とはうまくいっておらんらしいな」

「私は、貴方の下で楽しくやり過ぎた様です」

「カーテンを閉めてくれ。その方が話しやすい」

鹿内はそれに従うと、掃除は済んでいます、と言う。後藤田のいない間に、病室はＳＲＩ盗聴防止班の手でチェックされたという事だ。

突然、後藤田は本題に入った。

「記録にはないが、〈向こう側〉上層部にこちらの資産が一人いる」

「事実だとしたら面白いですね」

「あまりに大物過ぎるために、公式には扱えないのだ。こちら側に、それを知っている人間は五人といない」

「なぜ岸田長官に話さないのです？」

「彼が〈向こう側〉へ送り込まれたのは一九四五年から五〇年の間だ。いや、元から〈向こう側〉にいた人間なのかもしれない――何か意見があるのか？」

「きちんと聞いていますよ」

「今となっては、誰が〝資産〟にしたのかも良くわからん。ＧＨＱ――占領軍のだぞ――のＧ２じゃないかという話もあった。身元の偽装を行うにあたっては、キャノン機関が関わったという噂が流れた事もあったからな」

「キャノン機関とは。ずいぶんと荒っぽい偽装工作をしたに違いありませんね。大森実が聞いたら喜びそうだ」

「せめてジョン・ガンサーと言ってくれ」

「世代の違いです」

「彼が我々へ伝えてきた情報は常に正確で、的確だった。だからこそ、公的レベルの秘密ではなく、私的レベルでのそれとなった」

「誰なんです、その人物は」

「ＧＧ」

「コードネームですか？　ゴルフ・ゴルフ？」

「いや、ただのＧＧだ。ま、私は優しい大男の意味だと思っているがね」

「で、その大男は誰なのです」

「わからん」

「？」

鹿内は眉をひそめた。

「正確で、的確な情報を送ってくる大物の名がわからない？　どういう事です？」

「意図的にそうされた形跡がある。戦後一時期、旧軍特務機関系の連中が占領軍と組んで動いた時に、日本側が隠蔽してしまったらしい。将来の情報戦争における優位を獲得するために。

私も君と同じ年の頃に中野学校に関わっていた人物から教えられたのだ。その時、すでに正体は分からなくなっていた」

元ＳＲＩ長官は、出来の悪い台本でも読んでいる様な口調だった。

先程から病室の床に宇宙の神秘を発見でもしたかの様な姿勢をとっていた鹿内は、それを聞いて顔を上げ、異端審問官に似たさわやかさで尋ねた。

「だが、貴方は知っている」

「ああ、知っている」

「誰なんです」

「君と付きあいの深い男だ」

「私は性差別論者ですよ」

「ＮＳＤ長官、滝川源太郎だ」

「確かに、深くて長い付きあいではありますね」

皮肉に属する類の真相を伝えられた鹿内は、予期せぬ相手から妊娠を告げられた男の様な表情と声だった。

「私にどうしろと？」

「ＧＧを君の〝資産〟にしろ」

「分不相応じゃありませんか？」

「彼が一番最近送ってきた報告は、一年以内に二つの日本の間で戦争が始まる可能性を指摘していた」

「現首相が死ぬことで？」

「政治家という動物は」

後藤田は、別の世界でそれを経験でもしたかの様に断定的に言った。

「跡目争いの際にその本能をむき出しにする。戦争の直接的原因というやつだな」

「間接的には？」

「〈向こう側〉の経済はあと一〇年持たない、というあれだよ」

「それならば納得出来ます」

鹿内は頷いた。

「迫り来る戦争、ですか。もう一度うかがいますが、私はどうしたら良いのです?」

「GGは、自分に戦争を止める気は無い、そう伝えてきた。いや、戦争を起こしたがっている様な内容だったな」

「なんて奴だ」

「そうでもないぞ。日本はそろそろ一つになっても良い頃だ。たとえ〈向こう側〉の〝日本人〟の大半がロシア人やシベリア少数民族と混ざっていてもな」

「二〇〇〇万の二級市民、そうなりますよ。レイシズムは人間が持つ根元的な欠陥です。ドイツがそれを証明しています。世界の大半は、自分がドイツ人では無いが故にその事実に気づいていないだけで」

「ソヴィエトが無くなった後になって、一億人が昨今の流行ではない真の道へと歩み出すより良いだろうよ」

鹿内は諦めた様に首を振った。

「彼は何をしてくれるのです」

「戦争が始まり、決定的な段階に達する瞬間を待って、行動を起こす、そう言っている」

「そこまで話が決まっているなら、なぜ私が?」

「〈向こう側〉が必ず戦争を仕掛けたくなる様にしてくれ」

「それ程の権力は持っていません」

「〈向こう側〉がどれだけのプルトニウムを保有しているか、その情報を握りつぶすぐらいは出来るだろう。モスクワの友達にそう言えば良い」

「ひどい話だ」

「現首相――我々の、だぞ――は真実を知れば戦争を阻止しようとする。そしておそらく、幾らか譲歩を示す事でそれに成功する。あれは見栄っ張りなだけの人間だからな。

とにかく、こちら側の避戦方針そのものが、〈向こう側〉の開戦方針を挫く事になってしまうからだ。君はなるべく誤った情報を流し続け、こちらの対応を混乱させるのだ。たとえ〈向こう側〉が、これ以上プルトニウムを生産出来る状態ではなくても生産出来ると報告し、一〇年以内に我々の防空組織では対抗出来なくなると信じさせ――」

「そして戦争を引き起こす」

「私は自分の世代の犯した過ちを後の世代に背負わせる事が気に入らないのだ」

「〝後の世代〟にとっては、いい迷惑ですよ」

「その通りだ。だが、君は〈向こう側〉を憎んでいるのだろう？」

「下手をすると一〇万単位の死者が出ます」

「いいではないか。君は二〇〇〇万人にとってのＴＢになるのだ」

「ひどい話だ」

鹿内はもう一度そう言い、ベッドの端にかけておいたコートをとって、子供達へのクリスマス・プレゼントの予約をしなければならないので、と言った。

「娘さんと息子さんが一人ずつだったな？　大きくなったろうな」

「息子は小学一年です。娘は今度中学で——ここ数年で、ようやく私を完全に父親と認めてくれました。遠慮無く小遣いをせびります」

「苦労しているな」

「あれの本当の父親との約束でしたからね。彼がサハリン・ホールにいた頃は、憎むべき男だと思っていたのですが」

鹿内はつかの間の笑みを見せてそう言い、最後にもう一度だけうかがいます。なぜ私なんですか、と言った。

「簡単さ」

後藤田は善人には決して見えない顔に何かを貼り付かせて答えた。

「私は死にかけており、君が選んだ仕事とはそうしたものであるからだ」

「人生とは驚きに満ちたものなのですね」

「その通りだ。驚きに満ちている。産道を潜りぬける時に最初の驚きを味わい、脳か心臓がその活動を止める時に最後の驚きを発見し、死ぬ」

後藤田は手を軽く振って言った。

「悪いな、帰る前にカーテンを開けていってくれ。私は初雪が見たいのだ」

8　演習

函館上空、北海道
一九九四年四月二〇日

平時における自衛隊の演習には、常に社会的な意味での困難さが付きまとう。

陸上自衛隊においてはそれが特に極端なきらいがあった。理由は全く皮肉なもので、彼らが守っている側の日本があまりにも発展しすぎたからだった。国中、必ずどこかに人が住んでおり、長射程化・大威力化の道を突き進む兵器を用いた部隊演習がほとんど不可能になっていた。素人には広大に思える演習場だが、現実に射程三〇キロに及ぶ火砲の射撃を許す様な奥行きのある所は存在しない。それどころか、大抵は、大隊レベルの行動すらままならない場所の方が多い。

　北海道は、そうした制限が幾らか緩むという点で例外的な地域だ。

　その最大の理由は明日にも戦場になるかもしれない、という現実認識がこの土地の住民にあるため。第二は、その現実の影響により、人口密度が（日本にしては）極端に低いためだった。さすがに札幌や函館等の周辺は難しかったが、他の地域では比較的大きな演習を行う事が出来た。陸自が北海道へ七個師団のうち五個師団を展開している理由は、必ずしもそこが未来の戦場であるばかりでは無いという事だ。

　とはいえ、問題が存在しない訳ではない。

　確かに北海道は大規模な演習が許容される土地ではあったが、同時に、その北部に二二個師団に及ぶ敵対兵力の展開する場所でもあった。このため、大規模な演習が行われる際は、〈向こう側〉がそれにどの様な反応を示しているのか、常に監視を行っている必要があった。

　無論、それを陸自だけで行う事は不可能だった。〈向こう側〉の動向を摑むには、空自の運用する偵察衛星やAWACS、海自の対潜監視が不可欠だった。七〇年代あたりまで目標も想定も異なっていた三自衛隊の有事計画が、統一されたもの――〈統合緊急侵攻対処計画《JOINRAP》Q〉となっていったのは、演習時に必要とされるそうした連携行動がもたらした大きなプラス要素だった。

　この日、航空自衛隊小松基地に展開する第一二八空中警戒管制飛行隊のE５Cが函館上空を飛行していた理由は、苫小牧《とまこまい》から恵庭《えにわ》にかけての広い地域で師団演習を行っている第七機甲師団の支援だった。北海道には、

　第一一師団（司令部　札幌）

　第二機甲師団（司令部　赤平）

　第五機甲師団（司令部　帯広）

――の三個師団が遅滞防御部隊として留萌―釧路線の防御を担当している。千歳に司令部を置く第七機甲師団と、

　第一〇師団（司令部　苫小牧）

は、反撃あるいは機動防御用の戦略予備兵力だった。北部方面隊の主力を構成するこれら五個師団は、同時に陸上自衛隊の主力でもあった。

陸自にはこの他に第一師団と第八師団の二個しか師団級戦力は存在せず、その二個師団は共に大幅な定数割れを起こしているからだった。

実際、これらの師団は有事の際、丸ごと北海道へ送り込まれる予定はなかった。普通科の場合、他の四個大隊を紙の上だけでの戦力にする事で維持されている師団あたり二個の集成大隊――完全編成大隊を、北部方面隊の直轄予備として送り込む計画だった。他の四個大隊は、予備役を召集し、対ゲリラ戦や治安維持に用いる事になる。他の地域から北海道へ送り込まれる部隊は、長官直轄部隊を根こそぎかき集めても一個師団に達しない兵力だった。

その点について陸自は、国後に駐留している合衆国第三海兵師団、そしてそこに停泊している装備事前集積船《POMCUS》によって三日以内に戦闘可能となる合衆国本土からの増援、第24機械化歩兵師団に期待していた。もっとも、後者の方で即時戦闘参加が可能な兵力は一個旅団だけだったが。

ちなみに、陸自の機甲師団とはかつての甲タイプ師団が改変されたもので、総人員二二〇〇〇名、戦闘装甲車輛八〇〇輛、火砲二〇〇門近くを備えている。

これに対し、かつての乙師団である「師団」は、総人員一八〇〇〇、戦闘装甲車輛六〇〇、火砲二〇〇門という陣容だった。

ただし、かつて乙師団だった第五師団は、師団改編の際の例外的な扱いを受けた。その担当戦域となる根釧原野付近が、機甲戦闘に向いていると判断された為、甲師団だった第八師団に乙師団扱いの改編・部隊の引き抜きを行う事で、第五機甲師団へと生まれ変わっている。

「連中、かなり血圧を上げていますね」

E5早期警戒管制機の胴体内に操縦席と同じ向きで配された一二個のコンソールの一つ、空中目標用コンソールのディスプレイを見ていた戦術統制幹部が言った。

「戦闘機、おそらくSU27を二〇機以上、常時滞空させています。戦闘空中哨戒のつもりでしょう」

「こっち側で一番強いと言われている部隊がMLRSまで撃って動きまわっているんだ」

統制指揮官が言った。簡易飛行服の胸に、ウィングマークと並べてヴェトナム戦参加章を付けている一佐だった。

「神経質にもなるさ」

「海の方も凄いですね」

別のコンソールに付いている幹部が言った。彼のディスプレイには、日本海やオホーツク海で演習支援に当たっている海自機動部隊のE1やE2から衛星を通してリンクされてくる海上の状況が表示されていた。

「ほぅ、海もそうか。珍しいな」

指揮官は自分のコンソールの定型行動パネルにあるボタンを押し、表示範囲を切り替えるとそれに海上探知目標を追加した。

途端に、三〇以上の様々な菱形が表示された。

「張り込んでやがるな」

指揮官は驚いた声を出した。トラックボールを操作して、最も気になる反応をクリックする。画面の端に文字情報ウィンドウが開き、その目標について判明している限りの内容が示された。

「空母まで持ち出しているじゃないか」

「やはり、首相が死にかけているってのは本当みたいですね」

誰かが言った。

「そうでなければ、燃料を食う艦隊を出す筈がありません」

「そうかもな」

指揮官はキーボードを叩きながら答えた。

確かに、ソヴィエト崩壊以来、石油の入手に苦労している赤い日本は、艦艇の出動を極力抑える様になっている。

合理化や省エネルギーの概念を持たぬまま工業化を果たしてしまったため、イランやリビアとの取り引きだけではとても消費量には追い付かないのだ。

ある意味で、日本赤衛艦隊は国が発展した結果、戦力としての価値を減じてしまったのだった。例外は、反応動力の潜水艦だけだ。最近ではそれすら、合衆国から圧力のかけられている〈反応兵器疑惑〉によって難しくなっているらしい。もっとも、SRIは、かなりの量のプルトニウムがロシアから流れていると発表しているが。

空軍もそうなら良かったのに、キーボードを叩いて海上に存在する赤い日本軍艦の戦力を調べていた指揮官は思った。いまのところ、人民空軍は海軍ほど燃費削減を受けておらず、七〇年代から八〇年代にかけて達成した高い練度を失っていなかった。

彼は言った。

「クズネツォフ級空母のワリヤーグ――まだバンクに〈向こう側〉での艦名が入ってないな、それから、ああ、戦艦〈解放〉も出ている。水上艦合計二一隻。大したもんだ。四〇隻が全戦力の艦隊にしては。余程こっちの演習が気に触ったんだな」

「七師団に教えておきますか？」

「海自の方からリンクされているんじゃないのか？」

「どうですかね。直接の脅威ではありませんから。海自がこっちに持って来ているのは一個機動部隊だけですし。ずいぶん忙しそうですよ。海軍てのはいつでも本気ですからね」

「いつも本気なのは誰だって同じだ。だがまあ、一応送っておこう。陸の連中もその方が気合が入る。秘匿レベル5だ」

「了解。ロプロス・コントロールよりロデム27。これよりポセイドン間接脅威に関するデータを送る」

「海自だけが本気というのは気に入らんな」

指揮官はそう独り言を言い、キーボードを幾つか叩いて脅威対応レベルを確認した。

「おい、ロミルワってのは何の事だ」

「ああ」

若い統制幹部が答えた。

「昔の言い方だとレモン・ジュースです」

黄色警戒態勢。兵器をがちゃがちゃ言わせてはいけないが、見せびらかす分には構わない。そういう事だった。ディフェンス・コンディションそのものはレベル4であるからだ。もちろん、〈向こう側〉が妙な動きを見せた場合はその限りでない。

「アップルジャックの場合、今週は……ティルトウェイトになります」

指揮官は呆れた様に首を振った。何もかも、俺がヴェトナムで田圃や密林の上を飛んでいた頃とは大違いだ。

彼は音声通信系を三沢にある北部航空方面隊の防空管制司令所へ繋いだ。秘話通信系の作動を示すディスプレイのシンボルを確認して、喋りだす。

「ロプロス・コントロール、スカイキッド21よりアームド01。状況038。リトル・フレンズをもう少し増やして欲しい」

「アームド01了解。リトル・フレンズを上げる。コール・サインはガンサイト。オーヴァー」

函館上空を飛行するE5の要求によって生じた北海道

上空の変化は、約五分程してから日本人民空軍の対応を呼び起こした。

赤い日本もイリューシンの輸送機にレーダーを搭載したAWACS数機を保有していたが、イデオロギーの影響からくる中央統制型コマンド・システムの欠陥から、もう一つの日本ほど迅速に対応を行う事が出来ない。もっとも、赤い日本のコマンド・システムは、あらかじめ準備の整えられている作戦行動を実施する際にはひどく効率的という利点がある。状況が事前の予定通りに動いている限り、全てを中央からコントロール出来た方が何かにつけ都合が良いからだ。これは人民空軍のみならず、赤い日本軍隊（いや、ソヴィエト式の軍を持つ国家）全てに言える特徴だった。

日本人民空軍の場合、その中央統制型コマンド・システムの中核に存在するのは豊原郊外の人民空軍中央航空作戦指揮所だった。

この五層からなる建造物は、地下一五メートルにその第一層が存在し、その周囲は約八メートルの厚みを持つベトンと、その中に挟みこまれた何枚もの装甲板で堅固に防御されていた。人民空軍技術局によれば、その防御を突破する事は——少なくとも通常兵器では——不可能である筈だった。

その最深部に、赤い日本における全ての航空作戦を統制する中央管制室が存在している。あえて薄暗い赤色照明以外の灯されていない管制室内は、最新の（とは言っても、西側のレベルから比べると一〇年以上遅れた）管制機器で埋め尽くされていた。

PPIスコープを備えた古典的なレーダー・ディスプレイを眺めていた曹長が報告した。

「千歳及び三沢より新たな航空目標が出現。数は各四。定期戦闘哨戒ではありません」

「針路は？」

「千歳よりの航空目標は1—5—0。おそらく、日高山地上空の哨戒点に向かうものと思われます」

「稚内には何機残っている？」

指揮所の当直指揮官が防空統制将校に尋ねた。少将だ。

「八機です」

「なら、大泊は」

「三〇機あります。うち緊急発進可能は一二機」

「大泊から一編隊あげろ」

「了解」

防空統制将校は自分のコンソールに並んでいる受話器

のうち、大泊への直通電話を摑み、命令を伝達した。これで、北海道付近を飛行するSU27の数はさらに四機増加する。

（どこまで張り合えるかな）

当直指揮官は、壁面に埋めこまれたリア・プロジェクション式の映写機に映しだされている敵兵力の展開状況を眺め、そう思った。

人民空軍は、直ちに投入可能な作戦用航空機を約三〇〇機、三日程度の準備期間を与えられるだけで投入可能な作戦予備機を二〇〇機、一週間の準備期間で投入可能な国家航空振興協会委託の予備機二〇〇機――計七〇〇機を保有している。

これに対し、日帝空軍は約二〇〇機のF15及びその改造型、約一〇〇機のFV2垂直離着陸戦闘攻撃機、予備機として約二〇〇機のファントム改、Jハリアー及び超音速練習機を保有している。合計五〇〇機であるから、輸送機等々の一〇〇機をこれに付け加えても数的にはこちらが有利だ。

（しかし）

当直指揮官は思った。

奴等はフライアブルな状態を維持する能力が高く、練習航空隊で使用されている予備機も、パイロットの問題を解決出来るならば直ちに投入可能だ。

そしてなにより、奴等には純粋な航空打撃兵力としての空母がある。大型空母二隻で約二〇〇機。あの奇妙な形の新型空母一隻で約七〇機。交代で空母に搭載される、地上配備の艦載機が約一〇〇機。これだけで合計九〇〇機近くになり、こちらより機数が多くなる。

さらには――未だに国連軍の旗を掲げて恥じない米帝の空軍機が国後に約一〇〇機、そして国後に母港を置いている米帝海軍の〈インデペンデンス〉が搭載する約一〇〇機が加わる。

仮に戦争になったら、ひどく分が悪くなるな、当直指揮官はそう思った。彼も、発生の確実視されている政変の過程で祖国統一工作が実施に移される可能性が高い事は予想していたし、半ば諦めと共にそれを受け入れてもいた。

だが、彼の理解する所では、あの祖国統一工作はロシア人による助力を前提として立案されたものである筈だった。ならば、ソヴィエトが崩壊した現在、国家最高指導部はその影響をどの様に祖国統一工作へ適合させようとしているのか――どれだけ考えても、その辺りが理解出来ない。

「大泊よりSU27四機が発進。大雪山系付近のア号哨戒地点で待機の予定」

(一体どうやって)

祖国を統一するつもりだろう、彼はそう思った。

藤堂元帥は最近になって偉大なる若き指導者に接近している。そして、若き指導者が父と同じ権威を確立する為に祖国統一工作を発動したがっているのは共和国軍人にとっての常識だ。

つまり、藤堂元帥には何等かの勝算があるという事になる。

高い性能を持った航空機と、練度の高いパイロットを持つ日帝空軍。それを盾に使って殴りかかって来る米帝軍。

既に配備されている機体だけでも二〇〇機近い劣勢にあるのに、藤堂元帥は祖国統一へと傾斜している。人民赤軍も、赤衛艦隊も、国家政治委員会で大きな発言権を持つ彼に引きずられており、それを阻止出来るものは——全く皮肉な事に、あの国家保安省だけになっている。

つまり、藤堂元帥はNSDを敵にまわしても良い程の自信があるという事だ。それだけの自信を彼に与えている勝利の手段があるという事だ。

それは何だろう、と彼は思った。

9　パワー・プロジェクション

ホワイトハウス、ワシントンDC
一九九四年六月一二日

「最良の手段は」

ジェラルド・パーネル准将は言った。

「我々の実力を見せ付ける事でしょう」

「それは解っている」

補佐官が遮る様に言った。

「今日、大統領が貴官を招いた理由は、その具体的方法を知る為だ」

「どのレベルで、でしょうか?」

大統領執務室の来客用の椅子に座ったパーネルは、緑色の制服を着込んだ身体を伸ばす様にして応じた。彼の隣では、空軍出身の統合参謀本部議長が内心の動揺を何とか隠しながらその様子を見守っていた。これに対し、陸軍参謀総長と海軍作戦部長はいささか満足そうな笑みを見せていた。彼らは、パーネル准将の政治屋どもに対する応対を全くもって気に入っていた。陸軍参謀総長は、大統領から後で文句をつけられない限り、パーネルの昇任順位を幾らか上げてやるつもりになっている。

「どのレベル？」

補佐官がオックスフォードに留学した合衆国の人間に共通する発音で尋ねた。

「この惑星を支配しているのは我々であるのか、ないのかという前提の事です」

パーネルは言った。

「もし我々が支配しているのならば？」

それまで黙っていた大統領が尋ねた。

「三軍に動員をかける必要はありません、大統領閣下」

パーネルは答えた。

「サハリン近海で行動中のロサンゼルス級の全艦に超長《EL》波《F》で命令を送ってしまえば良いのです。これこれの地点に向けて反応弾頭型トマホーク何発を発射せよ、これだけで問題は片付きます」

「准将、君の意見は攻撃的過ぎる様に聞こえるな」

「いえ、閣下。私の意見ではありません。我が国がこの惑星を支配しているという前提の下での一案に過ぎません」

「では、現実論としては？」

「相手にどれだけの政治的衝撃を与えるつもりなのか、その点が問題になります」

「具体的には？」

「そうですね」

パーネルは答えた。統合参謀本部で緊急事態対処計画立案の長を務めている彼は、予想される大抵の状況について対案を持っている。

「トヨハラの共産主義者達を脅すだけならば、機動部隊をオホーツク海で演習させるだけで良いでしょう。こちらがやる気だぞという事を示すには、連中の〝実験施設〟に対する爆撃あるいは特殊部隊の奇襲が必要になります。もちろん、トウキョウがそれに対してどう思うかも考慮に入れねばなりません」

「トウキョウは喜ばないでしょうな」

国務長官が言った。

「彼らはその行為を、我々が日本という国をアラブ諸国並みに扱った証拠として受け取るでしょう。特に、攻撃はまずいですね。報復攻撃が発生した場合、それを受けるのは彼らの領土なのですから」

「一番良い手は何だと思う？」

大統領が補佐官に尋ねた。国内での不人気を回復するために、国外でアクティヴな方策を打ち出す必要に彼は迫られていた。八〇年代以後、合衆国大統領の支持率は〈悪〉に向けて放ったトマホーク巡航ミサイルの数だけパーセンテージが上昇すると言われている。

「オホーツク海での演習、でしょうね」

補佐官は答えた。

「それならば、我々の目的である赤い日本からの反応兵器排除への政治的効果も見込めますし、トウキョウの対応も好意的でしょう。彼らはそれを日本周辺に対するプレゼンスの強化と受け取ります」

「まぁ、そういう側面もあるね」

大統領は答えた。赤い日本や三八度線の北側からの反応兵器排除は合衆国にとっての大きな政治目的になっていた。無論、最終的目的は合衆国と親しい側による国家の統合だ。

日本の場合、国務省の一部で〝ドイツ効果〟と呼ばれるものを実現する事も目的に含まれている。つまり、資本主義を知らぬ巨大な人口を抱え込ませる事で、日本の経済的覇権を減少させようという効果の事だ。ここ一、二年の日本は一〇年にも及ぶ好景気の反動で経済の伸びが落ち込んでいるが、合衆国の指導層はそれが永遠に続くものだとは考えていない。たとえ日本の不況が一〇年続いても、それが回復する時は必ずやってくる。その時、合衆国が日本に対してこれまでの様な発言力を保持出来ているかどうかは解らないのだ。

それならば——反応兵器を排除した後、日本統合を促進する事が最良の方策だった。二〇〇〇万人の資本主義的再教育はそう簡単に済むものではない。少なくとも、彼らを食わせるために、日本の経済が大きな負担を背負う事は間違いの無い事実だ。うまくいけば、日本の発展を半世紀近く抑えられるかもしれない。このアイデアの何よりも素晴らしい所は、絶対に日本人から恨まれる事は無い、という点だった。分断国家にとって、祖国統一は悲願であるからだ。

「演習だな」

大統領は言った。

「ある程度の艦隊をクナシリに集結させる。その艦隊をオホーツクで行動させ、トヨハラにメッセージを送り付ける。そんな所だ」

「どの程度の兵力を？」

海軍作戦部長が勢い込んで尋ねた。彼はロバート・ケネディ政権時代、攻撃的な対ソ通常戦を主張した一派に属していた。北海やオホーツク海に空母機動部隊を殴りこませてソヴィエト海軍を根拠地ごと叩き潰してしまうという物騒な計画である。

「怖れられはするが、かといって自暴自棄にならない程度だ。空母三、四隻という所かな。とにかく、もう二度と日本人に空母を沈められる事がないだけの兵力だ。空軍も増強していい。ステルスを持っていけば効果が強まるだろう。海兵隊は今のままでいいな。もとから一個師団いる訳だから。ああ、そうだ。陸軍も――」

大統領はパーネル准将に軽く微笑んでから言った。

「一個旅団程度は増派しておこう。無論、必要以上に刺激はせぬ様、クナシリにだ――まぁ、これは私の意見だから、兵力の詳細はJCSの諸君が決定してくれ給え。私としては、増派する旅団の指揮官にパーネル准将が適任だと思うね」

大統領は椅子に身体をあずけた。会談終了の合図だった。

室内にいた軍人達は、立ち上がり、退出しようとした。

突然、大統領が言った。

「日本人は、どちら側も戦艦を持っていたね？」

海軍作戦部長が答えた。

「はい、大統領閣下」

「私は、釣り合いが取れていた方がいいと思う」

「しかし、アイオワ級二隻はすでに予備役に――」

「予算は認められる」

大統領は言った。

「政治の基本は、バランス・オブ・パワーだよ」

合衆国軍の国後集結が開始されたのは、それからほぼ一週間後の事だった。

兵力は大統領が口にした内容とほとんど同様で、これを自衛隊の戦力とあわせるならば、赤い日本が何を企んでいてもまず実行を諦める兵力規模だった。

自民党の一部が旧野党を取り込む事で成立した日本の現政権はそれを好意的に解釈した。旧貴族階級の出身である首相は、自らの政治生命を、政治改革と祖国統一にかけると公約していたからであった。

10　盟約

豊原、樺太
一九九四年七月八日

その別荘は、豊原郊外に設けられた国家指導部用のそれの中でも最も豪華な建物の一つであり、丘の一部を取り込んだ狩猟の出来る程広い敷地の中に、ありとあらゆる贅沢を満喫出来るだけの施設が整っていた。もちろん、クーデターに備え、その周囲は常に首相警護師団から派遣された特殊部隊が警戒に当たっている。若き指導者にとって、軍部とはそうしたものだった。

今、その別荘を、彼がかつてクーデター予備軍の首魁《しゅかい》と考えていた男が訪れている。彼らは過去一年にわたって間接的な腹の探りあいを続け、今日になってやっと直接的な交渉に及んだという訳だった。この様な場所で会うのは初めてだが、付き合いは長いという訳だ。

「あなたの父と党と人民に対する忠誠心の強さは良く存じています、同志元帥」

ラフな格好をした若き指導者が、デッキチェアに身をもたせかけて初対面の挨拶の様に言った。場所はあえて地下に設けられたプールの傍らだ。プールでは何人もの若い娘がはしゃいでいる。

「偉大なる若き指導者、私の忠誠心は、常に国家の正統な指導者に対して向けられています」

彼にあわせ、サマースーツを着込んでこの人工的楽園を訪れていた藤堂守空軍元帥は答えた。ふん、まず自分の権力と悪徳を見せ付けて、本音を確かめようという訳か。

「私の様な軍人は、民心の混乱を最も怖れるのです。軍の力ではそれを解決する事は出来ませんから」

「すると？」

ジンを酸味のある何かでシェイクした飲み物を手に持った若き指導者は尋ねた。

「混乱を解決出来るのは、人民の敬愛を一身に集めた新時代の指導者だけです。私の様な老人ではありません」

守は、内心の何かを押し隠しながら答えた。若き指導者から渡された気色の悪い飲み物を我慢して口に運ぶ。彼には、ウィスキーやジンを何かで薄めて飲むという奇怪な習慣が理解出来ないのだった。それこそ、精神《スピリッツ》に対する冒瀆《ぼうとく》に等しい。

「同志元帥。であるならば、新時代にあなたは何を求めておられるのです？」

守は未来に関わる重大な事柄を歴史上の事実であるかの様に言った。

「人民の支持を受けた体制による祖国の統一です」

「興味深い。大変に興味深い御意見だ」

内心に冷たいものを感じながら若き指導者は答えた。こいつ、こちらの動きを摑んでいるのか？

「統一された祖国において、あなたはどんな役割を果たす事を望んでおられるのですか？」

「生きてある限り、指導者と祖国への忠誠を果たし続ける事を望んでおります」

「なるほど」

若き指導者は肯《うなず》いた。そうか、やはりこいつは俺が勝つ事に賭けた訳か。

彼は言った。

「私は、国防にあたる諸君のために、国家元帥という地位が必要だと考えていたのですよ。政府部内の地位で述べるならば、副首相という事になります」

「我々にとっての励みになるでしょう」

守は唾を吐きかけたくなる程に蔑んでいる男に対し、笑みを浮かべて答えた。

「軍人にとって、指導者と人民からその忠誠を評価される事ほど喜ばしいものはありません」

若き指導者は守の発言に含まれていた要求を素早く計算した。そういう事だな。畜生、こいつをもっと早くに引き込んでおけば、色々と苦労をせずに済んだものを。

こいつとは何度も会っているが、この半年程でようやく本音が解った。この老人は、栄光に包まれたまま死にたいと思っているのだ。

彼は言った。

「あなたの知遇をもっと早くに得るべきでした」

「私も同様の後悔を抱いております、偉大なる若き指導者」

「国家保安省の同志諸君がいなければ、もっと早くに友人になれたものを」

「新時代においては、その様な障害が存在しないと信じております」

若き指導者はそれに大きく肯き、彼を新たな腹心として認める発言を行った。

「それで、あなたには国家再生についてのどのような計画がおありになるのです？　私は、東京傀儡《かいらい》政権が不法に占拠した我が領土内に置かせた米帝の軍事基地に対する懲罰を考えているのですが。彼らは、父の死に備えて兵力を集中するという愚を犯しています」

「基本的には大変優れた計画です」

守は感嘆した様に声を漏らしてみせた。

内心で馬鹿が、と嘲笑していた。

合衆国軍の基地を全て反応兵器で攻撃してしまったら、相手に交渉の余地が無くなるではないか。それに、彼らの基地は、東京政権の大都市に隣接しているものが多い。そんな場所に反応兵器を放りこんだら——あの優柔不断な東京政権ですら、合衆国に反応兵器を使用した反撃を認めるだろう。

「軍事戦略で最も重要な、先制という要素を完璧に満たしています。しかし——」

「しかし？」

「偉大なる若き指導者、いま、あなたには三軍の絶対的な忠誠という新たな要素が加わりました。そして、反応兵器は、三軍それぞれも所有しております。もちろん、五キロトン級の戦術反応弾が三〇発程度ですが」

「ほう」

　守がどんな反論を行うのか、政治的動物特有の感覚で注目していた若き指導者は面白そうに言った。

「確かに。選択肢は広がりますね」

「ええ、何倍にも」

「同志元帥、浅学《せんがく》な私に御教授願いたい」

　若き指導者は言った。

「何倍にも広がる選択肢の中から、何を選ぶべきかを」

「クラウゼヴィッツが言う通り、戦争とは政治的行為の一部です。そして、将軍達に任せるには余りにも重大な行為でもあります。指導者は、どんな段階になっても他の勢力と交渉出来る余地を持っていなければなりません」

「つまり？」

「戦略打撃軍の保有している〈人民〉三号は二〇キロトン級であり、残念ながら半数必中界《CEP》はキロ単位です。つまり、目標を選択的に攻撃する事には向いていません」

　守は気色の悪い飲み物を一口含んで喉を湿らせた。

「これに対し、三軍の保有する巡航ミサイルはＣＥＰが一〇メートル以内です。これ、と思った目標に対して攻撃をかける事が出来ます。まず、それによって米帝に——」

「なるほど！」

　若き指導者は腹の奥から楽しそうな声を出した。

「あなたは、私が祖国の大部分を傷つけずに統一出来る方策を示してくれた訳だ。素晴らしい。感謝します。直ちに実行案の立案にかかってください」

「そうおっしゃると思い、持参しております。控室にいる私の友人と副官を呼んでくだされば、すぐにでも」

　若き指導者は秘書官を呼んで何事かを命じた。秘書官はそれに対して難しい顔をした。

若き指導者は言った。

「同志元帥、あなたのお連れが持っているブリーフケースが彼は気に入らないらしい。私の警備に当たってくれる同志諸君は、任務に極めて真摯な態度を示す傾向があるのです」

守は微笑んだ。

「任務の遂行に当たっては、妥協は許されません」

馬鹿が。自分はアドルフ・ヒトラー並みだとでも言うつもりか。

「書類だけを持って来る様に彼らへ伝えて下さい。偉大なる若き指導者と私からの命令だと言って」

ほどなく、やはりサマースーツ姿のコンドラチェンコと空軍大佐の制服を着た比較的若い将校がやってきた。胸にウイングマークと降下記章を付けていた。人民英雄勲章の略綬が左胸にある。

「若き指導者、元ソヴィエト陸軍大将、アンドレイ・コンドラチェンコ氏は御存知ですね？」

「良く存じ上げていますよ。偉大な特殊部隊指揮官であり、同志元帥の義兄にあたられるのでしたな？　今は確か、空軍特殊部隊の顧問をなさっているとか」

コンドラチェンコは守と同じ種類の態度を示して言った。

「私の事をそれほど気にかけていただいていたとは、感激です、偉大なる若き指導者」

「当然の務めです。ところで、同志元帥。そちらの若き英雄は、私の記憶に間違いが無ければ――」

「はい、偉大なる若き指導者。米帝空母ミッドウェイ撃沈に大功のあった人民英雄、同志宗像孝治空軍大佐を御紹介します。彼は、私の最も信頼する軍人であり、米帝海軍機二機撃墜の記録を持つ優れた戦闘機操縦士でもあります。そして同時に――」

コンドラチェンコが後を引き取って言った。

「特殊部隊訓練課程に志願し、これを優秀な成績を修めて卒業した人民の頼もしい戦士でもあります。彼ほどの人材はスペツナズでも出会った事はありません」

「いや、これほどの英雄に出会えるとは素晴らしい」

若き指導者は言った。満面に笑みを浮かべている様に見えるが、どこかに羨望の色がある。彼は若い頃、軍の特殊部隊訓練課程を初日で脱落した事があったのだった。

「宗像大佐、私は貴官の指導者と人民に対する忠誠を信じて良いのだね？」

「偉大なる若き指導者が示される態度そのものが、小官の忠誠であります。いかなる事でも御命じ下さい」

若き指導者は大きく肯き、彼らに椅子を勧めた。

「では、同志元帥。詳細を説明して下さい」


二時間後、若き指導者への説明を終えた彼らは、彼が儀礼として示した上映会への誘いを断って立ち上がった。誰も口に出しはしないが、若き指導者が東京政権の支配下で作られるアニメーションの熱烈なファンである事は知らぬ者がいない事実だった。この場にいる者はそうした特別な趣味を理解する習慣は持っていない。

「大佐」

一〇名以上の護衛に守られてプールサイドを歩み去る若き指導者を見送りながら、コンドラチェンコは言った。

「私の様に戻るべき場所の無い人間は、マモルの道楽に付き合っても問題はない。誰も泣く者はいない。しかし、君は良いのか？」

「私の妻は、最初の子供を身ごもったまま死にました」

若き指導者に対する敬礼の姿勢をとったまま宗像は小さな声で言った。

「担当した医者は、党幹部の息子だったそうです」

「諸君。行こう」


案内の為に秘書官が近づいて来るのに気付いた守が吐き捨てる様に言った。

「我々には時間が無いのだ。行動しなければならない。祖国の為に」

「祖国か」

コンドラチェンコが茶化す様に言った。マモル、君の祖国はどこに存在するのだ？

秘書官の案内に従って歩き出した守の視界に、若き指導者の手招きに応じてプールから出た娘達の姿がわずかに入った。全裸だった。その内の一人に、わずかに見覚えがあった。いつか、過去の記憶を蘇らせる材料となった車窓から見た娘だった。

藤堂守空軍元帥は口元に皮肉な笑みを浮かべて思った。亡んでもよい国というのは存在するのだ。

そして俺は、その国の軍事力を掌握している。

11　ブリーフィング

霞ヶ関、東京
一九九四年七月一五日

「我が国が囲まれた戦略的環境については、大きな誤解が存在します」

薄暗い室内でただ一人スポットの当たっている場所──演台に立った鹿内は言った。

「特に、〈向こう側〉の反応兵器使用について、最も大きな誤解が存在しています」

「いきなり東京にＩＲＢＭを撃ち込むとでもいうのかね？」

誰かが質問した。

「いえ、そういった事態はあり得ないでしょう」

鹿内はこれ以上口を挟まれぬ様、早口で答えた。

「それについては、後程御説明いたします」

彼がいるのは、首相官邸に設けられた地下会議室だった。参加者は首相及び私設諮問機関のメンバーが二〇名ほど。不安定な政治バランスの操作と、国民──特に若者と女性層からのあやふやな支持を受けて権力を握った現首相は、閣僚達を全く信用していない。

悪くはないかも知れない、鹿内はそう思った。いつかは自分も──そう思っている閣僚より、私的ブレーンの方が信用出来るのは間違い無い。それに、俺の様な立場の人間が、首相官邸へ赴いてアメリカン・スタイルのブリーフィングを行うという変化は面白くはある。過去にこれを行った事があるのは八〇年代初頭の政権だけだった。それに、さすがに最近は、外国から〈名誉ある降伏〉による祖国統一を主張する馬鹿な学者もいなくなった。

「率直に申し上げるならば……合衆国の想定している有事シナリオに問題があります。彼らはここ数ヶ月でかなりの兵力を北方四島付近に集結させていますが、まずこれが大きな誤りです」

鹿内は演台に置かれていたリモコンを操作し、彼の左隣の壁に張られたスクリーンに樺太及び北海道全域の描かれた略図を出した。

「合衆国は──」

鹿内はリモコンのボタンを押した。地図上に合衆国軍の配備兵力があらわれた。

「国後に航空機約二〇〇機、海兵一個師団、陸軍一個旅団を展開しました」

もう一度ボタンを押す。

「海上兵力もかなりの規模です。現在、国後近海を中心に、四隻の空母、一隻の戦艦を中心とする機動部隊が行動しています。

空母のうち一隻は横須賀を母港とするインデペンデンスの機動部隊ですが、この他に三隻の反応動力空母──

あの懐かしきエンタープライズと、ニミッツ、エイブラハム・リンカーンが交代でオホーツク海にパワー・プロジェクションを行っています。戦艦はこの度一時的に現役へ復帰したウィスコンシンです。各艦には六隻から八隻の護衛がついています。合衆国海軍のドクトリンから言えば、これらの兵力を護衛するロサンゼルス級反応動力潜水艦も四隻以上はいる筈ですが――これは防衛機密に該当しますので、発表は出来ません」

失笑が広がった。

「これに対し、我が方は主に日本海方面を中心に、常時一個機動部隊を配備に付けています。これについてはあちこちの旭日旗を見ると不安を感じる国から文句が来ていますが、いらぬ御世話という所ですな。一方――」

鹿内はさらにリモコンを操作した。略図の上に赤いシンボルや文字が広がった。

「〈向こう側〉は、これだけの兵力を展開しています。陸上戦力についてはは相変わらずあちらが優勢、航空戦力についてはこちらがパリティ・プラス・アルファ、その辺りは従来と変化ありません。問題は――」

鹿内はリモコンのこれまでとは異なるボタンを操作し、一枚の写真を呼び出した。ドック入りした潜水艦を上空から映しだしたものだ。知識のある者が見れば、傾斜して撮影された角度から偵察衛星によるものだという事がすぐに解る。

「この写真にある様な新型反応動力潜水艦を備えた赤衛艦隊です。写真の出所についての質問は御容赦願います。ちなみに、我が国の場合、五〇年代に造船メーカーによるちょっとした研究が行われただけで、この種の潜水艦は建造されませんでした」

鹿内は別の写真に切り替えた。浮上中の〈八月一五日〉級を哨戒機が捉えたものだった。

「これに対し、〈向こう側〉は六〇年代から本格的な反応動力潜水艦の運用を開始しており、十分な経験を持っています。その能力は、おそらくロシア製のいかなる潜水艦より高性能であるこのエックスレイⅡ級が配備された事で大きく上昇しました。〈向こう側〉が六隻保有するこの潜水艦は、反応弾頭搭載型の超音速巡航ミサイルを水中から発射する能力を保有しています」

「その潜水艦の脅威については良く知っている」

誰かが言った。

「それが君の言った誤解なのか？」

「いいえ」

鹿内は声のした方に視線を向けた。声が冷たい。彼には、莫迦《ばか》に我慢出来ないところがあった。

「問題は、合衆国の〈向こう側〉に対する戦略的なブラフが、ソヴィエトの存在していた時代と同じ方策で行われている事です」

彼は演台に置かれた水を飲んだ。

「とにかく大兵力を一点にかき集めて脅しをかけるというやり方は、ソヴィエトが存在していた時代は非常な効果がありました。合衆国が叩く国はモスクワのコントロールすら外れてしまった国であり、たとえその国が核を保有していたとしても、ロシア人による抑止を期待する事が出来たのです。ところが、現在の赤い日本にはそれがありません。彼らは、合衆国の挑戦を正面から受け止める限り、自分達を待っているのはイラクよりも悪い運命だと知っています。我々によって確実に併合されるのですから」

わかっただろう、という表情を鹿内は浮かべた。

質問が発せられた。

「つまり、君は何を言いたいのだ?」

鹿内はわずかに顔を傾け、表情の変化を隠した。質問を発したのは首相自身であったからだ。

「近日中に予想される〈向こう側〉の政変――その渦中で誰かが権力獲得のために我が国及び合衆国への攻撃を決意した場合、反応兵器使用を思いとどまる理由は存在しない、という事です。おそらく彼らは、初動段階で合衆国軍に対して戦術反応兵器を使用し、その戦力を弱めた後に――おそらく、北海道の大半を制圧した後になるでしょう――我が国に対してＩＲＢＭによる恫喝《どうかつ》を行うものと思われます」

鹿内は内心で汗をかきながら思った。よおし、ここから俺は大嘘吐《つ》きだ。

「残念ながら、現在の我々は完璧な弾道弾迎撃システムを保有しておりません。特にＩＲＢＭの場合は対応時間が短いため、この官邸に報告が入る事もないでしょう。探知と同時に迎撃ミサイルを発射せねば、撃墜できません。そしてそのミサイルを唯一迎撃出来るペトリオット・ミサイルですが――これにも問題があります。現在、自衛隊が装備しているタイプは、フェイズ1と呼ばれるタイプで、対ミサイル迎撃能力は持っておりません。辛うじて海自の護衛艦に搭載されているスタンダード・ミサイルがこれを持っていますが、護衛艦は常にミサイル迎撃最適位置にいる訳ではありません。そして、衛星軌道からの迎撃システムは現在もなお構想の段階です。宇宙往還機や大重量打ち上げ機で大量打ち上げ能力を確保した場合は別でしょうが——その確立には二〇年近くかかります。ペトリオットの新型導入、新ミサイル開発についても同様です」

まだここまでは本当だな。

「問題は、〈向こう側〉が最近になってかなりの量のプルトニウムを入手したという事実です。情報の入手先は明かせませんが、間違いありません。元KGBに配置していた我々の潜入工作員から入手されたとだけは言えます」

これを聞いたらキンスキーは怒るだろうか？

「その量を〈向こう側〉の反応兵器製造能力の情報と合わせて検討したのがこのグラフです」

彼はリモコンを操作し、二つの値を年度別に示した棒グラフを示した。

「これが現在の値です」

鹿内は一番左側のグラフを示した。二つの数値がほとんど均衡している。

「ミサイル搭載護衛艦の最適配置さえ行えば、大部分の迎撃が可能です。つまり、現在はうまく対応さえするならば、東京以北の都市がＩＲＢＭ攻撃を受ける可能性は一〇パーセント以下に抑えられます。

しかし、年度を追うに従って迎撃不可能数は増加し——約八年から一〇年で、我が国に存在する全ての都市がＩＲＢＭ攻撃を受ける確率が九〇パーセント以上に到達します（これにはミサイルの進歩も計算に入っています）。戦術反応弾も同様のペースで増加すると考えられるため、通常戦力の優位で軍事バランスの保持をはかる事も不可能となります。

ちなみに、全ての都市がＩＲＢＭ攻撃を受ける確率が五〇パーセントに達する時期は二年後です。この段階ですら、恫喝を受けた場合の国内の政治的反応については最悪のそれが予測できます」

鹿内は言葉を切って周囲を見回した。こいつら、信じたかな？

「つまり、〈向こう側〉が決意さえするならば、日本という国は二年以内に、津々浦々まで川宮同志万歳を唱える国となっている訳です」

誰かが言った。

「しかし、合衆国が——」

「最初に申し上げた様に」

鹿内は強い調子でそれを遮った。

「〈向こう側〉は、合衆国がＩＲＢＭ基地攻撃を決意した段階で、合衆国軍に対する全面反応兵器使用を開始するでしょう。どれほど優れた防空システムでも、戦術反応兵器を山ほどぶつけられたのでは対応不可能です。

この点は現在でも同様だと言えます。

〈向こう側〉の誰かが権力掌握のための戦争を決意した段階で、彼らは合衆国軍にそれを使用するでしょう。なぜかと言えば、新たな政権はその正統性と力強さを国民へ納得させるために、少なくとも北海道全域程度は支配せねばならず、それには国後周辺の合衆国軍が邪魔だからです。

合衆国軍の防空能力は強大ですから、それを突破するためにほとんど全ての戦術反応兵器を同時に使用すると思われます」

「合衆国にも反応兵器はある。抑止効果が」

「それをどこへ使用するのです？」

鹿内は尋ねた。

「仮に合衆国が反応兵器を使用した場合、それが炸裂するのは一体どこです？

不法に占拠されている我が国の領土であり、そこに居住しているのは、こちら側に多くの血縁者を持つ日本人です。それでもなおかつ、皆さんは合衆国の反応兵器使用を認められますか？　今度は日本人自身の手で旭川と函館を現出する――その様な政治的判断を下せますか？

次の選挙について何も考えないならば、それも良いかもしれませんが――現実はそうもいかないでしょう。

つまり、〈向こう側〉に限っては、反応兵器の抑止効果は機能しません。彼らはあの兵器について完全なフリーハンドを得ているのです」

畜生、俺はデマゴーグになれるぞ。

負け惜《お》しみそのものの声が聞こえた。

「〈向こう側〉が先制使用するなど――合衆国は信じまい」

鹿内は冷たい声で応じた。

「信じようが信じまいが、現実は同じです」

「それについては解った」

首相が言った。

「しかし、二年後の予測されうる状況と、現在の危機がどの様に関連するのだ？」

「やるなら今のうちだ、という事です」

「何だって？」

「彼らが合衆国軍へ攻撃をしかけた事を理由に、豊原及びＩＲＢＭ発射基地へ電撃的な攻撃をかけ、これを占領あるいは破壊し、祖国を統一してしまうのです」

鹿内は軽く咳払いして言った。

「それを行わねば、二年以内に、日本国は消滅します。御清聴ありがとうございました」

拍手は無かった。

12　退艦

横須賀
一九九四年七月二〇日

司令交代の儀式そのものは簡単に済んだ。

ホイッスル。舷側にずらりと並んだ乗員達の敬礼を受けつつ、将官艇で岸壁からやってきた新任の司令が舷門を越える。もちろん服装は白服だ。

指揮権を渡しますのどうのというやりとり。諸君と共に行動出来た事は大変喜ばしい事であったという、まんざら嘘では無い退任の辞。新任司令の、前任司令の造り上げた精強さをさらに高めるよう努力したい、という決まりきった着任の辞。時代は変わっても、海軍の儀式には大した変化が無い。


それらの全てを終えた後、二人の司令は、司令公室に入った。

「貴様、いつまでたっても老けんな」

他に誰もいない部屋で藤堂進と向き合って座った新任司令の落合海将補が言った。彼もまた、戦前からの海軍一家の出身者だ。進とは異なる意味で英雄的な最期を遂げた父親を持ち、兄弟間が対立的な状況に陥った事もあった。前任司令――藤堂進と違って防大出だが、ヴェトナムで一緒に勤務して以来の付き合いで、もう二〇年以上、貴様、俺の仲を維持してきた。

「ＫＡ《かかあ》にも良く言われるよ」

進は答えた。雪子の事を言っている。朗《ほが》らかな表情をしているが、どこか寂しげなのは仕方が無い。

「俺に言わせりゃ、あいつの方が化け物だがね。こっちより年上なんだが、四〇代には見える」

「惚気《のろけ》てくれるじゃないか」

落合は言った。

「そう言えば、〈やまと〉の新任艦長、誰だか知っているか？」

「いや、知らん。誰だ？」

落合は、あらゆる時代を通して最も世界に知られている日本海軍軍人の姓を口にした。

「そこまでやるか」

進は呆れた様に言った。

「やめとけ」

落合は笑った。

「貴様も俺も他人の事は言えん。幾ら努力の結果だと言っても、世間はそう見る」

「確かにな。ま、それにあいつは有能だ」

落合は彼らの間にあるテーブルの上に置かれた部隊の概況をまとめた書類をぱらぱらとめくった。

「貴様の事だ、手抜きは無いな？」

「無い」

進は断定的に言った。

「第二航空護衛隊群は、貴様のもとめる行動全てをこなす事が出来る筈だ」

「有り難い。情勢が緊迫しているからな」

「この時期に退任なんて、どうも逃げるみたいで気がひける」

「どうしようもないさ」

それだけ話してしまうと、いくら旧知の間柄とは言っても交わすべき言葉がなくなった。

「そろそろ退艦するよ」

進は、相手の気分を思って言った。

「見送る」

落合は、いずれは自分にもやってくる日を先に迎えた友人に短く言った。


「前任司令の退艦にあたり、総員――」

スピーカーから号令が響き、将官艇で〈ほうしょう〉を離れた進は、〈やまと〉の船体を横に二つ並べた様な双胴空母に向き直った。

「帽振れぇー！」

舷側に並んだ白服の乗員が右手で制帽を持ち、一斉に、ゆっくりと振り始めた。

こういう時は、どうやって応対するんだっけな。

進はとぼけた事を考えた。彼にしては珍しく、完全に混乱しているのだった。

まさか誰かに尋ねる訳にもいかないので、半ば自棄《やけ》糞になった藤堂進海将補は、自分にとりうる最良の返礼を示した。白服を着た背筋をまっすぐに伸ばし、先程まで彼の指揮下にあった人々に敬礼を送ったのである。

「輝男がみんなで後で来るって。休暇をとったらしいわ」

夫を出迎えた藤堂雪子は言った。

「別にいいのに」

雪子に手伝わせずに服を着替えながら進は言った。

「どうも、皆からさよならを言われている様で気に入らないよ。あと半年あるんだ」

彼は足元にやって来ていた大きな犬の頭を撫でた。

「お前もそう思うか、ちび」

名前に反して、優に一メートルを越える身体を持つ老犬が主人の方を疑いのない目で見つめながら小さな声で鳴いた。

「小さいのはどうしたの?」

進は尋ねた。今年になって、友人から貰った別の子犬だ。もっとも犬種は同じだった。最近、このツートンカラーの大型犬は流行から外れ、余り気味らしい。

「庭よ」

進は陽光に照らされた庭を見た。

彼の気配に気付いたのだろうか、それまで木陰で寝ていた子犬がこちらに向けて駆けてきた。進が窓を開けてやると、元気良く中に飛び込んで来る。進へ飛び付く様にしてしばらく騒ぐと、次にそれを黙って見ていた老犬へもじゃれつく。

「ちびは優しいね」

進はすでに何度も口にした台詞を繰り返した。

雪子はそれにまともに取り合わず、彼が仕舞った筈の制服を取り出してブラシをかけていた。

「再就職、どうしようかなぁ」

「まぁ、これからどうやって食べさせてくれるか、考えていなかったの?」

パートタイムの講師を続けている雪子が、こればかりは昔と変わらぬ明るい声で言った。互いにひどく懐かしく思える呼び名で笑う。

「あたしの面倒を一生みてくれるのじゃ無かった、進ちゃん?　天下りでもして、楽させてよ」

「ま、そのつもりだが」

進は苦笑いして、

「あまり妙な事を押し付けられない天下りがいいな」

そう言った。

二匹の犬が耳を伸ばして外を見た。車の止まる音が聞こえ、幼女の声と、若い頃の自分に似た笑い声も聞こえる。女性の笑い声もそれに加わった。

「美咲さんも明るくなったわね」

雪子が立ち上がりながら言った。

進はうん、とでも言うように肯いて、新たな藤堂家と見《まみ》えるべく玄関に向かった。


赤い日本において、すべての通常放送が突然中断され、クラシック音楽に切り替えられたのは、それから一週間後の事である。

第一〇章　統一戦争

1　襲撃

豊原、樺太
一九九四年七月二七日午前四時二五分

川宮首相の死が確認されたのはこの日の午前四時一五分の事だった。それを彼に忠誠を誓う特殊部隊や人民赤軍部隊に防御された地下中央管制指揮所で知った藤堂守空軍元帥は、直ちに戦略打撃軍司令部へ籠っていた川宮哲夫国家政治委員会副委員長・兼・戦略打撃軍総司令官へ連絡をとった。

偉大なる若き指導者は行動開始を許可した。

藤堂元帥は全軍――彼に対して忠誠を誓っている事の明らかな全軍に対して命令を発した。直ちに全部隊はNSD政治将校を逮捕せよ。また、各地のNSD支部へ部隊を派遣、全NSD要員を拘束――抵抗するものがあれば射殺してもよい。

同時に彼はコンドラチェンコの指導によって鍛え上げられた宗像大佐の空軍特殊部隊にも出動を命じた。本隊はNSD本部へと向かい、幹部及び滝川長官を逮捕拘引。加えて別動隊は実務官僚派の反動分子これこれを逮捕拘引すべし。

彼の命令は全軍へ発令からほぼ一〇分で伝達され、軍は行動を起こした。

NSD政治将校のほとんどは任地で逮捕された。

各地のNSD支部で抵抗が試みられたが、その大部分が人民赤軍部隊の重火器によって短時間で粉砕された。

最も激しい抵抗が行われた場所は誰もが予想していた通り、豊原市解放戦争街東五丁目三番地に存在する陰鬱な大理石造りの建造物――サハリン・ホールだった。

照明をおとしていた建物の屋上から、突如閃光が発生した。その光はすぐに後方へロケット・モーターを噴射する赤外線追尾誘導弾の弾道へと変化し、夜明けをまだ迎えていない空中で消音装置を作動させせつつ飛行していたMIL8ヘリの一機へと向かう。

ヘリの操縦士はスロットルを最大に放りこみ、機体後部に備えられたフレアー発射機から火の玉を連続して放った。だが、一瞬遅かった。ミサイルは、最も赤外線反応の高かったタービン・エンジン部へ接近し、近接信管を作動させていた。

爆発。夜空に火焔が発生した。ローターを吹き飛ばされたヘリが炎上しつつ落下する。その落下速度は意外な程ゆっくりしている。

「全機急速降下！　地上班、襲撃開始」

先頭のヘリに乗っていた宗像大佐は命じた。エンジン音をさらに強めたヘリの機内で、居ても立ってもいられない焦燥にかられる。畜生。早く降りろ。ここで死んだら何のために特殊部隊訓練を受けたのかわからん。あの世で陽子と一郎に顔向け出来ない。

ヘリが胴体脇の小さな翼に装備されている火器を発射し始めた。対地ロケットが一斉に放たれ、最上階の上にあるテラスを焼き尽くす。さすがNSD本部だった。その下に被害は及ばない。どうやら、各層には装甲板が仕込んであるらしかった。地上でも銃撃が始まっている。

彼が再び何か命じようとした時、彼の乗った機体を先頭にした空中襲撃班の輸送ヘリはサハリン・ホール最上部の一メートル上空でホバリングに入った。

「突撃！」

宗像の叫びと同時にカーゴ・ドアが開かれ、兵士達が飛び出した。何れも、現体制を憎み抜いている事、そして優秀である事、という二つの観点から選びだされた男達だ。

一度焼き尽くされた屋上へ飛び降りた兵士達は直ちに散開し、周囲警戒態勢をとった。ヘリは直ちに上昇して周囲からの支援に任務を切り替えた。

一方、特殊部隊兵士達は怪しげなものがあれば問答無用で発砲していた。案の定、屋上にある出入口の陰から何度か応射があり、直ちに制圧手段が取られた。

ほとんど全員に一基ずつ渡されているRPG17軽対装甲ロケットが二発放たれた。合衆国のM72LAWを真似た兵器で対戦車能力はほとんど持っていないが、この様な戦闘の場合、絶大な威力を発揮する。ロケット弾は出入口の陰に隠れていたNSD兵士を彼らが盾にしていた壁ごと吹き飛ばした。

「第一班、前へ！」

宗像大佐は叫んだ。それに応じて、五名の兵士達が出入口に向けて駆け出した。散開した他の兵士達は彼らの行動を援護するべく出入口付近に向けて射撃を集中した。

出入口に第一班の五名が取り付いた。彼らは先程のロケット攻撃で半壊した壁の陰に隠れ、内部を覗き込みもせずにRGD5対人手榴弾を次から次へと投げ込む。

連続した爆発。彼らはAKS74Jを乱射しながら内部へ突入した。三〇秒程の間があって、宗像大佐の付けたレシーバーとマイクが一体化された短距離無線機に突入援護地点確保の報告が入る。

宗像大佐は突入を命じた。

彼らが階段を駆け降りた時、第一班は新手と交戦に入っていた。次々に投擲される手榴弾。爆発。悲鳴。装甲ドアを兼ねている防火扉の陰から射撃してくるNSD兵士に対しては遠慮なく装甲ロケットが使用される。もちろん、その後方噴射を浴びる様な間抜けは宗像の部隊にいない。

新たな爆発と共に特殊部隊は前進を開始した。目標は五階の一番東側にある長官室だ。

宗像大佐の攻撃は特殊部隊によるものとしては異常だった。

本来ならば、必要最小限の破壊が目的でそれを達成する所に特殊部隊の特徴があるが、宗像にそのつもりは無い。彼はサハリン・ホールを完全な廃墟へと変えてしまうつもりだったし、藤堂元帥からもそれを禁止するいかなる命令も受けていなかった。

兵士達はあらゆる障害に対して危険な程に火力を集中しながら前進した。拳銃で応戦してきたNSD職員に対してさえ、ロケットが使用される。全館に発射煙と火災の煙が満ち始め、やがてガスマスク無しでは行動が出来なくなってきた程だ。

宗像のレシーバーには、地上から突入した部隊からの報告が続々と入ってきた。

地下――三階までの全てを制圧。

地上――二階までを制圧。現在、地上襲撃班の主力は三階を制圧中。四階に一部が侵入。

全く素早かった。半世紀近くにわたって赤い日本を支配してきたサハリン・ホールは、藤堂元帥が命令を出してから三〇分で壊滅していた。

前方で最後の装甲ドアを吹き飛ばすロケットの爆発音が響き、将校からの突入命令を要求する通信が入った。無論、宗像にそれを止めるべき理由はない。

兵士達は長官室へと突入した。周囲に向けて乱射を加えつつ、一班ごとに突入する。

やがて、それは止んだ。

宗像大佐は部下の後を追って長官室へと入った。そこに、部下以外の誰もいない事を知って眉をひそめる。

「逃げられたか」

彼はうめいた。滝川長官の姿は影も形も無かった。

「全館の捜索に当たれ。捜索が終り次第、撤退する。一五分だ」

宗像は一部の兵を連れてホールへと降りた。藤堂元帥に、事の次第を報告せねばならない。

2　朝

嘉手納、横須賀、国後
七月二八日午前七時一八分

藤堂輝男は寝起きのだらしない格好のままで居間のTVに見入っていた。彼の自宅は嘉手納のNASDA施設内に設けられた妻帯者用住宅だ。

「……しております。繰り返します。本日未明、豊原においてて軍部強硬派によるクーデターが発生した模様です。クーデター部隊の指揮官と見られる藤堂守元帥は、死亡した川宮勝次首相の子息である川宮哲夫国家政治委員会副委員長への全面的な忠誠を表明しております。なお、先程午前六時一五分に後継首相への就任を発表した川宮哲夫副委員長は、日本領土内からの全外国軍隊の即時撤退を求める演説を行いました。一方、合衆国大統領はこれに対して全面的な日本への支援を表明。国後基地に集結中である兵力に加え、さらに空母二隻を派遣、陸軍第二四機械化師団の全兵力が移動の準備を開始した事を発表しました。なお、こうした事態に対応して政府は陸海空三自衛隊に対して警戒体制の強化と予備自衛官の召集を開始しました。また、一部では部隊輸送用の大型カーフェリーの徴用が始まったと言う未確認情報も入っております」

「始まったのね」

背後から聞こえた妻の声に輝男は黙って肯いた。

「どうなるのかしら」

「たぶん、僕も引っ張られるな」

輝男は言った。妻に対してというより、経験を積んだ幹部に対する話し方になっていた。

「こうした大きな状況については、君の方が経験を積んでいる」

「悪化します。間違いなく」

藤堂美咲は夫の態度に合わせたそれで答えた。

「〈向こう側〉には余裕が無いわ。こちらがとりあえず要求を飲む態度を示さなければ、必ず言った事を実行します」

「時間的余裕は？」

「ひどく短い事は確かよ」

「そんなもんだろうね」

「私、結婚なんてしなければ良かった」

「どうして？」

「あなただけを行かせずに済んだわ」

「僕もムーンベース・コントロールに君がいた方が安心して飛び立てるけど」

輝男はようやく振り向いて言った。

「ま、君はここにいてくれた方がいいよ。空母は周りじゅうから狙われるからな」

美咲は何か言おうとしたが、彼女がそれを口に出す前に電話が鳴った。

「僕が出る」

輝男は立ち上がって電話のそばに行った。かつて組んでいた後席員だった。輝男にも出頭命令が出ており、それを非公式なうちに知らせておこうと思った――そういう事だった。ベア、たぶん、俺達はヴァルキリーに乗る事になるぞ。貴様のぶんの機体はあまってる。準備しておけ。了解。なんたって伯父貴の始めた戦争だ。知らん顔は出来んよな。

「すぐに出かけるよ」

居間に戻った彼は先程から同じ場所に立ったままの妻に言った。

「遅かったわね」

彼女は画面を指差して言った。

「〈向こう側〉は反応兵器を使いだしたわ」

それだけ言うと彼女は夫に抱きつき、あなたに会ったのがケチのつき始めよ、何もかも思い通りになりゃしないわと、うめく様に言った。


「参ったね」

藤堂輝男の父親は呆れた様に言った。それがこの家系に連なる男達の癖なのか、とぼけた、緊張感の無い顔つきをしている。彼が見ている画面は、息子の見ていたそれと同じものだった。

「兄ちゃん、随分と滅茶苦茶をする人間だったんだな。知らなかったよ」

「輝男はどうしているかしら」

彼より先に起きだしていた雪子が言った。

「おそらく、行く事になるだろう」

進は傍らにやってきた二匹の犬の頭を交互に撫でながら言った。

「でも、あの子は宇宙飛行士だし」

「海自はパイロットが足りない」

進は犬に視線を向けたまま言った。

「あいつぐらい腕の良いパイロットを、放っておく筈が無いよ。俺だったら必ず部隊への復帰命令を出す」

「ひどいわ、そんなの」

妻が突然声をあららげたのに気付いて、進は視線の向きを変えた。

「うちはもう、拓馬を」

雪子は、ここ一〇年ほど意識して口にしなかった長男の名を出した。

「そういう事なんだ」

進は辛うじて妻と同じ精神状態に陥る事を堪《こら》えながら言った。

「戦争が無くて、ちょっとした面倒に我慢出来るくらいの鈍さを持っているなら、戦闘機に乗ったり、軍艦《フネ》に乗ったりするのは悪くないものなんだ。俺だって海自に入った理由はそんな所だった。ヴェトナムで少し嫌になったが、帰ってきたらそうでも無かった。世間からは誉めて貰えなかったけれども、君がいて、拓馬と輝男がいたからね、そして相変わらず軍艦には乗れた」

「もう嫌よ」

雪子は吐き出す様に言った。

「一人だけで、一度だけで充分。あなたはもう行かなくていいからそんな事」

彼女はそこまで言って自分が混乱のあまり口に出した言葉に気付き両目を見開いて夫の顔を見た。

彼は犬の頭を撫でていた。

「いいんだよ。その通りだ」

彼は言った。

「この戦争がどうなろうと、俺は仕事の無い海将補のままだろう」

両手を振って犬を追い払う。

「そんな所だ」

電話が鳴った。

進は半ば放心している雪子を置いたまま、電話に出た。

「すぐに？」

そうです。直ちに護衛艦隊司令部へ出頭して下さい。迎えの車は五分程で到着します。

「どこへ？」

函館です。

「函館？　あそこに何があると言うんだ」

〈やまと〉がいます。

「何があった」

国籍不明潜水艦の雷撃を受け、緊急入港しました。損害程度は不明。負傷者は極めて少数ですが、護衛隊司令が被雷時の衝撃で負傷、交代が必要です。では。

進が電話を切った時、居間に雪子の姿は無かった。TVは、〈向こう側〉による反応兵器使用を伝えていた。

「早く着替えて」

彼の夏用艦内服を取り出してきた雪子が言った。

「どうせなら、格好良く出かけて頂戴。お願いだから」


クナシリ基地内に間借りして仮設した旅団本部で、パーネル准将は思った。状況がこれでは、対応しきれんな、とても。

彼の率いる第24機械化歩兵師団第1旅団は、装備の大部分を国後沖に停泊した事前集積船に載せたままだ。兵員の大部分と装備の一部は揚陸艦に乗っているが、とても戦闘可能とは言えない。昔、

「右手にM16、左手にTWAのチケット」

を持って戦場に赴く——と言われた緊急展開軍《RDF》程ひどくはないが、それでも、部隊が戦力を発揮するためにはある程度の時間が必要だった。

まず、強襲上陸部隊ではないから安全に荷卸し出来る港が必要で、次にその安全が三日程度は保たれる必要があり、そして、部隊の行動準備が完了した時に、味方の戦線が維持されている必要があり、そして到着するまでの間、制空権が保たれて阻止攻撃を受けず——嫌になってくる。

とにかく、明確な命令と詳細な情報報告が届くまでは、大した重要性の無い命令を下しながら、軍隊の伝統に従う他ない——急いで待て。

「サー」

電話を取り上げた参謀大尉が言った。豊かな黒髪の女性だ。

その魅力的な姿を見るたびに、パーネルは軍隊へ女性を入れた事は間違いじゃないだろうか、と思う。戦争するしか能の無い俺の様な男どもは、こんな女性が後ろにいてくれるからこそ、虚栄を張り続ける事ができるのじゃないかな。言い古されてはいるが、そう思えてならん。

「軍団司令部から、直通です」

パーネルは肯き、受話器を取った。

「旅団本部、パーネル准将」

「ジェリー」

第九軍団司令官だった。普段は司令部機能と限定された支援部隊だけが配置されており、有事の際は各地から

派遣されて来る部隊の上級司令部になる――合衆国の世界戦略に合わせて置かれている軍団司令部だった。

「君はいつケツを上げられる？」

「すぐにでも」

パーネルは答えた。

「全員に乗船命令を出しました。残っているのは本部要員だけです。海軍が守ってくれるのならば、三〇分後には全ての準備が整います。ここの後片付けは出来ませんがね」

「君のために掃除夫を雇ってやるよ」

軍団司令官は言った。

「すぐに動け。ホッカイドウだ。トマコマイに上陸して、SDFの指揮下に入るのだ。今の所、連中の方が兵力は多いからな。向こうでは兵力の接触が始まっているそうだ」

パーネルは思った。兵力の接触か。軍隊は何時《いつ》から、戦闘についてそんな婉曲《えんきょく》表現を使う場所になったんだ。

「イエス・サー。何か知っておくべき事はありますか？」

「君が乗る艦は――ワスプか？――そっちへあれこれ持たせた奴を走らせる。以上」

「イエス・サー」

パーネルは電話を切り、彼に注目していた部下へ命じた。

「諸君、ホッカイドウだ。一五分やる、急げ」

参謀達がこれまでよりもさらに慌ただし気に動きだした一瞬の後、基地の全スピーカーから警報が響いた。

「警報、警報、状況ロメオ・スリー。総員、直ちに手近な遮蔽物内に入れ」

「ロメオ・スリーだって」

パーネルはわめく様に言いながら身を伏せようとした。片手で、反応の遅い黒髪の参謀大尉を引っ張り、一緒に倒れこむ。

一瞬後、窓から強烈な閃光が差し込んだ。

3 反応弾

豊原、樺太
七月二八日午前六時二〇分

地下指揮所の総司令官用座席にある電話を握り、藤堂守元帥は主張した。

「今なら、合衆国軍を奇襲出来ます。彼らは完全な防衛態勢を整えていない筈です」

「自信はあるのか、同志元帥？」

電話の向こうの声が尋ねた。官邸で首相就任を発表したばかりの若き指導者――いや、いまや名実共に偉大なる指導者だ。

「偉大なる指導者、あなたが私に御命令を下されば、必ずや」

守は、権力を握った事で既に防衛的な態度を取り始めている川宮哲夫に言った。

「世界は、合衆国軍を一撃で叩き潰した貴方の力に恐怖するでしょう。東京の帝国主義者どもには、その後で交渉を行えば――」

馬鹿野郎。早く答えろ。

「間違い無いのだな？」

「間違いありません」

「よし、第一段作戦の発動を許可する。くれぐれも慎重に、な」

「了解しました。新指導者万歳」

守は叩きつける様にして電話を切ると時計を見て時間を確認した。〇六二二時。よし。

「潜水艦への命令伝達は間に合うな？」

彼は指揮所へ来ていた赤衛艦隊作戦部長に尋ねた。ここには、戦略打撃軍を除く三軍の司令官達が集合していた。

「大丈夫だ。最終確認のため、二五分に受信可能深度へ浮上する事になっている」

「よろしい」

椅子にもたれかかる様にして腰を降ろした彼は言った。

「全部隊に命令。予定通り、クナシリ及びオホーツク方面に存在する全合衆国軍に対して反応兵器による全面攻撃を開始、これを撃滅する！」

周囲で全軍へ命令を発するための動きが始まった。通信管制コンソールについた将校達が、スイッチやキーボードを叩いている。

「とうとう始めちまったな」

そばに来たコンドラチェンコが小さな声で言った。

「君は悪名を残す事になるぞ」

「気にもならない」

守は投げ出す様に言った。

「どのみち、私には何もないのだ。ならば、祖国からあらゆる邪魔者を吹き飛ばしたという悪名ぐらいは残しておきたい。それに、私には理解を期待できる人物が一人だけいる」

「誰だ？」

「弟だ」

守は疲れた表情で言った。

「すぐには無理かもしれないが、あれだけは、いつか理解してくれると思っているのだ」

「希望的観測というやつだな」

「いいだろう。知っているか？　合衆国で私がイエロー・ゲーリングと呼ばれている事を？　ああ、ああ、分かっているよ、アリョーシャ」

守は自虐的な笑みを浮かべて言った。

「確かに希望的観測だ。だが、一九四五年のヘルマン・ゲーリングにでさえ、それを抱く事は許されたのだ」

「ニュルンベルク裁判が開かれるまではな」

「安心しろ。一九九四年のゲーリングには被告席に立つ予定は無い。なあ、アリョーシャ。我々は、戦って、戦って、戦いぬいた後に死ねと祖国から教えられた最後の世代だ。祖国は、生命よりも貴重な何かが存在し、それを守って死ぬ事に大きな意義があると主張した」

「そして、それを教えた祖国はもう無い。私も君も、そうだ。君は随分以前からそうだ」

「そうなのだ。我々ほど皮肉な立場に置かれたものがあるか？　祖国は我々を残して勝手に滅びてしまった。後に残されたのは戦って死ぬ事を教えられた番犬だけだ。仮に下らない祖国が我々を騙していたとしても、いまさらそれらに対してどんな怒りを抱けと言うのだ？　我々に可能なのは、教えこまれた義務を自分なりの手法で完遂する事だけではないか。それ以外の何が残されているというのだ」

「君はルイ・ニコラ・ダヴーなのだな」

「買いかぶりだ。私はアウエルシュタット伯ほどの天才的作戦家ではない」

「そうかもしれない。だが、忠誠心については彼に匹敵する」

「よしてくれ。どうせなら私は、ミシェル・ネイの様に楽しく人生を過ごしたかったのだ」

「私はミュラーの方が好みだな」


最初に攻撃を受けたのは、樺太の南端にある二股の中央——亜庭《あにわ》湾へ入り込んでいた合衆国海軍第71・2任務群だった。反応動力空母ニミッツ及びエンタープライズを中核に据え、これに合計一八隻の巡洋艦、駆逐艦、フリゲートが護衛についた強力な艦隊だ。

彼らの任務は亜庭湾から宗谷海峡にかけての制海権の

確保で、いざという場合、豊原を中心とする赤い日本の主要地域を爆撃する任務も与えられていた。もっとも、樺太の海岸が目視可能な距離にまで接近していた事からも分かる様に、本当の目的は、赤い日本に対する示威及び戦争の抑止だった。本当に戦闘を想定していた場合、空母が敵対勢力の存在する沿岸にこれほど接近する事はあり得ない。

彼らにとって最大の不幸だったのは、藤堂守が、抑止効果などをはなから無視してかかっていた事である。彼にしてみれば、二隻の合衆国空母が回避の余地や迎撃の時間的余裕のとれない湾内を遊弋《ゆうよく》している事は最高のチャンスだった。海岸のSSMサイトから通常弾に混ぜて反応弾頭型SSMを発射してしまえば、その撃墜はほぼ不可能と言って良いからだ。

午前六時二六分。

亜庭湾岸沿いに展開した人民赤軍第六二、七八、七九地対艦攻撃連隊が、合計一二〇発に達する八二式地対艦誘導弾を発射した。

この対艦ミサイルはSS-N-12を改造したもので、弾頭重量約一トン、最大速度マッハ一・三に達する超音速ミサイルだった。オリジナルのSS-N-12の場合、無線誘導、レーダー・ホーミング、対レーダー・ホーミング（レーダー波の発信源に向けてホーミングする）の三種類の誘導方式だが、八二式の場合、さらに赤外線誘導型も存在していた。各連隊は、合衆国の強力な電波妨害能力を考慮に入れて無線誘導方式は採用せず、後者三種を連隊が発射すべきミサイルへ適当に振り分けて敵艦へ向けた。

71・2空母群がこのミサイルを探知したのは、発射とほぼ同時だった。距離は空母までほぼ五〇キロ。対艦ミサイル攻撃としては零距離に近い。ミサイルの加速時間を計算に入れても、迎撃に与えられた時間が二分程度しかないからだった。無論、残り時間がこの程度では艦載機による迎撃は不可能だ。

直ちに警報が発令され、全兵器使用自由の許可が出た。艦隊に所属していた四隻のタイコンデロガ級イージス巡洋艦が目標を捕捉し、迎撃すべきミサイルを各艦に割り当てた。

迎撃のため発射されたスタンダード・ミサイル第一陣が目標と接触したのはそれから約二〇秒後の事だった。

発射された八二式一二〇発のうち、正常に作動した物は一一三発だった。このうち、スタンダード第一波の迎撃で二三発が破壊された。数秒後、第二波が近接信管を作動させ、さらに二八発を破壊した。

だが、この辺りからイージス艦以外の艦艇による迎撃に限界が出始めた。結局の所、通常の防空ミサイル艦は、現在誘導中の目標に命中するまで、他のミサイルを誘導できないからだ。それより大きな問題は、超音速で突進してくるミサイルが空母群の外周を防御していた艦艇に狙いを定めだした事だ。機動部隊の外周護衛艦は、空母から二〇キロ近く離れている事が珍しくない。

最初にミサイルを食らったのはピケット任務についていたイージス巡洋艦アンツィオだった。彼女はタイコンデロガ級後期型——垂直発射ランチャーを備えた艦だったが、どれほど高い迎撃能力を持っていても、対応すべき時間が短すぎた。

アンツィオの巨大なレーダー反射面積を持つ艦上構造物へロックオンしたミサイルは三発だった。このうち一発はアンツィオの電子妨害装置によってコースを狂わされたが、他の二発を避ける事は出来なかった。ミサイルは、ファランクスが目標ロックオンを行う前に突っ込んできた。

巡洋艦は立て続けに二発の対艦ミサイルを浴びた。音速で突っ込んできた一トン爆弾の一発は彼女の前部構造物を引き裂いた。火を噴き出す間もない内にもう一発が船体中央部へめりこみ、信管を作動させる。

炸薬、運動エネルギー、残燃料の三つが吐き出した破壊効果によって、アンツィオの船体中央が数メートルにわたって吹き飛んだ。これほどの損害を受けては、いかに応急対策——被害対処能力の高い合衆国艦艇でも、被害を食い止める努力は無駄だった。彼女は命中から数分で大傾斜を起こして海上に停止。ありとあらゆる破口から黒煙と炎を噴き出し、その最期の時を待った。退艦命令を出すべき艦長は、最初の命中でＣＩＣと共に爆死していた。

その次の被害が発生するまで、スタンダード・ミサイルはさらに一九発の八二式を撃墜した。これは、世界最強を誇る合衆国の艦隊防空システムの神髄発揮と呼ぶべき戦果だった。既に大半のミサイルに艦隊内周直前へと切り込まれた段階でこれほどの損害を上げるシステムは他に存在しない。英仏の艦隊ならば、一発も迎撃出来なかっただろう。

だが、艦隊がシステマチックな防空戦闘を遂行出来たのもそこまでだった。五〇発近いミサイルが外周防空網を突破、迎撃にあたる各艦へ続々と命中していったからだ。

スタンダードが最後の撃墜を記録してから六秒の間に、さらに四隻がミサイルを受けた。

ペリー級ミサイル・フリゲート、ルーベン・ジェイムズがスタンダード弾庫に直撃を受けて艦首を丸ごと吹き飛ばされ、キッド級ミサイル駆逐艦キャラハンが二発を受けて横倒しになった。

これにタイコンデロガ級のフィリピン・シーの船体が砕ける轟音が加わり、反応動力ミサイル巡洋艦カリフォルニアの前部構造物が海面に転げ落ちる光景が仕上げを行った。

この段階で残っている八二式は（ファランクス等々の迎撃により）六発を残すのみだったが、赤い日本軍の方はそれでも全然構わなかった。五キロトン反応弾頭型五発を含む合計九〇発の第二波が、空母群まで一五秒の距離に接近していたからだ。

生き残った護衛艦艇の迎撃によりこの内の約半数——その中には反応弾頭型一発が含まれていた——が撃墜されたが、残存した四〇発あまりは探知した最も反応の大きい目標に向けて続々と突入していった。

すでに損害を受けていたカリフォルニアはさらに二発の命中をミサイル弾庫付近に受けて大浸水が発生、横転沈没した。タイコンデロガ級のノルマンディは艦尾に命中弾を受け、浸水と火災によって速力が低下してしまった。

そして、スプールアンス級駆逐艦フレッチャーが命中弾を受けた時、一九四五年九月以後初めて、実戦において反応弾が連鎖反応を発生させた。

五キロトン反応弾の及ぼす被害は意外に小さなものである。

爆発高度ゼロ、地表爆発と想定した場合、むき出しになっている人間ならば、爆心から約八〇〇メートル前後の距離で放射線及び爆風によって即死、一キロ程度で数時間後に放射線障害で死への階段を転げ落ちる。おそらく艦艇の場合、それぞれの値を二〇〇メートル程度マイナスしておけば良いだろう。

だが、フレッチャーは救われようがなかった。彼女が受けたのは直撃弾だった。

網膜へ永遠に黒点を焼き付ける様な閃光がきらめいた。次の瞬間、フレッチャーの船体の一部は蒸発して蒸気に変化し、船体そのものは二つに折れた。

衝撃波によって爆心へ生じた一時的な真空へ周辺の大気が吸引された結果、あの特殊な爆煙が発生した。それほど大きくはないが、やはりいびつなマッシュルーム型をしている事には違いがない。

　それを目撃した艦隊の各艦はパニックに陥った。対反応兵器防御態勢が命じられたが、現実的な迎撃法にはさして変化はない。

　ある意味で爆発よりさらに影響が大きかったのは、反応爆発によって発生した火花放電現象がもたらした電磁《E》パルス《MP》だった。その効果は大型反応弾によるものよりずっと限定されていたが、周辺にいた数隻の艦艇に備えられたエレクトロニクス部品を数万電子ボルトの出力で叩き、焼き付かせてしまった。これが軍艦にとって現実的に何を意味するかと言えば——ただ浮いているだけになってしまった。

　残存ミサイルはフレッチャーの被弾によって生じた穴から幾らかの間隔を置いて突入していった。本来はもう少し数が多かったのだが、彼らもやはり電磁パルスの影響を受けていたのだった。

　だが、生き残った二一発のミサイルは彼らのセンサーが捕捉した最も巨大な目標——二隻の空母に向けて突進した。うち三発は反応弾頭型だ。

　護衛艦艇の外周防衛陣が突破され、内周防衛陣も消滅した今、二隻の空母に可能なのは使用できる限りの防御砲火をミサイルに放ち、フレアー、チャフ、妨害電波等々を懸命に放ち続ける事だった。

　しかし、その程度の努力には限界がある。一〇万トン近い巨体を持つという事は、運動性が低い事を意味している。

　ニミッツには五発が命中した。

　舷側に張られた特殊繊維装甲はそのうち二発の打撃を食い止めたが、アイランド基部に反応弾頭型が命中した事によって、空母防御のために払われたあらゆる努力が無意味になってしまった。

　ニミッツのアイランドは閃光と共に飛行甲板へ打ち倒され、続いてその周囲にある様々なものが蒸発、破壊されなかったものも三〇〇〇レム近い放射線を浴びた。甲板上に残されていた航空機は爆風によって吹き飛ばされ、飛行甲板と格納庫甲板へ侵入した爆風、熱、放射線は、そこにいた一〇〇〇名以上を即死させた。熱によって火災が発生したが、様々な障害が複合して発生したため、それを急速に鎮火させる事は困難だった。アイランドを失ったニミッツは、放射線とその他諸々のものによって焼けただれ、破壊された箇所から黒煙を噴きながら、亜庭湾を三〇ノット以上の全速で迷走し始めた。この時、ニミッツの備えたＡ４Ｗ型反応炉圧力容器の片方には亀裂が入り、艦内で生き残っている警報システム全てに不気味な現実を伝えていた。

ニミッツよりさらに悲惨であったのはエンタープライズだった。

彼女には合計七発のミサイルが命中したが、この内二発が反応弾頭だったからである。

最初に連続して命中した五発は通常弾頭であり、その結果、艦内各所で爆発と火災が発生した。これらの被害は半世紀に及ぶダメージ・コントロールの経験が造り上げた、優れたハードとソフトによって迅速な対応が行われたが――二発の反応弾はその作業が行われている途中で艦の前・後部へほぼ同時に命中した。

エンタープライズはその長い船体の両端で閃光に包まれた。爆風によってアイランドに備えられたアンテナが吹き飛び、その内部と飛行甲板、格納庫甲板にいた全員が爆風、熱、放射線によって即死した。反応弾の破壊力は彼女の飛行甲板を船体から引きはがし、艦首と艦尾の一部を蒸発させる程の打撃を放射線と共に叩き付けた。艦の両端から吹き込まれた爆風は格納庫甲板の中央で逃げ場を失い圧力を異常に強め――比較的構造の弱い部分を破壊しつつ、そこからあちこちへと噴出した。

最初に吹き飛ばされたのは格納庫の防御用シャッターだった。それが吹き飛ばされると、格納庫から様々なもの――かつて、機体や人間だったものが海上へまき散らされた。だが、この損害はまだ程度の軽い方だった。逃げ場を求めて突き進んだ、高熱の、放射線を帯びた爆風は、艦底深くに設けられている弾薬庫へと続く弾薬揚収用エレベーターに強烈な圧力を加え、それを艦底に向けて吹き飛ばしてしまったからだ。続いてそれは、弾薬庫へと流れ込み――誘爆が発生した。

エンタープライズの中央部から、反応弾の爆発とは質の違う閃光が発生し、続いて猛烈な火炎と爆煙が噴き出した。

七万トン近い船体は海上で震動し、次の瞬間、反応弾によって溶けた艦首を海面へと突っ込ませていた。すでに、船体の傾斜も始まっている。合衆国海軍の技術ならばおそらく彼女を救う事が可能であっただろうが、彼女とその周辺には、その技術を揮《ふる》うべき人々が存在しなかった。反応弾の度重なる打撃によって、その大部分が死亡していたのだ。

今、エンタープライズという空母は、日本人の手によって半世紀ぶりに沈められようとしていた。


以上の様な攻撃は、藤堂守が計画した合衆国軍への奇襲が実施された場所においてほぼ確実に発生した惨劇の一例に過ぎなかった。この攻撃によって合衆国側に生じた損害は次の通りである。

撃沈
空母　エンタープライズ、インデペンデンス
巡洋艦　カリフォルニア、ヴァージニア、アンツィオ、レイテ・ガルフ、フィリピン・シー、ヴェラ・ガルフ
駆逐艦　キャラハン、キッド、ジョン・バリー、フレッチャー、スプールアンス、メリル、スタンプ
フリゲート　ルーベン・ジェイムズ、オーブレイ・フィッチ
輸送艦等　一〇隻

大破等
空母　ニミッツ、エイブラハム・リンカーン
巡洋艦　サウスカロライナ、プリンストン
駆逐艦　ジョン・ポール・ジョーンズ、スコット、ファイフ
フリゲート　マクラスキー、ヴァンデクリフト
輸送艦等　一四隻

艦艇損害合計
沈没　二八隻　大破等　二三隻
航空機　三四一機（艦載機・基地機共）
人員　戦死・行方不明九〇一五名（三軍合計）

＊なお、国後基地の第三海兵師団及び第二四機械化歩兵師団第一旅団は、人員及び装備の被爆により作戦不能。国後基地は機能停止。

大損害だった。

合衆国が——海軍がこれほどの損害を被った事は、史上初めてと言って良かった。

特に、不沈を誇ってきた空母が、湾岸戦争のミッドウェイに続けて二隻も撃沈され、さらに二隻がおそらく廃艦にするより他無い損害を受けた事は、衝撃以外の何ものでも無かった。合衆国は東京から反応兵器使用についての警告を受けていたが、彼らの常識からするとそれは

悪い冗談に過ぎなかった。この大損害は、現実よりも自らの抱くイメージを重視した結果がもたらした――真珠湾と全く同質の敗北だった。

これに対して、赤い日本が受けた損害は潜水艦六隻（うち四隻は旧式）、航空機八〇機でしかなかった。決して少ない数ではないが、相手が相手であるから、至極軽い損害で済んだと考えるべきだろう。どう評価すべきであるかは別として、藤堂守の第一段作戦は完全な成功を収めたのだった。

樺太から北海道にかけての合衆国軍は壊滅状態に陥った。戦いは、日本人同士への問題へと完全にシフトしたのだ。

4　攻撃命令

函館、北海道

七月二八日午後一時

「間もなく着艦します」

前席のパイロットの声がヘルメット内のレシーバーに響いた。これまでの飛行で疲れ切っていた藤堂進は、マスクの中に力無い返事を返す事が辛うじて出来ただけだった。

パイロットは、ヴェテランだけに可能な、滑らかな減速を行い、ジェットノズルの方向を操作し、スラスターを噴射させて機体の運動量を垂直着艦が可能なレベルにまで低下させた。次の瞬間、機体のほとんど全てを見分けの付きにくい灰色系統で塗装したＦＶ２Ｄ垂直離着陸戦闘攻撃機（訓練用複座型）は、腰と背骨にくる衝撃と共に、戦艦のヘリ発着甲板へ着艦していた。この甲板は一時期Ｊハリアーの運用も考慮されて設計されたから、重量、エンジン排気熱共にハリアーなど比ではないＦＶ２でも、なんとか降下する事が可能なのだった。

「本艦に魚雷が命中したのは、本日〇六四〇頃の事です」

着慣れない耐Ｇスーツに締めつけられながら横須賀から飛んできた新任司令を公室に案内した情報幕僚が言った。

耐Ｇスーツの呪縛から何とか抜け出し、疲労した顔つきでバッグから取り出した艦内服を着込んでいた藤堂進は、

「対潜警戒はどうしていたんだ」

と尋ねた。いくら護衛が少なかったと言っても、〈や

まと〉にだって、六機のシーホークが搭載されている。護衛と合わせるなら、常に二機程度のヘリは出せた筈ではないか、と言っていた。

「こちらの速力が早すぎました」

情報幕僚は淡々とした口調で言った。

「ソノヴイ・バリアーがまともに機能する前に通り抜けてしまう、という有り様で」

「どれだけ出していたんだ？」

「三〇ノットです」

「三〇ノット？」

進は眉をひそめて言った。顔にはまだマスクを付けていた跡が残っている。三〇ノット。そこに魚雷が命中して、衝撃。大した衝撃では無かったに違いない。前任司令はどうして負傷したんだ？　いや、横須賀で聞いた話では、ＣＤＣではなく第一艦橋にいたという話だからな。前檣楼の上では、震動が全く違う。あれは振り子の先の様なものだ。昔、この艦がまだ大和だった頃、魚雷が命中して負傷者を出したのはトップの主砲射撃指揮所にいた連中だけだったという話を聞いた事がある。

彼は尋ねた。

「何でそんなに出していたんだ？」

「艦隊司令部からの命令でした。とにかく、可及的速やかに津軽海峡付近へ集結せよとの内容で」

進は艦長だった頃に使っていた〈やまと〉のフェルト帽を目深に被ると、ＣＤＣに行こう、と言った。通路やラッタルを幾つか抜け、最後にエレベーターへ乗り込む。エレベーターが動き出してから進は情報幕僚に言った。

「少し傾いていないか？」

「被雷時の損害が直るまでもう少し時間が必要です。現在は、応急注水系のチェックを行っています」

ＣＤＣは、進の記憶にあるよりさらに大きくなっていた。ディスプレイやコンソールは、彼が〈ほうしょう〉で使いなれたものに変更されている。海自は相変わらずだんまりのままで、装備の変更を行っているのだった。もっとも、ほとんど宣伝を行わずに装備を改造するのは三自衛隊に共通する悪癖だと言える。

「気ヲ付ケ」

進の姿に気付いた一般隊員あがりの二尉が、艦内では珍しい号令をかけた。戦闘配置をとってはいるが入港中であるため、かけられた号令だった。

「楽にしてくれ」

進は軽く手を振ってそう言うと、艦長用座席とは別の区画に設けられている司令用座席に向かい、座る前に短く言った。

「藤堂進だ。よろしく頼む。幕僚及び艦長で行うべき報告のある者はすぐに来てくれ。配置に戻れ。以上」

　兵力状況及び戦争の現況について報告を行うため、幕僚達が入れ代わり立ち代わりにやってきた。その大半は顔見知りで、中にはかつて一緒に勤務した事のある者もいた。自衛隊という場所は意外に狭い世界で、特に幹部クラスともなるとその傾向が著しい。

「藤堂さん、お帰りなさい。〈やまと〉は良くなりましたよ」

　艦長の東郷一佐が言った。

「確かにね」

　進は微笑んで言った。事実、〈やまと〉は彼が艦長を務めていた時期よりさらに強化されていた。小はトイレの改造から大は機関の出力強化まで改装された点は無数にあったが、兵器としての〈やまと〉へ最も直接的に関係している強化点は、近接防空兵器《CIWS》の著しい増加だった。

　湾岸戦争の頃、〈やまと〉の備えていた本物のＣＩＷＳはファランクスが四基だけで、この他に、ＣＩＷＳとしての能力も持っているというＯＴＴメララ七六ミリ速射砲――スーパー・ラピッド型が四門あった。

　現在はこれに加えて九〇式――エリコン三五ミリ機関砲を搭載した陸自の八七式自走35ミリ機関砲の砲塔部をベースにした連装砲――が四基が追加され、さらには新型の近接防空ミサイル――ＲＡＭの一〇連装ランチャー二基も備えられていた。スタンダードに始まる従来の防空兵器をこれに加えるならば、〈やまと〉は、防空戦闘においてこれ以上は無いという強化を施された事になる。

　湾岸でミッドウェイが沈む場面を見ていた海自は、結局の所、個艦防空力が強く無ければシステムを維持出来ないという発想を持つに至り、それを特に大型艦に対して適用していた。その背景には、日本が合衆国ほど予備の艦艇を持てない――ほとんど一枚看板の艦隊であるという現実がある。もちろん、進がその原案に関わった10・4・10・10艦隊計画における防空力強化方針も影響していた。

「ま、細かい事はよろしく頼む。少しばかり残念だが、〈やまと〉は君の艦だからな」

「任せて下さい」

　進は兄の奇襲攻撃によって合衆国軍が受けた損害をもう一度確認し、とても払いきれない負債を押し付けられた保証人の様な表情を浮かべた。

「こりゃ、駄目だな」

「合衆国軍は大混乱です」

情報幕僚が言った。まず、日本付近におけるCキューヴドIネットワークが消滅しました。連中、嘉手納や読谷《よみたん》を返還した後は、国後に基地機能を集中していましたからね。とにかく、大混乱です。我々が国後に基地を置かないのは正解でした。もともとあそこは、ロシア人の反応弾を引き付けるために合衆国へ基地を置かせた様なものでしたからね。

ああ、それはともかく。戦艦ウィスコンシンを主力とする水上任務群は一応無傷ですが、我々の空母からのエア・カヴァーが無ければ交戦可能域に入ろうとしないでしょう。

それから、混乱しているのは軍だけではなく政府中枢も同じです。ホワイトハウスは増援部隊の派遣を決定しましたが、議会の方は反応兵器で報復攻撃を行えと騒いでいます。

「合衆国からの増援は、取りあえず放っておいていい。航空機以外は一週間かかるんだ」

進は言った。

「それより、こちらの状況は？」

「御存知の通り、政府は防衛出動命令を発令しました」

情報幕僚は言った。今のところ、進に全ての状況を摑ませるのが彼の仕事だ。

「統幕も、ＪＯＩＮＲＡＰ発動準備態勢を発しております」

「レベルは？」

「Ｑ—４Ｂ号想定です」

「そんな所だな」

統合緊急侵攻対処計画——ＪＯＩＮＲＡＰは、正式名をＱ号計画という。予想される戦略的状況に対して、
不正規戦　Ｑ１号
限定通常戦　Ｑ２号
全面通常戦　Ｑ３号
限定反応兵器戦　Ｑ４号
全面反応兵器戦　Ｑ５号
の五つがある。各号計画には、それに対して積極的に対応するかどうかでＡ、Ｂのサブタイプが存在していた。現在発令されているＱ—４Ｂは、限定反応兵器戦消極対応計画という訳だ。自暴自棄としか思えない先制反応兵器攻撃をしかけた赤い日本をこれ以上刺激せぬため、と

にかく守りだけは固めて事態を見守ろう、そういう所だった。相手が何を考えているのか分からない現状では、無理のない判断ではある。

「納得は出来る」

進は言った。

「だが、気に入らん。直ちにQ―3A号想定に切り替えるべきだ」

「しかし、相手には反応兵器がある筈です」

「いや、戦術レベルの兵器はもう無いよ」

進は断定的に言った。

「持っているなら、合衆国軍へさらに攻撃を加えている筈だ。とにかく〈向こう側〉にとって本当に邪魔なのはアメちゃんだからな。後は、人民なんたらとか言うIRBMしか残っていまい。このまま全艦隊で樺太へ突き進んで、陸自を上陸させ、豊原を占領、IRBMも吹き飛ばしてしまうべきだ」

「そうすると、向こうは先にボタンを押す事になります」

「いや、最後になるまで押しはしないな」

進は滅多に見せない表情になって言った。

「IRBMは、今の〈向こう側〉にとって唯一のカードだ。こっちが攻め寄せたぐらいで発射していては、戦を止める方法がなくなる。だから、〈向こう側〉がもう駄目だと気付く前に攻め寄せるのが最良の方法なんだ」

――俺の兄貴なら、そこまで考えている筈だ、と言いかけて進は止めた。あまり理由にならない様に思えたのだ。

「とにかく、可能な限り積極的な行動を取るべきだ、俺はそう思う。戦況は？」

「ディスプレイに出します」

樺太と北海道周辺を含んだ略図がカラー液晶ディスプレイに表示された。

「ロシア軍は完全に音無しの構えなので、データから削除してあります。おそらく事態に対応すべき戦力が存在しないのでしょう」

「見慣れんからつらいな」

進は言い、地図を略図に変え、カラー使用を種類及び敵味方識別だけに切り替えた。それでも相変わらず込み合っている。表示すべき情報が多すぎるのだ。

「敵第一梯団は留萌―釧路線を突破、主に札幌と帯広を対象とした攻勢を行っているものと思われます。現在までのところ、北部方面隊は戦線を維持、後退は二〇キロ程度で済んでいます。敵の兵力はかなりのものですが、装備の質的レベルがこちらの戦力を倍加しており、突破を許しておりません」

進はタッチセンサー・ディスプレイに指を押し付け、最も部隊の集中している道央への入り口——旭川から赤平にかけてを拡大した。確かに、この正面を担当している第二機甲師団は頑張っていた。四個師団近い敵をしっかりと受け止め、秩序のある戦線を張っていた。

「航空状況は多少ましです。すでに空自がほとんど全機を投入して制空権確保と近接航空支援を開始しております。厚木等から展開した合衆国軍機一〇〇機は、主に阻止攻撃を行っています」

「俺達は何をしているんだ」

「それが」

情報幕僚が辛そうな表情で言った。

「現在の所、集結命令以外は出ておりません。全ての空母は、防空と対潜任務以外はなにも」

「どういう事だ。おい。わからんな」

進は顔をあげ、東郷艦長に呼び掛けた。

「艦長、本艦はいつ行動可能になる」

「もう数分下さい。現在、応急注排水システムの最終チェック中です」

「俺達の現在の所属は、第二機動任務群のままか？」

進は情報参謀に尋ねた。機動任務群とは、現在の様な有事の際に編成される戦闘グループで、中核に空母を置き、その周辺を護衛艦が固めるという構成になっている。基本的には合衆国海軍の空母群と同じものだ。ただし、海自の場合、空母を守るべき艦艇の不足から、二個機動任務群しか編成出来ない。運用上の必要性から、第一機動任務群に〈しょうかく〉、〈ずいかく〉が所属し、第二機動任務群に〈ほうしょう〉が配される事になっている。〈ほうしょう〉のグループは、将来、同型艦の〈ひしょう〉が配属されて二隻態勢を確立する筈だったが、〈ひしょう〉はまだ完成しておらず、この戦争には間に合わない。〈やまと〉が第二機動任務群に配属された原因は、〈ほうしょう〉一隻では不足すると考えられる艦隊防空力を補完する為だった。彼女が被雷した原因も、〈ほうしょう〉と一刻も早く合流すべく、津軽海峡を強引に通り抜けようとしたからだ。その入り口で待ち伏せていた旧式のエコー改級にひっかかったのである。

幕僚の肯定を受け、進は海上戦力の配備状況をディスプレイで確認した。第一機動任務群は東北太平洋岸を北上中だった。そして〈やまと〉が合流すべき第二機動任務群は新潟県沖の日本海だ。

進は命じた。

「おい、すぐに任務群司令部に意見具申だ。さっき俺が言った強襲案を君が作戦幕僚に説明し、二人でうまくまとめてくれ」

情報幕僚が返答しかけた時、〈やまと〉の艦長席から命令が響いた。

「艦内各部最終チェック終了」

「曳船離れたか」

「曳船離れました。進路上に障害物無し」

「よし、いくぞ」

東郷艦長が命じた。

「機関始動」

「機関始動。全ガスタービン作動良好」

「周囲警戒怠るな」

「周囲警戒怠るな」

「右舷ポンプ作動。傾斜復元、船体起こせ」

足元から伝わってくる振動と共に、あえて傾いていた船体が通常の状態に戻ってゆくのが感じられた。

進は情報幕僚に軽く肯いてみせた。

「とにかく急いでくれ」

「傾斜復元終了」

「傾斜復元終了。各部状況確認」

「水上打撃戦区画問題無し」

「防空戦区画問題無し」

「対潜戦区画問題無し」

「航海、機関各区画問題無し。本艦準備よろしい」

「司令、本艦戦闘航海支障無し」

「了解」

進は艦長の報告に答えた。CDC内の通信区画から報告が入り、機動任務群司令部から司令宛命令が入っていた。

進は暗号が解読されるのを待ってそれをディスプレイへ表示させた。なぁんだ、という表情を浮かべる。そこには、彼が考えたそれと良く似た樺太強襲——豊原占領及びIRBM破壊を目的とする計画の原案が表示されていた。誰かが、先に思い付いていたらしい。それにしても、一体誰が？　中央からこんな荒っぽい計画が降りて来るなんて、よほどの理由があるに違いない。

第二機動任務群第八護衛隊司令宛緊急信の末尾はこうなっていた。

貴官はその掌握せる全艦艇をもって機動任務群本隊と合流、この作戦を支援すべし。任務群における貴官の担当分野は、防空及び水上打撃戦副調整官。勇敢なれ。

進はディスプレイの表示を彼の指揮下にある兵力の一覧表に切り替えた。〈やまと〉の他に、

打撃護衛艦　〈あきづき〉

ミサイル護衛艦　〈はたかぜ〉

護衛艦　〈あさぎり〉〈はつゆき〉

の四隻があり、函館港付近で対潜哨戒に当たっていた。打撃護衛艦とは、当初ミサイル・キャリアーと呼ばれていた艦の事だ。

「原案のままでは艦長や乗員の士気が下がる」

という実に日本的な理屈が通って、ＳＳＭ２艦対艦ミサイル一六発が追加装備され、同時に多少無理のある打撃護衛艦という艦種類別が設けられたのだった。とにかく、空母の護衛を務める戦力としてなかなかのものである事は確かだった。

「通信、護衛隊全艦に命令」

藤堂は命じた。頭に、レシーバーとマイクが一体化された簡易型のヘッドセットを付けている。

「本隊はこれより出撃、機動任務群本隊と合流して戦闘に参加せんとす。全艦、防空・対潜警戒を厳にせよ、以上」

「各艦より了解信号入ります」

ディスプレイを見ていた司令部通信士が報告した。

「続いて、函館基地隊より発光信号。本文、貴隊ノ武運ヲ祈ル。返信されますか？」

「無論だ」

進は言った。

「隊司令より基地隊司令に返信、誓ッテ戦果ヲ掲グ。以上だ」

現代の海軍ではほとんど行われる事の無いやりとりに周囲の注目が集まった事を意識しながら進は思った。仕方ないじゃないか。

俺達は勝たねばならない。もし失敗したら、東京にＩＲＢＭが降って来る可能性がひどく高くなるのだ。

進はディスプレイを切り替え、自分が摑んでおくべき様々な情報に目を通し始めた。こうして、最後の戦いが始まった。

5 交錯

樺太周辺の太平洋海域
一九九四年一月二七日〜二八日

二つの日本が命運をかけて激突した戦闘はその初日の晩から翌朝にかけてで実質的なピークを迎えた。戦闘そのものはそれから一〇日以上も継続されたが、焦点は、樺太強襲を決意した自衛隊と、それを阻止すべく行動を開始した赤い日本の全軍事力との激突によって決せられた事は疑いの無い事実だった。

ＪＲＳ〈真岡〉オホーツク海

すでに日本赤衛艦隊潜水集団の保有戦力は半減に近い損害を受けていたが、これまでの所、戦場以外の場所からそれを眺めている限りは、一応の納得が行く結果ではあった。四隻のエコー改級と二隻の〈八月一五日〉級は、合衆国の空母や基地に対して反応弾頭型のミサイルや魚雷を放った後に撃沈されたのだ。

佐伯艦長の〈真岡〉は、いまのところ、その喪失リストに名を連ねてはいなかった。彼はインデペンデンスへ反応弾頭ミサイルを直撃させ、撃沈するという大戦果を上げていたが、その後の合衆国海軍による追跡の手を辛うじて逃れる事に成功していた。

潜水艦は深度一五メートルの潜望鏡深度にいた。もっとも、深度は船体の竜骨が通った位置から測るから、司令塔から水面までは一〇メートルを切っている。対潜探知能力が上昇した時代においては充分以上に危険な深度だ。

「ツリムとれ」

潜航長の命令が響いた。艦がわずかに振動する気配が感じられ、続いて気味が悪いほどの静寂に包まれた。

通信長が言った。

「定時受信時刻まで三〇秒。艦長、通信アンテナ上げます」

「よろしい」

佐伯艦長は毛深い手を掻きながら応じた。艦隊司令部からの秘密命令でＮＳＤ政治将校を逮捕、拘禁したのはわずか八時間ほど前の出来事だが、それ以来、艦内の空気は驚くほど変化している。誰もが、自分達の上にのしかかっていた体制の余りの重苦しさに気付き始めていた。

「受信開始――終了」

通信機のディスプレイを見ていた通信員が報告した。大泊の司令部から発信された電波が、一秒にも満たぬ長さに圧縮されて、〈真岡〉の通信暗号解読機へと流れ込んだのだ。

「受信確認」

通信長が報告した。

「アンテナ収容します」

「潜航深度五〇」

佐伯艦長はすかさず命じた。

「聴音探知ないか」

「現在探知なし」

佐伯艦長は潜望鏡にもたれかかり、軽く息を吐いた。誰もが似たような動作をしている。潜水艦にとって、浅深度に上がって通信アンテナやヴイを海面へ突き出す瞬間は、最も緊張の高まる時間の一つだ。司令部からの命令を受けるためには仕方がないけれども、せっかく隠れているのに、レーダーで探知され得る海面へ頭を突き出す気分は良いものではない。さすがに完璧な位置を敵に捕まれてしまう発信は滅多に行う必要が無いので助かるが、それでも、出来うる限り行いたくない行動の一つではあった。

「深度五〇。ツリムとります」

「通信解読出来ました」

佐伯艦長は通信長の差し出した電文を読んだ。オホーツク海への侵入をはかるあらゆる敵艦を撃破せよ、潜水集団からの通信はそう命じていた。

「水雷長、残弾は？」

佐伯艦長は念のために確認を入れた。

「魚雷六本、誘導弾二発です。すべて通常弾頭」

反応弾頭型は空母を攻撃する際に射耗していた。

「本艦は北方領土付近での警戒につく。今のうちに休める者は休んでおけ」

佐伯艦長は命じた。国後・択捉付近は敵対潜哨戒機の行動範囲内だ。友軍がある程度の制空権を及ぼしてそれを妨害するだろうが、気を抜く事は出来ない。

佐伯艦長は時計を見た。一三二五時だった。

人民空軍地下航空作戦指揮所、豊原

藤堂元帥は人民空軍に所属する全ての兵力を北海道上空の制空権確保と対地支援に投入していた。

現在、樺太南端と北海道に設けられた基地から作戦している航空機は約六〇〇機に達しており、航空自衛隊に対して数的優位にある。しかし、敵はパイロット、機体共に優秀で、それに防空ミサイルの支援が加わるため、損害比率は1対3で敵の優位だった。ただし、戦線後方奥深くを叩きにくる合衆国の阻止攻撃任務機にはかなりの損害を与えており、すでに二〇機以上を撃墜していた。

赤衛艦隊作戦部長が伝えた。

「五分程前の一四五七時、日本海方面で行動中の我が潜水艦が通信の途中で消息を絶った」

守は尋ねた。

「場所は？」

「奥尻の西方二〇浬――この辺りだ」

作戦部長は傍らにかけられた樺太と北海道の地図に描かれた海上の一点を示して言った。

「その潜水艦の喪失について、何か疑わしい所があるのだな？」

守は確認する様に言った。先程まで傍らにいたコンドラチェンコはいない。

「潜水艦は、太平洋を北上中の日帝艦隊について報告中だったのだ」

作戦部長は言った。

「空母と戦艦を含む艦隊だ」

「つまり君は」

守は軽く片方の眉だけを上げて言った。

「敵が攻撃的な任務を帯びた艦隊をそこに派遣していると言うのだな」

「そうだ」

「直ちに哨戒機を出そう」

「艦隊も出撃させて欲しい。これまで、赤衛艦隊水上部隊は全く戦闘に寄与していない。もし艦隊を有効に用いる事を望むならば、機会は今を措《お》いてない。味方が北海道上空の一時的制空権を摑んでいるうちならば、最大限の戦果が期待出来る」

「良案だ」

守は大きく肯いた。

「しかし――一時的制空権だと？」

「元帥。私は貴官の立場を理解していると思う」

作戦部長は引き締まった顔に微かな笑みを浮かべつつ答えた。

「本来ならば、貴官がもっと犠牲の少ない方法を取りたかったのではないか、そうも思っている。だが、我々の内部には多数の裏切り者と、愛国者達がおり、直線的な解決法はとれない――そういう事ではないかと思っている。まぁ、これは私の思い過ごしかもしれないが」

「貴官は何を言っているのだ」

「特に党や指導者に近い者の多い人民赤軍の配備方法が見事だった。貴官は北海道への兵力重点配備を主張し、実現させた所が見事だった。今、この樺太には予備役の数個師団が残っているに過ぎない。もちろん、予備役人員そのものは大量に存在しているが、動員は出来ん。国家経済が崩壊してしまうからな」

「貴官は何を望んでいるのだ」

「貴官の計画を完璧にする事だ。というよりは、海軍軍人らしく死ぬ事、かもしれない。私は海軍士官として生涯を過ごしてきた。今更、他の何になれるとも思わない。個人として貴官の計画は理解出来るし、それに加担する事も出来る。だが、それがもたらす新たな世界に私の生きてゆくべき場所はない」

「君とは友人になっておくべきだったな」

「残念だ」

海軍作戦部長は立ち上がった。

「藤堂元帥、我が赤衛艦隊は全力上げて出撃、日本海を北上中の敵艦隊を迎撃する。艦隊には私も同行する」

「貴官の幸運を祈る」

「いや、私には勝てる可能性がある。幸運は貴官にこそ必要だと思う」

JRS〈真岡〉　択捉島東端沖一〇浬

〈真岡〉の上下から押し潰された魚雷の様な鼻面に収められた低周波ソナーと曳航ソナー・アレイの双方に海水を何隻もの艦がかき回す音が入ってきたのは、一五三五時の事だった。

水測室からの報告では、目標の位置は深度九〇メートルに潜む〈真岡〉から約四〇浬。方位は1―7―5。おそらく三〇隻以上の艦艇が広い範囲に広がりながら北へ進んでいる。

「当たったな」

佐伯艦長は海図を見ながら嬉しそうに言った。

彼は敵艦隊がオホーツク海侵入をはかるなら、択捉《えとろふ》と得撫《うるっぷ》に挟まれたこの海峡だと直感し、艦をここまでかなりの高速で航行させて来たのだった。周辺に探知目標は無かったし、オホーツク方面に対する敵の航空対潜哨戒は、国後基地の機能喪失によって停止していると判断されたからだ。

理由は――国後水道や根室海峡だとこちらからの攻撃

を受ける可能性があるし、それより遠い海峡を通った場合、時間がかかりすぎる。そういう事だった。敵は一刻も早い主導権の奪取を望んでいる筈であるから、その行動は時間的な要素に制約されている。

「いつまでこの位置にいるんですか？」

副長が低い声で尋ねた。〈真岡〉の現在位置は、潜水艦の行動が制約される浅深度域――深度二〇〇メートル程の場所であり、回避機動の自由は余りない。

「択捉にもっと近づいて、島の陰で敵の通過を待つ」

佐伯艦長は言った。

「逃げる時にどうするか、ですね」

彼と同じ様に海図を覗きこんだ副長は言った。

「つまり、敵の中枢に攻撃をかける訳ですからね」

「そこなんだ」

佐伯艦長は言った。

潜水艦は深度一〇〇メートル付近の変温層を上下しつつ、五ノットの速度で択捉島東端を西へまわりこんだ。その間にこの距離で敵艦隊について可能な限りの精密測定を行ったと判断した佐伯艦長は、逃走の際に邪魔となる曳航ソナー・アレイの収容を命じた。


この時、〈真岡〉の待ち伏せる海峡を通過しようとしていたのは、豊原攻撃を命じられた強襲部隊の前衛艦隊だった。

艦隊は空母〈しょうかく〉及び戦艦ウィスコンシンを主力としており、イージス・ピケット艦と対潜護衛艦を先頭に立てながら、周辺をヘリで捜索しつつ北方へ一五ノットの速度で進んでいる。後方には、二〇隻に及ぶ揚陸艦、高速フェリー等からなる船団を護衛した艦隊主力――〈ずいかく〉の戦闘グループがいる。

前衛艦隊の行動は慎重だった。贅沢と言って良い程にパッシヴ・ソノヴイを艦隊針路上に投下しつつ、あらゆる海中音響を聞き取っている。何といっても、潜水艦には今日だけでも充分ひどい思いを味わわされていた。だが――ほとんど海中に静止していた〈真岡〉を捉える事は出来なかった。確かに、反応炉の循環ポンプは常に作動音を立てていたが、それは島の周辺で入り乱れる様々な海中音響に紛れ込んでいた。

「大型目標二個探知、感2」

水測室から報告が来た。

「おそらく一隻は〈しょうかく〉級空母。もう一隻は……合衆国のアイオワ級戦艦と思われます。本艦の右舷三〇度、一五浬を左舷方向に向けて航行中」

「大物だな」

佐伯艦長は口元に獣性の様なものを浮かべて言った。敵艦隊の内側に入り込んだという恐怖より、大物を食えるかもしれないという喜びの方が大きい。少なくとも今はそうだ。

「速力五ノット。針路そのまま」

佐伯艦長は命じた。

「水雷、発射解析値出せ」

水測室から早口の報告が入った。

「護衛艦らしきもの、針路変更。左舷方向より本艦に向かって来る。距離三〇浬」

「発射解析値計算よし、入力——発射管注水」

「前方の大型目標、速力上げました」

「全発射管開放。全弾発射」

艦首方向から水洗トイレの流される様な音が連続して響いた。

「護衛艦らしきものさらに多数、変針！」

「発射終了。発射管閉鎖。排水」

それを聞くと同時に佐伯艦長は叫んだ。


「誘導ワイヤ切断。機関全速！　左舷回頭」

彼が艦首六五〇ミリ発射管から放った合計八発のうち、二発はロシア人の造ったＳＳ‐Ｎ‐７サイレン巡航ミサイルだった。弾頭威力五〇〇キロ、最大速度マッハ〇・九で、レーダー・ホーミングあるいは対レーダー・ホーミングで敵に狙いをつける。彼は敵の対応を混乱させるため、うち一本を対レーダー・ホーミング・モードで発射していた。もし敵がこのミサイルを迎撃するためにレーダーを作動させた場合、ミサイルはその発振源に向けて突進してゆく事になる。

だが、佐伯艦長はこの二本のミサイルにさして期待していない。たった二本では容易に防空火器で撃墜されてしまうからだ。

彼が本命として敵艦に放ったのは、六本の全長九メートルを越える七九式魚雷だった。ロシア人が開発した同種の魚雷を原型にしているが、合衆国等で言われていたウェーキ・ライダー——航跡ホーミング方式ではない。信頼性の点から言ってよほど確実なアクティヴ・ホーミングだった。無論、基本的なデータは発射前に入力されており、その後は、可能な限り母艦の探知データをワイヤで受け取りつつ、目標を目指す。

しかし、今の場合、佐伯艦長にはそれを行う余裕は無かった。そのため、彼は必要最低限の時間だけ魚雷にデータを送るとワイヤを切り、魚雷自身の頭部に備えられたアクティヴ・ソナーに後を任せたのだった。発射距離は一五浬であるから、五〇ノットで二七浬を走るこの魚雷にある程度の戦果を期待する事は可能な筈だった。

魚雷とミサイルを同時に打ち込まれた艦隊は、混乱に見舞われながらも、懸命に対応策を講じた。

まず、ミサイルに対してオート・モードに入れられたＣＩＷＳが狙いを付け、電波妨害とチャフ、フレアー等々が連続して実施された（ミサイルがどのタイプのホーミングなのか、考えている余裕がないからだ）。

アクティヴ・レーダー・ホーミング・モードで発射されたサイレンは電波妨害によって偽の目標を与えられ、コースを変えかけたところでシー・スパローの攻撃を浴び、海面に飛散した。

対レーダー・ホーミング・モードで発射されたサイレンはもう一発より目標の近くまで接近し――戦艦ウィスコンシンの舷側から五〇〇メートルの位置でファランクスの二〇ミリ砲弾を浴びて粉砕された。運動エネルギーを持ったミサイルの破片はロケット・モーターと共に戦艦の甲板へ降り注いだが、さすがに戦艦をこの程度の打撃で傷つける事は出来なかった。

一方――ソナーを作動させた六本の魚雷は、それぞれ目標を捉える事に成功した。二本は〈しょうかく〉を狙い、四本はウィスコンシンへ向かう。

この高速魚雷をソナーで探知した護衛艦のうち最も近くにいた二隻は、主力艦を守るべく勇敢な行動に移った。日本の〈あまぎり〉と、合衆国のインガソルだ。

速度を一杯に上げて大きく舵を切り、魚雷のコースを横切る様な動きを示す。続いて遮蔽用発泡剤《マスカー》を大量に放射し、魚雷のソナーから二隻の巨艦の反応を隠そうと試みる。これらの努力の結果、ウィスコンシンを狙っていた魚雷一本がコンタクトを失い、他の目標を探知すべく捜索に移った。

他の五本の航跡に変化が無い事を確認した〈あまぎり〉とインガソルは、艦尾から曳航式のデコイを海中へ放りこんだ。艦内のセントラル・コンピュータから、ソナーで捉えられている魚雷のアクティヴ探信音《ピン》を再現する電気信号がデコイに送られ、デコイ内部に組み込まれた発振器が同一間隔でそれを周囲に放射する。魚雷のアクティヴ・ホーミングを惑わせるためのものであるから、その発振はかなり強力だった。

二隻の護衛艦の努力により、〈しょうかく〉に向かっていた一本と、ウィスコンシンに向かっていた一本がデコイへ針路を変更した。

しかし、これが限界だった。〈しょうかく〉を狙った一本と、ウィスコンシンを狙った二本は、そのまま目標の柔らかい下腹へと突っ込んだ。

轟音と共に〈しょうかく〉の左舷艦尾エレベーター付近に水柱が発生した。魚雷は通常の艦艇よりも分厚く造られた船体外板にめり込み、九〇〇キロの炸薬を爆発させたのだった。

だが――さすがに七〇〇〇〇トンを越える空母だけあって船体が極端に揺れる事は無かった。また、命中した区画は多重装甲の機能を期待されて重油タンクが設けられていた場所であったため、艦尾から黒い尾をひくだけの損害で済んだ。ただし、最大速力は二七ノットに低下した。また、艦内区画の一部に浸水が発生したが、傾斜は応急注水ですぐに復旧された。

ウィスコンシンを狙った二本の魚雷は、艦首へ立て続けに命中した。信管作動と共に、アメリカ的な美しさを持つ長い船体の前方に大きな水柱が立った。ウィスコンシンはこれによって三〇〇トンの浸水、と最大速力二五ノットという損害を受けたが、それ以上能力を減じる事は無かった。

いま、数隻の護衛艦と一〇機近いヘリに追い回されて海中を四〇ノット近い速度で逃げ回る佐伯艦長の攻撃は一応の成果を獲得したが、これは、現代の大型艦に対する攻撃――そして撃沈が通常兵器では非常に難しいものである事を証明した実例でもあった。事実、二隻の巨艦に命中した魚雷は炸薬量一トンに達する大型魚雷だったが、両艦ともに重大な損害を受ける事はなく、作戦行動を続行出来た。いかに艦艇の弱点を叩く魚雷といえども、大型艦は、集中攻撃を行わねば撃沈出来ないのだった。

この三時間後――戦争が行われる度に証明され続けてきた原則が、さらに大規模に適用される事態が発生した。日本海を突き進む二つの日本の機動部隊が、歴史においてほぼ半世紀ぶりに発生する艦隊決戦を開始したからである。

JDS〈ほうしょう〉　奥尻島西方三五浬

ベア編隊指揮官機、藤堂輝男一尉の操るFV2が空母の左舷船体上に設けられた坂を駆けあがった時、彼の世界は夜を迎えようとしていた。

　最悪だ。輝男はそう思った。考えうる限り最悪だ。これから夜だって時に飛び上がるアルファ・ストライク・チーム。完全な水上打撃戦陣形を整えつつある艦隊――闇夜で飛び交うミサイルと航空機。まかりまちがってドッグファイトにでもなったら、ひどい事になるぞ。

　輝男はTACANの示す高度へ機体を上昇させながら、IFFのスイッチを入れた。これだけが、彼が何者であるかを味方へ証明してくれる。もっとも、その点は昼も同じだが。

　結局、〈ほうしょう〉にトムキャットは搭載されなかった。それは北海道上空での制空権競争に苦労している空自の支援にまわされ、双胴空母へは、未だ完成していない姉妹艦への配備用に編成されていたFV2飛行隊が追加される事になった。運用面から言えば、納得の行く決定だと言える。

　だからといって何も宇宙飛行士まで引っ張りだす事はないじゃないか、輝男は腹の中でそう毒づいた。別に駄々をこねている訳じゃない。訓練不足の飛行隊を底上げするために、後方へ下げていたヴェテラン・パイロットを引っ張りだす海自のやり口が、それこそいつか来た道じゃないかって――

「ムーンライト・シェラ・ヤンキーよりベア・リード。貴編隊の任務を変更する」

　げっ、いきなりかよ。

「ベアよりムーンライトSY、伝達されたし」

「ベア、前方の敵機動部隊は艦載機発艦中。一部が外周哨戒中のランターンへ向かっている。CAPだけではこれの迎撃は難しい。貴編隊は直ちに――」

「ベア了解。ランターンのリンク・チャンネルを教えろ。直ちに救援に向かう。交戦規則は？」

「オスカー5―8―9。ガンズ・フリー」

「了解、終ワリ。リードより全機、みんな聞いたな？　エンジェル2―0で……」

　輝男は、襲われかけているE1D早期警戒機《ランターン》から送られて来るデータがパネルのディスプレイ内に表示されるのを確認して言った。

「ベクター0―1―7だ。ランターンからのリンクが切れない限り、接触直前までレーダーは作動させない。いいか？」

　三人のパイロットから返答が来た。彼の以前の相棒は別の編隊のリードをしている為、ここにはいない。

ベア編隊は少しずらした上下二段重ねの展開隊形をとって目標へ向かった。E1Dからは接近しつつある敵機――おそらくSU27だろう――と出くわすべき地点が指示されて来る。

突然、リンクされているレーダー情報に新たな輝点が四つあらわれた。SU27らしい四つの輝点と同じ位置から発生し、速度を増してハンマーの輝点へと向かう。ちなみに、E1Dからリンクされてくるレーダー・データは、FV2の機載コンピュータにより、自機のレーダーから見た場合、という処理を受けてから表示される様になっている。

「まずい」

輝男はうめいた。あのままでは艦隊の眼が撃墜されてしまう。

彼は最良の方策を判断し、実行に移した。自機のレーダーを作動させ、スパローの射程限界でロックオンを行ったのだ。

距離は三〇〇キロ近くあったが、機体表面に合わせて整形されたコンフォーマル型フェイズド・アレイ・レーダーは確実に敵を捉えた。向こうが敏感なパイロットなら――

彼の賭けは半分だけ当たった。

二機のSU27らしき輝点が針路を変更、緊急回避を行うのが分かった。ミサイルを示す輝点のうち二つがE1Dへの追尾コースから外れ、はるかウラジオストックに向けて飛び去ってゆく。

だが、他の二発はそのまま目標へ向かい続けた。その頃には、彼の編隊の他の三機もレーダー発振を開始している。

畜生。輝男は思った。あいつら、よほどのヴェテランか、夜にレーダー警戒装置を切っている様な馬鹿だ。

ミサイルを避けきれぬ事を察知したE1Dは激しい回避運動を行った後に高度を下げ始めた。被弾後の脱出に成功した場合、生き残る確率を高くしておこうというのだろう。

輝男は顔をしかめてその輝点を確認、敵機を射程内に収めるべく運動を開始した。彼はその夜、二機の敵機を撃墜スコアへ加える事になる。

JRS〈解放〉

戦闘の展開は急速であり、ある程度自動化の進んでいた赤衛艦隊の管制システムでも情報を処理仕切れない場合が発生し始めていた。前哨戦として始まった双方の空母機による空戦は徐々に乱戦へ陥りつつあり、攻撃隊として発艦させた編隊がそれに巻き込まれる事態も起こっている。〈ほうしょう〉の搭載機が約八〇機、赤い日本がロシアから手に入れたワリヤーグ――〈統一〉が約六〇機という接近した数であるため、決定的な攻撃を仕掛ける事が出来ないのだった。攻撃機の開発について開き直ってしまった赤衛艦隊は搭載機の八割以上をSU27にしていたから、航空戦状況の混乱は当然ですらあった。

戦艦〈解放〉――八〇年代に〈やまと〉へ対抗して様々な改造が行われた結果、ミサイルとアンテナの怪物になってしまった――に将旗を掲げた赤衛艦隊作戦部長はCICのレーダー・ディスプレイに表示されるその状況を嬉しそうに見つめた。当然だった。彼の赤衛艦隊は、空母を手に入れてから一年程にしかならないのだ。それが――七〇年も空母を使い続けてきた海軍と対等に戦っている。喜ばずにはいられなかった。損害はこちらの方が多い様だが、その点は仕方がない。

彼にとってもう一つ面白く思える事は、この戦闘が結局は水上打撃戦でケリをつける方向へ進んでいる事だった。航空攻撃力が接近しているため、艦艇に積み込まれているミサイルで殴りあう他に打開策が存在しない。

それならば、こちらの方が有利かもしれない、と作戦部長は思った。

迎撃に出撃した艦隊は、〈解放〉、〈統一〉を中心とする約二八隻の艦艇からなっており、各艦は平均四発から八発の対艦ミサイルを搭載している。〈解放〉の場合は特に多くて二〇発、この他にロシアから買い込んだキーロフ級巡洋戦艦〈栄光〉やスラヴァ級巡洋艦〈独立〉等々があるから、同時発射能力は二〇〇発近い。最大五〇〇キロ以上の射程を持つ対艦ミサイルを持ちながら今まで発射してこなかったのは、集中攻撃の効果を高めるためだ。

敵はどうだろうか?

〈やまと〉が一六発の対艦ミサイルを搭載し、他の艦艇一八隻がそれぞれ八発ずつ搭載しているとして一六〇発。いい勝負という所か。いや、問題はミサイル迎撃能力の方か――

報告が入った。

「現在、彼我の距離、約一〇〇浬。まもなく全対艦ミサイル発射可能距離に入ります」

〈統一〉から発艦した早期警戒ヘリと、稚内から危険を冒して飛んで来る早期警戒機の情報だった。作戦部長は感謝した。そうか、藤堂元帥。あんたは、赤衛艦隊の散り際を美しく飾る手伝いをしてくれたって事か。

「九〇浬。全ミサイル発射可能」

「発射開始」

夜空の下にひろがる海上に、多数の閃光が発生した。対艦ミサイル一斉発射が始まったのだ。

ミサイルは、母艦を噴射炎によって照らしだしながら、夜空に向けて駆けあがった。

JDS〈やまと〉

早期警戒機から探知データが流れ込み、大型ディスプレイに表示される菱形の数が一挙に増加した。

「敵艦は対艦ミサイルらしきもの多数発射。距離八〇浬。接近中」

「全艦防空戦闘開始。回避自由」

藤堂進はディスプレイを見て言った。

「構わん、オート・スペシャルだ」

「了解、全艦防空戦闘開始。オート・スペシャル」

彼の命令が伝わると同時に、艦隊の全艦はこれまで発振させていなかった防空レーダーの回路を電子的に接続、電子ビームを空中に向けて放った。艦隊に存在する三隻のイージス艦——〈やまと〉、〈きりしま〉、そして〈ほうしょう〉のフェイズド・アレイ・レーダーが目標を捉え、各艦へ目標を指示してゆく。

スタンダードの発射は進の命令から五秒後に始まった。〈やまと〉は手持ちのミサイルを次々と発射しながら、彼女から目標情報を受け取った〈あきづき〉より放たれるミサイルの誘導にも手を貸す。

〈あきづき〉の射撃は凄まじいものであった。

彼女がほとんどVLSで埋め尽くされた甲板から放つミサイルは〈やまと〉の指示を受けてから一〇秒で一〇〇発を超えた。洋上の火山が噴火しているかの様に夜空に向けて続々とミサイルが上昇してゆく。〈やまと〉と彼女の恐るべき発射によって、周囲は一時的に昼のような明るさになった。

〈やまと〉と〈あきづき〉のイルミネーターは、誘導最終段階に入ってセミ・アクティヴ・レーダーを作動させたミサイルから順に誘導波を照射し、来襲する対艦ミサイルへと誘導した。

数秒後、夜空に最初の爆発が発生し――それはミサイルの来襲範囲全域にわたって連鎖反応の様に広がり、暗い空を連続した閃光で照らしだした。

この世の終わりの様な光景。それでもミサイル来襲と発射は止まず、爆発は徐々に艦隊へ近づきながら連続した。

誰もが呆気にとられる程簡単に防空戦は終結した。多少の作動不良など無視する程の数が打ち上げられたスタンダードは、来襲した二〇〇発近いミサイルを三〇秒余りで撃破してしまった。

「全弾……撃破。残存敵ミサイルありません！」

茫然とした調子の声が喜声に変化した。ＣＤＣに歓声に近いざわめきが広がる。

「〈あきづき〉、全弾射耗。スタンダード残弾ありません」

一瞬だけ気分のゆるみを（自分にも）許した進は、これが打撃護衛艦の欠点だな、と思った。とにかく、数を揃えていなければすぐに弾がなくなってしまう。

ま、それはいい。今は、目先の面倒を片付けるのが先だ。

「諸君、反撃だ」

進は帽子を目深に被りなおして命じた。

「全艦水上打撃戦態勢。目標は本艦よりの指示によって配分する」

「全艦、ＳＳＭ２発射態勢をとれ」

「本艦発射準備よし。目標位置入力」

「各艦より準備完了信号」

進はコンソールにあるディスプレイの表示が五秒程でグリーンになった事を確認した。

彼の声は、攻撃を命じる指揮官というより、掃除夫のそれに似ていた。

「発射開始」

それから一〇秒の間に一六〇発のＳＳＭ２ミサイルが発射された。うち九〇パーセントが完全に作動し、あらかじめインプットされていた目標へコースをとった。ミサイルは、飛行距離が残り三〇パーセントになった段階でターボジェットを切り捨て、突入用のロケット・ブースターへ点火した。

同時に、その先端にある赤外線シーカーが作動し、それを向ける事が出来る限りの海面を捜索した。シーカーは、赤外線を放射している物体を捉えると、その外見を高速で単純化して折れ線の塊《フレーム》のような姿に変え、メモリに焼き付けられた折れ線——ロシアや赤い日本の軍艦をひどく単純な三次元モデルに処理したもの——と合致するかどうかをチェック。当てはまるものがあると直ちにロックオンし、その目標に向けて最後の飛行を行った。

敵艦隊の反撃を知った赤衛艦隊は、直ちに各艦の間隔を開け、対空レーダーを作動させて迎撃ミサイルの発射を開始した。発射速度そのものは〈あきづき〉に負けず劣らずだった。だが、命中率が低い。ロシア人がその原型を造ったスカイ・ウォッチ・フェイズド・アレイ・レーダーはイージス程の目標捕捉能力を持たなかったし、何より、迎撃ミサイルを誘導すべきイルミネーターの数が足りなかった。それを補うために備えられていた垂直発射式赤外線誘導ミサイルが目標の概略方位だけを教えられて次々と発射されたが、その視界の狭いシーカーが目標をキャッチ出来る確率は一〇パーセントに達しなかった。接近してくるミサイルより強い熱源であるが故に、自分より先に発射された迎撃ミサイルをおいかけるものが続出したためでもあった。

それでも、多数のミサイルが発射された事から、来襲したSSM2の四〇パーセント近くが撃墜された。残り八〇発のミサイルに対する迎撃は電子妨害やチャフ、フレアーの発射、そしてCIWSの射撃に切り替えられた——そして、CIWS以外は全く効果を発揮しなかった。赤外線誘導ミサイルに電波やチャフは無駄だったし、とにかく強い熱源を発生させるだけのフレアーも意味が無かった。その熱にひかれてシーカーを向けたミサイルは、その熱源がどの記憶された三次元モデルにも当てはまらないと判断した途端、同種の熱源全てを無視する様になったからだ。

こうして、突入最終段階に入ったミサイルは続々と超低空へと降下し、その過程で低空目標探知能力の低いロシア式レーダーのビームから逃れ、目標へ突っ込んだ。

赤衛艦隊に命中したミサイルは六八発だった。

駆逐艦以下の艦艇にとって、ミサイルの命中は死を意味する。なぜなら、余りにも防御力が低すぎて、ミサイルの加える打撃——炸薬よりも、ロケット・モーター等の残燃料による火災——に耐える事が出来ないからだ。

この傾向はロシア式デザインの艦艇の場合、より極端なものになる。素人目にはいかにも強そうに見えるロシアのデザインは、ダメージ・コントロールの観点から言えば、素人の造った軍艦と言って良かった。一例を上げれば、各種のミサイル・ランチャーが接近して装備され過ぎているため、どこかに一発命中しただけで、その全てが吹き飛ぶような事態すら容易に想像出来た。

この夜、赤衛艦隊に発生した事態はそれであった。船体自体の小さな駆逐艦やフリゲートが一撃で行動能力を失うのは合衆国の艦と同じだったが、大型艦でさえその例外ではなかった。

スラヴァ級の〈独立〉は、煙突の直後にある甲板に埋めこまれたＶＬＳへミサイルが命中、一斉に全弾が誘爆して二つに折れた。キーロフ級の〈栄光〉はもっと悲惨だった。艦首部に命中したミサイルがそこの対空ミサイル弾庫を誘爆させた所までは〈独立〉に似ていたが、応急設備の不備から、その爆風が通路を伝わって艦内各所へ拡散、消火不可能な規模の火災を発生させたのだ。飛行甲板中央へＶＬＳを埋めこむという訳のわからない原設計を改修せずに真岡で完成した空母〈統一〉の運命も似たようなものだった。

進は口元を歪めてディスプレイを眺めていた。

攻撃の効果は完璧だった。あれほど恐れられてきた日本赤衛艦隊主力はわずか五分間の攻撃で壊滅していた。

ただ、一隻、気になる存在があった。戦艦〈解放〉だ。

普通の艦なら対艦ミサイルを一発食らえば終いだろうが、戦艦は違う——彼はそう思っていた。出来る事なら、主砲で沈めてやろう、そう考えていたのだった。

だが、どれほど偵察を行っても〈解放〉の姿を見つける事は出来なかった。真岡へと逃げ出しているわずかな生き残りにもそれらしき艦影はなかった。

真実は翌朝になって判明した。

〈解放〉は、横転沈没していたのだった。無防御部分に命中し、艦内へ飛び込んで爆発したＳＳＭ２の残燃料が艦内へ火災を広げ、注排水機能を破壊、その機能修復が出来ぬまま海面へ横倒しになり——主砲弾の誘爆を発生させて、彼女に留めを刺したのだった。

かくして、藤堂進は、〈やまと〉で敵戦艦を撃沈する事ができた。しかし、その実態は、いささか不本意な戦艦を率いるものらしからぬ手法を用いた結果として発生したのだった。

地下航空作戦指揮所

七月二九日早朝。

制海権の喪失が明らかとなった段階で、藤堂守元帥は自分の最終的計画を実行に移すべき瞬間が到来したと判断した。

純粋に作戦的な視点から見ても、戦勢は決したと考えるべきだった。すでに赤い日本の全土は敵の攻撃圏に入り、二つの海に展開した旭日旗を掲げる機動部隊の激しい攻撃を受ける様になっていた。

北海道上空における戦況も不利へと転換していた。昨日来ほぼ二四時間に及ぶ戦闘で両軍はそれぞれ数万出撃《ソーティ》を記録していたが、これによって航空・海上自衛隊が一〇〇機を失ったのに対し、藤堂守の建設した空軍は三〇〇機以上を喪失していた。防空ミサイル網は機能しているが、それも一週間は持ちそうに無い。

人民赤軍の北海道における攻勢も同様だった。

主力として札幌への進撃を強行していた第六赤衛統一軍は、第二機甲師団の増援として戦闘加入した第七機甲師団の反撃で完全に前進がストップしていた。第五戦車軍の進撃はそれよりいささか順調ではあったが、帯広に立てこもった第一空挺団の抵抗にあって進撃速度が鈍りだしている。帯広が獲《と》れないため、道央への進撃に必要な補給線が延ばせないのだった。彼らは航空機による激しい阻止攻撃を浴びる様になっている。

そして、昨夜の海戦——第三次日本海海戦——で赤衛艦隊が壊滅した。つまり、制空権、制海権ともに失われ、陸での攻勢は終焉を迎えつつあるのだった。

「準備は全て完了いたしました」

宗像大佐が守の耳元で囁いた。昨日の襲撃以来着替えていない空軍特殊部隊の制服には、コルダイトやＲＤＸの神経をささくれ立たせる臭いがしみついている。

「全部隊は配備に付き、貴方の御命令を待ち望んでおります」

「わかった」

守は微かに肯き、立ち上がって外へ向かおうとした。これから、彼とコンドラチェンコが造り上げた特殊部隊は首相官邸と〝実験施設〟を襲い、この国を成立させている基盤をなす二つの存在——偉大なる指導者とＩＲＢＭを破壊するのだ。

だが、彼がヘリポート直通のエレベーターに乗り込もうとした瞬間、管制室の反対側にある扉から黒い制服を着けた兵士達が乱入し、周囲に向けてＡＫ74を乱射した。航空戦の管制に当たっていた士官達が一斉になぎ倒された。兵士の一人が守の方へ銃を向けたが、彼がトリガーを引く前に宗像大佐が腰にあったマカロフを引き抜き、機関銃の様な速度で一弾倉分を叩きこむ。

宗像大佐は守をエレベーターの中へ突き飛ばし、続いて自分も飛び込む。だが、他の兵士が彼の背中に向けてＡＫ74を放ち、彼の胸を撃ち抜いた。

宗像の動作がとまった。腹にあいた大きな射出口から守へ血を浴びせながら、エレベーターの開閉ボタンを押す。

エレベーターは上昇を開始した。

守は宗像を助け起こした。一目見ただけで、何をしても無駄な事が分かる。

「首相護衛師団の特務警護部隊です」

宗像は血で激しく咳き込みながら言った。

「畜生、元帥、もう少し」

守は遺体を横たえると、宗像の握っていた血に濡れたマカロフを奪い、空の弾倉を抜いて、彼のマガジンパウチに残っていた弾倉を代わりに塡める。スライドを引いて初弾を送り込む。計画を完了させるまで、死ぬつもりは無かった。

エレベーターが停止し、ドアが開いた。そこに立っていた兵士が銃を構え、次の瞬間あわててそれをそらした。

「元帥、ここの安全は確保されています。あちらへ、機内でコンドラチェンコ大将がお待ちです」

「今度はこっちが奇襲された」

離陸したＭＩＬ８ヘリの機内でコンドラチェンコがわめいた。将官用専用機であるため、普通のヘリより機内はずっと静かだ。

「待機していた部隊のうち、おそらく半数はやられただろう。どこかで気付かれたんだな」

「どれだけ残っているのだ？」

守は尋ねた。無意識のうちにズボンへ血のついた手をこすりつけている。

「悪いが、これで全部だ」

コンドラチェンコは言った。

「どうする？　このまま亡命でもするか」

守は窓から機外を眺め、自分の配下にある兵力を確認した。ヘリ三機。約三〇名という所か。これでは、二つの目標を同時に叩くのは無理だな。笑みが浮かぶ。さっきまでの元帥が、今では小隊長だ。

「実験施設だ」

守は決定した。

「あそこを押さえる」

ヘリで強引に中庭へ着陸し、応対に出た兵士を武装解除して発射管制室のある中央棟を制圧するまで、五分とかからなかった。守と同様に行き場の無い兵士達は手当たり次第遮蔽物になりそうなものを積み上げ、応急の防御態勢を整えた。

「司令官がいないのが気にかかる」

コンドラチェンコは言った。

「警備兵も半分程だ」

「サイロの警備に出ているらしい」

壁に張ってあった予定表を指差した守は言った。

「しかし、どうする。ここに立てこもってもミサイルは破壊出来んぞ。しばらくの間、発射出来ないだけだ」

「なんとかするさ。無線機は使えるだろうな」

JDS〈やまと〉

司令宛に緊急の通信が入ったのは、〈やまと〉が樺太沿岸へ数隻の艦艇を従えて接近しつつあった時だった。目的は、無論、IRBM基地への攻撃だが、今の所まだ発射サイロの場所がはっきりしていない。

「スカイキッド21よりモンスター01」

進に呼び掛けて来たのは、樺太を警戒圏に収める程に侵出して来た空自AWACSだった。

「そちら宛に妙な通信が入っている」

「俺個人にかい?」

どこかで聞き覚えのある声だな、と思いながら進は尋ねた。

「そういう訳じゃない。とにかく、その近所にいる最も攻撃力の高い部隊を呼んでいるんだ。中継するぜ」

通信はノイズが多かった。ひどく聞き取りにくく、どんな人間が話しているのか全く見当がつかない。

「……だ。いいか?」

「そっちのいいたい事は分かった」

進は言った。

「指示してくれたサイロの位置もこちらのデータと照合している。みる限り、全て本艦の主砲で砲撃可能だ。だが、そちらを信用して良いのか?」

雑音の向こうにある声が言った。

「東京に落ちてから後悔するより、軍艦一隻沈める方がいいだろう」

「否定は出来んな」

進は答えた。周囲の視線が集中している事に気付く。

彼は艦長に言った。

「艦長、一度、演習以外で主砲を撃ってみたくないか？主砲斉発、ＣＬＧＰ、何でもありだ」

「悪くありませんね」

「順番を間違えるな」

ようやく、かなりの年配者らしいと見当のついた無線の向こうにある声は言った。

「サイロを順に叩き、最後に管制施設だ。管制施設の位置は――」

「それなら分かってるぞ」

進は言った。

「本物の艦砲射撃というやつを見せてやるよ」

〈やまと〉が指示された目標に対して砲撃を開始し、その全てを破壊するまでに必要とした弾数は約八七発であった。

進は、管制施設向けに放った最初の一発が命中した直後通信が途切れた事を不思議に思い、何度か相手を呼んだ。先程、通信を中継してきたＡＷＡＣＳが完全に切れていると言ってくるまで、彼はそれを繰り返した。

「そうか」

ＡＷＡＣＳの指揮官へ彼は言った。

「スカイキッド21。前に世話になった事があるぞ」

「モンスター、俺は大戦艦の司令官なんてえらい知り合いはいないよ」

進は言った。

「一九六八年、メコン、こちらはマイティ02」

「あの川舟が随分立派になったもんじゃないか」

「会った事はないが、あんたには世話になりっぱなしだな」

「顔も知らない相手に命を助けられるかと思えば、親兄弟のおかげで死ぬ事だってある。気にしちゃいないよ」

「それが戦争なんだな。さよなら、スカイキッド」

「それが戦争なんだよ。さよなら、マイティ――モンスター」

エピローグ　天の光——一九九五年八月一五日

「ゼロ、発進」

スピーカーから響いた声に一拍遅れて、白い機体の後ろに閃光が発生した。電磁気の力を借り、空へとカーヴを描くレール上を加速してゆく。

気がつくと、その姿は天空の一点になっていた。


「意外と呆気ないもんだな」

藤堂進は言った。

「ひどい事言いますね」

藤堂雪子は夫を軽く睨んでみせた。

「美咲さんが隣にいるっていうのに」

「いえ、大丈夫です」

義父のそばにいる時は、未だに海将補の前の三佐という態度をとる癖がぬけない美咲が言った。

「あの人、何でもない顔をして帰って来ます」

ほんの一瞬だけ微笑む。

「そしてまた、次の週に飛んでいったりするんです」

「軌道に到達するまでは少し時間があります」

彼らの傍らに来た広報担当官は幼女に微笑みながら言った。

「可愛いね。お名前は？」

「とうどうまいこ、です」

進は手摺の所まで行きたがった孫娘を膝からおろし、彼女の後ろ姿を見つめた。

これで、一つのサイクルが終わったのか？　いつの間にか、この国と、それを守護すべき海軍に囚《とら》われて来た藤堂家のサイクルは終わったのか？

「きれい」

舞子が格納庫の方を指差して大きな声で言った。宇宙往還機の二号機だった。

「あたし、あれ乗るの」

舞子が言った。進は、沖合いにいる父や自分が乗って来た退役間近の戦艦と、滑走路上の機体を交互に眺め、やはり俺には戦艦の方が似合いだ、と思った。

だが、藤堂舞子にとって、それは違っている。進はほほえんだ。

なぜならば、彼女達の世代が征《ゆ》く途《みち》を照らす天の光は、全てが星で出来ているのだから。

晴れた日はイーグルにのって

１　概略

一九八〇年代のはじめ、それぞれドラグーン、ジーク、バーニアという渾名《あだな》を持つ三人の男が航空自衛隊《ＪＡＳＤＦ》にいた。その渾名の事を合衆国空軍《ＵＳＡＦ》ではＴＡＣネームと呼び、主に無線交信の際に用いる。場合によっては地上でも使われる事があるが、彼らの所属しているＪＡＳＤＦではＵＳＦＡほど日常会話における使用頻度が高くない。

ドラグーン、ジーク、バーニアは、女子高生を除く全人類から若者だの青年だのと呼ばれてよい年頃だ。ただし、彼らは戦闘機《ファイター》・パイロットであるから、世間での老若の感覚がそのまま通用する訳ではない。

一番の年嵩《としかさ》であるドラグーンは既に腰へある種の痛みが存在しており、それは特に飛行を終えた後で感ずる事が多い。まだ本人は気付いていないが、ジークも数年後には同様の症状を覚える様になる筈だ。彼らの中で一番若いバーニアはその点については何の問題もなかったが、他の二人より頸部《けいぶ》の造りが弱い事が災《わざわ》いして、何年か後には、そこに痛みを覚える瞬間が到来するだろう。瞬時のうちに地球の重力が及ぼす六倍、七倍もの力《Ｇ》が全身にかけられる（いや、それを望んで己が肉体に味わわせる）様な毎日を過ごしているのであるから、これぱかりは避けようがない。

無論彼らは、ある種の資質が平均的な人間よりも多いと認められた結果選抜された数少ない高校生達の何年か後の姿であり、その後の訓練期間でその資質の過不足を容赦なく見極められたさらに少数グループのメンバーでもあった。そうでなければ、ＪＡＳＤＦは彼らに主力戦闘機を任せたりはしない。ことに、その中でも最新鋭である機体に乗せたりはしない。

ドラグーン、ジーク、バーニアはそうした選ばれたる者達であり、内心のどこかで、それを自任している筈だった。飛行時間四〇〇〇時間などという化け物じみた連中《ホンチョ》からみればまだまだ未熟だったが、少なくともドラグーンは世界のどの空軍にいっても上級者として通用するだけの技量と経験を持っており、ジークは編隊僚機《ウィングマン》としてならば十分以上であり、バーニアにしたところで、空でまごつく《ターキー》という段階はとうに卒業していた。彼らに関する最大の問題は、当時実戦配備が開始されて間もなかったＦ15Ｊイーグルでの飛行時間がさほど多くはないという点にあったが、それは合衆国に派遣されて教育を受けてきたごくわずかな教官パイロット達を除く全てのＪＡＳＤＦイーグル・ドライバーも同様であり、彼らに責任のある事ではなかった。

このため、宮崎県新田原《にゅうたばる》基地から合衆国軍と共用の訓練空域に向けて発進した彼ら三人が、その帰途で燃料切れを起こして太平洋上でベイルアウト――脱出するという事件を起こしたことを知ったＪＡＳＤＦ部内の空気は大変に同情的なものだった。

なかでも、左胸に翼《ウィング・マーク》を象った記章を授けられた彼らの同族達は特にそうだった。

一方で、マスコミは自動車と同じ様な感覚で燃料切れを起こした三人の若者を批判した。信じられない様な初歩的ミスだと。

これに対して、ウイング・マークを付けた人々は、過去、どれほどの航空機が燃料切れで墜落したか良く知っていた。空に給油所は存在しないのだ。

いや、外国には存在するが日本にはない。

それをＪＡＳＤＦが保有すると、航空機の飛行できる距離が延び、外国を攻撃できるようになると誰かが言い、マスコミがそれを正論として語ったからだ。

妙な話だった。国家に備えられた力をどう使うかは政治の問題である。力そのものは、それをいかに有効に用いるかを考えて整えられねばならない。理屈から言えば、空に給油所が――空中給油機が飛んでいれば、同じ機体を操縦士の体力的な限界点まで飛行させておける。平たく言うならば、同じ機数で何倍もの効果を発揮できる。予算、規模が様々な制約により限定されている日本にとって、これほど重要なものも無いと言って良い。外国に襲いかかる事が可能なだけの航続距離を日本の上で折り畳めば、誰にでも感覚的に理解できる。

だが、ドラグーン、ジーク、バーニアが帰投燃料不足に陥った時、ＪＡＳＤＦにそれは無かった。機体内部に設けられた、そして胴体あるいは主翼下に装着された燃料タンクに収められたＪＰ４ジェット燃料が無くなってしまえばそれで終わりだった。

いや、燃料を失った途端に石の様に落下しはじめる現代の航空機を操る場合の安全策として、彼らは中東の地中から吹き出た液体に処理を施したそれが完全に無くなる前に、両足をふんばり、両手をその間に入れて、ＡＣＥＳⅡゼロ・ゼロ射出座席を作動させたのだった。

この事実を知ったロシア人、未だ帝国を失っていなかった当時の彼らは、〈救難用〉潜水艇を搭載した潜水艦を急派し、日本製イーグルの残骸、その回収を試みた。

だが、彼らの企《たくら》みは失敗に終わった。赤い星を描いた潜水艦の到着以前に付近の海域は高い対潜能力を持つ海上自衛隊の艦艇と航空機によって事実上封鎖されていた。そして日本人たちは、潜水艦救難艦から守秘義務を誓わされた民間サルベージ船に至るありとあらゆる艦船を投入し、回収可能な機体の残骸を片端から引き上げていた。

結局の所、この事件が残した問題は、三機のイーグル喪失〈単純に考えるならば四五〇億円の国家資産損失〉がなぜ発生したのか——その原因を探る事だった。もちろん、その究明は早期に為されねばならない。国民の全てから好意的にみられている訳ではない自衛隊にはその必要があった。調査が遅れた場合、航空機と自動車の違いが分からぬ人々に、ＪＡＳＤＦについて決定的な誤解を抱かれてしまう可能性があった。究明の対象とすべきはドラグーン達がなぜ燃料切れを起こしたかであった。

当初、墜落原因の究明は容易に思われた。

調査チームに配属された人々は、ドラグーン達がイーグルの高性能に魅せられた者が陥りがちな症状、つまり、訓練でやたらと派手な（そして実戦では無意味な）空戦機動《マニューヴァー》を行ったのだろうと考えていた。それ故、残燃料が帰投すべき量《ビンゴ・フュエル》になっても飛び回り続け、帰る事ができなくなった。ビンゴ・フュエルを無視するなど、ファイター・パイロットにあるまじき行為だが、エンジンの非力さを否定しきれないＴ２、あるいは前世代の機体であるファントムやマルヨン《Ｆ１０４》から乗り換えてまもないパイロットであれば、イーグルが持つ魔力に抗しきれなかったのも理解できない事ではない。以上、調査終わり。

事故の翌日、命令で全国各地から新田原基地に参集した調査チームの面々は、そのような方向で〈部内向け〉の公式報告をまとめるようにとの意向を航空幕僚監部から伝えられていた。部外向けの報告はすでに防衛庁から適当なラインで流していたから、彼らが関わる必要は無い。ファイター・パイロットとしての将来は絶たれたのも同然の若者達にあれこれと質問を行い、その返答を自分達の方針に合わせてまとめあげ、誰もが納得するようなペーパーを作る事だけが空幕の求めているものだった。彼等の作りあげた〈部内向け〉報告はやがてマスコミにリークされ、国民の印象を改める役割を与えられているからであった。

ごく単純な人為的事故だと思われていたイーグル喪失に奇妙な側面がある事が判明したのはこの段階だった。

ホンチョ――ヴェテラン・パイロット上がりをはじめとする何名もの調査メンバーに事情聴取を受けたドラグーン、ジーク、バーニアは、それぞれ精神状態を疑わせる様な返答を示したのである。

自分はある出来事が発生した結果、どこか別の場所へ行った。そしてそこで――

調査が筋書き通りにいかない事を伝えられた空幕から急遽《きゅうきょ》新田原へ派遣されてきた一佐が冷やかな調子で言った。

「で、連中はそれが起こった原因は何だと言っているんだ」

「本人達も良くわからんらしい」

同じ階級の小柄な男が、相手の左胸にある自分と同じ記章を――ウィング・マークを見つめながら答えた。それが癖であるのか、上体を僅《わず》かに傾げている。

「まさか、〈未確認飛行物体〉などと言っている訳じゃあるまいね？」

空幕の男は乾いた笑みを浮かべながら尋ねた。自分と調査チームのリーダーがいるさして広くはない味気ない内装の部屋を見回す様にする。

「その手の与太話は一度だけでたくさんだ」

リーダーも苦笑した。かつてＦ４ＥＪファントムでコンビを組んで飛んだ事のある男が、何の話をしているのかわかったのだった。

七〇年代末、ＵＳＡＦの周辺から奇妙な噂があちこちに流された事があった。一九七七年のある日、ＪＡＳＤＦのファントムが〈未確認飛行物体〉と接触、これと交戦した――ファントムは撃墜され機体は日本海上に墜落した。そういう内容だった。

ご丁寧な事に、その噂にはパイロットの名前、階級から撃墜されたファントムの機体ナンバーまで加えられていた。

　それによれば、ＪＡＳＤＦはとんでもない秘密をにぎっている事になっていた。〈未確認飛行物体〉と交戦したファントムのパイロットは戦死したが、一方で後席員《ＧＩＢ》は脱出に成功し、救出された彼はＪＡＳＤＦに事の真相を報告しているというのだった。無論、ＪＡＳＤＦは軍隊の常としてその情報を公開はしていない。

　ファイター・パイロットとしての経歴を、Ｆ86Ｄセイバーから始めた二人の男は、彼らに与えられている現在の任務からすると不謹慎に思われるほどの大きな声で笑った。彼らはかつて、噂の出所とその意図に不安を感じた空幕が行った調査に参加した事があるのだった。

　調査チームのリーダーは言った。「あれは良く出来た話だった。撃墜されたファントムの機体番号はきちんと欠番になっている奴を選んであった」

　軍人や官僚が現実的思考に長《た》けているという理解は一面の真実であると同時に、限りなく噂に近くもある。彼らは公的生活においてある種の必然的不安を感じつつ生きている人々であり、ポイントさえ押さえたならば、どんなに無茶苦茶な噂にも引っ掛かってしまう場合がある。それは事実だった。とはいえ、未確認飛行物体云々となれば話はまた別であった。良識というものがある。

　そのいい例が、一九五〇年代に当時の駐英大使から外務省に送られた一通のメモであった。彼は、英国で開かれたとある会合に出席し、そこである人物の講演を聞いた。講師は聴衆に自分や自分の知人が大戦中に目撃した不思議な飛行物体についての話をし、おそらくそれは異星人の偵察行動であろうと結論づけたのだった。駐英大使はその講演の要旨をまとめ、本省に対し、この種の問題について調査の必要があると伝えた。一部の〈研究家〉達は、これをもって日本の政府機関が〈未確認飛行物体〉の問題に関わった証拠としていた。そして彼等は、その調査が現在もなお継続されていると考えているのだった。日本政府は〈未確認飛行物体〉――いや、異星人とのコンタクトを計画しているのだ！

　もちろん、それは事実ではない。

　大体、駐英大使がメモを送付した原因は極めて単純なものだ。

　駐英大使は、講演の内容ではなく、講演を行った人物を見てメモを本省へと送ったのだった。講演者はヒュー・カズウェル・トレメンヒア・ダウディング卿——退役英国空軍大将で、一九四〇年夏の英本土航空決戦《バトル・オブ・ブリテン》で防空戦の総指揮を執《と》った当時の著名人、英国人にとっての救国の英雄であった。

駐英大使は、ダウディングの功績のみを知っていた。彼が個人としてはかなりの変人であると知らなかった（そうであるが故に、英本土航空決戦の厳しい日々をダウディングは切り抜けられたのだった）。

駐英大使は、戦後のダウディングが、英雄であると同時に、戦後各国で生まれた〈研究家〉達の先駆的人物でもあった事を知らなかった。実際、ダウディングはヘルマン・ゲーリングの空軍《ルフトヴァッフェ》を撃退する際に発揮した資質を、戦後になって〈未確認飛行物体〉——当時用いられた呼称は〈幽霊戦闘機《フー・ファイター》〉——の研究に向けていたのだ。

外務省がこの事実をどう受けとったかについては記録が残されていないが、調査が行われなかった事は確実だった。

当時、日本国外務省は吉田茂による人員削減の結果発生した人手不足によって著しい能力低下をきたしており、とてもの事ではないが、その様な調査に人員を割《さ》く余裕は持てなかった。たとえ外務官僚の中で省内の格が最も高いとされる駐英大使のメモであっても、それを日常の業務内に取り入れる事などできはしなかった。正直なところ、誰もが冗談だと考えたのだった。

付け加えるならば、この話の数年後——八〇年代後半にやはり面白い事件が起こっている。太平洋上を航行中の農林水産省観測船が、レーダーで巨大な未確認飛行物体を捕捉したのだった。全長数百キロにも達する不気味なレーダー反応を観測した農林水産技官はきわめて真面目な人物であり、その報告を正統的な科学誌へ投稿した。多くのＵＦＯマニアたちはこれこそが最も信頼にあたいする遭遇事例であると信じた。

しかしそれは、ある種の電子機器を取扱う人々から同情と失笑を買う結果ともなった。全長数百キロの未確認飛行物体とされたレーダー反応とは、明らかにある種の電子妨害装置が引き起こしたものだったからであった。制服を着た専門家達は、技官の報告にあったレーダー画像の略図を見て、ああ、可哀そうに、おそらくあやしげな活動をしていたどこかの国（おそらく合衆国の）航空機が艦艇に近づきすぎたのだろうと笑った。むしろ彼等は、合衆国軍がなぜそんな場所で電子妨害《ジャミング》を実施したのだろうか——そちらの方に興味を抱いた。マニアが盲信しがちな〝遭遇事例〟とは、本職にかかればこの程度のものなのだった。それは八〇年代はじめに発生した事故も同様――少なくともＪＡＳＤＦはそう考えていた。


　リーダーは言った。

「実際のところ、本人達にも原因はなんだかよくわからんらしい。気付いたら自分はそこにいた、そう言っている」

「口裏を合わせている可能性は？」

　煙草を口に咥《くわ》えてうまれてきた様な空幕の男が顔に再び冷たいものを浮かべて尋ねた。

「どうかな。否定はしきれんが、その可能性は低いと思う。それに、口裏を合わせるならば、それぞれ全く異なる体験を述べたてる筈がない」

「そうなのか？」

「うん、そうだ。連中の話で一致している部分は、ある瞬間を境にして自分が奇妙な場所にいた事、そして、またある瞬間を境にして自分が再びイーグルに戻っていた事、その時には燃料警告表示が出ていた事――それぐらいだ」

「心理学の問題になるのかな？」

「おそらく、そう考えるのが最も適当だろうと思う。レポートはその線でまとめてしまうべきだね」

「何か含むところがある様な言い方だな、ボルテックス」

　相手の呼びかけを聞いてリーダーは驚きを感じたが、それを表情に出しはしなかった。空幕から来たかつての後席員は、彼の事を互いに戦闘機を飛ばす事ができれば幸せだった頃の呼び名で――ＴＡＣネームで呼んだのだった。

「いやな、嘘にしては余りにも下手だし、ただの精神的などうこうにしては、あのターキーどもの話には矛盾が無さすぎるんだよ。レッドシフト」

　空幕の男は笑った。

「レッドシフトか、畜生。もう一度貴様とファントムを飛ばせたらな。ウィング・マークを失わないためだけにＴ33で飛行時間を稼ぐのじゃなくて。いや、なんならマルヨンで編隊を組んだっていい」

「乗ろうと思えばイーグルにだって乗れるじゃないか。いい機体だぜ」

「そして若い連中にロートルについての偏見が事実だと確信させろってのか？　いやなこった」

だから貴様は指揮幕僚課程に受かったんだな、リーダー――いや、ボルテックスはそう思った。彼は部屋の窓から外を眺めた。そこからはＪＡＳＤＦが九州に持つ最大級の航空基地が見渡せた。快晴に近い絶好の飛行日和だが、普段なら響いてくる筈の轟音は聞こえない。調査が済むまで、この基地からの飛行は禁止されている。

「で、どうするね」ボルテックスは言った。

「連中の話を直接聴いてみるか？」

「その前に、ペーパーの方を読んでおきたいな」レッドシフトは言った。

「彼らの〈体験〉はまとめてあるのだろう？」

「ああ」

ボルテックスは肯《うなず》いた。

「あれこれと用語の解説までつけてある。メンバーの若手にその手の――」

彼は、もう何年か後であれば、三文字で語られたであろう趣味（というより、人間としての性質）の持ち主についての表現に迷い、結局、マニアと言った。

レッドシフトは顔をしかめた。

「そこまで妙なのか」

「妙だよ」ボルテックスは答えた。

「なんというか、願望の充足という側面を持っている様な気がするな。心理学的にどうこうという線でまとめようと思ったのは、それが理由だ」

レッドシフトは新たな煙草を咥えて小さく言った。

「その割には、矛盾が無さ過ぎる、と」

「ああ。大抵あの類の話はどこかに常識的な意味での矛盾が存在するもんだが、連中の話にはそれがない」

ボルテックスはシャツのポケットからハイライトを取り出し、口に咥えた。

「まぁ、読んでみればわかるよ」

2　ドラグーン

自分が何者で、一体どこにいるのか、その時の私には良くわかっていた。手綱《たづな》や装具、そして私自身と〈彼〉の差し渡し二〇尺にもなる翼が大気を切り裂く事で発生する風切音に全身を包まれていたからだ。

そう、私は、翼を大きく、滑《なめ》らかにひろげた〈竜〉にまたがり、祖国を遥かに離れた西ノ中海の上空を一刻辺り二五里の速さで南東に向けて飛行中だった。

単独ではない。忙しく、だが滑らかに動く事で巨体が風へ乗り続ける様にしている我が乗竜の尻尾、その左右後方に、それぞれ高度に幾らかの差をつけて私の部下、そして彼らの操《あやつ》る〈竜〉が続いている。

二刻に及ぶ飛行中ずっと保たれ続けてきた我々の緊張は緩《ゆる》みかけていた。前方三五里の海上に、二刻前に我々の飛び立った竜母艦が航行している筈であるからだ。〈竜〉は、こちらの手綱さばき通りに定められた風域を飛び、我々に与えられている任務、母艦の安全を確保する定刻哨戒飛行を完了させようとしていた。

母艦へ帰投後、私は二人の若い部下を少しばかり誉《ほ》めてやろうと思っていた。

彼らは、甲羅《こうら》に苔《こけ》の生えた様な竜士達に言わせると未だ雛鳥《ひなどり》同然ではあったが、母艦が現在の海域に派遣されて以来の任務遂行で、それなりに腕前をあげつつもあった。だいたい、誰も彼もが皇都に置かれた皇国水軍操竜学校の教官達――別名〈青衝竜士五人衆〉と呼ばれている男達――の様な腕前になれる訳ではない。

ちなみに、厳密に考えるならば、我々人が〈竜〉を操っているという解釈は完全な誤りであるそうだ。

本当は、古の時代、〈竜〉と人が結んだ契約に従い、いささか堅苦しいまでの遵法《じゅんぽう》意識を持っている彼らが、その不可思議な能力を用いて人の意志を現実にしてくれているに過ぎないのだという。皇室魔導院で勅任《ちょくにん》魔導官に任ぜられている私の幼馴染《おさななじみ》によれば、とにかくそういう事なのだそうだ。

彼によれば、過去、〈竜〉の不可思議な能力として知られてきたものの多くは、やがてそのからくりが明らかになるだろうと言う。少なくとも、人はすでにその理解の入り口にたってはいるらしい。

例えば、〈竜〉が遠く離れた位置にいる同族と会話できる力や、その口から稲妻や炎を吐く力などは、基本的に同じ理屈で行われている。そんな学説が学者達の間で主流になりつつある。

声を出さずに人へ話し掛ける事のできる力、そしてどんな環境でも人の言葉を聞き分ける事のできる力も、ひょっとすると他の不思議な力と同根である可能性が高いという見方も出ている。

子供の頃、僧院の供物を盗み食いするいたずらで最も信頼のおける戦友だった彼の言葉によれば、後者のからくりが前者のそれ程明らかになっていない理由は、むしろ〈竜〉よりも人の側に問題があるのだと言う。

火と水から力を作り出すところまで進歩した我々は、

確かに未開な状態を抜け出しはした。だが〈竜〉の秘密を完全に解き明かす程に進歩した訳では決してない。なにしろ、人の肉体がどのような造りからなりたっているのかすらわかっていないのだ。もし、本当に〈竜〉の秘密を解く事を望むならば――その前に、むしろ〈竜〉よりも我々自身の肉体がどのような働きでなりたっているのか、それを知らねばならないだろう、彼はそう言っている。秘密は人と〈竜〉の相方にある。〈竜〉だけを調べてその秘密を解こうとするのは、女だけで子供をつくろうとする行為に似ている、そういう事らしい。

もちろん、皇国水軍のさして位階の高くない竜士に過ぎない私には、彼の言っている事の半分も理解できはしない。

私の立場に必要とされるものは、〈竜〉が持つ不可思議な力を任務においてどう用いるかという事であり、また、古《いにしえ》の契約にしたがって私をまたがらせてくれている我が乗竜が、私を契約にかなった者として認め続けてくれる様、努力する事だった。時たま発生する小競合い《こぜりあ》に参加し、空を支配して竜士としての任務を果たす事はその次にくる問題だ。生き残る事は、さらにその次にくる。竜士にとって、生命が持つ意味は普通の人々とは余程違っている。

小半刻ほどのち、頭の中に低く柔らかな声が響いた。

［母艦は我々の発進時より二五里南方の洋上を航行中だ。縮帆《しゅくはん》している。熱水《スチーム》からくりを用いているらしい］

体熱を奪われぬよう、天候・季節にかかわらず綿の入った分厚い皮の飛竜衣を着込み、面当て、耳当てと一体になった飛兜《ひとう》を被り、とどめに首の周囲を巻布でまいている私は、かすかにみじろぎして前方に見える乗竜の後頭部を見ながら答えた。

「今の旗頭《CO》はからくり好きだからね」

［人は変わりつつあるよ］

風切音と着用に及んでいる装具一式のため（加えて、私が跨乗《こじょう》している位置は彼の首の付け根、大きな翼がその背後にある騒音源のすぐそばだ）私の声は全く聞こえない筈であるにもかかわらず、我が乗竜は的確であると同時に、まことに彼らしく感じられる答を返してきた。

彼に限らず、一般に〈竜〉達は人がこの四半世紀程の間に用いはじめた新たな力をあまり好いてはいない。特にそれが、口から火炎を吐く彼らの一族、火竜の姿を見て思い付かれたものだとなればなおさらだ。

「人だけではない」私は言った。

「君の同族もそうではないか。昔ならば、子供達の教育を君の同族に頼むなど、誰も思い付きはしなかった。祖父や父の話では、昔の君達はもう少し荒っぽかったそうだが」

「人が戦《いくさ》をしなくなったせいだ」と、彼は笑い（かどうかはわからないが、人にはそう感じられる何か）を軽く響かせて答えた。

「君の父上が現役の竜士だった頃、人は戦いをひどく好んでいた。人の住む領城すべてを巻き込んだ大きな戦も何度かあった。戦ばかりしていれば、いくら我が同族とはいえ、心が荒《すさ》んでくる」

おそらく皮肉なのだろう、そう思って笑い返そうとした。だが、その前に乗竜がその不可思議な能力を用いて私に伝えた。

「二時方向一〇里に母艦だ。やはり、熱水からくりを用いている」

私は彼に教えられた方向の海上を眺めた。

しばらくすると、洋上の黒い染みとしか思えなかったものが急速に船の輪郭を形作り出した。母艦だ。我が乗竜の言っていたとおり、帆を畳《たた》み、艦の舷側《げんそく》に設けられた煤口《ノズル》から真っ黒な煤煙《ばいえん》を吐き出している。

彼女の周囲には、やはり同様に煤煙を吐き出している大小の艦艇が航行していた。ざっとみて二〇隻余り。母艦をまもる護衛艦だ。多数の〈竜〉に洋上での巣穴を同時に提供できる大型竜母艦登場以前の主力艦——巨大な砲塔に大石火矢《ビッグガン》を連装した帆／熱水併用型の甲鉄艦《BB》から、完全な熱水式で甲板上に大量の対竜天雷《AA》をそなえた最新型の防竜巡洋艦《CAD》、対海竜戦用の水雷を主戦兵装とした駆竜艦——そして、それらの艦と、母艦に巣穴を置いた〈竜〉達に必要とされる装備・糧食を満載した大型兵站《へいたん》艦。五つの大洋をその圧倒的な戦力で支配する皇国水軍惣船手方《GF》・西ノ中海船手衆《フリート》の威風堂々たる雄姿と言うわけだった。

本来ならば、たとえ祖国を遠く離れたこの洋上でも、母艦にこれほどの護衛艦は必要とされない。戦時ではないからだ。人が平均的な作戦行動にこれほどの陣立てを備えた船手衆が必要とされる最後の大戦争を行ったのは五〇季間《ターン》も前の事になる。

だが、この西ノ中海は例外だった。

私が定期哨戒飛行で飛び回ってきたこの海は、最近では滅多に存在しない国家間関係の緊張した場所であるからだ。我々はこの海を戦場へ変えるため、やってきた。

ただし、大規模な地上侵攻は想定されていないため、惣船手方所属の船手衆（北ノ大海、西ノ灘、大東、都護、そして私の所属する西ノ中海の五個衆ある）、その平均的編成に必ず含まれている強襲艦と船手足軽衆《フリート・マリーンズ》は含まれていない。


私の編隊は母艦外周風域の周回飛行に入った。部下達は手綱をひき、あるいは声をかけて私との位置関係を一定に保とうとしている様だったが、私自身にはその必要は無い。我が乗竜は、私の一族と四〇〇季間に及ぶ付き合いがあり、祖父や父が軍務についていない時は、故郷にあるさして広くはない屋敷で時を過ごす事が多かった。時には、（最近では別にめずらしくもない事だが）その博識と謹厳な資質を見込まれて、子供達の家庭教師を務める事さえあった。

要するに、私と彼は子供の頃からの付き合いがあるため、いちいち指示を出したり手綱をどうこうする必要はなかった。私の父は、祖国で息子の幼児教育を〈竜〉に任せた最初の父親達の一人だった。


「母艦が急いで降りる様に言っているよ」

と、〈竜〉が伝えた。

半ば独り言のようにして私は答えた。

「面倒臭そうな任務でもあるのかな」

そんなところだろうね、と彼は言った。

私は肯いた。私には、彼が母艦に残っている同族と連絡をとり、母艦の竜士所《ピスト》で私達を待っているであろう次の任務について正確な情報をつかんでいる事がわかっていた。なぜそれを直接聞かないかと言えば――それによって彼を苦しめる事になるからだ。

確かに、私が尋ねさえしたならば、彼は次の任務についてあれこれを教えてくれるだろう。古の契約に従って。しかし同時に、（やはり、古の契約に従って）人間の秘密を守る事を誓っている彼の内心に葛藤をうみ出す事にもなってしまう。

母艦の艦尾信号索に着艦旗が掲げられ、操舵甲板から竜士と〈竜〉に竜甲板付近での風向きを知らせる熱水気の噴出が始まった。それは右後方へ流れていた。〈竜〉は、母艦の速力にあわせて速度を殺し、滑り込む様に、あるいは叩きつけられる様にして着艦する。その際に、左前方から吹き寄せる潮風の偏流を計算にいれねばならないという事だ。

私は乗竜へ着艦進入してくれと言った。

部下を先導するため編隊を組んだまま着艦する事に決め、その旨彼らの乗竜へ伝えてくれる様にも言う。普段であれば部下達に自身の乗竜を任せ、彼らに着艦の経験を積ませるところだが、母艦から特別な指示があったとなれば、いちどきに降りてしまうべきだった。

我が乗竜は、一般に〈竜〉の鳴き声として知られる警告音を口から甲高く響かせてそれに答え、竜甲板で紅白の小旗を振って進入路指示を行っている誘導員に長い首の先にある頭を向け、一瞬だけ注目した後に着艦姿勢に入った。

これまで、全長四〇尺にも及ぶ巨体を風に乗せていた大きな翼が角度を変え、風を受け止め、下方へ押し流す様にする。同時に、胴体の後部も下方へとねじられる。偏流で身体が流されない様に尾が左右に振られ、彼の身体と竜甲板の角度を一定に保った。

私達が着艦しようとしている母艦は基準排水量三六万石にも達する巨艦であり、艦の中央軸線にそって設けられた四本の帆柱の両脇に五〇以上の〈竜〉を同時に扱えるだけの余裕を持っているが、大海と比べると、存在しないも同然の細い線にしか見えない。

とは言っても、我が乗竜は田のあぜ道にさえ小石一つ飛ばさずに降りる事ができる程の傑物だから、私の胸中にはかけらほどの不安もない。

それどころか、たとえ子供時分の我儘《わがまま》であっても全く無駄という事にはならぬものだな、そう思っている。

幼い頃から〈竜〉に慣れさせようという父の方針で、私はよちよち歩き始めた頃から彼の背中に乗り、子供らしい無分別さで、随分無理な事を言ったものだった。そして、彼が私の希望を適《かな》えてくれなかったのはただ一度だけ。故郷の西方にある針の様な頂上を持つ山に降りてくれと言った時だった。別に彼自身がそれを恐れた訳ではない。彼は、体重の軽い子供が、山の周囲を吹いている強風に吹き飛ばされぬか、それを心配したのだ。

いま、母艦へ降り立とうとしている彼の態度は、あの二〇季間前と何等違いは無かった。急速に降下しつつある中で、屈強な二本の脚を心持ち折り曲げ気味にし、私が跨乗している首の付け根、その胴体側の少し下にある両手を水平方向に伸ばしていた。脚によって甲板へ降り立つ際の衝撃をやわらげ、両手の方は、万が一にも私がそれに耐えられなかった場合に備えているのだった。

〈竜〉とはなんと優しい生き物である事か。

巧みに速度を殺した彼は、羽毛にも似た軽やかさで甲板に降り立った。同時に、尻尾で甲板に張られた命綱を掴む。私は何の衝撃も感じなかった。


着艦から小半刻もせぬうちに、私はこの母艦に乗り組んだ竜士の主立つ者達と共に竜士所にいた。我々の正面には我々の直接の旗頭である竜士頭《DFC》が立っている。先の大戦を経験した竜士の数少ない生き残りだ。

竜士頭は言った。「西蛮の頭目は皇国執政府からの要求を無視した。彼らはここ二日、偉大な砂の神に奉ずる踊りを続けている」

室内に男達が口々に漏らす罵りが満ち、次の瞬間、船体と皮の具足がたてるきしみだけになった。

「すると、人質は」誰かが訪ねた。

「このままでは絶望的だろう」

竜士頭ははげ上がった頭に吹き出た汗を拭《ぬぐ》いながら答えた。

「皆、価値の無くなった人質を西蛮がどのように扱うか、知っておろう」

「踊りの三日目の夜に」私は言った。「男は首を斬られ、蹴鞠《けまり》遊びに使われる。女は陵辱された後に、腹を裂かれ、子宮が祭壇に捧げられる」

竜士頭はうなずき、後をついで言った。「そして子供は煮殺され、戦士達に喰われてしまう」

「畜生どもめ」誰かが呻く様に言った。もしかしたら彼の一族の誰かが西蛮に捕らえられた二五三名の一人なのかもしれない。

西蛮は、その砂で出来た国に商用や国務で滞在していた我々の同胞を突然拘束し、皇国執政府に西ノ中海及びその沿岸からの全皇国軍事力の撤退を要求したのだった。誰もが予想していたとおり、皇国執政府はその要求を蹴り、交渉による人質解放を図った。そして――またまた誰もが予想していた通り、西蛮はそれを受けず、我らに対する聖戦を宣言した。砂の神に踊りを捧げているのがその証拠だ。

室内に張りつめた空気が満ちた。皆、その次に竜士頭から発せられる言葉を予期し、いくばくかの恐怖、少なからぬ昂揚と共にそれを待ち受けていた。

室内をきつい視線でひとなめした後、竜士頭は言った。

「執政院は人質救出作戦の下知を伝えてきた。皇国水軍西ノ中海船手衆は、西域各国に駐留する我が竜軍の遠国兵団《アウター・コー》と共同して蛮都を叩き、同胞を蛮族の手から救い出す」

室内に歓声が満ちた。竜士というのはそういう者どもなのだ。もっとも、その時の私も、同じ歓声に和していたのだから、他人の事をどうこう言う資格は無いが。

西蛮は蛮都――彼らの首都に対する我々の蔑称で実際の名とは違う――の周辺に濃密な防竜網を構築していた。

具体的に述べるなら、海岸から一五里離れた都の四囲に六つの竜巣場《フィールド》が設けられており、そこにはそれぞれ三〇頭の竜が配されている。合計一八〇頭。我が母艦に乗っている竜の頭数は一三〇であるから、純粋に算術上の比較を行った場合、敵――そう、敵だ――が優位に立っている。

そして、竜巣場や蛮都の周辺には、最低でも一〇〇門以上の重対竜天雷、五〇〇門近い軽対竜天雷が配備されていると見られた。竜巣場や対竜天雷が形作る防竜網に下知を伝える防竜方番所《DDC》は四つ。飛来する竜を遠距離で発見する任務を与えられている（はずの）物見魔導士所《マジック・サイト》は八つだった。いずれも、蛮都の中心から一〇里の円周上に配された対竜天雷陣の内側に設けられている。

人質救出の任を与えられた我々がまず第一に為すべきは、その防御網に穴を開ける事だった。そのためには、空にあるものを感知する力を持った魔導士がいる物見魔導士所に奇襲をかけてこれを潰し、ほぼ同時に、下知を発する防竜方番所も叩いて敵の命令系統を混乱させねばならない。竜巣場を叩く――というより、そこにいる敵の竜士達を殺すのはその次だ。

なぜ人だけを狙うのかと言えば、厚い皮を持った〈竜〉は滅多な事では致命傷を負わないからだ。

〈竜〉というのは全く強い生き物で、その点について、人間など足下にも及ばない。

前《さき》の大戦では、大石矢火をまともに喰らった〈竜〉が平気で帰投したという実例があるし、敵の攻撃によって沈没した艦から、〈竜〉が舷側を突き破って空へと脱出した話も伝わっている。そして、彼は両前足で自分の竜士をしっかりと抱き抱えていたという。

〈竜〉達は我々の命を使った遊びを楽しんでいるのではないか――人の心にそうした疑念が生じてからもう随分になるにもかかわらず、未だ両者が古の契約を維持している理由はその辺りにもある。

確かに、彼らは遊んでいるのかもしれない。しかし、極めてまじめにその遊びを楽しんでいる、そういう事だ（契約には、可能な限り竜士の命を救うという一項が含まれている）。

とにかく、そうした〈竜〉達に跨乗《ライド》し、我々は敵の物見魔導士所、防竜方番所、針路上の対竜天雷、そして竜巣場を叩き、蛮都上空へ侵入、人質を救出する。人質は隣国に駐屯している竜軍（彼等は竜巣場から〈竜〉を扱う）の大竜が引いてくる大型気球で運ばれる事になっている。

現実に行動を開始した際、最後の救出を除いてはほぼ同時に行われるが、優先順位から言えば、そういう手順になる。少なくとも我々竜士達はそう教育されている。蛇と同じで、頭さえ潰してしまえば後はなんとかなるという訳だ。西ノ中海船手衆は、ごく僅かの予備を除き、その全ての竜戦力をこの作戦に投入しようとしていたから、成功の確率はかなり高いものと見て良い。

「我々の任務は鉄拳編隊の前方護衛だ」出撃開始刻限に向けて喧噪の高まりつつある竜甲板の一角に部下を集めた私は言った。

「おそらく、敵の抵抗は弱いだろう。しかし、平時規模の定時哨戒を行っている事は十分に考えられる。竜戦の可能性は高い、そう思って良いだろう」

そこで私は言葉を切り、二人の若い竜士達の顔を微笑と共に見た。二人とも目に動揺の色は無い。一応は安心して良さそうだった。私と違って竜戦の経験が無いにしては、彼らの態度は立派なものだ。

「まぁ、訓練通りにやろう」

再び口を開いた私は言った。

「相手は亜竜だ。万が一にもやられる事はない。自分の乗竜から良く話を聞いておけ。装備は第一種対竜兵装。跨乗」

私の下知と同時に、彼らは自分の乗竜に向けて発艦準備でごったがえしている竜甲板をかけていった。

私は自分の乗竜に近づいた。彼は、自分の身体に天雷の破片を防ぐ具足やその他諸々の装備を取り付けている竜舎足軽達にあれこれと指示を出すため、左右に首を振っていた。彼の背中は絵具で砂色に塗られていた。敵に見つからぬよう低空で侵入するため、西蛮の大部分を占める砂の海に視覚の面でも溶け込む必要があるからだ。

私はその様子をざっと眺め、彼に尋ねた。

「問題はないね？」

「ああ」

彼はその長い鼻面に楽しげな何かを浮かべて答えた。

「竜舎足軽達を誉めてやって欲しい。鞍《くら》の位置も、革帯の締め具合もちょうどいい具合だ。この色だけはいただけないがね」

私はうなずき、その旨を乗竜にとりついていた足軽達の頭に伝えた。

足軽頭は大げさな身ぶりで乗竜に対して頭を下げ、続いて組んだ両手を差し出して私の跨乗を手伝い、御武運をお祈りしますと言って我々から離れた。こうした場面では、かつて人が〈竜〉と竜士達に注いだ尊敬が（半ば儀式的なものであるにしろ）生き残っている。

甲板に拡声器からの指示が響く。

「竜甲板に伝達！　間もなく第一派発艦開始時刻。発艦準備を確認せよ。発艦手順は舷側順次発艦。高度確保に注意」

竜甲板の〈竜〉と竜士達から一斉に罵声があがった。

本来ならば、母艦のつくり出した合成風力を利用して〈竜〉を飛び立たせる方が安全なのだが、同時に多数を出撃させる必要があるため、舷側から海中へ飛び込む様な姿勢で出る舷側発艦が指示されたからだった。

私は帆柱の脇であらゆる〈竜〉の発艦準備に導術で目配りしている竜舎方魔導士に合図を送り、準備完了を伝えた。二、三呼吸置いた後、再び声が響きわたる。

「発艦開始」

同時に、操舵甲板から陣太鼓が響き始めた。周囲で〈竜〉達が翼をひろげ、それを上下に振る風音が伝わってくる。もちろんそこには、母艦の速力が生み出す合成風も含まれていた。現在時、皇紀九八六年六月十九日七ツ半。日の入りはあと一刻ほど後だ。

乗竜の前方左側に立っていた足軽が右手に持っていた青い旗を上げた。私の視線を捕らえ、それを大きく振ってみせる。

私は小さく肯き、乗竜に伝えた。

「行こう」

次の瞬間、我々は空中にあった。

そのまま海面に突っ込みそうになるが、乗竜は風に乗るため大きく翼を上下動させ、必死になって高度を稼ぐ。

私は、空中では無敵を誇る竜が唯一無防備となるこの瞬間の恐怖と興奮に、両脚を思いきり締め付ける事で耐えていた。そのどちらに引かれても竜士としては失格であるからだ。

年経た〈竜〉に相応しく、我が乗竜はまたたくまに風への乗り口を見つけ、高度を確保した。

［脚の力を緩めてもいいよ］

彼の言葉に従った私は、頭を後ろに向け、部下が無事に発艦できたかどうかを確かめた。

問題ない。

彼らは私の背後に占位すべく高度を稼いでいる途中だった。その斜め下方に見える母艦の甲板からは続々と〈竜〉が発艦し続けている。私たちが護衛すべき鉄拳編隊はすでに空中にあった。蛇の様な姿をうねらせながら、高度を稼いでいる。

鉄拳編隊とは、敵の物見魔導士所や対竜天雷を叩き潰す任務を与えられた連中の事だ。

彼らは、焔硝を詰めた鉄筒を摑んだ〈竜〉に跨《またが》って良く防御されている目標へ突進し、鉄筒を放り込み、爆砕する訓練を受けている。言うまでもなく危険極まりない任務だ。

このため、彼らが跨っている〈竜〉は私の乗竜とは全く違う一族の出身だ。翼を持たぬ、舵の様な胴体をうねらせて空を飛ぶ竜で、速度はそれほど早くはないが、地を這うように飛んだり、いきなり身をひねったりといった様な動きには長けている。その特性でもって対竜天雷をかわそうという訳だ。

同じ竜士とはいえ、我々とは全く異なった資質の男たち（そして〈竜〉たち）と言って良い。皇国軍の一部に、彼らの乗竜を〈竜〉ではなく、〈龍〉と呼んで区別を明確にした方が良い、そう主張する者がいるのも不思議ではない。


皇国水軍が五季間ぶりに経験する実戦の往路は、正直言ってひどく単調なものだった。全攻撃隊の前衛でもある我々は〈竜〉に可能な限り高度を下げて風に乗っている。眼下には、傾きかけた陽光を浴びて輝く海面があった。

乗竜との間に会話は無かった。敵にそれを悟られてしまう可能性があるからだ。

これまで、西蛮が用いてきた竜は、人との交感能力を持たない〈竜〉の亜種と言われている亜竜だけで、こちらの会話を気取られる危険はなかった。

だが、数年前、彼らがある〈竜〉の一族と契約を結んだ事が明らかとなり、我々が西ノ中海で得ている自由はひどく制限されたものとなってしまった。

〈竜〉の持つ能力と、竜士としての修行を積んだ魔導士を組み合わせたならば、三〇里もの遠方から、こちらの会話を聞き取り、位置を特定する事ができるからだ。

　このため、攻撃に向かう我々は完全に口を閉じていなければならなかった。

　無論、敵の得た能力への抵抗手段はある。こちらも〈竜〉と魔導士の組み合わせを攻撃隊の中に含めており、敵の行動を早期に察知できる様になっている。それどころか、特に鋭敏な感覚を持っている〈竜〉と魔導士を飛ばす事で、敵に偽の会話を伝え、混乱させる事も可能だ。その国が、本物の〈竜〉を軍の中に組み込んでいるかいないかは、それ程の差を戦いにもたらす、滅多に汚い言葉を使わない我が乗竜が、

［あれは〈竜〉ではない。蜥蜴《とかげ》だ］

　と、亜竜の事を評することからもそれは想像できる。どうやら、〈竜〉達は亜竜の事を人が猿を見る様な感覚で捉えているらしい。常識的な教養以外何も持たない私の判断によれば、似て非なるもの、という所だろうか。ともかく、我々が小国である西蛮に完全編成の竜撃をかけつつある理由は、西蛮がほんのわずかに保有している〈竜〉の脅威を評価してのことだった。

　乗竜がわずか身じろぎした。

　私は前方を見た。海岸線が迫っている。樹木は全く存在しない。本当の海にかわって、どこまでも砂の海が拡がっている様に思える。

　我々は海岸線を越えた。竜士仲間の言い回しに従えば、脚が地につ《フィート・ドライ》いたという訳だ。

　陸地上空への侵入と共に、我々はさらに高度を下げた。敵を発見するか、あるいは外周天雷陣を突破するまで、脚が砂につきそうに思える現在の高度は維持される。とにかく、砂の海に溶け込むのだ。

　それからしばらくの間、我々は地平に没しつつある陽光を背後から浴びつつ低空飛行を続けた。緊張と風に包まれつつ周囲に気を配るが、空には何も見えない。

　視線を下に向けた時、眼下に何かが流れ去るのがわかった。

　物干し竿《ざお》の様なものが空中に突き出されて、その周囲には白い衣服に身を包んだ西蛮の足軽達らしい姿があった。間違いなく、蛮都外周の対竜天雷陣だ。

　迎撃は無かった。我々は奇襲に成功したのだ。

　私は乗竜の首筋を軽く優しく叩き、手綱を軽く引いた。それに応え、彼は上昇に移った。角度はさほどきついものではない。風に乗り続けねばならないからだ。首をね

じって背後を視界に入れ、部下が付いてきているかどうかを確かめる。

大丈夫だった。彼らの下方を鉄拳編隊が通り過ぎてゆく事も確かめる。問題はない。外周天雷陣は後続の主力に任せておけば良い。彼らの任務はそれなのだ。

そして私の編隊は、ひたすら高度を稼ごうとしていた。この段階における我々の任務は、鉄拳編隊が上から敵にやられぬ様、高空からの護衛を行う事だ。

夜が訪れようとしている砂の海、その上空を飛ぶ私の立場はまことに結構なものだったと言えるかもしれない。後方に主力が接近しつつある事を知っており、前方数里の位置に置かれている筈の目標へ突進している鉄拳編隊の姿はまだ辛うじて捉える事ができる――確かに、これが本物の戦でなければ、まことに結構な眺めだった。正直、私はこの世界が気に入っていた。

前方で爆発が発生した。

鉄拳編隊の〈竜〉が鉄筒を叩きつけたのだ。ほとんど夜に支配された前方で鉄筒の爆発に伴う火炎が発生し、ほんの一瞬、その手前を横切る細長い蛇の様な影が見えた。鉄拳編隊は任務に成功し、退避に移ったのだ。

[本隊の魔導士からだ] 乗竜が突然言った。攻撃開始――敵発見と同時に、沈黙の制約は解かれたのだった。

[前方八里上空に敵らしいもの。ほとんど亜竜らしい]

「了解」私は言った。

「攻撃に移る」

彼は諭す様に言った。

[あまり突っ込みすぎると、母艦に帰る事ができなくなるかもしれないよ。風の具合が悪い。今夜は、どこかで風待ちをするはめになりかねない]

「いいさ」

ようやく打ち上げられ始めた天雷と、焼発によって極彩色にそめられつつある夜空を見つめた私は言った。

「とにかく、いま、我々は飛んでいる」

竜は嬉しそうに答えた。

[そう、そして戦っている]

3　感想

「なんというか」

最初のレポートを途中まで読んで顔を上げ、レッドシフトは言った。

「これが願望の充足であるとするなら、とんでもない願望だな」

ボルテックスは笑った。

「頭が痛いだろう？」

「だが、その中で展開されている情景は、筋が通っている。その——ドラグーンが体験したと主張している出来事は、我々の戦術から見てもおかしくはない。奇襲攻撃による航空優勢の確保。彼が語っているのはまさにそれだよ」

レッドシフトが言った。

「ドラゴンとかいう要素を除けばな」

ボルテックスは頷いた。

「ドラゴンとかいう要素を除けば、だ」

「作為的なものではないのか？」レッドシフトは眉をしかめて言った。

「彼は、機体を失ったことによる罪悪感を、この……ああ、体験を信じる事で埋めようとしているのかもしれない」

ボルテックスは片方の眉だけを上げて答えた。

「さてね。俺は心理学者じゃないんでな」

「貴様の感想は？」

「自分で全部読めよ」

「いや、ドラグーンについては取りあえずこれだけで良い。残りは後で目を通す」

「残りの部分についても、筋は通っているぜ」

「完全に？」

「ああ、奴は自分の〝体験〟について、どこにも破綻《はたん》のない受け答えをした。いいか、ドラゴンに乗って空を飛びまわった云々だけじゃない。その中に出ていた〝皇国〟の歴史だの、世界情勢だの、都の西にある自分の故郷だのについて、俺達がこの世界について知っているのと同じ程度の確かさの〝常識〟を持っている」

「まさか——」

「いや、本来の自分について忘れちまった訳じゃない。きちんと覚えている。だからこそ、こっちが混乱している」

「畜生」

レッドシフトは呻《うめ》き、窓外に視線を投げた。滑走路には、離陸態勢を整えている大型機の姿があった。機体は白色に塗装されている。

しばらくその機体をぼんやりと眺めていたレッドシフトは、軽く首を振ると、別のレポートに手をのばした。彼は、それを最初から読む気がしないらしく、適当な所までめくった後で、途中から読み始めた。

4　ジーク

綿密な攻撃計画なのだと言われていたが、それはいつもの通り途中で混乱し始めた。俺個人のレベルで言うなら、目先の敵機以外、何も見えやしないという事だ。列機《ウイングマン》の任務は何かと言えば、それはもちろん、一番機のケツをカヴァーし続ける事だ。

いかにヴェテランといえども、こっちが気を抜いていたら、彼のジェットを吹き出す魅惑の腰つきはたくましいドイツ製機関砲《マウザー》や誘導弾《AAM》を呼び寄せる事になる。別に俺にはそっちの気はないが、統合航空軍飛行学生の時、俺は教官からそう教わった。

続けて彼はこうも言った。

まともな飛び方を覚えるまで、貴様等にはそれ以外の任務も価値もない。

というわけで、いまや民主化著しい日本帝国、その統合航空軍第四七戦闘飛行隊の戦闘機操縦士たる俺が焦《あせ》っていた理由はそこにあった。つまり、俺は合衆国東西分割線――ミシシッピー川上空で繰り広げられる混乱の中で、一番機から離れちまっていたんだ。参ったね。

俺はスロットルを開き、前方で急速右旋回に入ろうとしている敵機をちらりと眺めた。

正確に言えば、Ｔａ375Ｂシュトルムアドラー――一九五二年にフォッケウルフ社から独立してタンク社を創設した天才設計家クルト・タンク博士の弟子たちが造った単発ジェット戦闘機だ。彼らの伝統的なデザインであるスマートさを十分に受け継いだ、美しい機体だった。機会があれば一度飛ばしてみたい、そう思うほどだ。

一九九〇年六月六日にこの戦争が始まる以前、俺達はＴａ375こそ噂の超音速巡航《スーパー・ソニック・クルーザー》戦闘機かもしれないと教えられたが、開戦から半年近く過ぎた今は、それがデマだったとわかっている。Ｔａ375のハインケル－ヒルトＨｅＳ135Ｃターボジェットエンジンは確かに優れた性能を持っていたが、機体に超音速クルーズでの戦場進出を許すほどの推力、燃費、耐久性は持っていなかった。結局のところ、Ｔａ375は、ただ単に性能の良い最大速度マッハ２級の敵戦闘機――それだけだった。

もっとも、〝それだけ〟で十分以上、面倒な話になっているんだけれども。

俺の祖国とドイツ第三帝国の仲が険悪になったのは、俺が生まれる遥か以前——一九三〇年代の事だ。なんでも、彼らのアドルフ・ヒトラー初代総統が諸悪の根元で、今の世界がこうなった全ての理由は彼が造ったものなんだという。ガキの頃、俺はそう教えられた。

同じ頃、テレヴィジョンで似たような事を唱《とな》える番組、確か、「ドキュメント第三次世界大戦」とかなんとかいう題名の奴を見た覚えもある。その手のネタが好きな奴に言わせると、我が国の報道班、ドイツの宣伝中隊《PK》、合衆国や英連邦の似たような連中が撮った実写フィルムを編集したものなので、結構史料的価値が高い番組なのだそうだ。

そういえば俺も、つい二年前に四度目の現役復帰を果たした戦艦〈播磨《はりま》〉が五六サンチ砲でドイツ本土に艦砲射撃をかけるシーンなどを観て盛り上がっていた事があった。だからといって、俺が隣近所で有名な愛国少年であったという訳ではない。ごく普通の田舎の子供だった。ま、子供というのは野獣だから、そんなふうでも全然おかしくはない、自分ではそう考えて納得する事にしている。

もちろん、今は多少違ったとらえかたをするようになっている。

ヒトラーが諸悪の根元というのは無理があると思っているし、日本帝国が正義の味方だと信じている訳でもない。知恵がついてくるに従って「悪い」奴だと思うようになったのは、自分の国やドイツの現在の政治家達——ドイツの場合、つい数年前に八〇幾つで死ぬまで三〇年近くも欧州を支配していた第三代総統ラインハルト・ハイドリヒ——だった。

だいたい、統合航空軍に入ったのだって、ただ単に戦闘機を飛ばしたくてたまらなかったからなんだ。それ以外に大した理由も動機もありはしなかった。

俺以外の連中もそこら辺はおおむね似たようなものだ。戦闘機操縦士は世間で思われている程、がさつな人間でもなければ、常日頃から愛国心だの何だのという事を暗く考え込む人間でもない。ただほんの少しだけ他の連中より負けず嫌いで、頭の回転が速く、体力も多少はあり、戦闘機に乗るためなら他の何もかも犠牲にしたって構わないと思っているだけの事だ（少し変だろうか？　いや、そうでもあるまい。どんな奴でもどこかに妙な部分を持っているものだ）。

回避運動に移った敵機を睨んだ俺は、機体を降下に入れた。必要十分な降下角をとり、機体に速度の形でエネルギーをためこむ。

どうやらあの機体を操縦しているのは、俺よりさらに技量の低いドイツ野郎らしい。彼は、単純な右旋回で俺から逃げようとしていた。ばかな奴だ。あの機動で機体が位置エネルギー——高度を失う事を忘れている。空戦機動はX—Yで考えてはいけない。そこにZ軸を加えて動かなければやられてしまう。はは。俺も素人相手だと偉そうな事を言えるもんだ。

もう十分、計器盤上面の照準器に投影された対気速度がそう思える値を示した時、俺は機体を右に滑らせ、続いて上昇に移った。スロットルは無論全開。俺の操る三菱A24M3——八七式迎撃戦闘機三二型は、二基の中島／北崎〈新星〉一六型ターボジェットから吐き出される一八トン近い推力によって敵を追う。一応、上昇直前に行った右滑りで、敵を機体軸線上に捉える程度のコース修正は行っている。おそらくうまく行く筈だ。

機体があの世まで素っ飛びそうな勢いで上昇を続けている僅かな時間の間に、俺は操縦桿の兵装スイッチを操作し、使用兵装として赤外線誘導弾を選択した。

なぜかと言えば、すでに電波誘導弾は射耗していたし、俺の腕では、現状の様な互いのベクトルがぐちゃぐちゃの高速機動時に多銃身機銃を当てるのは難しいと思えたからだ（もっとも、飛行時間四〇〇〇時間などという怪物連中に言わせると、敵の針路を予測してつけ込むのはさして難しくないそうだ）。

その点、高機動追尾が可能な様、寸胴《ずんどう》に設計された赤外線誘導弾は、感知装置《シーカー》の有効距離／角度内に目標を捕まえてさえいれば、撃墜の可能性は大いにあった——ともかく俺はそう考えた。それに続く動作として、スロットル・レバーに取り付けられた安全装置を解除する。これで誘導弾の先端に取り付けられた追尾装置が作動を開始した。

敵機に近づくにつれ、ヘルメットのレシーバーに甲高い音が響き始めた。誘導弾の赤外線感知装置が、敵機から放たれる赤外線を捕捉し、撃ってもいいよと俺に教えているのだった。

だが、俺は誘導弾君のお言葉を素直に聞ける程の善人じゃあない。彼の声が断続的なものであることに気づいている。

つまり、まだ敵機が有効角度内から外れる事があるって訳だ。よしよし。たとえ誘導弾といえども、近づいて打つにこした事はない、そういう事なんだ。誘導弾は百発百中ではない。距離を開けて打った場合、回避される可能性が高まるし、全弾がメーカーの売り口上通りの性能を発揮する訳でもない。常識で考えてみれば良い。不良品がただの一個も無い工業製品があり得るか？　あるはずがない。人間の持ついい加減さと確率論がそれを証明している。

俺は敵機のケツに食らいつくような上昇を続けた。とはいっても、時間にするならほんの三秒程度の事だ。

その短い時間の間に、僅かに上昇角をゆるめ、機体をさらに右へ向け、敵機をレクチル内へと収める。その機動で機体の持つエネルギーが低下するのはわかっている。だが、奴を叩き落とすためには、そうした機動が必要だと思えた。へん、戦闘機操縦士という人種は、Gが頭の中を引っかき回している間でもその程度の事は考えられなきゃ生き残れないんだ。

照準器のレクチル内で赤外線誘導弾用の捕捉表示が敵機と重なって離れなくなった。レシーバーに響く音が連続音になる。照準器右端の距離表示計が、完全有効射程内に目標がある事を示した。げっ、八〇〇メートルしかない。

俺は操縦桿に取り付けられている誘導弾発射スイッチを押し込んだ。軽い衝撃。機体がわずかに浮き上がる様な感触と、速度が増した様な感覚を覚えた。誘導弾が発射されたって事だ。

新たな戦争、いま俺の戦っている第四次世界大戦が勃発する可能性は、随分と昔から警告され続けてきた。

極端な話、日本で最初にその警告が発せられたのは第三次世界大戦が始まって間もない頃で、おそらく（当時実戦化されたばかりだった）反応兵器の投げ合いになるだろうという予測が出されている。そして、もし全面反応兵器戦となった場合、間違いなく日本は全滅するから、それを防ぐため、反応兵器を直ちに大量生産／全面使用して、先にドイツを焼け野原にするか、現在の戦争は適当な所で手打ちにして、その後で共倒れを狙えるだけの反応兵器体系を構築するか、の何《いず》れかを選択せねばならないと結論している。

この警告――当時、反応兵器開発計画の責任者だった田所という海軍大佐のレポート――を教育課程で読まされた俺が面白く感じた部分は、二つの選択肢それぞれについて、どれだけ資金が必要になるかまで彼が踏み込んでいる所だった。

ただ単に爆発威力これこれの反応弾何発をつくった場合幾ら必要か、というレベルのものではない。反応弾開発とその生産が、国家経済にどのような損得をもたらすかまで触れられていた。

田所大佐が安上がりになると判定したのは後者だった。あの一九四〇年代末から五〇年代にかけての状況――信頼性の低い長距離弾道弾を除けば、戦略打撃力では日本の方が圧倒的な優位に立っていた――を思うと奇妙に感じられるが、彼はそう判断した理由をやはり資金面から説明している。要するに、当時の国民総生産では、第三帝国を蒸発させるために必要なだけの反応弾を量産できないというのだった。たとえ生産できて、戦争に勝てても、その後で国家経済がたちゆかなくなる。当時の反応弾は、生産にそれほど金のかかるものだったのだ。

このため田所大佐は、反応兵器とその運搬手段の開発から派生する技術的波及効果から考えて、第三次世界大戦の終結後、日本や、日本が管理している世界のあちこちに反応兵器用の施設をじっくり腰を据えて（つまり、国民総生産の増大によって、反応兵器の価格が相対的に下落するのを睨みつつ）建設した方が良いと結論している。驚く他無い。現在、北海道のあちこちに置かれているＩＯＢＭ――太洋間弾道弾の地下発射基地や、どこか秘密の海域で今日も息を潜めている弾道弾搭載潜水艦――その原案は一九四八年に出来上がっていたのだ。

しかし田所大佐は、強大すぎる反応兵器体系が「軍事」に与える影響には思い至らなかったらしい。いや、反応兵器体系の整備によって、最終的には軍縮が達成できるとまで信じていたようだ。

現実には、反応兵器が持つ抑止能力は軍備拡張の方向に働いた。数の揃い過ぎで日独双方ともに反応兵器が禁じ手となった時、何をもって覇権競争を行うかと言えば、通常兵器を除いて他には無い。

結局の所、反応兵器がもたらしたものは、歴史上初めての巨大な戦力を持った常備軍だった。

偶発的な戦争に備えるため――巨大な常備兵力を建設するにあたって日独双方の政府が唱えた理由はそれだ。現代戦のテンポは早い。予備役を動員し、再訓練を行った後に戦場へ投入する余裕など無いというのだった。

妙な話だ。

なんの前兆も無しで始まる戦争など考えられないから

である。どれほど巨大な常備兵力を持っていた所で、それを動かすにはやはりあれこれと準備が必要になる。

かつて誰もが恐れた事態――ある朝、突然にＩＯＢＭが発射されるにしても、その発射命令が下るまでには様々な政治的事態が発生する筈だ。

日独それぞれが大枚を投じて建設した電子的な宇宙からの監視システム、あるいは昔ながらの人間を用いた情報収集システム（つまり諜報機関の事だな）が、それら全てを見逃す事などあり得ない。

つまり、戦争は段階的に危機が高まる事によって発生する点に変化はないと言うことだ。政治家だの軍人だのという連中は全くもって保守的であり、そうであるが故に、最もラディカルな政治行動である戦争に対して恐怖を抱いているのだ。それによって全てを失ってしまうかもしれないからである。やはり、巨大な常備兵力は古今変わらぬ軍拡の論理によって建設されたとみるべきだろう。

結果、日独双方は史上例をみない強大な常備兵力に加え、半日から一カ月の期間で召集可能なそれなりの予備兵力を抱え込む事になってしまった。

まるで悪夢だとこの世界について誰かが言っていたが、俺はその言葉に反論できない。主に合衆国を舞台として行われているこの第四次世界大戦がそれを証明している。

日独及びそのどちらかに結びついた各国は、数年に及ぶ交渉と緊張の連続に疲弊し、半ば救いを求める様なつもりで合衆国周辺のみを戦場とした（という暗黙の了解のある）戦争に突入したからだ。今のところ反応兵器は使用されていないし、予備役を動員する余裕は幾らでもあった。どう考えたら良いのか良くわからないが、やはり戦争は、ある朝突然になんてものなんかじゃなかった、そういう事だ。


主翼下の兵装架《パイロン》から放たれた誘導弾、日産七四式赤外線空対空誘導弾改八型は、俺が狙いを付けた美しいドイツ機めがけて突進していった。発射した直後は、ずんぐりとした胴体の後尾から炎が延びているのがわかる。

だが、前のタイプと違って、ロケット・モーターが盛大な白煙を吹かないので、距離が開くと、ちゃんと追尾しているのかどうか良くわからなくなった。

やはり、実験段階で言われていた様に、空対空誘導弾は白煙を曳《ひ》いて飛んだ方が良いようだ。白煙無しでは、誰の弾がどの敵に命中したのか良くわからない（この辺りが、発射位置がばれては困る地対空誘導弾と違う所だ）。スーパーソニック・クルーズに対応した鏃《やじり》の様な機体表面に送受信器が貼り付けられた機載電探だけでは、戦果確認は難しい。

おまけに、俺は発射と同時に機体を上昇へ入れていた。ケツに食らいついたままでは命中時の破片を浴びないとも限らないし、背後から忍び寄ってきた敵機にやられる危険もあるからだ。撃墜未確認——俺は、それを半ば覚悟していた。

だが今日は俺にとってさよならチェリー・ボーイ以来の幸運が巡って来た日だったらしい。上昇に入るのとほぼ同時に前方で発生した閃光が俺の攻撃が成功した事を教えてくれたからだ。俺は叫びとも呻きともつかぬ声を上げた。初の撃墜だ。

俺の喜びは長く続かなかった。

声を上げてすぐに、俺とほぼ同高度にいた敵機がこちらへ旋回するのを見つけていたからだ。そのＴａ375の動きには無駄がなかった。目標（つまり、俺様）に向けて最短の接近コースをとってはいるが、直線飛行はほとんど行っていない。常に幾らか歪んだ動きをしている。

大した技量を持っている訳ではない俺でも、その敵機を操っている奴がかなりの腕を持っている事だけはわかった。

奴は怒り狂っているに違いない。俺にはそう思われた（そう、俺は恐怖を感じていたんだ）。そして奴の主翼下にはツヴェルクⅢ赤外線誘導弾。まずい。

俺はスロットルを開いて高度を稼いだ。あのたちの悪そうな敵機とこっちの動きが重ならぬ様、なんとか距離と角度をとろうとする。うまく逃げられるだろうか。あまり自信は無かった。

5　評価

「まだ理解しやすくはあるな」

レッドシフトは言った。妙に疲れた表情だった。

「少なくとも、ジークはジェットには乗っている」

ボルテックスは面白そうに答えた。

「俺達と同様に三菱の機体だ」

「ああ」

「だが、俺達が知っているそれとは違う」

「他の全てと同様にね」

声を潜める様にしてレッドシフトはそう言った。

ボルテックスは新たなハイライトをくわえてから頷いた。

「そうだな」

「やはり、心理学的な分析の対象として調査するべきなのだろうな」

レッドシフトは言った。

ボルテックスは答えた。

「すでに航空医官達がそれを始めている。今日中に、防衛医大から派遣された連中もそれに加わる筈だ」

「仕方のない事だが……ひどい話だ」

にわかに感情を波立たせた声になってレッドシフトは言った。何をひどいと思っているかは言わない。

「燃料切れでは、事故と言いつくろう訳にはいかない」

ボルテックスはそう答えた。

「おまけに、彼らは正直に話してしまった。ひどい扱いを受けて当然だろう。イーグルに怪しげな話をする連中を乗せていた——十分以上のスキャンダルになる」

「意外と冷酷だな」

レッドシフトは言った。

「本来なら、俺がそうあるべき態度だぜ、それは」

「空を飛んでいたいからな、俺は」

ボルテックスは感情を殺した声で答えた。

「空自は、妙な事を言う奴に戦闘機を任せてくれるほど余裕のある所じゃない」

ボルテックスは根本近くまで吸ってしまったハイライトをブリキの灰皿にフィルターがほぐれる程に押しつけると、新たに一本を取り出し、くわえた。

レッドシフトが話題を意図して変える声音で言った。

「それにしても、ジークが経験したと主張している場所で行った空戦機動は悪くない」

「ああ」

ボルテックスは同意した。

「悪くない。順当に経験を積めば、いいイーグル・ドライバーになったんじゃないか」

「残念だな」

「そうだね」

レッドシフトは言った。

「航空医官達はどの点に注目しているんだ?」

「誰に、という事か?」

「別にそれでもいい」

「バーニアだな」

ボルテックスはかつての相棒がまだ目を通していない

報告書を指さして言った。

「連中はそれに注目している」

「なんでまた?」

「考えようによっちゃぁ、ドラゴンやドイツ軍よりも奇妙な話だからさ」

「何なのだ?」

「地球上の話じゃないんだ」

6　バーニア

相対速度毎秒二〇〇〇キロ近くで行われた異星人との戦闘が終結してから四分ほど後、ヘルメット内に男の声が響いた。

「トールボーイ03より全機、帰投せよ。母艦軌道要素、秘匿呼称ブラボー・オスカー・エコー〇八八五四七。軌道確保完了、あるいは救援を必要とする者はエミッション・コントロール解除。現在時GST〇八五六。トールボーイ03、以上」

ヘルメット内に響いた宙域警戒管制官の言葉を聞いた僕は、思わず罵りの言葉を洩らしそうになった。コクピット・ディスプレイに表示された受信ランクはノーマル・ウェーヴで、それはトールボーイの発信がおそらく二分程も前に行われたものである事を示していたからだ。つまり、彼が乗っている早期警戒管制艦と僕の機体との間には、三六〇〇万キロ近い真空が横たわっている。

人類は半世紀以上も前に宇宙空間を素早く泳ぎ渡る手段を発見しているのだから、それぐらいどうという事もないじゃないか、君はそう反論するかもしれない。

ああ。確かに人類は星々の間をハイピッチで泳ぐ方法を実用化している。二〇六七年に発見されたハイアード・トンネル現象が二一〇七年に浅井―オサリバン航法《ドライヴ》として使われだして以来、一〇光年以内にある恒星系に向けてであれば、一回のスルーで観光旅行ができる様になった。

なにしろあの航法は周囲の空間を通る無数の高次空間経路を「君はもっと広いんだよ」と電磁的に騙《だま》す事で利用するものだから、零細企業の持ち船でもAOドライヴを装備可能な程にランニング・コストが低い。後で述べる幾つかの欠点を除けば、とにかく安上がりに出来ている。経済専門家の中には、人類が太陽系から他の星系へ植民したのも、その後、恒星間貿易などというとんでもないものが成立したのも、全てはＡＯドライヴにかかる経費が安いからだと言う人もいる。

　その点については僕も同意見だ。ＡＯドライヴのおかげで、人類はえらく気軽に他の恒星系へ飛び出せた。高次空間経路をいちどに騙せる実時間の限界から、一回のスルーは一〇光年程度が限度だが、それでも通常空間を一〇万年かけて這いずりまわるよりはマシだ。その意味において、ＡＯドライヴは確かに便利なものだ。なにしろ、それのおかげで多くの政治的理想家達が夢見た全人類的統一政府――地球連邦《フェデレーション・オブ・アース》が成立したと言って良いのだから。

　それでまあ、なぜ僕がそれほど有り難いＡＯドライヴに対して苛立っているのかの説明に戻るなら、その便利な御道具が、今のところかなりの図体になってしまうという点がまず気に入らないからなんだ。

　例えば、我が地球連邦宇宙軍《Ｆ・Ｅ・ＳＴＡＲＭＹ》のプロヴィンス級新型戦艦〈薩摩《さつま》〉がなぜ全長六キロにもなってしまうかと言えば、武装の他に、ＡＯドライヴ自体がひどく場所を喰うからだ。

　誰でも知っている様に、航宙船の設計で最も面倒なのは、スペースを如何に有効に利用するかだ（図体は運航経費へもろにはねかえるのは昔の水上船と同じだ）。

　であるにもかかわらず、ここ半世紀で航宙船が滅多やたらと巨大化してしまった理由は、ＡＯドライヴの必要とするスペースがひどく大きいから。航宙船の設計者達は、どのみちスペースを有効利用できないのであれば、図体をひたすらでかくする事で経済的な帳尻を合わせようとしたのだ。

　これで、僕が苛立っていた理由がわかるだろう。僕の搭乗している機体――川崎Ｆ91Ｇ単座戦闘攻撃機の全長は推進剤タンクの大半を切り離しても二五メートルとちょっと。とてもじゃないが、ＡＯドライヴなど装備できない。

　つまり僕は、二〇〇年も昔の連中とさしてかわりばえのしない方法で――推進剤の残量を気にかけつつ、母艦へ帰りつかなきゃならなかったのだ。気に入る訳がなかった。僕はＳＴＡＲＭＹ予備役中尉にして第27母艦戦闘機隊の戦闘機乗り《オービタル・ダンサー》なのだから気が長い訳がない。ＡＯドライヴに多少の文句があっても良いだろう。少なくとも、僕と同様の経験をした人々は概《おおむ》ね同意してくれる筈だ。

　それに、この便利な魔法の杖には、図体のほかに恒星近傍で使用しちゃいけないという制限までついている。ドライヴが「騙した」高次空間経路の影響が恒星、あるいは惑星に及んだ場合、とんでもない事になるからだ。

例えば君は、経路が歪《ゆが》んだおかげで隣家が一光年も先にある事になってしまった惑星に住みたいと思うか？

僕は御免被《こうむ》る。冒険小説の舞台としてはいいかもしれないが、日常の中にそれがあるのは嫌だ。その利点は知りつつ、AOドライヴに文句の一つもつけたくなる気持ちもわかって貰える筈だ。

もし君が民間人で、オービタル・ダンサーの感覚などわからないと言うなら、何か機会を捕らえて一度よその星系まで旅行してみれば良い。

一瞬にして一〇光年を飛び超えるAOドライブの後で、惑星や軌道コロニーに近づくため延々と費やされる通常空間航行の長さがたまらない筈だ。結局のところ、人類はAOドライヴの他にあらたな恒星間航行技術を発見していないという事が良くわかり——それに不満を感じるだろう。

そうでなければ、連邦宙域のあちこちで何万人もの天才秀才達が、新たな航法の開発に血道を上げる筈はない。

現在、そうした天才達のアイデアの中で僕が最も気に入っているのは、定数変換航法というやつだ。航宙船の存在する空間の物理定数を数学的な空間設定で他の数値へと変換し、ありとあらゆる物理的制限を無視して飛び回る——というより、自分の望む宇宙（目的地）を数学的につくり出してしまい、ついでにそこへ自分達自身のデータも書き込んでしまうという航法だ。

多元世界を山のようにつくり出しかねない航法だと思うかもしれないが、危険はそれ程でもないらしい。この航法の研究を行っている学者は、僕らの母校へ講演に訪れた時、次のように言っていた。

乱暴な見方をするならば、宇宙というものは、意識を持った生物の数だけ存在している。定数変換航法は、生物が持つその意識をメカニズムが具象化すると言って良い。実用化後に予想される多元世界の危険性についてもほとんど無視して良い。もとから無数に存在しているのだから、何かの手違いでそれが一兆やそこら増えたところで困った事にはならない、人は自分の信じたい宇宙で生きれば良いのだ、と。

どうやら彼も、AOドライヴの限界と、異星人との戦争に飽き飽きしている口だな、彼の話を聴いた時、僕はそう思った。

戦争は合間に何度かの休戦期間を挟みながらすでに半世紀にわたって続けられており、ＡＯドライヴを別にしても、いいかげん誰もが戦いに飽き出している。負けたら絶滅――その恐怖があるから、誰も止めたと口に出さないだけだ。

考えてみれば、僕達が異星人と戦争を始めたのだって、ＡＯドライヴが関わっている。今世紀の初め、地球連邦成立以前に日米英連合《ジャングロ・アライズ》が飛ばしたＡＯドライヴ実験船が、異星人の繁栄していた植民星を（ドライヴアウト点を間違えて）吹き飛ばしてしまい――再接触・交渉決裂・開戦という手順が始まったのだ。

ただし、僕の祖父の代の宇宙船乗りが吹き飛ばした植民星は、厳密には消滅してしまった訳ではない。理論上は、高次空間のどこかに押し込まれているだけらしい。だが、通常空間から見る限りは存在していない。

本来は温厚な性質の酸素呼吸生物ネイラム（彼らの言葉での〝人間〟という意味だが、僕らにとっては〝敵〟や〝異星人〟の同義語）が怒り狂い、人類に殴りかかってきたのも当然だと言えるだろう。

問題を僕らの身に置き換えてみれば良くわかる。

例えば、ケンタウリＡのシルキィやハイゲートのパレアナといった第一級の植民星を吹き飛ばされてしまったら、原因はなんであれ、人々は報復を叫ぶ筈だ。

そして、民主主義政体には（たとえそれが誤ったものだとしても）民衆の要求を完全にはねつける力はない。

困った事に、ネイラムの政治体制はかなり民主的なもの（総員参加という点では人類より進んでいる）だった。そう。彼らは人民の総意によって、人類との間に種族の生存をかけた報復戦争を開始したのだ。

それに、異種族同士が出会った際に付き物の問題もある。互いに相手の姿形が自分と異なる部分を見つけ、差別の対象とするというあれだ。

人類とネイラムにとって不幸だったのは、双方の外見が銀河レベルでみる限りかなり似通っていたという事だった。ネイラムは比較的人類に近い形状――手足がそれぞれ二本、指は七本、頭は一つで目と耳のかわりに電磁的な感覚器官、年中発情期で両性が存在する――をもっており、それ故に彼らは、人類を嫌悪しているらしい。僕らが、彼らの姿形が持っている神聖性を汚した様に感じているのだそうだ。人類が地球上で飽きる事なく繰り返した人種差別の銀河版という所だろう。

もっとも、その辺りの感じ方は僕らも似たようなものだ。未だに進化論を認めていない宗教の連中など、ネイラムを絶滅させろとまで叫んでいる。僕は（奴等と戦っているにもかかわらず）とてもそこまで思いこむ事はできないが、それでも、ネイラムの姿に幾らかの嫌悪感を覚える。

心理学者の分析によれば、ネイラムの外見には、蛇や蜘蛛《くも》と同じ様に人類の脳内のどこかに残っている原初的な恐怖感を刺激する部分があるのだそうだ。なんなんだろうか。人間という生物は、大した決意もせずに恒星間空間へ乗り出したいい加減な連中だけあって、どうにも野蛮な所があるらしい。

野蛮という言葉で思い出したが、昔は、異星人同士での戦争は起こらないと言われていたそうだ。

根拠はと言えば、仮に二つの星系にそれぞれ文明が発生したとしても、両者間には一〇万年程も文明レベルの差が存在するであろうから、だそうだ。彼らの母星がガス、どろどろの塊《かたまり》、そして生命圏へと変化してゆく時間差は、それが銀河のどの辺りに存在するかでひどく違ってくる筈で、その差が発生した知的生物の持つ文明レベルに大きな差をつける、という事だ。一〇万年も進んだ文明に戦争をふっかける奴などどこにもいないし、一〇万年も遅れた文明が他の生物を支配したいという欲望を持っているとは思えない（種族としてそれなりに大人になっている）――まぁ、そんなところだったと思う。

冗談じゃない。

まず、一〇万年も存続する文明を想定している所が無茶だ。これは、僕の様な日系の人間にしかわからないのかもしれないが、盛者必衰は世の定め、いつかは必ず終わりがくる。ある知的生物――彼ら自身や彼らの文明がその例外であるとは思えない（これは人類も含めての事だ）。

おそらく、大抵の文明は五万年も保たずに滅びてしまうと思う。その後で、空き家になった惑星を支配するのは、次に進化した生物、あるいは持ち直した同じ生物になる。そして新たな知的生命による文明の建設には長い時間が必要とされる。

そして、文明の盛衰はどんな星でも同じ期間で発生する訳ではない。どこかに差があり、いつかは盛衰のタイミングが合う事はありうる。宇宙のどこかで、同程度の知的生物、あるいは文明としての若さを持った生物が出くわす可能性が絶無とは言えないのだ。

人類とネイラムの間に発生したのはそれだった。

人類は地球に発生した知的生命体の中で最初に宇宙に出た一族だったが、ネイラムは彼らの母星で発生した三代目だった。ネイラムの先代あるいは先々代の連中が、早すぎる／遅すぎる滅亡をしてくれたおかげで（または、双方の母星の距離が文明の盛衰サイクルと等しかったおかげで）、タイミングがどこかで同調してしまったのだ。自分の生まれる前から続いている戦争を僕が戦っている原因はそこにもある。


僕はコクピットの全周にわたって表示されている簡易画像のほとんどを無視した。正面の推進剤残量表示や速度表示、ものすごい勢いで減り続けてはいるが、まだまだ母艦までは時間がかかる事を示している帰投距離表示を眺める。

このコクピットから直接外部を見る事はできない。コクピットは機体の中央、推進軸線上にあって、大した装甲を持っていない戦闘機の機体の中では最も堅固に防御されている。例えば、コンマ一秒に満たないのであれば、大出力レーザーを浴びてもなんとかなる。装甲の間に挟み込まれている冷却剤が蒸発して、熱が伝わるのを防いでくれるからだ。

僕は機載戦術システムに言葉と指で幾つかのコマンドを出し、一体いつになったら母艦へ帰投できるのかを予測させた。

こちらの現在速度は毎秒八五〇キロ。半日にも及ぶ段階加速で、空になった推進剤タンクとガスを宇宙にばらまきながら稼いだスピードは維持されている。

機体の推進剤残量は三五パーセント。多少心もとないが、的確なタイミングで減速を行い、母艦が張ってくれる筈の電磁的な着艦ネットに引っかかる事ができれば、減速時間以外は暇な筈だった。僕が気に入らないのはその暇な時間についてだ。減速による影響を見込むなら、母艦への帰投には丸一日かかりそうだったからだ。

あれだけ文句を言っておいてこういうのも何だが、これが、ＡＯドライヴを備えていない機体の困ったところだ。

もちろん、ＡＯドライヴを備えていても恒星系内航行は大推力／高効率の融合ドライヴだから、基本的には僕の機体と何のかわりもない。

だが、大きな艦はあれこれと暇潰しをする事ができる。軍隊に付き物のあってもなくても良い様な仕事、非番であれば、どの艦にも最低限は備えられている娯楽施設の利用。そして何よりも、他者との会話。ここにはその全てが存在しない。

寝ていればいいじゃないか、そう思うかもしれないが、戦闘宙域での睡眠は、交代要員が居ない限り、なるべく避けるべきものとされている。

大体、ほんの数分前に（おい、あれからまだ一〇分も過ぎていないのか）戦闘を経験したばかりで、いきなり寝られる訳がない。そうでなくとも、寝なくてすむ様なドラッグを発艦前に山のようにぶち込まれているんだ。

こうした暇な時間を潰すため、オービタル・ダンサー達は様々な努力を投じてきた。

ある者は機載戦術システムの空きメモリに古今東西の名著を記憶させて片端から読破し、除隊後、復員兵援助法のおかげで入った大学で学位を取得した。何百年も前の映画を記憶させている奴もいた（なぜ古い映画かというと、立体映像採用以後の映画はメモリを喰いすぎるからだ）。その他にも、ひたすらゲームで遊ぶ奴、昇進試験の勉強をする奴等々、人それぞれだ。おまえもそうしたら良いじゃないかって？

御説ごもっとも。言われなくても、いつもはあれこれとメモリへ記憶させている。

だが、今日に限ってそれが無い。出撃一時間前になって普段の乗機に不調が見つけられたため、予備機に乗っているからだ。個人レベルの（というか、軍が黙認している）電子的な情報を転送している時間などなかった。おかげで僕の機載戦術システムの中身は奇麗なものだった。今回の任務に関連したデータ以外、何も入っちゃいない。

僕は仕方なく機戴戦術システムの基本データを表示させた。寝ることもできず、かといって遊ぶ事もできないのでは、この商売道具についての理解を深める以上に有益な暇の潰し方を何も思いつかなかったからだ。

いわゆる宇宙戦闘機がＳＴＡＲＭＹの主力兵器にくわえられたのは、ネイラムとの戦争が始まって二〇年程後――二一二四年の事だ。最初の戦争で、建軍されたばかりのＳＴＡＲＭＹが辛うじて勝利を収め（というよりも負けずに済み）、太陽系とケンタウリＡを完全な人類版図として確保した頃になる。

僕らの太陽系が存在する銀河渦状肢の名から、第一次オリオン大戦と命名されたその戦争の主力兵器は、戦艦だった。形状は現在のそれとは随分異なっている。巨大なビーム砲、動力炉、推進剤タンク、ミサイルランチャー、そしてＡＯドライヴを推進軸線上につなぎ、その端に申し訳程度の乗員区画を貼り付けた危なっかしい所のある艦で、全長は五〇〇メートル程度。推力比を良くするためまともな装甲など持っておらず、大抵の部分はむき出しだった。

だが、当時のＳＴＡＲＭＹは、索敵艦や補給艦を除くと、ほとんどその種の艦で艦隊を編制していた（とは言っても一〇隻かそこらだったが）。それよりも小さな艦だと、通常空間での航続力や兵装が不足する（そしてＡＯドライヴが装備できない）からだ。

だが、第一次オリオン大戦が終結した時、これからも戦艦だけでやってゆくのが難しい事はすでに予測されていた。将来のＳＴＡＲＭＹはネイラムの植民星攻略を含めた多彩な任務を要求される筈であり、その際に、長期間の航宙能力をあえて捨て去り、限られた時間内だけ大きな戦闘力を発揮できる艦艇が必要な事は確実となっていたのだ。

なぜかと言えば大きな艦ばかりではいざという時に面倒な事になるからだ。なによりも建造に金がかかりすぎる。それに、維持費だって、決して安くはない（ＡＯドライヴ自体は安くても、装備される兵装、そして人員の訓練と維持には莫大な予算が必要になる）。加えて、撃沈された場合の損害も大きすぎる。昔よりずいぶん地球が優位に立った現在でさえ、ＳＴＡＲＭＹは戦艦一二隻の保有がやっとで、平時の場合、その半分が保管艦状態にされてしまう程だから。

兵器と戦術の影響もあった。

敵艦の撃沈は大遠距離ビーム砲戦だけで済むものではない。敵味方双方が、ビームによる一撃轟沈を避けようとして加速しつつ距離を詰める（開く場合は放っておけば良い）から、それに対応した兵器が必要になる。具体的に述べるならば、相手のビーム主砲射線上にのらぬようにマニューヴァーをかけつつ自分の射線上に捉えるか、他の兵器で叩くかのいずれかだ。永遠の陸戦兵器である散弾はもちろん、それをメタル・ジェットやガンマ線に置きかえた兵器が飛び交う事態も当然予測されたのだった（最初の戦争では、不経済さ故に宇宙空間での反応兵器使用はあまり行われなかった）。そして、それらの兵器が戦艦を一撃で戦闘不能にする能力を持つだろう事も。

二一二九年、シルキィに置かれていたＳＴＡＲＭＹ

統合参謀本部《JCS》で行われた画像演習《シミュレーション》では、その種の戦闘が行われた場合、当時保有していた九隻の戦艦は二交戦で敵艦一三隻を撃破した後に全て戦闘不能になるとの結果が出た。想定されていたネイラムの最大戦艦保有数は三六隻であるから、必敗という事だ。第一次オリオン大戦の時点で両者が暗黙の了解に達していたAOドライヴの惑星攻撃兵器としての不使用を破らねば、現状の艦隊編制では絶対に勝てない。

こうして、様々なタイプの装甲を備えた今日的な意味での戦艦や、その前衛をつとめる装甲航宙艦や駆逐艦が登場する事になった。とにかく数を揃えて、大事な戦艦に敵を近づけない。そして、戦艦同士が殴り合いに入る以前に、幾らかでも敵戦艦の数を減らしておく。防御、攻撃の順で言えば、新たな小型艦の任務はそうだった。

人間一人がようやくおさまるコクピットと融合炉、推進剤タンク、そして何発かのミサイルとそこそこの出力を持つビーム砲を備えた戦闘機が登場したのはその後だった。

誰かが、次の戦争では敵も同様の艦隊を編制するだろうと考えついたのが、変化の始まりだった。つまり、最初の戦闘は双方の小型艦同士で行われるだろう、そういう事だ。であるならば、戦艦の前衛に展開する小型艦のさらに前衛として、より能力の限られた、一撃離脱程度の戦力を持った艦——戦闘機を配備したならばどうだろう？　第一次オリオン大戦時の戦艦、その超小型版の量産であれば、地球連邦の経済力でもネイラムと同じ規模で可能だし、戦闘機自身は、その搭載兵器で自らの身を守れば良い。いや、もし仮にこちらの戦闘機が敵の前衛を撃破できれば、（数さえ揃えてあるなら）戦闘機の攻撃だけで敵主力を撃破できるかもしれない。航続力の低さは、戦闘宙域付近までそれを母艦によって輸送する事でカヴァーできる。であるなら、敵はまずその母艦——航宙母艦を叩こうとするから、母艦は戦艦と別行動し、その周囲には十分な数の護衛艦艇が配備されなければならない。いや、いっそのこと母艦を中心とした艦隊を幾つか編制し、それに敵艦を叩かせた方が効率的かもしれない。

それは正しい発想だった。宇宙戦闘機は兵器体系に組込まれ、第二次オリオン大戦でその有効性を証明した。

こうして、僕がいま搭乗している川崎F91に至る進化の系譜が始まったという訳だ。

Ｆ91は、同じ戦闘機とはいえ、第二次オリオン大戦で使用された機体と比べると随分発達している。融合炉の能力向上で最大推力等はかつての戦艦並みになっているし、兵装も、もし有効範囲に敵戦艦を捉えられるなら、一撃でそれを中破させるだけのものが備えられている。プロトタイプでは、帰投に失敗した場合に使用される冷凍睡眠装置《アイスボックス》まで備えられていたが、これは価格を下げるために量産型では採用されていない。僕がこの戦争（一応、第三次オリオン大戦と呼称されている）を戦いつつある現在、かつて戦艦を守るために登場した戦闘機は、星系内戦闘における主力兵器へと変化している。

大したもんだ。だが、僕はもう糞真面目な機戴戦術システムと付き合うのは飽きていた。母艦までの残距離を見ると、減速開始まではまだ三時間近くある。畜生、残り時間をどうやって潰せばいいんだ！

燃料警告表示が危険を知らせ出したのは、その瞬間だった。

7 認識

バーニアのレポートを閉じたレッドシフトが言った。

「かくして、連中はこの現実に立ち戻ったという訳か」

「やはり、良くて地上勤務か輸送隊へ配転。最要の場合は——はい、さよならだね」

ボルテックスが首を何度か振って言った。

「なんとかしてやりたいんだけどな」

「下手をするとこちらも危なくなる」レッドシフトは乾いた声で応じた。ボルテックスが眺めている誘導路の機体に自分も注目する。

「あれは、何だ？」

「知らんのか？」

ボルテックスは笑いながら言った。

「宇宙開発事業団《NASDA》の実験機だ。新型エンジンの特性調査用テストベッドだそうだ」

「特性調査？　どんなエンジンなんだ？」

「超音速ラムジェットと液体燃料ロケットを合体させた奴だと聞いた。詳しくは知らん」

「なんだ」レッドシフトが苦笑を浮かべた。

「腹を立てているのか？」

「かもしれん」

ボルテックスは感情を殺した声で言った。

「だが、貴様に対してじゃない。自分自身にだよ」

「なぜだ?」

「あの三人を助けてやりたいと思いつつ、腹の底では貴様と同意見だからだ。やはり俺も、自分がかわいい」

「仕方ないさ」レッドシフトは肩をすくめた。

「あんな話、一体誰が信じるんだ?」

「似たような経験をした者達だ」

ボルテックスがそう答えた途端、レッドシフトは両眼を閉じた。

「おい、滅多な事は言うな」

「なぜだ?」

「俺はね」レッドシフトは再び開いた両眼にひどく緊張した色を浮かべて言った。

「ここ一年ほどで、ようやく慣れてきたんだよ。二つの日本の存在と、俺達がヴェトナムでミグ・キラーだったという現実に」

「奴等はどうかな」

「苦しむだろうな。彼らの世界は、ここだけじゃ無くなっちまったんだから。おそらく、生きている限り――」

レッドシフトは三冊のレポートを揃え、自分の鞄に入れた。収まりが悪いらしく、読みかけだった新聞を取り出して机の上に置く。

「こんな晴れた日に、もう一度イーグルで飛べればと思い続けるだろう」

新聞の一面の見出しを見たボルテックスが言った。

「冗談じゃないな。〝防衛庁、超大型護衛艦〈やまと〉大改装を開始〟だと。目茶苦茶だよ。戦争に負けたのに戦艦大和が残っていて、護衛艦になっている。おまけに日本は東西に分割されてる。なんて世界なんだ」

「いいじゃないか、こうしていられるだけ」

レッドシフトは笑った。

「元の世界じゃあ、俺達のどちらかは〈未確認飛行物体〉に殺された事になってるんだぜ」

佐藤大輔、『征途』を語る

――『征途』についておうかがいします。分割された日本の戦後というテーマですが、特に力を入れた点は？

佐藤　ふだん小説を書く時と、それほど変わっていない気はします。最初ということで肩の力が入ったことはありますが、ネタの振り方などは変わらないです。

――レイテで日本海軍が勝ったがために日本分割ということになるのですが、そのモチーフは前からあったのですか？

佐藤　そんな展開になったら、面白いだろうという考えは前からありました。〈捷一号作戦〉には興味を持ってるんです。

　あの時、日本とアメリカはどういう判断をして戦闘が推移したのかという、その過程が面白いですね。実際に第二艦隊がレイテに突入することは充分考えられましたし、一番歴史の転換が発生しそうなポイントだったと思います。

――「大和」が初めて砲撃したり、小沢機動部隊が囮作戦に使われたりと、戦闘が多岐にわたっていて、かなりの方がモチーフとしていますよね。

佐藤　最もよくあるのが、「大和」がレイテ湾に突っ込んだらどうだろうということですね。僕があれだけ好き勝手にやったから、他の方はこれからはやりづらいかも知れませんね（笑）。

　結局『征途』というのは、〈捷一号作戦〉が成功して、その結果を延々と書いていく訳なんです。

――戦闘シーンで奥田特務少佐が出て、これが非常に格好いいですね。この人は史実にせよ、架空にせよ、表だって出てくる人ではないんですが、そういう人を活躍させるのはなぜでしょうか？

佐藤　話の作り方の問題でして、視点を司令官だけにすると単調になるんですよ。だから、ナレーションをつけて、いろんな立場の人から、モザイクのような書き方をしてるんですが。それで、多少経歴の面白そうな人、自分で良いなと思うような人を出しているんです。神重徳大佐なども、問題のある人なんですが（苦笑）、あの時期の軍で言行一致している珍しい人だから出しました。

――「大和」はソ連艦隊と交戦しますね。未成戦艦「ソヴィエツキー・ソユーズ」を登場させている点には何か意図が？

佐藤　相手にも、それらしい役者がいないといけないと思いましたので。小説の世界ですし、こういう戦いがあっても良いだろうと。

――「大和」の戦闘能力は通説ですと世界最強となっていますが、それはどう思いますか？

佐藤　それは違うんです。軍艦の強さは設定条件で変わってくるんです。例えば、戦隊を組んだ時の能力とか。一隻で戦うわけではないですし、軍艦は個体の戦闘能力を比較してもあまり意味がないんですよ。

――よく、主砲の数で比べるというのがありますよね？

佐藤　はい、そういうのはあまり意味がないと思うんです。例えば、「大和」型と「アイオワ」級を比較する時は、「アイオワ」級はもともと計画では六隻建造予定でしたから、本来六隻で行動する艦なんですよ。

それで、「大和」型は四隻造るはずだった艦ですから、四隻揃って初めて、日本海軍が想定した環境で役に立つわけです。ですから僕の意見としては、そこで性能評価して欲しいんですよね。

「アイオワ」級は高い評価を受けてるけど、本来は対航空防御のために造られた艦なんです。ですからきちんとした環境下で、「大和」と殴り合ったら勝敗は分からないですよ。

アメリカの軍艦は、ダメージコントロール能力が高いとよく言われますが、それはまともな攻撃が行われない時の能力なんです。よく考えると、「エセックス」級の空母「フランクリン」などもかなり強固な防御力を持ってると言われてますが、爆弾一発当たって、大破炎上してるんですよ。そんなのが、ダメージコントロール能力が高いのかって話になるでしょう？

――そうですよね。

佐藤　いかにアメリカ戦艦の補強性能が高いと本に書かれていても、その戦艦が五、六隻の駆逐艦の護衛で、日本の空母の機動部隊が二十隻配備してるところに突撃したらどうなるか、という話になるわけです。

「武蔵」は両側に航空魚雷が二十六本命中して、半日浮いていたんですよ。それは異常なまでに高い防御力といわざるを得ないんです。アメリカの軍艦に二十本魚雷が当たったら大丈夫なのか？　という話になるわけです。でも、普通はそんなの想定して造らないんですよよ。

——実際、太平洋戦争で日本が勝つということは？

佐藤　ないと思うんですよ。史実通り、あり得ないと思います。もっと派手な暴れ方はあると思うんですが、それは、仮定以下のことになってしまうんで。あの時、日本が置かれていた環境や、政治的なものを無視した上での前提なら、という話になってしまいます。

大海戦やって日本が勝ってても、力負けしてしまうんです。アメリカが一回負けても、日本に五回勝てばいいわけだから。絶対勝てるわけないです。

——何回か戦術的勝利をするだけですか？

佐藤　それくらいしか、現段階では勝てないはずです。一、二回大海戦で勝利してた方が、こっちも惜しかったなと思えるハズなんですが、実は惜しいどころではなくて……。

——大艦巨砲主義をテーマにされた作品が多いようですが、それはどうでしょう？

佐藤　実は僕は航空主兵論者なんです（笑）。だから、大艦巨砲は支持していないのですが、大艦巨砲の方が分かりやすいんです、感覚的に。長いのをどっちが持ってるということで、喧嘩の論理と同じです。

それは、ＳＦでも同じですが。やってるうちに、航空機とかを出す時に、大艦巨砲の限界、どの時代まで有効なのかというのを、上手くゆけば表せるかなと。航空機が出てくると、意味がないんだけど、その中で残る道があるのかというのが、出せるんじゃないかと。そういう面白さがあると。

ただ、僕は航空主兵論者だから、飛行機と潜水艦、小艦艇がいっぱいあればいいと思っています。

——デザインやフォルムの点で、航空機と軍艦はどちらが好きですか？

佐藤　難しいですね、どちらも全く違うものだから。

軍艦は好きですよ、一つの信念で造られた、究極の無駄だから。魅力的ですね。ただ、戦艦は好きだけど、それより強いものがあるのだろうということです。だれだって、戦艦は好きなんです。大きいし力強いし、戦闘機よりかっこいいし。

——軍艦でお好きなものは？

佐藤　日本の軍艦では、末期の戦時建造型の駆逐艦が大好きです。

――「松」型ですね。

佐藤 あれこそ、駆逐艦のあるべき姿だから。例えば開戦時からあの形だったら、戦況も違うと思うんですよね。つくりは他と違っても、性能は一緒ですからね。

――なおかつ頑丈ですしね。

佐藤 対空、対艦の能力はかえってその前の対艦型駆逐艦よりもある。僕の戦記の中に「秋月」型駆逐艦と「松」型駆逐艦しか出てこないのは、それが原因です。「松」型があれば、大抵なんにでも使えるわけで。あの時点で、日本で造れる最良の軍艦だったことは間違いないです。

――実際役には立ってるんですよね？

佐藤 立ってます、砲自体が優秀ですし。日本の対空兵器で役に立ったのは、「秋月」型と久我山の十五センチ高射砲しかないのではないかと。

――友人などを作品に出されていますね？

佐藤 はい、そうするとキャラクターを作りやすいんです（笑）。友達だと、このころ生きてると、こうだろうなというのが、すごい楽なんです。

――出た方からは、反応はありますか？

佐藤 たとえ、メインキャラクターで使わなくても、喜ぶ人は多いですね。

――半分冗談にしても、もっと活躍させてくれとかいう話は出ると思うんですが、そういうことで、そのキャラクターが変わっていくということはありますか？

佐藤 ないですね。本人に「俺こんなかっこいいこと言わないよ」っていうようなことを言わせてるから。いつ殺されるんだ、ということしかみんな気にはしてないですね（笑）。

――今執筆なさってるのが『レッドサン ブラッククロス』と『侵攻作戦パシフィック・ストーム』の二本柱ですね。

佐藤 お客さんが面白いと言ってくれてる限りは、続けると思います。

――特に結末みたいなものは、決まってないですか？

佐藤 全部決まってるんだけどね。僕は、最後の台詞《せりふ》を決めてから書きますから。何冊書いても、最後のラストシーンは決まってるんです。長編の場合は、途中で変更がきくように、余裕を持って組み上げて行くんです。

――新刊の『パシフィック・ストーム』に関してもそうなんですか？

佐藤 あれは、あるていど巻数決めているんです。『レッドサン』の場合は巻数決めていないんです。

――十巻続く場合もあれば、五巻で終わる場合もある？

佐藤　買ってくれないとね。受けがいいと幾らでも書けますよ。僕も商売なんで、どれだけ量産できるかだから。読んでる人にサービスしたいから。

――お客さんの喜ぶようなものを書いていきたい？

佐藤　娯楽読み物ですからね。

――他に今後の、ご予定などは？

佐藤　シミュレーションものは相変わらずですね。他のところでは、ＳＦやファンタジーみたいなものもやると。真面目な歴史小説もやろうという話はあります。あるていど、男の人が読む伝記ものを書きたいですね。

――シミュレーションに限らず、歴史もの、冒険ものもやりたいと？

佐藤　そうです。

――本日はありがとうございました。

（インタビュー・構成／
スタジオ・ハード　松田孝宏・松田鐵兵）

「征途」文庫版解説

上巻解説

※肩書は執筆時のものです

木俣正剛（週刊文春編集長）

若いころ、週刊誌や月刊誌の編集者をする傍ら、休日を使って、太平洋戦争に参加した軍人に取材をしていた時期がある。

その中に小説『征途』の主要登場人物の一人がいた。

黛《まゆずみ》治夫海軍大佐。

帝国海軍の砲術の権威にして、元戦艦大和副長。レイテ沖海戦では重巡利根の艦長として、米・護衛空母の部隊を壊滅寸前まで追い詰めた伝説の中の海軍軍人である。

お目にかかったのは横浜のご自宅近く。本題は、レイテ沖海戦より少し前のサ号作戦についてだったが、話が終わると、すぐに、持論を滔々《とうとう》と展開しはじめた。

戦前、入手した米海軍の訓練での記録を見る限り、米軍の射撃の命中率は日本海軍の三分の一程度であり、もし聯合艦隊が米海軍と、戦艦による砲撃戦で戦えば、必ず日本が勝利しただろう。真珠湾攻撃を行わず、伝統の漸減邀撃《ぜんげんようげき》戦術で雌雄を決する艦隊決戦をすれば、米艦隊を太平洋の藻屑と化せたのに……。

だが、私の記憶に強烈に残っているのは、すでに戦史書にも書かれている彼の持論ではない。八十歳前後の黛大佐が帰り際に放った何気ない一言だった。

「最近は年をとって、楽しみといえば油絵を書くくらいですな。もっとも、もう目があまり見えないので、テーマはもっぱら、アタマの中に浮かぶ光景ですけれど」

近隣の銀行のロビーにも展示された、と黛氏が自慢した油絵の「主題」とは……。

戦艦大和がライバル・アイオワ級の戦艦ミズーリを撃沈する「光景」だった。

もし、黛氏が『征途』をお読みになったら、自分の見果てぬ夢――四十六サンチ砲の大活躍――が彼から見れば孫のような若い作家の手によって、詳細に描写されていることに驚き、喜ばれたと思う。

黛大佐だけではない。私を含め歴史好きや戦史を趣味とする人間なら、誰しも、もし戦艦大和が米戦艦と対決していたら、さらには、大和・武蔵を中心とする栗田艦隊がレイテ沖に突入して、思う存分暴れていたら……という空想に、一度は耽《ふけ》ったことがあるに違いない。

佐藤大輔氏の『征途』はこの「仮想」から出発し、以後数十年におよぶ別の戦後日本史を該博な知識と魅力あふれるキャラクター作りで小説にした傑作仮想戦記である。

まだシミュレーション戦記というジャンルの小説が、世間にそれほど認知されていない一九九三年、『征途』第一巻「衰亡の国」はトクマノベルズで公刊された。読んですぐに、私は佐藤大輔氏に手紙を書いた。正直言って「面白すぎて一晩で読み終え、早く次巻が読みたくなった」からだ。まあ、週刊誌の編集長がこんなセリフを言っても、あまり信用してもらえないかもしれない。「週刊文春」の愛読者なら「『編集部員も泣いた』なんて、よくタイトルに使ってますよね」、などと、突っ込みを入れるかもしれないし、週刊誌嫌いの、たとえば裁判所関係の人々からは「得意の売らんかな表現」などと眉にツバをつけられるのがオチだろう。

しかし、弁解をいわせてもらえば、当時の私は週刊誌の一記者にすぎなかった。編集長になるまではタイトルは決められない。九一年に発行された『逆転・太平洋戦史』(天山出版)から、この作家に興味を抱き、『征途』を読んだとき、本当にこの作家に会いたくなってしまったのである。

たとえば、レイテ湾寸前に達した栗田艦隊が、湾口に突入する様を描く一節をご紹介するだけで、筆者の非凡な筆力はおわかりいただけよう。

〈艦隊の誰もが、この戦いは祖国の実質的な敗北を引き延ばすカンフル剤にすぎないことを、敗れつつある国の軍人特有の感覚で本能的に感じとっていた。自分達が、帝国最後の日々に刹那的な栄光を加えるためだけに死ぬ事を知っていた。

それでも良かった。

彼らは、良くも悪くも日本人であった。

帝国と、それが営々と築き上げてきた海軍へ美的敗北をもたらすために死ぬ事を、少なくともこの瞬間だけは納得していた。〉

——実際には起こらなかった歴史の一幕を、一編の叙事詩のように描くこの一節を書くには、軍事知識だけではなく、もっと広い歴史知識。そして軍人の心理、あるいは、もっと深い日本人そのものへの洞察力が必要だ。多分、黛艦長が小説が書けたならこんな描写をしたかったに違いない。

とはいえ、当時の私は、記者として、週刊誌の特集記事(いわゆるスキャンダル記事)を書く仕事をしていた。

作家に会っても、連載を決める資格もなければ、小説の批評をする経験も能力もない。本来なら、一ファンに過ぎないのだが、編集者の特権を悪用して、ちゃっかり作家に会うことに成功したのである。

おめにかかって驚いた。

想像していた以上に、佐藤大輔という作家が若かったからだ。

勝手に私と同世代ではないか、と想像していたのだが、実際には、十年近く年下の昭和三十九年生まれ。当時はまだ二十代だった。生まれた時代や人生経験を考えれば、『征途』がカバーする日本の歴史についてあれほど的確な批評を下す事ができるのは奇跡に近い。

たとえば、この一節は七〇年代にまだ子供だった青年が書いたものと思えるだろうか。

●〈日本では学生運動は子供の遊びだと思われている。大騒ぎに参加して、キドウタイと殴りあっていた学生達の大部分は学生最後の年を迎えると親にスーツを買ってもらい、目の敵にしていた大企業の面接を受けにゆく。〉●〈企業人だって言っている、今時催涙ガスを嗅《か》いだ事もないやつはよほど元気のない奴だ。そんな奴に仕事は任せられん。〉●〈聞いた米国人は笑いだした。そうか、この国ではすべてが通過儀礼なんだ。日本人が子供に甘いというのは、まごう事なき真実だったんだ。〉

――佐藤氏独特の辛辣な箴言《しんげん》は、その後のどの作品でも読者をドキッとさせ、かつ楽しませてくれる。この六月発表された『平壌クーデター作戦』にも、私をニヤリとさせた、こんな表現があった。

〈防衛庁〉長官が中途半端なミリタリー・マニアであることは、大抵の自衛隊員にとって悪夢そのものだった。プロとアマチュアは理解し、協調しあえる。しかしプロとマニアは――マニアが心を入れ替え、プロになるしか共存する方法がないからだった。しかし長官にプロになるつもりがないのは明白であった。なにしろかれは兵器のスペックを暗記していることこそが知性のあらわれだと信じているあの厄介な連中の一人だった〉

モデルが誰であるかはあえて言うまい。

さて、『征途』に登場する実在人物で、もう一人、生前私がおめにかかったことのある人物に触れておきたい。

戦時中、満州の戦車部隊で、戦車兵として訓練を受け、終戦直前に、本土決戦に備えて関東に展開した第五戦車連隊少尉。ペラペラの紙のように薄い装甲の戦車で、連合軍と戦う運命を呪《のろ》うちょっとインテリで大阪弁の陸軍将校。

そう、分断国家日本の複雑な歴史を担う軍人、福田定《てい》一《いち》とは、国民的大作家司馬遼太郎氏の本名である。

司馬先生は、関東軍の暴走を止められなかったのは「知性の敗北」ではなく、「日本の知識人の教養に、軍事知識という課目がなかった」からだと語っておられた（「日本人の二十世紀」）。そして、その状態は、二十一世紀になっても変わらない。識者や記者たちが、この小説をきちんと理解し、面白いと感じるような時代がくれば、日本の「安全」は保障される——と考える私は「反平和主義者」だろうか。

二〇〇三年九月

中巻解説

押井　守（映画監督）

昭和三〇年代後半――。

相次いで創刊された少年向けの漫画週刊誌は、競うようにして戦争漫画の連載を開始しました。その多く、というより殆《ほとん》ど全てが太平洋戦争を舞台とした作品で、なかでも戦闘機を駆《か》って大活躍する少年航空兵の物語は当時の小中学生に熱狂的に迎えられ、少年たちはその種の漫画を唯一の情報源として、一式戦や零戦（当時の表記によればゼロ戦、ですが）、紫電改《しでんかい》の名を覚え、そのスペックを諳《そら》んじ、この国が経験した過去の戦争とは微妙に異なる、もうひとつの戦争に熱い思いを寄せていたのでした――などと客観的に書いてはいますが、何を隠そう、民主教育の尖兵《せんぺい》たる生徒会議長を務める身でありながら、頭の中にはグラマンやロッキードが唸《うな》りをあげて飛び交《か》い、未だ貴重品だった画用紙に描く絵といえば針《はり》鼠《ねずみ》の如き艤装《ぎそう》を施した戦艦ばかり、という矛盾に満ちた、しかしそのことに完璧に無自覚な少年が、つまり当時の僕だったのです。

いま思えば不思議な時代ではありました。

敗戦から十数年と言えば、まだ戦争の記憶も様々な形で周囲に残っており、当時住んでいた大森《おおもり》の町にも空襲で焼けた廃工場や防空壕が点在していて、子供たちの格好の遊び場になっていたことを思い出します。休日に都心に出れば駅前に白衣の傷痍《しょうい》軍人の姿を見かけることもあり、戦争はいまだ歴史と呼ぶには生々しい記憶でありつづけていました。平和と民主主義を徹底的に叩き込まれ、家庭においてすらテレビのチャンネル権をめぐって家族会議と称する奇怪な儀式が執行される――戦後民主主義の申し子ともいうべき僕らの世代は、しかしその一方で、空想の世界の戦争に心を躍らせる軍事少年でもあり、そういって良ければ、戦後十数年を経て未だ戦時下を生きる世代でもあったのです。

そんな少年たちに、連載漫画と並んで――いや、それ以上に人気があったのが、特集記事として掲載された「幻の秘密兵器」でした。

戦争は直ちに悲惨なものであり、問答無用の悲劇であり、国民を戦争に追いやった軍人たちは地底獣国・人外魔境であり、戦後の日本は平和憲法に拠《よ》って世界平和に貢献する文化国家として生きるのだと、そう唱《とな》えることに一点の疑問もないものの、しかし子供心にも日本がアメリカに負けたことは無条件で悔しい。

反省はしなければならないが戦争には勝ちたかった——と密かに想うことは、少年の身であればこそ、むしろ当然のことでもありました。

橘花《きっか》が秋水《しゅうすい》が間に合っていれば。

超大和《やまと》級が数隻あれば。

いや富岳《ふがく》の量産に成功してさえいれば。

幻の秘密兵器や決戦兵器はやがて特集の枠を越え、ジェット化されたゼロ戦を発進させる空中空母や、大和の四六サンチ三連装砲塔を搭載した隠密潜水艦、などといった奇怪な兵器が活躍する物語へと発展するのですが、リアリズムというものをそれなりに心得ていた少年たちがこういった漫画や絵物語（という形式があったのです）を受け入れた最大の根拠が、この種の願望にあったことは間違いありません。

反省はしなければならないが戦争には勝ちたかった。

戦後民主主義が強制されたものであれ、それを唱導した情熱の背後に敗戦の心的傷痕が存在するなら、その申し子たる少年たちの暗い情熱の背後にも、あの戦争は正当化し得ない、負けなければならぬ戦争であった、という屈折した認識によるトラウマが深く刻まれていたに相違ありません。

であるならば——

もし正当化し得る目的があるなら、戦争に勝つこともまた許される。

自分たちは、この国はその潜在的な能力を秘めている。なにしろ間に合わなかっただけで、そのための兵器は（計画だけは）存在したのだから——と、そこまで考えたかどうかは定かでないにしろ、自らの政治的アイデンティティを分裂の危機に誘う、奇怪な空想だけは間違いなく存在していたのです。

長ずるに及んで、それなりの歴史的教養と思考能力を獲得し、空想的軍事少年から妄想的政治少年へと変貌を遂げた後も——いや、さらに微妙な屈折を経て映画青年から正体不明の中年監督と成り果てた後も、この空想の持つ暗い愉悦は胸中に燻《くすぶ》りつづけていました。

さすがに巨砲潜水艦や六発重爆の如きはこれを純然たるファンタジイとして退けるにせよ、現実の諸条件の中で成し得る最善の選択によって、あの大国に勝利する可能性は絶無だったのか。せめてものこと、ああまで無様な戦争を回避し、それなりに善戦することができていれば、この国の敗戦後の運命も変わっていたのではないか。

　そして、後の世に生を受けた少年たちの運命もまた、自ずと異なるものではなかったのか——。

『征途』の物語は、こうした空想の全てに応える、そういって良ければ、ある世代が歴史的必然に導かれて出会った物語である、と言えるかもしれません。

　そして勿論、同様の空想と情熱に駆られ、巷間《こうかん》に溢れる「仮想戦記」に群がる読者の渇《かつ》を癒《いや》す傑作でもあります。

　何よりも、レイテ突入の見返りに敗戦の遅延を招き、ソビエトの本土侵入を許した結果、分断国家として内戦を戦うことになる、というその歴史設定が素晴らしい。

　言うまでもなく、「悔しかった少年たち」にとって史実のレイテ突入は、あのミッドウェイの大敗と双璧《そうへき》を成す主題であり（著者は物語の終幕において、ミッドウェイの報復も独特の諧謔《かいぎゃく》を込めた調子で実現しているのですが）、戦史に「もしも——」を問うときの必須のモチーフでもあります。「何故、栗田は反転したのか」を飲み屋で絶叫する者が未だに後を絶たぬことからも、戦史に興味を持つ者に、レイテがいかに凄《すさ》まじいストレスをもたらすかが偲《しの》ばれます。仮にレイテ突入を敢行したにせよ、その後の趨勢《すうせい》が変わり得ないことは百も承知二百も合点《がてん》しつつ、なお大和が武蔵《むさし》が金剛《こんごう》が榛名《はるな》が、そして羽黒《はぐろ》、鳥海《ちょうかい》が米輸送船団を思うさま蹂躙《じゅうりん》する光景は恍惚《こうこつ》そのものであり、精神衛生上も必要欠くべからざる空想なのですが、問題はそれが空想であるにも拘《かか》わらず——というより空想だからこそ、その後の展開に歴史的なリアリティを求め得ない想像力の限界にこそあったのです。目も眩《くら》むような戦術的勝利と、その代償としての戦略的敗北を展開軸に、史実における隣国の運命をこの国に置換してみせる——その容赦のない豪腕は類書に比肩するものとてなく、さらに発想もさることながら、それを支える軍事的教養と歴史認識の総量は、これはもう圧倒的という他になく、所謂《いわゆる》「仮想戦記」の追随を許さぬものであることは、本書に限らず著者の作品を一読した者にとっては論を俟《ま》たぬところでしょう。

　仮想戦記なるジャンルは佐藤大輔において頂点を極めた——というより、佐藤大輔という作家を世に送ることにおいて自己実現を果たしたのだと（著者である佐藤大輔にとってはどうでも良いことなのでしょうが）そうも言い得るかもしれません。

ところで、特定のジャンルが、ある作家の登場によって自己実現を果たし、その歴史的使命を終えて必然的に変質を余儀なくされるのなら、では「仮想戦記」を支えた「悔しい少年たち」もまた自らの暗い愉悦《ゆえつ》を別の何ものか――純然たる歴史や軍事、つまり空想ならぬ現実へと昇華してゆくべきなのでしょうか。

アンドレ・ジイドのように「事がなぜ起こるかではなく、どのように起こるかを問う」のが「賢明というもの」であり「歴史」なのだと考えるなら、歴史の不可抗力を問うことは哲学の問題であり、そして「悔しかった少年たち」にとって、歴史的事実を前に「もし」あるいは「そうであったかもしれないこと」を問いつづけること――もうひとつの歴史を語りつづけることもまた、己の由来を尋ねる行為である他にないのかもしれません。

最後に一ジャンルとしての仮想戦記が佐藤大輔という一人の作家に集約される、そのことは良しとするにせよ、佐藤大輔という作家が一人しかいないという状況は実に困ったことです。著者は書き始めたシリーズを放り出す常習犯でもあるようですが、中断された「パシフィック・ストーム」を可及的速やかに再開して戴きたいものです。

実は――僕は真田少将のファンなのです。

二〇〇三年九月

下巻解説　横山恵一

（元中央公論社取締役・元コーエー常勤監査役）

血脈の構図

『征途』は一九四四年（昭和十九年）から一九九五年（平成七年）にいたる藤堂家の物語である。

藤堂家は、上巻に述べられたように関ヶ原より一〇年以上前に徳川家臣団へ加わった家柄で、レイテ沖海戦時、「大和」砲術長であった藤堂明を軸に家系を辿《たど》ると、祖父・初之介盛隆は日本海軍黎明《れいめい》期の砲術士官で日清戦争に出征した。父・勝は海軍兵学校三十期出身、水雷艇に乗組み日露戦争で活躍している。

明は海軍兵学校五十期卒、栄光と不遇を二代にわたって味わってきた海の家系の三代目である。

サマール島東方で「大和」は「利根」の砲弾をくらって艦橋が破壊され艦長以下幹部が全滅、軍令承行令により明が指揮をとることになり、レイテ湾に突入した。

その後、明は大佐に昇進し、異例の抜擢《ばってき》（史実では、太平洋戦争中、海兵四十七期以降の出身者で戦艦の艦長になった者はいない）で「武蔵」艦長となり、艦隊特攻で沖縄沖に散った。

レイテ湾口の「大和」艦上で、明が何の脈絡もなく、妻や子供たちはどうしているのだろう、と思ったころ、妻・礼子と次男・進は、乗船した沖縄からの疎開船が雷撃され、海中に投げ出されていた。礼子は力尽きて姿を没し、進は米潜水艦に救助され鹿児島の海岸に運ばれることになる。沖縄に残った女学生の長女・貴子は米機の機銃掃射に仆《たお》れた。

明の長男・守は海軍短期現役士官出身の少尉で七五三航空隊に属し、石狩湾沖合でソ連の駆逐艦を撃沈する。なお、海軍短期現役士官出身のパイロットは『征途』の世界の設定である。

一九四五年七月二十五日、ソ連が対日宣戦布告を発し、北海道全土占領の既成事実を作ろうとして、艦隊に護衛された大船団を石狩湾に向かわせた。それを迎撃した「大和」は三隻の戦艦を撃沈あるいは大破炎上させ、四〇隻以上の輸送艦艇を沈める。ソ連の目論見は頓挫《とんざ》したのだった。

八月二十五日に函館へ、翌日には旭川へ米機が反応弾を投下し、両市街は潰滅《かいめつ》した。二十九日には、日本はポツダム宣言受諾を連合国に通知、戦争は終わった。藤堂家で生き残ったのは、守と進の兄弟のみである。

ソヴィエトは樺太南部と北海道北部を占領し、守は、日本民主主義人民共和国人民空軍に登用された。進は、呉の堀井正夫技術中佐の家で育ち、やがて一学年上の娘・雪子と結ばれ、拓馬と輝男の二人の息子を授かることとなる。

ヴェトナム戦争のさなか、藤堂守大佐は義勇航空隊を率いて戦場上空にあり、藤堂進海上自衛隊二等海尉は高速河川哨戒《しょうかい》艇長としてメコンデルタで戦闘に明け暮れていた。

日の丸を描いた戦闘機と交戦して被弾し、乗機から脱出した守はソ連邦陸軍特殊任務部隊少佐アンドレイ・パラノヴィッチ・コンドラチェンコに救出された。

進の長男・拓馬は航空自衛隊の戦闘機パイロットとなり、次男・輝男も海上自衛隊のパイロットを志した。一方、守はアンドレイの妹・サーシャを妻に迎え、一児をもうけたがその子は病死し、サーシャは瀕死《ひんし》の床にある。

一九八二年四月三十日、藤堂進二等海佐と藤堂守空軍中将が南北定期会談の場で会うお膳立《ぜんだ》てが作られた。

当日、千歳から離陸した拓馬のイーグルがミサイル攻撃で撃墜される。その報に進の顔が凍りつき、進は守の差し出す手を握ろうとはしなかった。

『征途』では、時間が交錯する。以上、読者の便をはかって整理した次第である。

このあと、守と進に握手の機会は来るのだろうか。二つの日本はどうなるのか。プロローグにつながるエピローグとは——それは、本巻が記述するところである。

下巻について触れることは読者の興を削《そ》ぐので内容には立ち入らないが、この巻を読み終えて、作者の近作『平壌クーデター作戦』にまして劣らぬ切迫感のある設定、描写があったことを記しておきたい。

短期現役士官と特選少佐

藤堂守のような海軍短期現役士官出身のパイロットは『征途』の世界の設定であると書いた。それでは、実際の短期現役とはいかなる制度だったのか、ここで簡単に触れておきたい。

海軍では、大正十四年に軍医科・薬剤科の二年現役士官制度を創設した。これは、医科大学または薬科大学卒業者で試験に合格した者を軍医中尉または薬剤中尉に任用し、医学専門学校または薬学専門学校卒業者の場合は軍医少尉または薬剤少尉とするというものであった。

この制度は成功して、志願者も多く、昭和十三年には主計科・造船科・造機科・造兵科に適用され、十七年には歯科医科、法務科と拡大された。以上の科目はすべて将校相当官で、兵科、機関科は含まれず、パイロットは兵科士官なので、短期現役出身者は原則としていなかった。

なお、二年現役士官は「短現」と俗称される。戦後、実業界・政界で活躍する主計科の短現出身者が多く、短現と言えば主計科と思われがちだが、数は技術系が七一六六人でもっとも多く、主計科は三五五七人、軍医科は三四五二人である（数字は海軍歴史保存会編『日本海軍史』第五巻「部門小史上」による）。

作中レイテ殴り込みの「大和」二番主砲長は奥田特務少佐だった。「四等水兵からたたきあげて少佐までなったという、帝国海軍の生ける伝説のような男だ」と書かれている。奥田は戦後、書道教室を開き、進が通うようになる。

特務出身の少佐について述べると、各科特務大尉から選ばれて各科少佐になった者を特選少佐といった。現実の「海軍武官官階表」では特務士官は大尉までである。

この制度は大正九年からあったが、昭和二年に初めて主計少佐が一名誕生する。その後、特選少佐は数を増し、昭和十九年には三人が中佐に進級している。特選少佐となった者の総数は全海軍で三〇〇名に満たず、特選少佐は「兵隊元帥」と呼ばれ、まさに「生ける伝説」だった。なお、海軍の特務士官に相当する者に陸軍では少尉候補者出身の将校がいた。大正九年の制度新設時に大尉を最高限と想定したが、中佐に進級して戦死し、大佐に昇進した者も出た。

モデルたち

本書では、太平洋戦争史で著名な海軍士官が数多く登場する。「その名の通り神がかった」神重徳、「海戦史の（多少バイアスのかかった）熱心な研究者」黛《まゆずみ》治夫、「有能であると同時に機会主義者でもある」源田実（現実には昭和三十七年七月から六十一年六月まで参議院議員をつとめた）、日本商船隊の潰滅に暗く沈む大井篤などなど。

私は、そのなかの何人かの方がまだお元気なころ、おつきあいさせていただいた。『征途』を読んでいて、その面影が脳裡《のうり》をよぎることしばしばであった。

上巻では、「長門」の防空指揮所に「鼻が高く、妙に構えた表情をしている」短期現役士官の中曽根主計中尉が記録係として登場する。これは、作者が中曽根康弘元首相を頭の片隅に置いての名付けであろう。現実の中曽根は主計科短期現役第六期、十七年十一月に主計大尉に進級、呉海軍運輸部部員として敗戦を迎え、主計少佐となり予備役に編入されている。

アメリカ側では、第七艦隊情報参謀としてロバート・A・ハインラインが姿をあらわす。「三一ノット」バークの参謀長から駐日大使への道を辿るハインラインは「俺が金に困っていた頃に書いたサイエンス・フィクション」とあるように著名なSF作家の陰が投影されている。作者の憧憬《しょうけい》が籠《こ》められてのことであろうか。

このように登場人物に隠されたモデルを求めるなら、戦車第五連隊小隊長の福田定一《ていいち》少尉がもっとも興味深い。一九四五年七月、藤堂守少尉は北海道に向かう輸送船上で福田と出会った。二人は同じ短期現役士官出身ということで妙にウマが合う。この陸軍の短現も『征途』の世界の設定である。

一九五一年十月、福田は一等警察士として国家警察予備隊第一管区隊第一特車大隊第三中隊の指揮をとり、人民赤軍第51親衛戦車連隊の攻撃を破砕する。ちなみに第一特車大隊指揮官は「かつてマレー半島で電撃戦を行なった」島田豊作である。

福田は三等警察正に進級し、ヴェトナム戦争では、一等陸佐としてメコンデルタで第一独立装甲連隊を率いている。島田陸将から地上部隊の実質的な指揮権を委任された福田は密林の制圧作戦を成功させた。

作者は、関西弁を使う福田についてこう描写する。「福田が作家であれば、十分に歴史小説のテーマにできるほどの特異な（藤堂の）家系だ」、「未だに新聞記者なら、少なくとも死守命令にだけは巻き込まれずに済んだのに、せいぜい、従軍記者になる程度で良かった筈だ」、「今頃は大学で蒙古語の研究でも……」、そして、メコンデルタの福田は「頭は銀髪に近くなっていた」と。

すでに上巻の解説で木俣正剛氏が記述するように、福田定一は作家・司馬遼太郎の本名である。その経歴は、昭和十八年秋、国立大阪外国語学校蒙古語部を終え、幹部候補生として戦車第十九連隊入隊、十九年四月、四平陸軍戦車学校入学、十二月、同卒・見習士官・戦車第一連隊第五中隊第三小隊長、二十年四月、本土帰還、八月、陸軍少尉、十月、復員、十二月、新世界新聞入社、二十一年六月、新日本新聞社入社、二十三年五月、産業経済新聞社入社、三十五年一月、直木賞受賞となる。作中に籠められた作者の「国民的作家」への想いを感じずにはいられない。なお、本書が刊行されたのは司馬が没する二年前であった。

作家の横顔

作者の父君と私は同年の生まれである。子どものような年齢の作者と私は、八年ほどのつきあいになる。

作者の原稿が創られていく過程をつぶさに見ていくと、キャンバスに油絵具を塗り重ねるようでもあり、グランドデザインをパッチワークで埋めていくようでもある。大胆な書き換え、削除、挿入など、原稿用紙に文字を連ねていてはできない作業を作者は続けている。

資料にこだわりの強い作者は、読み込みを重ねて古今の史書に通じている。この「解説」で私が、『征途』の設定と断った制度などは、作者が知っての上での創作である。

去年（平成十四年）の大晦日《おおみそか》、作家が国許に戻らず一人東京にいると知って、拙宅に招き、年を越した。よく飲み、よく食い、よく談じた一夜であった。

一見、豪放磊落《らいらく》、無頼とすら見える作家だが、これは鎧《よろ》った姿で、内には細やかな心の動きを秘め、幼児には目を細める一面も持っている。

大作『レッドサンブラッククロス』も『皇国の守護者』も目下、進行中と聞く。読者として、続編の刊行を鶴首《かくしゅ》して待ち望むものである。

二〇〇三年十月

追悼インタビュー

小説を読むかぎり、佐藤大輔はそこにいる

押井　守

——佐藤大輔さんの作品と、押井監督との出会いを教えていただけますか？

押井　仮想戦記というジャンルにはあまり興味がなかったんですけど、ちょうどブームの時に風邪を引いて寝込んでしまったもので、いい機会だからとまとめて読んだんですよ。その中に佐藤大輔さんの『征途』もあったんですが、明らかに他を圧倒していました。

まず古典や教養に裏打ちされた歴史観がすごい。『ガリア戦記』とか『ローマ帝国衰亡史』とか、読んでいる人はそこそこ多いだろうけど、それを自分の小説のなかで縦横に引用してみせるというのは、歴史と人間への深い理解がなければとてもできないことです。

また誰しもが口にすると思うんですが、独特の文体と、登場人物ですね。この人のキャラクターはとにかく強烈だと。みんな例外なしに屈折していて、だけどそれでいて妙なユーモアがある。大声で笑うというより、口元がひきつるような、シニックな、人間ってほんとうにどうしようもない存在だねって諦念が感じとれるようなユーモア。

佐藤さんからはたくさん影響を受けました。僕ももともと戦争や軍事にずっと興味があって、自分でも書きたいと思っていたけれど、史実ものを書く気はなかった。そういう時に、佐藤さんの小説を読んでなるほどと思いました。仮想戦記なら、軍事的な記述では嘘はつけないけど、かといって現実の歴史に制限されることはない。こういう方法論があったのかと。佐藤大輔と、それと山田正紀。この二人の作家がいなかったら、僕は小説は書いていなかったと思います。

——佐藤さんとの交流はどの程度あったのでしょうか？

押井　会ったことは数えるほどしかないです。二〇〇四年に出版された『押井守　文藝別冊　KAWADE夢ムック』という本に収録された対談と、あとは僕が毎年だいたい二月二六日にやっている「Howling in the Night〜押井守、戦争を語る」に一度（二〇〇八年）ゲストで来てもらった時。『征途』の文庫版の中巻に解説を書いたりしましたが、そんなに頻繁な交流はありませんでした。最初にお目にかかった時には、ああ、あのキャラクターたちは、みんな本人の分身だったのかと思っていましたけど（笑）。

なかなか難しい方でしたね。癖が強くて揉め事も多かった。良くも悪くも言いたいことは全部言うし、それで敵が増えてもかまわないという生き方をされていたから。ご自身の作品で、中途半端は状況を悪化させるだけだ、やる時は徹底的にやれって繰り返し書いていたけど、本人もいろんな意味で容赦のない人でした。

二〇〇八年の「226」に来て頂いた時は、僕が『雷轟 rolling thunder PAX JAPONICA』を刊行した直後だったんです。あの小説は、佐藤さんの作品から直接のヒントをもらって書いたんだけど、イベント中に「あんた、俺に印税を払うべきだ」って面と向かって言われましたからね。あれ、笑っていたけど半分は間違いなく本気でした（笑）。

でも僕の方が年長だったし、趣味も似ていたので、話は合いました。もしかしたら、僕は、小説家としてはあくまでパートタイマーだったから、許してくれたのかな？　人間嫌いのようで、妙に人なつっこいところもあって。226のイベントで二回目に会ったときも、ニコニコしながら手を振ってくれたのをおぼえています。もしかしたら『雷轟』についても、自分の作品が他の作家に影響を与えられて嬉しいっていう思いも半分はあったんじゃないでしょうか。これは僕が勝手に思っているだけだけど。

――学生運動に携わっていた押井監督と佐藤さんでは、立場を異にする部分もあったのではと思いますが？

押井　どうかな。軍国少年もSF少年も動機は一緒だからね。本人は絶対否定するでしょうけど、佐藤さんだって、あと十年早く、僕と同世代に生まれていたら、間違いなく学生運動に参加していたと思いますよ。そしたら間違いなく少数派になって粛清されていたでしょうけど（笑）。佐藤さんのもっていたようなシニックな人間観を党派というものは認めないし、でも逆に、そういう言ってはいけないもの、書いてはいけないものを書いちゃうのが作家ですからね。

対談の時だったか、佐藤さんが「悪夢にうなされて今でも夜中に目が覚める時があるんだ」と言っていたのをおぼえています。どんな夢かと聞くと、地元で就職した夢だという。「あなたには想像できないだろうが、恐ろしいことなんだ、それだけはなんとしても避けたかった未来なんだ」って。僕にはそうした故郷との確執はないので、その気持はわからないけど、彼ほどの作家になった後でもそんなにうなされるなんて、相当だな、と感じました。軍事や戦争の話もさんざんしたはずなんですけど、あまりおぼえてないんですよね。鮮明に記憶しているのは悪夢の話のこと。個人的な愛憎の念が相当に深い人なんだろうなと感じました。

佐藤さんの作品には、単なる戦記小説やエンターテインメントの枠を越えた、なんていうか、文芸的と言ったらいいか、人間の業みたいなものが含まれているんですよ。仮想戦記って、本来は小説の中でぐらいアメリカに勝ってスカっとしたいっていう、ストレスの発散のためのジャンルじゃないですか。でも佐藤さんの仮想戦記には、日本に対する深い愛憎がある。日本の戦争というのはヨーロッパやアメリカに比べてあまりに無知蒙昧《もうまい》で、惨めで情けない。技術的な問題という以前に、まず認識力や想像力ですでに負けていた。戦争に負けてしまったから反省さえもできなくなって、自己憐憫《れんびん》に浸《ひた》るしかなくなってしまったってことを、民族的なストレス発散のジャンルのはずの仮想戦記で書いてしまうんです。

そうした愛憎の深さは、仮想戦記以外の小説、SFやファンタジーにも一貫しているんですよね。人間のどうしようもなさ、救えなさというのを、書かずにはいられない。動物は好きだったらしいけど、人間にはとことん厳しい人でした。僕が一番好きな佐藤さんの作品はエスピオナージュものの『東京の優しい掟』ですが、これなんて肯定的に書かれている人物は誰一人としていないですから。

やっぱり佐藤大輔という人は、作家だったんです。エンターテインメント云々という以前に、書くべきものは書かずにはいられなかった。屈折と、行き所のない怒りを抱えていた人で、それは生活や現実ではぶつけどころのないものだった。小説家になって、物を書くことでしか解消できないものがあったんだと思う。

それが彼にとって幸せだったかどうかはわからないね。昔はゲームの仕事をしていたというけど、その頃の方が幸せだったかもしれない。『レッドサンブラッククロス』なんかを読むと、佐藤さんの趣味と仕事が一致していた頃、設定をつくる楽しさを満喫していた頃の感覚が読み取れましたから。

でもゲームではなく小説を書くとなると、自分と向き合わなきゃいけない。小説は、映画のような集団作業とも違って、自分に嘘をつけないし誤魔化すこともできないから。佐藤さん自身、僕にそういうことを言ってましたね。「楽しくて楽しくて筆が止まらないぐらいなんだという時間なんて、せいぜい一日に二時間ぐらい。あとはひたすらタバコを吸って、ああだこうだ考えているだけ」って。もしも小説家にならず、ゲームデザイナーのままだったら、あんなふうに人間だの歴史だのを憎まずにすんだかもしれない。

でも佐藤大輔は小説家になるべくしてなった人ですよ。まだまだ、十年どころか二十年書ける人だった。いろんな小説を書けたと思うし、伸びしろがいっぱいあったと思う。すごい才能だった。だって、書いたのは戦記ものだけじゃないですからね。対談で、艦隊決戦を書くのは濡れ場を書くのも一緒だと言っていたんだけど、その言葉通りでしたね。あの人が書くエロというのはすさまじかった。

文章力というのは、言ってしまえば、単純な、一ページで済んでしまうことを三十ページ、五十ページ書けるかどうかということなんです。でも、段取りを整えて、よほど適切に言葉をつないで、妄想も含めて想像力を広げない限り、艦隊決戦だけで百枚とかは書けないんですよ。あの人はそれをやりましたからね。

そういうことができる人がエロを書くとものすごい威力があるんですよね。光瀬龍さんもそうでした。あの人も時代小説を手がけるとともに、すごい濡れ場を書き出して、それが中学生だった僕には強烈だったんだけど、佐藤さんも同じです。硬いものを書いていた人がエロにいくと恐ろしい。これは僕には書けないな、もうちょっと適当なところで逃げちゃうなと思いました。

――では、押井監督による佐藤大輔作品の映像化というのはどうでしょうか。

押井　もちろん考えたことはあります。だけど、仮想戦記の方はアニメでやるにはお金がかかりすぎるね。今では3DCGもだいぶ進化してきたから、なんとか再現できそうな気がしますけど、そこでの一番の課題はキャラクター。佐藤さんの描いた、あの人間の毒気、アクの強さを抜いてしまったら映像化する意味はないんです。たとえば僕が佐藤作品で一番好きなキャラクターは『パシフィック・ストーム』に出てくる真田少将で、必要とあればどんなヒドイことだってするんだけど、カッコイイ軍人じゃなくて、猿みたいなジジイだからいいんです。あれを3DCGで再現できるかと言われるとだいぶ、分が悪い。でも実写でやるとなると、佐藤さんの作品のようなものは誰も望まないわけですよ。日本人の戦争に対する思いって、佐藤さんも言っていたことだけど、とにかくウェットなんです。『男たちの大和』なんて十五分に一回泣かそうとしている。佐藤さんの作品はそうじゃない。もっと冷徹な哲学的な部分がその本質なんです。

だとすれば、映像化に現実的な落しどころがありそうなのは、『東京の優しい掟』じゃないかな。あれを実写映画にしたらきっと面白いと思う。ただし、監督は僕じゃダメ。もっと役者さんをこってりと動かせる人じゃないと。三池崇史が撮ったら面白いと思うな。あとはゲーム業界を描いた『虚栄の掟―ゲーム・デザイナー―』。あれもそこそこ実現可能性がありそうだけど、人間描写がすごくねじくれているから、ゲーム業界の人は協力してくれないだろうな（笑）。

――この度の訃報は押井監督にとっても突然のことだったと思います。

押井　もう一度くらい会って話をしたかったような気もするんですよね。一緒に呑みに行ったら荒れそうだけど、たまに会っておしゃべりするぶんには付き合えたんじゃないかな、と（笑）。映画が大好きだったみたいだし、そういう話もしたかったし、ゲーム業界にいた人間として、僕の『Avalon』をどう観たのかについても聞きたかった。

でも逆に、会ってもこれ以上話すこともなかったかな、とも思っているんです。作家というか、監督もそうだけど、自分と向き合って仕事をしている人間同士って、実際に会ってもあまりしゃべることはないんですよね。それよりも、彼の作品を読み返したい。

僕にとっては、佐藤大輔という人は、彼の小説を読む限りそこにいるんです。本を読むということは死んだ人間と友達になることだって山本夏彦さんがどこかで書いていたけれど、今、まさにそのとおりだ、と思っています。新しいものが読めないというさびしさはあるにしても、けっこうな数の作品を遺してくれたからね。執筆期間から考えると多作と言っていいと思いますよ。

僕は好きなものは繰り返し見たり読んだりする主義なので、佐藤さんの作品は、どれも最低三回は読んでいます。『征途』はもっと読んでいるんじゃないかな。これからも読み返すでしょう。

遺作になった『帝国宇宙軍』は、買ったけど、まだ読んでいないんです。せっかくだから、じっくり読みたいと思っています。

（インタビュアー&構成　前島賢
二〇一七年六月三〇日
於・プロダクションI．G）

『征途　1　衰亡の国』　一九九三年三月　トクマノベルズ
『征途　2　アイアン・フィスト作戦』　一九九三年八月　トクマノベルズ
『征途　3　ヴィクトリー・ロード』　一九九四年二月　トクマノベルズ
『征途　上　衰亡の国』　二〇〇三年九月　徳間文庫
『征途　中　アイアン・フィスト作戦』　二〇〇三年一〇月　徳間文庫
『征途　下　ヴィクトリー・ロード』　二〇〇三年一一月　徳間文庫

「晴れた日にはイーグルにのって」『地の王《グラウンドキング》、空の勇《エアヒーロー》』一九九四年七月　トクマノベルズ
『宇宙《そら》への帰還』一九九九年四月　ＫＳＳ出版

「佐藤大輔、『征途』を語る」（佐藤大輔スペシャルインタビューを改題）
『架空戦記スペシャルガイド』スタジオ・ハード編著　一九九五年二月　光栄

追悼インタビュー「小説を読むかぎり、佐藤大輔はそこにいる／押井　守」
『ＳＦマガジン』二〇一七年八月号　早川書房

佐藤大輔

1964年4月、石川県生まれ。ゲームデザイナーを経て作家となる。戦略シミュレーション小説に独自の世界を切り開き、ミリタリーＳＦなどでも活躍。著書に「レッドサンブラッククロス」シリーズ、「皇国の守護者」シリーズ、「地球連邦の興亡」シリーズ、「エルフと戦車と僕の毎日」シリーズ、『帝国宇宙軍』など多数、コミック原作に「学園黙示録 HIGHSCHOOL OF THE DEAD」ほかがある。2017年3月、死去。

征《せい》 途《と》
——愛蔵版《あいぞうばん》

2017年9月25日　初版発行
2021年7月15日　再版発行

著　者　佐藤《さとう》 大輔《だいすけ》
発行者　松田陽三
発行所　中央公論新社
〒100-8152　東京都千代田区大手町1-7-1
電話　販売 03-5299-1730　編集 03-5299-1740
URL http://www.chuko.co.jp/

ＤＴＰ　ハンズ・ミケ
印　刷　三晃印刷
製　本　大口製本印刷

Published by CHUOKORON-SHINSHA, INC.
Printed in Japan　ISBN978-4-12-005006-0 C0093